JOËL TAN

Im Schatten der Purpurbuche

Buch

Eigentlich mag Svea ihren Beruf als mobile Altenpflegerin, wenn da nur nicht ihre launische Chefin Frau Zwickel wäre. Zum Glück hat sie gute Freunde, und zum Glück hat sie Marc! Er ist jener Typ Mann, nach dem die Frauen die Hälse recken, und als er ihr einen Antrag macht, ist das Ja selbstverständlich. Auf dem Bremer Freimarkt will sie ihren Freundinnen die Neuigkeit verkünden. Es soll ein Spaß zur Feier des Tages sein, als die Braut in spe zum Handlesen und Loseziehen bei einer seltsamen Bude überredet wird. Niemand konnte ahnen, was ausgerechnet Svea gewinnt: eine Rückführung in ein früheres Leben! Weder für Spirituelles noch für Geschichtliches hat Svea etwas übrig, doch als eines Tages etwas Unvorhergesehenes geschieht, wählt sie tatsächlich die Nummer und begibt sich in die Hände der rätselhaften Medina. Svea wird von den mittelalterlichen Bildern überwältigt. Sie erlebt eine verbotene Liebschaft mit einem Mann, der sie auch nach der Rückführung nicht mehr loslässt. Wenig später muss sie mit ansehen, wie ihr Job, ihre Freundschaften und ihre Beziehung plötzlich Kopf stehen, bis sie begreift, dass es Zusammenhänge gibt zwischen ihrem früheren Leben und heute.

Autorin

Joël Tan wurde 1982 in Bremen geboren. Sie studierte Medien und Information an der Hochschule für Angewandte Wissenschaften Hamburg und arbeitete vor, während und nach dieser Zeit in verschiedenen Verlagshäusern und Medienunternehmen. Als Zweitälteste von sieben Kindern, und Teil der darin enthaltenen beiden Zwillingspaare, lernte sie das turbulente Leben in einer Großfamilie kennen. Heute lebt sie mit ihrem Mann, ihren Töchtern und zwei Pferden im Hamburger Norden.

Weiter Informationen finden Sie unter:

www.blanvalet.de
www.joeltan.de

Von Joël Tan bei Blanvalet bereits erschienen:

Die Frau des Ratsherrn (37689) · Die Tochter des Ratsherrn (38047) · Das Vermächtnis des Ratsherrn (38198)

Joël Tan

Im Schatten der Purpurbuche

Roman

blanvalet

MIX
Papier aus verantwortungsvollen Quellen
FSC® C014496

Verlagsgruppe Random House FSC® N001967
Das für dieses Buch verwendete FSC®-zertifizierte Papier
Holmen Book Cream liefert Holmen Paper, Hallstavik, Schweden.

1. Auflage
Originalausgabe Juli 2015 bei Blanvalet Verlag,
einem Unternehmen der Verlagsgruppe Random House GmbH, München

Dieses Werk wurde vermittelt durch die Literarische Agentur
Thomas Schlück GmbH, 30827 Garbsen
Umschlaggestaltung: © Johannes Wiebel | punchdesign,
unter Verwendung von Motiven von Shutterstock.com
Satz: Uhl + Massopust, Aalen
Druck und Bindung: GGP Media GmbH, Pößneck
LH · Herstellung: sam
Printed in Germany
ISBN: 978-3-7341-0117-5

www.blanvalet.de

Für Mama

Die Liebe einer Mutter teilt sich nicht zwischen den Kindern, sie vervielfältigt sich.

Kaiserin Maria Theresia

DRAMATIS PERSONAE

*Es folgt eine Aufstellung der wichtigsten Figuren, wobei die historisch verbürgten Personen mit einem * gekennzeichnet sind.*

Gegenwart

Alheid von Clawen	Sveas Patientin
Emanuela Benson/Medina	Spirituelle
Bero Haghene	Sohn von Richenza
Marc Sievers	Verlobter von Svea
Pia Schweizer	Freundin von Svea
Regine Zwickel	Vorgesetzte von Svea und Tilli
Richenza Haghene	Sveas Patientin
Svea Michel	Verlobte von Marc
Tjalda Faas	Freundin von Svea

Mittelalter

Adelheid von der Hagen*	Tochter von Brüning I. von der Hagen
Alvericus van Orthentorpe*	Vogt des Klosters Ebstorf, Vater von Hermann Cluving

Brüning I. von der Hagen*	Ritter, Vater von Adelheid von der Hagen, Herr von Wunnehagen
Hermann Cluving*	Ritter, Ehemann von Adelheid, Herr von Cluvenhagen
Minna	Geliebte von Brüning
Sophie von der Hagen*	Mutter von Adelheid, Ehefrau von Brüning

PROLOG

Daverden, anno 1219

Als der Geistliche, der zwischen Adelheid und ihrem Bräutigam stand, sie zum *dextrarum iunctio* aufforderte, reichten sie beide ihm die Hände. So, wie es Sitte war, legte er die Rechte der Frau nun in die rechte Hand des Mannes.

Scheu blickte Adelheid auf das platt getretene Gras zu ihren Füßen. Sie atmete tief durch, um Mut zu schöpfen, und hob erst dann wieder den Kopf. Da sie nicht wagte, den Umstehenden in die Gesichter zu schauen, schweifte ihr Blick zu dem Brauttor, vor dem ihre Trauung stattfand. Erst nach dem Kuss würden sie alle in die Kirche eintreten, um anschließend gemeinsam die Messe zu feiern.

Die lateinischen Worte *annulus pronubus* drangen an ihr Ohr. Bislang hatte sie diese nur auf anderen Hochzeiten vernommen, vom Rande des Geschehens aus. Immer an genau dieser Stelle, wo der Bräutigam seiner Braut den Ring ansteckte, war der drängende Wunsch über sie gekommen, auch bald an der Reihe zu sein. Obwohl Adelheid erst fünfzehn Lenze zählte, war sie bereit; auf nichts sonst hatte man sie schließlich ihr ganzes bisheriges Leben vorbereitet. Einfach alles, was man sie gelehrt hatte, diente dem späteren Führen einer Burg an der Seite eines Ritters sowie der Rolle als Mutter von hoffentlich vielen Söhnen. Das war ihre Bestimmung, und heute, wo der entscheidende Moment gekommen war, durfte nichts schiefgehen. Aller Augen waren auf sie gerichtet – oder, besser gesagt, auf diesen einen Finger!

Wie kalt und fremd sich das Gold beim Überstreifen anfühlte, dachte Adelheid für sich und betrachtete den Ring. Sein Glanz bildete einen eigenartigen Kontrast zu ihrer blassen Haut und diesem grauen Tag. Wie lange es wohl dauern würde, bis sie sich daran gewöhnt hatte?

Ihre Hand zitterte unentwegt. Aufregung, Erleichterung, aber auch Angst tobten seit dem Morgen abwechselnd in ihr und machten sie kurzatmig. Im Augenwinkel vernahm sie den stets so strengen Blick ihrer Mutter Sophie von der Hagen, die sie heute in aller Herrgottsfrühe zusammen mit den Mägden angekleidet und frisiert hatte. Obwohl Adelheid viel darum gegeben hätte, während der Prozedur noch ein letztes Mal ihre Gedanken sammeln und ebenso die Aufmerksamkeit der anderen Frauen genießen zu dürfen, war es dazu natürlich nicht gekommen. Sophie hatte die Gelegenheit genutzt, um ihrer einzigen Tochter nachdrückliche Weisungen zu erteilen: Sie solle nur sprechen, wenn der Priester sie dazu aufforderte, nicht dümmlich grinsen, doch auch nicht mürrisch gucken. Ihre Haltung sollte gerade sein, aber ohne jeden Stolz, das wäre eine Sünde! Unaufhörlich hatte sie ihr dabei in die Wangen gekniffen, die jetzt noch schmerzten und feuerrot waren. Vor allem sollte sie ihrem Gatten nämlich gesund und gebärfähig erscheinen.

Adelheid schwirrte der Kopf. Ihr war unwohl im Bauch. Sie wollte ja all die Dinge beachten, aber seit sie vor dieser Kirche stand, fühlte sie sich bereits damit überfordert, gleichzeitig stehen und atmen zu müssen. Sie war es nicht gewohnt, dass so viele Blicke auf ihr ruhten.

Während der Priester die Trauhandlung weiter vornahm,

indem er einen Psalm aufsagte, kehrte der Schwindel, der eigentlich schon fast wieder abgeklungen war, plötzlich zurück. So heftig, dass sie glaubte, auf der Stelle umzufallen. Adelheid schwankte kaum merklich, doch sie kämpfte dagegen an. Das durfte einfach nicht passieren! Ihre Familie wäre vor all den Gästen bloßgestellt. Sie sah bildlich vor sich, wie ihrer Mutter lange Reißzähne wuchsen, mit denen sie ihr vor Wut den Kopf abbiss. Schnell rief sie sich den Ratschlag einer Magd in Erinnerung, wackelte kräftig mit den Zehen und atmete ruhig weiter. Langsam, aber allmählich schwand die Unpässlichkeit, und kurz darauf konnte sie den hämmernden Herzschlag wieder in ihren Gliedern spüren.

Nein, nein, nein, dachte Adelheid im nächsten Augenblick. Es war schon wieder passiert: Sie hatte sündige Gedanken gehabt, und das auch noch *in facie ecclesiae* – in Gegenwart einer Kirche, auf einer Hochzeit, *ihrer* Hochzeit! Heiliger Vater, vergib mir, flehte sie inbrünstig in Gedanken und schloss kurz die Augen. Es war ihre Christenpflicht, die Eltern zu ehren, doch bei ihrer Mutter fiel ihr das von Zeit zu Zeit schwer. Nicht so bei ihrem Vater, den sie aufrichtig liebte. Als sie die Augen wieder öffnete, war jedoch kein Blitz vom Himmel gefahren, wie ihre Mutter es oft prophezeite. Stattdessen geschah etwas anderes.

Adelheid sah den Mann zu ihrer Rechten verstohlen an. Zunächst nur sein Profil, die große Nase und das kantige, bärtige Kinn. Da wandte auch er ihr den Blick zu und schenkte ihr ausgerechnet in diesem Moment sündigster Gedanken ein kurzes Lächeln. Es kam so unverhofft, dass es Adelheid Zuversicht schenkte. Unwillkürlich lächelte sie zurück – und grinste dabei auf jene Weise dümmlich, wie ihre Mutter es ihr eigentlich verboten hatte.

Wie es schien, war er zufrieden mit ihrem Verhalten, und

nur darauf kam es jetzt mehr an! Es war eine plötzliche Erkenntnis, die sich ihr aufdrängte, und sie schmeckte süß wie Honig und wohlig wie warmer Würzwein. Hatte sie diesen Platz vor dem Gotteshaus eben noch als Jungfer in den Fängen ihrer Mutter betreten, würde sie ihn gleich als Ehefrau verlassen. Ihre Stellung war dann eine andere, und sie brauchte nicht länger zu fürchten, was Sophie von der Hagen dachte – nie mehr! Fortan bestimmte dieser Mann über Recht und Unrecht ihres Verhaltens, und obwohl sie bloß von einer Herrschaft zur anderen übergeben wurde, fühlte es sich dennoch an wie Freiheit. Nun blieb Adelheid nur zu hoffen, dass ihr Gemahl, der schon viele Jahre in den Diensten ihres Vaters stand, den sie aber trotzdem kaum kannte, wirklich über jenes gutherzige Wesen verfügte, das sich jede jüngst vermählte Frau wünschte. Bald schon, wenn sie gemeinsam auf der Burg lebten, die seit geraumer Zeit auf dem Grund und Boden ihrer Mitgift errichtet wurde, würde sie die Antwort wissen.

Hermann Cluving schaute von der zitternden Hand seiner Braut, an der jetzt ein Goldring steckte, zu ihrem Gesicht. Ihre Haut wirkte blass, ebenso wie ihre Lippen. Nur ihre Wangen glühten in einem seltsam kräftigen Rot. Hermann wusste, dass die Weiber sich dort immer kniffen – und manches Mal sogar ihr eigenes Blut darauf verteilten. Zufällig hatte er es mal mit angesehen. Seitdem war ihm dieses groteske Bild nicht mehr aus dem Kopf gegangen. Er bevorzugte es, wenn das Gesicht einer Frau ebenmäßig blass war. Vielleicht würde er sie eines Tages darum bitten, das Kneifen und das Blutverteilen zu unterlassen.

Während er diese Gedanken hegte, wurde ihm plötzlich bewusst, dass er Adelheid noch niemals so nahe gewesen war wie in diesem Augenblick. Auf der Burg ihres Vaters hatte er sie zwar schon viele Male oben an der Luke des Turms stehen sehen und auch einige Male im großen Saal, jedoch immer umringt von ihren zahlreichen Damen. Erst vor Kurzem, nachdem er angefangen hatte, um sie zu werben, und sich mit ihrem Vater schließlich über Mitgift, Brautgabe und Morgengabe einig geworden war, hatte sie sich ihm kurz in voller Gänze zeigen und mit ihm sprechen dürfen. Wie es sich gehörte, blieb ihr Blick dabei die meiste Zeit gesenkt. Und gleich nachdem sie ein paar höfliche Belanglosigkeiten ausgetauscht hatten, war sie mit einem Knicks und einem Gruß wieder verschwunden. Selbst dem darauffolgenden Umtrunk im Rahmen der Verlobung, bei dem auch der Handschlag zwischen ihrem Vater und ihm stattgefunden hatte, hatte sie nur wenige Augenblicke beigewohnt. Jetzt sah Hermann sie zum ersten Mal wirklich, nahm ihr Antlitz bewusst war, und er erblickte ein Paar große Augen in einer schwer zu deutenden Farbe. War es grün oder eher blau? Vielleicht beides. Jedenfalls passten sie zu den Blumen in ihrem Haarkranz ebenso wie zu dem edlen Kleid, das sie trug. Jede Handbreit zeugte von ihrer edlen Herkunft, das gefiel ihm – auch wenn ihre Ansehnlichkeit für seine Zwecke absolut unbedeutend war.

Hermann löste den Blick von Adelheid und dem Geistlichen und ließ ihn kurz über die Menge der Hochzeitsgesellschaft gleiten. Der Platz vor der Kirche war voll mit hochrangigen Männern und Frauen des Landes. Bremische und welfische Ministerialen, darunter die Familien seiner Brüder Hildemar, Alveric und Gerhard, die sich nun Schucke und Schleppegrell nannten, und deren fast schon sündig schöne Halbschwester Minna, die Gott in seiner unendlichen Weisheit zum Ausgleich humpeln ließ. Sie alle wollten dabei sein, wollten teilhaben an dem Moment, in dem zwei der einflussreichsten Familien des Landes sich verbündeten, um den Grundstein für eine nächste, noch mächtigere Generation zu legen.

Wie sehr wünschte Hermann in diesem Augenblick, sein Vater Alvericus van Orthentorpe, der Vogt des Klosters Ebstorf, wäre zugegen und könnte sehen, dass sein ungeliebter letzter Sohn aus zweiter Ehe weder seines Zuspruchs noch seiner Empfehlung mehr bedurfte. Doch er war mittlerweile zu krank, um zu reisen, was ihm dieses eine Mal mit Sicherheit gelegen kam. Hermann hatte dennoch dafür Sorge getragen, dass sein alter Herr das Ereignis nicht würde aus seinen Gedanken verdrängen können. Schon gestern war aus diesem Grunde ein schneller Reiter losgeschickt worden, der die Anweisung mit sich trug, den Brief mit der frohen Botschaft über die Vermählung genau zur Zeit der Trauung zu übergeben – also jetzt, in diesem Augenblick! Welch ein labender Gedanke.

Mit einer apostolischen Geste vertrieb der Geistliche plötzlich jede Ablenkung aus Hermanns Kopf und ließ ihn seine Aufmerksamkeit nach oben richten. Er hatte die Hände weit über sein Haupt und das seiner Braut erhoben und sprach dabei eine letzte Oration. Als seine Worte verklungen waren, legte sich ein feierliches Schweigen über die Szenerie. Besonnen griff der Kirchenmann zu einer Schale mit geweihtem Wasser und besprenkelte das Brautpaar damit. Es war so gut wie getan.

Hermann wurde von einem wunderbaren Gefühl erfasst. Gleich, wenn der Priester sie in die Kirche führte, um die Brautmesse zu feiern und die Segensgebete zu sprechen, waren sie vor Gott verbunden, und niemand auf dieser Erde konnte ihm das, was mit diesem Bund einherging, dann noch nehmen.

Wie aus weiter Ferne vernahm er die Aufforderung zum Brautkuss. Hermann blickte zur Seite und sah zu Adelheid, die mit einem Mal irgendwie verändert wirkte. Er trat näher an sie heran, legte ihr sanft die Hand auf die Wange und küsste ihre Lippen. Dann gestattete er sich ein breites und zufriedenes Grinsen. Jetzt konnte er es sich erlauben. Er hatte es tatsächlich geschafft: Das größte Ziel der vergangenen Jahre war mit dieser Vermählung erreicht. Ein langer Weg lag hinter ihm, aber ab heute würde nichts mehr sein wie zuvor.

Nach der Messe trat die jüngst vermählte Adelheid neben ihrem Gemahl aus der Kirche – dicht gefolgt von dem Geistlichen und den übrigen Gästen. Hier wurde sie gleich doppelt überrascht: zuerst vom Sonnenschein, der sich endlich gegen den Nieselregen durchgesetzt hatte, dann von unzähligen Hirsekörnern, die aus allen Richtungen herbeigeflogen kamen und auf sie und Hermann niederprasselten. Es war unmöglich zu entkommen, darum ließen beide es einfach mit sich geschehen. Immer wieder griffen die umstehenden Frauen mit vollen Händen in die Getreidesäckchen, so lange, bis alles um sie herum mit dem Inhalt bedeckt war.

Adelheid lachte laut auf, zog die Schultern hoch und hielt sich die Hände vors Gesicht. Sie hatte sich so sehr gewünscht, dass man Hirse werfen würde; in ihrem Fall keine Selbstverständlichkeit! Alle Anwesenden, die das strenge Wesen Sophie von der Hagens kannten, wussten nur zu gut, dass ihr ein solch kindisches Verhalten wie dieser bäuerliche Fruchtbarkeitsritus zuwider war. Doch der Braut zuliebe taten sie es dennoch und zeigten Adelheid somit, dass sie nun zur Frau geworden war. Sophies entrüsteter Blick, als sich sogar ihr Gemahl eine Handvoll Hirse griff, war für Adelheid ein zusätzlicher Spaß.

Nur langsam legte sich das ausgelassene Gelächter. Erst als es vor der Kirche aussah, als hätte es geschneit, hielten sie inne und gewährten dem Paar, dass es sich gegenseitig die Körner vom Leib klopfte.

Schnell war die Braut von Frauen umringt, die sie umarmten und beglückwünschten.

Auch der Bräutigam erhielt gute Wünsche und dazu ein paar grobe, zumeist anzügliche Sprüche zur anstehenden Hochzeitsnacht. Er nahm sie mit einem Augenzwinkern entgegen – jedenfalls so lange, bis sich ihm eine Hand von hinten auf die Schulter legte.

»Schwiegersohn!« Brüning sprach das eine Wort bedeutungsschwer aus.

Hermann drehte sich um und sah in das Gesicht seines Dienstherrn. Die anderen Männer ließen sie allein.

»Schwiegervater«, erwiderte er in dem gleichen, etwas unnatürlich klingenden Ton.

»Es wird wohl noch eine Weile dauern, bis ich mich an diese Anrede gewöhnt habe«, gestand der Ritter.

Auch Hermann legte jetzt eine Hand auf die Schulter seines Gegenübers. Es war eine freundschaftliche Geste zwischen Männern eines einstmals ungleichen Standes. »Mir wird es ebenso gehen. Es sei uns beiden im Vorwege verziehen.«

»So sei es«, bejahte Brüning und verharrte in dieser Haltung. »Ich frage mich immer wieder: War es nicht erst gestern, da dein Vater dich zu mir nach Wunnehagen geschickt hat, damit ich dich eines Tages zum Ritter mache?«

Der Jüngere lachte kurz auf und schüttelte dabei den Kopf. »Wirst du jemals etwas anderes in mir sehen als den dürren, unwissenden Jungen von einst? Meine Schwertleite liegt schon über zehn Jahre zurück. Ich bin jetzt der Gemahl deiner Tochter. Ein Ritter. Ein Burgherr – bald!«

»Wie wahr, wie wahr …«, sagte Brüning in sich gekehrt. »Hab Nachsicht mit einem Vater, der gerade seine einzige Tochter hergegeben hat und sich deshalb alt fühlt. Gewähre mir noch etwas Zeit.«

»Auch wenn es nahezu undenkbar erscheint: Ich gebe die Hoffnung nicht auf, dass der Knappe in deinem Kopf eines Tages doch noch zum Manne werden darf.«

Der Herr über Wunnehagen lachte über die Worte seines Schwiegersohns und auch über seine eigenen törichten Gedanken. Obwohl Hermann sich in den letzten Jahren vielfach als Mann bewiesen hatte, tat sich Brüning schwer damit, in ihm wirklich etwas anderes zu sehen als das Kind, das Alvericus van Orthentorpe vor nunmehr siebzehn Jahren zu ihm geschickt hatte. Sein Herz und sein Verstand waren sich in der Vergangenheit oft uneins gewesen; einer von beiden hinkte dem anderen stets hinterher.

»Eines Tages wird es mir gelingen«, behauptete der Ritter, um Hermann die Aussicht auf Besserung zu geben. »Und wenn es erst der Tag meines Todes ist!«

»Lass uns nicht von so etwas sprechen. Nicht heute, an einem solchen Freudentag. Der Tag deines Todes wird für mich ein schwarzer Tag sein, du bist mir schließlich wie ein Vater. Der einzige Vater, den ich je hatte.«

»Versündige dich nicht an diesem heiligen Ort«, antwortete Brüning halbherzig tadelnd.

Hermann zog die Hand zurück und wandte sich um, sodass sein Blick auf Adelheid fiel, die inmitten der lachenden Frauen stand. »Danke, dass du sie mir gegeben hast. Adelheid wird mir Söhne schenken, ich spüre es, Brüning.«

»So Gott will«, sagte er nickend.

»Ich weiß, jeder Mann im Land hätte deine Tochter mit Freuden geehelicht. Und einige von ihnen hätten sogar eine weit bessere Verbindung dargestellt.«

»Das stimmt! Und doch ist meine Wahl auf dich gefallen, obwohl nicht alle damit glücklich waren. Enttäusche mich also nicht.« Es waren keine weiteren Worte nötig, um klarzumachen, dass Brüning von seiner Gemahlin sprach. Sophie von der Hagen machte keinen Hehl daraus, dass sie diese Hochzeit nicht für standesgemäß hielt. Sein Schwiegersohn würde sich in Acht nehmen müssen, wenn er nicht wollte, dass die Gottesfürchtige ihn eines Tages zu stürzen versuchte. Schon immer hatte sie verstanden, ihre Interessen durchzusetzen. Doch dieses eine Mal war Brüning standhaft geblieben, was zu wochenlangem Unfrieden zwischen ihm und seiner Gemahlin geführt hatte.

»Ich weiß zwar nicht, wie du sie überredet hast, aber ich danke dir dafür. Von ganzem Herzen.«

Der Brautvater lächelte jetzt, wie so oft. Die kleinen Fältchen in seinen Augenwinkeln bewiesen das. Er war das Gegenteil der launischen Sophie. »Ja, ich habe tatsächlich Blut und Wasser geschwitzt. Ein Dank ist durchaus angemessen.«

Beide Männer lachten und warfen verstohlene Blicke zu Sophie von der Hagen, die sich gerade mit dem Geistlichen unterhielt. Trotz ihres fortgeschrittenen Alters war sie noch immer wunderschön und anmutig, was Brüning oft für ihre harsche Art entschädigte.

»Nimm es ihr nicht übel, Hermann. Mütter streben stets das Beste für ihre Töchter an, und das ist sicherlich gottgewollt.«

»Eine Eigenschaft, die uns Männern viele graue Haare beschert. Noch ein Grund mehr, sich Söhne zu wünschen.«

Jetzt schaute Brüning zu seiner Tochter. Sein Herz wurde plötzlich schwer. Das Gefühl, Adelheid am heutigen Tage für immer verloren zu haben, lastete auf ihm. Sein einziger Trost war, dafür gesorgt zu haben, dass sie in seiner Nähe blieb. Hermann hatte recht gehabt mit seiner Einschätzung: Jeder heiratsfähige Mann hätte Adelheid, und vor allem ihre großzügige Mitgift, gern genommen. Doch Brüning hatte sich mit Grund für Hermann entschieden, und jener Grund hatte schlussendlich auch Sophie überzeugt. Bei seinen nächsten Worten wirkte seine Stimme verändert. Sie klang beinahe verletzlich. »Sei ihr ein guter Gemahl, Hermann. Ich bitte dich von Herzen. Du weißt, sie ist mein Ein und Alles!«

Hermann setzte zu einer Erwiderung an, doch er bekam keine Gelegenheit dazu.

Mit einer energischen Handbewegung forderte Brüning einen der Knappen auf: »Mein Pferd!« Die übliche Stärke in der Stimme des Ritters war zurückgekehrt – beinahe so, als wären ihm seine vorigen Worte unangenehm. Er wandte sich Hermann zu. »Lass uns endlich in Augenschein nehmen, was du auf dem Land von Adelheids Mitgift hast erbauen lassen – auf *deinem* Land! Ich habe jedem, der mir davon berichten wollte, mit dem Schwert gedroht, damit die Überraschung für mich vollkommen ist.«

»Ja, lass uns reiten, Brüning«, antwortete Hermann voller Vorfreude. »Ich will dir beweisen, dass du deine Großzügigkeit nicht an mich verschwendet hast. Die Burg ist fast vollendet, und das Mahl zu Ehren deiner Tochter könnte Könige zufriedenstellen.«

Inmitten der gesamten Hochzeitsgesellschaft bestieg auch Adelheid ihr Pferd. Es tänzelte aufgeregt und schnaubte, was sie jedoch nicht einschüchterte. Mit einem leichten Schenkeldruck trieb sie es an die Seite ihres Gemahls, wo von nun an ihr Platz war. Dieser schenkte ihr einen kurzen, verheißungsvollen Blick.

»Freut Euch, Gemahlin. Die Burg, die ich für uns bauen ließ, wird Eure Erwartungen übertreffen.«

»Daran habe ich keinen Zweifel.«

»Dann führe ich Euch jetzt heim.«

Nebeneinander galoppierend verließen sie die Ebene vor der höher gelegenen Kirche. Die Hochzeitsgesellschaft folgte ihnen in respektvollem Abstand. Erst als die Landschaft es einforderte, verlangsamten sie das Tempo, ritten im Trab durch ein Waldgebiet und durchquerten schließlich im Schritt das sumpfige Flussland der Aller – immer weiter gen Nordwesten.

Adelheid kannte den Weg zum Land ihrer Mitgift seit ihrer Kindheit. Es lag unweit der heimatlichen Burg ihrer Eltern, bloß abgetrennt durch das Wasser der Aller. Sie war lange nicht hier gewesen, und nun wurde ihr deutlich, wie sehr sich alles verändert hatte. Zig abgeholzte Bäume, von denen nur noch die Stümpfe mit ihren hellen Oberflächen zu sehen waren, erstreckten sich über viele Mannslängen. Ein eindrucksvolles Bild, das sich den Reitern bot, bezeugte es doch, welcher Aufwand nötig gewesen war, um jene Burg zu errichten, deren Anblick sie alle mit Spannung erwarteten. Eine letzte Baumreihe, die man ringförmig um die Feste stehen gelassen hatte, versperrte ihnen noch die ungehinderte Sicht. Ungeduldig drängten die Männer und Frauen durch die Stämme hindurch, um dann die Pferde zu zügeln.

Als auch der letzte unter ihnen zum Stehen gekommen war, konnte man nur mehr das Klirren des Zaumzeugs und das Geräusch von knirschendem Leder vernehmen. Keiner sprach ein Wort. Alle starrten auf das Bauwerk. Es war auf drei Inseln verteilt, um die jeweils ein breiter Wassergraben lag. Zugbrücken verbanden sie miteinander, und hohe Palisaden schützten sie von außen. Bedrohlich und schwer einzunehmen, das waren wohl die Worte, die den meisten Anwesenden bei diesem Anblick in den Sinn kamen.

Hermann sah zu Adelheid, die die ganze Zeit über nicht von seiner Seite gewichen war. »Ich heiße Euch willkommen, Gemahlin. Gefällt Euch die Burg?«

Adelheid wollte etwas sagen, aber sie war einfach sprachlos. Wie hatte er es nur geschafft, in der Kürze der Zeit ein solches Bollwerk errichten zu lassen? Fast schien es, als wäre es ohne Zauberei unmöglich. Ihr Blick legte sich auf den Wohnturm der Burg, der demjenigen, welcher noch heute Morgen ihr Zuhause gewesen war, bis aufs Letzte glich. Jede Kleinigkeit stimmte überein, angefangen beim Stein über die schmalen Luken, die geschwungenen eisernen Aufhängungen der Tür bis hin zu den Schindeln des Dachs. Nur zeigte sich dieser Turm ungefähr doppelt so groß wie jener in Wunnehagen. Erstaunt sah sie in sein Gesicht. »Der Turm. Ihr habt …«

»Ich wollte, dass Ihr Euch heimisch fühlt«, ließ er sie wissen und erklärte damit die Gleichheit der Bauten. Der Ausdruck in seinem Gesicht sagte aber noch etwas anderes: Ab heute, Brüning von der Hagen, wirst du mich ernst nehmen *müssen*!

Unweigerlich suchte Adelheid den Blick ihres Vaters. Was würde er davon halten? Die Ähnlichkeit der Burg konnte ein Zeichen der Ehrerbietung sein, aber auch eine Herausforderung. Brüning jedoch hatte eine gelassene Miene aufgesetzt. Adelheid kannte diesen Blick und wusste sogleich die Antwort auf ihre Frage: Ihr Vater hatte es nicht darauf ankommen lassen und wusste längst Bescheid. Gewiss hatte er zuvor seine heimlichen Kundschafter ausgesandt. Wäre er mit dem Aussehen der Burg nicht einverstanden gewesen, wäre sie wahrscheinlich längst auf wundersame Weise in Flammen aufgegangen! So viel er auch lachte und so freundlich er sich auch gab, der Mann hinter diesem Lächeln ließ nicht zu, dass man ihn übervorteilte. Und er bekam immer, was er wollte. So konnte Adelheid davon ausgehen, dass alles, was um ihn herum geschah, so war, wie er es wünschte. Sie entspannte sich wieder.

Hermann hob jetzt die Hand, um zu bedeuten, dass er zu allen zu sprechen gedachte. »Hört mich an«, rief er laut über die Köpfe der Anwesenden hinweg. »Ich habe heute auf meine Burg geladen, um die Ankunft meiner wunderschönen Braut zu feiern. Keine Mühen wurden gescheut, mit dem Bau so schnell wie möglich voranzukommen, um Euch Herren und Damen an diesem Tage, und für so lange es Euch beliebt, eine behagliche Unterkunft zu bieten. Lasst uns nun in die warme Halle gehen, wo uns bereits ein Feuer erwartet, auf dass das Bier und der Wein in Strömen fließen mögen. Lasst uns tanzen nach den Klängen schneller Musik und trinkt uns gut zu …« Hermann schaute nun zu Adelheid und fuhr fort, »… damit wir heute schon einen Erben zeugen für diese Burg, die ich nach mir, Hermann Cluving, und nach der Heimat meiner Braut, Wunnehagen, benenne: Cluvenhagen!«

TEIL I

Bremen und Umland

Auf den Spuren der Purpurbuche

1

Heute war wieder mal einer dieser Tage, an denen Svea das Gefühl hatte, die Minuten liefen doppelt so schnell. Obwohl es erst früh am Morgen war, ahnte sie schon jetzt, dass ihr Zeitplan an diesem Freitag nicht mehr aufgehen würde. Es genügte, dass ihr erster Patient – der alte und verwirrte Herr Precht – sich mal wieder nicht waschen und anziehen wollte. All ihre Überredungskunst war nötig, um so liebevoll und schnell zum Ziel zu gelangen wie möglich.

Ausgerechnet heute, wo sie doch pünktlich Feierabend machen musste, da Marc und sie verabredet waren. Sie hatten ihren fünften Jahrestag, und Svea freute sich schon auf einen romantischen Abend in einem Restaurant, von dem sie nur die Adresse wusste. Marc hatte es beschrieben mit den Worten: Du wirst es lieben! Daraufhin hatte sie ihm versprechen müssen, nicht im Internet nachzuschauen. Es sollte eine Überraschung bleiben, wohin genau es ging. Gerade hatte es allerdings den Anschein, als würde sie es nicht schaffen, überhaupt vor Schließung der Küche Feierabend zu machen. Es wäre nicht der erste Tag in ihrem Job als mobile Altenpflegerin mit unerwarteten Überstunden.

Nachdem Svea den Krankheitsverlauf in der Patientenmappe notiert hatte – eine nicht enden wollende Schreibarbeit, die ihr wahrlich lästig war –, packte sie hastig ihre Tasche und verabschiedete sich von der freundlichen Frau

Precht, die im Gegensatz zu ihrem Mann immer so dankbar für ihre Dienste war. Svea bemühte sich, stets ein paar persönliche Worte zum Abschied zu finden, trotz allen Zeitdrucks und Stresses. Irgendwie hatte sie das Gefühl, ihren oft einsamen Kunden das schuldig zu sein. »Bis morgen. Genießen Sie das Wetter, Frau Precht.«

»Das werde ich, Frau Michel. Später, wenn die Sonne rauskommt, mache ich die Fenster weit auf, dann kann mein Werner seine geliebten Vögel hören.«

»Das ist eine gute Idee. Und dazu eine schöne Tasse Kaffee. Aber keine Süßigkeiten!«, verbot Svea mit erhobenem Finger.

»Nein, nein. Nur Diabetiker-Kuchen.«

»So ist's recht.« Als die alte Dame sich mühsam erheben wollte, sagte Svea schnell: »Ich finde allein nach draußen. Bleiben Sie bitte sitzen.« Sie gab Frau Precht die Hand und schulterte ihre schwere Tasche. Ein letzter warmherziger Blick von ihr ließ das Gesicht der Frau erstrahlen.

Flinken Schrittes verließ Svea das Siebzigerjahre-Gelbklinkerhaus, von denen sie manchmal zehn am Tag besuchte, und verstaute ihre Tasche auf dem Beifahrersitz ihres kleinen weißen Fiat Punto, der auf allen Seiten mit den Worten *Privater häuslicher Senioren- und Pflegedienst Hand in Hand* beschriftet war. Auf dem Dach befand sich das Logo des Betriebs – in plastischer Form: zwei ineinander verschlungene Hände, die förmlich aus dem Dach wuchsen. Svea fand dieses Firmensymbol bescheuert. Es erinnerte sie eher an zwei Männer, die Armdrücken machten, und nicht an die Verbildlichung eines Pflegedienstes.

Sie umrundete den Wagen und stieg ein. Hier nahm sie ihren Dienstplan zur Hand, den sie immer morgens in der Zentrale bekam, und studierte ihn das erste Mal in aller

Gründlichkeit. Da sie bloß eine Springerkraft war und keine fest angestellte Altenpflegerin, hatte sie meistens jeden Tag eine andere Route und nur selten dieselben Kunden. Man setzte sie eben dort ein, wo sie gebraucht wurde – sei es, weil eine Schwester Urlaub hatte, eine andere krank war oder weil es plötzlich unerwartet viele Patienten zu versorgen galt. Die Gegebenheiten waren so unstet wie ihre Einsatzzeiten. Manchmal arbeitete sie viele Stunden ohne Pause, und an anderen Tagen hatte sie am frühen Nachmittag bereits Feierabend. Diese Art der Arbeit war nach den vielen Jahren im Krankenhaus, wo sie ihre Ausbildung gemacht hatte, eine wunderbare Abwechslung. Noch heute war sie ihrer besten Freundin dankbar, denn Tilli, die eigentlich Tjalda hieß, hatte ihr die Stelle als Springer bei *Hand in Hand* verschafft. Tilli selbst war schon lange in dem Unternehmen angestellt, und so kam es, dass sie heute wieder Kolleginnen waren wie früher bei der Ausbildung im Krankenhaus, wo sie sich auch kennengelernt hatten. Scheinbar sollte es einfach so sein.

Doch sosehr Svea ihre selbstständige Arbeit auch mochte, für sie war dennoch klar, dass diese Stelle keine Lösung auf Dauer war. Zum einen konnte sie nicht wirklich gut mit Geld umgehen – und ein unregelmäßiges Gehalt machte diese Tatsache noch schwieriger –, und zum anderen war da noch Frau Zwickel. Die Einsatzleiterin, die auch die Dienstpläne schrieb, schikanierte Svea vom ersten Tag an und ließ keine Gelegenheit aus, ihr zu zeigen, dass sie sie nicht mochte. Anfänglich waren es bloß subtile Sticheleien bei den Teamsitzungen gewesen, mit der Zeit ging diese Abneigung aber deutlichere Wege. Svea brauchte bloß einen Blick auf ihren aktuellen Plan zu werfen: *Transfer aus dem Bett, Grundpflege, Gummistrümpfe anziehen …* Das meiste waren Tätigkeiten, die man ebenso einer ungelernten Kraft hätte geben können – dabei waren examinierte Krankenschwestern, wie sie eine war, eigentlich nicht für solche Dinge zuständig. Unnötig zu erwähnen, dass dahinter Absicht steckte.

Mindestens ebenso engagiert war die Einsatzleiterin, wenn es um die tägliche Route ging. Natürlich konnte man ihr wie immer nichts nachweisen – schließlich mussten gewisse Patienten, wie beispielsweise Diabetiker, zuerst am Tag behandelt werden, ganz gleich, wie weit voneinander entfernt sie wohnten. Und doch ließ Svea das Gefühl nicht los, dass diese Frau besondere Mühe darauf verwendete, ihr eine außergewöhnlich weite Strecke zu basteln. Oft kostete sie der wirre Weg durch Bremen eine Menge Extrazeit. Zeit, die sie ganz besonders heute nicht hatte.

Svea ließ den Wagen an, damit ihr Navigationsgerät ansprang. Während sie die Adresse eintippte, murmelte sie sie leise vor sich hin. »V e r e n m o o r … Nie gehört. Wo ist das denn?« Als die vorgeschlagene Route auf dem Bildschirm erschien, konnte sie sich ein Fluchen nicht verkneifen. »Ganz bei Lilienthal? Das gibt es doch gar nicht. So ein verdammter Mist!« Svea schaute auf die Uhr. Es war schon neun, und das Navigationsgerät sagte, dass ihre Fahrt von Huckelriede bis zum Ziel bei aktueller Verkehrslage fünfunddreißig Minuten dauern würde. Doch alles Ärgern nützte nichts. Sie sollte zusehen, dass sie loskam. Hoffentlich hielt sie der Patient im Verenmoor nicht so lange auf.

Svea schnallte sich an und fuhr los. Kaum war sie auf die Hauptstraße eingebogen, stand sie im Stau; viel Zeit, um permanent auf die Uhr zu sehen. Nur quälend langsam durchquerte sie die Stadt. Stoßstange an Stoßstange reihten sich die Autos aneinander, und immer mal wieder gab es kein Vor und kein Zurück, sodass sie streckenweise zu Fuß weitaus schneller gewesen wäre. Svea hatte keine Ahnung, was heute in Bremen los war; alles, was sie wusste, war, dass die Uhr tickte!

Erst als sie Borgfeld erreichte, lichtete sich der Verkehr, und sie konnte endlich aufs Gaspedal treten, was sie etwas entspannte. Es war eine schöne Gegend hier – sehr grün, fast schon dörflich. Svea konnte sich nicht entsinnen, jemals zuvor hier gewesen zu sein, obwohl sie schon ihr Leben lang in Bremen wohnte. Je weiter sie fuhr, desto kleiner wurden die Wege und desto größer die Felder. Irgendwann sah sie deutlich mehr Tiere als Menschen und befuhr nur noch holprige Treckerstraßen mit Tempo vierzig. Währenddessen geschah das, was sie im Grunde immer versuchte zu vermeiden: Svea fragte sich, was sie gleich wohl erwarten würde. Eigentlich hatte sie beschlossen, das nicht mehr zu tun, denn sie wollte nicht voreingenommen sein. Doch mit Sicherheit war auch heute – wie eigentlich jeden Tag – ein Patient dabei, der ihr die Nerven stahl. Für Svea war es zwar ein Rätsel, wie Frau Zwickel es immer gelang, so viele Leute eines Schlages aufzutun, doch sie schaffte es, und Sveas Überzeugung nach vereinte sie alle mit Absicht auf ihrem Dienstplan!

Als das Navigationsgerät anzeigte, dass sie ihr Ziel in fünfhundert Metern erreichen würde, war sie überzeugt, sich verfahren zu haben. Nur noch vereinzelt standen hier abgelegene Bauernhöfe, eingerahmt von grünen Weiden mit Pferden und Kühen darauf. Dann erklang auch schon die intonationslose Stimme ihres Navis: »Das Ziel liegt auf der linken Seite.«

Sie fuhr auf einen der Höfe und parkte den Wagen unter einer Kastanie. Das unliebsame Knacken der Handbremse passte nicht zu dem idyllischen Bild vor ihr. Hier war alles so still. Kurz schaute sie sich um, ohne auszusteigen. Das Anwesen war gepflegt, hatte Ställe und Weiden drum herum, doch alles wirkte so, als würde hier schon lange keine Landwirtschaft mehr betrieben.

Svea nahm den Schlüssel mit dem grünen Plastikanhänger zur Hand, auf dem *Familie Arndt* stand, und schulterte ihre Tasche. Sie schritt über den Kies, der unter ihren Schuhen knirschte. Sofort stieg ihr der Geruch von frisch gemähtem Rasen, Tieren und dem feuchten Boden in die Nase. In der Nacht musste es hier geregnet haben – anders als in der Neustadt, wo ihre Wohnung lag. Dieser Ort fühlte sich an, als wäre er Welten entfernt.

Eben noch war sie angespannt gewesen und hatte sich von der Uhr getrieben gefühlt, doch die friedliche Umgebung und das erfrischende Oktoberwetter wirkten ohne jedes Zutun beruhigend auf sie. Obwohl sie die Zeit nicht hatte, betrachtete sie eine Weile lang die zahlreichen, wunderschön bepflanzten Blumenkübel vor dem alten Fachwerkhaus. Hortensien, Sonnenblumen, Dahlien und Margeriten blühten hier dicht an dicht und hielten die Regentropfen auf ihren Blättern fest. Am Gebälk des Hauses waren schmiedeeiserne Vorrichtungen für Kletterpflanzen angebracht, und überall dort, wo das überstehende Dach eine Halterung zuließ, befand sich ein Hängekübel mit Männertreu. In einen dieser Kübel hatte sich ein kleiner Ast verirrt. Wahrscheinlich hatte der Wind der Nacht ihn dorthin getrieben. Da sonst alles so perfekt aussah, konnte Svea nicht anders, als ihrem inneren Drang nachzugeben und das Stöckchen zu entfernen. Mit vorsichtigen Fingern entwirrte sie die Pflanzenarme, die das Hölzchen geradezu festzuhalten schienen. Ihr fiel gar nicht auf, dass sie sich unterdessen einem gekippten Fenster genähert hatte. Erst als sie eine Stimme vernahm, blickte sie auf. Svea ließ von dem Blumenkübel ab und horchte.

»… ich werde gleich dort anrufen. Glauben die eigentlich,

wir haben nichts Besseres zu tun, als auf sie zu warten? Eine Frechheit ist das …«

Ohne nachzudenken, hatte Svea in die Richtung geschaut, aus der die wütende Stimme kam – direkt durch das Fenster in einen Raum, wo ein Mann in einem Krankenbett lag. Vor ihm stand ein deutlich jüngerer Mann und schimpfte. Der Körper des Alten sah eingefallen aus. Sein Gesicht allerdings war grimmig. Die Szenerie hielt Svea kurz gefangen, und als ihr gewahr wurde, was sie gerade tat, war es auch schon zu spät.

Der jüngere Mann ruckte mit dem Kopf in Sveas Richtung. Sein Blick war zuerst verwundert, dann aber sofort sehr ernst. Sichtlich aufgebracht sprang er auf das Fenster zu und riss eine Gardine vor die Scheibe.

Svea murmelte ein leises »Oh, oh. Nicht gut …« vor sich hin und wandte sich schnell vom Fenster ab. Im nächsten Augenblick wurde die Haustür auch schon aufgerissen. Es war der jüngere Mann. Er war sichtlich erbost.

»Was tun Sie hier auf meinem Hof?«

Noch immer hielt Svea das Stöckchen fest, das ihr aber kaum als Ausrede dienen konnte. »Bitte entschuldigen Sie vielmals. Ich wollte nicht …«

»… das haben Sie aber«, tadelte er. »Schauen Sie bei jedem einfach so hinein und lauschen? Finden Sie das normal? Wer sind Sie überhaupt?«

»Ich bin Svea Michel.«

Der Mann antwortete zunächst nichts mehr. Noch immer stand er steif im Rahmen der Tür, die dunklen, dichten Augenbrauen eng beieinander, der Blick verschlossen. Er schien nicht zu wissen, mit wem er es zu tun hatte. »Michel …?«, wiederholte er etwas verwirrt.

In der Hoffnung, neu anfangen zu können, warf Svea

das Stöckchen weg, streckte ihre Hand aus und ging festen Schrittes auf den Mann zu. »Ich bin vom Pflegedienst *Hand in Hand*. Bitte entschuldigen Sie die Verspätung. Der Verkehr war recht dicht …«

»Wozu, zum Teufel, haben Sie eigentlich einen Schlüssel? Folgen Sie mir«, sagte er nur, ohne die ihm dargebotene Hand zu ergreifen oder auf Sveas Worte einzugehen. »Mein Vater ist im Wohnzimmer.«

Gemeinsam betraten sie eine dieser typisch bäuerlichen Wohnstuben. Schwere Holzmöbel, mit Öl gemalte Landschaftsbilder an den Wänden, altmodische Alpenveilchen auf der Fensterbank. Hier passte alles zusammen – nur eines war nicht stimmig: das moderne Krankenbett in der Mitte des Raums mit dem übergroßen Fernseher davor.

»Hallo«, rief Svea beim Eintreten laut. »Die Pflege ist da. Nicht erschrecken …!« Zwar wusste sie, dass Herr Arndt ihr kaum würde entgegenkommen können, da er auf den Rollstuhl angewiesen war, doch sie machte sich trotzdem immer auf diese Weise bemerkbar. Svea dachte gar nicht mehr darüber nach. Noch gab es allerdings keine Reaktion von dem alten Mann mit den wirren grauen Haaren. Erst als der Sohn sprach, drehte er langsam den Kopf in ihre Richtung. Sein Blick war unverändert mies gelaunt.

»Vater, die Pflegerin ist da. Tu uns bitte allen einen Gefallen, und mach keinen Ärger.« Dann wandte er Svea den Blick zu. »Brauchen Sie noch was, um Ihre Arbeit zu tun?«

»Nein. Gibt es denn etwas zu beachten?«

»Haben Sie dafür keine Übergabe?«

»Doch, natürlich. Ich dachte nur …«

»Es gibt nichts Erwähnenswertes«, schloss er streng. »Kommen Sie jetzt alleine klar? Ich habe zu tun. Die Warterei hat mich genug Zeit gekostet.«

»Ich komme klar«, antwortete Svea nur, ernüchtert von dem barschen Ton ihres Gegenübers. Hier hatte sie offenbar nicht viel mehr zu erwarten als die allergeringste Form von Höflichkeit. Eigentlich war sie es gewohnt, dass die Angehörigen der Patienten bei der kleinsten Gelegenheit wie ein Wasserfall redeten. Die Belastung und Sorge um ihre Liebsten waren oft so groß, dass sie froh waren, bei jemandem Gehör zu finden. Nicht so dieser Mann.

»Gut. Dann werde ich Sie jetzt allein lassen. Wenn Sie fertig sind, verlassen Sie das Haus bitte leise und unauffällig.«

Wieder wurde Svea an ihren Fehler erinnert. »Noch mal, es tut mir wirklich …«

»Schon gut. Hören Sie auf, sich zu entschuldigen. Sie sind ja bloß eine Springerkraft, und morgen kommt wahrscheinlich schon jemand anderes. Vielleicht sagen Sie derjenigen gleich, sie soll nicht bei mir durchs Fenster spähen. Dann sind wir quitt. Leben Sie wohl.«

Einen Augenblick später war Svea mit dem alten Mann im Krankenbett allein. Sie wollte die Wut, die sie gegenüber dem unfreundlichen Sohn empfand, nicht auf ihren Patienten übertragen und versuchte, ihm unvoreingenommen zu begegnen. So freundlich wie sie konnte, sagte sie: »Guten Morgen, Herr Arndt. Mein Name ist Schwester Svea. Wir kennen uns noch nicht …«

»Haben Sie keine Uhr?«

»Doch, natürlich. Ich bin leider in einen Stau geraten. Aber jetzt bin ich ja hier.«

Der Mann schaute wieder zum Fernseher und brummelte irgendwas vor sich hin.

»Gibt es etwas Interessantes im Fernsehen?«, versuchte Svea erneut ein Gespräch zu beginnen, während ihr Blick das Wohnzimmer nach der Patientenmappe durchsuchte.

»Wo ist Schwester Andrea?«, fragte der Mann.

»Sie ist leider krank. Hat Ihnen das niemand erzählt?«

»Nein. In eurem Laden macht jeder scheinbar, was er will.«

»Ist das Ihr Eindruck, Herr Arndt? Das ist schade. Ich kann …«

»Nur die Rechnungen kommen pünktlich«, unterbrach er sie laut.

Svea versuchte, nicht auf seine bösen Worte einzugehen, auch wenn es ihr zunehmend schwerer fiel. Einzig und allein der Gedanke an Frau Zwickels Vorwürfe, wenn sich ein Patient über sie beschweren würde, hielt sie davon ab, das auszusprechen, was ihr eigentlich auf der Zunge lag. Darum rang sie sich ein Lächeln ab und sagte: »Es tut mir leid, dass Sie unzufrieden sind. Ich kann Ihre Wünsche gerne notieren, wenn wir fertig sind. Aber zunächst wollen wir mal ins Bad. Kommen Sie, ich helfe Ihnen beim Aufstehen.«

»Natürlich helfen Sie mir beim Aufstehen! Wozu sonst sind Sie auch da?«

Was für ein Herzchen, dachte Svea ironisch. Es muss Frau Zwickel eine wahre Freude gewesen sein, mich für diesen Mann einzuteilen! Doch einen erhellenden Gedanken hatte die Sache: Dies war wohl *der eine* Kunde, vor dem es Svea täglich graute. Das hieß, es konnte nur noch besser werden. An dieser Vorstellung hielt sie fest und erledigte ihre Aufgaben, so schnell sie konnte. Am Ende schrieb sie tatsächlich die Wünsche des Patienten auf, von denen einer lautete: *Ich will wieder von Schwester Andrea behandelt werden,* und flüchtete regelrecht in ihr kleines Auto. Hier lehnte sich Svea kurz zurück und schloss die Augen. Ein Luxus, den sie sich nach anstrengenden Kunden gönnte, ganz gleich wie spät sie dran war.

Schnell schaffte sie es, den Ärger hinter sich zu lassen und nach vorn zu schauen. Ihr nächster Patient wartete schon. Eine Frau: Alheid von Clawen. Welch ein seltsamer Name, fuhr es Svea durch den Kopf, als sie den Wagen Richtung Innenstadt lenkte. Zu ihrem Glück ging die Rückfahrt erstaunlich schnell. Svea holte Zeit auf und fand das Reihenhaus von Frau von Clawen auf Anhieb. Es war winzig – geschätzte sechzig Quadratmeter auf zwei Etagen. Doch gerade weil es so klein war, wirkte es wie eine Puppenstube.

In diesem Moment mochte Svea ihren Job wieder. Herr Arndt war gänzlich abgeschüttelt. Ihre Aufmerksamkeit galt nun allein ihrer nächsten Patientin. Neugierig sah sie sich um. Buchsbäumchen säumten den schmalen Weg zum Eingang. Svea nahm den Schlüssel aus der Tasche. Es war spannend, fremde Türen aufzuschließen und zu sehen, was sich dahinter verbarg.

Wie immer sagte Svea beim Eintreten ihren Spruch: »Hallo! Die Pflege ist da. Nicht erschrecken …!«

»Ich bin hier hinten«, antwortete jemand. »Einfach geradeaus durch.«

Svea schritt langsam über den langflorigen Teppich und betrachtete dabei die altrosa Tapete. Unverkennbare Schatten ließen keinen Zweifel daran, dass hier vor Kurzem noch viele runde Bilderrahmen gehangen haben mussten. Dann sah sie eine Kiste, in der sich ebendiese befanden. Obwohl sie bereits ahnte, was der Grund für das Abhängen der Bilder war, schaute sie auf die Spalte ihres Dienstplans, über der das Wort *Anmerkungen* stand. Tatsächlich, Frau von Clawen war kurz davor, in ein Pflegeheim umzuziehen.

Svea betrat das Wohnzimmer, wo sie eine Frau auf einem Schaukelstuhl erblickte, die aus dem Fenster sah. Sie trug ein adrett gebügeltes Kleid, dazu ein grob gestricktes Schultertuch, ein seidenes um den Kopf und schneeweiße Häkelhandschuhe. Das Einzige, worauf sie verzichtet hatte, waren Strumpfhosen. Wohl wegen ihres Beins, das verbunden war. Ihre Körperhaltung sah übermäßig kontrolliert aus, doch ihr Blick war freundlich. Irgendwie wirkte sie auf Svea, als sei sie einer fernen Zeit entsprungen.

»Guten Tag, Frau von Clawen«, sagte sie extra laut. Fast alle ihre Patienten waren schwerhörig, darum hatte sie sich diesen Ton angewöhnt.

»Sie brauchen nicht zu schreien. Ich höre noch sehr gut.«

»Oh, Verzeihung. Dann spreche ich natürlich leiser. Darf ich mich setzen?«

»Aber natürlich. Gern.« Die Frau wies auf einen Stuhl vor sich. »Ich habe es leider nicht geschafft, Kaffee zu kochen. Mein Bein … heute plagt es mich sehr«, entschuldigte sich die alte Dame.

»Oh, bitte, das müssen Sie doch auch gar nicht. Ich komme ja schließlich, um etwas für Sie zu tun. In meinen Unterlagen steht, dass Sie ein Venenleiden haben und dadurch ein offenes Bein.«

»Ja, das ist richtig. Es ist der linke Unterschenkel.«

Svea nickte. »Darf ich anfangen?«

»Sie dürfen.«

Svea wusste, dass so ein Verbandswechsel schmerzhaft sein konnte, deshalb versuchte sie in solchen Moment stets, ein wenig mit ihren Patienten zu plaudern. »Sie haben wirklich wunderschöne Handschuhe, Frau von Clawen. Sind sie selbst gehäkelt?«

Die Dame schaute auf ihre Hände, die sie in ihrem Schoß übereinandergelegt hatte. Ein leichtes Lächeln umspielte mit einem Mal ihren Mund. »Nun, früher habe ich solche Arbeiten selbst getan. Meine waren noch aufwendiger als diese hier. Sie sind ein Geschenk von einer lieben Freundin.«

Svea war erstaunt darüber, wie klar und deutlich sie sprach und wie verständlich ihre Sätze waren. Das hatte sie nicht erwartet. »Das heißt, jetzt häkeln Sie nicht mehr?«

»Nein«, sagte die Dame fast traurig. »Meine Finger wollen nicht mehr so, wie ich will. Und meine Augen leider auch nicht.«

»Es ist sicher nicht leicht, wenn die Sinne schwinden.«

»Nein, das ist es nicht. Junge Menschen nehmen stets alles für selbstverständlich. Ich war genauso.« Beinahe schuldbewusst senkte sie den Blick, dann wandte sie sich an Svea. »Oh, verzeihen Sie. Ich wollte Sie nicht beleidigen.«

»Das haben Sie nicht. Ich fasse das als Ratschlag auf und bedanke mich dafür.«

»Sie nehmen den Ratschlag einer alten Frau an, die bald in ein Heim soll?«, fragte sie lächelnd.

»Aber ja, warum denn nicht?«

»Nun, ich bin es wohl nicht gewohnt. Es hören nicht mehr viele Leute auf mich.«

»Wie schade«, antwortete Svea, blickte jedoch absichtlich nicht von dem Verband auf, um nun, wo es galt, die Gaze zu entfernen, keine schmerzhafte Bewegung zu machen. »Haben Sie denn keinen Mann? Keine Kinder oder Enkel?«

»Nein, niemanden mehr. Diese Zeiten sind lange vorbei.«

Jetzt schaute Svea doch auf.

»Früher, da hatte ich alles, wissen Sie …«

Svea bekam einen Kloß im Hals. Sie wagte nicht, weiter nachzufragen. Normalerweise war sie stets darum bemüht, die Geschichten ihrer Patienten nicht so nah an sich heranzulassen – aus reinem Selbstschutz –, doch hier und jetzt gelang es ihr nicht. Der Blick der fein gekleideten Frau war nun starr auf das Fenster gerichtet. Scheinbar hatte sie die Frage an etwas erinnert, und auf eine nicht greifbare Art und Weise spürte Svea, dass diese Erinnerung nicht schön war.

Plötzlich wich die Schwere aus ihrem Blick, und Frau von Clawen fragte Svea: »Glauben Sie an das Leben nach dem Tod?«

Der Themenwechsel kam plötzlich, dennoch nahm Svea ihn an und überlegte kurz. Immer wieder war sie erstaunt darüber, in was für unerwartete Situationen sie ihre unterschiedlichen Patienten brachten. Nach kurzer Bedenkzeit schüttelte sie den Kopf. »Nein, ich glaube nicht daran. Und Sie?«

»Wenn ich es doch nur wüsste. Die Antwort auf diese Frage beschäftigt mich schon sehr lange.«

»Und wenn Sie sich etwas wünschen dürften? Gäbe es dann ein Leben nach dem Tod?«

»Nein. Mein Wunsch wäre, dass alles mit dem Tod endet. Wenn es nach mir geht, möchte ich einfach zu Staub zerfallen, keine Last mehr spüren und keine Bürde mehr tragen.«

Svea glaubte zu verstehen. Viele ihrer Patienten empfanden sich im Alter als Belastung. Doch wem genau meinte Frau von Clawen zur Last zu fallen? Es war ja offenbar keine Familie mehr vorhanden. Svea warnte sich selbst davor, nicht zu sehr in die Geschichte dieser Frau einzusteigen. Das geschah schnell, und es war schwer für die alten Leute, die so viel Zeit hatten, zum Abschluss zu kommen. Oft bedauerte Svea es, dass ihr Zeitplan eine individuellere Betreuung nicht zuließ, aber das war nicht zu ändern. Mit diesen Gedanken im Kopf widmete sie sich wieder voll und ganz dem Bein. »Bitte versuchen Sie jetzt, sich zu entspannen. Denken Sie am besten an etwas Schönes.«

»Oh, das fällt mir leicht«, ließ die Dame Svea wissen. »In meiner Kindheit habe ich immer in dem Garten meiner

Großeltern gespielt. Noch oft denke ich an diese Zeit zurück. Dort war es für mich wie im Paradies.«

Svea bewegte ihre Finger mit Bedacht und freute sich, dass Frau von Clawen sofort eine schöne Erinnerung aufrufen konnte. Genau das war es, was sie hatte bezwecken wollen. »Wie sah der Garten aus? Beschreiben Sie ihn mir?«

»Ich kann es versuchen, aber vermutlich vermische ich mittlerweile Wunschvorstellung und Wahrheit. Damals erschien der Garten mir schier unendlich, aber das ist mit Dingen aus der Kindheit ja oft so. In der Realität war er sicher einfach nur recht weitläufig.«

»Gab es dort viele Blumen?«

»Kaum. Eigentlich war es mehr ein Wald als ein Garten. Blumen fand man nur wenige. Aber überall standen diese wunderschönen Purpurbuchen mit ihren leuchtenden Blättern. Unzählige Stunden lag ich als Kind zwischen den Stämmen und blickte hinauf, wo der Wind das rote Laub bewegte. Noch immer sehe ich diese kräftigen Farben vor mir und rieche den Duft der Bäume. Damals wie heute ist diese Erinnerung das beste Mittel, um mich zu entspannen. Es kommt nicht darauf an, ob der Garten wirklich so gewesen ist oder bloß ähnlich.«

»Das stimmt. Und auf eine Weise ist die Erinnerung ja auch die einzig wahre Realität. Für mich ist er jetzt nämlich genau so, wie Sie ihn beschreiben. Ich sehe ihn vor mir, diesen unendlichen Purpurbuchengarten«, sagte Svea ein bisschen verzaubert von den Bildern in ihrem Kopf. Sie hatte bereits die Hälfte der Binde vom Bein entfernt. Gleich würde der schmerzhafte Teil folgen, wenn sie zu jenem Stück kam, das direkt auf der Haut auflag. Darum sprach sie schnell weiter. »Es gibt eine Purpurbuche im Park in der Neustadt, wo ich wohne. Ich komme immer beim Joggen an ihr vorbei.

Gerade in dieser Jahreszeit haben diese Bäume tatsächlich einen gewissen Zauber.«

»Das ist das richtige Wort, Frau Michel.« Frau von Clawen presste kurz die Lippen aufeinander und hielt einen Moment lang inne. Diese winzige Geste blieb allerdings das einzige Anzeichen für ihren Schmerz, und sie verschwand so schnell, wie sie gekommen war. »Als Kind war ich überzeugt davon, die Blätter würden nur deshalb rot werden, da die Bäume magische Kräfte besaßen. Es hat mich so sehr fasziniert, dass ich es insgeheim auch noch als junge Frau geglaubt habe – natürlich ohne es jemandem zu erzählen.« Sie lachte über ihre Naivität von damals.

»Man hört die Liebe zu diesem Garten aus Ihren Worten heraus.«

»Liebe …«, wiederholte sie leise. »Dieses Wort habe ich lange nicht gebraucht.«

Ein Moment verging, ohne dass eine der beiden sprach. Frau von Clawens kleine, wimpernlose Augen wirkten mit einem Mal glasig. Svea war der Meinung, dass sie das eben schon gewesen waren, und doch schien es beinahe so, als seien es aufkommende Tränen. Svea war froh, dass die Gaze nun vollständig entfernt war, und machte sich daran, die offene Wunde zu versorgen.

Nach kurzem Schweigen fragte Alheid von Clawen: »Sind Sie verheiratet?«

»Nein.«

»Verliebt?«

»Ja«, gab Svea wahrheitsgemäß zurück. In diesem Moment fühlte sie die gemusterte Oberfläche eines der feinen Handschuhe auf ihrer Wange. Alles Unverbindliche war plötzlich aus dem Blick der alten Dame gewichen.

»Ich gebe Ihnen noch einen Rat: Mit der Liebe ist es wie

mit der Purpurbuche. Die kräftige rote Farbe ist vergänglich. Sie verblasst im Herbst und wird erst orange und dann hässlich braun. Schaut man auf den Ursprung des Baums, so erfährt man, dass dieser nur eine Mutation ist. Etwas, das es eigentlich gar nicht geben dürfte, das aber trotzdem da ist und dessen Schönheit uns so blendet, dass uns die Herkunft egal ist. Vergessen Sie das nicht.«

Frau von Clawen zog ihre Hand wieder zurück und schien augenblicklich in ihre eigene Welt zu verschwinden. Beinahe war es, als hätte sie die Worte eben gar nicht gesagt.

In Sveas Kopf jedoch hallten sie nach. Sie wusste nicht, was sie erwidern sollte. Weder etwas Bedeutungsschweres noch etwas Belangloses fiel ihr ein. Das stumme Starren der Frau stand in einem so starken Kontrast zu dem Moment davor, dass Svea überzeugt war, es habe keinen Sinn mehr, weiter nachzufragen. So machte sie sich, tief berührt, daran, den Verband zu erneuern. Nach getaner Arbeit erhob sie sich. »Ich bin jetzt fertig, Frau von Clawen. Ich hoffe, Sie sind zufrieden mit mir.«

Die Dame nickte. »Ja, sehr sogar.«

»Wie schön«, freute sich Svea. »Dann werde ich jetzt gehen. Ich weiß leider nicht, ob wir uns noch mal wiedersehen, bevor Sie ins Heim umziehen, deshalb wünsche ich Ihnen schon mal alles Gute für die Zukunft.«

Abermals ein Nicken. »Meine Zukunft ist nicht mehr lang.«

»Da bist du ja.« Marcs Stimme klang reserviert, als er seine Mutter vor dem feinen Restaurant traf, in dem er mit Svea verabredet war.

»Hallo, mein Sohn. Ich danke dir, dass du mich heute dabeihaben willst. Das bedeutet mir viel.«

»Es ist ein wichtiger Tag. Darum dachte ich, wir könnten alte Streitigkeiten ruhen lassen. Vielleicht ist es ein Neubeginn. Ich weiß es nicht. Es liegt an dir.« Während er das sagte, machte er keine Anstalten, die Frau vor sich zu umarmen. Nicht einmal die Hand wollte er ihr geben. Trotzdem waren seine Gefühle ihr gegenüber das erste Mal seit langer Zeit nicht bloß negativ. Er fühlte Hoffnung und fragte sich sogar, ob er nicht zu hart mit ihr ins Gericht gegangen war. So, wie sie gerade vor ihm stand, wirkte sie harmlos, beinahe zerbrechlich. Nichts ließ vermuten, wie viel Uneinigkeit zwischen ihnen geherrscht hatte.

»So wie du das sagst, klingt es, als wäre ich ein Monster. Habe ich denn nicht viele Jahre lang alles für dich getan?«

»Dein Fehler war nie, dass du nichts für mich getan hast, sondern, dass du stets zu viel getan hast.«

»Aber kannst du denn gar nicht sehen, dass ich immer nur das Beste für dich wollte? Und dass meine Taten auch ihre Berechtigung hatten?.«

Jetzt lachte er bitter auf und wandte das Gesicht ab. »Wovon sprichst du nur?«, fragte er verständnislos und schaute sie dann wieder an. Ihr Erscheinungsbild war das einer älteren Frau geworden. Noch immer trug sie diese seltsamen Leinenhosen und viel zu klobigen Lederschuhe. Ihr Haar war wie all die Jahre zuvor leuchtend rot gefärbt. Als sie es zurückstreifte, blitzte der Anhänger ihrer Halskette unter dem Strickschal hervor. Marc kannte ihn gut. Es war ein geschliffener Stein, dem sie irgendwelche Kräfte zuschrieb. In seiner Kindheit hatte sie ihn oft dazu genötigt, den Anhänger zu tragen. Bei Klassenarbeiten zum Beispiel oder beim Zahnarzt. Früher hatte er diese Kette gehasst, doch jetzt waren seine Empfindungen anders. Er wusste nun, sie hatte es nur gut gemeint. Demnach war etwas Wahres an ihren Worten von eben: Ihre Taten hatten ihre Berechtigung gehabt – jedenfalls einige davon.

Ihr Blick folgte dem seinen. Sie begann zu lächeln und war sofort im Begriff, sich die Kette vom Hals zu nehmen. »Willst du sie heute vielleicht noch einmal tragen? So wie früher.«

»Nein, Mutter. Will ich nicht. Hast du noch immer nicht verstanden, dass nur du geglaubt hast, sie würde mir helfen? In Wahrheit hast du mich damit zum Außenseiter gemacht, das war ihre einzige Wirkung.«

»Du meinst, die Kette war daran schuld?«

»All dein komischer Krempel …!«

»Willst du wirklich leugnen, dass du schon als Kind ein bisschen anders warst als die anderen?«

»Du verdrehst vollkommen die Tatsachen, Mutter. Nicht ich war anders, du warst es! Heute weiß ich das, und ich werde mir nie wieder welche von deinen Hirngespinsten anhören. Du hast mich damit fast in den Wahnsinn getrieben.« Noch immer war seine Stimme ruhig, so sehr krallte er sich an sein Vorhaben, dieses eine Mal mit ihr auszukommen. Der heutige Anlass bot eine der überaus seltenen Gelegenheiten, noch mal von vorne zu beginnen.

»Marc, es tut mir leid, wenn ich Fehler gemacht habe …«

»Es wurde Zeit, dass du es einsiehst. Das ist ein Anfang.« Sein Körper entspannte sich etwas. Er hatte sich wahrlich schwergetan mit der Entscheidung, sie einzuladen, doch nun schien sie sich als richtig herauszustellen. Zwar traute er sich noch nicht, das laut auszusprechen, aber er dachte es zumindest schon mal.

Sie machte einen Schritt auf ihn zu, blieb aber einen Meter vor ihm stehen, da seine Haltung ihr verriet, dass er ihre Nähe nicht wünschte. Unsicher vergrub sie die Hände in den Taschen ihres bunten Wollmantels.

»Ich weiß nicht, wie ich anfangen soll. Schon gar nicht jetzt, nach diesem Gespräch. Aber ich muss dir noch etwas Wichtiges sagen. Es wird dir nicht gefallen.«

»Oh, nein!«, warnte er sie und schüttelte den Kopf. »Tu es nicht! Nicht hier, nicht jetzt, nicht heute. Hörst du?« Sein Herz fing an, kräftig zu pochen. Schlagartig war das unangenehme Gefühl zurück, das ihn all die Jahre mit ihr begleitet hatte.

»Nur ein letztes Mal. Ich flehe dich an.«

Es geschah tatsächlich schon wieder. Marc war fassungslos. Sein Gesicht bekam einen resignierenden Ausdruck. »Als hätte ich es gewusst«, sagte er vor sich hin. »Du kannst es nicht lassen. Nicht mal jetzt, wo du eine allerletzte Chance von mir bekommst.«

»Nein, du irrst dich. Diesmal ist es …«

Er fiel ihr einfach ins Wort. »Hast du eigentlich eine Ahnung davon, wie es für ein Kind ist, von einem Hellseher zum anderen geschleppt zu werden? Und jeder von ihnen erzählt dir schaurigere Geschichten als sein Vorgänger?«

»Bitte vergiss einmal die Vergangenheit, und denk an deine Zukunft.«

Jetzt machte er einen so schnellen Schritt auf sie zu, dass sie erschrak und zurückwich. Ihre Gesichter trennten nur noch wenige Zentimeter. »Falls du es verdrängt hast: Genau deshalb sind wir heute hier. Meine Zukunft. Vergiss *du* also endlich mal die Vergangenheit!«

Sie nahm noch einmal all ihren Mut zusammen und umfasste seine Arme. »Ich wünschte, ich könnte es ignorieren, aber ich kann nicht. Ich will dich auf keinen Fall ganz verlieren. Aber jetzt ist die letzte Gelegenheit, um dich zu warnen«, schoss es geradezu aus ihr heraus. »Marc, du bist eine alte Seele, die …«

Er riss sich los. »Großer Gott, geht das schon wieder los?«

Er hatte jede Beherrschung verloren. »Was ist es diesmal? Hast du die Engel befragt? Das Pendel? Die Karten?« Vollkommen ungläubig blickte er auf seine Adoptivmutter. Er konnte es einfach nicht fassen, dass sie selbst in diesem Moment, nachdem sie fast ein Jahr lang keinen Kontakt mehr gehabt hatten, nicht davor zurückschreckte, die immer gleichen esoterischen Reden zu führen. Schließlich hatte genau dieses extreme Verhalten zum Bruch zwischen ihnen geführt. Seine Hoffnung, das vergangene Jahr hätte sie zur Vernunft gebracht, wurde enttäuscht. »Zum letzten Mal: Ich glaube nicht an diesen Blödsinn!«, sagte er energisch.

»Aber es ist unerheblich, ob du daran glaubst. Ich habe es gesehen, heute Morgen. So deutlich wie noch nie!«

»Was gesehen?«

»Die Antwort! Die Karten haben sie mir gegeben.«

Marc fuhr sich mit den Händen durch die Haare, krallte sich kurz daran fest, kniff die Augen zusammen und atmete langsam aus. Er wollte nicht ausfallend werden, und das kostete ihn gerade all seine Selbstbeherrschung. Dann sah er sie an und sagte: »Jeden Moment wird Svea hier auftauchen, und du raubst mir die Nerven. Findest du das gerecht? Hast du nicht schon genug angerichtet? Bist du erst zufrieden, wenn du mir diesen Tag auch noch kaputt gemacht hast? Ich hätte dich nicht einladen sollen. Es war ein Fehler.«

»Nein, es war Schicksal! Hör mir bitte nur noch dieses eine Mal zu.« Sie griff in ihre Tasche und zog etwas heraus. »Schau dir diese Karte an. Was siehst du darauf?«

Einzig die Hoffnung, dass sie so schneller damit aufhörte, ließ ihn einen Blick darauf werfen. »Ich sehe einen Mann und eine Frau. Hinter ihnen ist ein Teufel oder Dämon.«

»Sieh auf ihre Hände.«

»Sie sind aneinander gefesselt.«

»Richtig. Das ist die Verhängnis-Karte, Marc. Sie besagt, dass du …«

Ein Hupen ließ beide aufschauen.

»Das ist Svea.«

»Nein. Bitte, Marc. Lass mich das noch zu Ende führen.«

»Schluss jetzt. Du hast die Wahl. Entweder du gehst jetzt rein, oder du verschwindest – und zwar für immer! Ich meine es ernst. Am Telefon hattest du mir versprochen, dich zusammenzureißen. Und genau das wirst du jetzt tun.«

»Dann nimm wenigstens die Karte an dich. Ich habe alles, was du wissen musst, auf der Rückseite aufgeschrieben.«

Genervt riss er ihr die Karte aus der Hand und stopfte sie unbeachtet in seine Anzugtasche. »Jetzt lass mich in Ruhe. Kein Wort mehr davon!« Harsch wandte er sich von ihr ab und trat auf den Seitenstreifen.

Svea hatte den restlichen Arbeitstag unentwegt an Frau von Clawen gedacht. Sie war so beeindruckt von der alten Dame, dass sie kaum wahrgenommen hatte, was danach passiert war. Weder ihr vorletzter Patient, ein Mann, dessen Frau vor Kurzem gestorben war und der eigentlich pausenlos weinte, noch die geistig fitte Neunundneunzigjährige hatten es geschafft, Svea wirklich abzulenken. So war der restliche Tag an ihr vorbeigezogen wie im Nebel, bis sie im dichten Feierabendverkehr zurück in die Zentrale fuhr, wo sie sich umzog. Marc hatte ihr gesagt, sie solle sich hübsch machen, und Svea wusste, was er damit meinte. Das kurze Schwarze und rote Schuhe mit mörderisch hohen Absätzen, dazu ein passender Lippenstift in derselben Farbe, damit war das Styling perfekt. Svea hatte noch schnell die Patientenschlüssel abgegeben und den Firmenwagen gegen ihren eigenen getauscht. Jetzt erreichte sie endlich ihr lang ersehntes Ziel.

Marc stand schon vor dem Restaurant, das sich von außen kaum nobler hätte präsentieren können. Brennende Fackeln hingen an goldenen Wandhalterungen, und ein roter Teppich führte unter einem Baldachin ins Innere. Doch Svea hatte nur Augen für ihren Freund, der zur Feier des Tages einen grauen Anzug trug.

Wie immer sah er umwerfend aus – selbst wenn er einfach nur so dastand. Seine schwarzen Locken, die grünen Augen, der Dreitagebart – auch nach fünf Jahren Beziehung war Svea seinem Anblick noch immer verfallen.

Als Marc Sveas Auto erkannte, trat er ein paar Schritte zurück auf den Bürgersteig und gab so die Parklücke direkt vor dem Restaurant frei. Sie war recht eng bemessen, und Svea schaffte es nicht auf Anhieb, ihren Polo hineinzumanövrieren. Mehrmals musste sie ganz rausfahren, um aufs Neue einzuparken. Marc begann zu grinsen – wie immer, wenn sie schlecht Auto fuhr. Bei ihrem dritten Versuch fragte er sie mit Gesten, ob er für sie einparken solle, aber Sveas Stolz ließ das nicht zu.

Obwohl er sich gerade über sie lustig machte, tat er es wie immer so charmant, dass sie selbst auch über sich lachen musste. Sein Humor war einfach ansteckend, und als sie endlich aus dem Wagen stieg, hatten beide ein breites Grinsen auf dem Gesicht. »Sag nichts!«, warnte sie ihn im Spaß und hob den Zeigefinger.

Er schüttelte den Kopf und hielt abwehrend die Hände nach vorne. Im nächsten Augenblick jedoch schaute er auf Sveas Auto, das mit einem Reifen zur Hälfte auf dem Bordstein stand.

Svea folgte seinem Blick.

Dann brach das Lachen aus beiden heraus.

Marc ergriff Sveas Hand und zog sie schwungvoll näher.

Einen kurzen Moment lang sahen sie sich an wie zwei frisch Verliebte.

»Du siehst toll aus«, ließ er sie mit seiner tiefen Stimme wissen.

Svea spürte, wie sie weiche Knie bekam. »Ich weiß doch, was dir gefällt.«

Marc machte einen Schritt zurück und zog ihre Hand nach oben, sodass sie sich für ihn einmal um die eigene Achse drehte. Dabei sah er sie an, als gehöre sie ihm.

In solchen Momenten war Svea immer hin und her gerissen. Einerseits war sie der Meinung, ihr Selbstbewusstsein sollte Alarm schlagen, andererseits gab er ihr so das Gefühl, *die Eine* zu sein. Welche Frau wünschte sich das nicht?

Svea machte einen Schritt auf ihn zu. »Du hast mich noch nicht geküsst.«

»Du mich auch nicht.«

Es war eine Art Spiel zwischen ihnen. Svea war es wichtig, sich von ihm küssen zu lassen. Er wusste das und benutzte es, um sie zu necken – jedoch nicht heute.

Seine Hand fuhr in ihren Nacken und zog sie näher zu sich heran. Dann küsste er sie, länger und intensiver, als es für diesen öffentlichen Ort angemessen gewesen wäre. Als sie sich langsam voneinander lösten, lachte er auf diese unwiderstehliche Weise, bei der er kurz zwei spitze Eckzähne entblößte, die ihm etwas Wildes verliehen. »Komm, Lady, lass uns reingehen.«

Hand in Hand schritten sie über den roten Teppich. Ihre Blicke lösten sich dabei kein einziges Mal voneinander.

»Lady«, wiederholte Svea. »So hast du mich das erste Mal vor genau fünf Jahren genannt.«

»Das stimmt. Gefällt es dir nicht mehr?«

»Es ist irgendwie kitschig, aber ich mag es trotzdem. Außerdem erinnert es mich immer an die Zeit, als ich so verliebt in dich war, dass ich wochenlang kaum mehr als Drei-Wort-Sätze sprechen konnte.«

Marc lachte auf. »Ich erinnere mich. Du hast dich geschämt, ich fand's süß.« Er schob die Tür des Restaurants auf und ließ Svea als Erste eintreten. Dann nahm er ihr den Mantel ab und sagte: »Ich hoffe, es gefällt dir hier.«

Sie sah sich um, entdeckte goldene Kronleuchter und Kellner, die so elegant gekleidet waren, dass man sie nur durch das weiße Serviertuch über dem Unterarm als solche erkennen konnte. »Es ist umwerfend.«

Er lächelte siegessicher und bot Svea den Arm.

»Wo sitzen wir?«

»Unser Tisch ist dort drüben.«

Svea schaute in die Richtung, in die sein Finger wies, und hielt inne. An dem Tisch saßen bereits drei Personen, die jetzt alle fröhlich winkten. »Meine Eltern. Und …« Sie sah zu ihm. »Was macht denn deine Mutter hier?«

»Die feiern alle mit uns«, sagte Marc und nahm ihre Hand. Sanft zog er sie hinter sich her. »Ich hoffe, das ist dir recht.«

Wenig später saßen sie in einer Konstellation zusammen, die es zuvor noch nie gegeben hatte. Svea war kurzzeitig ein wenig überfordert. Sie wusste nicht, was sie denken oder fühlen sollte. Eigentlich freute sie sich darüber, dass Marc und seine Adoptivmutter wieder miteinander sprachen. Und auch die Gesellschaft ihrer Eltern war ihr recht. Als behütetes Einzelkind war ihr Verhältnis zueinander schon immer herzlich gewesen. Aber wollte man deshalb gleich den Jahrestag gemeinsam verbringen? Noch bevor Svea eine Antwort darauf fand, kam ein Kellner mit einem Silbertablett. Darauf standen fünf langstielige Gläser. »Champagner, die Herrschaften?«

Als alle fünf ein Glas in der Hand hielten, hob Marc seines

feierlich an. »Auf die nächsten fünf Jahre mit meiner wunderbaren Svea!«

»Hört, hört.«

»Mindestens fünf, hoffe ich!«

»Mama …!«, tadelte Svea belustigt.

Lachen ertönte. Ein jeder führte sein Glas über die Tischmitte. Dann erklang ein helles Klirren.

Marc und Svea stießen als Letzte an. Dabei schauten sie sich über die unbewegte Flamme einer schlichten weißen Kerze hinweg an. Gemeinsam nahmen sie den ersten Schluck.

Die Stimmung war von Beginn an heiter. Immer wieder kam die Bedienung und füllte die Gläser erneut. Sveas anfängliche Bedenken bezüglich der unerwarteten Gruppierung verflogen schnell. Während die beiden Mütter und die Männer sich angeregt unterhielten, kuschelte sie sich tief in die dick gepolsterte Bank, auf der sie saß, genoss den Champagner und das schwere, warme Gefühl, das sich langsam in ihr ausbreitete.

Plötzlich ging ein Raunen durch das Restaurant, denn das Licht wurde gedimmt. Geigenmusik erklang, und alle Köpfe drehten sich in eine bestimmte Richtung. Langsam und sehr vorsichtig traten zwei Kellner aus der Küche. Zwischen sich trugen sie eine Torte in Herzform, die mit brennenden Wunderkerzen gespickt war.

Svea reckte den Hals. Sie war entzückt und schaute sich um auf der Suche nach dem glücklichen Geburtstagskind, das überrascht werden sollte. Von der Romantik ergriffen, tasteten ihre Finger mit einer selbstverständlichen Bewegung nach Marcs Hand. Eine so vertraute Geste, dass Svea erst genauer hinsah, als sie merkte, wie sie ins Leere griff.

Marc hatte sich eigenartig gerade aufgerichtet. Sein Oberkörper wirkte plötzlich steif. Sein nicht zu deutender Blick ruhte auf Svea, die langsam ihre Hand zurückzog.

»Was ist los?«, fragte sie verunsichert.

Die Kellner und der Geiger bahnten sich noch immer einen Weg durch die eng gestellten Tische des Restaurants. Alle Anwesenden folgten ihnen mit dem Blick. Sie waren so neugierig, dass jede Unterhaltung verstummt war.

Svea kniff die Augenbrauen zusammen. Die Männer hielten doch tatsächlich auf sie zu! Konnte das wirklich sein? Marcs Gesicht, das voller Vorfreude war, bestätigte dies.

Mit einem Strahlen in den Augen fragte sie: »Ist das für mich? Hast du das etwa zu unserem Jahrestag organisiert?«

»Ja. Nur für dich!«

Links von Marc stellte sich nun der Geiger auf. Rechts von ihm platzierten sich die Kellner mit der Torte, auf der jetzt die letzten Wunderkerzen abbrannten.

Svea betrachtete hingerissen das Kunstwerk aus Marzipanrosen und Erdbeeren. Sie legte sich die Hand aufs Herz und schmachtete Marc an. »Damit habe ich nicht gerechnet. Welch eine wundervolle Überraschung.«

»Und nicht die einzige. Wir haben noch etwas zu feiern.«

»So? Was denn?« Langsam sah sie an ihm herunter. Bei seinen Händen, die er vor sich auf dem Tisch verschränkt hatte, stutzte sie. Er hielt darunter eindeutig etwas verborgen.

Sveas Herz schien einen Schlag lang auszusetzen. Sie schaute zu ihrer Mutter, die schon ein Taschentuch gezückt hatte und sich ein Tränchen wegwischte. Dann ging alles ganz schnell.

Marc entblößte, was er eben noch versteckt gehalten hatte. Mit der Rechten schob er das geöffnete Kästchen über den Tisch. Es war eine dieser typischen Ringschachteln zum Aufklappen, in deren samtigem Innenfutter ein wunderschöner Diamantring steckte.

»Svea Michel, willst du meine Frau werden?«

Ihre Reaktion war klassisch, und sie kam völlig automatisch. Svea schlug sich gleich beide Hände vor den Mund. Ihr Atem stockte. Sie spürte, wie die Röte ihr ins Gesicht stieg. Es passierte tatsächlich, in diesem Augenblick! »Du machst mir einen Antrag?«

»So ist es, Lady.« Seine Haltung entspannte sich, nun, wo die Worte gesagt waren.

Es war seltsam, aber Svea traute sich nicht, die Ringschachtel zu berühren. Zig Gedanken schossen ihr durch den Kopf. Dann platzte es aus ihr heraus: »Und du willst mich wirklich? Für immer und ewig? Mit all meinen Macken und Fehlern?«

Ihre Frage brach die Anspannung. Mit dieser Reaktion hatte er nicht gerechnet. Lachend schüttelte er den Kopf. »Welche Fehler?«

Auch ihre Eltern lachten jetzt und mit ihnen alle Gäste des Restaurants, die sie hatten hören können.

Beschämt senkte Svea den Kopf und bereute ihre kindischen Worte. Sie war so nervös.

Doch Marc ließ nicht zu, dass sie sich schämte. Er beugte sich über den Tisch und hob ihr Kinn sanft an. Sein eindringlicher Blick fing den ihren ein. Tief schaute er ihr in die Augen. In diesem Moment wirkte er ernst, und seine Worte klangen sehr feierlich. »Glaub mir, ich bin mir sicher. Du bist die Einzige, die ich jemals wollte und die ich jemals wollen werde. Ohne dich bin ich nur ein halber Mensch. Bitte werde meine Frau!«

Svea sprang auf. Sie umrundete den Tisch und fiel Marc um den Hals. »Mein Antwort ist: Ja!« Sie sagte es leise und nur zu ihm. Doch sie hatte die Rechnung ohne die Zuschauer gemacht.

Einige von ihnen forderten nun ungeniert die Antwort zu hören. Es blieb ihr keine Wahl, als laut zu wiederholen: »Ich sagte: Ja!«

Darauf entbrannte ein lautes Klatschen und Jubeln. Alle Anwesenden freuten sich und strahlten, während die beiden Verliebten sich innig küssten.

Nur eine Person im Restaurant hatte Angst in den Augen und Angst im Herzen. War sie wirklich die Einzige hier, die fand, dass Marcs Worte bedrohlich geklungen hatten?

2

Guten Morgen, ihr Langschläfer. Raus aus den Federn. Morgenstund hat Gold im Mund. Es ist sechs Uhr, und die Arbeit ruft – allerdings nur für manch armes Schwein in Bremen und umzu. Wer von euch muss wie ich auch am Samstag arbeiten? Ruft an und erzählt mir, welche Berufe man lieber nicht wählen sollte, wenn man freie Wochenenden liebt. Radiomoderator gehört schon mal dazu. Doch nun erst mal etwas auf die Ohren, damit ihr jetzt richtig wach werdet und ins Badezimmer tanzt …

»Mach schon aus, Svea!«, beschwerte sich Marc mit der rauen Stimme eines unsanft Geweckten. Es war jeden Tag dasselbe Spiel. Svea reagierte immer erst, wenn er sie anstieß. Sie war einfach ein Langschläfer – eine furchtbar lästige Eigenschaft, wenn man Frühdienst hatte!

Langsam suchten ihre Finger den Knopf auf dem Radiowecker, auf dem *Off* stand. Ohne hinzuschauen, fand sie ihn. Dann wurde es still. Ihr Arm glitt von dem Nachtschrank und baumelte an der Seite des Bettes herab. Schon jetzt, bevor sie die Augen geöffnet hatte, wusste sie, dass ein stechender Kopfschmerz sie heute begleiten würde. Noch schlimmer als der Kopfschmerz war allerdings der Neid, den sie auf Marc empfand. Er musste niemals am Wochenende arbeiten und konnte sich wieder umdrehen – was er auch tat.

»Tschüs, Verlobte«, murmelte er in sein Kopfkissen und hob nur kurz die Hand, um ihr zu winken.

Da fiel es ihr wieder ein: Ich bin verlobt! Ich werde heiraten! Svea musste trotz aller Müdigkeit und ihres Unwohlseins lächeln. Sie setzte sich auf und machte die typische Frau-schaut-Ring-an-Finger-an-Bewegung. Dabei labte sie sich an dem Gefühl, das in ihr aufstieg – einer Mischung aus Aufregung und Freude. Der schmale Goldring machte beinahe den Anschein, als ob er den herzförmigen rosa Diamanten nicht würde festhalten können, so erhaben thronte dieser auf ihrem Finger. Svea hatte keine Ahnung, wie sie mit einem solchen Ring Verbände wechseln oder die so oft benötigten Latexhandschuhe überstreifen sollte, doch abnehmen würde sie ihn auf keinen Fall.

Während sie duschte, sich anzog und zur Arbeit fuhr, wurde ihr nach und nach klar, was nun auf sie zukam. Es galt, einen Hochzeitstermin zu finden und eine Kirche. Svea fragte sich, wo man das Aufgebot bestellte, wo es ein Hochzeitskleid zu kaufen gab und vor allem, was ihre Freundinnen sagen würden? Die Aussicht auf die kommende Zeit erfüllte sie mit schwallartigen Kribbelattacken. Sie würde tatsächlich heiraten! Svea freute sich auf jeden einzelnen Schritt, und sie nahm sich vor, sich um alles selbst zu kümmern. Im Stillen gestand sie sich ein, dass es Zeit gewesen war für etwas, das ihren oft so glatten Alltag erschütterte. Der Wunsch nach Veränderung garte schon lange in ihr und war stetig angewachsen. Auch wenn sie eher an einen großen Urlaub oder eine neue Frisur gedacht hatte als an eine Hochzeit, war dieser Schritt jetzt genau der richtige, und Marc war es natürlich auch!

Es war zehn Minuten vor sechs, als Svea die Zentrale ihrer Arbeit betrat. Sie fühlte sich regelrecht euphorisch – jedenfalls so lange, bis sie die schneidende Stimme von Frau Zwickel vernahm, die ihre Begeisterung bremste wie ein Wall aus Granitsteinen. Trotzdem nahm sie sich fest vor, sich die Laune nicht verderben zu lassen. Nicht heute!

»Frau Walters, das ist unentschuldbar! Wo sind Sie immer mit Ihren Gedanken?«, tönte es durch den Flur.

Wie stets am Morgen versammelten sich alle Altenpfleger, Krankenschwestern, Altenhelfer und die Ungelernten vor dem Büro der Einsatzleiterin, um die Schlüssel der Patienten zu holen und eventuelle Änderungen des Tages durchzusprechen.

Für Svea war diese allmorgendliche Begegnung ein noch unangenehmeres Wachrütteln als das ihres nervigen Radioweckers. Manchmal fragte sie sich, ob es Absicht der Pflegedienstleitung war, jemanden wie Frau Zwickel einzustellen. Nach den nicht mal fünf Minuten in ihrem Büro kam einem jeder noch so mürrische Kunde beinahe wie eine Erholung vor.

»... es ist mir unverständlich, wie man es vergessen kann, eine Wochendosette aufzufüllen ...«, schallte es laut und vorwurfsvoll aus dem Büro. »Wenn Sie nicht in der Lage sind, einfachste Aufgaben zu erfüllen, dann ...«

»Hi, Svea.«

Sie wandte ihren Blick nach links. Neben ihr war Tilli aufgetaucht. »Hi, du.« Die Freundinnen tauschten einen einvernehmlichen Blick und umarmten sich kurz.

»Wer ist drinnen?«

»Lena«, antwortete Svea matt. »Wie es aussieht, hat sie gestern die Pillendose vergessen. Und nun nimmt dieser Drachen sie auseinander. Ich überlege schon die ganze Zeit, was ich wohl vergessen haben könnte, aber mein Kopf tut so weh. Zu viel Champagner gestern. Zum Glück ist der nächste Jahrestag noch etwas hin.« Müde fuhr sie sich mit der Hand an die Stirn, als ihr plötzlich in den Sinn kam, dass so ihr Verlobungsring zu sehen war. Ruckartig nahm sie die Hand wieder herunter. Auf diese plumpe Weise wollte sie ihr Geheimnis nicht preisgeben – schon gar nicht Tilli, deren Reaktion beim Thema Hochzeit unberechenbar war. Noch bevor sie sich weiter darüber Gedanken machen konnte, lachte Tilli und sagte:

»Das nenne ich mal ein Luxus-Problem. Ich bin mir sicher, Lena würde gerade gern mit dir tauschen.«

»Das würde ihr nicht viel bringen. Mit mir wird die Zwickel auch gleich meckern. Ich war gestern zu spät bei einem Kunden, der sich hundertprozentig über mich beschwert hat. Ein gefundenes Fressen für sie.«

»Ach, so schlimm ist sie gar nicht …«, verteidigte Tilli die Einsatzleiterin.

Verstohlen blickte Svea auf ihren Ring. Nichts über ihre Verlobung zu sagen kam ihr komisch vor, aber hier und jetzt? Der Zeitpunkt war einfach ungünstig.

»Pah! Zu *dir* vielleicht nicht!«, meinte Zoe, eine Kollegin, die gerade hinter ihnen aufgetaucht war, spöttisch. »Ich sag dir, das liegt an deinem Akzent. Ihr Holländer habt einen entscheidenden Niedlichkeitsvorteil.«

Svea legte den Kopf schief und schlug in dieselbe Kerbe: »Eine interessante Theorie. Möglicherweise hat Zoe recht, und du spielst mit unfairen Mitteln.« Svea verlieh ihrem Ton etwas Scherzhaftes und setzte einen gespielt boshaften Blick auf.

»Das ist doch Quatsch«, wehrte sich Tilli, die häufig mit ihrem Akzent aufgezogen wurde. Vor allem aber musste sie sich in regelmäßigen Abständen höhnische Kommentare von ihren Kolleginnen anhören, weil sie der erklärte Liebling von Frau Zwickel war.

»… es wäre eine kleine Wette wert«, sagte Zoe. »Sprich mal ohne Akzent.«

»Ha, ha. Sehr witzig. Haltet jetzt den Mund, ihr Hühner.«

Svea und Zoe dachten aber gar nicht daran aufzuhören. Der Spaß auf Tillis Kosten ließ sie die Gemeinheiten ihrer Vorgesetzten leichter ertragen. »Siehst du, Svea. Ich glaube, ich habe den Nagel auf den Kopf getroffen. Ich sag dir, ohne Akzent wirft die Zwickel ihr sofort den Tacker an den Kopf.«

Jetzt mussten alle lachen – jedenfalls so lange, bis Lena mit hochrotem Kopf an ihnen vorbeistürmte. Sie blickten ihr mitfühlend nach.

»Wie wäre es mit einer anderen Wette, Svea? Wer ist als Nächstes dran: Du oder ich?«, fragte Tilli.

»Hmm … worum wetten wir?«

»Den ersten Glühwein heute.«

»Okay. Ich sage du!«

»Alles klar.« Sie gaben sich die Hand.

Nur wenige Sekunden später hörten sie Frau Zwickel rufen: »Frau Faas? Wo ist Frau Faas?«

»Mist. Verloren«, flüsterte Tilli, drehte Svea im Gehen noch kurz das Gesicht zu und fragte: »Um acht bei dir?«

»Acht ist gut!«

Svea blieb mit Zoe vor der Bürotür stehen. Sie hörte, wie Frau Zwickel mit ihrer Freundin die Änderungen des Tages besprach. Natürlich sehr viel netter als mit allen anderen Frauen.

»Guten Morgen, meine Liebe. Eben habe ich einen Anruf von der Tochter Ihrer Patientin Schneider bekommen. Sie brauchen dort heute nicht vorbeizufahren. Die Verwandtschaft ist zu Besuch und wird sich um die Pflege kümmern – obwohl sie an Ihrer guten Arbeit natürlich nichts zu beanstanden haben. Frau Schneider ist wohl voll des Lobes für Ihren Fleiß und Ihre Freundlichkeit. Aber all das ist mir ja auch nicht neu …«

Der Rest des Gesprächs ging im Geläster der anderen

Frauen hinter Svea unter. Sie alle mochten Tilli, aber diese offensichtliche Bevorzugung war manches Mal nur schwer zu ertragen.

Tilli kam wieder aus dem Büro und ließ die Tür offen stehen. Sie rief noch einen letzten Gruß in die Runde, der von allen erwidert wurde, und verschwand.

»Frau Michel!«

Svea betrat das Büro.

»Schließen Sie die Tür.«

Schon nach diesen vier Worten war Svea genervt. Diese Frau mochte geschlossene Türen doch nur deshalb, weil sie so alle unbeobachtet schikanieren konnte. Ob sie wohl wusste, dass man von draußen jedes Wort hören konnte?

Wie so oft saß Frau Zwickel über ein Papier gebeugt und füllte mit wichtigtuerischer Miene die Spalten einer Tabelle aus. Dabei würdigte sie Svea, die wortlos vor den Schreibtisch trat und sich fühlte wie ein unartiger Schüler, der zum Rektor gerufen wurde, wie immer keines Blickes. Svea war überzeugt davon, dass diese Frau sie mit Absicht stets ein paar Momente lang missachtete, um ihre Macht zu demonstrieren. Doch sie wollte dem Zorn, der deshalb in ihr hochkroch, keinen Raum geben. Darum blickte sie die immer gleichen Gegenstände dieses Büros nacheinander an.

Da war zum einen dieser Bonsai-Baum auf der Fensterbank, an dem Frau Zwickel fortwährend herumschnitt, dann noch der Kätzchen-Kalender an der Wand, der schon seit Mai nicht mehr abgerissen worden war, und nicht zu vergessen das Newtonpendel, von dem die hinterste und die vorderste Kugel immerzu klackerten. Es sollte wohl beruhigend wirken – Svea machte es schon in der kurzen Zeit, die sie hier stand, wahnsinnig. Wie konnte man sich dabei konzentrieren? Doch von all den Dingen in diesem Büro war eins das merkwürdigste. Auf dem Schreibtisch, genau dort, wo sonst ein Bild der eigenen Familie stand, prangte ein Foto von Frau Zwickel und einem weißen Pferd. Sie hatte den Arm um den mächtigen Hals des Schimmels gelegt und lächelte so ungewohnt freundlich und liebevoll in die Kamera, dass man meinte, hier handle es sich um ihren netten Zwilling. Svea konnte nur vermuten, dass es ihr eigenes Pferd war, und sie vermutete ebenso, dass dieses Pferd möglicherweise eine Art Ersatz für Mann und Kinder darstellte. Schließlich war hier sonst kein anderes Foto zu sehen, und Frau Zwickel musste bereits Ende vierzig sein.

Svea wartete nun schon eine ganze Weile. Ihr Verstand wusste, dass es höchstens eine Minute gewesen sein konnte, doch ihr verletzter Stolz machte daraus ganze zwanzig. Dennoch, es reichte ihr. Sie begann, sich übertrieben laut zu räuspern, und kam sich dabei verdammt blöd vor.

Dieses Geräusch aber ließ die Einsatzleiterin langsam aufblicken. Mit unbewegter Miene überreichte sie Svea ein Blatt Papier und sagte: »Hier sind Ihr Plan für heute und Ihre Schlüssel. Drei davon brauche ich bis zwölf Uhr zurück. Es steht alles in den Anmerkungen.«

Svea nahm den Plan zur Hand und warf einen Blick darauf. Sie wollte wissen, was genau sie heute zu tun hatte und Frau Zwickel gegebenenfalls darauf ansprechen, dass ihre Aufgaben mal wieder nicht ihrer Qualifikation entsprachen. Außerdem hatte sie noch etwas auf dem Herzen. Für den heutigen Tag hatte sie sich fest vorgenommen, nicht vorher zu gehen, bis all ihre Anliegen geklärt waren. Doch natürlich kam es anders.

»Worauf warten Sie noch, Frau Michel?«, fuhr Frau Zwickel sie barsch an. »Vor der Tür stehen Ihre Kolleginnen, die auch Informationen von mir wollen.«

»Moment, bitte. Eines noch …!«

Die Einsatzleiterin hielt inne. Sie hatte das Talent, von oben auf einen herabzuschauen, selbst wenn sie sich tiefer befand als ihr Gegenüber. »Was denn noch?«

»Betreue ich die Kundin Frau von Clawen weiterhin? Sie steht nicht auf meinem Plan.«

»Nein.« Damit war für sie das Gespräch über diese Patientin beendet.

Svea, die schon reichlich bedient war von der steten Unfreundlichkeit dieser Frau, dachte: Erzähl mir bloß nicht zu viel, du doofe Kuh! Natürlich hätte sie es einfach auf sich beruhen lassen und gehen können, doch der Trotz stieg in ihr hoch. Warum, verdammt noch mal, habe ich immer das Gefühl, nichts hinterfragen zu dürfen? Ich bin doch keine Leibeigene! Beinahe patzig fragte sie jetzt: »Warum nicht? Wer betreut Frau von Clawen stattdessen? Ich würde es gern weitermachen, falls es möglich ist. Wissen Sie, auch wenn ich nur eine Springerkraft bin, würde ich mich freuen, zumindest ein paar meiner Patienten fest zu betreuen. Ich würde gern eine engere Bindung zu ihnen aufbauen. Das wäre doch für beide Seiten gut, und …« Sie brach den Satz ab.

Frau Zwickel sah Svea nämlich an, als würde sie ihr am liebsten einen Tritt verpassen, der sie aus ihrem Büro beförderte. Langsam nahm sie ihre rahmenlose Brille ab und sagte: »Auch wenn ich Ihnen sicher keine Rechenschaft über die Verteilung der Patienten schulde: Niemand betreut Frau von Clawen mehr. Sie ist letzte Nacht verstorben.«

Svea konnte es nicht fassen. »Was? Das kann doch nicht sein.«

»Glauben Sie etwa, ich erlaube mir einen Scherz damit?«

Svea überhörte die bissige Frage der Einsatzleiterin einfach. Sie war ernsthaft betroffen. Ungläubig schüttelte sie den Kopf. »Wie ist sie gestorben?«

»Friedlich, wurde mir gesagt. In der Nacht. Und wenn Sie jetzt keine Fragen mehr haben …«

Die rot lackierten Nägel klackerten schon wieder auf der Tastatur herum. Eifrig schaute Frau Zwickel währenddessen auf ihren Bildschirm, um Svea somit zu bedeuten, dass sie sich längst wieder ihrer Arbeit gewidmet hatte. So beiläufig es nur möglich war, sagte sie: »Aber seien Sie froh, Frau Michel. Sie bekommen, was Sie sich eben gewünscht haben: einen Patienten, den Sie länger betreuen dürfen, sodass eine engere Bindung möglich ist. Schwester Andrea wird bedauerlicherweise länger ausfallen als erwartet.«

Svea gefiel gar nicht, was sie hier hörte, und ahnte Böses. Niemals wäre diese Frau wirklich gewillt, auf einen von ihren Wünschen einzugehen. »Welcher Patient ist es? Kenne ich sie oder ihn?«

Ohne hochzublicken, wies sie mit einer Kinnbewegung auf den Plan in Sveas Hand. »Sie können doch lesen, oder? Schauen Sie in Ihren Plan. Es ist Herr Arndt, bei dem Sie gestern waren.«

Svea spürte, wie ihr das Blut ins Gesicht schoss. Ausgerechnet der! Diese Frau war die Ausgeburt des Bösen. Sveas Verachtung wuchs mit jeder Minute, die sie hier stand. Vor ihrem inneren Auge spielte sich ein übler Film ab: Sie sah, wie sich ihre Finger in die blonden Wet-look-Locken von Frau Zwickel gruben und ihren Kopf daran nach oben zerrten. Dann schrie sie ihr entgegen, dass sie den mürrischen Herrn Arndt gern selbst betreuen konnte und dass sie auf der Stelle kündigen würde. Doch das alles passierte nicht wirklich. Nur kurz überlegte Svea, ob sie ablehnen sollte, doch sie brauchte das Geld und konnte sich nicht erlauben, wählerisch zu sein. Darum sagte sie nur: »Herr Arndt wird nicht sonderlich erfreut sein. Aber gut …«

»Ich deute das als Zustimmung. Wenn es das jetzt war …?« Diese Frage glich einem Rausschmiss, dem Svea nur allzu gern nachkam. Genauso wie Lena eben stürmte auch sie mit hochrotem Kopf an den wartenden Kollegen vorbei. Bei ihrem Wagen angekommen, lehnte sie ein paar Minuten lang an der Motorhaube und hielt sich die schmerzende Stirn. Dann atmete sie tief durch. Ihre Gedanken waren bei Frau von Clawen.

Natürlich, der Tod gehörte zu ihrem Beruf, und doch war sie immer sehr betroffen, wenn jemand, den sie kannte, aus dem Leben schied. Auch nach all den Jahren als Krankenschwester und Altenpflegerin war es ihr noch nicht zur Routine geworden. Und um die alte Dame, die sie in der Kürze der Zeit irgendwie in ihr Herz geschlossen hatte, tat es ihr ganz besonders leid. So gern hätte sie ihr noch erzählt, dass sie jetzt verlobt war – wo sie doch gerade gestern noch über die Liebe gesprochen hatten. Während Svea das dachte, suchte der Daumen ihrer linken Hand den Goldring an ihrem Finger. Sie strich darüber und drehte ihn. Dabei fühlte sie sich mies, weil das Schmuckstück in diesem Moment nichts in ihr auslöste. Ihre gute Laune und alle Glücksgefühle waren dahin, und das, obwohl sie sich fest vorgenommen hatte, sie sich durch nichts verderben zu lassen.

Vielleicht sollte sie doch kündigen, kam es ihr in den Sinn. Bislang hatte sich Svea immer mit dem Gedanken aufrecht gehalten, dass sie Frau Zwickel ja nur fünf Minuten am Tag sah. Doch wenn diese fünf Minuten so verliefen wie eben, beeinflusste das auch die nächsten Stunden. Svea beschloss, darüber nachzudenken. Sie sollte besser nichts überstürzen, und an diesem Tag würde es sowieso nicht mehr zu großen Entscheidungen kommen. Nach der Arbeit war sie mit ihren Freundinnen auf dem Bremer Freimarkt verabredet. Der Termin stand schon seit Wochen, eigentlich sogar schon seit Jahren fest, denn den ersten Tag des Freimarktes verbrachten sie immer gemeinsam dort. Und heute passte dieser Mädelabend sogar ganz ausgezeichnet, schließlich galt es, eine entscheidende Neuigkeit zu verkünden!

Während sie ihr Dienstauto mit den ungeliebten Händen auf dem Dach umrundete, vernahm Svea den Ton ihres vibrierenden Handys. Sie holte es aus der Tasche. Es war eine Textnachricht von Marc.

Dieses Blatt lag eben auf meiner Windschutzscheibe.

Svea wusste bereits, was als Nächstes kam, und begann schon jetzt übers ganze Gesicht zu strahlen. Seit Jahren schon schickten sie sich Bilder von Dingen, die aussahen wie Herzen. Angefangen hatte es, als Marc das erste Mal geschäftlich wegmusste. Aus irgendeinem Grund hatten sie diesen Brauch beibehalten.

Noch bevor das Bild kam, schrieb Svea zurück: *Bringst du es mir als Verlobungsgeschenk mit?*

Die Antwort kam prompt: *Hab es schon weggeworfen. Sorry, Lady. Viel Spaß mit deinen Mädels heute Abend. Ich muss jetzt tanken. Hinter mir werden sie schon ungeduldig. Mein Internet ist gerade etwas lahm. Das Bild wird immer noch gesendet.*

Zunächst ein wenig ernüchtert darüber, dass Marc das Blatt weggeworfen hatte, ließ sie das Handy sinken. Eine Minute später vibrierte das Telefon erneut. Die zweite Nachricht. Das versprochene Bild.

Svea sah vor sich ein Blatt – so seltsam gewachsen, dass es tatsächlich aussah wie ein perfektes Herz. Sie erblasste. Es war das leuchtende Blatt einer Purpurbuche!

Es klingelte. Einmal, zweimal, dreimal.

Svea hastete durch ihre Altbremer Wohnung zur Gegensprechanlage und drückte auf den Türsummer. Sie fragte gar nicht, wer unten stand. Niemand klingelte so penetrant wie Tilli. »Du musst hochkommen. Ich bin noch nicht fertig«, sagte sie ins Mikrofon. Sie ließ die Wohnungstür offen stehen und verschwand wieder ins Bad, wo sie begann, ihre langen blonden Haare hochzustecken. Svea mochte sie so am liebsten – Marc hingegen bevorzugte offene Haare, was er auch nicht müde wurde zu betonen, wann immer sie sie hochband. Darum nutzte sie die Gelegenheit, wenn sie ohne ihn unterwegs war. Gerade hatte sie angefangen, Wimperntusche aufzulegen, da kam Tilli herein. Wie immer war sie völlig außer Atem von den vielen Treppen, die es bis zum vierten Stock zu erklimmen galt.

»Vollkommen verrückt… wie kann man nur… in einem Haus ohne Aufzug wohnen. Das ist… menschenunwürdig.«

»Stell dich nicht so an«, konterte Svea lachend, ohne den Blick von ihrem Schminkspiegel zu nehmen. »Das macht einen knackigen Arsch.«

Wie selbstverständlich ließ sich die Freundin auf die kleine Bank im Flur fallen. »Davon habe ich auch nichts, wenn ich auf deiner Schwelle tot zusammenbreche.« Sie rang eine Weile nach Luft, dann sagte sie. »Vor der Tür deiner Nachbarn riecht es schon wieder nach Curry. Essen die nichts anderes?«

»Es sind Inder.«

Tilli hielt sich ihren Ärmel vor die Nase. »Allein vom Vorbeigehen riecht man schon danach. Schlimm. Ich hasse Curry. Wie lange brauchst du noch?«

»Nicht lang. Kommst du mal ins Badezimmer?«, bat Svea, die in Wahrheit bereits fertig geschminkt war. Regungslos stand sie in der Mitte des kleinen gelb gefliesten Raums und starrte auf ihren Verlobungsring. Ihre erste Amtshandlung in Sachen Hochzeit stand kurz bevor. Sie war aufgeregt – wusste sie doch, was ihre beste Freundin vom Heiraten hielt.

Dann kam Tilli um die Ecke. Sie hatte noch ganz rote Wangen von der Anstrengung. Ihre dicken braunen Haare fielen wie immer perfekt – oben glatt, unten leicht gewellt.

Svea ließ die beringte Hand schnell sinken. Sie stellte sich kerzengerade hin und holte tief Luft, um die eben zurechtgelegten Worte loszuwerden.

Tilli stockte und zog ihre wohlgeformten Augenbrauen in die Höhe. »Was trägst du denn da?«, platzte es unverblümt aus ihr heraus. Ihr ernsthaft entrüstetes Gesicht ließ Svea versäumen zu sagen, was sie hatte sagen wollen. Stattdessen schaute sie an sich hinab. »Wieso? Was stimmt nicht damit?«

»Du kannst doch nicht diese wilden Farben zusammen tragen.« Tilli kam auf sie zu und schüttelte den Kopf. Mit Zeigefinger und Daumen hob sie den bunt gemusterten Schal und das Shirt darunter an und ließ beides fallen, als hätte sie sich daran verbrannt. »Drei-Farben-Regel, mein Herz. Nur drei Farben, und wenn du mehr als drei nimmst, dann immer innerhalb der Farbfamilie bleiben!« Dieses Mantra wiederholte sie oft.

Svea rollte die Augen. »Wir gehen doch nur auf den Freimarkt. Ich finde, du übertreibst.«

»Ja, ja. So fängt es an. Und in einem Monat gehst du in Jogginghose einkaufen. Das lass ich nicht zu.« Tilli, die eigentlich am liebsten Modedesign studiert hätte, war in ihrem Element. Das Umstylen ihrer Freundinnen hatte mittlerweile etwas Rituelles. Selten bekam ein fremdes Outfit ihren Segen. Svea ließ es sich gefallen, denn leider war es nicht zu leugnen, dass man hinterher tatsächlich immer besser aussah als vorher.

»Gib das her…«, sagte Tilli, nahm Svea das bunte Tuch kurzerhand vom Hals und verschwand im Schlafzimmer. »Und zieh diese Strickjacke aus. Darauf feiern die Wollmäuse ja schon eine Party.«

Abermals schaute Svea an sich runter. »Wenn Wollmäuse ein Grund wären, Klamotten nicht mehr anzuziehen, könnte ich die Hälfte meiner Sachen wegwerfen.« Dennoch zog sie die Jacke aus, wusste sie doch, dass Tilli vorher keine Ruhe geben würde.

Schon kam die Freundin zurück. »Zieh das an. Und beeil dich. Pia wartet sicher schon.«

Svea gehorchte ohne Protest. Stattdessen fragte sie: »Besser?«

»Viel besser. Jetzt komm!« Sie ergriff Sveas Hand und zog sie aus der Wohnung.

Svea schaute dabei verstohlen auf ihren Ring. Abermals war eine Chance verstrichen, es Tilli zu sagen. So wie am Morgen in der Zentrale. Doch vielleicht war es auch besser so. Vor sich selbst gab Svea zu, ein wenig erleichtert zu sein. Denn nun würde sie ihrer Freundin in Gesellschaft von der Verlobung erzählen, wo Tilli sich mit ihren wahren Gefühlen zum Thema Hochzeit sicher zurückhalten würde.

Gemeinsam liefen sie die Friedrich-Wilhelm-Straße entlang bis zu einem kleinen Park, hinter dem die S-Bahn Station lag. Von hier aus waren es nur wenige Haltestellen bis zum Hauptbahnhof. Dort stiegen sie aus und gingen zu Fuß durch das Bahnhofsgebäude bis zur Bürgerweide, wo der Freimarkt stattfand.

Eine Wolke süßer Gerüche schlug ihnen in dem Moment entgegen, da sie in das bunte Treiben einzutauchen begannen. Es war jener Geruch, der einem Lebkuchenherzen, gebrannte Mandeln und Zuckerwatte vors innere Auge rief, ob man wollte oder nicht. Alle Einwohner dieser Stadt hätten diesen Duft wohl mit geschlossenen Augen zuordnen können. *Ischa Freimaak* war die fünfte Jahreszeit der Bremer – jeder liebte dieses Herbstspektakel.

Svea ließ den Blick über die vielen blinkenden Lichter schweifen und wurde sogleich von dieser wunderbaren Vorfreude erfasst, die sie seit der Kindheit kannte.

»Schau, da vorne steht sie«, rief Tilli plötzlich und zeigte auf eine winkende Frau.

Wenig später umarmten sich die drei.

»Da seid ihr ja endlich. Wieso habt ihr so lange gebraucht?«, fragte Pia.

»Bedank dich bei Svea«, antwortete Tilli mit einem Blick zur Seite. »Ich musste sie in letzter Minute noch vor einer schlimmen Styling-Sünde retten.«

»Du mal wieder …«, sagte Pia kopfschüttelnd. »Ich wette, das war vollkommen unnötig. Wir sind doch nur auf dem Freimarkt. Kein Mensch wird sehen, was wir unter unseren Mänteln tragen.«

»Ach ja? Und was ist, wenn wir später noch in die Halle 7 gehen?«, gab Tilli zu bedenken.

»Wir gehen in die Halle 7? Davon habt ihr nichts gesagt.« Pias Gesicht sah ernsthaft erschrocken aus. »Das machen wir doch nie am ersten Samstag, weil es da immer so voll ist.«

»Sag nicht, du hast deinen grauen Pullover mit der Katze drauf an«, fragte Tilli mit großen Augen.

»Doch, habe ich. Der ist so warm und kuschelig und …«

Jetzt musste Svea lauthals lachen.

Tilli schüttelte sich symbolisch. »Irgendwann werde ich diesen furchtbaren Pullover heimlich verbrennen.«

»Kommt, lasst uns gehen«, forderte Svea immer noch lachend und hakte sich währenddessen bei Pia und Tilli unter.

Sie hatte es eilig, von hier zu verschwinden, um endlich einen passenden Platz für die Verkündung ihrer großen Neuigkeit zu finden.

Solange es ging, liefen die drei nebeneinander. Doch war es so voll auf dem Freimarkt, dass es nicht dabei blieb. Zwischen den Buden mussten sie ihre Arme voneinander lösen. Außerdem war es unmöglich, sich hier zu unterhalten. Von überallher kamen Geräusche und Sinnesreize. Laute Stimmen, die versuchten, die dröhnenden Lautsprecheransagen der Fahrgeschäfte zu übertönen. Das Rauschen der Wildwasserbahn. Zuckende Lichter und schnelle Musik. Ein unheilvolles Lachen aus der Geisterbahn mischte kurzzeitig die Freimarktbesucher auf, die kein direktes Ziel zu haben schienen. Sie stoben auseinander, nur um die Lücke gleich wieder zu schließen.

Immer wieder wurden die Freundinnen nach links oder rechts gedrückt. Es blieb bloß eine Wahl: sich treiben zu lassen von der wogenden Menge. Auf diese Weise kamen die drei an zahlreichen Fahrgeschäften vorbei, doch noch hatten diese Attraktionen keinen Reiz für sie. Worte waren nicht nötig. Allen war klar, wo sie als Erstes hinwollten. Endlich betraten sie die Budengasse. Hier dauerte es nicht lange, da sahen sie, was sie suchten.

Svea war zufrieden. Dies schien der geeignete Ort für ihre Verkündung. Nicht zu laut, nicht zu eng, dachte sie für sich. Sie drängte sich an Pia vorbei, zeigte auf den Glühweinstand und rief: »Mädels, die erste Runde geht auf mich.«

Doch Tilli machte ihr erneut einen Strich durch die Rechnung. »Warte«, sagte sie. »Ich habe doch heute Morgen die Wette verloren. Die erste Runde geht also auf mich.«

»Ja, stimmt«, erwiderte Svea und verschob ihr Anliegen erneut. Irgendwer oder irgendwas wollte offenbar nicht, dass sie ihre Verlobung preisgab.

Pia sah von Tilli zu Svea. »Egal, wer von euch ihn spendiert. Ein Glühwein ist jetzt genau das, was ich brauche. Mir ist schon total kalt.«

»Dir ist ständig kalt!«, stellte Tilli fest, und sie hatte recht.

Als sie sich alle mit einem dampfenden Glühwein in der Hand um einen der begehrten Stehtische versammelt hatten, wusste Svea, dass der rechte Moment nah war. Genau genommen war er nur noch eine halbe Glühweintasse weit weg, darum fragte sich Svea nun, wie sie anfangen sollte. Was genau sagte man eigentlich? Und war die Formulierung überhaupt wichtig? Svea wunderte sich über sich selbst. Warum, verdammt noch mal, mache ich mir überhaupt diese Gedanken? Während die beiden anderen in ein Gespräch vertieft waren, schaute Svea sich eine nach der anderen an.

Zuerst ihre beste Freundin. Tilli liebte ihre Freiheit. Sie wollte nicht einen Mann, sondern viele. Wöchentliche One-Night-Stands waren bei ihr keine Seltenheit, und jede Form von Häuslichkeit schreckte sie ab.

Bei Pia wiederum war es das Gegenteil. Svea konnte sich sicher sein, dass sie sich sehr über die Neuigkeit freuen würde – möglicherweise sogar mit Tränen. Die rührselige Fünfundzwanzigjährige war die Jüngste von ihnen und dennoch die Spießigste. Sie machte kein Geheimnis daraus, dass ihre Wunschzukunft aus einer Karriere als Geschichtslehrerin, Heiraten und Kindern sowie einem Viebrockhaus mit weißer Einbauküche bestand.

Zögerlich hielt sich Svea an ihrem warmen Becher fest und fragte sich, warum sie sich so seltsam benahm. Andere Frauen hätten sicher nicht fünf Minuten lang mit einer solchen Neuigkeit hinter dem Busch halten können, und sie selbst stand hier, vor sich eine perfekte Situation und ihre Freundinnen, und sie schwieg. Unbemerkt schielte sie auf ihren wunderschönen Ring. Niemand hatte ihn bisher bemerkt, und das, obwohl sie sonst niemals Ringe trug.

In diesem Moment vibrierte ihr Handy. Unauffällig holte sie es aus der Jeans. Es war eine Nachricht von Marc. Wieder ein Foto. Wieder ein Herz. Diesmal seine offenbar achtlos hingeworfenen Schuhe mit geöffneten und bemerkenswert gefallenen Schnürsenkeln.

Ist das nicht ein Zeichen? Zwei Herzen an einem Tag! Ich liebe dich, Lady. Du bist die Richtige zum Heiraten, das wusste ich schon immer. Hast du es deinen Mädels schon gesagt?

Svea steckte das Telefon wieder weg. Sie fühlte sich seltsam ertappt. Kam diese Nachricht jetzt zum richtigen oder zum falschen Zeitpunkt? Tief atmete sie ein und wieder aus und wischte somit ihre Gedanken fort.

Wie albern ich bin, schalt sie sich. Ich werde heiraten! Und zwar einen tollen Mann, der mich aufrichtig liebt. Jetzt lass ich mich ein bisschen feiern.

Sie stellte ihren Glühwein auf dem Stehtisch ab und fuhr mit den nächsten Worten energisch zwischen das Geplapper ihrer Freundinnen. »So, jetzt haltet mal eure Schnäbel. Ich will euch etwas sagen.«

Die beiden tauschten verwunderte Blicke.

»Ui, das klingt aber offiziell«, sagte Tilli.

»Ist es auch«, gab Svea mit vielsagendem Blick zurück.

Pia schlug die Hände vor den Mund und riss die Augen auf. Die Ahnung, die sie überkam, würde sich gleich als richtig herausstellen.

»Marc und ich sind seit gestern ganz offiziell verlobt!« Bei diesen Worten hob sie ihre linke Hand und zeigte ihren Ring.

Sofort begann Pia zu kreischen. Tillis Art war das nicht. Sie riss stattdessen Sveas Hand herunter, um den Ring anzusehen.

Alle Leute um sie herum wandten ihnen die Blicke zu.

Wie erwartet hatte Pia bereits begonnen zu weinen. »Es tut mir leid«, sagte sie lachend und schluchzend zugleich, während sie sich immer wieder die Augen wischte. »Ich… ich freue mich nur so sehr für dich.«

Nacheinander nahmen sie Svea in die Arme und beglückwünschten sie.

»Erzähl«, sagte Pia, »wie war der Antrag?«

Nach dieser Frage starrten sie zwei Augenpaare erwartungsvoll an.

»Das war wirklich spektakulär. Wir waren in diesem feinen Restaurant mit dem roten Teppich davor. Keine Ahnung, wie das heißt. Aber ihr kennt es. In der Nähe von deiner Wohnung, Pia. Unsere Eltern waren da, es wurde Champagner gereicht. Dann wurde eine Herztorte hereingetragen. Alle drehten sich um, und keiner sagte mehr ein Wort. Romantische Musik und, und, und. Tja, da hat er mir die entscheidende Frage gestellt und mir diesen atemberaubenden Ring überreicht.«

Pia hatte die Hände gefaltet und unters Kinn gepresst. »Das klingt perfekt«, schwärmte sie.

»Puh, too much. Jedenfalls für mich.« Tilli guckte angestrengt.

»Sag doch jetzt nicht so was«, tadelte Pia sie. »Benimm dich mal.«

Doch Tilli kniff die Augen zusammen und schaute ernst. »Hat er gefragt: *Willst du mich heiraten* oder *willst du meine Frau werden*?«

»Ich weiß es nicht mehr genau. Ist das wichtig?«

»Aber natürlich ist das wichtig! Das sagt viel über eure spätere Ehe aus!«

Svea lachte. »So? Was denn genau, du Verschwörungstheoretikerin.«

»Das würde ich auch gerne wissen«, wandte Pia ein.

»Passt auf!«, forderte Tilli sie auf. »Willst du mich heiraten heißt, es wird sich nicht viel verändern. Ihr werdet ein schönes Fest haben und danach weitermachen wie vorher.«

Abermals fuhr Pia mit einem Protest dazwischen. »Du bist schrecklich! Kannst du dich nicht einfach für Svea freuen? Das ist doch lächerlich!«

»Nein, keineswegs«, widersprach Tilli. »Willst du meine Frau werden bedeutet, er will eine *Frau*, mit allem, was dazugehört. Verstehst du?«

»Also *ich* verstehe nicht«, sagte Pia unverblümt.

Svea nahm das alles nicht ernst. Belustigt und extra affektiert fragte sie: »Was soll das bedeuten, eine *Frau*? Bin ich jetzt etwa keine *Frau*?«

»Du verstehst nicht, Svea. Willst du meine Frau werden ist gleichzusetzen mit: Willst du meine Kinder bekommen? Willst du Hausfrau sein? Willst du mich als Mann und Oberhaupt der Familie akzeptieren, egal was kommt?«

Nun verzog Svea doch das Gesicht. »So ist Marc nicht. Ich glaube, deine Fantasie geht mit dir durch. Wie kann man so viel in so wenigen Worten lesen? Du siehst Gespenster.«

»Nein. Ganz bestimmt nicht«, widersprach Tilli. »Ich sage dir, Männer, die das fragen, gehen irgendwann fremd!«

»Jetzt rede Svea doch nicht so einen Blödsinn ein. Woher hast du diesen Quatsch überhaupt?«, fragte Pia fast schon entrüstet.

»Ich weiß es nicht mehr. Es war so eine Studie … im Fernsehen. Auf welchem Kanal lief das noch gleich …?«

»Bestimmt auf irgend so einem Astrologie-Sender, wo sie dir auch die Karten legen«, warf Pia lachend ein.

Während eine Diskussion darüber entbrannte, ob Kartenlegen seriös war oder nicht, versuchte Svea sich zu erinnern.

Nicht dass es für sie wirklich von Bedeutung war, was Marc genau gesagt hatte, doch die Theorie interessierte sie schon. Schnell jedoch stellte sich heraus, dass jedes Sinnieren darüber sinnlos war. Es fiel ihr nicht mehr ein. Darum sagte sie irgendwann: »Mädels, die Wahrheit ist, Marc ist durch und durch ein Kerl. Ich liebe ihn, aber das Maß an Berechnung, welches ihm gerade beigemessen wird, traue ich ihm gar nicht zu. Er hat mir einen Antrag gemacht, so gut wie er es eben konnte – ohne jedes Kalkül und ohne jeden perfiden Plan dahinter. Und nun genug von diesen Geschichten.«

»Ja, lasst uns lieber noch einen auf die beiden trinken«, schlug Pia vor und bestellte über die vielen Köpfe der Bremer hinweg, die ihr den Weg zum Tresen versperrten, noch drei Glühwein mittels unmissverständlicher Gesten.

Sie tranken schnell aus und wollten gerade weitergehen, als Tilli sie aufhielt. »Wartet hier einen Moment. Ich komme gleich wieder!«

Wenig später kehrte sie zum Stehtisch zurück, die Hände voller neonfarbener Chips.

»Was ist das?«, fragte Pia misstrauisch.

»Das sind Chips für die Wilde Maus. Und da gehen wir jetzt rein!«

»O nein«, stöhnte Pia. »Ich gehe in kein Fahrgeschäft.«

»Dieses Jahr kommst du nicht drum herum wie sonst immer. Wir sind auf dem Freimarkt. Da macht man so was nun mal. Daran wirst du dich jetzt auf die harte Tour gewöhnen.«

»Bitte nicht«, wehrte Pia sich jammernd. »Ich will hier nur essen und Glühwein trinken. Obwohl … Glühwein will ich auch nicht mehr«, sagte sie mit angeekeltem Gesicht.

»Ach komm, sei kein Feigling«, sagte Tilli. »Ist doch lustig.«

»Bitte …«, bettelte Svea. »Mir zuliebe. Nur eine Fahrt.« Mit schelmischem Grinsen hob sie ihre beringte Hand.

»Tolles Druckmittel«, beschwerte sich Pia, gab sich aber geschlagen und ließ sich von Tilli an der Hand durch die Menge ziehen. Svea folgte ihnen.

Doch auf dem Weg zur Wilden Maus hielten sie erneut an einer Bude, um sich Schmalzkuchen und gebrannte Mandeln zu kaufen. Danach wurde der nächste Glühweinstand angesteuert, und erst dann, eine Stunde später, erreichten sie das Fahrgeschäft.

Trotz Pias konstantem Protest fanden sich die drei wenig später in einem Waggon wieder. Ratternd fuhren sie los, zunächst langsam. Sie folgten den Schienen hoch nach oben, von wo aus man den gesamten Freimarkt überblicken konnte. Ein Meer aus Lichtern und Farben bot sich hier, doch lange konnte man die Aussicht nicht genießen. Die Stimme des Ticketverkäufers mit dem mehrfachen Echo schallte laut in den Ohren, während die Waggons losschnellten. Zwei der drei Mädels kreischten vor Freude, als die Fliehkräfte sie in den scharfen Kurven heftig nach außen drückten. Beinahe meinten sie hinauszufallen. Dann kamen ein paar Senken hinzu, die den Bauch zum Kribbeln brachten. Viel zu schnell war die Fahrt vorbei.

»Mann, ist mir schlecht …«, sagte Pia, die deutlich blasser um die Nase war als zuvor, und legte sich symbolisch die Hand auf den Mund. »Ich hätte mich von euch Hühnern einfach nicht dazu überreden lassen sollen, in dieses blöde Ding zu steigen. So was konnte ich noch nie vertragen.«

Obwohl Pia eher Anteilnahme verdient hätte, mussten die Freundinnen lachen.

Mittlerweile war es deutlich leerer geworden auf den Wegen zwischen den Buden und den Fahrgeschäften. Die Sperrstunde war nah. Viele Bremer zogen nun zur heillos überfüllten Stadthalle, in der sie bis zum Morgengrauen weiterfeiern würden.

»Na? Wollen wir noch in die Halle 7?«, fragte Tilli Pia halb im Scherz und stieß sie von der Seite aus an.

»Nein. Mein Katzenpullover und ich gehen jetzt brav nach Hause.«

»Ah, dein Humor ist schon zurück. Ein gutes Zeichen«, bemerkte Svea.

»Schon längst«, gab Pia zwinkernd zu verstehen. »Der wahre Grund, warum ich nach Hause will, ist allerdings meine Semesterarbeit. Morgen habe ich echt volles Programm.«

»Du Arme«, sagte Svea. »Ich werde an dich denken, wenn ich morgen aufstehe – so gegen zwölf Uhr.« Während dieser Worte hakte sie sich bei Tilli unter und sagte zu ihr: »Das haben wir echt verdient, nachdem wir heute arbeiten mussten.«

Gemächlich schlenderten die Freundinnen gen Ausgang Richtung Hauptbahnhof. Der Glühwein hatte ihre Beine schwer gemacht. Hier und da verlangsamten sie nochmals ihre Schritte und schauten in ein paar Buden. Sie genossen es, sich endlich nicht mehr im Zickzack zwischen den Menschen hindurchquetschen zu müssen.

Als Pia einen Rostbratwürstchen-Stand erblickte, hielt sie die anderen beiden an. »So eines könnte ich wohl noch essen …« Mittlerweile hatte sie sich offensichtlich von ihrer Übelkeit erholt. »Sieht richtig gut aus und riecht noch viel besser. Glühwein macht hungrig. Was ist mit euch?«

Tilli schüttelte mit dem Kopf.

»Geh du nur«, antwortete Svea daraufhin. »Wir laufen langsam weiter.«

Sie hörten noch, wie der Mann hinter dem Grill sagte: »Da hast du aber Glück, Mädchen, ich wollte gerade dichtmachen. Aber ein oder zwei Würstchen hab ich sicher noch …«

»Eine weise Wahl, auf das fettige Würstchen zu verzichten …«, sagte Tilli nach einigen Schritten zu Svea. »Du musst sowieso Diät machen – wie jede angehende Braut. Das ist Teil des Wahnsinns, der jetzt vor dir liegt.«

»Ich werde keine Diät machen«, entrüstete sich Svea. »Findest du etwa, ich müsste?«

Sie lachte. »Siehst du! Jetzt redest du schon wie eine Braut. Am Anfang sagen sie doch alle, sie müssten nicht abnehmen, und dann hungern sie doch. Wie wäre es, wenn du den Mittelteil einfach überspringst?«

»Du bist furchtbar, wenn es um Hochzeiten geht. Aber ich habe auch nichts anderes erwartet.«

»*Ich* habe aber etwas anderes erwartet.«

Svea blieb stehen. Sie zwang auch Tilli dazu und schaute ihr direkt in die Augen. Was sie erkannte, war zu ihrer Verwunderung echte Enttäuschung. Das war selten! »Was genau meinst du denn?«

»Ist das nicht offensichtlich? Ich frage mich, warum du es mir nicht schon heute Morgen auf der Arbeit erzählt hast. Oder vorhin bei dir, unter vier Augen.«

Die Freundinnen blickten sich eindringlich an. Die eine mit einem fragenden, die andere mit einem zunehmend reumütigen Blick.

»Tilli …«, begann Svea erstaunt. »Ich wollte es dir sagen. Das musst du mir glauben. Aber ich … Hätte es dir denn so viel bedeutet?«

»Na ja, schon …« Für einen Moment legte sie ihre flapsige Art ab. »Schließlich erzählen wir uns sonst doch alles. Und bei etwas so Wichtigem schweigst du dich aus? Wundern darf ich mich schon darüber, oder?«

Die Braut in spe riss Tilli so unvermittelt in die Arme, dass dieser ein Laut der Verwunderung entwich. »Huch, wofür ist das denn?«

»Ach, ich weiß auch nicht genau«, sagte Svea, die eigentlich damit log. Tillis Reaktion zeigte ihr, dass diese Hochzeit ihr etwas bedeutete. Das freute Svea, viel mehr sogar, als sie gedacht hatte. »Danke für diese Worte und danke, dass du mir den Ring nicht gleich samt Finger von der Hand gerissen hast. Tut mir leid, dass ich es dir nicht sofort erzählt habe.«

Tilli lachte auf ihre ansteckende Weise. »Und ich danke dir, dass du mich beschreibst wie ein Monster.« Sie schien nicht wirklich beleidigt. Während sie langsam weiter Richtung Ausgang gingen, fügte sie geständig hinzu: »Ich weiß ja, wie ich oft bin. Aber das ist eben meine Art.«

»Stimmt. Und weil ich die so schätze, wollte ich dich auch fragen, ob du meine Trauzeugin werden willst.«

Tilli fasste sich erschrocken ans Herz und riss die Augen auf. »Großer Gott! Nein! Auf keinen Fall will ich das! Tut mir leid, Süße, aber ich bin echt die Falsche, wenn es darum geht, Traumhochzeiten zu planen. Gern berate ich dich beim Kleid und dem Styling, meinetwegen gucke ich mir auch ein paar dieser furchtbaren Jennifer-Aniston-Filme mit dir an, aber eine romantische Hochzeit auf die Beine stellen, das kann ich nicht.«

Svea machte eine beschwichtigende Handbewegung. »Das weiß ich doch, und das verlange ich auch gar nicht.«

»Nimm doch Pia. Die würde sich einen zweiten Bauchnabel freuen.«

»Ich will aber nicht Pia, so lieb ich sie auch habe. Ich will dich an meiner Seite haben. Du musst nichts planen, versprochen! Du musst nur da sein und meine Hand halten, wenn ich kalte Füße kriege.«

Einen Moment lang dachte Tilli nach und sagte nichts. Dann fragte sie zögerlich: »Und das ist auch wirklich alles?«

»Ich schwöre es! Bitte sag ja.«

»Okay, unter einer Bedingung: Du wirst nicht mein Trauzeuginnenkleid aussuchen.«

»Nein«, erwiderte Svea lachend. »Das kannst du selbst aussuchen.«

»Ach, und noch etwas. Ich werde keine von diesen rührseligen Reden halten.«

»Musst du nicht. Wie gesagt, ich möchte nur, dass du für mich da bist, wenn ich dich brauche.«

»In Ordnung, dann bin ich gern deine Trauzeugin.«

»Toll! Ich freu mich. Wirklich!« Nach einer weiteren innigen Umarmung gestand Svea: »Puh, schwere Geburt. Ich hätte ehrlich gesagt nicht gedacht, dass ich dich dazu bekomme.«

»Ich werde dir eine gute Trauzeugin sein, aber auf meine Art.« Tilli zwinkerte.

In diesem Moment kam Pia wieder hinzu. Sie sah satt und zufrieden aus. Von dem eher ernsten Gespräch zwischen den anderen beiden ahnte sie nichts.

»Ich bin eine Trauzeugin!«, platzte es aus Tilli heraus.

»Du?«, kam es von Pia, die sich nicht vorstellen konnte, dass ihre Freundin freiwillig eine Hochzeit auf diese Weise unterstützte – auch nicht, wenn es dabei um Svea ging.

»Tolle Reaktion, vielen Dank für die Blumen«, konterte Tilli grinsend.

»Was hast du erwartet?«, fragte Pia schulterzuckend. Dann wandte sie sich an Svea. Mit Mittel- und Zeigefinger zuerst auf ihre Augen und dann auf Tillis weisend, sagte sie: »Ich werde aufpassen, dass sie sich benimmt.«

Scherzend und lachend hatten sie das Ende des Freimarkts fast erreicht. Sie alle waren mittlerweile durchgefroren und müde – trotz der lustigen Stimmung.

Es war Tilli, der das schmucklose Holzschild über der Bretterbude ins Auge fiel. Ihr Blick hing eine Weile daran. Obwohl es unscheinbar war und nur spärlich beleuchtet, sagte sie: »Seht mal.«

Alle drei schauten auf das Schild. Svea verzog sofort das Gesicht. »Nicht dein Ernst jetzt, oder?«

»Lose und Handlesen«, las Tilli vor. »Klingt doch witzig. Komm, das machen wir! Ich lade dich ein. Es wird meine erste Handlung als deine Trauzeugin sein.«

»Du willst wohl, dass ich meine Entscheidung sofort wieder bereue, was?«

Begeistert von ihrem eigenen Einfall, griff Tilli nach Sveas Hand. »Wir werden nach deiner Ehe fragen.«

»Das ist doch Blödsinn …«, wehrte sich Svea halbherzig, als Tilli sie hinter sich herzog.

»Vielleicht. Aber es macht Spaß.«

»Also, ich finde die Idee klasse«, sagte jetzt auch Pia und legte ihre Handflächen auf Sveas Rücken, um sie vorwärtszuschieben. »Deine Trauzeugin ist scheinbar doch zu was gut.«

»Los, zier dich nicht so«, versuchte Tilli, sie weiter zu überreden, und zerrte sie mit sich.

Wenig später standen sie vor einem hölzernen Tresen und blickten in das bärtige Gesicht eines Mannes mit langen wirren Haaren und einer Wollmütze auf dem Kopf. Alles in allem wirkte er so zugewachsen, dass man unmöglich einen Gesichtsausdruck ablesen konnte.

»Einmal die Zukunft meiner Freundin, bitte!«, verlangte Tilli grinsend.

Der Mann hinter dem Ladentisch ließ sich nicht im Geringsten von der ausgelassenen Stimmung anstecken. Seine stumpf klingenden Worte verlangten Vorkasse, und auch sonst wirkte er wenig einladend. »Das macht zehn Euro. Wollt ihr auch noch Lose?«

»Nein, nein. Nur einen Blick in die Zukunft. Was müssen wir tun?«

»Mir folgen …« Es war kaum anzunehmen, dass der Mann mit seiner ungastlichen Art viel Kundschaft anzog.

All das jedoch schreckte die Freundinnen nicht ab, es machte sie nur noch neugieriger. So folgten sie ihm durch eine schmale Tür, die nach hinten führte, und kamen einen Gang entlang, der vor einer aufgehängten Wolldecke endete. Der Mann schob sie zur Seite und gab den Eingang frei. »Hier hinein.«

Die drei traten ein, dann standen sie etwas verloren herum. Die Wolldecke fiel wieder vor den Eingang, und der Mann verschwand.

Der Bretterbau, der von vorn so schmal gewirkt hatte, erwies sich hier als relativ geräumig. In einer Ecke saß eine Frau, deren Aussehen wohl mit Absicht ihrer Tätigkeit als Handleserin angepasst war. Sie trug ein buntes Tuch um den Kopf und eine Art kurzen Schleier vor Mund und Nase. Um die Augen sah man dunklen Kajal und an den Seiten riesige Kreolen, die eindeutig zu schwer für ihre lang gezogenen Ohrläppchen waren. Ihre muffige Fellweste wirkte, als gehöre sie auf den Sondermüll, und ihre Stimme klang rauchig und ein wenig müde.

»Mein Name ist Medina. Ich bin ein Medium. Setzt euch doch bitte.« Als sie die passende Handbewegung machte, ertönte das Geklimper und Geklingel ihres zigeunerartigen Handschmucks.

Die Freundinnen gehorchten. Zwei von ihnen nahmen auf einer Bank am Rande Platz. Svea setzte sich, wenn auch nur widerwillig, auf den Korbstuhl der Frau gegenüber. Vor ihr befand sich ein Tisch mit Karten darauf, einem Schädel aus Plastik und der obligatorischen Glaskugel. Ansonsten war der Raum düster, nur zwei leuchtende Salzsteine sorgten für etwas Licht. Überall an den Wänden und der Decke hingen Batiktücher, und der penetrante Geruch von abgebrannten Räucherstäbchen nahm einem fast die Luft zum Atmen.

Die Handleserin faltete die beringten Hände. »Was kann ich für dich tun?«

Hilfe suchend drehte sich Svea zu Tilli um, die allerdings nicht im Geringsten daran dachte, an ihrer statt zu antworten. Sie nickte ihr bloß aufmunternd zu. Deshalb drehte sich Svea wieder der Handleserin zu. Es war seltsam, jemandem gegenüberzusitzen, dessen Gesicht man kaum sah. »Nun, ich werde heiraten«, erklärte sie schließlich.

»Und jetzt willst du wissen, ob es die richtige Entscheidung ist und was dich erwartet?«, beendete Medina den Satz.

»Na ja, meine Freundinnen wollen es wissen, das trifft es wohl eher.« Die zwei auf der Bank begannen zu kichern. Svea schaute noch einmal zurück. Die erwartungsfrohen Mienen bestätigten: Tilli und Pia hatten ganz offensichtlich viel mehr Lust auf diese Sache als sie selbst.

Das Medium ignorierte die Tatsache, dass sie scheinbar nicht freiwillig hier war. »Gib mir deine linke Hand. Ich werde in deine Zukunft schauen.«

Svea blieb in diesem Augenblick nur noch, gute Miene zum lästigen Spiel zu machen, und streckte den Arm über den Tisch.

Ohne auf das Gesicht ihrer Kundin zu achten, griff Medina nach der hingereichten Hand und bog die Finger weit nach hinten, sodass die Linien deutlich hervortraten. Eine ganze Weile lang schaute sie nur unter ihrem Schleier hervor. Eigentlich hatte sie zu wenig Licht zum Handlesen, doch das war unwichtig. Sie zog ja bloß eine Show ab und sagte am Schluss meist das, was ihr Gegenüber wahrscheinlich hören wollte. Der Bärtige am Tresen verlangte es so – jedes Jahr aufs Neue –, und er zahlte gut dafür, zumal etliche Stammkunden ihretwegen kamen. Ihn interessierte es nicht, dass sie die Kunst der Chirologie und Chiromantie wirklich beherrschte. Keiner hier im Raum würde demnach erfahren, was Medina auf der Handfläche tatsächlich sah. Es diente nur ihrer eigenen Unterhaltung.

»Was sehen Sie?«

»Bitte, Ruhe! Ich muss mich konzentrieren«, wehrte sie ab und ließ die Augen über die auffällige Herzlinie gleiten, die sich im oberen Bereich teilte und in den Lungensektor hineinreichte. Im Stillen sagte sie zu ihrer Kundin: Du willst also leben und gesehen werden! Auch die eher graue Färbung der Finger ließ darauf schließen, dass diese Frau mit ihrer Situation momentan nicht ganz zufrieden war. Die Lebenslinie gab keinen rechten Aufschluss. Medina meinte, ein paar Äste nach unten erkennen zu können, was auf Verluste hindeuten könnte, aber es war einfach zu dunkel hier. Ebenso die Kopflinie war schwer zu sehen. Sie drehte die Handfläche ins Licht und dann wieder davon weg, kam mit dem Gesicht nahe heran, und trotzdem bestätigte sich ihre Vermutung nicht, dass die Linie sanft bis hin zum Mondberg an der Handaußenkante verlief. Schade, gern hätte sie der jungen Kundin das Prädikat *viel Gefühl* gegeben. Zwei unscheinbare Linien an der Handkante jedoch – genau zwischen dem Beginn der fast horizontalen Herzlinie und dem des kleinen Fingers – ließen Medina langsam nicken. Hier könnte des Rätsels Lösung liegen. Eine Linie, die weniger tiefe der beiden, befand sich im oberen Drittel dieses Bereichs. Eine zweite, viel intensivere, genau in der Mitte. »Wie alt sind Sie?«

»Dreißig.«

Medina lächelte hinter ihrem Schleier und sprach ein letztes Mal in Gedanken zu ihrer Kundin: Genau jetzt, also. Ich wünsche dir Glück! Dann musste die Show beginnen, so lästig sie ihr auch war. Doch sie musste sich dazu durchringen, wenn sie ihren lukrativen Nebenjob zur Zeit des Freimarkts behalten wollte, dem sie schon viele Jahre immer im Oktober nachging. Mit einer wichtig anmutenden Geste blickte sie von links nach rechts, hoch und wieder runter. Dann fragte sie: »Wie heißt dein Mann?«

»Marc.«

»Marc also ...«, wiederholte sie mit einem rollenden R den Namen, der eigentlich völlig unerheblich war.

»Ihr seid schon eine Weile zusammen. Vier Jahre? Oder fünf?«

»Fünf.« Ihre Kundin verengte die Augen zu kleinen Schlitzen. Wahrscheinlich wunderte sie sich gerade, dass die Zahl richtig gewesen war.

»Gibt es schon einen Hochzeitstag?«

»Nein«

Erst jetzt ließ Medina Sveas Hand los. Sie hob den Kopf, als wolle sie ihrem Gegenüber eindringlich in die Augen blicken. Dann legte sie das verschleierte Haupt ein wenig schräg. Irgendwie war sie fasziniert von dieser jungen Frau, bei der die Handlinien so ein eindeutiges Bild abgaben, dass sie schon fast laut zu schreien schienen. Zu gerne hätte sie ihr die Wahrheit gesagt – ihr Mut gemacht, dem Ruf ihres

Herzens zu folgen –, aber das ging nicht. »Darf ich noch mal sehen?«, fragte sie dennoch aus purer Neugier.

Abermals reichte Svea ihr die Hand. Und wieder schaute Medina gründlich jede Linie an.

Alles passte zusammen, stellte sie mit Erstaunen fest, als sie der Schicksalslinie mit den Augen folgte, die von der Herzlinie klar unterbrochen wurde. Wirklich deutlich! Wenn sie alles richtig las, dann hatte es schon begonnen.

»Was ist?«, fragte Tilli forsch. »Können Sie nichts sehen?«

»Doch, doch. Ich wollte nur sichergehen. Alles ist in bester Ordnung.« Jetzt begann der Teil des Schwafelns und Flunkerns, der ihr so zuwider war. »Dein Mann wird ein einfühlsamer und verständnisvoller Gemahl sein. Er hat einen guten Job, der euch in fünf bis acht Jahren ein Haus finanziert. Ihr werdet zwei gesunde Kinder bekommen, einen Jungen und ein Mädchen, und glücklich sein bis an euer Ende. Ich wünsche dir das Beste.« Sie lehnte sich zurück und verschränkte die Finger ineinander. Alles an ihrer Haltung sagte: *Und nun verschwindet endlich!*

»Das war's?«, fragte Tilli enttäuscht.

»Was wollt ihr hören? Freut euch doch, dass es so blendend um eure Freundin bestellt ist. Das Universum meint es gut mit ihr.«

»Das Universum?«

»Nennt es, wie ihr wollt. Meinetwegen auch *Gott*. Was spielt das schon für eine Rolle?«

Svea stieß ein halb lachendes, halb verächtliches Geräusch aus. »Kommt, lasst uns gehen. Ich sagte doch, es ist Blödsinn.«

Medina machte keinerlei Anstalten, diese Behauptung richtigzustellen, und verharrte in ihrer Position, bis auch die letzte der Frauen durch den Wolldecken-Vorhang getreten war. Dann erst nahm sie ihren lästigen Schleier ab und rieb sich die Augen. Es war schon spät, und sie hatte heute mindestens dreißig Kunden gehabt. Die Müdigkeit überkam sie unverhofft.

Die Freundinnen verließen die Bretterbude, ohne sich noch einmal umzudrehen. Dabei lästerten sie lautstark und ohne Unterlass.

»Meine Güte, war das schlecht.«

»Doofe Kuh«, wetterte Tilli. »Ihre Antwort passt auf zwei Drittel aller Deutschen, würde ich sagen.«

Svea lachte und legte den Arm um Tilli. Sie war die Einzige, die sich nichts daraus machte. Im Gegenteil. Jetzt hatte sie etwas, womit sie Tilli aufziehen konnte. »Tja, deine erste Handlung als Trauzeugin ist damit wohl gründlich in die Hose gegangen. Das war wirklich reiner Blödsinn.«

»Du sagst es!«

»Wie willst du das nur wiedergutmachen? Vielleicht zwinge ich dich ja jetzt doch zu einer Rede.«

»Oh, bitte, alles, nur das nicht …!«

Svea lachte über das ehrliche Entsetzen Tillis.

»Kommt, lasst uns gehen«, forderte Pia fröstelnd. »Mir friert gleich der Hintern ab.«

Plötzlich ertönte hinter ihnen ein Ruf. »Wartet!« Es war der Bärtige. Er hatte offenbar gehört, was die Frauen gesagt hatten.

»Es tut mir leid, dass ihr enttäuscht seid, aber das Handlesen ist nun mal kein Wunschkonzert.«

Tilli winkte ab: »Ja, ja. Lass gut sein! Für heute habe ich mir genug Schwachsinn von Schwachköpfen angehört.«

Die anderen lachten. In solchen Momenten war Tillis ungenierte Art eine wahre Genugtuung.

Der Bärtige aber griff nach einer Schüssel unter dem Tresen. »Hier, nehmt euch jede ein Los als kleine Entschädigung, weil ihr nicht zufrieden seid.«

»Nein, nicht nötig …«

»Bitte! Nehmt …!«, beharrte er weiter darauf.

Beim Anblick seines fast schon verzweifelten Gesichts tat den Freundinnen ihr Gelächter beinahe ein wenig leid. Offenbar hatte er Angst vor schlechter Mundpropaganda. Darum griffen sie drei Lose aus der Schüssel und sagten nacheinander: »Danke!« Während sie weiterliefen und das Freimarktgelände verließen, öffneten sie die Lose.

Pia stieß Tilli an. »Wenn du jetzt einen Gewinn abräumst, könnte das die Aktion noch retten.«

»Das wär's!«, gab sie lachend zurück.

Gleichzeitig rissen sie alle die perforierten Enden ab und entrollten die Zettel.

»Niete«, sagte Tilli enttäuscht. »Und du?«

»Ich auch. Der hat wahrscheinlich gar nichts anderes als Nieten und lacht sich jetzt ins Fäustchen. Was ist mit dir, Svea?«

»Keine Niete.«

»Was?«, fragten Tilli und Pia wie aus einem Mund und umringten ihre Freundin.

»Ich glaube, ich habe etwas gewonnen.«

»Was steht da? Lies mal vor.«

Sveas Blick fuhr über das kleine, dicht bedruckte Papier. Ganz oben standen die Worte: *Sieh hin, was passiert. Nichts geschieht ohne Grund. Es gibt keine Zufälle!* Svea rollte mit den Augen. Diese Worte waren ihr schon viel zu esoterisch.

»Nun lies schon!«, forderte Tilli ganz aufgeregt.

»Na schön. Wartet.« Sie suchte die Textstelle, an der sie eben gewesen war. »Hier steht … hier steht echt was von …

Hauptgewinn«, sagte sie erstaunt. »Moment. Vergangene Zeiten … bla, bla, bla … früheres Leben … Hier: Gutschein für eine Rückführung?«

Tilli lachte so ungehalten los, dass sie sich auf die Oberschenkel schlug. Danach hielt sie sich den Bauch. Sie konnte sich kaum beruhigen, und Sveas ungläubiger Blick verstärkte ihr Lachen noch.

Auch Pia konnte sich trotz Kälte und Müdigkeit der Situationskomik nicht erwehren und lachte ausgelassen mit.

»Ausgerechnet *ich* gewinne eine Rückführung?« Svea schüttelte den Kopf. »So etwas hat mich echt noch nie interessiert.«

Als Tilli sich etwas beruhigt hatte, stellte sie fest: »Das nenne ich mal Ironie des Schicksals. Wir wollten etwas über deine Zukunft wissen, und nun kannst du in die Vergangenheit reisen.«

»*Könnte*, meine liebe Tilli, *könnte*!« Nach diesen Worten vollführte Svea eine abschließende Geste mit den Händen. »So, genug jetzt mit dem Hokuspokus. Ab nach Hause.« Sie ging auf den nächsten randvollen Mülleimer zu und warf den Zettel auf den Haufen. »Ich mache das sowieso nicht. Was für ein Mist …«

»Spinnst du?«, stieß Tilli aus und eilte zum Mülleimer. »Das ist mein erstes Trauzeuginnen-Geschenk.« Sie nahm den Zettel wieder zur Hand und schaute ihn genauer an.

Svea war schon vorgelaufen und hatte Pia die Hände auf den Rücken gelegt, um sie zu schieben, so, wie sie es vorhin bei ihr gemacht hatte.

Tilli eilte ihnen schnellen Schrittes hinterher. Dabei sagte sie: »Hier steht, der Gewinn ist ein Jahr lang gültig. Steck das doofe Ding sofort wieder ein.«

»Ganz bestimmt nicht!«

»Wenn du es tust, dann werde ich auch eine Rede halten.«

Svea blieb stehen. »Echt?« Als sie Tillis bettelnden Blick sah, knickte sie ein. Es schien ihrer Freundin wirklich wichtig zu sein. »Na los, gib schon her«, verlangte sie mit ausgestreckter Hand. Achtlos ließ sie den Zettel daraufhin in ihrer Jackentasche verschwinden und warf einen prüfenden Blick auf die Uhr. »In zwei Minuten fährt die nächste Bahn. Schaffen wir die noch?«

»Nur wenn wir rennen«, sagte Pia.

Tilli ergriff die Initiative. »Okay, dann los.«

3

War das schon ein Doppelleben? Oder konnte man es noch getrost ein intensives Hobby nennen? Regine fragte sich das von Zeit zu Zeit.

Was würden die Frauen bei *Hand in Hand* wohl denken, wenn die sie hier so sehen könnten – in dieser Kleidung und mit einem Lächeln, das Vorfreude verhieß? Die meisten wären mit Sicherheit überrascht – und das aus mehr als nur einem Grund. Sie wusste, wie sie auf andere wirkte, aber es war ihr unmöglich, etwas daran zu ändern und sich weniger unnahbar zu geben.

Zum Glück war die Wahrscheinlichkeit, Kolleginnen hier zu treffen, äußerst gering. Regine wusste jedenfalls von keiner einzigen, dass sie das Landleben liebte oder gar ein eigenes Pferd besaß wie sie. Ihre inständige Hoffnung war, dass sich daran auch nichts änderte. Sollten sie nur alle in der Stadt bleiben und ihr diesen Ort der Freude lassen, wo sie sich so geben konnte, wie sie im Grunde ihres Herzens auch war. Na ja, fast jedenfalls!

Regine setzte sich auf die Fläche ihres Kofferraums, um ihre Schuhe zu wechseln. Diese Handlung hatte eine gewisse Symbolkraft, wie sie fand. Der Fahrerraum des Autos war wie immer sauber. Kein Schmutzkörnchen sollte hineingeraten – weshalb sich ihre stets dreckverkrusteten Stallschuhe immer in einer Klappkiste im Kofferraum befanden, der voll war mit

Sand und Blättern und Steinchen. Beide Bereiche wurden strikt voneinander getrennt. Eine Mischung durfte es nicht geben – ebenso wenig wie in ihrem Leben. Und tatsächlich waren die Stall-Regine und die Arbeits-Regine in all den Jahren niemals miteinander kollidiert.

Doch waren die Reiterei und ihr Beruf nur zwei von drei Dingen, die sie als Person ausmachten. Die dritte Sache hielt sie so tief in sich verborgen, dass sie noch nie mit jemandem darüber gesprochen hatte. Weder mit Kollegen noch mit Freunden oder ihren Eltern. Sehr wahrscheinlich würde sie das auch niemals tun. Denn die Angst davor, dass man hinterher keinen Respekt mehr vor ihr haben würde, war zu groß.

Regine hatte mittlerweile das Gatter der riesigen Weide erreicht, auf der sich die Wallache befanden. Sie hielt kurz inne und genoss den Anblick. Alle Pferde standen weit verstreut. Friedlich grasten sie im morgendlichen Bodennebel, der dieser Szenerie etwas Märchenhaftes verlieh. Fast jedes Pferd sah in diesem Licht gleich aus, nur ihren Maverick erkannte sie sofort. Er war der einzige Schimmel der Herde. Wie immer schien sein weißes Fell aus dieser Entfernung makellos, und auch von Nahem, dessen war sich Regine gewiss, wäre das nicht anders. Es war seiner Eitelkeit zu verdanken – sofern ein Pferd überhaupt eitel sein konnte –, dass er sich niemals wälzte, sich dafür aber ständig schüttelte, sobald sich auch nur ein kleiner Strohhalm in seinem Schopf verfing.

Gerade hatte Regine sich durch das Gatter geschoben, da knallte es zweimal laut hintereinander. Vögel flogen erschrocken aus den Bäumen auf. Die Pferde rissen ruckartig die Köpfe hoch und stoben nun wild über die Wiese. Was war das?, fragte sie sich verwundert. Durften Jäger so früh am Morgen schon schießen? Die Pferde beruhigten sich wieder, und Regine stapfte übers Gras.

Wenig später hatte sie Maverick vor seiner Box angebunden und bürstete sein Fell. Obwohl es kaum etwas zu tun gab, putzte sie ihn gern und tat es gründlich. Fast wünschte sie sich, er würde sich mal so richtig einsauen. Bei diesem Gedanken musste sie lächeln.

»Du bist viel zu reinlich für ein Pferd«, sagte sie zu ihm und strich ihm liebevoll über die weichen Nüstern. »Vielleicht solltest du mal eine Katze werden, hm? Oder ein Angora-Kaninchen?«

»Wenn da was dran ist, dann sollte mein Filou ein Schwein werden.«

Regine drehte sich um. Hinter ihr war eine junge Frau in den Stall gekommen. Sie hatte ein so dreckiges Pferd am Strick, dass man die Farbe darunter bloß erahnen konnte.

Die Fremde streckte ihr die freie Hand entgegen. »Ich bin neu hier im Stall. Marion.«

Ihre Stimme! Sie hatte diese bestimmte Nuance, die Regine eine Gänsehaut über den Rücken jagte. Welch ein dummer Zufall das auch war! Am liebsten hätte sie dieser Marion gesagt, dass sie verschwinden sollte, nur um sich den Gefühlen, die gerade in ihr hochstiegen, nicht stellen zu müssen. Andererseits war es schon lange überfällig, das Problem endlich in den Griff zu bekommen. Darum antwortete sie: »Hallo, Marion. Ich bin Regine. Und das ist mein Maverick.«

»Du reitest western?«, fragte sie mit einem Blick auf das Foto, das an der Boxentür hing.

»Ja, aber erst seit ein paar Jahren. Ich bin umgestiegen vom Englischen. Und du?«

»Ich reite englisch. Am liebsten Springen. Aber jetzt im Herbst ist der Boden oft so rutschig. Gestern sind wir fast gestürzt.«

Regine verzog das Gesicht. »Oje, klingt gefährlich.«

»Ach was, alles halb so wild«, wiegelte Marion ab. »Ich hätte gleich in die Reithalle gehen sollen. Der Reitplatz war einfach zu nass.«

»Also, ich springe zwar nicht, aber ich sehe gern dabei zu. Wenn du mal jemanden brauchst, der dir die Stangen rauf und runter stellt …«

»Klasse! Da sag ich nicht Nein. Wir können ja Telefonnummern austauschen.«

»Warum nicht«, antwortete Regine und wunderte sich gleichzeitig über sich selbst. Woher nahm sie plötzlich diesen Mut? »Bist du am Wochenende auch immer früh hier?«

»So früh es geht. Ich liebe die Stimmung zu dieser Tageszeit. Der Morgentau, die Einsamkeit, die Ruhe … Zum Glück lässt mein Job das zu.«

»Genau aus diesen Gründen bin auch ich oft morgens hier«, sagte Regine und lächelte über ihre Gemeinsamkeit. »Aber mit der Ruhe ist es heute wohl nicht weit her. Hast du das Knallen vorhin gehört?«

»Ja, irre laut. Sind das schon die Jäger?«

»Keine Ahnung. Vielleicht auch Sportschützen. Oder kleine dumme Jungen. Es hat sich jedenfalls nicht wiederholt. Ich denke, ich gehe trotzdem ausreiten. Willst du mit?«

»Hm …«, sagte Marion mit einem Blick auf ihr Pferd. »Er sieht echt aus wie ein Schwein. Willst du wirklich so lange auf uns warten?«

»Ich könnte dir helfen, dann geht's schneller. Du übernimmst eine Seite und ich die andere.«

»Wirklich?«

»Na klar, ich mach das gerne.«

»O.k. Dann hole ich mal sein Putzzeug.«

Tatsächlich war es harte Arbeit, Filou vom Schmutz zu befreien. Regine und Marion kamen richtig ins Schwitzen, doch weil sie sich dabei unterhielten, verging die Zeit wie im Flug.

Irgendwann saßen sie tatsächlich auf ihren Pferden und verließen den Hof im klappernden Viertakt. Sie mussten der ländlichen Straße nicht lange folgen. Bald schon bogen sie in einen Weg ein, der sie direkt in den Wald führte. Hier war der Boden dick mit buntem Herbstlaub bedeckt. Das Klappern wich einem gemütlichen Rascheln.

»Die Pferde passen gut zusammen«, bemerkte Marion. »Sie haben beide dieselbe Geschwindigkeit im Schritt. Es ist immer schön, wenn man so locker nebeneinanderher reiten kann, nicht wahr?«

Regine nickte. Sie ließ es sich nicht anmerken, aber ihr Herz klopfte bis zum Hals. Mit jedem von Mavericks Schritten schienen ihr Mund trockener und ihre Hände feuchter zu werden. Eigentlich hatte sie Lust, sich zu unterhalten. Sehr sogar. Aber das, was Marions Stimme mit ihr machte, ließ sie regelrecht erschaudern. Unbemerkt und fast ohne den Kopf zu drehen, blickte sie nach links zu ihrer neuen Bekanntschaft hinüber. Marion war so sehr mit ihrem Filou beschäftigt, dass sie nichts davon bemerkte. Sie war vielleicht Anfang dreißig, hatte ein gerades Profil, eine kleine Nase, hellbraune, dicke Haare, die zu einem Zopf geflochten waren. Plötzlich schaute sie Regine an; diese wandte ruckartig den Kopf und blickte nach vorne.

»Rechts oder links? Du musst mir den Weg zeigen, ich kenne mich hier ja noch nicht aus.«

»Stimmt«, sagte sie nur und lächelte schmallippig. »Hier links. Gleich kommt eine schöne Strecke mit tiefem Sand. Dort können wir ein Stück traben.«

»Gut! Das ist seine Spezialität. Wir werden euch mit Leichtigkeit abhängen«, sagte Marion vergnügt und klopfte ihrem Pferd den Hals.

Als der besagte Weg begann, schnalzte Regine kurz. Mehr war nicht nötig, um ihren Wallach anzutreiben. Doch schon nach wenigen Schritten zog Marions Brauner an ihm vorbei.

Mit starken Bewegungen warf er die Vorderbeine von sich und machte den Hals dabei rund. Ein imposantes Bild, wie Regine zugestehen musste – jedoch nicht weniger beeindruckend als die Reiterin. Marion ritt im Leichttrab, wechselte also im Zweitakt zwischen Stehen und Sitzen. Wieder und wieder berührten ihre Pobacken den Sattel – Regine konnte nicht anders, als auf sie zu starren. Wie gern hätte sie diese beiden Backen jetzt in der Hand. Die unbändige Lust, hineinzukneifen, draufzuschlagen und dann wieder sanft darüberzustreicheln, hätte sie fast übermannt, da kam das Auf und Nieder zu einem Ende. Der Weg mündete in eine Kurve.

Marion hob die Hand und rief: »Durchparieren!« Als sie wieder Seite an Seite ritten, sagte sie: »Hab ich es dir nicht gesagt? Im Trab ist er fast unschlagbar.«

»Du hast nicht zu viel versprochen. Ich hatte keine Chance, hinterherzukommen. Ist er schon mal Rennen gelaufen?«

»Ja, früher. Er ist ein ausrangierter Traber, der eigentlich zum Schlachter sollte. Grausam, der Gedanke, dass man ihn um ein Haar getötet hätte.«

»Wie hast du das verhindert?«

»Nun, eigentlich war es meine Tante. Sie arbeitet auf der Trabrennbahn in Hamburg und kennt irgendwie jeden in der Szene. Sie bekam einen Tipp, dass es ein gutes Pferd gibt, das seinen Besitzer wechseln soll. Wenn sich keiner gefunden hätte, wäre er zum Abdecker gekommen.«

»Warum sollte er verkauft werden?«

»Er beißt. Manchmal jedenfalls. Dummerweise hat er seinem damaligen Besitzer einmal kräftig in die Hand gebissen, deshalb sollte er weg. Meine Tante nahm ihn auf und schenkte ihn mir zu meinem Achtzehnten. Das ist jetzt zehn Jahre her«, sagte sie mit weicher Stimme und strich ihm zärtlich über die Mähne.

Die letzten Worte klangen Regine noch im Ohr. *Das ist jetzt zehn Jahre her.* Meine Güte, schalt sie sich selbst, sie ist erst achtundzwanzig! Doch auch diese Erkenntnis änderte nichts an ihren Empfindungen. Vielleicht wäre es anders gewesen, wenn sie nicht immer wieder ein paar ihrer Worte auf diese bestimmte Art betonen würde. »Sag mal, bist du Holländerin?«, fragte Regine unvermittelt.

Marion wandte sich ihrer neuen Stallbekanntschaft zu. »Hört man das etwa noch immer? Meine Mutter ist Holländerin, aber ich habe dort nur die ersten vier Jahre gelebt. Wenn mich jemand darauf anspricht, kann ich es eigentlich kaum glauben, dass ich den Akzent noch immer nicht ganz abgelegt habe.«

»Man hört ihn nur ganz leicht. Und auch nur manchmal. Warum stört es dich?«

»Tut es nicht. Das heißt … doch, manchmal. Ich studiere Germanistik, weißt du. Irgendwie denke ich, dass es falsch ist, wenn ich nicht *perfekt* deutsch spreche.«

»Ach, ich finde es ganz sympathisch.« Regine hatte das Gefühl, sich bei diesen Worten fast die Zunge zu brechen. Die Wahrheit sah nämlich anders aus. Sie fand es nicht bloß sympathisch, sie fand es atemberaubend, sie fand es sexy! Es erinnerte sie schließlich an jene Frau, die seit einiger Zeit der Traum ihrer schlaflosen Nächte war, der sie es jedoch niemals würde sagen können. Das Einzige, was sie für Tjalda Faas tun konnte, tat sie bereits: Sie bevorzugte sie über alle Maßen und hoffte, dadurch wenigstens ein Fünkchen Gegenliebe von ihr zu erhalten – sei es auch nur in Form eines Lächelns.

»Wollen wir galoppieren?«, fragte Marion. »Der Weg hier erscheint mir perfekt dafür.«

»Ja, du hast recht. Das ist eine gute Galoppstrecke. Aber lass uns hintereinander bleiben. Maverick wird nervös, wenn er im Galopp überholt wird.«

»Gut. Dann reite du vor.«

Regine nahm die Zügel auf, worauf ihr Wallach bereits zu tänzeln begann. Er kannte diese Strecke und konnte es offensichtlich nicht erwarten. »Ruhig, mein Kleiner. Nichts überstürzen.« Dann gab sie ihm die Zügel vor und verstärkte den Druck ihrer Waden. Aus dem Schritt heraus fiel er in einen unruhigen Galopp. Er war eine ganze Weile nicht mehr geritten worden, das machte sich jetzt bemerkbar. Jeder Versuch, ihn sanft zu zügeln, schien ihn bloß noch fahriger werden zu lassen. Immer wieder musste Regine sein Tempo regulieren, doch was sie auch tat, er wollte seinen gewohnten Rhythmus nicht finden.

»Alles okay bei euch?«, rief Marion von hinten, die erkannt hatte, dass der Schimmel sich gegen die Hilfen wehrte. »Sollen wir besser wieder anhalten?«,

»Ja, lass uns bitte kurz …«, Regine konnte ihren Satz nicht beenden. Drei laute Schüsse knallten in diesem Augenblick durch den Wald. Die Schützen konnten kaum weiter als ein paar Meter entfernt sein, so ohrenbetäubend war der Lärm.

Maverick erschrak heftig. Mitten im Galopp sprang er zur Seite. Nach diesem unerwarteten Satz raste er kopflos nach vorn.

Regine schrie auf, als ihr Pferd durchging. Sie hatte bei Mavericks plötzlichem Ausweichen einen der Steigbügel verloren. Im letzten Moment konnte sie noch eine Hand in die Mähne krallen, trotzdem war ihr Sitz nicht mehr fest. Um nicht zu fallen, stemmte Regine den linken Fuß tiefer in den verbliebenen Bügel. Dabei versuchte sie, sich wieder auf die Rückenmitte zu ziehen, doch alle Bemühungen bewirkten das Gegenteil. Der Sattel hatte sich bereits zu sehr zur Seite verschoben. Ihre Lage verschlimmerte sich drastisch mit jedem schnellen Galoppsprung des panischen Mavericks.

Auch Filou war nach den Schüssen losgeprescht und holte Maverick nun ein. Kopf an Kopf rasten beide Pferde den Weg entlang und heizten sich dabei an, was die Lage noch zusätzlich verschlimmerte. Von allein wäre wohl keines von beiden stehen geblieben. Die erfahrenen Reiterinnen wussten, dass ihnen hier im Wald, wo es keine Möglichkeit gab, einen großen Zirkel zu reiten und diesen immer enger werden zu lassen, nur ein letztes Mittel blieb: das Pferd durch brutales Riegeln an den Zügeln zu bändigen. Im Gegensatz zu Regines Sitz war Marions dafür fest genug. Beide Beine in die Steigbügel stemmend, sammelte sie all ihre Kraft in den Armen und riss sie abwechselnd zu sich. Unwillig fiel Filou in einen Trab. Das war das Letzte, was Regine von den beiden sah, die hinter ihr und Maverick zurückfielen.

Ihre letzte Hoffnung, dass ihr Wallach sich vom Zurückbleiben des anderen Pferdes beeindrucken ließ, wurde jäh zerschlagen. Seine Galoppsprünge waren so kraftvoll wie zuvor. In diesem Augenblick realisierte Regine, dass sie sich nicht mehr länger würde oben halten können. Ein kontrolliertes Fallen wäre das Klügste, kam es ihr kurz in den Sinn. Doch sie fand nicht den Mut dazu, sich abzuwerfen, bei all den Bäumen am Wegesrand.

Nur eine Sekunde darauf war es auch schon zu spät. Der Sattel machte einen Ruck und neigte sich auf einmal eine ganze Handspanne zur Seite. Regine schrie, als sie fiel – mindestens ebenso laut wie die Schüsse zuvor. Doch ihr Schrei erlosch beim Aufprall, der ihr die Luft aus der Lunge drückte.

Alles hätte nun gut werden können, wenn sich ihr Fuß nicht im Steigbügel verfangen hätte. Doch so zog Maverick sie im Galopp hinter sich her. Regine blieb keine Chance, den beschlagenen Hinterhufen auszuweichen. Schutzlos war ihr Körper den Tritten ausgeliefert. Erst als ihr Arm gegen einen Baum schlug und somit einen kleinen Widerstand bot, rutschte ihr Fuß aus dem Bügel. Im nächsten Moment wurde alles schwarz.

»Nimm ihn nicht ab«, sagte die Stimme flüsternd.

Svea schreckte hoch. Eben noch hatte sie fest geschlafen und geträumt, jetzt spürte sie eine Berührung an ihrer Hand.

Abermals ein Flüstern. »Die Welt soll wissen, du gehörst jetzt zu mir.« Zärtlich streifte Marc ihr den Verlobungsring über.

Svea ließ es geschehen. Sie hatte ihn vor dem Schlafengehen abgelegt, um ihre Hände einzucremen, und vergessen, ihn wieder anzuziehen. Der Diamant war trotz all seiner Schönheit manchmal unpraktisch.

Noch war sie nicht ganz wach, da fühlte sie, wie Marc sich über sie beugte. Es folgte ein Kuss. Seine Hand fuhr unter ihr weites T-Shirt und griff behutsam, aber selbstsicher nach einer ihrer Brüste. Jede seiner Bewegungen war perfekt. Er war einfach ein großartiger Liebhaber, dessen beste Qualität es wohl war, die Führung zu übernehmen, ohne Sveas Stolz zu brechen.

Durch die heruntergelassenen Jalousien war es stockdunkel im Schlafzimmer – unmöglich auszumachen, wie spät es wirklich war. Jene Finsternis erzeugte eine geheimnisvolle Stimmung, welche es nur in den Stunden der Nacht gab.

Marcs Verhalten machte mehr und mehr deutlich, dass er nicht vorhatte, länger mit dem Liebesspiel zu warten. Seine nächsten Worte bestätigten das nur.

»Zieh dich aus.«

Sveas T-Shirt fiel zu Boden und mit ihm die wenige übrige Kleidung, die sie beide zum Schlafen trugen.

Sie gab die Kontrolle in diesem Moment gänzlich aus der Hand. Ihre Schläfrigkeit kam ihr zugute. Das prickelnde Gefühl, das man spürte, wenn man plötzlich auf diese Weise geweckt wurde, ließ sie jede Berührung von Marc noch intensiver wahrnehmen. Die Augen hielt sie geschlossen, wenngleich es keinen Unterschied machte, was das Sehen betraf. Doch zu fühlen vermochte Svea dadurch stärker. Bereitwillig gab sie sich ihm hin und öffnete einladend ihre Schenkel.

»So will ich es heute nicht, Lady«, flüsterte er ihr ins Ohr und zwang sie, sich auf den Bauch zu legen. Seine Worte kamen sanft, doch bestimmend. »Ich will hören, dass du nur mich willst. Sag es mir!«

Svea stand der Sinn danach. Denn hier, in der völligen Dunkelheit, nur zur Hälfte wach, gab es keine Scham. Sie ließ sich voll darauf ein, und als sie anfing zu sprechen, war es, als hätten sie es noch nie anders getan.

»Schlaf mit mir, Marc! Ich will dich, nur dich, und keinen sonst«, flüsterte sie reizvoll. Nur Sekunden später spürte sie seine Reaktion.

Marc begann geräuschvoll zu atmen. Er drängte sich nun zwischen ihre Beine. Sein Glied war bereits steif und lag in Position. »Sag mir noch mal, dass es keinen neben mir gibt.«

»Es gibt keinen anderen Mann. Du bist der Einzige, den ich will!«

Jetzt griff er in ihre Haare. Gerade so fest, dass es nicht zu viel war, zog er ihren Kopf daran zurück. Sein Gewicht wog schwer auf ihr, seine Stimme klang gepresst. Fast wie ein Knurren. »Du sollst kriegen, wonach du verlangst.«

Svea hätte ihm kaum entrinnen können, selbst wenn sie es

gewollt hätte. Doch sie genoss es, dass der Sex diesmal so anders war. Seine Dominanz blieb nicht ohne Wirkung auf sie. Mehr und mehr meinte sie auch, was sie sagte. »Nimm mich endlich! Ich will ihn tief in mir haben!«

Marc konnte und wollte sich nicht länger beherrschen. Mit seiner freien Hand griff er nach seiner Männlichkeit. Ohne Rücksicht presste er sein Glied in Svea hinein. Als es ganz in ihr verschwunden war, stöhnten sie gemeinsam laut auf. Er verharrte einen Moment. All seine Konzentration war nötig, um nicht jetzt schon zum Ende zu kommen. Dann hatte er sich wieder im Griff. Er zog sich ein Stück aus ihr zurück und glitt sogleich wieder hinein, was Svea heftig erregte.

Sie begann vor Lust zu zittern. Und jeder Stoß verstärkte dieses Gefühl noch. Dann – in einem Moment, in dem sie es am wenigsten erwartet hätte – zog Marc sich ganz aus ihr zurück.

Svea entfloh ein Laut des Verlusts. Ihre Hand fuhr nach hinten, auf der Suche nach ihm. Sie wollte ihn zwingen, sofort in sie zurückzukehren, doch sie hätte wissen müssen, dass Marc ihr diese Entscheidung nicht überlassen würde. Stöhnend machte sie ihre Qualen deutlich, nicht fähig, es auszusprechen.

»Du willst ihn zurück?«, flüsterte Marc heiser.

»Ja.«

»Dann bitte mich darum.«

Svea tat es. »Ich bitte dich, Marc. Lass mich nicht noch länger warten.«

»Gib mir mehr. Sprich es aus!«

»Ich …« Svea atmete nun auch schwer. Ein paar Sekunden lang rang sie nach Worten. Dann legte sie alle noch verbliebene Verlegenheit ab. Marc hatte sein Ziel erreicht. Es gab nun kein Zögern mehr, keine Zurückhaltung, bloß noch die unverblümte Wahrheit. »Ich flehe dich an, schieb ihn mir wieder rein. Du darfst mich haben, solange du willst. Tu mit mir, was du willst. Nur nimm mich endlich!«

Marc griff nach ihren Oberarmen und stieß zu. Er nahm Svea für die nächsten Minuten in jeder nur möglichen Position. Dann ergoss er sich in sie, laut und stoßweise. Nachdem er fertig war, rollte er sich neben sie auf den Rücken und schnappte nach Luft.

Der schnelle Atem der beiden war noch eine ganze Weile lang zu hören. Nur allmählich wurde es ruhiger im Schlafzimmer.

Marc war der Erste, der sich aus seiner liegenden Position erhob. Er küsste Svea die Stirn. »Danke, meine wunderschöne Sklavin.«

Svea belächelte seine Worte. Sie wusste, wie er es meinte. »Gerne doch, Meister!«

Jetzt stand er auf und sagte: »Ich mach uns jetzt Frühstück.«

Svea hatte eigentlich gerade die Augen zumachen wollen, doch das Wort *Frühstück* ließ sie erstaunt zum Handy greifen. Den Blick darauf hätte sie sich jedoch sparen können, denn in diesem Moment zog Marc die Jalousien hoch. Unbarmherzig drang das helle Tageslicht herein und blendete Svea in den Augen. Sie stöhnte auf und zog sich die Decke über den Kopf. »Es ist schon Morgen?«, fragte sie gequält.

»Schon längst.« Marc verließ das Zimmer. Bald darauf waren geschäftiges Klirren und Klappern aus der Küche zu hören.

Langsam lugte Svea unter ihrer Decke hervor. Es kam ihr so unwirklich vor, dass es bereits hell draußen war. Noch vor zehn Minuten hätte sie schwören können, dass es höchstens zwei Uhr morgens sein konnte. Die Realität war unangenehm. Einerseits, weil die Helligkeit in den Augen brannte, andererseits aber, weil der nun fehlende Zauber der scheinbar stockfinsteren Nacht ihr auf schamhafte Weise bewusst machte, wie obszön sie beide sich eben verhalten hatten.

Svea zog sich die Decke wieder über den Kopf. Sie schmunzelte über sich selbst. Wie albern sie doch war! Es hatte ihr schließlich gefallen. Warum also solche Gedanken? Es gab keine vernünftige Antwort. Ein kleiner Teil von ihr schämte sich eben. Und eine Sache war auch seltsam für sie: Warum hatte Marc, der sonst eher eine Spur zu selbstbewusst war, von ihr immer wieder hören wollen, dass er der Einzige für sie sei?

»Setz dich, Lady.«

»Wow! Wie das riecht! Mindestens so gut, wie es aussieht!«, beteuerte Svea mit Blick auf den überladenen Küchentisch und legte sich eine Hand auf den knurrenden Magen. Bevor sie tat, wozu er sie aufgefordert hatte, ging sie zu ihm und gab ihm einen langen, intensiven Kuss. »Das war ein aufregender Start in den Tag.«

»Nein, Svea. *Du* warst aufregend!«, versicherte er mit einem Blick, der gänzlich neu für sie war.

Svea sog ihn in sich auf. Irgendwas schien sich zwischen ihnen verändert zu haben. Noch war es unstet, aber es fesselte sie. In der nächsten Sekunde jedoch – bevor Svea tiefer in das Gefühl einsteigen konnte – war das, was sie eben noch meinte entdeckt zu haben, verschwunden.

Marc lächelte unbedarft, nahm sich das Geschirrtuch von der Schulter und wandte sich wieder dem Herd zu. »Ich habe das Rührei so gemacht, wie du es am liebsten magst. Mit Lauch und Schinken«, versicherte er, griff zur Bratpfanne, in der das Ergebnis seiner Mühen vor sich hin dampfte, und hielt es ihr unter die Nase.

»Optisch schon mal perfekt«, lobte Svea und setzte sich.

Er stellte die Pfanne auf eine Korkplatte, legte noch einzelne Schinkenscheiben auf die zuvor geschnittene Melone und setzte sich ihr gegenüber hin. »Lass es dir schmecken, Verlobte.«

»Danke, Verlobter.«

Beide griffen sie beherzt zu. Eine Weile lang waren nur die typischen Frühstücksgeräusche zu hören. Das Aufschneiden von frischen Brötchen, das Plätschern von Saft, das Rascheln des Salzstreuers.

Während Svea an ihrem Brötchen kaute, musterte sie Marc, der mittlerweile in seine Zeitung vertieft war. Er trug ein schlichtes weißes T-Shirt und seine karierte Schlafhose, war unrasiert und hatte wilde Haare. So gefiel er ihr besonders. Wie eigentlich immer ließ er ein Bein lässig über die runde Armlehne des abgewetzten Ohrensessels hängen, den sie auf dem Flohmarkt erstanden hatten. Svea selbst zog gern ihre Füße auf die Sitzfläche und war jedes Mal froh darüber, sich mit ihrem Wunsch durchgesetzt zu haben, anstelle der sonst üblichen und meist unbequemen Klappstühle lieber Sessel in die Küche zu stellen.

Nach einer Weile legte Marc die Zeitung weg und rührte etwas Zucker in seinen Kaffee. Dabei fragte er interessiert: »Wie war es eigentlich gestern mit den Mädels?«

Svea begann zu grinsen. Ihr erster Gedanke galt der letzten Bude, an der sie haltgemacht hatten. »Lustig, aber auch skurril. So beschreibt man den Abend wohl am besten.«

»Skurril? Klär mich mal auf.«

»Ach, diese albernen Hühner«, sagte Svea kopfschüttelnd und winkte ab. »Stell dir vor, sie haben mich zu einer Handleserin geschleppt – wenn man diese Frau überhaupt so nennen kann.« In jener Sekunde, da sie es sagte, fiel Svea ein, wie blöd es von ihr gewesen war, überhaupt damit anzufangen. Marc hatte aufgrund diverser negativer Erfahrungen mit seiner Adoptivmutter nichts für solche Spinnereien übrig. Alles, was auch nur in Richtung Esoterik ging, war ihm regelrecht zuwider. Hätte sie vorher nachgedacht, hätte sie diese Sache verschwiegen. Jetzt war es dafür zu spät.

Marc nahm langsam einen Schluck Kaffee. Dann sah er auf. Er lächelte.

Svea lächelte zurück. Sie war froh, dass er offensichtlich beschlossen hatte, es als das zu sehen, was es war: ein harmloser Spaß. »Wie gesagt, ich wurde quasi genötigt. Es war auch total blöd.«

»Sag bloß, ihr wurdet abgezockt, und die Frau hatte gar keine magischen Kräfte?«, fragte er ironisch.

»Ha, ha, sehr witzig«, erwiderte Svea sarkastisch.

»Was hat sie dir denn prophezeit?«

»Na ja, das, was jeder Zweite hören will. Wir bekommen zwei Kinder, und eines Tages kaufen wir uns ein Haus.«

»Klingt doch ganz fantastisch. Vielleicht hat sie ja sogar recht.« Er zwinkerte, blickte dabei aber auf eine Weise, die keinen Zweifel daran ließ, was er wirklich dachte. Doch zum Glück war er nicht in der Stimmung für seine üblichen Schimpftiraden. Stattdessen sagte er: »Solange ihr ein bisschen Spaß dabei hattet, war die Aktion ja nicht umsonst.«

Svea freute sich über seine Reaktion. Es wurde auch Zeit, dass er mal darüber hinwegkam, was früher war. Und jetzt, wo er seine Mutter zu ihrer Verlobung eingeladen hatte, schien der Bann vielleicht ja sogar gebrochen. Aus diesem Gedanken heraus wagte Svea, noch mehr zu erzählen. »Warte ab, es wurde noch viel besser. Hinterher musste sich Tilli meinen Spott anhören, weil ihre Aktion so schiefgelaufen war. Sie schimpfte deshalb so laut, dass man uns drei Lose zur

Entschädigung schenkte. Zwei von uns zogen eine Niete – nur eine nicht. Und jetzt rate mal, wer?«

»Du etwa?«

»Richtig! Ich hab gewonnen. *Ich*, die sonst nie was gewinnt!«

Marc lachte überrascht auf. »Ich glaub es nicht. Herzlichen Glückwunsch!« Spontan griff er zu seinem Kaffee und hielt ihn Svea entgegen. »Darauf stoßen wir an.«

Das eher klanglose Klirren zweier gefüllter Porzellanbecher war zu hören. Erst dann fragte Marc genauer nach.

»Was hast du überhaupt gewonnen? Eines dieser überdimensionalen Stofftiere? Wenn ja, dann stell es bitte ins Treppenhaus und nicht in die Wohnung. Am besten zu unseren Indern vor die Tür, damit der Curry-Gestank drinnen bleibt.«

Svea verzog das Gesicht. »Sag so was doch nicht«, verteidigte sie ihre Nachbarn halbherzig.

»Ach komm, als ob es dich nicht auch stören würde.«

»Ich geb's ja zu. Es ist ätzend.«

Beide lachten sie los und waren froh darüber, dass niemand wusste, wie oft sie sich auf Kosten ihrer Nachbarn lustig machten.

Als wieder Ruhe eingekehrt war, fragte Marc: »Und? Scheinbar war es kein Stofftier, oder?«

Ein letztes Mal horchte Svea in sich hinein. Noch konnte sie die Wahrheit verschweigen. Doch die Stimmung war gut, sodass sie es wagte. »Nein, war es nicht.«

»Das klingt ja schon mal gut. Soll ich weiterraten?«

»Da kommst du niemals drauf. Es ist einfach zu verrückt.«

»Doch, warte! Ich hab's! Ein Brautkleid. Das wäre in der Tat verrückt.«

»Nein«, wiegelte Svea ab. »Ganz falsch.«

»Ein … ein …«

»Ich sag's dir: Eine Rückführung!«

Nach diesen Worten war es, als hätte jemand die Mute-Taste auf einer Fernbedienung gedrückt. Stille.

Es vergingen ein paar Atemzüge, dann fragte Marc unerwartet streng: »So ein Scheiß-Vergangenheitsreise-Ding?«.

Svea wurde klar, dass sie ihn überschätzt hatte. Sie war ernüchtert. Mit so einem drastischen Stimmungswechsel hatte sie nicht gerechnet. »Ja, ich denke schon, dass es so etwas ist. Aber genau weiß ich das auch nicht.«

Er schüttelte den Kopf. »Die Gewinne an Losbuden werden auch immer bescheuerter«, wetterte er mies gelaunt.

»Ja, stimmt«, antwortete Svea monoton, nur um etwas Beschwichtigendes zu sagen.

»Du hast dein Los also gleich in den Müll geworfen, oder?«

»Nein, habe ich nicht. Tilli hat mich gezwungen, den Zettel zu behalten, aber nur als … Erinnerung an den Abend.« Svea war eigentlich gar nicht der Typ für solche Lügen, aber ihr war einfach nicht nach schlechter Stimmung. Sie hegte die Hoffnung, dass Marc es darauf beruhen ließ. Doch sie irrte sich.

»Zeig mal her.«

Ziemlich unmotiviert drehte sich Svea zur Rückenlehne ihres Sessels um, wo ihre Jacke lag. Zwischen einem Lippenpflegestift und einer Packung Taschentüchern fand sie das Los. Sie hielt es gerade in der Hand, da beugte sich Marc auch schon über den Tisch und nahm es ungefragt an sich. »Natürlich darfst du zuerst gucken. Gerne doch!« Svea griff kopfschüttelnd nach ihrem Kaffee.

Marc reagierte gar nicht auf sie. Seine Augen ruckten von links nach rechts. »Ich sag's ja. Das ist doch nur irgendeine Scheiße.«

Svea war mittlerweile von seiner massiven Reaktion genervt. Eher provokant als wirklich interessiert fragte sie: »Kennst du denn jemanden, der das mal gemacht hat?«

»Nein«, murmelte er und überflog weiter die eng gedruckten Zeilen. Dann hielt er ihr das Los entgegen, zeigte auf eine bestimmte Stelle und fragte: »Findest du etwa, das klingt seriös?« Mit höhnischer Stimme las er vor: »Zum Einlösen Ihres Gewinns, wählen Sie folgende Nummer.« Sein Blick heftete sich auf Sveas Gesicht. Als er merkte, dass sie auf seine Frage nicht einging, forderte er zu wissen: »Du hast doch nicht etwa vor, das zu machen?«

»Nein. Warum sollte ich?«

»Gut. Dann kann das weg, oder?«

»Ja. Wenn du dann endlich Ruhe gibst, schmeiß es weg. Meine Güte …«

Marc knüllte das Papier zusammen und warf es energisch in den kleinen Tischmülleimer, dessen Schwingdeckel einige Zeit brauchte, um wieder zur Ruhe zu kommen.

Svea nahm sich vor, ihm nie wieder etwas in diese Richtung zu erzählen. Sie hatte eindeutig falsch mit der Vermutung gelegen, dass er über die schwierige Vergangenheit mit seiner Mutter hinweg war. Wahrscheinlich würde das niemals passieren. Es wäre also vergebens, darauf zu hoffen.

Plötzlich und unerwartet nahm Marc das Gespräch wieder auf. Sein Ton war nun ruhig, das war seine Art, sich zu entschuldigen. »Und? Hast du es ihnen eigentlich erzählt?«

Svea blickte auf. Der Themenwechsel kam für sie zu schnell. »Was jetzt?«

»Der Antrag …!«

»Ach so. Natürlich! Klar habe ich es ihnen erzählt.«

»Und?«, wollte er wissen. »Haben sie sich für dich gefreut?«

Svea setzte sich gerade auf und verscheuchte das grollende Gefühl in ihrem Bauch. Bewusst nahm sie einen tiefen Atemzug, damit es ihr gelang, sich auf das Gespräch und somit auch auf seine Entschuldigung einzulassen. »Zuerst gab es ein lautes Kreischen, sodass alle um uns herum ganz blöd geguckt haben.«

Bei diesem Bild musste Marc schmunzeln. Von Pia konnte er sich das gut vorstellen, aber von der Dritten im Bunde so gar nicht. Selbst er wusste, was Sveas beste Freundin, die er als Einziger nicht Tilli nannte, vom Heiraten hielt. »Tjalda hat auch gekreischt?«

»Nein, natürlich nicht.«

»Dachte ich es mir doch. Hat sie versucht, dich umzustimmen?«

»Quatsch. So schlimm war es nicht. Sie hat sich schon für uns gefreut – eben auf ihre Art. Aber kannst du dir vorstellen, wie sie reagiert hat, als ich sie fragte, ob sie meine Trauzeugin werden will?«

»Oh, oh. Ich habe eine schlimme Vorahnung …«, sagte er mit verzerrtem Blick. Fast so, als erwarte er eine Ohrfeige.

Svea fuhr mit der Hand durch die Luft und meinte: »Sie hat ganz platt *Nein* gesagt!«

»Was? Wirklich?«

»Worauf du dich verlassen kannst.«

»Und jetzt hast du keine Trauzeugin?«

»Doch«, antwortete sie nickend. »Ich konnte sie schlussendlich überreden.«

»Wie? Mit einer Plastiktüte über ihrem Kopf?«

»Etwas weniger radikal. Ich musste ihr einiges versprechen. Zum Beispiel, dass sie ihr Kleid selbst aussuchen darf. Außerdem will sie keine Rede halten und sich um nichts kümmern.«

»Klingt nach der nutzlosesten Trauzeugin aller Zeiten.«

»Ja, vielleicht«, pflichtete Svea ihm bei. »Jedenfalls dann, wenn man sie als Trauzeugin im klassischen Sinne betrachtet. Aber das tue ich nicht. Mir sind andere Dinge wichtig.«

»Das ist ein gutes Stichwort. Lass uns darüber sprechen, *was* dir wichtig ist, also, in Bezug auf unseren Hochzeitstag. Wie willst du heiraten?«

»Hmm … also auf jeden Fall in Weiß. Ich glaube, meine Wünsche sind ganz bodenständig. Leckeres Essen, gestellte Fotos, eine Party.«

»Was hältst du vom Standesamt beim Stadtpark? Das ist romantisch und schön gelegen. Und nach der Trauung könnte man Bilder im Park machen und in diesem Landhaus im Grünen feiern? Würde dir das gefallen?«

»Ja, schon. Das klingt nicht schlecht, aber …« Svea dachte kurz nach. Irgendetwas störte sie an dieser eigentlich unverfänglichen Vorstellung einer Hochzeit. »Ich weiß nicht, möglicherweise würde ich lieber irgendwo auf dem Land feiern. An einem Ort, an dem ich nicht schon zigmal gewesen bin. Der Stadtpark ist wunderschön, aber vielleicht fällt uns ja noch was Ausgefalleneres ein.«

»Sicher. Wir müssen uns ja auch nicht sofort für eine Location entscheiden. Aber über den Zeitpunkt sollten wir reden. Ich bin der Meinung, es wäre klug, im Frühling zu heiraten – nicht in der Hauptsaison, wo bestimmt schon alles ausgebucht ist.«

»Frühling? Das ist in einem halben Jahr. Warum so eilig, Marc? Ich glaube kaum, dass im Sommer schon alles ausgebucht ist. Und wenn, dann heiraten wir eben einen Sommer darauf.«

Unvermittelt stand Marc auf. Er ging auf sie zu, nahm ihre Hand und zog sie auf die Füße. Ganz dicht trat er jetzt an sie heran. Während er auf sie herabschaute, legte er ihr eine seiner großen Handflächen auf die Wange. Dann küsste er sie. »Ich bin mir eben sicher, Svea. Wozu länger warten?« Sie wollte gerade etwas erwidern, als er ihr den Mund mit einem Finger verschloss. »Ich bin noch nicht fertig.«

Svea schaute zu ihm auf. Sein Blick war von jener Sorte, die ihr die Knie weich werden ließ.

»Wenn es dich glücklich macht, dann feiern wir mit allem, was dazugehört, und dort, wo du es willst. Du sollst die Hochzeit bekommen, die du dir erträumst und die du verdienst. Nur lass mich nicht länger warten, Lady.«

Diese Worte ließen Svea vergessen, was sie eben noch geärgert hatte. Er verstand es wie kein Zweiter, ihr das Gefühl zu geben, sie sei das Wichtigste für ihn. Gerne nahm sie es da mit seiner Aversion gegen alles Esoterische auf. Überglücklich schlang sie die Arme um ihn und legte all ihre Liebe in den nächsten Kuss.

Eine Stunde später fuhr Marc wie fast jeden Sonntag zum Fußballtraining. Svea saß noch eine ganze Weile in der Küche. Schluck für Schluck trank sie den letzten Becher lauwarmen Kaffee. Dann irgendwann widmete sie sich dem noch immer vollgestellten Frühstückstisch. Sie ließ sich Zeit damit. An diesem Tag hatte sie nichts weiter vor außer Lesen, Fernsehen und sich die Nägel zu lackieren – was eigentlich total sinnlos war, da sie den Lack am Montag vor Arbeitsbeginn wieder entfernen musste.

Während sie die verderblichen Lebensmittel als Erstes zusammentrug, fiel ihr Blick auf den Tischmülleimer. Einen Moment lang starrte sie auf den Schwingdeckel, gab sich einem fixen Gedanken hin, ging dann aber schnell zum Kühlschrank und stellte die Sachen hinein. Wieder zurück am Tisch, stapelte sie Teller und Tassen, nahm die benutzten Messer und den Käseschaber zur Hand und räumte alles in den Geschirrspüler.

Jedes Mal, wenn sie ein Geschirrteil griff, glitt ihr Blick zum Tischmülleimer – so lange, bis sie sich wieder umdrehen musste. Ihre Bewegungen wurden immer langsamer. Bald war die Spülmaschine voll und der Tisch leer, jedenfalls fast.

Svea nahm einen Tab aus der Verpackung, schloss die Klappe und stellte das Gerät an. Langsam drehte sie sich um. Sie lehnte rücklings an der Arbeitsfläche und starrte auf den Abfalleimer, ohne zu zwinkern. Erst als ihre Augen begannen, trocken zu werden, schüttelte sie kurz den Kopf.

Entschlossen nahm Svea den Schwamm zur Hand, hielt ihn unter lauwarmes Wasser und trat ein letztes Mal an den Tisch heran, um ihn abzuwischen. Jetzt galt es, den kleinen Eimer auszuleeren. Doch Svea verharrte einen letzten Moment regungslos. Das Wasser aus dem Schwamm tropfte bereits auf die Tischplatte, da ließ sie ihn achtlos fallen. Sie riss den Deckel vom Eimer und nahm den Zettel noch einmal zur Hand, um ihn zu lesen.

»Sieh hin, was passiert. Nichts geschieht ohne Grund. Es gibt keine Zufälle!«, las sie sich selbst vor. Anders als beim ersten Mal, da sie diese Zeilen gesehen hatte, rollte sie jetzt nicht mit den Augen. Seltsamerweise verursachten die Worte diesmal eine Gänsehaut bei ihr. »Sieh hin, was passiert …!«, murmelte sie leise und fragte sich stumm: Was soll passieren? Etwas Schlimmes? Etwas Gutes? Wenn es keine Zufälle gab, wie es oben stand, was waren jene Ereignisse, die man üblicherweise Zufall nannte, denn dann? Das alles war irgendwie verwirrend, und je länger Svea darüber nachdachte, desto frustrierender fand sie es, keine Antwort darauf zu erhalten. Wahrscheinlich sollte genau das die Leute dazu bringen, eine Rückführung machen zu wollen. Ein mieser Trick, mehr nicht. Aber nicht mit mir!

Entschlossen stapfte sie zum großen Mülleimer. »Was für

ein Quatsch. Warum denke ich überhaupt darüber nach? Natürlich gehe ich nicht dorthin.« Svea knüllte den Zettel zusammen und warf ihn hinein. In diesem Moment klopfte es an der Wohnungstür.

Noch bevor Svea öffnete, fragte sie: »Ja, bitte?«

»Hallo. Hier ist Frau Nandu. Gestern wurde ein Paket für Sie bei mir abgegeben.«

Svea schloss auf. Als sie das Gesicht ihrer Nachbarin erblickte, meinte sie sogleich einen Hauch Curry zu riechen, aber vielleicht bildete sie es sich auch nur ein. »Guten Morgen. Wie lieb, dass Sie das Paket entgegengenommen haben.«

»Das mache ich doch gern.« Die Frau wackelte mit dem Kopf, wie es nur Inder taten.

Svea griff nach dem Karton. Sie hatte nicht die geringste Ahnung, was sich darin befand. Bestellt hatte sie nichts.

»Es ist ein kleines Wunder, dass das Paket überhaupt angekommen ist. Sehen Sie mal: Hier steht nur Ihr Name drauf.«

Svea folgte dem Finger von Frau Nandu. »Stimmt. Wie seltsam«, bemerkte Svea verwundert, als sich ihr Blick auf die altdeutsche Schrift legte.

»Sie wissen also nicht, wer Ihnen das geschickt hat?« Die Nachbarin machte nicht den Anschein, gehen zu wollen.

»Nein«, gab Svea zurück, der Frau Nandus Neugier fast entgegensprang. Wahrscheinlich hätte sie es liebend gern gesehen, wenn Svea das Paket gleich jetzt vor ihren Augen geöffnet hätte, doch das war nicht ihr Plan. Stattdessen nahm sie symbolisch die Klinke in die Hand, drückte die Tür ein Stückchen weiter zu und sagte: »Wie gesagt, danke fürs Annehmen und Hochbringen, und noch einen schönen Sonntag für Sie!«

Frau Nandu folgte dem immer kleiner werdenden Türspalt

mit dem Kopf, während sie weitersprach. »Wir sollten bald mal einen Kaffee zusammen trinken«, schlug sie schnell vor.

»Eine wunderbare Idee. Ich nehme Sie beim Wort. Auf bald dann …«

»Ja, auf bald …!«

Endlich fiel die Tür ins Schloss. Svea atmete aus und lehnte sich mit dem Rücken gegen das Holz – beinahe so, als hätte sie Angst davor, die anstrengende Nachbarin könnte die Tür wieder öffnen. Doch das passierte selbstverständlich nicht.

Svea ging ins Schlafzimmer, wo sie das Paket behutsam aufs Bett legte. Zunächst begann sie, es nach einem Absender abzusuchen. Vergeblich. Alles, was sie fand, war eine wilde Zusammenstellung von zwölf verschiedenen Briefmarken, die den Wert des nötigen Portos mit Sicherheit überschritten, und ein eingerahmtes Adressfeld, in dem stand: *Bitte suchen Sie Svea Michel aus der Neustadt.* Eines war klar, dieses Paket hätte ohne den Einsatz eines engagierten Postboten niemals den Weg hierher gefunden! Aber wer schickte ihr ein Paket, der ihre Adresse nicht kannte?

Mittlerweile überwog die Neugier. Svea riss die Klebestreifen ab, nahm den Deckel ab und schob das raschelnde Seidenpapier zur Seite. Zum Vorschein kam ein gefalteter Berg weißer Spitze. Svea ließ den unerwarteten Anblick auf sich wirken. Obenauf lag ein kleiner Zettel, sie nahm ihn zur Hand. Die Schrift war für sie kaum zu entziffern. Wort für Wort reimte sie sich den kurzen Text zusammen.

Liebe Frau Michel,
danke, dass ich Ihnen von meinen Purpurbuchen erzählen durfte. Vergessen Sie sie nicht, dann bin auch ich nicht vergessen.

Alheid von Clawen

Sie musste sich setzen. Ihre Augen füllten sich mit Tränen, ohne dass sie etwas dagegen tun konnte. Wie war das nur möglich? Konnte dieses Paket wirklich von der alten Dame sein? Sie musste es kurz vor ihrem Tod verschickt haben. Somit war das vielleicht ihr letztes Vermächtnis.

Es dauerte einige Minuten, bis Svea in der Verfassung war, sich dem Inhalt des Pakets zu widmen. So, wie er dort vor ihr lag, sah er einfach wunderschön aus. Fast traute sie sich nicht, den Stoff zu entfalten, aus Angst, dass sie davon enttäuscht wäre. Andächtig strich Svea mit den Fingerkuppen über die Spitze, dann war sie bereit. Vorsichtig fasste sie zwei Enden des Stoffs und zog ihn aus dem Paket. Was sie jetzt sah, ließ ihr Herz schneller schlagen. Ihre vage Vermutung wurde bestätigt: Es war ein Hochzeitskleid, das nicht romantischer hätte aussehen können!

Svea schaffte es zunächst nicht, es näher zu betrachten. Tränen kamen erneut über sie und verwischten das Bild vor ihren Augen. Sie schluchzte unkontrolliert. Der Gedanke daran, dass diese Frau ihr das eigene Hochzeitskleid geschickt hatte, rührte ihr Herz auf besondere Weise.

Nur langsam legte sie den kurzen Weg bis zum Spiegel zurück. Als sie endlich davorstand und sich das Kleid vor den Körper hielt, musste Svea das erste Mal lächeln. Was sie sah, glich einem wahr gewordenen Traum. Obwohl kein tiefer Ausschnitt oder funkelnde Strasssteine das Kleid zierten, kam es elegant und zeitlos daher. Mit seinen langen Spitzenärmeln, dem zarten Rocküberwurf und der Jugendstil-Brosche am Brustteil war es einzigartig, und zwar auf eine Art, die ihm niemand absprechen konnte.

Svea war auf Anhieb in dieses Kleid verliebt. Nichts anderes wollte sie am Tage ihrer Trauung tragen!

4

Richenza setzte ihre Lesebrille ab und betrachtete das Foto. Es war bereits vergilbt und der typische weiße Rand ausgefranst. Doch die Erinnerungen, die das Bild auslöste, fühlten sich warm an.

»Was freut dich so, Mutter?«, fragte Bero Haghene, der gerade das Wohnzimmer betrat, interessiert.

Die alte Dame reichte ihm einen Briefumschlag. »Er ist von einer Freundin, die ich viele Jahre nicht mehr gesehen habe.«

Ihr Sohn setzte sich zu ihr und nahm den Umschlag entgegen. »Wer ist diese Frau? Kenne ich sie?«

»Nein. Du kennst sie nicht. Das war vor deiner Zeit. Ich habe sie nie erwähnt.«

»Dann habt ihr euch über vierzig Jahre nicht gesehen?«

»Genau. Vielleicht sogar länger.«

»Woher kennt ihr euch, und warum schreibt sie dir jetzt auf einmal?«

Ein zweites Mal blickte Richenza Haghene auf das Foto. »Als wir noch jung waren, lernten wir uns in einem Heimatverein für Frauen kennen. Das war eine wunderbare Zeit. Wir machten Ausflüge, trafen uns zum Stricken und tauschten Backrezepte aus. Jener Tag, an dem dieses Foto entstand, ist mir noch genau in Erinnerung. Wir haben ein Picknick gemacht. Sieh mal, ich stehe ganz links, und meine Freundin ist neben mir – die in dem grünen Kleid.«

Bero erkannte das Gesicht seiner Mutter sofort. Natürlich war sie älter geworden, doch sie war noch immer schön. Ebenso schön wie die junge Frau auf dem Foto, die sich fröhlich von ihrer Freundin umarmen ließ. Es war ein idyllisches Bild. Am Boden lag eine Decke im Gras, und hinter ihnen erstrahlte das rote Laub zweier Purpurbuchen im Sonnenlicht.

»Sie schreibt, dass sie ins Altersheim gehen wird und beim Aufräumen auf dieses Foto und meine Adresse gestoßen ist«, sprach Richenza zu ihrem Sohn. »Schade, dass sie mir ihre Nummer nicht mitgeschickt hat oder wenigstens den Namen des Heims, in das sie ziehen wird. Dann hätte ich sie besuchen können. Ich wüsste zu gern, wie es ihr all die Jahre ergangen ist. Sie hatte es nicht leicht, die Arme.«

»Was meinst du damit?«

Jetzt nahm die alte Dame Beros Hand. »Ach, weißt du, sie selbst hat auch immer nur Andeutungen gemacht. Alles, was ich weiß, ist, dass der Mann, den sie geheiratet hat, ihr das Leben sehr schwer gemacht hat. Sie sprach immer davon, dass sie eine Lösung finden würde. Was daraus geworden ist, kann ich nicht sagen.«

»Mutter, sieh mal«, sagte Bero plötzlich. Er hatte das Foto umgedreht. Da es über die Jahre so alt und dünn geworden war, hatte jemand es auf ein Stück starkes Papier geklebt. Ein Briefkopf war darauf zu erkennen. »Privater häuslicher Senioren- und Pflegedienst Hand in Hand«, las er nun laut vor. »Vielleicht können die uns helfen – und zwar in zweierlei Hinsicht!« Die letzten Worte sagte er sehr eindringlich.

Richenza Haghene rollte mit den Augen. Sie wusste sofort, wovon ihr Sohn sprach. Das mögliche Einstellen einer Pflegekraft war ein häufiges, aber schwieriges Thema zwischen ihnen. Sie konnte ja verstehen, dass er sich um sie sorgte, doch Richenza befürchtete, sich dann schlagartig alt zu fühlen. »Nicht doch, Bero. Wofür habe ich denn eine Haushälterin?«, versuchte sie halbherzig abzulenken.

»Für das Haus, wie der Name schon sagt. Sei bitte vernünftig, Mutter. Du wirst nicht jünger, und ich bin tagsüber oft für Stunden fort. Wie lange wollen wir diese Diskussion denn noch führen?«

»Also gut, irgendwann ist es wohl einfach so weit.« Es war längst Zeit nachzugeben. Ihr Verstand wusste das schon eine Weile. »Jetzt weiß ich gar nicht, ob ich meiner Freundin böse oder dankbar für das Bild sein soll.«

»Dankbar, wenn du mich fragst! Schön, dass du es endlich einsiehst. Ich werde gleich morgen dort anrufen, bevor du es dir anders überlegst.«

Svea hastete geradezu durch die Wohnung. Sie war spät dran, obwohl sie pünktlich aufgestanden war. Doch fast nichts, was sie heute anfasste, wollte auf Anhieb gelingen. Das Wechseln ihrer Kontaktlinsen hatte eine halbe Ewigkeit gedauert. Und als sie nach der geöffneten Packung mit den Kaffeebohnen griff, rutschte ihr diese aus der Hand. Der gesamte Inhalt verteilte sich auf dem Küchenboden und rollte in die letzte Ritze. Ungläubig starrte Svea auf die Bohnen. Dann stellte sie fluchend ihre Tasse weg, nahm Handfeger und Schaufel und beförderte die Bohnen in den Müll. Ein Blick auf ihre Armbanduhr ließ sie wissen, dass sie auf Kaffee heute wohl würde verzichten müssen. Stattdessen riss sie den vollen Müllbeutel aus der Tonne und verließ damit das Haus.

Wütend über den misslungenen Morgen, ließ sie die schwere Tür laut hinter sich zuknallen. Schon jetzt wusste sie, dass sie sich heute Abend dafür bei mindestens einem der Nachbarn würde entschuldigen müssen, aber sie hatte es eilig. Svea quetschte den Müllbeutel hastig in die überquellende Gemeinschaftstonne und lief den Gehweg entlang. Zum Glück parkte ihr Polo nur wenige Meter vom Haus entfernt. Doch leider hörte damit ihr Glück auch schon auf.

Das Drehen des Zündschlüssels verursachte bloß ein kränklich klingendes Stottern. Vom Anspringen war der Wagen weit entfernt. »Verdammte Scheiße noch mal! Das kann doch alles nicht wahr sein! Bitte lass mich jetzt nicht im Stich.« Immer wieder drehte Svea den Schlüssel und schlug dabei mit der linken Hand auf ihr Lenkrad. Als diese zu schmerzen begann, griff sie das Steuer so fest, dass ihre Knöchel weiß hervortraten. Erst als der Wagen nicht mal mehr stotterte, nachdem sie den Schlüssel drehte, gab sie frustriert auf. Jetzt nur nicht heulen, beschwor sie sich selbst und kämpfte ihre Gefühle nieder. Es hatte keinen Sinn, weiter hier herumzusitzen. Ohne lange zu überlegen, griff sie nach ihrer Tasche und eilte im Laufschritt zur S-Bahn.

Während der kurzen Fahrt nutzte sie die Zeit, sich mindestens zehn verschiedene Ausreden für Frau Zwickel auszudenken, nur um schlussendlich zu entscheiden, bei der Wahrheit zu bleiben.

Als Svea die Zentrale betrat, hätte sie schwören können, dass irgendwas anders war als sonst. Etwas Ungreifbares lag in der Luft.

Im Flur standen einige Frauen beisammen. Ihre Worte waren leise. Die Stimmung betreten. Immer wieder schauten sie zur Bürotür von Frau Zwickel, die verschlossen war.

Svea erkannte Tilli von hinten und tippte ihr auf die Schulter.

»Svea, da bist du ja.« Tillis Stimme klang freudlos.

»Ja, mein olles Auto wollte nicht anspringen. Was ist denn hier los?«

»Das erkläre ich dir gleich. Komm mal mit.«

»Nein, das geht jetzt nicht«, wehrte sich Svea kurz gegen Tillis Versuch, sie mit sich zu ziehen. »Mich erwartet erst einmal ein mächtiger Einlauf von der Zwickel.«

»Das glaube ich kaum.« Tilli schob Svea auf die Bürotür der Einsatzleiterin zu. Als sie nach der Klinke griff, protestierte Svea erneut.

»Hey! Willst du da einfach reingehen, ohne zu klopfen? Ich glaube, das darfst nicht mal du.«

Ohne darauf zu reagieren, öffnete Tilli die Tür und drückte Svea gleichzeitig in das Büro. »Setz dich«, sagte sie und schloss die Tür hinter sich.

Verwirrt blieb Svea stehen und sah sich um. Wo war Frau Zwickel, wo der Katzenkalender, wo das Pferdebild und der Bonsai-Baum?

In diesem Moment ließ Tilli sich auf dem Stuhl hinter dem Schreibtisch nieder. Erneut forderte sie Svea auf: »Setz dich mal bitte.«

Jetzt gehorchte sie – allerdings in Zeitlupe.

»Frau Zwickel hatte einen schweren Reitunfall. Sie ist ansprechbar, fällt aber auf unbestimmte Zeit aus. Die Pflegedienstleitung hat mich in Absprache mit ihr als Nachfolgerin ausgewählt. Ich bin jetzt Einsatzleiterin von *Hand in Hand*.«

Plötzlich wurde Svea alles klar. Die Sache mit ihrem Auto hatte sie bislang komplett vereinnahmt. Sie fand ihre Stimme wieder. »Ein Unfall? Das ist ja schrecklich …!«

»Ja, allerdings. Ich habe es eben in der Teamsitzung allen gesagt«, ergänzte Tilli.

»Puh, ich … gratuliere dir, wenn man das in so einer Situation überhaupt sagen darf. Da habe ich durch mein Zuspätkommen ja einiges verpasst …«

»Das stimmt. Aber ehrlich gesagt hatte ich gehofft, dass wir zuerst unter vier Augen sprechen können.«

Noch immer war Svea damit beschäftigt, die vielen Informationen zu verarbeiten. Sie hörte Tilli nur mit einem Ohr zu. Fahrig schob sie sich eine Haarsträhne aus dem Gesicht. »Was für eine verrückte Situation. Du bist also jetzt meine Vorgesetzte?«

»Ja, so ist es. Und es gibt einiges, über das wir sprechen sollten.«

Beide schafften es kaum, sich anzuschauen. Die Lage fühlte sich seltsam an. Was würde sich jetzt für sie ändern?

Svea atmete durch. Sie begann, die Dinge positiv zu sehen. Die Aussicht, nicht mehr den vollkommen verrückten Routen folgen und einen Haufen übellauniger Patienten bedienen zu müssen, hatte schließlich auch etwas Beflügelndes. Langsam nickend sagte sie: »Du hast recht. Es gibt einiges zu besprechen.«

»Ich weiß nicht, wie ich anfangen soll, Svea.«

»Dann fange ich an. Soll ich dich jetzt siezen?«, fragte sie im Scherz und lachte. Es sollte ihre Freundin aufheitern, doch es gelang nicht.

»Sei nicht albern.« Tilli grinste nur kurz.

»Was ist mit dir?«, fragte Svea verwundert. »Du guckst so komisch. Hast du Angst, dass ich jetzt Extrawürstchen verlange, weil du meine beste Freundin bist? Das werde ich nicht.«

»Nein …«

»Aber halt. Stopp. Auf einer Sache bestehe ich tatsächlich: Ich will Herrn Arndt abgeben! Am Freitag hat Frau Zwickel ihn mir aufs Auge gedrückt, obwohl er sich über mich beschwert hat. Gib ihn Zoe oder Tanja. Besser Tanja, die lässt sich nichts gefallen von solchen Stinkstiefeln.«

»Nun warte doch mal, Svea«, bat Tilli mit erhobener Hand. Ihr Gesicht zeigte deutlich, dass sie nicht vorhatte, über Herrn Arndt zu sprechen.

»Warum wirkst du so … so bekümmert?«, fragte Svea verwirrt. »Du wurdest gerade befördert, nicht entlassen.«

»Ja, darüber freue ich mich ja auch.« Ihre Stimme klang weiterhin hart.

Svea ging auf, dass sie vielleicht etwas zu unsensibel reagiert hatte. Rasch schob sie eine Erklärung nach. Und das, obwohl Tilli ihre Gefühle eigentlich so gut wie sonst keiner kennen sollte. »Klar ist es schlimm, dass Frau Zwickel einen Unfall hatte. Aber so nah standet ihr euch nun auch nicht, dass du jetzt in Trauer verfallen musst, oder?«

»Nein, Trauer wäre zu viel gesagt.«

»Gut. Ich bin es nämlich leid, von dir zu hören, dass sie eigentlich ganz nett ist.« Svea wollte nicht so scharf klingen, aber Tillis Gesichtsausdruck nervte sie plötzlich.

»Es ist nicht wegen Regine«, begann Tilli das Gespräch. Ein denkbar schlechter Anfang!

»Regine?« Svea beugte sich in ihrem Sessel vor und starrte Tilli an, als hätte sie zwei Nasen im Gesicht. »Hab ich was verpasst?«

»Großer Gott, was ist los mit dir, Svea? Warum bist du plötzlich so zickig? Soll ich sie jetzt auch hassen? Bist du dann zufrieden?«

Svea ließ sich gegen ihre Rückenlehne fallen. »Ne, sollst du nicht. Aber erwarte wenigstens nicht von mir, dass ich jetzt so betreten dreinschaue wie du. Vielleicht hast du es ja schon vergessen, aber deine liebe *Regine* hat mich stets wie einen Schuhabtreter behandelt. *Dich* hat sie gerade befördert, oder zumindest dabei geholfen. Es gibt also einen klitzekleinen Unterschied zwischen uns!«

»Sag mal, missgönnst du mir meine Beförderung etwa?« Demonstrativ verschränkte Tilli die Arme vor der Brust.

»Nein. Tue ich nicht!«

»Das klingt aber nicht sehr überzeugend!«

»Pff«, ließ Svea beleidigt verlauten und zuckte mit den Schultern.

Daraufhin atmeten beide erst einmal tief durch. Dieses Gespräch hatte sich verselbstständigt. Sie kannten sich einfach zu lange und zu gut, und dass sie sich stets auf Augenhöhe begegneten, änderte auch die neue Verteilung der Hierarchie nicht.

Tilli war die Erste, die wieder sprach. Der Ton in ihrer Stimme war nun freundlicher, und ihre Haltung wirkte beschwichtigend. »Guck mal, Svea. Aus diesem Grund bin ich froh darüber, dass wir zwei hier allein über alles reden können. Als man mir die Stelle angeboten hatte, wusste ich gleich, dass das für unsere Freundschaft nicht gut sein wird. Wir streiten ja jetzt schon.«

Svea hatte sich ebenfalls beruhigt. Das erste Mal versuchte sie, sich in Tilli hineinzuversetzen, die langsam weitersprach.

»Die Wahrheit ist doch: Jeder im Team wird meine Entscheidungen in Bezug auf dich jetzt genau beobachten. Wenn ich Herrn Arndt nun Zoe oder Tanja gebe und du bessere Routen bekommst – was eigentlich nur gerecht wäre –, dann ist der Ärger doch vorprogrammiert.«

Jetzt hob Svea die Hände und fragte: »Und was soll die Lösung sein? Dass du Frau Zwickels Methoden fortführst, damit die anderen zufrieden sind? Das kann's doch auch nicht sein.«

»Nein, das wäre natürlich keine Lösung. Seit gestern zermartere ich mir den Kopf darüber, aber ehrlich gesagt fällt mir nur eine Sache ein, die auf Dauer alle glücklich machen kann.«

Svea schwieg. Sie ahnte, wovon Tilli sprach, und auch wenn es ihr schwerfiel, das zuzugeben, wusste sie, dass ihre

Freundin recht hatte. Trotzdem schaffte sie es nicht, es auszusprechen. Tilli nahm ihr das ab.

»Du weißt, ich tue das unserer Freundschaft zuliebe. Und bitte verstehe mich nicht falsch. Das ist keine Kündigung im eigentlichen Sinne.«

»Nein, nein. Ich …«, Svea nickte. »Du hast ja recht. Das kann auf Dauer nicht gut gehen. Ich verstehe schon.« Während sie das sagte, stand sie auf. »Ich habe noch Urlaub.«

»Ich weiß.«

»Gut, dann packe ich mal meine Sachen.«

»Was? Warte bitte«, hielt Tilli sie auf. »Glaubst du etwa, ich setze dich einfach so auf die Straße?«

Svea hielt inne und beobachtete, wie ihre Freundin ein handschriftlich beschriebenes Blatt Papier hervorkramte. Dabei erklärte sie: »Es gibt noch etwas anderes, das ich mit dir besprechen will. Und diese Sache hat mir meine Entscheidung erheblich leichter gemacht.«

»Was denn?«

»Hör zu: Heute Morgen erhielt ich einen Anruf von einem Mann. Seine Mutter war eine alte Freundin deiner Patientin Alheid von Clawen. Er sagte, sie seien interessiert an einer Altenpflegerin. Die Konditionen klangen wirklich gut.« Jetzt reichte sie Svea den ordentlich gefalteten Zettel, den sie soeben in einen Briefumschlag gesteckt hatte. »Ich finde ja auch, dass das echt ein verrückter Zufall ist. Aber es könnte doch eine Chance für dich sein, oder?«

Svea nahm den Umschlag entgegen, fasziniert davon, dass ihr die alte Dame auf Umwegen schon wieder begegnete. Dabei dachte sie an die Zeilen, die sie gestern noch gelesen hatte: Es gibt keine Zufälle!

»Svea, ich habe alles genau aufgeschrieben. Sie warten auf deinen Anruf. Aber es eilt wohl nicht. Der Mann hörte sich nett an. Nur der Arbeitsweg … Ach, ich … ich weiß nicht, was ich noch sagen soll. Lies einfach selbst.« Die sonst so schlagfertige Tilli schaute gequält. Sie hatte offenbar das Gefühl, die Sache falsch angegangen zu haben.

Doch Svea begann plötzlich zu lächeln. »Gib mir bitte einen Autoschlüssel.«

»Was?«

»Ich bitte dich um einen der Wagen, solange meiner kaputt ist. Und darum, dass ich das Firmenhandy noch ein paar Tage behalten kann. Dafür gehe ich sofort – still und leise. Ist doch ein fairer Deal, oder?«

Tilli erhob sich und nahm ohne Zögern einen der Wagenschlüssel vom Schlüsselbrett. Sie wusste bestimmt, dass die Sache mit dem Auto sie in Schwierigkeiten bringen könnte, doch das war ihr offenbar egal. »Ist wirklich alles zwischen uns okay?«

»Ja«, sagte Svea so glaubhaft sie nur konnte. »Vielleicht ist es einfach an der Zeit für mich, etwas Neues anzufangen. So wie du jetzt auch etwas Neues anfängst. Mach dir keine Gedanken, ich komm schon klar.« Sie umarmte Tilli flüchtig. Dann verließ sie das Büro und ging zur ihrem Schrank, um ihn auszuräumen. Die anderen Frauen waren bereits unterwegs zu ihren Patienten, so war Svea allein. Achtlos warf sie ihre gesamte Habe in einen Stoffbeutel und ließ den nackten Spind offen stehen. Ein Schritt zurück, ein letzter Blick. Das war's dann wohl, dachte sie im Stillen und trat aus der Tür auf den Parkplatz, wo nur noch ein einziges Auto stand.

Bevor sie wegfuhr, fiel ihr Blick durch das Fenster in Tillis Büro. Ihre Freundin telefonierte und merkte nicht, dass sie beobachtet wurde. An ihrem Gesicht – das Svea so gut kannte – sah sie, dass das Gespräch eindeutig privater Natur war. Ein Flirt geradezu. Komisch, Tilli hatte nichts von einer neuen Bekanntschaft erzählt.

Svea riss sich los von dem Anblick und startete den Wagen. Nur wenige Minuten später erreichte sie die Friedrich-Wilhelm-Straße, wo zu dieser Zeit des Tages ungewohnt wenige Autos parkten. Svea fand eine Lücke direkt vor ihrem Eingang, blieb aber im Auto sitzen. Was nun? Wohin sollte sie jetzt? Hoch in die Wohnung? Und dann?

Einer ersten Eingebung folgend, nahm sie den Briefumschlag von Tilli zur Hand. Eigentlich wäre es vernünftig gewesen reinzusehen, schließlich bedeuteten diese Zeilen ihre Zukunft. Doch sie legte ihn unbesehen wieder weg. Das hatte mindestens noch Zeit bis morgen, entschied sie.

Svea saß eine Weile einfach nur da und starrte aus ihrer Windschutzscheibe. Dabei dachte sie nach. Sie sah Leute den Bürgersteig entlanglaufen. Mit Hunden, mit Kinderwagen, mit Rollatoren. Regungslos betrachtete sie sie, wie sie auf und ab gingen. Ohne es zu wollen, fiel ihr Blick dabei auf ein Graffiti gleich neben ihrem Haus. Es war ihr nie bewusst aufgefallen, obwohl es bunt und aufdringlich war. Vielleicht deshalb, weil sie die Mülltonnenbox aus Beton nie von dieser Seite aus betrachtete.

Ganz plötzlich schoss ihr ein Gedanke durch den Kopf. Er war irgendwie verrückt. Dann ließ ein Geräusch sie in den Rückspiegel schauen. Einer dieser großen Müllwagen bahnte sich im Schritttempo gerade einen Weg durch die enge Straße.

Svea begann zu grinsen. Dann sagte sie zu sich selbst: »Scheiß drauf!«

Sie hastete aus ihrem Auto auf die betonierte Mülltonnenbox zu. Ohne zu zögern, zog sie die schwere Tonne heraus und schlug den Deckel zurück. Wie erwartet lag ihr Müllsack noch immer ganz oben.

In diesem Moment trat Frau Nandu aus der Haustür, die Finger um eine Tüte gelegt und den Blick auf den randvollen Mülleimer gerichtet. »Ach Mensch, immer ist diese Tonne voll.« Ihre Stimme klang ärgerlich.

Svea schenkte der Nachbarin keine Beachtung, sondern zog ihren Müllsack heraus.

»Was machen Sie denn da, Frau Michel?«

Wieder ignorierte sie Frau Nandu ebenso wie den verblüfften Unterton in ihrer Stimme. Stattdessen legte sie den durchsichtigen Sack auf den Boden und rollte ihn langsam vor sich her, um den Inhalt genau untersuchen zu können. Ihre Augen erfassten jeden sichtbaren Gegenstand. Hier irgendwo musste er doch sein! Svea wurde immer hektischer. Die Müllleute waren bereits beim Nachbarhaus, da riss sie die Tüte einfach auf und begann, darin zu wühlen.

»Sind Sie jetzt völlig verrückt geworden?«, fragte die Inderin mit schriller Stimme.

Svea steckte inzwischen mit beiden Händen im Müll und tastete sich durch das Gemisch aus Eierschalen, Kaffeebohnen und den Resten vom Abendessen. Weder nahm sie den Gestank wahr noch den Dreck an ihren Händen. Die Angst, nicht zu finden, was sie suchte, trieb sie an. »Wo bist du? Wo nur?«, murmelte sie vor sich hin, als sie plötzlich eine leuchtend orangefarbene Hose neben sich ausmachte.

»Das nehmen wir so aber nicht mit, junge Frau«, beschwerte sich der Müllmann, den Blick auf den verteilten Abfall gerichtet, und schüttelte den Kopf, als Svea mit einem Mal aufschrie.

»Da! Ich wusste es!«

Tatsächlich hatte sie gefunden, wonach sie gesucht hatte. Das Los war dreckig und zerknüllt, aber die Telefonnummer darauf war noch deutlich zu lesen. Unter den geschockten

Blicken der Umstehenden raffte Svea den Müll notdürftig zusammen und stopfte ihn zurück in die Tonne.

Den Gewinnzettel in ihren verdreckten Fingern, eilte sie zu ihrem Auto, stieg ein und fuhr weg.

TEIL II

Bremen und Etelsen
Das Wirken der Purpurbuche

1

Emanuela zog ihr unteres Augenlid hinunter und zeichnete mit ruhiger Hand einen schwarzen Kajalstrich. Erst auf der einen, danach auf der anderen Seite. Dann nahm sie ein Wattestäbchen und verwischte ihn, sodass die Ränder weich ausliefen. Zum Schluss legte sie noch mehrere Male hintereinander Wimperntusche auf. Das Schminken war damit erledigt. Jetzt fehlte noch ihre indische Tikka – eine Stirnkette mit zahlreichen Steinchen – und der Schleier, der für die Stunden ihrer Arbeit Mund und Nase bedecken sollte.

Als sie aus der Tür trat, schien das morgendliche Tageslicht hell in ihren Augen. Ein paar Sekunden lang schirmte sie sie mit der flachen Hand ab. Sie wusste, dass ihre Lichtempfindlichkeit ihrem derzeitigen Nebenjob auf dem Freimarkt geschuldet war – ebenso wie ihre Müdigkeit. Doch sie konnte es sich nicht leisten, darauf zu verzichten. Ganz gleich, wie anstrengend die Doppelbelastung war, drei Wochen im Jahr sollte das auszuhalten sein.

Emanuela schritt über das Gelände, den Blick hielt sie gesenkt. Der Rasen unter ihren Füßen war noch nass vom Regen der Nacht.

Seit dem Erwachen fühlte sie sich sonderbar. Sie kannte dieses Gefühl, das durch eine ganz bestimmte Erinnerung hervorgerufen wurde. Viele Jahre lag sie bereits zurück. Emanuela war nicht klar, warum sie ausgerechnet heute daran denken musste. Es war Teil ihrer Ausbildung zur Reinkarnationstherapeutin gewesen, sich selbst einer vierwöchigen Rückführung zu unterziehen. Alles, was sie in diesen Wochen erlebt hatte, beeindruckte sie bis heute. Doch jenes allererste Mal war etwas ganz Besonderes gewesen! Sie hatte sich als junges Mädchen gesehen, am Tag ihrer Hochzeit. Klopfenden Herzens war sie in jenem früheren Leben auf die Kirche zugegangen, vor das Brauttor geschritten, hin zu dem Geistlichen, der sie in Gegenwart einer feinen Gesellschaft mit einem Ritter vermählte. Wann immer sie an diese Bilder dachte, loderten die Erinnerungen wie ein warmes Feuer in ihr, das sie zu löschen nicht imstande war. Immer wieder hatte sie in der Vergangenheit versucht, dieses Gefühl einfach anzunehmen – es womöglich schlicht zu genießen. Doch irgendetwas stimmte nicht, nur kam sie nicht auf die Lösung.

Tatsächlich steckte eine gewisse Ironie in dem Ganzen, wie sie fand. Schließlich war Emanuela durchaus spirituell: Sie konnte Handlesen, legte Karten, war bewandert im Erstellen und Deuten von Horoskopen, und sie hatte eben jene Ausbildung als Reinkarnationstherapeutin absolviert. Trotzdem war sie nicht in der Lage, ihre eigenen Bilder mit sich in Zusammenhang zu bringen.

So frustrierend es auch war, es war wohl sinnlos, weiter darüber nachzudenken. Sie befreite sich davon, indem sie kurz stehen blieb. Drei bewusste und kräftige Atemzüge waren nötig, dann hatte sie wieder die Kontrolle über sich. Das Atmen war ihr steter Freund. Ein mächtiger Freund, den jeder Mensch besaß, doch nur die wenigsten wirklich für sich einzusetzen wussten.

Mittlerweile konnte Emanuela ihr Häuschen schon sehen, das die erste Hälfte des Tages ihr Arbeitsplatz sein würde. Sie öffnete die quietschende Holztür und trat ein. In diesem Moment wurde sie von Emanuela zu Medina.

Als Erstes knipste sie die kitschige rote Kristallkugellampe an und zog die Lamellen ihres Rollos nach oben. Ein darauffolgender Blick auf die Uhr bestätigte, was sie ohnehin schon wusste: Ihr blieb noch genug Zeit, um sich in Ruhe einzurichten. So nahm sie, wie jeden Morgen, zuerst die Wolldecke zur Hand, wickelte ihren Unterkörper darin ein und setzte sich auf den alten Bürostuhl mit dem platt gesessenen Kissen darauf. Dann schaltete sie das Radio ein. Leise ertönte ein Popsong. Emanuela genoss diese Musik, solange es ging. Ihre Arbeit als Handleserin verlangte nämlich, dass sie die meiste Zeit des Tages spirituelle Melodien hörte, die sie schon lange überhatte. Es war ein ständiger und nervtötender Wechsel aus drei CDs mit Klangschalenmusik, Mönchsgesängen oder Meeresgeräuschen. Immer wieder nahm sie sich vor, neue CDs zu kaufen, doch sie war zu geizig, um für etwas Geld auszugeben, das ihr sowieso nicht gefiel.

Gerade hatte sie ihre Tarot-Karten und das Pendel hervorgeholt, da hörte sie das Klingeln ihres Arbeits-Handys. Hastig riss sie sich die Wolldecke vom Leib und tastete ihre Jackentaschen von außen ab, ohne Erfolg. »Mist, wo habe ich es nur hingesteckt?« Es klingelte ununterbrochen weiter. »Nicht auflegen. Bitte nicht auflegen«, flehte sie, als ihr einfiel, wo es war. Während Emanuela es aus der Jeans zog, räusperte sie sich und drückte auf das Display. Jedes eingehende Gespräch auf diesem Handy konnte schließlich bares Geld bedeuten, und es klingelte nicht oft.

»Medina hier«, sagte sie mit tieferer Stimme, der plötzlich ein südländischer Akzent anhaftete. »Mit wem spreche ich bitte?«

»Hallo, mein Name ist Svea.«

»Was kann ich für dich tun, Svea?«

»Ich weiß nicht so recht, wie ich anfangen soll.«

»Das macht nichts, ich helfe dir.«

»Das ist gut ...«, sagte die Stimme am anderen Ende erleichtert.

»Viele trauen sich anfangs nicht zu sagen, warum sie mich kontaktieren. Aber es gibt keinen Anlass für falsche Scheu. Alles ist, wie es sein soll. Nichts geschieht ohne Grund.«

»Hmm ... ich weiß nicht, ob ich mich in meiner jetzigen Lage über diesen Satz freuen soll.«

»Wie sieht deine Lage denn aus?«

»Ich habe gerade meinen Job verloren.«

»Nun, ein Ende kann auch ein Anfang sein. Du musst wissen: Es gibt keine Zufälle, nur Schicksal. Dein Schicksal war es auch, das dich zu mir geführt hat.« Emanuela hatte diese Worte schon unzählige Male gesprochen. Sie glaubte wirklich daran, und außerdem mochte sie den mystischen Klang dieser Formulierung.

»Ich weiß. Das ist dein ... Slogan. Ich habe es gelesen. Aber ... ich habe da noch meine Zweifel.«

Emanuela lachte dezent. »Das ist in Ordnung. Möglicherweise erkennst du nur den besonderen Weg noch nicht, der dir vom Leben bereitet wird.«

Jetzt lachte auch Svea. »Tja, dann wollen wir mal hoffen, dass mein Schicksal mich bald in meinen besonderen Weg einweiht. Ich bin sehr gespannt.«

»Eine Rückführung kann bei der Orientierung sehr hilfreich sein. Deswegen rufst du doch an, oder?« Emanuela spürte schon die ganze Zeit, dass die Frau am anderen Ende der Leitung noch nicht völlig überzeugt war.

Ein Zögern folgte. Dann: »Ich bin ehrlich, das alles klingt

sehr esoterisch. Ich habe damit eigentlich nichts zu tun, und ich weiß auch nicht, ob ich daran glaube.«

»In diesem Punkt kann ich dich beruhigen. Es ist nicht wichtig, daran zu glauben. Es funktioniert trotzdem.«

»Wirklich?«

»Ich versichere es.« Emanuelas Gespür warnte sie, jetzt nicht zu forsch vorzugehen, damit das lukrative Geschäft, das sich hier gerade anbahnte, ihr nicht vielleicht doch noch entglitt. Sie nahm sich etwas mehr zurück. »Lass uns doch mit der Frage beginnen, was dich zu mir geführt hat. Du hast dich doch sicher auf die Zeitungsannonce mit der Überschrift *Bringen Sie Licht in Ihr Leben* gemeldet, die ich in der …«

»Nein.«

»Äh, nicht?«

»Nein, keine Zeitungsannonce.«

»Dann hat mich jemand weiterempfohlen? Eine Freundin, die schon bei mir war?«

»Nein, das auch nicht.«

Emanuela runzelte die Stirn. Ihre Gedanken begannen zu kreisen. Woher hatte diese Frau ihre Nummer dann? Mit Ausnahme der regelmäßigen Anzeigen in den lokalen Zeitungen machte sie keinerlei Werbung für ihre Rückführungen. Und dieses Telefon war ausschließlich für diesen Bereich ihres Berufs gedacht.

»Es war ein Losgewinn auf dem Freimarkt«, erklärte Svea. »Der Hauptgewinn – so steht es hier auf dem Zettel.«

»Wie bitte? Das kann nicht sein.« Emanuela war so erstaunt, dass sie prompt vergessen hatte, mit Akzent zu sprechen. Zu ihrem Glück blieb das aber unbemerkt. »Tut mir leid, du musst dich irren.«

»Aber nein, das ist kein Irrtum. Genau so war's. Moment, was steht hier noch mal?« Ein kurzes Rascheln war zu hören.

Dann murmelte die Stimme: »Sieh hin, was passiert …« Wieder ein Rascheln. »Ah, hier ist es. *Herzlichen Glückwunsch. Sie haben den Hauptgewinn gezogen. Reisen Sie in vergangene Zeiten und erfahren etwas über Ihre früheren Leben. Dies ist ein Gutschein für eine Rückführung.*«

Emanuela war beim Zuhören das Blut in den Kopf geschossen. Dieser verdammte Lump, grollte sie stumm vor sich hin und ballte die Faust. Wie konnte er es nur wagen, ihre Arbeit ohne ihre Zustimmung zu verlosen! Seit wann hatte sie etwas zu verschenken?

»Bist du noch dran?«

»Ja, natürlich. Ich bin noch dran.«

»Und? Wie läuft das denn mit dieser Rückführung? Kann ich sofort vorbeikommen?«

»Jetzt?«

»Ja, warum nicht. Ich habe nämlich gerade ziemlich viel Zeit, wie du dir vorstellen kannst.«

Emanuela atmete schwer. Sie spielte ernsthaft mit dem Gedanken, einfach aufzulegen, um drum herumzukommen, umsonst arbeiten zu müssen. Das wäre allerdings keine Lösung – schließlich wusste diese Frau, wo auf dem Freimarkt man sie finden konnte. Deshalb riss sie sich zusammen und fragte sehr viel weniger freundlich als zuvor: »Ist das deine Handynummer?«

»Ja.«

»Und hast du ein Navigationsgerät?«

»Ja, habe ich.«

»Dann gib *Etelsen* ein. Du bekommst die genaue Adresse gleich per SMS von mir. Ich muss selbst erst schauen, wie das hier genau heißt.«

»Äh, o.k. Dann bis gleich«, war die hörbar verwunderte Antwort. Doch es kam keine weitere Nachfrage.

Emanuela hatte gerade aufgelegt, da suchte sie bereits in ihren Kontakten nach der Nummer des Mannes, den sie vorhatte, in der Luft zu zerpflücken, und zwar sofort. Es tutete. Einmal, zweimal. Dann hörte sie eine Stimme.

»Hallo?«

»Sag mal, willst du mich auf den Arm nehmen, Patrick?«, donnerte sie los.

»Was? Wer ist da? Emanuela, bist du es?«

»Ja, verdammt.«

»Wovon sprichst du?«

»Wann habe ich dir erlaubt, meine Arbeit zu *verlosen*? Für wen hältst du dich eigentlich? Und für wen hältst du *mich*? Schlimm genug, dass du von mir verlangst, die Kunden beim Handlesen zu belügen, aber jetzt verscherbelst du auch noch meine Rückführungen. Und das umsonst! Das geht zu weit! Rückführungen sind kein Spiel. Es ist nicht wie Handlesen. Hier kann nicht jeder reinspazieren und in die Vergangenheit reisen …«

»Stopp, stopp, stopp. Ich verstehe echt kein Wort. Wovon redest du, bitte?«

»Du weißt genau, wovon ich rede. Eben hat sich eine Frau bei mir gemeldet, die eine Rückführung gewonnen hat – der Hauptgewinn beim Loseziehen! Und auf dem Los steht *meine Telefonnummer*! Sag mal, hast du sie noch alle? Ich biete Rückführungen nur im Rahmen einer Therapie an und nicht …«

»Jetzt warte doch mal, Emanuela. Könntest du vielleicht mal kurz den Mund halten und durchatmen?«

Zu ihrer eigenen Überraschung tat sie es sogar.

Diese Pause nutzte er, um die Lautstärke etwas runterzufahren. »Noch mal langsam. Ich habe zwar keine Erklärung für diese Sache, aber eins versichere ich dir: In meiner Losschüssel befindet sich ganz bestimmt kein Gewinnzettel mit deiner Nummer drauf.«

»Ach ja? Ich kann dir leider nicht glauben. Wie soll diese Frau sonst daran gekommen sein?«

»Keine Ahnung, aber ganz bestimmt nicht durch meine Hilfe. Wenn du mir nicht glaubst, musst du wohl herkommen und alle meine Lose öffnen.«

»Was soll das bitte bringen?«, fragte sie noch immer wütend.

»Das sage ich dir«, er redete jetzt fast im Flüsterton. »Wenn du alle Lose öffnen würdest, würdest du feststellen, dass sich weder Rückführungen noch andere Sachen darauf finden lassen – und zwar deshalb, weil meine Lose ausschließlich Nieten sind! Es gibt bei mir keine Gewinne, nicht mal Trostpreise, und deshalb weiß ich zum Teufel nicht, wovon du sprichst.«

Jetzt war es richtig still auf Emanuelas Seite.

»Dein Esoterik-Krempel war mir schon immer scheißegal, wie du weißt. Was ich will, ist eine Frau, die sich klimpernden Schmuck umhängt, den Leuten auf die Hände guckt und ihnen nette Sachen sagt. So eine finde ich an jeder Ecke. Wenn du deinen Nebenjob nicht mehr willst, brauchst du es nur zu sagen.«

Immer noch schwieg sie.

»Gut, dann bis heute Abend.« Ohne ihre Antwort abzuwarten, legte er auf.

2

Svea fuhr ungefähr zwanzig Minuten, da erreichte sie Etelsen. Das Dorf zeigte sich auf seinen ersten Metern beschaulich. Kleine Häuschen mit nett zurechtgemachten Gärten, keines besonders auffällig. Unvermittelt fragte sie sich, welches davon wohl dieser Medina gehören würde? Vielleicht gab es ja ein Schild oder andere Hinweise. Ein kurzer Blick auf ihr Handy bestätigte, dass noch keine SMS gekommen war. Aufmerksamen Blickes fuhr sie weiter.

Die Straße machte einen Schlenker und führte an einem Bahnhof vorbei, dann näherte sich Svea dem Ortskern. Sie beugte sich vor, um die komplette Breite ihrer Windschutzscheibe ausnutzen zu können, und verlangsamte die Fahrt. Dabei schüttelte sie schmunzelnd den Kopf und dachte: Etelsen musste das kaffigste Kaff von allen in Niedersachsen sein. Warum nur sollte man hier freiwillig wohnen wollen – gerade als eine Frau, die Rückführungen anbietet? Landwirte waren ja wohl kaum die richtige Zielgruppe dafür – oder vielleicht doch? Svea wurde klar, dass sie wirklich rein gar nichts über Rückführungen wusste. Tatsächlich hatte sie als Stadtkind sogar mehr Ahnung von der Landwirtschaft.

Das Geräusch einer eingehenden SMS hielt Svea davon ab, weiter über dieses Thema nachzudenken. Sie sah vor sich eine Kreuzung. Auf der Suche nach einer geeigneten Stelle zum Anhalten bog sie spontan links ab und hielt am Straßenrand an. Wie erwartet war die Nachricht von Medina, doch stand in dieser nur ein einziges Wort: Dorfland.

»Keine Hausnummer? Wie soll ich das denn jetzt finden?« Svea murmelte noch vor sich hin, da klopfte es an ihre Fensterscheibe. Eine ältere Dame mit Hund stand lächelnd neben ihrem Auto.

»Kann ich Ihnen vielleicht helfen?«, fragte sie freundlich durch das heruntergekurbelte Fenster.

»Sieht man mir meine Unbeholfenheit wirklich so sehr an?«, fragte Svea erstaunt.

»Wenn ich ehrlich sein soll, ja.«

Beide Frauen lachten kurz.

»Außerdem sind Sie fremd hier – so was fällt im Dorf sofort auf. Ihr Kennzeichen …«

Svea war belustigt darüber, wie schnell ihr erstes Klischee über das Leben auf dem Land bestätigt wurde. »Erwischt«, antwortete sie, weil ihr nichts Besseres einfiel.

»Zuerst dachte ich ja, Sie gehören zu den Zeugen Jehovas, wegen der betenden Hände auf Ihrem Auto, aber dann hab ich den Schriftzug gelesen.«

Dieses bescheuerte Logo, dachte Svea mal wieder, schob den Gedanken aber zugunsten einer Frage beiseite. »Ich bin auf der Suche nach dem Dorfland – was auch immer das ist. Mir fehlen eine Hausnummer und auch der Nachname der Person.« Svea presste die Lippen aufeinander und zuckte mit den Schultern. »Wahrscheinlich können Sie mir auch nicht helfen, oder?«

»Ach, nur zum Dorfland.« Die Frau winkte ab. »Da haben Sie meine Hilfe ja gar nicht wirklich nötig. Fahren Sie einfach ungefähr … dreißig Meter weiter.«

»Nur dreißig Meter?«

»Aber ja. Sie sind fast da. Und eine Hausnummer brauchen Sie da nun wirklich nicht«, sagte die Frau und schüttelte sichtlich amüsiert den Kopf.

»Keine Hausnummer?«

»Nein. Sie sehen es gleich. Ich wünsche Ihnen einen schönen Tag. Und natürlich: viel Spaß!« Ein Zwinkern, dann ein Winken. Kurz darauf war die Frau mit ihrem Hündchen auch schon in einer Seitenstraße verschwunden.

Svea runzelte die Stirn. Viel Spaß? Wobei? Wusste die Frau etwa, dass sie eine Wahrsagerin besuchen wollte? Skeptisch und im Schritttempo fuhr Svea los. Nach tatsächlich nicht mehr als dreißig Metern war klar, was die Dame gemeint hatte. Und jetzt verstand auch Svea, dass Hausnummern hier selbstverständlich nicht nötig waren!

Das Dorfland war offenbar eine Art frei verfügbare Fläche im Ort. Nicht mehr als eine Wiese eigentlich. Und auf dieser Wiese befand sich gerade ein Wanderzirkus!

Ungläubig starrte Svea auf das rot-gelb gestreifte Zeltdach, das nach oben spitz zulief und an dem ein Banner mit der Aufschrift: *Zirkus Ottilio* prangte. Drum herum befanden sich bunte Wohnwagen und provisorische Stallungen mit Tieren. Ganz vorne gab es ein Tickethäuschen, das mit zahlreichen Wimpeln versehen war. Auf dem gesamten Gelände liefen lärmende Kinder herum, die sichtlich aufgeregt dem Beginn der Vorstellung entgegenfieberten. Einige von ihnen hielten große, lange Packungen Popcorn fest, manche bekamen von ihren Eltern Zuckerwatte zugesteckt oder streichelten die kleinen Ponys und Ziegen. Als ein Gong ertönte, rannten die Ersten kreischend ins Innere des Zeltes. Jene Kinder, die an der Hand eines Erwachsenen gingen, zogen diesen mit aller Kraft hinter sich her. Der Lärm senkte sich schlagartig, bis man fast sagen konnte, es war still.

Svea verließ ihr Auto und hielt auf das Tickethäuschen zu.

Hier saß eine dicke Frau mit roten Besenreisern auf den Wangen.

»Ein Erwachsener?«, fragte sie freundlich. »Die Vorstellung hat gerade eben angefangen. Wenn Sie sich beeilen, dann schaffen Sie es noch zum Auftritt von Rudi, unserem Clown.«

»Nein, vielen Dank. Ich habe eine Frage.«

»Nur zu.«

»Finde ich hier eine Dame namens Medina? Ich bin mit ihr verabredet.«

»Ahhh«, sagte die Frau mit weit aufgerissenen Augen. »Ich verstehe.« Dann schaute sie sich um und winkte Svea mit dem Zeigefinger dichter heran. Ihr Gesicht bekam einen seltsamen Ausdruck, irgendwie geheimnisvoll. Leiser als zuvor und so weit vorgebeugt, wie ihr mächtiger Busen es in diesem engen Tickethäuschen zuließ, sagte sie: »Ich kann hier nicht weg, aber Sie finden es auch allein. Sie müssen nicht weit gehen. An den Lamas vorbei und dann bei den Wohnwagen rechts. Suchen Sie nach einer Holzhütte mit der Aufschrift *Handlesen*. Sie können sie nicht verfehlen.«

»Danke!« Svea stapfte los. Dabei schaute sie unentwegt auf den ausgetretenen Boden, wo unterschiedlichste Hinterlassenschaften von Tieren lagen. Nach wenigen Schritten sah sie auch, von welchen. Die Lamas mit ihren langen Hälsen und dem dicken Fell daran sahen unschuldig aus. Und doch warnte ein Schild davor, näher heranzutreten. *Vorsicht fliegende Spucke*, stand darauf geschrieben, daneben ein Smiley. »Vielen Dank für den Hinweis«, sagte Svea schmunzelnd vor sich hin und setzte ihren Weg fort.

Jetzt tauchten die Wohnwagen auf, von denen die Ticketverkäuferin gesprochen hatte. Svea zählte … Sechs, sieben, acht … Jeder sah anders aus, sie alle waren kunterbunt. Von der Hütte war allerdings noch nichts zu sehen. Erst als zwischen den Wagen ein paar Kinder hervorliefen, die ihrem selbstverständlichen Verhalten nach Schaustellerkinder sein mussten, entdeckte Svea genau dort, wo sie aus ihrem Sichtfeld verschwanden, ihr Ziel.

Tatsächlich war Medinas Hütte nicht zu übersehen. Bunte Glühbirnen blinkten am Rahmen des Dachs in einem unregelmäßigen Takt. Das Innere war schwach rot beleuchtet. Schemenhaft erkannte Svea eine verhüllte Person durch das große Fenster an der Vorderseite. Sie hielt genau drauf zu und blieb vor dem Fenster stehen. Hier blickte sie in zwei stark geschminkte Augen. Es waren dieselben Augen wie auf dem Freimarkt vor zwei Tagen. »Hallo.«

Die Wahrsagerin öffnete ihr Fenster. »Bist du Svea?«

»Ja, und du bist Medina?«

Sie nickte. »Ich erinnere mich an dich. Du warst mit deinen Freundinnen bei mir zum Handlesen.«

»Richtig.«

»Und das Los, von dem du gesprochen hast?«

»Bekamen wir danach geschenkt.«

»So, so. Geschenkt auch noch …« Medina konnte ihren Groll kaum verbergen, auch wenn Svea den Grund dafür nicht verstand.

Die Frauen musterten sich. Eine seltsame Stimmung war zwischen ihnen zu spüren. Beide fragten sich wohl, ob die jeweils andere eine Betrügerin war; keine sprach es jedoch aus.

»Kann ich das Los mal sehen?«

Svea griff in ihre Tasche, ohne den Blick von Medinas Augen zu nehmen. Mit der flachen Hand legte sie den Zettel auf den Tresen und schob ihn zu ihr hinüber.

Die Wahrsagerin schaute ein wenig angeekelt beim Anblick des schmutzigen Stück Papiers, nahm es aber dennoch hoch und las die klein gedruckten Zeilen. Dabei runzelte sie die Stirn.

»Sorry, er lag schon im Müll.«

Abrupt ließ sie den Zettel fallen. »Was du nicht sagst.« Sie schaute wieder auf und lächelte freudlos. »Wie mir scheint, kannst du es kaum erwarten, deinen Gewinn einzulösen.«

Svea zuckte mit den Schultern und hob den Zettel auf. »Was spielt das für eine Rolle? Ich habe dieses Los gezogen und gewonnen. Ist doch vollkommen egal, ob ich mich wie verrückt darauf freue oder einfach nur neugierig bin.«

»Ja, für dich ist es das wohl.«

»Wie ist das gemeint?«

»Schon gut …«, murmelte Medina vor sich hin, winkte ab und schüttelte dabei den Kopf.

Nun wurde es Svea zu bunt. Warum war diese Frau so unfreundlich und misstrauisch ihr gegenüber? Je mehr sich Medina wehrte, desto mehr wollte Svea ihr Recht. Es ging dabei weniger um die Rückführung an sich, eher darum, einen Erfolg zu erringen. Ihr angestrebtes Ziel war, zu bekommen, was ihr zustand! »O.k., hör zu. Ich weiß nicht, warum ich das Gefühl habe, mich vor dir rechtfertigen zu müssen, aber die Wahrheit ist: Ich habe keine Ahnung, wozu eine Rückführung gut ist und aus welchem Grund andere Leute das machen. Aber wenn es stimmt, was hier draufsteht und was du am Telefon vorhin gesagt hast, dass es keine Zufälle gibt, dann hat das alles hier einen Sinn, oder? Ist das denn nicht Grund genug?«

Emanuela fühlte sich geschlagen – und zwar mit ihren eigenen Worten, was sich nur noch schlechter anfühlte. Trotzdem lenkte sie ein. Zwar war sie noch immer wütend, doch sie wusste nicht mehr so recht, auf wen. Die durch ihren Beruf jahrelang gewachsene Menschenkenntnis sagte ihr, dass Patrick die Wahrheit gesprochen hatte, ebenso wie diese Frau. Somit gab es keinen Schuldigen für ihre Misere – so verrückt es auch war –, und deshalb machte es keinen Sinn, weiter darüber zu debattieren. Vielleicht würde sich schon bald für alles eine einfache Erklärung finden, doch bis es so weit war, musste sie sich der Situation stellen.

»Du hast recht, es gibt keine Zufälle. Manchmal erkennt man den Sinn einer Sache nicht sofort. Du sollst deinen Gewinn bekommen.«

Emanuela trat aus ihrem Häuschen, schloss aber nicht hinter sich ab. Sie hatte nicht vor, lange fortzubleiben. »Komm, gehen wir zu meinem Wohnwagen.« Eher beiläufig schaute sie auf die Uhr. Die Vorstellung lief noch eine Dreiviertelstunde, danach würden ihre potenziellen Kunden aus dem Zelt strömen. Sie würde einfach dafür sorgen, dass ihre wenig lukrative Kundin bis dahin zufriedengestellt war und für immer verschwand. Zum Glück verfügte sie über genügend Erfahrung, um jemanden, der keine Ahnung von ihrer Materie hatte, mit kleinen Mitteln zu begeistern.

Außerdem nahm sie sich schon jetzt vor zu verschweigen, dass es normalerweise ein Vorgespräch gab, in dem man sich kennenlernte und etwas über den Klienten erfuhr. Dieses Gespräch wegzulassen war die einfachste Möglichkeit, Zeit zu sparen.

Svea folgte der kleinen Frau, die klimpernd vorweg ging. Sie passierten die ersten Wagen. Aus keinem einzigen drangen Geräusche. Sehr wahrscheinlich waren die Bewohner gerade bei der laufenden Vorstellung im Zelt. Im Vorbeigehen konnte Svea ein paar Namen sehen, die so typisch waren, dass sie sich fragte, ob es sich um Künstlernamen handelte. Rudi zum Beispiel oder Carlo. Bald hielten sie auf zwei grüne Wagen zu, die im rechten Winkel ganz dicht beieinanderstanden.

»Da wären wir.« Die Wahrsagerin kramte einen Schlüssel hervor.

Währenddessen las Svea das Schild neben dem Eingang, auf dem *Medina* geschrieben stand. Doch kaum hatten ihre Augen das Wort erfasst, wurde das Schild auch schon umgedreht. Auf der Rückseite stand in roten Lettern geschrieben: *Nicht stören!*

»Komm herein«, wies Medina sie an und erklomm den hölzernen Tritt zum Eingang. »Bitte Schuhe ausziehen.«

»In Ordnung.« Svea stellte ihre Schuhe auf die letzte Stufe und schloss die Tür hinter sich. Sofort befiel sie ein komisches Gefühl. Es war dunkel hier, ihre Augen brauchten eine Weile, um sich an die Lichtverhältnisse zu gewöhnen. Während sie so dastand und den gleichen intensiven Geruch wahrnahm, den sie auch beim Handlesen gerochen hatte, erklang leise Musik im Hintergrund. Sveas mulmiges Gefühl wich mit den friedlichen Klängen. Versonnen stand sie da, wartete darauf, dass ihr gesagt wurde, was sie tun sollte. Dabei sog sie den Duft so tief in sich ein, dass Medina es wohl hörte.

»Nag Champa. So heißen die Räucherstäbchen. Ich hoffe, du magst sie.«

»Ja, riecht gut.«

»Fein. Ich hatte heute Morgen eines für mich angezündet. Wenn ich weiß, dass Kundschaft kommt, unterlasse ich das eigentlich. Nicht jeder mag das.« Medina knipste eine Lampe an, dessen Licht gerade so stark war, dass man Konturen erkennen konnte.

Staunend sah sich Svea um. Die Wände des Wohnwagens waren schwarz, die Fenster verhangen mit dunklen Tüchern.

Gerade so nahm sie ein breites Bett wahr, das eine komplette Seite des Raums einnahm. Dann noch einen Stuhl, einen Tisch mit Musikanlage und jener seltsamen Lampe darauf, die wohl absichtlich kaum Licht abgab.

»Wollen wir anfangen?«, fragte Medina und wies auf das Bett.

»Jetzt sofort? Einfach so?«

»Hast du es dir anders überlegt?« Die Frau machte keine Anstalten, Svea zu überreden.

»Nein, habe ich nicht«, sagte Svea jetzt wieder deutlicher. »Wir können anfangen. Ich weiß nur nicht, was ich machen soll. Du musst es mir sagen.«

»Okay. Am besten schaltest du zuerst dein Handy aus, damit wir nicht gestört werden. Deine Jacke kannst du hier hinhängen. Mach es dir auf dem Bett gemütlich, aber am besten ohne Kissen.«

Svea folgte Medinas Anweisungen. Sie wollte es sich nicht anmerken lassen, aber sie war jetzt doch furchtbar aufgeregt.

Medina legte etwas neben Sveas Kopf.

»Was ist das?«

»Ein Aufnahmegerät. Du bekommst später eine CD mit nach Hause. Gehört mit zum Service.«

»So, so …«, sagte Svea skeptisch. Sie war sich nicht sicher, ob sie das wirklich benötigte.

»Decke?«

»Brauche ich denn eine?«

»Na ja, später wirst du dich nicht mehr zudecken können. Und die meisten frieren irgendwann.«

Zum Glück war es hier dunkel, dachte Svea, als ihr gewahr wurde, wie ängstlich sie guckte. Wortlos nahm sie die Decke entgegen. Warum würde sie sich später nicht mehr zudecken können? Das klang ja ganz so, als wäre sie gleich absolut handlungsunfähig. Dieser Gedanke machte sie nervös, aber für Zweifel war es jetzt wohl ein wenig spät.

Medina setzte sich auf den Stuhl neben das Bett und nahm Stift und Zettel zur Hand. Sie war ruhig, und ihre Bewegungen wirkten, als hätte sie sie schon zigmal ausgeführt. Das gab Svea wieder ein wenig Sicherheit. »Liegst du gut?«

»Ja.«

»Trägst du einen Gürtel oder etwas anderes, das dich behindert oder einschnürt?«

»Nein.«

»Gut, dann setz bitte die hier auf, und zwar so, dass du nichts mehr siehst.« Medina reichte ihr eine Schlafmaske.

Sveas Hauch von Sicherheit verflog wieder. Das auch noch, dachte sie. Handlungsunfähig *und* blind. Dennoch tat sie es, warum auch immer. Sie hatte nur eine Erklärung für ihr folgsames Handeln: Ihre Neugier musste größer sein als ihre Angst.

»Also schön. Wenn du so weit bist, fange ich an.«

»Werde ich jetzt hypnotisiert?«

»Nein. Wirst du nicht. Ich arbeite nicht mit Hypnose, sondern mit dem Verbundenen Atem. Es hat den Vorteil, dass du dich hinterher an alles erinnern wirst.«

»Klingt gut. Ich will ja schließlich noch wissen, ob ich eine Hexe oder eine Prinzessin war.«

Es sollte ein Scherz sein, doch er verhallte, ohne dass etwas darauf erwidert wurde.

»Ich werde dir jetzt noch kurz erklären, was gleich geschieht. Versuche, dich an das zu halten, was ich sage.«

»Ich versuch's.«

»Der Verbundene Atem ist nichts anderes als ein kräftiges Ein- und Ausatmen durch den Mund, ohne Pause dazwischen. Ein und wieder aus und dann sofort wieder ein und aus, verstanden?«

»Ja, verstanden.«

»Gut, ich gebe dir Unterstützung und sage dir, wenn du etwas anders machen sollst. Wenn ich nichts sage, ist alles gut, wie es ist. Es kann übrigens durchaus passieren, dass du durch das intensive Atmen Krämpfe bekommst. In den Beinen oder Armen, oder auch um den Mund herum. Lass dich davon nicht ablenken, und atme einfach weiter. In Ordnung?«

»Wie lange soll ich das machen?«

»So lange, bis ich sage, du kannst aufhören. Danach kommt die sogenannte Segelphase. Was das ist, spürst du dann schon. Versuch dich in dieser Phase zu entspannen, höre auf die Musik, und genieße ganz einfach. Und hab keine Angst. Darauf folgt die Arbeit, wie ich es gern nenne. Wir kommen dann in die Bilder.«

»Was heißt das?«

»Du wirst eines deiner früheren Leben sehen. Das klingt vielleicht kompliziert, aber in Wahrheit geschieht es von ganz allein. Du kannst nichts falsch machen. Ich stelle dir Fragen, und du gibst mir Antwort. Wichtig ist nur, dass du aussprichst, was vor deinem inneren Auge geschieht.«

Svea nickte bloß. Sie wollte, dass es jetzt endlich losging. Ansonsten konnte sie nicht garantieren, dass sie nicht gleich aufspringen und hinausrennen würde. Nur der Himmel wusste, was sie hier eigentlich tat, wohin dieses Atmen führen würde und ob diese Medina sie nicht in Wahrheit auf den Arm nahm. Zum Glück konnte niemand sie hier liegen sehen. Wenn diese Aktion zu einem riesengroßen Reinfall wurde, musste keine Menschenseele es je erfahren.

Die Musik, die eben noch leise im Hintergrund gelaufen war, wurde nun lauter.

»Du kannst jetzt anfangen. Ich mache es dir vor.« Medina

atmete tief ein und wieder aus, extra laut und deutlich, damit Svea es ihr gleichtun konnte.

Auch Svea holte tief Luft und stieß sie wieder aus, rhythmisch und ebenso laut wie Medina, die schließlich stillschwieg, als Svea ihren Takt gefunden zu haben schien. Wieder und wieder hörte Svea ihre eigenen tiefen Atemzüge, so, als täte sie etwas sehr Anstrengendes. Dabei sah sie sich in Gedanken selbst auf dem Bett liegen und kam sich über alle Maßen lächerlich vor. Was würde Marc nur denken, wenn er sie so sehen könnte? Was würde er sagen, wenn er wüsste, dass sie gerade jene Rückführung machte, die bei ihm so viel Argwohn ausgelöst hatte? Keine Frage, er würde sie für verrückt erklären, vielleicht sogar sauer sein – was auch der Grund dafür war, dass sie es ihm niemals erzählen würde. Diese Sache machte sie nur für sich!

Plötzlich hörte sie Medinas Stimme dicht an ihrem Ohr. »Konzentriere dich. Gleichmäßig wie ein Mühlrad soll dein Atem fließen. Ein und wieder aus. Ein und wieder aus. Versuche, ein wenig tiefer zu atmen und an nichts zu denken.«

Wie seltsam. Svea fühlte sich ertappt. In der Tat waren die Gedanken an Marc der Sache nicht dienlich, weshalb sie nun versuchte, ihn und auch alles andere beiseitezuschieben.

Es war Svea nicht möglich zu sagen, wie viel Zeit bereits vergangen war, aber irgendwann löste sie sich regelrecht von ihrer Umwelt. All ihre Konzentration lag nun bei ihrem Atem. Vorangegangene Zweifel verflogen. Sie hörte nur noch die Musik und Medinas Anweisungen, und sie befolgte sie, ohne sie zu bewerten. Selbst als ihr Mund trocken wurde und ihre Unterschenkel sich schmerzlich bemerkbar machten, atmete Svea weiter. Der Krampf ging vorbei. Von irgendwoher hatte sie ein Vertrauen errungen, welches jede Scham über ihr lächerlich geräuschvolles Atmen verschwinden ließ. Die laute

Musik half ihr dabei, und als sie meinte, im perfekten Takt zu sein und den Verbundenen Atem nun ohne jede Mühe noch stundenlang weiter ausführen zu können, änderte sich plötzlich die Weisung.

»Lass jetzt deinen Atem ruhiger werden. Lass dich fallen. Dein Körper übernimmt nun allein die Kontrolle. Alles geschieht wie von selbst. Gib dich voll und ganz dem Gefühl in dir hin.«

Einen winzigen Moment lang weigerte sich alles in Svea, das Atmen jetzt zu unterlassen, wo es doch so wunderbar klappte. Dann aber tat sie es und wurde aufs Wundervollste belohnt.

Die Musik im Hintergrund wechselte. Medina wusste, was sie tat. Langsam drehte sie das neue Lied lauter und lauter; es riss Svea förmlich mit sich.

Was sie nun fühlte, war so mächtig, dass sie unfähig war, sich dagegen zu wehren, und dafür gab es auch keinen Grund. Plötzlich verstand Svea, was Medina vorhin gemeint hatte, als sie über das Zudecken gesprochen hatten. Es war nicht so, dass sie nicht *fähig* war, sich zu bewegen, es war vielmehr so, dass sie nicht *willens* war. Die Melodie in ihren Ohren schien von überallher zu kommen und sie einzuhüllen. Sie war treibend und zugleich irgendwie beruhigend. Wunderschöne Laute, mit Frauenstimmen dazu, die hell und glockenklar wie Englein sangen. Diese Kombination hatte etwas Magisches an sich. Ein Kribbeln, das bis in die letzten Enden ihrer Glieder reichte, erfasste Svea, und ging einher mit dem Gefühl der Schwerelosigkeit oder fast schon Körperlosigkeit. Obwohl nur noch zwei ihrer fünf Sinne angesprochen wurden, war sich Svea ihres eigenen Seins in diesem Augenblick so bewusst wie noch nie zuvor. In ihrem Kopf gab es nichts außer ihr selbst. Befreit von allem, was sie störte, quälte und beschäftigte, lag sie da, in vollkommener Entspannung. Wäre dieser Zustand doch nur unendlich!

Gleichwohl sie wusste, dass Medina sie irgendwann ansprechen würde, kam es unerwartet. Zum Glück tat sie es sanft, ihre Worte waren eins mit dem langsamen Leiserwerden der Musik, bis man die schönen Klänge nicht mehr hören konnte, nur noch ihre Stimme.

»Vor deinem inneren Auge entsteht das Bild einer Wiese. Schau dich um. Was siehst du?«

Svea kämpfte noch mit sich. Sie wollte nicht reden, denn sie befürchtete, der wunderschöne Zauber, der ihr gerade innewohnte, könnte sich verflüchtigen.

Emanuela ließ ihr noch ein wenig Zeit. Die erfahrene Frau spürte, dass ihre Klientin gleich so weit war. Zwar fuhr ihr Blick immer wieder zur Uhr – an ihrem Wunsch, schnell fertig zu werden, hatte sich nichts geändert –, doch wusste sie auch, dass man in dieser sensiblen Phase einer Rückführung Verantwortung trug. Nach einer Weile probierte sie es erneut. »Geh über deine Wiese, und sprich aus, was du siehst. Ist das Gras hoch?«

»Nein«, sagte Svea leise.

»Wie ist es dann?«

»Es ist … verdorrt. Gelb und hart.«

Emanuela verzog keine Miene, doch in ihr kam das übliche Gedankenkarussell zum Laufen. Während sie fragte und zuhörte, machte sie sich Notizen. *Zustand der Wiese ist schlecht. Bestandsaufnahme: Die Klientin fühlt sich nicht ganz wohl in ihrem Leben.*

»Wie sieht der Himmel aus?«

»Er ist grau. Es wird gleich anfangen zu regnen.«

»Siehst du Bäume? Oder Sträucher?«

»Da ist ein Wald. Er umgibt die Wiese. Er umgibt mich.«

»Was für ein Wald?«

»Kein schöner«, flüsterte Svea beinahe ängstlich. »Er ist düster. Kaum ein Durchkommen ist möglich. Mir ist so, als käme er immer näher und näher.«

Emanuela schauderte es regelrecht bei den Worten ihrer Klientin. Wieder einmal bestätigte sich, was sie schon oft festgestellt hatte: Man sah den Leuten von außen nicht an, was in ihnen vorging. Ihre Notiz hierzu lautete: *Das Unterbewusstsein der Klientin drängt ans Tageslicht und will dringend beachtet werden.*

»Du verlässt nun diese Wiese. Auch den Wald lässt du zurück. Vor dir taucht ein Weg auf.«

»Da ist kein Weg.«

»Doch, er ist da. Und du gehst ihn jetzt entlang. Hier droht dir keine Gefahr. Es ist nur ein Weg. Er führt dich zu einem Haus. Bleib stehen, und sieh es dir genau an.«

Svea schwieg.

»Kannst du es sehen?«

»Ja, ich stehe jetzt davor.«

»Gehe näher heran. Wie wirkt es auf dich?«

»Geheimnisvoll irgendwie, aber auch schön und gemütlich.«

»Kannst du das Haus beschreiben?«

»Es ist ein großes Bauernhaus aus Backstein mit vielen großen Fenstern. Außen wachsen Ranken bis unter das Dach.«

»Hat es einen Zaun?«

»Bloß eine niedrige Hecke. Sie blüht rosa. Und da ist ein schmiedeeisernes Tor. Es steht offen.«

»Dann geh jetzt durch das Tor und hinein ins Haus. Wo stehst du, wenn du durch die Tür trittst?«

»Ich stehe im Wohnzimmer.«

»Gibt es dort keinen Flur oder keine breite Diele, wie man sie in Bauernhäusern oft vorfindet?«

»Nein. Da ist gleich das Wohnzimmer.«

Emanuela nickte für sich und schrieb: *Keine aufwändigen Schutzmechanismen. Ein offenes Tor. Fehlende Mauer, fehlender Eingangsbereich. Zugang zur Persönlichkeit der Klientin ist leicht.* »Beschreibe mir diesen Raum.«

»Der Boden ist kalt. Es fällt nur wenig Licht herein.« Svea sprach zögerlich, was Emanuela schon ein erster Hinweis war.

»Sind dort Möbel?«

»Ja. Ein grober Holztisch und Hocker. Es sind schwere Möbel aus dunklem Holz.«

»Wie fühlt sich dieser Raum an?«

»Eher unbehaglich.«

Diese Information kam für sie nicht überraschend, schließlich hatte Svea ihr bereits im Vorfeld am Telefon einen Hinweis gegeben. Flink flog ihr Stift über den Zettel. *Der Alltag der Klientin ist belastet.* Sie hatte nicht vor, sich weiter mit diesem Bereich des Hauses aufzuhalten. Nun sollte es nämlich zu einem weitaus heikleren Thema kommen. »Verlasse jetzt das Wohnzimmer, und schau nach, ob es in deinem Haus auch eine Küche gibt.«

»Ja, da ist eine.«

»Dann begib dich dorthin, und sag mir zunächst, ob du gern hier bist.«

»Ich mag den Geruch und die Wärme in diesem Raum.«

»Wie oft findet man dich in der Küche?«

»Regelmäßig.«

»Und wo bereitest du das Essen zu?«

»Da steht so ein Stangenherd, wie ihn alte Leute noch manchmal haben.«

»Du meinst so einen, wo man das Feuer per Hand entfachen muss?«

»Genau. In dem Herd ist eine Glut, auf die ich immer achtgebe, damit sie nicht ausgeht.«

So weit, so gut, dachte Emanuela, die sich an dieser Stelle einer Rückführung immer ein wenig seltsam fühlte. Schließlich erzählten ihre Klienten ihr mehr oder weniger unfreiwillig etwas über ihr Sexleben. Aus Respekt war Emanuela dazu übergegangen, die Aussagen über die Küche nicht zu notieren, sondern sich bloß zu merken. Ebenso verfuhr sie beim Schlafzimmer, das für den Beziehungsbereich stand.

»Geh jetzt in den nächsten Raum, das Schlafzimmer. Was siehst du?«

»Hier ist ein breites Bett, aber es gibt nur eine Decke und ein Kissen. Kein schönes Licht, kein Fenster. Ich fühle mich eingesperrt.«

Emanuela zog die Augenbrauen zusammen, sodass sich ihre Stirn runzelte. »Willst du weiter hineingehen?«

»Nein. Ich will hier raus.«

Mit dieser scharfen Reaktion hatte sie nicht gerechnet. Die Beschreibung des Schlafzimmers und der Küche passten nur schwerlich zusammen, und doch hatten sie ihr so viel Aufschluss über den intimsten Teil von Svea geboten, dass sie beinahe Mitleid mit ihr bekam. Doch sie ermahnte sich, bei der Sache zu bleiben. Dabei schaute sie wieder auf die Uhr. Jetzt musste sie sich konzentrieren. Denn die symbolische Bestandsaufnahme, wie sie es gern nannte, kam nun zu einem Ende. Langsam näherten sie sich dem Teil der Rückführung, der in ein früheres Leben führen sollte. Zuvor gab es aber noch zwei Dinge zu erfahren: Wie stand es um ihre Erinnerungen und wie um ihr Unterbewusstsein? »Dann verlasse jetzt dieses Zimmer, und geh auf den Dachboden deines Hauses. Was siehst du da?«

»Ich …«, Svea tat sich schwer. Die Worte kamen gepresst.

»Ich kann nicht weit sehen. Nur ein oder zwei Meter. Alles dahinter ist dunkel und voller Spinnweben. Von der Decke bis zum Boden reichen sie.«

»Kannst du die Spinnweben zur Seite schieben?«

»Nein. Ich will es nicht. Ich gehe jetzt wieder runter.«

»Gut«, sagte sie und schrieb: *Erinnerungen sind verschleiert.* »Aber dann geh gleich ganz nach unten. In den Keller.«

Svea sagte nichts.

Emanuela wartete ab. Obwohl sich ihre Klientin nicht bewegte und nichts sagte, erkannte sie ihr Hadern. Viele von Sveas Vorgängern hatten an dieser Stelle der Rückführung ähnlich reagiert. Manche weigerten sich sogar gänzlich, auch nur einen Schritt zu tun. Der Keller war nichts für Feiglinge, und doch brauchte man ihn – befand sich doch hier das Tor zu den früheren Leben. Ganz vorsichtig fragte sie: »Bist du schon dort?«

Svea sagte noch immer nichts. Jetzt wandte Emanuela einen einfachen Trick an. Sie stellte einige leicht zu beantwortende Fragen, schnell hintereinander, was oft den Effekt hatte, dass der Klient gar nicht anders konnte, als *in die Bilder* zu gehen.

»Wie ist es im Keller? Riecht es nach irgendetwas?«

»Nach kalter Asche.«

»Ist dort Licht?«

»Nur ein schwaches Deckenlicht.«

»Bist du allein, oder ist jemand bei dir?«

»Ich bin allein.«

»Stehst du in einem Raum?«

»Ja, ein Raum mit …«

Svea hatte Luft geholt, dann aber innegehalten. Sie war so sehr mit dem beschäftigt, was gerade über sie hereinbrach, dass es ihr schwerfiel, es in Worte zu fassen. Bislang war sie immer dorthin gegangen, wo Medina sie hingeführt hatte. Aber hier, in diesem Keller, verselbstständigte sich plötzlich alles. Ein großes, zweiflügeliges Tor erschien ihr mit einem Mal. Es wollte so gar nicht zu dem engen Keller passen, in dem sie sich befand, aber das spielte jetzt keine Rolle. Svea lief direkt darauf zu und drückte es auf. In diesem Moment verschwanden der Geruch der Asche und auch der dunkle Keller. Aus dem Nichts tauchten vor ihrem inneren Auge Bilder auf. Und mit diesen Bildern kamen Gefühle hinzu. Zunächst nur bruchstückhaft. Sie sah braunes Holz und grünes Gras. Es dauerte einen Moment, dann wandelte sich ihre Wahrnehmung. Die Bildfragmente waren ihr nun weniger vor Augen, vielmehr waren sie in ihrem Kopf, in Form von Gedanken. Das war wie eine andere Welt, die sich Svea ungefragt eröffnete. Jedoch fühlte sich alles so vertraut an. Nun war sie wieder bereit zu sprechen.

»Ich sehe eine kleine Kirche mit einem Turm daneben. Sie steht auf einer Anhöhe. Den Weg hierher kenne ich gut, ich gehe ihn oft.« Svea hatte keine Ahnung, woher sie ihr Wissen nahm. Die Sätze bildeten sich wie von selbst und verließen monoton ihre Lippen.

Emanuela schaute von ihrem Blatt Papier auf. »Eine Kirche? Du bist nicht mehr im Keller?« Schon als sie die Frage stellte, wurde ihr klar, was geschehen war. Ihre Klientin war ohne ihre Hilfe in ein früheres Leben gereist. Wie konnte das passieren? In keiner Sitzung zuvor hatte es das gegeben. Emanuela sammelte sich schnell, um Svea jetzt unterstützen zu können. Es war nicht der richtige Zeitpunkt, um über das *Wie* und *Warum* nachzugrübeln. »Schau an dir herunter. Bist du ein Mann oder eine Frau?«

»Eine Frau.«

»Wie alt bist du?«

»Ende zwanzig. Ich weiß es nicht genau.«

»Und wie sieht deine Kleidung aus?«

»Sie ist aus feinem Stoff. Ein blaues Kleid und lederne Schuhe.«

»Weißt du, in welchem Jahr du dich befindest?«

»Es ist 1221.«

Emanuela nickte und ließ sogar ein kleines Lächeln aufblitzen. Nie hätte sie erwartet, dass diese Svea, die eine Rückführung aus so niederen Gründen wie einem Losgewinn machte, tatsächlich einen so guten Zugang zu ihren Bildern entwickeln würde. Auf diese Weise machte es deutlich mehr Spaß, als wenn der Klient sich sperrte. »Sieh dich um. Was passiert? Lass die Zeit laufen.«

»Ich stehe hinter einem Baum und beobachte den Eingang einer Kirche.«

»Gehst du nicht rein?«

»Noch nicht.«

»Worauf wartest du? Auf den Gottesdienst?«

»Nein«, sagte Svea sofort. »Ich bin heimlich hier. Keiner darf mich sehen. Ich habe Angst, entdeckt zu werden.«

»Geh jetzt trotzdem in die Kirche«, verlangte Emanuela.

»Aber ich muss erst schauen, ob die Luft rein ist. Ich kann nicht rennen. Durch mein Hinken bin ich zu langsam.«

»Bist du etwa verletzt?«

»Nein, ich hinke schon seit vielen Jahren.«

Nun bediente sich Emanuela eines weiteren Kunstgriffs. »Geh vor in der Zeit, hin zu dem nächsten, wichtigen Ereignis. Wie viel Zeit ist vergangen?«

Svea gehorchte. Es war, als hätte man einen Film vorgespult. »Ungefähr eine Stunde. Ich bin jetzt in der Kirche.«

»Beschreibe, was geschieht.«

Abermals brauchte Svea einen Moment, um mit den aufwallenden Gefühlen in ihrem Innern klarzukommen. Ihr Herz begann, schneller zu schlagen. Ohne es zu merken, presste sie die Lippen aufeinander. Ihre Finger gruben sich in die Wolldecke, die über ihr lag. »Ich stehe vor einem Mann. Wir berühren uns nicht, aber zwischen uns ist kaum mehr Platz.«

»Wie sieht der Mann aus?«

»Er hat braune Augen und volles meliertes Haar. Es fällt ihm in dicken Strähnen in die Stirn, da er zu mir runtersehen muss. Ich weiß, dass er um einiges älter ist als ich. Er könnte mein Vater sein.«

»Wie schaut er dich an?«

»Herzlich und liebevoll.«

»Ist er dein Ehemann?«

»Nein. Ich wünschte, er wäre es.«

»Was tut ihr?«

»Ich nehme seine Hand und lege sie mir auf den Bauch. Dann schaue ich lächelnd zu ihm hoch. Und auch er lächelt jetzt.«

»Bist du schwanger?«

»Ja.«

»Ist es sein Kind?«

»Ja.«

»Lass den Moment ein wenig voranschreiten. Kommt es zwischen euch zum Kuss?«

»Hmm«, ließ Svea bejahend verlauten. Es klang fast schwärmend. »Er legt seine freie Hand an meinen Hinterkopf. Ich schließe die Augen. Und wir küssen uns.«

»Dann geh jetzt ganz rein in das Gefühl. Spür dich dort und sieh, was es mit dir macht.«

Svea atmete schwer. Sie fühlte seine Lippen auf den ihren und seine Finger auf ihrem Haar. Wie war das möglich? Nie zuvor hatte sie diesen Mann gesehen. Warum empfand sie so intensiv?

»Wie fühlt sich das an?«, versuchte Medina es erneut.

»Als … wäre ich am Ertrinken und könnte zum ersten Mal wieder atmen.«

»Liebst du diesen Mann?«

»Ja. Von ganzem Herzen. Ich wünschte, wir könnten uns für immer hier in dieser roten Kirche verstecken. Aber wir beide wissen, dass uns in Wahrheit nicht viel Zeit bleibt.«

»Sieh zunächst nach, wie es mit euch begonnen hat. Gehe zurück in der Zeit, hin zu dem Tag, an dem ihr das erste Mal miteinander sprecht.«

Diesmal kam Sveas Antwort sofort. »Es ist Herbst. Ich befinde mich auf einer Burg. Sie wurde erst kürzlich errichtet und ist noch nicht ganz fertiggestellt. Trotzdem sind viele Männer und Frauen hier.«

»Warum bist du auf dieser Burg?«

»Ein Fest. Ich sitze an einer langen Tafel.«

»Was ist das für ein Tag? Weißt du, was gefeiert wird?«

»Es ist eine Hochzeit.«

»Ist dein Geliebter der Bräutigam?«

»Nein, mein Bruder ist es.«

»Und wer ist die Braut?«

»Eine wohlhabende Ritterstochter. Ich bin schon eine Weile lang ihre Kammerdienerin.«

»Und wo ist dein Geliebter?«

»Er sitzt mir schräg gegenüber.«

»Sieh ihn an. Was fühlst du?«

»Anfangs ist es Ehrfurcht. Er ist ein wichtiger Mann aus angesehener Familie, ein Ritter, verheiratet mit einer wunderschönen blonden Frau. Obwohl wir uns schon ein paar Mal begegnet sind, ist er ein Fremder für mich. Selten habe ich ihn bewusst angesehen, aber an diesem Abend fällt mir auf, er hat einen warmen Blick. Das ganze Fest über beobachtet er mich. Zunächst denke ich, er sieht mich bloß wegen meines Humpelns an – so, wie es die meisten eben tun –, aber das stimmt nicht. Er ist anders. Er sieht nicht nur den Krüppel in mir.«

»Kommt ihr bei diesem Fest ins Gespräch?«

»Ja, aber nur kurz. Während des Tanzes steht er neben mir. Er macht mir Komplimente. Sagt, ich sei hübsch.«

»Freut dich das?«

»Oh, ja. Noch nie hat ein Mann das zu mir gesagt. Ich fühle, dass er seine Worte ernst meint; ab da ist es um mich geschehen.«

»Wie geht es mit euch weiter? Lass dieses Leben ein Stück vorlaufen, und sieh nach.«

»Wir treffen uns heimlich, aber wir müssen vorsichtig sein. Seine Frau ist nicht dumm, und ich stehe unter der Beobachtung meines strengen Bruders. Doch wann immer wir können, sehen wir uns.«

»Und ihr schlaft miteinander.« Es war eher eine Feststellung denn eine Frage.

»Ja. Er ist mein erster Mann. Ich bin unerfahren, aber er weiß, was zu tun ist.«

»Was für ein Liebhaber ist er?«

»Manchmal fordernd, manchmal sanft. Irgendwie beides in einem.« Sveas Stimme veränderte sich. Sie war nun mehr ein Hauchen. »Jetzt verstehe ich die Mägde, die immer vom Liebesspiel geschwärmt haben. Ich hatte ja keine Ahnung!«

»Dann geh jetzt zu dem Moment, wo ihr euch das erste Mal liebt. Beschreibe, wo du bist.«

»Ich weiß es nicht genau. Es ist dunkel. Unter mir fühle ich etwas Weiches, ein Fell vielleicht. Ich sehe kaum meine Hand vor Augen, und ich zittere.«

»Ist dir kalt, oder hast du Angst? Wie sieht es in dir aus?«

»Nein, weder noch. Ich bebe mehr vor Erwartung. Auch wenn ich nichts sehen kann, weiß ich, ich bin nicht allein. Ich höre seine Schritte. Er kommt näher. Ich bin wie erstarrt. Wenig später fühle ich seine Hand. Sie fährt mir in den Nacken und zieht mich näher an ihn heran. Wir küssen uns. Es ist der erste Kuss meines Lebens.« Svea bemerkte, wie sie zwischen den Worten schwer zu atmen begann. Obwohl es ihr bewusst war, dass sie gerade einer fremden Frau etwas sehr Intimes beschrieb, schämte sie sich nicht.

Es war Medinas Reaktion, die ihr Sicherheit gab. Sie ließ nicht im Geringsten vermuten, dass ihr irgendetwas von dem Erzählten unangenehm sein müsste. »Wie geht er vor?«

»Sehr leidenschaftlich. Er tut zwar nichts, was ich nicht will, doch er fordert mich sanft. Ihm ist bewusst, dass es mein erstes Mal ist, darum versucht er, zärtlich zu mir zu sein, doch wir beide werden mit der Zeit immer stürmischer. Bald schon liegen wir nackt aufeinander.«

Ganz direkt und ungeniert fragte Medina: »Kommst du zum Höhepunkt?«

»Ja«, presste Svea jetzt hervor.

»Dann durchlebe jetzt diesen Sex. Fühle es überall dort, wo du es fühlen willst, und beschreibe es.«

»Ich …« Svea stockte. Dabei spürte sie Erregung in sich aufwallen. Ein Teil von ihr wollte es anhalten, doch der dominantere Teil in ihr verhinderte das. Sie presste die Beine zusammen; es waren nur Bilder in ihrem Kopf, dennoch spürte sie genau, wie der Mann in sie stieß. Wieder und wieder und immer tiefer. Sie konnte nicht mehr sprechen, und Medina fragte sie auch nichts mehr. Wenig später fühlte Svea, wie es feucht aus ihr hinauslief.

Schon ein paar Mal hatte Emanuela es erlebt, dass ein Klient derart mit seinen Bildern verwuchs, dass es zum Äußersten kam. Ihre einzige Aufgabe dabei war, Sicherheit zu vermitteln. Darum wartete sie stumm Sveas Orgasmus ab und schwieg, bis er vorbei war. Erst dann stellte sie die nächste Frage – mit dem immer gleichen wertfreien Ton in der Stimme. »Und eines Tages bist du schwanger?«

»Ich wusste es sofort.« Die Antwort klang stumpf.

Emanuela schaute noch einmal auf die Uhr. Jeden Moment würde die Vorstellung zu Ende sein. Plötzlich war ihr Wunsch, diese Rückführung schnell hinter sich zu bringen, gar nicht mehr so drängend. Die Geschichte fesselte sie. Und sie erinnerte sie ganz stark an irgendwas. Woran genau, wollte ihr allerdings nicht einfallen. »Geh jetzt vor in der Zeit, zum nächsten Ereignis, das für eure Situation wichtig ist.«

Mühelos erschienen die Bilder vor Sveas geistigem Auge. Sie war mittlerweile davon befreit, das, was sie sah, zu werten oder anzuzweifeln. Ohne Verzögerung beschrieb sie die Situation, in der sie sich erlebte. »Ich sehe meinen Geliebten und mich. Wir sind wieder in dieser roten Kirche. Er redet auf mich ein und hält dabei meine Schultern fest. Ich weine.« Während Svea die Situation beschrieb, wallte Traurigkeit in ihr auf. Sie konnte es nicht verhindern. Tränen füllten ihre Augen und flossen ihr unter der Schlafmaske hindurch über die Wangen.

»Warum bist du so traurig?«

»Er … will mich fortschicken«, presste Svea mühevoll hervor. »In ein Kloster.«

»Was ist der Grund? Bist du ihm lästig geworden?«

»Nein. Aus Liebe. Zu mir und zu unserem Kind. Nicht mehr lang, und mein Bauch wird sich unter dem Kleid abzeichnen. Ich bin in großer Gefahr. Mein Verstand weiß, dass er recht hat, aber mein Herz will es nicht einsehen. Deshalb werfe ich mich jetzt in seine Arme.«

»Wie reagiert er darauf?«

»Er schiebt mich sanft von sich und reicht mir ein ledernes Säckchen. So groß wie zwei Fäuste, und schwer ist es. Ich nehme es und greife hinein. In meiner Hand liegen ein paar glänzende Münzen.«

»Was machst du mit den Münzen? Nimmst du sie an?«

»Nein. Ich lasse sie zurück in das Säckchen fallen und schüttle den Kopf. Ich will keine Reichtümer, ich will seine Nähe und unbedingt bei ihm bleiben. Auch wenn es töricht ist.«

»Weiter. Sprich weiter«, flüsterte Medina aufmunternd.

»Er nimmt das Säckchen und knotet es an meinen Gürtel. Dann ergreift er meine Hände und tritt näher an mich heran. Ich muss gehen. Es bliebe keine Wahl, sagt er zu mir. Im Kloster wäre ich sicher, und mit dem Geld könnte ich meinen Aufenthalt dort bezahlen. Jetzt küsst er meine Stirn. Er kniet sich langsam vor mich, nimmt meinen Bauch in seine Hände und küsst auch ihn.«

Emanuela bemerkte, dass Svea noch immer weinte. Im Gegensatz zu einem Orgasmus geschah das fast in jeder Rückführung – nur meist nicht so früh. Sie ließ es unkommentiert und wollte just die nächste Frage stellen, als Svea plötzlich den Kopf zur Seite warf.

»Nein … Oh, nein. Bitte nicht.«

»Was passiert dir?«

»Mein Bruder! Er muss mir gefolgt sein. Jetzt stürmt er in die Kirche und … er sieht uns! Ihm ist sofort klar, dass ich ein Kind erwarte. Ich höre, wie er brüllt: *Hure!* Mein Geliebter stellt sich vor mich, um mich zu schützen, und drängt mich zurück. Dabei falle ich, und der Sack mit den Münzen öffnet sich. Sie rollen über den Kirchenboden. Beide Männer ziehen ihr Schwert. Ich schreie, doch es kommt nicht zum Kampf.«

»Warum nicht?«

»Mein Geliebter ist zu mächtig. Mein Bruder kann ihm nichts tun. Doch er ist mit seinen Gefolgsleuten in der Überzahl, und darum ist er in diesem Moment in der besseren Position. Er fordert meine Herausgabe – zu Recht. Ich bin seine Schwester, und er ist mein Vormund.«

»Du musst also mit ihm gehen? Und dein Geliebter lässt das einfach zu?«

»Zunächst weicht er mir nicht von der Seite. Aber er hat keine Wahl. Er lässt das Schwert sinken. Doch er verspricht mir, mich zu finden.« Sveas Tränen liefen jetzt ohne Unterlass. Sie schluchzte und rang um Worte.

»Sprich weiter«, flüsterte Emanuela wieder. Sie wollte verhindern, dass Svea ihre Bilder verlor.

»Auf Befehl meines Bruders hin nimmt der größte unter den Rittern jetzt seinen Umhang ab. Er wirft ihn über mich. Genau vor meinen Augen erscheint kurz ein furchterregendes Wappen mit einer Bärenklaue. Blut klebt daran. Dann wird alles schwarz. Ich fürchte mich, aber ich kann nichts ausrichten.« Svea konnte kaum weitersprechen, so sehr weinte sie jetzt. Es klang wie echte Trauer und echte Verzweiflung. Und trotzdem ließ Emanuela sie sich nur kurz sammeln.

»Was geschieht jetzt? Versuch weiterzusprechen.«

»Ich … sitze auf einem Pferd, aber ich kann nicht sehen, wohin sie mich bringen. Der dicke Stoff macht mir das Atmen so schwer. Es wird ganz heiß darunter. Ich habe solche Angst. Fast ertrage ich es nicht mehr!« Wieder warf Svea ihren Kopf herum. Die Bilder quälten sie sichtlich.

Emanuela legte ihren Block und den Stift zur Seite. Möglicherweise sollte sie lieber abbrechen. Diese Rückführung wurde nun doch etwas heftig – ganz besonders für eine erste Sitzung. Es war besser, kein Risiko einzugehen. Ihre Klientin war noch zu unerfahren. »Verlasse jetzt diese Situation, und geh vor …«

Plötzlich schrie Svea auf. Sie reagierte offenbar gar nicht auf das, was Emanuela sagte. Stattdessen begann sie, abermals verzweifelt zu schluchzen. Es war Emanuela unklar, was genau sie sah, da sie nichts Konkretes mehr sagte. Bloß ein immer stetig leiser werdendes: »Nein, nein, nein …«, war zu hören.

Noch einmal startete Emanuela einen Versuch, zu ihr durchzudringen. »Geh jetzt vor in der Zeit. Du bist allein auf einer Wiese. Es ist sonnig, warm. Du fühlst dich sicher und wohl …« Svea weigerte sich noch immer, Emanuelas Forderungen Folge zu leisten.

Das Herz der Wahrsagerin begann plötzlich wie wild zu pochen. Irgendwas geschah hier, das sie nun lähmte. Diese Worte, diese Beschreibungen …! Wie von weither hörte sie Svea einen erneuten Schrei ausstoßen. Sie sah, wie ein Ruck durch den Körper ihrer Klientin ging. Aus Erfahrung wusste sie, sie war wieder da.

Emanuela ließ all das einfach geschehen. Zu tief saß ihr eigener Schock. Sie konnte nichts sagen, obwohl es ihre Aufgabe gewesen wäre, diese aus dem Ruder gelaufene Situation nun sauber zu einem Ende zu geleiten. Doch es war nicht möglich. Ihr Hals war wie zugeschnürt. Starr saß sie da und ließ Sveas Worte, die etwas Ungreifbares in ihr ausgelöst hatten, nachhallen. Noch immer wollte ihr nicht einfallen, woran sie diese Rückführung erinnerte, doch mittlerweile war sie sich sicher, dass es keine schöne Erinnerung war. Die bloße Ahnung fühlte sich ja bereits an wie ein nicht enden wollender Stromschlag.

Svea war wieder im Besitz all ihrer Sinne, und sie hatte nicht vor, auch nur einen Moment länger in jenem Zustand der Trance zu bleiben. Selbstständig riss sie sich die Augenbinde herunter und beendete die Rückführung so auf ihre Weise.

Daraufhin schlug sie die Hände vor die Augen und weinte leise vor sich hin. Erst nach einer ganzen Weile fragte sie: »Was war das? Was habe ich da gesehen, und was hat das zu bedeuten?«

Ihre Wangen waren noch immer tränennass. Als sie versuchte, sich aufzusetzen, wurde ihr schwarz vor Augen. Sie schwankte.

»Bitte, leg dich noch einen Moment lang hin.« Medina nahm sie besorgt bei den Schultern und drückte sie zurück auf das Bett.

Nur widerwillig tat Svea, was Medina ihr riet.

»Gut so. Versuch, ruhig zu atmen, und lass das Erlebte noch einmal wirken. Für gewöhnlich beende *ich* die Rückführung – auf behutsame Weise und weniger abrupt. Sicher bist du jetzt etwas durcheinander. Das legt sich gleich wieder. Möchtest du ein Glas Wasser?«

Svea schüttelte den Kopf. Sie fühlte sich tatsächlich noch schwach und war verwirrt, darum schloss sie kurz die Augen. Mit den Händen wischte sie sich die Wangen trocken. Eine Hand auf der Stirn verweilend, sagte sie: »Puh … damit habe ich nicht gerechnet.« Zu mehr Worten war sie noch nicht fähig. Lang und geräuschvoll atmete sie ein und wieder aus und ließ die Hand dabei allmählich sinken. Die Augen weit geöffnet und starr in die Dunkelheit gerichtet, wurde ihr klar, wie unwissend sie doch gewesen war. Was hatte sie diese Rückführung belächelt! Und Medina gleich mit. Und nun hörte sie sich selbst zu und bemerkte, wie wirr ihre Worte klangen. »Das Ende … es … plötzlich waren die Bilder weg … und ich war … einfach wieder da. Aber diese Angst. Ich fühle sie noch immer …«

Emanuela wandte sich dem Aufnahmegerät zu. »Sprich jetzt nicht. Konzentriere dich noch eine Weile auf deinen Atem.« Mit mechanisch wirkenden Bewegungen drückte sie die Stopp-Taste des Aufnahmegeräts und schloss es an ihren Laptop an, um die Ergebnisse auf CD zu brennen. Sie hatte sich wieder einigermaßen unter Kontrolle – jedenfalls äußerlich. In ihr allerdings tobte ein Sturm, der lange Verborgenes bruchstückhaft wieder zutage förderte und sie erschrocken zurückließ. Es war ein Segen, dass diese Frau nicht wusste, was alles zu einer Rückführung gehörte. So war es Emanuela möglich, das übliche Deuten der Bildersymbolik bezüglich des Hauses und der Wiese am Anfang der Rückführung sowie das Horoskop und die Zusammenfassung des Gesehenen zu unterlassen. Sie wollte nur, dass diese Situation sich endlich auflöste, weshalb sie jetzt auch versuchte, ihre Klientin mit sanftem Druck zum Gehen zu bewegen. »Du kannst dich nun langsam wieder aufsetzen.«

Der Schwindel war tatsächlich vorbei, und auch ihre Verwirrtheit wich nach und nach. Svea fühlte, wie ihre Lebensgeister zurückkehrten.

»Geht es dir besser?«

»Ja, etwas.«

»Soll ich dir die Wolldecke schon mal abnehmen?«

Svea blickte Medina erst auf die dargebotene Hand und dann ins Gesicht. Die Dunkelheit ließ eine Deutung ihres Ausdrucks nicht zu, aber ihre Körperhaltung sagte klar: Es ist vorbei. Tschüs! Svea wusste nicht, was sie jetzt noch erwartete, und doch fühlte sich dieses Erlebnis unvollständig an. In der Hoffnung, weitere Antworten auf Fragen zu erhalten, die sie noch nicht einmal treffend zu formulieren wusste, klammerte sie sich an die Decke. Dabei sagte sie: »Das kann es doch jetzt noch nicht gewesen sein.«

»Was meinst du damit? Das ist es, was du mit deinem Los gewonnen hast.«

»Aber was soll mir das alles sagen?«

Die Wahrsagerin zuckte mit den Schultern. »Das wirst du vielleicht noch herausfinden. Sieh einfach hin, was geschieht!«

Svea konnte nicht glauben, dass sich Medina einfach jener durchgekauten Phrase bediente, nur um nicht direkt antworten zu müssen. Der bloße Gedanke daran, diesen Wohnwagen zu verlassen und einfach nach Hause zu fahren, als ob nichts geschehen wäre, erschien ihr plötzlich schier unmöglich. Svea schüttelte den Kopf. »Warte mal. Woher kamen diese Bilder überhaupt – und die Gefühle dazu?«

Medina vollführte eine priesterliche Handgeste, die in diesem Moment sehr übertrieben wirkte. »Deine Seele hat dir das gezeigt.«

»Meine Seele?«

»Ja, und du kannst dich glücklich schätzen. Nicht jeder verfügt über so einen guten Zugang zu seinen inneren Bildern wie du. Es ist unerheblich, ob du meine Ansicht darüber teilst oder dir eine eigene Meinung bildest. Das einzig Entscheidende ist die Quintessenz, die du aus den Bildern ziehst.«

»Du meinst also, das war wirklich eines meiner früheren Leben, und hinter den Bildern steckt eine Botschaft?«

»Wenn du mich fragst, ja.«

»Aber kann es nicht vielleicht auch sein, dass mein Kopf, meine Seele, wer oder was auch immer, mir einen Streich spielt?«

»Das musst du selbst entscheiden.«

»Ich selbst? Wie? Kannst du mir denn nicht mehr dazu sagen?«

Medina ließ das CD-Laufwerk ihres Laptops aufschnellen. Sie nahm die CD heraus und schrieb *Sveas Rückführung* darauf. Während sie nach einer leeren Hülle griff, fragte sie eher beiläufig: »Fühlte es sich denn an wie ein früheres Leben?«

»Woher soll ich wissen, wie sich so was anfühlt? Ich habe keine Ahnung. Es könnte ebenso gut eine Art intensiver Traum gewesen sein.«

»Siehst du. Wenn du dir nicht sicher bist, wie kann ich mir dann sicher sein? Traum oder früheres Leben, wie auch immer. Es gibt keine Universalantwort, die auf jeden Menschen zutrifft.«

Sveas Miene ließ keinen Zweifel daran, wie unbefriedigend diese Worte für sie waren. Sie war überzeugt davon, dass es für Medina ein Leichtes wäre, mehr dazu zu sagen, aber ganz offensichtlich wollte sie nicht.

Stattdessen erhob sie sich jetzt und meinte: »Gib dir Zeit, über die Bilder nachzudenken, und frag nicht immerzu nach dem Sinn. Meistens kommen die Erkenntnisse von ganz allein. Und vielleicht ist alles anders, als du denkst.«

Darauf wusste Svea nichts zu erwidern. Einerseits hatte

sie mehr bekommen, als sie jemals erwartet hatte, und andererseits war sie enttäuscht, weil sie damit nichts anzufangen wusste.

Auf einmal erklang ein lautes Jubeln aus zig kindlichen Kehlen. Spitz drang es vom Zirkuszelt herüber bis ins Innere des Wohnwagens. Es schien Medina nur gelegen zu kommen.

»Die Vorstellung ist jetzt vorbei. Ich muss wieder in mein Häuschen. Das ist für dich. Vielleicht willst du es dir ja noch einmal anhören.« Sie überreichte ihr die CD.

»Danke.«

»Gibst du mir bitte noch den Loszettel? Du verstehst bestimmt, dass ich sichergehen muss, dass dieser Zettel nicht weitergegeben wird.«

Svea legte den Zettel neben sich auf das Bett und zog sich ihre Jacke und Schuhe an. Gemeinsam ließen sie Medinas Wohnwagen hinter sich.

Bei dem Holzhäuschen angekommen, verabschiedeten sich die beiden Frauen voneinander.

»Leb wohl«, sagte Medina und reichte Svea die Hand. »Alles Gute.«

»Ja, dir auch. Und danke.«

An jener Stelle, da eigentlich ein *gern geschehen* folgte, kam nur ein Nicken.

Nachdenklich entfernte sich Svea von dem Häuschen. Als sie die Lama-Stallungen vor sich sehen konnte, warf sie noch einen letzten Blick zurück. Wie verrückt, dachte sie beim Anblick Medinas, die in ihrer Hütte saß. Das gleiche Bild wie vorhin. Alles war genau so wie vor ungefähr einer Stunde. Beinahe schien es, als wäre in der Zwischenzeit nichts geschehen; und doch sah die Realität anders aus. Svea war tief in etwas eingetaucht, das gänzlich anders war als alles, was sie je zuvor erlebt hatte. Eine Erfahrung, so echt und intensiv, dass sie nicht umhinkonnte, sich zu wünschen, sie dürfe es noch mal erleben.

Svea erreichte das Tickethäuschen, wo die dicke Frau ihr ein vielsagendes Zwinkern zuwarf. »Das war eine turbulente Reise, was?«

»Wie bitte?«, fragte Svea erstaunt.

»Ich bin zwischendurch bei meinem Wohnwagen gewesen und habe Sie gehört.«

Svea senkte vor Scham den Blick. Sie fühlte sich entblößt, wusste sie doch nicht, was genau die Frau gehört hatte.

Als die Ticketverkäuferin Sveas Unbehagen bemerkte, winkte sie ab und sagte: »Glauben Sie mir, alle, die zu Medina reingehen, erleben Ähnliches und kommen verändert wieder hinaus. Kein Grund, rot zu werden.« Die Worte sollten sie wohl beruhigen, taten es aber nicht.

Selten verlief eine Autofahrt derart still wie ihre Rückfahrt nach Bremen. Svea hatte das Autoradio ausgeschaltet, stattdessen grübelte sie. Ihre Gedanken kreisten immer wieder um dieselben Fragen – leider ohne eine Antwort zu erhalten.

Genauso nachdenklich, wie sie in den Wagen gestiegen war, stieg sie auch wieder aus. Langsam erklomm sie die Stufen zu ihrer Wohnung, die ihr plötzlich sehr einsam vorkam. Wie ein Statist in ihrem eigenen Leben setzte sie sich kerzengerade auf die Couch und starrte vor sich hin. Zu gern hätte sie jemanden zum Reden gehabt. Doch wer kam infrage? Mit Marc würde sie dieses Erlebnis niemals besprechen können. Es war undenkbar, dass er bei diesem Thema objektiv blieb. Die Vorbelastung durch seine Mutter war einfach zu groß. Unter anderen Umständen hätte Svea vielleicht Tilli in Betracht gezogen, doch zum einen hatte sie sich auf dem Freimarkt mit Händen und Füßen gegen diese Rückführung gewehrt, und außerdem war es gerade mal früher Nachmittag. Svea war sich sicher, dass die neue Einsatzleiterin anderes zu tun hatte, als sich anzuhören, was ihre Seele gerade Wirres ausgespuckt hatte. Und wenn sie es recht bedachte, kam es überhaupt nicht infrage, mit irgendjemandem darüber zu sprechen. Es scheiterte allein schon daran, dass sie nicht die richtigen Worte für das hatte, was passiert war.

Svea saß bestimmt noch eine halbe Stunde einfach so herum, als sie beschloss, etwas zu tun, das sie lange nicht getan hatte. Joggen. Danach würde es ihr besser gehen, und sie hatte auch schon ein genaues Ziel vor Augen.

Nur wenig später war sie angezogen und verließ die Wohnung. Im Gegensatz zu vorhin im Auto war Musik beim Laufen ein Muss. Svea hatte das Bedürfnis, etwas Schnelles zu hören: Rock oder vielleicht sogar Techno. Bald hatte sie jene Musik gefunden, die es brauchte, um sie beim Sport zu motivieren. Beschwingt lief sie in Richtung Neustadtswallanlagen, eines Parks, der nur wenige Minuten von ihrer Wohnung entfernt lag.

Die Beats in ihrem Ohr waren eine ganze Weile gleichbleibend. Svea fand ihren Rhythmus und spürte, wie wohltuend es war, im Takt zu laufen. Obwohl sie eigentlich erwartet hatte, keine Ausdauer zu haben, lief sie dennoch kraftvoll. Wie von selbst setzte sie einen Fuß vor den anderen, als dem Sound eine Art wachsende Spannung verliehen wurde. Immer höhere Töne, die weiter und weiter anstiegen und gleich eindeutig zu einem fulminanten Finale kommen sollten, erschallten in ihren Ohren. Svea machte lauter. Ihre Beine bewegten sich schneller. Sie fühlte eine ungeheure Kraft in sich und hatte keine Erklärung, woher sie kam. Eine unbändige Lust, in diesem Augenblick inmitten einer tanzenden Menge zu stehen, zu schreien und zu jubeln, überkam sie. Sie lächelte. Die Befangenheit von eben wich. Ewig war sie nicht mehr feiern gewesen. Warum eigentlich nicht?

Während Svea das dachte, lösten durchdringende Bässe die schrillen Töne ab und vibrierten im ganzen Körper. Auf dieses Zeichen hin bog sie in den Park ab. Hier, außerhalb der schützenden Häuserwände, wehte der Wind heftig. Dennoch, Svea fand es herrlich. Kaum jemand war zu sehen – kein Wunder, mitten in der Woche zu dieser Stunde. Nur am Rande nahm sie wahr, wie sie die Sportplätze des Parks passierte und die Friedrich-Ebert-Straße überquerte. Wieder lief sie ein Stück im Grünen, dann aber kam die Parkanlage zu einem Ende. Svea folgte der Kornstraße. Gleich wäre sie am Ziel, sie konnte das dichte Grün schon sehen.

Schneller als gedacht erreichte sie den Eingang des Friedhofs Buntentor, dessen efeubewachsene Mauer von dieser Seite nur eine schmale Pforte besaß. Svea ging hindurch. Sie atmete schwer. Es fühlte sich gut an, das Ziehen in ihren Beinen, denn es überdeckte für kurze Zeit ihre wirren Gedanken.

Sie passte ihre Schritte der Umgebung an. Sehr wahrscheinlich hätte es niemand gesehen, wäre sie einfach weitergejoggt, doch ihr selbst kam es an diesem Ort unpassend vor. Gemächlich schlenderte sie die ordentlich angelegten Wege entlang und hielt sich rechts. So lange, bis sie vor ihr erschien: die mächtige, rot leuchtende Purpurbuche!

Ihr Blick fuhr den Stamm entlang bis hoch nach oben, wo er eine Zeit lang verweilte. Svea sah sich nicht um. Vielmehr fühlte sie, dass sie allein auf diesem Friedhof war. Ohne nachzudenken, kniete sie sich neben dem Baum hin und legte sich auf den Boden, um besser hinauf in die Blätterkrone schauen zu können.

So hatte es Alheid von Clawen beschrieben. Svea spürte

ihre Anwesenheit. Wie von selbst begann sie mit dem Verbundenen Atem. Ein und wieder aus, ohne Pause, so, wie Medina es ihr gezeigt hatte.

Svea schaffte es, eine ganze Weile lang im Takt zu bleiben. In ihren Ohren dröhnte die Musik. Die Blätter über ihr wogten im Wind. Das Zusehen bereitete Svea Schwindel, so schloss sie die Augen. Dann nickte sie ein.

3

Bevor Tjaldas Gestalt durch die Tür kam, enterte ein gigantischer Blumenstrauß das kleine Ein-Bett-Zimmer des Krankenhauses.

Regine hatte nicht mit Besuch gerechnet – schon gar nicht mit *diesem*.

»Tjalda! Das ist ja eine Überraschung! Warum hast du denn nicht gesagt, dass du kommst?« Bevor sie sich bewusst dafür entscheiden konnte, war es ihr schon rausgerutscht: das Du. Doch Tjalda sah darüber hinweg. Vielleicht weil die Karten sich neu gemischt hatten und es nun besser war, sich auf Augenhöhe zu begegnen. Jedenfalls tat sie es ihr gleich.

»Ganz einfach, es sollte ja eine Überraschung für dich sein.«

»Die ist dir gelungen.« Gegen ihren Willen schwang in ihrer Stimme ein Schwärmen mit. Wie sehr hatte sie dieses Gesicht vermisst! Es kostete Regine alle Kraft, sich zu beherrschen. Ihr Herz schlug wie wild.

»Die sind für dich.« Tjalda überreichte ihr den Strauß aus bunten Dahlien.

Für ein paar Sekunden vergrub Regine ihr Gesicht in den Blumen, die so viel mehr für sie bedeuteten als eine kleine Aufmerksamkeit. »Vielen Dank, sie sind wunderschön. Könntest du vielleicht eine Vase holen? Auf dem Flur gleich rechts ist eine Kammer, wo man sich bedienen darf.«

»Na klar. Ich bin gleich zurück.« Tjalda nahm ihr den Strauß wieder ab und verschwand.

Diesen Moment nutzte Regine. Obwohl sie Schmerzen hatte, beugte sie sich weit nach links, um einen kleinen Spiegel aus der Schublade in ihrem Nachttisch zu holen. Notdürftig richtete sie ihr Haar, das vom vielen Liegen kraus und auch etwas fettig war. Seit Tagen hatte ihr Gesicht kein Make-up mehr gesehen. Normalerweise wäre ihr das egal gewesen, doch jetzt war *sie* hier. Hätte Tjalda doch nur angerufen, dann hätte eine der Schwestern sie waschen und frisieren können!

In diesem Moment kam Tjalda zurück – beide Hände um die geforderte Vase mit dem Blumenstrauß darin gelegt. »So, Auftrag erledigt.«

»Danke. So schöne Blumen habe ich lange nicht bekommen.«

Unweigerlich blickten beide Frauen um sich. Das Zimmer war kahl. Keine Karte, kein Strauß, kein Kuscheltier oder Süßigkeiten. Es schien, als hätte niemand sonst es betreten als die Krankenschwestern.

Für Regine war das zu erwarten gewesen. Um Freundschaften zu pflegen, hatte sie in der Vergangenheit nie Zeit gehabt. Außerdem besaß sie dafür kein Talent – schon gar nicht außerhalb des Reitstalls, wo sie zumindest einige flüchtige Bekannte hatte. Wie unbeliebt sie hingegen bei *Hand in Hand* war, war für sie kein Geheimnis, und doch war es ihr in diesem Moment vor Tjalda peinlich.

»Bitte setz dich doch«, forderte Regine, um abzulenken, und wies auf einen Stuhl, der direkt neben ihrem Bett stand.

Tjalda gehorchte und fragte: »Wie geht es dir mittlerweile?«

»Ach, frag besser nicht. Du siehst es ja«, sie machte eine Geste, die ihren ganzen Körper mit einschloss. »Ich habe ganz schön was abbekommen.«

»Hast du Schmerzen?«

»Ja, aber dagegen bekommt man ja was. Hinderlich ist nur, dass ich mich kaum bewegen kann. Schlafen ist schwierig. Außerdem kann ich fast nichts allein. Ich gehe besser nicht ins Detail. Dieser rote Knopf zum Rufen der Krankenschwester ist derzeit jedenfalls mein bester Freund.«

»Aber du lebst. Es war ein sehr schlimmer Unfall, wie ich gehört habe.«

»Ja, das stimmt. Zum Glück habe ich fast keine Erinnerung daran. Dafür aber ein paar bleibende Andenken.« Sie klopfte auf ihren Gipsarm.

»Gebrochen?«

»Mehrfach. Am schlimmsten hat es aber meine Beine erwischt. Die Hufe meines Pferdes haben mich anscheinend mehrmals getroffen, bevor ich endlich aus dem Steigbügel gerutscht bin. Und hätte ich keine Reitkappe getragen, wäre ich wohl tot.«

Tjalda verzog das Gesicht auf eine Weise, die klarmachte, wie schockiert sie von dem Gehörten war.

Regine bemerkte das und entschuldigte sich sofort. »Tut mir leid. Ich wollte dir keine Horrorgeschichte erzählen.«

»Schon okay, ich habe ja danach gefragt.« Sie lachte etwas künstlich. »Ich war noch nie eines dieser Pferdemädchen.«

Die Frauen schwiegen. Es war nur eine kurze Weile, jedoch lange genug, um zu verdeutlichen, dass sie sich nicht gut genug kannten, um über ausreichend Themen für eine Unterhaltung zu verfügen. Es spielte keine Rolle, dass sie sich im Büro gut verstanden hatten. In diesem Augenblick kamen sie über belanglosen Small Talk nicht hinaus.

»Wie ist die Verpflegung hier? Schmeckt das Essen, und sind die Schwestern nett?«

»Das Essen ist furchtbar, aber die Schwestern tun, was

sie können, um mir die Zeit angenehmer zu gestalten. Eine bringt mir immer ihre ausgelesene Tageszeitung mit. Das ist schon was. Allerdings ändert das nichts an der Tatsache, dass ich hier seit einer gefühlten Unendlichkeit liege und ich mir nutzlos vorkomme.«

»Gib dir noch etwas Zeit. Du musst geduldig sein. So eine Heilung dauert nun mal.« Tjalda wollte sie wohl aufmuntern. Aus einem Affekt heraus ergriff sie die Hand der Verletzten und drückte sie kurz.

Regine schnappte nach Luft. Schon diese klitzekleine Geste brachte ihr Blut in Wallung. Am liebsten hätte sie Tjaldas Hand auf ihr Herz gelegt oder gleich an ihre Lippen geführt. Doch das waren nur Träume. Um ihre wahren Gefühle nicht zu verraten, senkte sie den Blick und wechselte schnell das Thema. Dabei löste sich ihre Hand von Tjaldas, auch wenn es ihr schwerfiel. »Wie läuft es im Büro? Kommst du mit deiner neuen Stelle zurecht?«

»Ja, es läuft sehr gut. Alle haben mich sofort als Vorgesetzte akzeptiert.«

»Das glaube ich. Du machst das bestimmt ganz hervorragend. Ich habe nicht umsonst dafür gekämpft, dass du meine Stelle bekommst.«

»Das werde ich dir nie vergessen. Ich weiß nicht, wie ich dir jemals für diese Chance danken kann.«

»Ich schon.« Ihr Blick fuhr ruckartig hoch. »Komm mich einfach bald wieder besuchen.« Jetzt war es Regine, die Tjaldas Hand ergriff. All ihre Bemühungen, nicht verzweifelt zu klingen, scheiterten fulminant. »Das machst du doch, oder?«

»Ich werde wiederkommen.« Tjalda war sichtlich verwundert angesichts des drängenden Untertons. Als im nächsten Moment ihr Handy klingelte, schien ihr das nur gelegen zu kommen. »Oh, entschuldige. Ich habe wohl vergessen, es auszustellen.« Während sie es herausholte, schaute sie kurz, wer sie anrief. Dann drückte sie den Anruf weg. »Da kann ich zurückrufen.«

Regine sah prüfend in Tjaldas Gesicht. Dieser Ausdruck! Er machte sie rasend. Es war eine Mischung aus Scham und Vorfreude. Sie konnte sich nicht zurückhalten. »Na, sieht ganz so aus, als hättest du jemanden kennengelernt.«

»Was?«

»Ein Lover? Mir kannst du es sagen.«

Tjalda wirkte verwirrt, als sie antwortete: »Verzeih mir, aber an so viel Offenheit zwischen uns muss ich mich wohl erst noch gewöhnen. Wie gesagt, es war kein wichtiger Anruf«, wiegelte sie ab. Dann erhob sie sich. »Ich muss jetzt leider schon los. Du weißt ja am besten, wie viel Arbeit die Stelle als Einsatzleitung mit sich bringt.«

»Aber du kommst doch wieder, oder? Du hast es versprochen.«

Abermals sah Tjalda aus, als würden sie Regines Worte überrumpeln. »Habe ich das? Na ja, egal …«, erwiderte sie und rang sich ein Lächeln ab. »Natürlich komme ich wieder. Und dann gehen wir eine Runde im Park spazieren.«

»Das wäre wunderschön.«

Viel zu schnell war der Besuch vorübergegangen. Gedankenversunken starrte Regine aus dem Fenster in den Krankenhauspark. Wie viel Zeit würde wohl vergehen, bis sie Tjalda wiedersah? Eine Woche? Vielleicht mehr. Der Gedanke hatte das Potenzial, sie in ein Loch zu stürzen, so rieb sie sich mit beiden Händen einmal kräftig das Gesicht. Regine ärgerte sich über sich selbst. Obwohl sie das gar nicht wollte, begann sie, jede Minute des Besuchs zu analysieren. Warum hatte sie Tjalda bloß nach dem Anruf gefragt? Das war taktlos gewesen, und es hatte sie vertrieben. Zudem hätte sie weniger jammern sollen. Wer wollte so was schon hören? Das nächste Mal würde sie sich bemühen, fröhlicher zu wirken. Und sie würde sich vorher schon überlegen, worüber sie sich unterhalten konnten. Sicher würde Tjalda dann länger bleiben.

Während Regine ihren Gedanken nachhing, erblickte sie die Rückansicht ihrer Angebeteten. Beschwingt lief sie durch den Park. Regine war so auf die fließenden Bewegungen des schlanken Körpers fixiert, dass sie erst nicht bemerkte, auf wen Tjalda zuhielt.

Ein Mann kam ihr entgegen. Er winkte. Sie hatte also doch jemanden kennengelernt, schoss es Regine durch den Kopf! Trotz ihrer Schmerzen richtete sie sich auf, so weit es ging, und reckte den Hals, um besser sehen zu können. Das Bild, wie die zwei Verliebten sich eng umschlungen küssten, brannte sich schmerzhaft in ihren Kopf. Erst als sie sich endlich voneinander lösten, sah Regine, dass sie den Mann kannte.

4

»Haghene«, sagte eine dunkle Männerstimme durchs Telefon. Der Klang war speziell. Rauchig, kehlig, aber nicht hervorgerufen durch Zigaretten oder gar Alkohol. Svea war sich sicher, diese besondere Tiefe der Stimme war angeboren.

»Guten Tag. Mein Name ist Svea Michel. Man hat mir Ihren Kontakt vor Kurzem vermittelt.«

»Danke, dass Sie zurückrufen, Frau Michel.«

»Es geht um Ihre Mutter, wenn ich mich nicht irre?«

»So ist es.«

Wieder nur eine kurze Antwort. »Ich hoffe, ich rufe nicht ungelegen an.«

»Nein, tun Sie nicht.«

Svea seufzte im Stillen. Ein begnadeter Redner schien der Mann trotz seiner anziehenden Stimme nicht zu sein. »Mir wurde gesagt, dass Sie sich speziell nach mir erkundigt hätten.«

»Richtig. Das Interesse an Ihnen ist aber zugegebenermaßen eher einem Zufall sowie einer alten Freundin meiner Mutter geschuldet.«

»Ich hörte schon davon, dass Sie Alheid von Clawen kannten. Mein herzlichstes Beileid. Auch wenn ich sie nur kurz kennenlernen durfte, war sie mir wirklich sympathisch.«

»Das ist sehr freundlich von Ihnen.«

Svea spürte, dass auch diesmal nicht mehr kommen würde.

Mit ihrer nächsten Frage versuchte sie deshalb, das Gespräch in Gang zu halten. »Wollen Sie mir etwas mehr über mein Aufgabengebiet erzählen?«

»Ich könnte, aber es wäre mir lieber, wenn Sie dies mit meiner Mutter selbst besprechen. Sie hat in allem ihre eigenen Vorstellungen.«

»Ist sie denn noch in der Lage dazu?«

»Durchaus. Es ist nicht der Geist, der ihr zu schaffen macht, nur der Körper.«

»Dann spricht natürlich nichts dagegen, mit ihr selbst alle Einzelheiten zu klären.«

»Schön. Wann können Sie vorbeikommen? Heute?«

Svea wollte aus einem Reflex heraus verneinen. Dann aber kam ihr in den Sinn, dass ihr heute ebenso gut passte wie jeder andere Tag der Woche. Warum also nicht gleich? »Ja, ich kann heute vorbeikommen.«

»Haben Sie die Adresse?«

Svea schaute geschwind auf den Zettel, den Tilli ihr übergeben hatte. »Ja, die habe ich. Tatendorfstraße in Daverden, richtig?«

»Ja. Auf Wiederhören und bis später, Frau Michel.«

Svea hörte ein Tuten am anderen Ende. Sie legte auf. Nachdenklich kniff sie die Augenbrauen zusammen.

Als Marc ins Wohnzimmer kam, bemerkte er gleich ihren Gesichtsausdruck. Da er wusste, wen sie gerade angerufen hatte, fragte er: »Was ist los? Ist das Gespräch nicht gut verlaufen?«

»Doch, schon. Aber … ach, ich weiß auch nicht.«

»Was denn nun?«, fragte er lachend.

»Hmm, keine Ahnung. Der Typ war so wortkarg.«

Marc zuckte mit den Schultern und gab zu bedenken: »Vielleicht deshalb, weil er ein Typ ist und keine Frau.«

Svea wusste, dass Marc sich über sie lustig machte, und schaute ihn entsprechend strafend an. »Danke für diesen weisen Rat.«

Er musste lachen. »Ihr Frauen! Selbst wenn man nichts sagt, macht man etwas falsch. Interpretiere doch nicht so viel in dieses Gespräch hinein. Lass es auf dich zukommen.«

Svea atmete geräuschvoll aus. »Vielleicht hast du recht. Ich fahre einfach hin und lass mich überraschen«, sagte sie und erhob sich von der Couch.

»Dann fahr aber besser über Land. Ich habe gerade im Radio gehört, dass es einen Unfall auf der A27 gegeben hat. Zehn Kilometer Stau.«

»Oh, gut, dass du das sagst.«

Er kam auf sie zu und küsste sie auf die Stirn. »Was ist los mit dir? Seit gestern wirkst du irgendwie verändert. Du bist so angespannt, so nachdenklich.«

Svea hielt seinem Blick nur mit Mühe stand. Was sollte sie sagen? Dass sie ein früheres Leben von sich gesehen hatte, dass der Mann aus jener Zeit ihr nicht mehr aus dem Kopf ging – ebenso wie Alheid von Clawen? Dass sie gestern versucht hatte, sich allein rückzuführen, und sie deshalb zwei Stunden auf einem öffentlichen Friedhof geschlafen hatte? Nein, das alles behielt sie besser für sich.

»Es ist die Hochzeit.« Svea hob lächelnd ihre beringte Hand. »Ich konnte in der Nacht nicht gut schlafen und habe im Bett nach Kleidern gesurft. Jetzt fehlt mir wohl der Schlaf.« Svea wusste nicht, wofür sie sich mehr schämen sollte: für ihr seltsames Verhalten gestern oder für diese schäbige Lüge.

»Du willst dein Kleid echt im Internet kaufen? Das sieht dir gar nicht ähnlich. Triff dich doch lieber mit deinen Mädels in so einem Brautmodenladen. Trinkt Sekt und habt Spaß. Das gehört doch dazu, dachte ich.«

Svea lachte. »Du klingst wie ein Wedding Planer.«

»Okay, okay. Ich halt ja schon den Mund«, versicherte er und lachte mit.

»Aber vielleicht hast du recht. Ich überleg's mir mal.«

»Mach das, ich verschwinde jetzt.«

Svea brachte ihn zur Tür und warf ihm eine Kusshand zu. »Love you.«

»Viel Spaß bei deinem neuen Job.«

»Mal sehen, ob es mein neuer Job wird.«

»Klar wird er das.« Er zwinkerte ihr zu, dann verschwand er im Treppenhaus.

Es war eine gute Idee gewesen, über Land zu fahren. Hier gab es kaum Verkehr, und Svea kam an Orten vorbei, die sie sonst nie gesehen hatte. All die kleinen Supermärkte, Friseurgeschäfte und Einfamilienhäuser hatten etwas Beruhigendes. Doch nicht bloß die Gebäude versprühten dörflichen Charme, auch die Menschen selbst. Irgendwie schienen sie weniger hektisch zu laufen und mehr zu lächeln als die Bremer. Aber möglicherweise war das nur Einbildung.

Ein Blick zum Navigationsgerät ließ sie wissen, dass es nur noch zehn Minuten bis zum Ziel waren. Bald darauf passierte Svea den Ortseingang von Etelsen, wie sie an einem der typischen gelben Ortsschilder erkennen konnte. Erstaunt fuhr sie langsamer. Vor nicht mal einer Woche hatte sie noch nie etwas von diesem Ort gehört, und jetzt war sie schon zum zweiten Mal hier. Welch ein Zufall!

Kopfschüttelnd wollte sie Gas geben und weiterfahren nach Cluvenhagen, wie das nächste Dorf auf ihrer Strecke hieß, als ihr vor Erstaunen der Mund aufklappte und sie kurzzeitig vergaß, sich auf die Straße zu konzentrieren. Vor ihren Augen hatte sich ein prachtvolles Schloss aufgetan, wie sie es hier in dem Dorf nie und nimmer erwartet hätte. Beinahe unwirklich erschien ihr das Bild, sodass sie reflexartig blinzelte. Doch der imposante Ziegelbau aus roten Backsteinen und hellem Naturstein verschwand natürlich nicht. Kurz bevor sie ihn hinter sich ließ, entdeckte sie ein Schild. »Schloss Etelsen«, las sie sich selbst vor und bemerkte noch den wunderschön angelegten Garten mit seinem plätschernden Springbrunnen in der Mitte.

Erst ein Hupen holte sie wieder in die Gegenwart zurück. Hinter ihr war aus dem Nichts ein weißer Sprinter aufgetaucht, und der Fahrer wedelte ungeduldig mit der Hand. Schnell ruckte sie das Lenkrad ein Stück nach links, bevor sie auf dem Bordstein aufsetzte, entschuldigte sich mit einem Winken und trat aufs Gas – allerdings mit dem Vorsatz, auf dem Rückweg hier haltzumachen.

Svea hatte ihr Ziel fast erreicht. Gerade befuhr sie eine abschüssige Straße, auf der das herbstlich eingefärbte Laub im Wind tanzte. Schwungvoll schaltete sie einen Gang hoch, jedoch nur um gleich hinter einer Kurve von einem Trecker ausgebremst zu werden, der sie zu Schrittgeschwindigkeit zwang. Es blieb ihr nichts anderes übrig, als zu warten, bis sie überholen konnte. So schlich sie mit Tempo zwanzig die Straße entlang, bis plötzlich das Örtchen endete. Nach dem letzten Haus kamen nur noch Felder und Wiesen, die sich über eine weite Ebene erstreckten. Svea und der Trecker überquerten eine kleine Brücke, unter der ein Flüsschen entlanglief, das im Sonnenlicht glitzerte. Das Gepolter schreckte zwei Pferde auf, die bis eben friedlich gegrast hatten. Mit erhobenem Schweif galoppierten sie davon. Svea war von der Schönheit der herbstlichen Landschaft so beeindruckt, dass sie gänzlich vergaß zu überholen. *In hundert Metern links in die Tatendorfstraße einbiegen. Dann haben Sie*

Ihr Ziel erreicht, befahl die Stimme, die sie bis hierher geführt hatte.

Svea wurde von jener Aufregung gepackt, die sie immer schon befallen hatte, wenn sie kurz davor stand, eine neue Stelle anzunehmen. Was würde sie gleich erwarten? Waren die Leute freundlich? Die Arbeit angenehm? Und was, wenn nicht? War sie überhaupt in der Position, die Arbeit abzulehnen?

Svea schaute auf das Display. Die Entfernung zum Ziel wurde immer kürzer. Achtzig Meter, sechzig, vierzig. Noch einmal verlangte die Stimme: *Jetzt links abbiegen.* Da erblickte Svea einen Feldweg, der die Straße kreuzte. Sie trat sanft auf die Bremse, bog ein – und staunte nicht schlecht.

Das Bild, das sich ihren Augen bot, glich einer Postkarte. Vor ihr lag das Dorf, leicht erhöht auf einem Hügel, umgeben von Wiesen, auf denen verwitterte Zäune standen. Bunt gefärbte Bäume waren zwischen Bauernhäusern zu erkennen, ebenso wie jenes Flüsschen, das sie gerade überquert hatte. In der Mitte thronte eine kleine Backsteinkirche mit einem trutzigen, eckigen Turm. Seine dunkle Dachspitze ragte als höchster Punkt der Umgebung in den Himmel. Ganz sicher war sie noch von weiter Entfernung aus zu sehen. Svea lächelte. Die Sonne schien von rechts ins Auto und wärmte ihre Wange. Und mit der Wärme ging ein Wohlbefinden einher. Irgendwie spürte sie plötzlich die Gewissheit, dass sie von nun an häufiger hier sein würde. Ihre Unsicherheit wich einer angenehmen Vorfreude, bis nichts mehr von der Aufregung übrig war.

Langsam befuhr sie den Feldweg, der so voller Schlaglöcher war, dass ihr kleiner Firmenwagen ächzte. Das Buschwerk rechts und links von ihr lichtete sich mit jedem Meter, den sie zurücklegte. Bald wurde es gänzlich von einer langen

Reihe stattlicher Eichen und Kastanien abgelöst. Es war deutlich zu erkennen, dass die alten Bäume der Allee von fachkundiger Hand gepflegt wurden – ebenso wie das, was an ihrem Ende zum Vorschein kam.

Svea erblickte ein Haus wie aus einem Rosamunde-Pilcher-Film. Inmitten einer frisch gemähten Rasenfläche thronte es und versprühte dabei den Charme einer alten englischen Lady. Rauch stieg aus einem der zahlreichen Schornsteine, die in den Himmel ragten. Die weißen Außenwände waren dicht bewuchert mit Efeu und Rosen und jede der drei Etagen bestückt mit Sprossenfenstern. Das Dach trug wunderschöne runde Ziegel und wurde zusätzlich verziert durch drei romantisch anmutende Erker. Svea sah zwei verwitterte Gewächshäuser, auf deren Glas bunte Blätter lagen. Auch wenn hier jeder Busch und jeder Strauch noch so ordentlich geschnitten war, wurde man dem herabfallenden Laub wohl dennoch nicht Herr. Und gerade das bisschen Unvollkommenheit machte das Bild perfekt.

Ihr Wagen rollte auf knirschenden Kies und kam vor einer ausladenden Steintreppe zum Stehen. Svea sog die frische Landluft durch die geöffneten Fenster ein. Das letzte Mal hatte sie jene Gerüche vernommen, als sie auf dem Hof in Verenmoor gewesen war – ausgerechnet dort, wo der unfreundliche Herr Arndt wohnte. Keine schöne Erinnerung. Svea verdrängte sie schnell wieder. Dorthin musste sie nie wieder zurück. Als sie die Tür ihres Autos zuschlug, flatterten ein paar Vögel auf. Sie sah ihnen nach, wie sie von Baumspitze zu Baumspitze wechselten, als wäre es ein Tanz.

»Guten Tag, Frau Michel.«

Die Stimme des Mannes schien aus dem Nichts zu kommen. Svea blinzelte der Sonne entgegen und schirmte die Augen mit der Hand ab. Das morgendliche Licht war so grell, dass sie noch kein Gesicht erkannte. Nur eine Schiebermütze, tief in die Stirn gezogen, und ein wollweißes, altertümliches Hemd mit Hosenträgern darüber. Erst als der Mann direkt vor ihr stand und die Mütze zurechtrückte, wurde sein Gesicht freigegeben. Ob diese Geste Teil der Begrüßung war, konnte Svea nicht ausmachen; es hätte zu seiner Erscheinung gepasst, die wirkte wie aus einer anderen Zeit.

»Hallo. Sind Sie Herr Haghene?«

»Ja, wir haben telefoniert.«

Svea fühlte seine Hand in ihrer. Sie war groß und rau. Ihr Blick haftete an dem unrasierten Gesicht, das ganze zwanzig Zentimeter über ihrem war. »Sie haben es wunderschön hier.«

»Ich danke Ihnen«, sagte er mit der gleichen tiefen Stimme, die sie schon am Telefon beeindruckt hatte. Seine braunen Augen waren dabei regungslos auf sie gerichtet. »Ich hoffe, Sie haben gleich hergefunden. Das Haus liegt ja etwas versteckt.«

»Das ist wahr. Aber ich hatte keine Probleme.«

Svea löste ihre Hand aus der seinen. Es fiel ihr schwer, ihn nicht anzustarren. Auf seine ganz eigene Weise zog dieser Mann sie in den Bann. Zum einen war es seine offensichtliche Andersartigkeit, zum anderen war es seine Fähigkeit, ein Schweigen auszuhalten – besser als sie es konnte. Svea fühlte sich schnell aufgefordert, Stille mit Worten auszufüllen, um der aufkommenden Peinlichkeit zu entgehen. Sie hasste diese Eigenschaft, denn oft endete jener Zwang in einem inhaltlosen Geplapper, das alles nur noch peinlicher machte. Doch obwohl Svea darum wusste, konnte sie sich nur selten zurückhalten.

»Haben Sie einen Gärtner?«, fragte sie nun. »Ihr Grundstück ist riesig. Ich kann mir vorstellen, dass es allein gar nicht zu bewältigen ist.«

»Nun, ich habe Hilfe. Allerdings nur für die Dinge, die mehr als zwei Hände erfordern.« Wieder war die Wahl seiner Worte freundlich, doch sein verhaltenes Lächeln dazu verwirrte Svea – ebenso die Art, wie er sie ansah.

Sie hielt dem Blick dieser braunen Augen nicht länger stand und wandte sich ab. Prüfend schaute sie über die weitläufige Grünfläche mit den vielen Büschen und Bäumen, deren Ende von hier aus nicht zu sehen war. »Puh, unvorstellbar für mich. Wie schaffen Sie das nur? Meine sechs Topfpflanzen halten mich schon über Gebühr auf Trab.« Es war ein Versuch, die Stimmung aufzulockern. Schwer zu sagen, ob es ihr gelang. Einer seiner Mundwinkel zuckte. War es ein Lächeln? Oder doch Hohn?

»Menschen wie Sie verbinden einen solchen Garten für gewöhnlich mit Arbeit. Sie scheinen nur die Verpflichtung zu sehen, nicht das, was sich noch dahinter verbirgt.«

»Was meinen Sie?«

»Der Garten wurde angelegt von meinen Vorfahren, die ebenso hier gelebt haben. Sein Erhalt hat dadurch etwas Befriedigendes für mich.«

»Ich meinte eigentlich Ihre Aussage: Menschen wie Sie.«

»Das sollte heißen, Menschen aus der Stadt.«

»So sehr unterscheiden sich Städter Ihrer Meinung nach also von Menschen auf dem Land?«

»Eine interessante Frage für jemanden, der Topfpflanzen schon als Belastung empfindet.«

Svea spürte, wie Anspannung sich in ihr breitmachte. Der Tonfall seiner Worte war nicht despektierlich, doch was er sagte, konnte auf mehrere Arten interpretiert werden. Vielleicht war er nur nicht geübt darin, Scherze zu machen. Svea wollte glauben, dass es so war. Denn andernfalls hätte sie annehmen müssen, dass er über sie spottete.

Dennoch, Svea gab dem Gespräch eine weitere Chance. Was blieb ihr auch anderes übrig, wenn sie hier wirklich arbeiten wollte? »Wohnen Sie hier denn nur zu zweit? Das wäre wirklich viel Platz für so wenige Personen.« Schon als sie die Worte aussprach, wurde ihr klar, wie neugierig sie klangen. Schnell schüttelte sie den Kopf und sagte: »Verzeihen Sie bitte. Ich wollte Sie nicht ausfragen. Das geht mich natürlich nichts an.«

Die Miene des Mannes war ungerührt. Er schien weder empört noch belustigt zu sein – unmöglich, seine Gedanken zu erraten. »Es gibt noch eine Angestellte hier.«

Svea presste die Lippen zusammen und nickte. »Verstehe …« Warum machte er es ihr so schwer? Ein bisschen Small Talk war doch normal. Sie nahm sich vor, nicht mehr ungefragt zu reden. Zu ihrem Glück kam genau in diesem Moment ein Hund aus dem Gebüsch hervorgesprungen. Es war einer dieser typischen braun-weißen Jagdhunde, und er war bis auf die Knochen durchnässt.

»Vorsicht!«

Ehe Svea sich's versah, wurde sie kraftvoll von dem Mann zur Seite gezogen. Die unerwartete Bewegung ließ sie straucheln, sodass sie ihm direkt in die Arme fiel, den Kopf an seine Brust gelehnt.

Schützend stellte er sich vor sie, als der Hund sich ausgiebig zu schütteln begann.

Svea schrie unwillkürlich auf. In einem Radius von drei Metern wurde alles und jeder mit braunen Dreckspritzern und Hundespeichel bedeckt – nur nicht sie.

Als das Szenario beendet war, fühlte sie zwei große Hände um ihre Oberarme. Sanft wurde sie von ihnen aufgerichtet und so aus der unfreiwilligen Umarmung entlassen. »Ich danke Ihnen für diese Rettung.« Svea sah zu ihm auf, als sie ganz plötzlich spürte, wie sie errötete. Die Wärme seines Körpers, sein Herzschlag an ihrem Ohr, das Riechen seines ganz eigenen Duftes … Ohne jede Erklärung löste all das ein unbeschreibliches Gefühl in ihr aus – bar jeder Realität und jeder Vernunft – und ließ ihre Knie weich werden, wie es sonst nur Marcs Gegenwart vermochte. *Großer Gott, was passiert hier nur?*, schoss es Svea durch den Kopf. Fahrig klopfte sie sich die makellose Garderobe ab. Ihre Stimme klang eine Spur zu schrill. »Das ist ja gerade noch mal gut gegangen.«

»Ja, gerade so. Es tut mir leid, wenn ich Sie erschreckt habe. Es ist nur … ich kenne meinen Hund. Und Sie tragen weiße Kleidung.« Jetzt wandte er sich dem Tier zu. »Sitz!« Es gehorchte sofort.

Dem schmutzigen Hund jäh dankbar für seine bloße Gegenwart, ging Svea auf das Tier zu und streichelte ihm über den Kopf. »Hey, und wer bist du, du hübscher Kerl?«

»Sie ist ein Mädchen und heißt Ria. Wie ich sehe, haben Sie keine Angst vor Hunden?«

»Nein, ich liebe alle Tiere.«

»Das macht es leichter. Wo ich bin, ist nämlich auch sie.«

Svea entspannte sich, jetzt wo sie seinem direkten Blick nicht mehr ausgesetzt war. Ihre nächsten Worte klangen wieder natürlicher. »Dann bleibt mir ja nur zu hoffen, dass Sie nicht auch eines Tages nass aus dem Gebüsch springen und sich vor mir schütteln.«

Er lachte und versicherte: »Ich werde versuchen, mich zu beherrschen.« Dann nahm er einen Stock vom Boden auf und warf ihn mit aller Kraft weit in den Garten. Ria rannte freudig bellend hinterher. »Kommen Sie, ich stelle Ihnen jetzt meine Mutter vor.«

»Danke.« Svea folgte ihm in den Garten, dessen herbstlicher Duft sie sogleich umhüllte. Der Rasen unter ihren Füßen war so watteweich, dass sie sich am liebsten die Schuhe ausgezogen und barfuß drübergelaufen wäre. Sie hatten das Haus kaum umrundet, da sah Svea, wohin er sie zu führen gedachte.

Unter einem wunderschönen Pavillon mit einem blauen Runddach stand eine alte Frau vor einem Pflanztisch. Man sah sie bloß von hinten. Sie trug einen großen Strohhut, unter dessen Rand ein weißer Haarknoten hervorschaute. Ihr Rücken war gebeugt, die Hände jedoch sehr flink. Sie topfte gerade eine Rose ein.

»Mutter, sieh, wer da ist.«

Die Frau drehte sich um und lächelte warmherzig. Ihr Gesicht sah noch älter aus, als Svea es vermutet hatte. Die unerwartet kraftvolle Stimme aber rief Svea in Erinnerung, was der Sohn zu ihr gesagt hatte: *Es ist nicht der Geist, der ihr zu schaffen macht, nur der Körper.*

»Oh, Frau Michel.« Sie sah auf ihre Hände. »Moment bitte. So kann ich Ihnen nicht die Hand geben. Überall Erde.« Flink entledigte sie sich ihrer Gartenhandschuhe. »An den Anblick können Sie sich gleich gewöhnen«, sagte sie lachend. »Wann immer es mir gut genug geht, bin ich mit meinen Pflanzen zugange.« Jetzt reichte sie Svea die Hand. »Richenza Haghene.«

»Daran gewöhne ich mich gern.«

»Wollen wir uns setzen?«

»Gerne.«

Mit einer selbstverständlichen Geste reichte der Mann seiner Mutter den Arm und begleitete sie zu einem der geflochtenen Korbsessel, die in dem Pavillon standen.

Langsam ließ Frau Haghene sich darauf nieder und schenkte ihrem Sohn ein Lächeln zum Dank.

»Ich lasse euch nun allein«, sagte er, statt sich zu ihnen zu setzen.

»Bero, sei so lieb und schick mir Hanne«, bat die Mutter und hielt ihn damit noch kurz auf.

In Sveas Kopf hallte der Name nach: Bero. Noch nie hatte sie den gehört. Eigenartigerweise war sie sofort der Meinung, dieser Mann könne gar keinen anderen Namen tragen. Bevor er verschwand, fing Svea seinen Blick auf. Nur kurz und ohne eine Botschaft darin zu erkennen. Als sie bemerkte, dass sie das enttäuschte, erschrak Svea. Was hatte sie erwartet? Eine Kusshand etwa?, fragte sie sich selbst ironisch. Sofort suchten die Finger ihrer rechten Hand den Ring, den sie an ihrer linken trug – so als könnte sie sich mit dieser Bewegung selbst Absolution erteilen.

Bero Haghene tippte sich erneut an den Schirm seiner Schiebermütze und nickte ihr zu. Diesmal war sich Svea sicher, dass es ein Gruß war. Sie nickte ebenfalls und bemühte sich um ein eher professionelles Lächeln.

»Mögen Sie schwarzen Tee?«

»Ja, sehr gern.«

»Hanne wird uns einen bringen.«

Wie alles in dieser Umgebung fügte sich auch Hannes Erscheinung ins Bild. Sie war eine Frau um die fünfzig mit Schürze und Dutt. Trotz ihrer beachtlichen Leibesfülle kam sie regelrecht herbeigeschwebt. Dabei befestigte sie eine störrische Haarsträhne in ihrem Knoten und fragte: »Zitrone und Zucker zum Tee?«

»Ja bitte.«

Nach einem freundlichen Nicken in Sveas Richtung verschwand sie wieder.

»Hanne ist unsere Haushälterin. Seit jeher hält sie die zahlreichen Räume in Schuss.«

»Ich kann mir vorstellen, wie viel Arbeit das ist.«

Frau Haghene nickte. »Je älter das Haus wird, desto mehr

Arbeit scheint es zu werden. Und nun braucht es sogar jemanden, der *mich* in Schuss hält. So ändern sich die Zeiten.« Sie sagte diese Worte ohne jeden Verdruss. »Na ja, das ist eben der Lauf der Dinge. Man muss das Beste daraus machen.«

Svea gefiel es, dass die Dame ihre Altersgebrechen klaglos akzeptieren konnte. Es war eine seltene Gabe unter ihren Kunden.

»Sicher haben Sie einige Fragen, Frau Michel. Fragen Sie!«

»Das stimmt. Natürlich möchte ich mehr über die mir zugedachten Aufgaben wissen, aber …«, Svea schaute auf ihre Finger. »Vielleicht erlauben Sie, dass ich zuerst meine Neugier bezüglich einer anderen Sache befriedige.«

Frau Haghene hob die Augenbrauen. »Ah, ich weiß, worauf Sie hinauswollen. Von mir aus können wir auch zuerst darüber sprechen, aber ich fürchte, ich werde Sie enttäuschen.«

»Wie sind Sie auf mich als Altenpflegerin gekommen? Man sagte mir, es hätte mit Frau von Clawen zu tun.«

»Das stimmt zwar, aber nur indirekt. Ich erhielt einen Brief von ihr. Darin befand sich Ihr Kontakt – allerdings nur zufällig.«

Schon wieder dieses Wort! Svea fragte sich, ob die Menschen um sie herum früher auch immer *Zufall* gesagt hatten, oder ob es ihr nur auffiel, seit der Loszettel sie belehrt hatte, dass es keine Zufälle gab.

»Waren Sie und Frau von Clawen Freundinnen?«

»Früher einmal. Aber wir haben uns jahrelang nicht gesehen. Wenn Sie sie zum Schluss betreut haben, wissen Sie wahrscheinlich mehr über sie als ich.«

Svea war nun tatsächlich ein wenig enttäuscht. »Bedauerlicherweise war ich nur einmal bei ihr. Zu selten, um Ihnen etwas Neues zu erzählen. Leider.«

»Wie schade, auch ich hätte mich über ein paar Antworten gefreut. Aber die werde ich nun nie mehr erhalten. Das Einzige, was mich tröstet, ist zu wissen, dass sie jetzt endlich ihre Einsamkeit überwunden hat.«

»Wie meinen Sie das?«

Die Dame legte die Stirn in Falten und schien kurz in sich zu gehen. »Wissen Sie, meine Freundin Alheid – Gott hab sie selig – hatte es nicht leicht. Ihre Ehe war nicht eben glücklich. Ich kann natürlich nur von damals sprechen, aber sie hatte eine Seite an sich, die …«, Frau Haghene suchte nach den rechten Worten, »… die mir fremd war.«

Svea hätte zu gern nachgebohrt, so sehr brannte sie darauf, die Wahrheit hinter den Umschweifen zu erfahren. Doch sie wagte es nicht.

»Wir haben uns dennoch sehr gemocht, obwohl wir so unterschiedlich waren. Es gab auch Dinge, die uns verbanden. Manche hielten sie für verrückt, doch das war sie nicht. Nur missverstanden.« Jetzt sah sie Svea direkt an.

In diesem Moment kehrte die Haushälterin zurück. Sie trug ein volles Tablett vor sich her und balancierte es gekonnt über den Rasen. Stumm deckte sie den Tisch mit filigranem Geschirr und schenkte Tee ein. Frau Haghene nutzte diese Gelegenheit zum Themenwechsel.

»Nun aber genug davon. Sprechen wir über uns, Frau Michel.«

»Gerne«, sagte Svea. Sie spürte, dass die Dame nicht länger über ihre verstorbene Freundin reden mochte, und wie es schien, gab es auch nichts mehr zu sagen. So griff Svea das vorgeschlagene Thema auf. »Da ist etwas, das Sie wissen müssen. Es hat eine Veränderung gegeben, seit Sie sich nach mir erkundigt haben.« Svea hatte plötzlich ein schlechtes Gewissen, weil sie das nicht schon früher gesagt hatte. Sie hoffte, dass Frau Haghene es ihr nicht nachtrug. »Ich arbeite nicht mehr für den Pflegedienst *Hand in Hand.*«

»Nicht?«

»Nein, ich habe gekündigt und bin gerade auf der Suche nach einer neuen Stelle.« Das mit der Kündigung entsprach zwar nicht ganz der Wahrheit, aber es war die einfachste Erklärung.

Die alte Dame saß regungslos in ihrem Sessel. In diesem Augenblick war ihr Gesicht ebenso wenig zu deuten wie zuvor das ihres Sohnes.

Svea presste die Lippen aufeinander.

»Das heißt, Sie betreuen keine anderen Kunden mehr?«

»Nein, niemanden zurzeit.«

»Aber Sie wollen schon noch im Bereich Altenpflege arbeiten?«

»Natürlich. Ich liebe meinen Beruf.«

Plötzlich breitete sich ein Lächeln auf dem Gesicht der alten Dame aus. »Können Sie sich denn vorstellen, bei mir zu arbeiten?«

»Oh, ja, sehr gut sogar.«

»Ich meine, *nur* hier.«

»Eine Vollzeitstelle?«

»Ja.«

Svea war überrascht. Mit so einem Angebot hatte sie nicht gerechnet. Mehrere Gedanken schossen ihr gleichzeitig durch den Kopf. »Ich weiß nicht recht, wie ich es sagen soll. Sie sind so viel rüstiger als meine sonstigen Patienten. Zum Glück ist das so! Aber brauchen Sie wirklich eine Vollzeitpflege?«

Frau Haghene lachte. »Die Antwort lautet wohl: ja und nein. Mal geht es mir gut und an anderen Tagen leider weniger. Ich weiß nie, was kommt.« Sie zuckte mit den Schultern. »Mein Sohn schimpft deswegen schon lange mit mir.«

»Ihr Sohn hat recht. Es ist vernünftig, sich Hilfe zu holen. Auch wenn es sicher nicht einfach ist, sich das einzugestehen.«

»Sie sagen es, Frau Michel. Aus diesem Grunde habe ich bisher wohl gezögert. Mit Ihnen allerdings kann ich es mir ganz gut vorstellen.«

Svea machten diese lieben Worte regelrecht verlegen.

»Natürlich könnte es passieren, dass Sie neben Ihren gewöhnlichen Pflegetätigkeiten auch ab und zu mal etwas Untypisches machen müssten – immer dann, wenn es mir gut geht. An einem Tag brauche ich vielleicht ein wenig Hilfe im Gewächshaus, an einem anderen bitte ich Sie möglicherweise, mir etwas aus der Zeitung vorzulesen oder mich irgendwohin zu begleiten. Wäre das ein Problem für Sie?«

Svea sah in das heitere Gesicht der alten Frau. Sie war ihr jetzt schon ans Herz gewachsen. Die Eindrücke, die sie hier hatte sammeln können, vermischten sich in ihrem Innern zu einem wunderbaren Gefühl der Vorfreude. Sie hatte keine Zweifel, dass sie die richtige Entscheidung traf. »Das wäre absolut kein Problem für mich. Ich würde sehr gern bei Ihnen arbeiten. Wann soll ich anfangen?«

»Sagen wir ab Anfang nächsten Monats? Das wäre in einer Woche.«

»Perfekt!«

5

»Sekt, die Damen?«, hörte Svea die Stimme der Verkäuferin des Brautmodengeschäfts hinter dem dicken Vorhang.

»Natürlich!«, vernahm sie Tillis Antwort, die den Geräuschen nach zwei Gläser entgegennahm. Eines schien sie Pia zu geben, denn die bedankte sich kurz darauf bei ihr.

»Wo ist die Braut?«, fragte die adrette Dame und sah sich um.

»Seit einer gefühlten Stunde in der Umkleide«, flüsterte Pia ihr als Antwort zu.

Tilli war weniger zurückhaltend. »Svea, komm raus und lass uns anstoßen.«

»Ich bin noch nicht so weit.«

»Wie viele Kleider hast du noch mal da drinnen?«

»Eins.«

»Doch so viele?«, spottete sie ungeniert. »Wenn du in dem Tempo weitermachst, dann kannst du von hier aus gleich zum Friseur und dann zum Altar. Das könnte zeitlich passen.«

Pia und die Verkäuferin mussten lachen – selbst Svea stimmte mit ein. Die Laune der Frauen war heiter.

»Ich bin einfach zu fett«, jammerte Svea, die es endlich geschafft hatte, das Kleid überzuziehen. Jetzt sah sie sich von allen Seiten an. Die drei Spiegel in der Kabine waren so zueinander ausgerichtet, dass sie gnadenlos jede noch so kleine

Falte zeigten. Und obwohl Svea sonst mit sich und ihrer Figur im Reinen war, gefiel ihr das, was sie sah, so gar nicht.

Heute Morgen noch war sie überglücklich gewesen, als Marc ihr erzählt hatte, dass er heimlich einen Termin für sie im Brautmodengeschäft arrangiert hatte. Er wollte ihr eine Freude machen und war deshalb nicht mal davor zurückgeschreckt, ihre Freundinnen dazu einzuladen. Eigentlich eine tolle Idee, wie Svea fand. Marc konnte ja nicht wissen, dass sie ihr Traumkleid – dank Alheid von Clawen – bereits im Schrank hängen hatte. Svea ließ sich dennoch auf den Spaß ein mit der schlichten Erwartung an einen schönen Mädelsabend unter dem Motto *Hochzeit.* Jetzt allerdings wünschte sie sich auf ihre Couch und in ihre weite Jogginghose zurück.

»Ich sehe aus wie ein Gürteltier. Speckröllchen an Speckröllchen.«

»Aber, aber, meine Liebe«, beschwichtigte die Verkäuferin. »Seien Sie nicht so streng zu sich. Das erste Kleid dient fast immer nur dem Feststellen der Größe. Wenn es nicht passt, nehmen wir eben eine Konfektionsgröße mehr. Sehen Sie das nicht zu eng, wir haben ja Zeit.«

»*Eng* ist das Stichwort. Ich brauche dringend Funktionsunterwäsche.«

»Die haben wir auch. In Schwarz, Weiß und Hautfarbe. Aber trinken Sie doch erst einmal einen Sekt mit uns. Dann überlegen wir gemeinsam, wie Ihr Traumkleid aussehen soll.«

Noch einmal betrachtete sich Svea von der Seite und strich den Stoff um ihre Taille mit den Händen glatt. Sie versuchte sich vorzustellen, welche Wirkung die Funktionsunterwäsche wohl auf ihre Figur hätte. Das Rascheln des Stoffs brachte die eifrige Verkäuferin wieder auf den Plan.

»Brauchen Sie vielleicht Hilfe? Dafür bin ich da. Scheuen Sie sich nicht, mich zu fragen.« Engagiert schritt sie mit klappernden Stöckelschuhen auf die Umkleide zu. Doch bevor sie diese öffnen konnte, ertönte ein fast panisches »Nein!«

Svea krallte sich an den Vorhang. »Bitte, nicht reinkommen. Wenn mich einer so sieht, dann sterbe ich vor Scham.«

»Wie Sie wollen«, sagte die freundliche Dame und machte einen Schritt zurück. Doch sie gab nicht auf. »Darf ich denn fragen, wo die Problemzone liegt? Ist es eher an der Brust oder vielleicht die Hüftpartie? Ich könnte Ihnen ja schon mal ein anderes Kleid bringen.«

»Sie haben die Problemzone gerade ganz gut beschrieben. Sie geht exakt von der Brust bis zur Hüfte.«

Schon wieder mussten die Frauen lachen.

Tilli allerdings hatte allem Anschein nach genug vom Warten und ergriff die Initiative. Entschlossen kündigte sie ihr Vorhaben an. »So, Schätzchen. Ich komm jetzt rein. Ansonsten hätten wir auch eine Telefonberatung machen können. Du musst dich schon zeigen, damit wir dir helfen können.« Im nächsten Moment schlüpfte sie an dem Vorhang vorbei.

Jetzt war es kurzzeitig still dahinter.

Svea sprach als Erste. »Ich sag's ja: Es ist eine Katastrophe.«

»Na ja … ja, irgendwie schon«, stammelte Tilli vor sich hin. Dann steckte sie den Kopf aus der Kabine und sah die Verkäuferin an. »Bringen Sie uns bitte ein anderes Kleid. Dieser Schnitt … er ist nicht wirklich vorteilhaft für meine Freundin. Vielleicht haben Sie etwas in A-Form, am besten mit Neckholder. Und keine Raffungen an der Hüfte mehr. Ach …«, jetzt flüsterte sie, »… es darf auch eine oder zwei Nummern größer ausfallen.«

»Das habe ich gehört«, beschwerte sich Svea.

Pia trat auf die Kabine zu, ein volles Sektglas in der Hand. »Los, komm schon raus, und trink einen Schluck.«

Nachdem Tilli sie auf die harte Tour gezwungen hatte,

sich ihr zu zeigen, überwand Svea ihre Scham jetzt gänzlich. Sie schob den Vorhang zur Seite und gab den Blick frei auf sich in einem cremefarbenen Tüllkleid im Meerjungfrauen-Schnitt. Wortlos griff sie nach dem Sektglas und leerte es zur Hälfte.

Pia blickte an ihr herab. Selbst sie, die immer darauf bedacht war, ihr Gegenüber nicht zu verletzen, hatte offenbar Mühe, etwas Neutrales zu sagen. »Puh, also, das ist sicher nicht das perfekte Kleid. Obwohl es mit dem engen Schnitt bis über die Hüfte die Sanduhrform einer Frau unterstreicht.«

Svea schaute skeptisch und trank den Rest vom Sekt. »Ja, aber dazu braucht man eine Taille.« Svea wies auf ihre Mitte.

Ohne etwas darauf zu erwidern, leerte auch Pia lieber ihr Glas.

Jetzt, wo die Verkäuferin in den hinteren Teil des Ladens verschwunden war und die Freundinnen allein gelassen hatte, legte sich eine gewisse Spannung auf den Moment. Es war das erste Zusammentreffen von Svea und Tilli nach ihrem finalen Gespräch im Büro.

Skeptisch sah Svea zu Pia, der sie auf dem Hinweg zum Brautmodengeschäft bereits ausführlich von ihrem Besuch bei ihrer neuen Kundin erzählt hatte, und dann zu Tilli.

»Und? Warst du schon dort?«, fragte diese nur.

Svea nickte. »Hmm, war ich.«

»Waren es nette Leute?« Die sonst so selbstbewusste Tilli wagte es kaum, ihre Freundin anzusehen, und hielt sich regelrecht an ihrem Sektglas fest.

Doch Svea hatte keinen Grund, sauer auf sie zu sein. Ein Lächeln umspielte ihren Mund, dann erlöste sie Tilli. »Es waren ganz zauberhafte Leute. Ich fange nächste Woche an.«

Jetzt riss Tilli den Kopf hoch. Ein breites Lächeln zeichnete sich auf ihrem Gesicht ab, als sie Svea fest in die Arme schloss. »Ich bin so erleichtert, Svea. Das habe ich mir gewünscht, so sehr! Mein schlechtes Gewissen war riesig.«

»Nicht doch. Warum denn? Alles ist gut!«

Die Anspannung von eben löste sich auf, als hätte es sie nie gegeben, und als die beiden sich voneinander lösten, kam die Verkäuferin zurück.

»Ich habe Ihnen drei wunderschöne Kleider ausgesucht. Darin sehen Sie sicher fantastisch aus.«

Tilli warf einen kurzen Blick auf die Auswahl und nickte zufrieden, dann krempelte sie die Ärmel hoch und sagte zu Svea: »Zieh das aus. Wir machen jetzt eine Braut aus dir.«

Bereits das nächste Kleid war um so vieles besser als das vorherige. Stolz trat Svea aus der Kabine und stellte sich auf einen kleinen Hocker vor einem bodentiefen Spiegel. Wie von Tilli gefordert, hatte dieses Brautkleid eine A-Form, die Sveas Figur umschmeichelte. Ab der Taille wurde es so weit, dass es sich nach unten hin in unzähligen Falten verlief. Der Saum war mit goldenen Stickereien besetzt, ebenso der herzförmige Ausschnitt, der gerade noch so viel von der Brust zeigte, dass es aufregend, aber nicht anzüglich wirkte.

Die eifrige Verkäuferin machte sich gleich am Saum zu schaffen. Sie zog und zupfte daran, bis jede Falte perfekt drapiert war. Dann ging sie ein paar Schritte zurück und lächelte anerkennend. »Sie haben ein sehr gutes Verständnis für Mode«, lobte sie Tilli. »Dieses Kleid sitzt ganz hervorragend. Man müsste kaum etwas ändern.« Jetzt richtete sie das Wort an Svea. »Das Gold der Stickereien schmeichelt Ihrer Haarfarbe, finden Sie nicht auch? Wie fühlen Sie sich in diesem Kleid?«

»Toll. Ich sehe so schlank aus«, bemerkte Svea zufrieden und stellte sich seitlich zum Spiegel auf. Ihre Hände fuhren über den Stoff. Er fühlte sich wunderbar glatt an und gleichzeitig fremd. Wann trug man schon solch edle Kleidung? Svea fragte sich, was Marc wohl sagen würde, wenn er sie jetzt sehen könnte. Bei diesem Gedanken lächelte sie. Spontan griff Svea in den Rock und hob ihn an. Dann hüpfte sie von dem Hocker und stellte sich direkt vor dem Spiegel auf. Hier drehte sie sich noch einmal, um sich von allen Seiten zu betrachten. Zweifellos war das Kleid wunderschön, doch je länger sie ihr Spiegelbild ansah, umso mehr hatte sie das Gefühl, dass etwas fehlte. »Hmm …«, brummte sie vor sich hin und strich immer wieder mit den Fingern über die seidige Oberfläche. »Es ist fast perfekt.«

»Was fehlt Ihnen?«, fragte die Verkäuferin.

»Schuhe«, antwortete Tilli, bevor Svea auch nur den Mund aufmachen konnte.

»Aber natürlich!« Die Dame tippte sich gegen die Stirn. »Welche Schuhgröße hat denn die Braut?«

»Svea? Neununddreißig, oder?«

»Ja, genau. Aber keine mit so hohem Absatz«, rief sie der Verkäuferin noch nach, die sofort zwischen den vielen weißen und cremefarbenen Reihen aus Stoff verschwand. Als sie wiederkam, hielt sie zwei Paar Schuhe hoch. »Spitz oder rund? Wie mögen Sie es?«

»Rund«, antwortete Svea und dachte unweigerlich an ihr einziges Paar spitze Schuhe, die ihr schon unsagbare Schmerzen eingebracht hatten.

»Spitz«, rief Tilli energisch, griff die Schuhe und wandte sich mit belehrendem Blick an Svea. »Runde Schuhe sind nicht sexy. Die kannst du noch tragen, wenn du sechzig bist und Senk-, Platt- oder Spreizfüße mit gichtgeplagten Hammerzehen hast.«

Svea verzog das Gesicht. »Oh, mein Gott, nur damit ich so

was nicht mehr von dir hören muss, ziehe ich schon die spitzen an. Gib her.«

Wieder stand Svea vor dem Spiegel.

»Und jetzt? Wie ist es jetzt?«

Tilli begann, Svea zu umrunden. Erneut fühlte sie sich aufgefordert, etwas zu sagen. »Es könnte ein wenig verspielter sein. Vielleicht mit mehr Stickereien?«

»Nein, das ist es nicht«, gab Svea zurück.

»Und was hältst du von einer Blume hier«, sie zeigte auf Sveas rechte Hüfte, wo das Obermaterial von Brust- und Taillenbereich zusammenlief.

»Warte! Ich hab's«, stieß Svea mit einem Mal aus und wandte sich an die Verkäuferin. »Haben Sie etwas mit langen Ärmeln?«

»Lange Ärmel? Nun, das ist zurzeit nicht wirklich gefragt, aber lassen Sie mich mal nachschauen.« Die Verkäuferin verschwand eifrigen Schrittes. Noch immer war sie sichtlich bemüht darum, Sveas Wünsche zu befriedigen.

»Wie kommst du denn auf diesen Gedanken?«, fragte Tilli. »Willst du etwa im Winter heiraten?«

»Nein, natürlich nicht. Ich weiß auch nicht. Es ist einfach nur so eine Idee.«

»Ich glaube, es könnte hübsch aussehen«, sagte Pia wie immer diplomatisch.

Tilli wirkte noch nicht überzeugt und warf ein: »Aber nur, wenn du dafür ein tiefes Dekolleté zeigst. Du bist doch keine Nonne.«

Das schnelle Klackern der Hackenschuhe wurde wieder lauter. »Sie haben Glück im Unglück, meine Liebe«, rief die Verkäuferin. »Zwar habe ich derzeit kein Kleid mit langen Ärmeln im Angebot, doch eine andere Kundin bekommt von unserer hauseigenen Schneiderin gerade ein Kleid angefertigt.

Es ist etwas speziell, denn die Dame feiert eine mittelalterliche Hochzeit auf einer Burg. Aber es hat lange Ärmel. Wenn Sie mir versprechen, ganz vorsichtig damit umzugehen, können Sie hier mal reinschlüpfen, um einen Eindruck zu bekommen.« Ohne Sveas Antwort abzuwarten, hängte sie das Kleid in die Kabine. Dann zog sie den Vorhang bis auf eine kleine Öffnung zu. »Nur keine Scheu. Anprobieren kostet ja nichts.«

Svea ging abermals in die großzügige Kabine zurück, wo sie das mittelalterliche Kleid genau betrachtete. Es bestand aus zwei Teilen, einem wollweißen Unterkleid und einem blauen Überwurf. Letzterer wurde rechts und links in der Taille geschnürt. Noch nie hatte Svea ein solches Kleid gesehen – außer in ihrer Rückführung! Es war nicht exakt dasselbe Kleid, und doch war es sehr ähnlich. Svea stellte ihr Sektglas auf den Boden. Obwohl sie wusste, dass man vor der Kabine auf sie wartete, ließ sie sich nicht hetzen. Während sie jedes Detail des Kleides betrachtete, hörte sie ihre Freundinnen reden.

»Wie läuft es eigentlich mit deiner Semesterarbeit?«, erkundigte sich Tilli bei Pia. »Auf dem Freimarkt hattest du sie kurz erwähnt.«

»Ach, frag lieber nicht. Das Thema ist toll, aber trotzdem gibt es Schwierigkeiten.«

»Wie kann das sein? Du bist doch sonst so organisiert und immer vor deiner Zeit.«

»Daran liegt es auch nicht. Mein Problem ist, dass der Professor diesmal die großartige Idee hatte, die Teams per Los zusammenzustellen.«

»Oh, nein. Ich ahne Schlimmes«, hörte Svea Tilli sagen.

»Zu Recht. Ein glatter Horror für mich. Wie du weißt, arbeite ich am liebsten allein. Selbst wenn ich die freie Auswahl gehabt hätte, wäre es mir schwergefallen, mich für einen meiner Kommilitonen zu entscheiden. Und jetzt darfst du dreimal raten, mit wem ich zusammenarbeiten muss.«

»Doch nicht etwa mit dieser Blonden, die das Besteck aus der Mensa immer als Schminkspiegel missbraucht?«

»Doch«, jammerte Pia. »Genau die! Wir zwei sprechen quasi zwei verschiedene Sprachen. Sie ist unzuverlässig und unmotiviert. Letztens zum Beispiel, da hat sie …«

Mehr und mehr verschwammen die Stimmen vor der Kabine. Svea war währenddessen aus dem Brautkleid geschlüpft und betrachtete das Kleid der fremden Braut. Es fühlte sich ganz anders an als jenes, das sie eben noch getragen hatte. Der Stoff war keineswegs so fein und glatt. Eher rau. Und trotzdem empfand sie gerade das als angenehm. Svea hatte sich gerade das Unterkleid über den Kopf gestreift, da fiel es auch schon schwer über ihren fast nackten Körper. Sie schloss für ein paar Sekunden die Augen. Ein Kribbeln erfasste sie plötzlich. Das warme Licht in der Kabine schien dunkler zu werden. Nur noch ganz leise nahm Svea die Geräusche von draußen wahr. Sie atmete schneller. Ihre Hände griffen automatisch zu dem Übergewand. Flink zogen sie die Schnüre zu, als ob sie nie etwas anderes täten. Sveas Lider wurden plötzlich schwer, ihre Beine schwach. Das Kribbeln wurde stärker und griff über auf ihre Arme und Hande. Vor den geschlossenen Lidern erschienen Farben. Blau, Grün und Grau, und nach und nach wurden die Farben zu Formen. Svea sah ihn jetzt deutlich vor sich, den wolkenlosen Himmel und den endlosen Wald, aus dem ein düsterer Turm aufragte. Das Gefühl bei seinem Anblick war beklemmend. Sie wollte weg hier, und trotzdem konnte Svea den Blick nicht abwenden. Erst als es nass um ihre Füße wurde, schaute sie hinab. Wasser. Ein Fluss. Man warf sie hinein, und sie sank tiefer und tiefer.

»Oh nein! Nicht bewegen.« Es war Pias Stimme.

Svea wurde regelrecht aus den Bildern herausgerissen.

Tilli fasste sie bei den Schultern. »Wie konnte das denn passieren? Ein Tuch, schnell.«

»Bitte, Sie sollten sich setzen«, erklang jetzt die aufgeregte Stimme der Verkäuferin. »Und heben Sie den Rock an, nicht dass er ruiniert wird. Ich gehe den Verbandskasten holen.«

Svea wurde auf einen Hocker gesetzt. Ihr Blick fiel dabei auf ihren rechten Fuß. Er blutete. Auf dem Boden war ebenso Blut, daneben das zerbrochene Sektglas.

»Du Arme bist ganz blass. Hast du denn gar nicht gemerkt, wie du reingetreten bist?« Tilli schaute Svea verwundert an.

»Nein… nicht wirklich.« Das war die Wahrheit. Svea wusste nicht, was in den letzten fünf Minuten geschehen war. Ihr Kopf fühlte sich taub an.

»Tut es doll weh?«, fragte Pia, die mindestens ebenso weiß um die Nase war.

»Nein. Überhaupt nicht. Aber ich glaube, du solltest dich lieber setzen, Pia.«

»Ja, du hast recht. Mir ist ganz flau im Magen. Blut konnte ich noch nie gut sehen.«

Die Dame des Geschäfts kam zurück, bepackt mit einem Erste-Hilfe-Kasten, Geschirrtüchern, einem Eimer, Handfeger und Schaufel. Ihr Gesichtsausdruck war verändert. Wortlos übergab sie Tilli den Verbandskasten und begann, die Scherben aufzufegen.

»Scheinbar ist es nur ein kleiner Schnitt an der Seite. Es sieht auch nicht so aus, als ob du Scherben in der Wunde hast. Willst du trotzdem ins Krankenhaus?«

»Nein, Quatsch. Mir geht es gut. Mach einfach einen Verband drum.«

»Gut, wie du willst.«

Als Sveas Fuß versorgt und die Umkleidekabine gereinigt war, forderte die Verkäuferin: »Wenn Sie jetzt so nett wären, das Kleid auszuziehen. Je schneller ich versuche, das Blut auszuwaschen, desto eher bekomme ich die Flecken raus.«

»Tut mir wirklich leid«, startete Svea einen Versuch der Entschuldigung.

»Das kann ich mir denken. Ein Sektglas stellt man ja auch nicht auf den Boden. Das war äußerst unbedacht von Ihnen.«

»Das ist wahr«, bejahte sie schuldbewusst. »Wenn die Flecken nicht rausgehen, werde ich die Kosten für die Reinigung natürlich übernehmen.«

Wenig später verließen die Frauen das Brautmodengeschäft.

Tilli stützte Svea, die leicht humpelte. »Du kannst ja wohl gar keinen Alkohol mehr ab, was?«

»Mensch, Tilli, lass Svea doch in Ruhe«, beschwerte sich Pia.

»Sie hat ja recht«, ließ Svea verlauten. »Der Sekt hat mich ganz schön benebelt. Jedenfalls ist diese Anprobe wohl gründlich in die Hose gegangen.«

Pia schaute betrübt und strich Svea über den Rücken. »Ich bin richtig traurig.«

»Warum denn?«

»Dieses Erlebnis sollte doch eigentlich unvergesslich für eine Braut sein.«

»Ach, Pia, du brauchst nicht traurig zu sein. Es *ist* doch unvergesslich.«

Jetzt mussten alle lachen. Svea hatte den Nagel auf den Kopf getroffen.

Tilli wies die Straße hinab. Schon von hier aus waren die Hände auf den Autodächern beider Dienstwagen zu erkennen, die Tilli und Svea zufällig nebeneinander geparkt hatten. »Komm, ich fahre dich nach Hause. Wer so einen Schwips hat, dass er Sektgläser zertritt, ohne es zu bemerken, sollte sich nicht mehr hinter das Steuer setzen.«

Svea fühlte sich zwar keineswegs betrunken, doch sie wusste auch, es war zwecklos, mit Tilli zu diskutieren. »O.k. Danke.«

Beide verabschiedeten sich von Pia und stiegen in Tillis Auto.

Als die beiden Frauen in die Friedrich-Wilhelm-Straße einbogen, wartete Marc bereits vor der Tür. Svea hatte ihm eine SMS geschrieben, damit er ihr die vielen Stufen nach oben half.

Tilli hielt den Wagen einfach auf der Straße an. Wie eigentlich immer um diese späte Stunde war rechts und links kein einziger Parkplatz frei. »Ich fahre gleich weiter, ja?«

»Natürlich. Danke fürs Bringen, Tilli.«

»Kein Problem. Alles Gute für deinen Fuß.«

»Ach, dem geht's schon wieder gut. Halb so schlimm.«

In diesem Moment öffnete Marc die Autotür. »Hi, Tjalda.«

»Hi, Marc.«

Jene Begrüßung hätte nicht gewöhnlicher ausfallen können, und doch kam sie Svea seltsam vor. Ihre Augen blickten zuerst zu Tilli und dann zu Marc. Ganz plötzlich fiel ihr auf, was sie so stutzig machte: Die beiden schauten sich nicht an.

»Hey, Lady«, sagte Marc jetzt zu ihr. »Gib mir deine Hand. Ich helfe dir raus.«

»Svea, warte noch«, hielt Tilli sie auf.

»Ja?«

»So leid es mir tut, aber ich brauche deinen Dienstwagen und auch das Handy.«

»Natürlich. Das Telefon kannst du gleich haben. Den Wagen kann ich dir morgen vorbeibringen.«

Sie nahm das Handy entgegen und sagte: »Oder du gibst mir einfach die Schlüssel. Zoe wohnt in der Nähe des Brautmodenladens. Ich dachte, ich werfe ihr die Schlüssel eben in den Briefkasten.«

»Klar. Auch gut.« Svea kramte in ihrer Handtasche und übergab Tilli, was sie begehrte. »Danke, dass du ihn mir überlassen hast.«

Sie lächelte. »Hab ich gern gemacht. Wir müssen aber auch noch alles Schriftliche regeln.«

»Ich ruf dich an, okay?«

Die beiden Freundinnen küssten sich wie immer auf die Wange. Dann nahm Svea Marcs Hand, der sie auf die Füße zog. Ohne ein weiteres Wort schlug er die Autotür zu.

Der Wagen fuhr los. Svea sah ihm nach. Als das laute Poltern der Reifen auf dem Kopfsteinpflaster verstummte, fragte sie Marc: »Warum habt ihr euch nicht verabschiedet? Ist alles in Ordnung zwischen euch?«

»Klar. Ich weiß nicht, was du meinst«, wiegelte er ab und stellte sich stattdessen dicht vor sie. Sanft strich er ihr eine Haarsträhne aus dem Gesicht. »Und was machst du für Sachen? Ich wollte doch, dass du in dem Laden Spaß hast und ein Kleid mitbringst. Stattdessen kommst du mit einem Verband wieder.«

Svea zuckte hilflos mit den Schultern und grinste. »Ich weiß auch nicht. Seit dem Antrag läuft alles drunter und drüber. Erst muss ich meine Trauzeugin regelrecht zu ihrem Amt zwingen, dann verliere ich meinen Job und jetzt noch das Missgeschick im Brautladen. Irgendwas mache ich falsch.«

»Klingt tatsächlich so, als bräuchtest du dringend ein Erfolgserlebnis in dieser Sache.« Er führte seine Lippen zu ihrem Ohr und flüsterte: »Wie wäre es mit einer Generalprobe der Hochzeitsnacht?«

Svea hörte sich selbst kichern – es klang gar nicht wie ihr eigenes Lachen, sondern irgendwie fremd. Sein lässiger Blick und die selbstbewussten Worte aber, mit denen er sie wissen ließ, dass er sie wollte, machten Svea an. Noch auf der Straße stehend, küssten sie sich lange und leidenschaftlich. Dann hob Marc sie hoch. Auf seinen Armen trug er sie die ersten Stufen hinauf. Schon im ersten Stock wurden ihre Küsse wilder. Hand in Hand und mit diversen Unterbrechungen, in denen er sie immer wieder mit dem Rücken an die Wand drückte, um sie gierig zu küssen, liefen sie das Treppenhaus hinauf. Immer wieder mussten sie zwischendurch lachen und sich daraufhin gegenseitig ermahnen, leise zu sein. Beinahe ohne es zu merken, gelangten sie in ihre Wohnung. Die Tür fiel ins Schloss. Augenblicklich wurden sie beide auf eigenartige Weise von der Dunkelheit der Wohnung eingehüllt. In diesem Moment wandelte sich die Stimmung, die zwischen ihnen herrschte. Jene alberne Ausgelassenheit verschwand. Zurück blieb das bloße Verlangen.

Svea hörte, wie sich der Schlüssel im Schloss drehte, blieb aber stehen, wo sie war.

»Mach die Augen zu«, flüsterte Marc ihr zu.

Svea gehorchte. Ihre Lider fielen wie von selbst zu. Sie fühlte, wie Marc sie vorwärtsdrängte, und ließ es geschehen.

»Bleib hier stehen«, flüsterte er schließlich, ließ sie los und ging an ihr vorbei. Svea hörte den alten Holzboden unter seinen Schritten knarren. Obwohl es Herbst war, öffnete Marc eines der Fenster weit.

Svea fühlte den kühlen Luftzug auf ihrem Gesicht. Nun kam er langsam wieder auf sie zu. Seine Stimme war noch immer leise. »Lass die Augen geschlossen. Ich will, dass du es dir nur vorstellst. Gerade habe ich das Fenster weit geöffnet. Auf der anderen Straßenseite sind viele Wohnungen hell erleuchtet. Sie könnten uns sehen, wenn sie nur aus dem Fenster blickten.«

Svea verstand sogleich, was er wollte. Schon immer hatte er einen Hang zu solchen Situationen gehabt. Er mochte diesen Nervenkitzel.

Leise drangen die Geräusche von der Straße zu ihnen hinauf. Autos, Frauenschuhe, ein bellender Hund, zwei Männer, die sich unterhielten.

»Bist du dir sicher, dass …«

»Schscht!« Marc umrundete sie, bis er hinter ihr zum Stehen kam. Dann begann er, ihr wortlos den Mantel auszuziehen. Achtlos ließ er das Kleidungsstück zu Boden fallen. Er fuhr fort, bis auf ihren Schultern nur noch die dünnen Träger ihres Tops zu spüren waren. Noch immer berührte er sie kaum. Seine Stimme klang jetzt dominant. »Ich will, dass du leise bist. Egal, was ich gleich mit dir tue.«

Eine Gänsehaut erfasste Sveas ganzen Körper. Zuerst spürte sie seinen Atem auf ihrer Haut, dann seine Fingerkuppen, wie sie ihre Unterarme berührten. Kaum mehr fähig zu denken, begann sie, schneller zu atmen. Ihr Mund öffnete sich. Sie konnte sich nicht erinnern, wann sie das letzte Mal so für Marc gefühlt hatte.

Langsam fuhren seine Finger an ihren Außenseiten entlang nach oben. Seine rechte Hand hielt an ihrer Schulter inne und packte sie sanft und fest zugleich, seine Linke strich über ihr Schlüsselbein und gelangte zu ihrem Hals. Er schloss seine Finger darum und trat so nah an sie heran, dass sie deutlich spüren konnte, wie sehr er sie wollte. Die Hand um Sveas Hals fuhr nach oben; sie konnte den Kopf nun nicht mehr bewegen. Seine Lippen kamen wieder nah an ihr Ohr und flüsterten: »Geh näher zum Fenster.« Er ließ sie frei, und sie gehorchte.

Die Gefühle in Svea waren nicht zu beschreiben. Ohne jede Anstrengung war sie atemlos, mit schnellem Herzschlag und feuchten Händen.

Marc folgte ihr. Sie beide standen nun dicht am Fenster – so, dass jeder unter ihnen nur hochzublicken brauchte. Mit zwei kleinen Bewegungen strich er ihr die Träger von den Schultern und flüsterte: »Zieh es aus. Du wirst es heute nicht mehr brauchen.«

Svea begann zu zittern. Einerseits weil die Herbstluft von draußen frisch war, andererseits weil die Angst, entdeckt zu werden, sie beben ließ. Dennoch tat sie, was er sich gewünscht hatte. Sie zog sich aus, bis sie vollkommen nackt war.

Marc ließ sie nicht lange so verharren – nur einen kurzen Moment –, hatte sie doch getan, was er wollte. »Dreh dich um.« Seine Stimme war verändert, rau, und gab dadurch preis, wie sehr er sich nach ihr verzehrte. Länger zu warten schien nicht mehr möglich. Er begann, Svea zu küssen, so ungeduldig, dass er sie dabei rückwärts bis auf das Bett drängte.

Währenddessen befreite Svea ihn von seinem Hemd, öffnete seinen Gürtel und fuhr mit ihren Händen hinten in seine Shorts. Lüstern krallte sie sich in sein Fleisch und zwang ihn so, sich an sie zu pressen. Sie wollte ihn fühlen, nackt, auf ihrer nackten Haut. Und sie bekam, was sie wollte.

Ohne störende Kleidung legten sie sich aufeinander. Wie von selbst umfassten seine Hände ihre Brüste. Als seine Lippen hinzukamen, begann Svea, noch schwerer und lauter zu atmen als zuvor. Mit letzter Kraft erwehrte sie sich seiner Liebkosungen und flüsterte: »Das Fenster. Ich schaffe es nicht … man wird uns hören.«

»Nein«, hauchte er mehr, als dass er es sagte. »Es bleibt offen, und du wirst leise sein.« In einem überlegenen Ton fügte er hinzu: »Auch wenn ich es dir nicht leicht machen werde, Lady.«

Marc begann erneut, sie zu liebkosen; er hatte nicht zu viel versprochen, denn jetzt löste er eine seiner Hände und führte sie zwischen ihre Beine.

Ein ums andere Mal musste sie ein lautes Aufstöhnen unterdrücken. Jeder ihrer fünf Sinne erschien Svea gerade übermäßig präsent. Sie wollte sie alle spüren, nacheinander und trotzdem gleichzeitig: Fühle es, sprach sie als Erstes in Gedanken zu sich selbst und regte sich so dazu an, seine Hände auf ihrer Haut für ein paar Sekunden noch intensiver wahrzunehmen. Sieh hin, sagte sie sich als Nächstes, öffnete jetzt endlich ihre Augen und schaute nach oben an die weiße Decke des Schlafzimmers. Alles drehte sich, wahrscheinlich vom Sekt. Svea hatte keine Kontrolle mehr darüber. Immer wieder schloss und öffnete sie die Augen, bis ihre Wahrnehmung ihr plötzlich einen Streich spielte. Die Decke des Raums war nun hölzern. Kerzenschein kam von irgendwoher, und Wappen, in gelbes Licht getaucht, erschienen vor ihren Augen. Sie kamen näher und entfernten sich wie in einem Tanz. Riech es, forderte sie sich auf, worauf ihr plötzlich der Geruch von erkalteter Asche in die Nase stieg, obwohl es doch keinen Kamin in ihrer Wohnung gab. Sie sog den Duft ein, der ihr so seltsam vertraut war, und spürte im nächsten Augenblick ein Paar Lippen auf den ihren. Schmeck ihn. Svea nahm eindeutig den Geschmack von Wein auf ihrer Zunge wahr, doch hatte Marc gar keinen getrunken. Die Küsse hörten auf. Der fünfte ihrer Sinne drängte sich in den Vordergrund: Hör hin. Laut und stoßweise drangen Atemgeräusche an ihr Ohr. Doch da war noch etwas anderes. Ein

Klappern wie von Stöckelschuhen. Ein Rumpeln wie das von Autos auf dem Kopfsteinpflaster. Töne, die sie begleiteten, seitdem sie das Fenster geöffnet hatten. Waren sie ihr bislang wie sanfte Musik im Hintergrund vorgekommen, so wurden sie jetzt lauter, unangenehmer. Svea fragte sich bald schon, ob die Hacken weiblicher Schuhe und Reifen aus Gummi tatsächlich vermochten, solche Geräusche zu erzeugen. Eher klang es nach Schwertern und Äxten. Jetzt kamen Stimmen hinzu. Die vorerst leisen Unterhaltungen von draußen muteten forscher an. Es waren Männer. Sie stritten. Dann wieder dieses Klirren.

Svea wusste einen Augenblick lang nicht mehr, wo sie sich befand. In ihrem Kopf schwirrte es. Der Geruch der Asche wurde stärker und der vermeintliche Kerzenschein heller. Erst als sie spürte, wie Marc sich zwischen ihre Beine drängte, mit seiner Mitte begierig jenen entscheidenden Punkt bei ihr suchte, sah sie zu ihm auf. Ein Blick in sein Gesicht ließ erkennen, dass er nicht mehr länger würde warten können.

Lang und laut stöhnte er auf. Seine eigene Anweisung war vergessen, als er in sie fuhr. Weder hielt er sich zurück, noch hinderte er Svea mehr daran, ihrer Leidenschaft geräuschvoll Raum zu geben.

Sie ließ sich vollkommen fallen, streckte ihre Arme zur Seite aus und gab sich seinen Stößen hin. Der Kerzenschein um sie herum wurde gleißend und begann sie zu blenden, darum schloss sie ein letztes Mal die Augen, bevor ihr Höhepunkt sie davontrug.

Marc stieß immer heftiger und rücksichtsloser zu. Trotz des geöffneten Fensters wurden seine Gier und seine Erregung immer deutlicher, immer lauter. Fast meinte Svea zu fühlen, dass Wut ihn antrieb. Es war ihr recht. Hauptsache, er hörte nicht auf.

Sie griff in seinen Nacken und hoch in seine Haare, die sich seltsam glatt in ihren Fingern anfühlten. Dann löste sie eine Hand und fuhr mit den Fingern über die Muskeln eines Körpers, den sie gut kannte, der aber nicht Marcs Körper war. Vor ihrem inneren Auge erschien das Gesicht eines Mannes. Er war ihr seltsam vertraut, als wäre er schon immer an ihrer Seite. *Er* war es! Und im nächsten Moment hallte seine wohlklingende Stimme in ihrem Kopf: »Minna!«

Svea blieb keine Zeit mehr zu verstehen, was hier gerade geschah. Alles ging so schnell. Sie konnte es nicht aufhalten. So heftig, wie es ihr noch nie gekommen war, rissen die Wogen ihres Orgasmus sie mit sich und vertrieben das Bild ihres Geliebten. Lustvoll drückte sie ihren Hinterkopf in das Bett, öffnete den Mund und schrie ihre Erleichterung in die hohle Hand von Marc, der es gerade noch rechtzeitig hatte kommen sehen.

6

Das sonst so unaufdringliche Grillenzirpen ihres Handys klang in Sveas Ohren wie der Bohrer ihres Zahnarztes. Reflexartig nahm sie das Gespräch an – und bereute es sogleich.

»Wer ist da?«

»Hier ist Pia.«

»Es ist halb sieben Uhr morgens.«

»Ja, tut mir leid. Ich weiß ja, dass du eigentlich ausschlafen könntest.«

»Allerdings«, brummte Svea ins Handy.

»Kann ich dich trotzdem kurz sprechen?«

Am liebsten hätte sie einfach *Nein* gesagt und weitergeschlafen, doch nun war sie wach. Sie kannte sich gut genug, um zu wissen, dass sie sowieso nicht wieder einschlafen würde. »Bleib dran.« Svea verließ ihr Bett, um Marc nicht zu wecken, ging ins Wohnzimmer und setzte sich auf die Couch. »Ich hoffe, du hast einen guten Grund, mich so früh anzurufen.« Es klang mehr nach einer Drohung denn nach einer Frage.

»Den habe ich wirklich. Du musst mir einen Riesengefallen tun!«

»Worum geht's?« Es war eher unüblich, dass Pia jemanden behelligte, darum musste es wirklich dringend sein.

»Ach Mann, alles ist Mist. Diese blöde Semesterarbeit. Und diese blöde Doreen!«, schimpfte sie vor sich hin.

»Wer ist Doreen?«

»Meine Kommilitonin, mit der ich die Semesterarbeit schreibe. Das heißt, mit der ich sie *eigentlich* schreibe. Erst meldet sie sich auf keine Mail und keinen Anruf, und dann schickt sie mir doch tatsächlich eine schnöde Nachricht, in der sie mir einfach absagt. Sie ist angeblich krank, aber ich glaube ihr kein Wort. Ich hätte mich gar nicht darauf einlassen sollen, mit ihr zusammenzuarbeiten. Ich sage dir, darauf hat sie spekuliert. Dass ich alles alleine mache ...«

»Nun mal langsam«, versuchte Svea, ihre sonst so beherrschte Freundin zu beruhigen. »Was hattet ihr denn so Wichtiges vor?«

»Wir waren heute zu einer Recherchereise verabredet, um Informationen zu sammeln. Und jetzt lässt sie mich hängen. Ich kann das nicht alles alleine machen.«

»Aber könnt ihr denn nicht ein anderes Mal fahren?«

»Nein, das ist unmöglich. Die Bustickets sind schon gekauft, und es gibt ein Interview zu führen. Ich könnte kotzen.«

»Warte mal, und was genau soll ich jetzt tun? Deiner Kommilitonin eins auf die Nase hauen?«

»Entweder das, oder ...«

»Oder was?«

»Oder *du* begleitest mich.«

Svea sagte nichts. Vor ihrem geistigen Auge zog der wunderbare freie Tag, der vor ihr lag, im Zeitraffer an ihr vorbei. Da Pia Geschichte studierte, konnte das nur bedeuten, dass diese Recherchereise sie zu Tode langweilen würde. Svea hatte nicht die geringste Lust mitzukommen – wohin auch immer –, und ihr Schweigen verriet genau das.

»Ich weiß, ich weiß. Es ist kurzfristig, und du hast sicher andere Pläne oder gar keine Lust, aber du würdest mir wirklich einen großen Gefallen tun. Bitte, bitte, bitte! Lass mich nicht hängen, Svea.«

»O.k.«, sagte sie schließlich mit unverhohlenem Missmut.

»Oh, Gott, ich danke dir! Ich bin dir echt was schuldig.«

»Stimmt. Und ich werde das schamlos ausnutzen. Wann muss ich wo sein? Und wohin geht's überhaupt?«

»Wohin es geht, erklär ich dir nachher. Sei einfach um halb acht am Bahnhof, o.k?«

»Wie bitte? Um halb acht? Das ist ja schon in einer Stunde!«

»Richtig. Besser, du beeilst dich. Der Bus wartet nämlich nicht.«

Auf der kurzen S-Bahn-Fahrt zu ihrem Ziel hörte Svea laut Musik. Weder die Dusche noch der Kaffee hatten es geschafft, sie wirklich zu wecken. Jetzt überließ sie diese Aufgabe den Technoklängen in ihrem Ohr. Nach Erreichen des Busbahnhofs musste sie Pia zum Glück nicht lange suchen.

»Huhu! Svea! Hier bin ich«, rief sie aufgeregt winkend und hüpfend.

Svea entdeckte ihre Freundin inmitten einer Gruppe grauhaariger Senioren, die bereits dabei waren, einen gigantischen Reisebus zu kapern. Mit einer entsprechenden Geste fragte sie: »Sag mal, was hat das zu bedeuten? Fahren wir da etwa mit?«

»Ja, natürlich. Los, komm schnell. Ich dachte schon, du schaffst es nicht mehr pünktlich.«

»Also hör mal, ich habe eben sicher einen Rekord im Duschen und Anziehen aufgestellt. Eigentlich wäre ich sogar noch schneller gewesen, wenn meine blöden Kontaktlinsen nicht ausgerechnet heute mal wieder einen zickigen Tag hätten.« Bei diesen Worten fuhr sie sich mit dem Zeigefinger über das geschlossene Lid, öffnete es und rollte die Augen.

Doch egal, was sie tat, sie fühlten sich trocken und gereizt an. Möglicherweise wurde es Zeit für einen Besuch beim Optiker, heute aber musste es so gehen.

Pia interessierte das herzlich wenig. Sie ergriff die Hand ihrer Freundin und zog sie in den Bus. »Wenn du hier noch länger rumstehst, fahren sie ohne uns ab.«

Nachdem sie einen Platz gefunden hatten, ließ Svea sich nicht länger abspeisen. Flüsternd, sodass die älteren Herrschaften um sie herum es nicht hören konnten, fragte sie: »Jetzt sag mir endlich, wohin es geht. Ist das eine Butterfahrt?«

Pia lachte. »So ein Quatsch. Es ist eine Fahrt vom Bremer Verein für Geschichte.«

»Und? Muss ich dir alles aus der Nase ziehen?«

Pia war sichtlich belustigt über Sveas beinahe schon verängstigten Blick. »Jetzt entspann dich mal. Ich bin seit Langem Mitglied im Verein und habe diese Fahrten schon oft mitgemacht. Es ist lustig. Es wird dir gefallen – du wirst sehen!« Von der Sitzreihe vor ihnen wurde ein Stapel Handouts passend zur Tagesreise durchgereicht. Sie nahmen sich jeder eins und gaben ihn dann nach hinten weiter.

»Kloster Ebstorf?«, las Svea vor.

»Ja, ganz genau. Es geht ins Kloster heute. Ich schreibe meine Semesterarbeit nämlich über die Ebstorfer Weltkarte.«

»Über was?« Schon als sie fragte, interessierte es sie nicht mehr.

Pia blieb das nicht verborgen. »Vergiss es. Ich erwarte von dir Geschichtsmuffel nicht, dass du dieses Wunderwerk des Mittelalters kennst.« Sie sagte es ohne jeden Vorwurf in der Stimme.

»Und was hat das mit diesem Verein zu tun?«

»In der Woche, in der ich das Thema für meine Arbeit einreichen musste, kam ganz zufällig die jährliche Mitteilung über die anstehenden Exkursionen des Vereins. Ich entdeckte die ins Kloster Ebstorf, recherchierte, stieß auf die Weltkarte und hatte mein Thema – so einfach war das. Wenn Doreen nicht wäre, hätte ich die Bestnote schon so gut wie in der Tasche.«

Sveas Gesicht drückte vieles aus – jedoch keineswegs Spannung oder Neugier. »Und wofür brauchst du mich?«

»Es wird eine Führung durchs Kloster geben. Da müssen viele Notizen gemacht und Fotos geschossen werden. Ich habe extra vorher dort angerufen und mir eine Genehmigung geholt.«

»Und was ist mit Essen?«

»Das verpassen wir leider. Wenn die Vereinsmitglieder zum Mittagessen gehen, haben wir ein Interview mit einer der Klosterdamen. Da musst du die Kamera halten, während ich sie befrage.«

»Echt jetzt? Wir verpassen das Essen? Ausgerechnet den besten Teil. Du bist grausam.«

»Falsch«, sagte Pia mit belehrend erhobenem Zeigefinger. »Der beste Teil ist jener im Kloster. Ach ja, und natürlich die Hinfahrt.«

»Wieso das?«

»Na ja, weil uns in den knapp zwei Stunden schon mal was über die Entstehung der Lüneklöster und die Stellung von Ebstorf im Wandel der Jahrhunderte erzählt wird. Das musst du auch mitschreiben, ja?«

Svea ließ den Kopf gegen die Rückenlehne fallen. Warum nur hatte sie sich darauf eingelassen? Was für ein Horrortrip!

In diesem Moment rollte der Bus vom Parkplatz.

»Guten Tag, liebe Vereinsmitglieder. Ich begrüße Sie zu unserer Exkursion: Das Juwel der Lüneklöster – Ebstorf.« Die Stimme aus dem Lautsprecher tat Svea schon jetzt in den Ohren weh, jedoch schien sie mit dieser Empfindung allein dazustehen. Es dauerte nicht lange, da machte es sich bemerkbar, dass es Senioren waren, die hier mitfuhren.

»Lauter, Herr Ebermann!«

»Ja, lauter bitte«, ertönte es von hinten. »Sie sind kaum zu hören.«

»Oh, Mann. Hast du Ohropax mit? Ich krieg gleich einen Hörsturz«, kündigte Svea ihrer Freundin an.

»Nein, habe ich nicht. Und selbst wenn, die wirst du wohl kaum brauchen. Du musst ja schließlich mitschreiben.« Sie knuffte Svea in die Seite und zwinkerte. »Sieh es positiv: Die Lautstärke wird dich vom Einschlafen abhalten.« Pia machte es sichtlich Spaß, sich auf Kosten ihrer Freundin zu amüsieren. »Jetzt spitz deinen Bleistift. Du darfst dich übrigens gern hinterher bei mir bedanken, dass du durch mich so viel gelernt hast.«

Sveas heiseres Lachen ging in den dröhnenden Worten des Sprechers unter. Wie wohltuend waren dagegen die Technoklänge von vorhin gewesen – sonoren Walgesängen ähnlich. Doch hatte Svea eben noch geglaubt, Lautstärke und Langeweile wären ihre einzigen Feinde, wurde sie bald eines Besseren belehrt. Jeder Versuch, die Lüftung über ihnen abzustellen, blieb erfolglos. Irgendwann waren ihre ohnehin schon gereizten Augen bloß noch zwei kleine Schlitze, was Pias Mitleid nun doch erregte.

»Oh, Mann, du Arme. Ich würde ja den Platz mit dir tauschen, aber das bringt auch nicht viel.« Während sie das sagte, hielt sie die Hand über ihre Köpfe, um die Stelle des stärksten Luftzugs ausfindig zu machen. »Hier ist es genauso zugig wie bei dir.« Sie drehte sich um und sah den Gang des Busses hinab. »Kein einziger freier Platz mehr. Ich befürchte, da müssen wir durch.« Als Pia sich wieder umwandte, machte Svea eine hektische Bewegung.

»Nein, verdammt, ich wusste es.«

»Was?«, fragte Pia erschrocken. »Was ist passiert?«

»Jetzt ist sie raus.«

»Was denn?«

»Meine Kontaktlinse.«

»Einfach so?«

»Nein, natürlich nicht einfach so«, gab Svea genervt zur Antwort. »Die Scheißlüftung ist schuld. Meine Augen sind staubtrocken. Vielleicht liegt sie hier noch irgendwo.«

Beide suchten die nähere Umgebung zunächst mit ihren Blicken ab. Erst als das nicht zum Erfolg führte, wagten sie, sich langsam zu bewegen. Bald kniete Pia auf dem Boden und tastete vorsichtig über den kratzigen Teppich des Reisebusses, während Svea die Beine hochzog und ihre Knie umfasste. Die winzige Linse blieb jedoch verschollen.

»Na wunderbar«, stieß Svea ironisch aus, als sie beide wieder angeschnallt auf ihren Sitzen saßen. »Wenigstens kann der Tag jetzt nur noch besser werden.«

»Wie blind bist du denn jetzt mit nur einer Linse? Kannst du genug sehen, um eine Straße zu überqueren? Geschweige denn, um mitzuschreiben?«

»Ja, geht schon.«

Daraufhin sagte Svea eine Weile lang nichts mehr. Es wäre auch einfach zu anstrengend gewesen, gegen die Lautsprecherstimme anzukommen, und hätte die Mitfahrenden sicher gestört. Drum machte sie einfach Notizen, dafür war sie schließlich ja hier. Parallel dazu blätterte sie in dem erstaunlich dicken Handout. Nach einer Weile musste sie sich eingestehen, dass die Zusammenfassung, vor der es ihr anfänglich regelrecht gegruselt hatte, ganz praktisch war – zum Beispiel dann, wenn man einen Namen mal nicht richtig verstanden hatte. So fand sie sich langsam in ihre Aufgabe ein.

»Kommen wir jetzt dazu, wie Ebstorf von einem Kloster der Prämonstratenser zu einem Benediktinerkloster wurde. Schlagen Sie bitte die Seite fünfzehn des Handouts auf. Mit der Überschrift *Der große Brand im zwölften Jahrhundert*«.

Svea beendete noch schnell ihren Satz, da blätterten die über vierzig Rentner auch schon geräuschvoll um. Nahezu alles, was sie auf dieser Fahrt hörte, war neu für sie. Das Mitschreiben erforderte ihre ganze Konzentration, weshalb sie nicht mitbekam, auf welcher Seite sich gerade alle befanden. Flüchtig schaute sie auf Pias Handout und prägte sich das Bild ein. Dann blätterte sie ihres auf der Suche danach durch, doch sie kam nicht bis zum Ziel. Weit vorher hielt sie an. Eine Seite, bedruckt mit vielen unterschiedlichen Wappen und der Überschrift *Geldgeber des Klosters im 13. Jahrhundert* prangte ihr entgegen. Sveas Auge hatte sofort ein bestimmtes fixiert. Es zeigte eine Bärentatze in der Mitte und sah genau so aus wie jenes Wappen, das sie in ihrer Rückführung gesehen hatte!

»Pia!« Svea stieß sie grob an. »Was ist das?«

Sie schaute nur kurz auf. »Ein Wappen. Was sonst?«

»Von was oder wem?« Sveas Herz klopfte bis zum Hals.

Pia hatte das Gesicht auf jene Weise verzogen, wie es nur jemand tut, der Schwierigkeiten hat, etwas zu hören. »Ich versuche mitzuschreiben.«

Jetzt nahm Svea ihr den Stift aus der Hand, sodass Pia sie ansehen musste. Sie hielt das Handout hoch und tippte mit dem geklauten Stift auf eine bestimmte Stelle. »Sag mir bitte, was das für ein Wappen ist.«

Pia nahm ihr den Stift aus der Hand. »Na schön, du Nervensäge. Es ist das Wappen der Familien Schleppegrell, Schucke und …«

»Psst, da vorne! Ich kann nichts verstehen.«

Pia zuckte mit den Schultern und flüsterte Svea zu: »Wir können jetzt nicht quatschen. Später erzähle ich dir mehr darüber, okay?«

Es blieb Svea nichts anderes übrig, als vorerst den Mund zu halten und weiter mitzuschreiben. Dabei merkte sie, dass ihre Hand so zitterte, dass ihre Schrift unleserlich wurde. Svea musste innehalten und zwang sich, ruhig zu atmen. In ihr breitete sich eine tiefe Besorgnis aus, die sie nur mühsam niederzukämpfen vermochte. Konnte ihre Vermutung wirklich stimmen? War das möglich? Sie fürchtete allmählich, verrückt zu werden. Immer wieder versuchte sie, die Merkwürdigkeiten, die ihr in letzter Zeit widerfuhren, rational zu begründen. So schob sie den Moment gestern in der Umkleidekabine auf den Sekt und die intensiven Empfindungen mit Marc im Bett auf ihre überbordende Wollust, doch so langsam gingen ihr vor sich selbst die Ausreden aus.

Immer dann, wenn der Redner eine kurze Pause machte, schlug Svea die Seite mit dem Wappen auf. Je häufiger sie das tat, desto größer wurden ihre Zweifel, ob es sich wirklich um das Wappen aus ihrer Rückführung handelte. Aber vielleicht war das auch nur wieder eine Ausrede vor sich selbst.

Als der Bus endlich zum Stehen kam, fühlten sich ihre Glieder steif an von der konstant laufenden Lüftung. Svea war sich sicher, nur knapp einem Tinnitus entkommen zu sein. Eine Stunde länger, und es wäre passiert! Schon jetzt war sie so gestresst, als läge die zehnstündige Tagesreise bereits hinter ihr. Die bittere Wahrheit aber war, dass sie kaum begonnen hatte.

»So, was wolltest du vorhin von mir wissen?«

Svea sah Pia in die Augen. Sie war sich nicht sicher, ob sie ihr wirklich von ihrer Rückführung erzählen sollte. Einerseits hätte sie gern herausgefunden, ob es wirklich das gleiche Wappen war, andererseits waren weder der Ort noch der Moment für ein solch vertrauliches Gespräch optimal. »Vergiss es. Nicht so wichtig. Lass uns endlich aus diesem Bus aussteigen.«

Die Vereinsmitglieder verließen quälend langsam den Reisebus, der auf einem großen Parkplatz haltgemacht hatte. Hier wurden sie von der Frau, die sie durch das Kloster führen würde, mit einem breiten Lächeln begrüßt. Sie trug feine schwarze Kleidung, dazu eine weiße Schürze und eine Haube. Winkend forderte sie die Gruppe auf, ihr zu folgen, wie ein Schäfer, der an der Spitze seiner Schafherde ging. Der Weg führte zu einem ordentlich gepflasterten Vorplatz, von dem aus man nun die roten Gebäude des Klosters sah.

»Oh, mein Gott. Da ist es. Ich bin richtig aufgeregt«, gestand Pia und faltete die Hände unter dem Kinn. Eine züchtige Geste, die sie gern mochte und die gut zu diesem Ort passte.

»Warum bist du aufgeregt?«, wollte Svea wissen.

»Siehst du es denn nicht?«, fragte Pia, ohne den Blick von den historischen Gebäuden zu nehmen.

»Was jetzt? Das Kloster?« Sie war verwirrt.

»Ach Svea«, gab Pia seufzend zurück und überlegte kurz, ob es Sinn machte, ihre Freundin über ihre Gefühlswelt aufzuklären. »Was ich meine, ist viel weniger das Sichtbare, mehr die Geschichte. Überleg doch mal, wie lange dieses Kloster hier schon steht! Was es alles überstanden hat. Welche menschlichen Schicksale sich hier zugetragen haben. Mich überkommt immer eine große Ehrfurcht, wenn ich in solche alten Gemäuer gehe.«

Svea sah von ihrer Freundin zu den Backsteingebäuden. Ihr Blick wanderte an dem runden Ende des Kirchengebäudes hinauf über das mächtige Ziegeldach, streifte einen prächtigen Eingang im Winkel des Klausurgebäudes und fiel auf die starken Mauern, die kleinen Fenster und schließlich die Fachwerkgebäude rechts von ihnen. Was sollte sie sagen? Sie wollte Pia ihr Hochgefühl lassen, ihr die andächtige Stimmung nicht vermiesen. Doch jedes ehrliche Wort an dieser Stelle hätte auf harte Weise deutlich gemacht, dass Svea im Gegensatz zu Pia einfach nur ein paar alte rote Steine sah, die nichts in ihr auslösten. Seltsamerweise bedauerte sie das in diesem Moment sogar. Nur zu gern würde sie gerade fühlen, was Pia fühlte – und wenn schon nicht für dieses Kloster, dann für etwas anderes, für die Geschichte dahinter oder für diese seltsame Weltkarte, um die es heute ging.

Die Gruppe umrundete die Kirche und schritt einen Weg entlang, der sie durch einen Torbogen führte. Direkt vor ihnen befand sich ein großer Platz, der auf drei Seiten von Klostergebäuden umgeben war. In der Mitte waren eine runde Rasenfläche und ordentliche Wege angelegt.

Die Dame des Klosters – die man eigentlich Konventualin nannte, wie Pia ihrer Freundin zuflüsterte – geleitete ihre Gäste in eine Art Vorraum des Klosters. »Bitte versammeln Sie sich alle hier. In ein paar Minuten beginnt die Klosterführung. Dort drüben haben wir ein paar Sitzgelegenheiten für diejenigen unter Ihnen, die etwas schlechter zu Fuß sind. Ich bin gleich wieder bei Ihnen.« Die Frau verschwand durch eine dunkle Holztür, die an der Oberkante kleine Zinnen aufwies, und überließ die Gruppe sich selbst.

Pia nutzte die Gelegenheit, um in Svea ein wenig Begeisterung zu entfachen. »Schau mal, hier. Ein Modell des Klosters.« Sie zog die Freundin zu einem Glaskasten. »Ist es nicht wunderschön? Das ist das Schlafhaus, das Dormitorium. Und hier ist der Kreuzgang – mit einer Besonderheit! Er wurde quasi in die Kirche integriert, der Nonnenchor befindet sich darüber …«

Svea machte ein Gesicht, das keinen Zweifel daran ließ,

dass sie ihr nicht folgen konnte. »Pia, ich verstehe kein Wort«, sagte sie unverblümt.

»Aber gleich verstehst du es. Wenn du es siehst.« Unerschütterlich zog sie Svea weiter durch den Raum und setzte ihren aufgezwungenen Geschichtsunterricht fort. »Sieh mal, das da über dem Kamin sind Saufedern für eine Sauhatz.«

»Die Speere?«

»Ja, genau. Und komm mal mit zu diesem Schrank. Der …«

»Pia«, unterbrach Svea und blieb stehen. Ihr Blick bettelte geradezu um Gnade.

»Genug?«

Svea nickte.

»Okay, dann strapaziere ich dich mal nicht weiter. Du brauchst schließlich noch Reserven zum Mitschreiben.« Derweil begann sie, in ihrer übergroßen Handtasche zu wühlen, die das Fassungsvermögen eines schwarzen Lochs zu haben schien. Trotzdem fand Pia, was sie suchte. Sie reichte Svea ein Klemmbrett mit einem Block darauf und einem Kugelschreiber. »Hier bitte. Versuch das Wichtigste zu notieren. Je mehr, desto besser. Ich hoffe, du hast noch keine lahme Hand vom Mitschreiben auf der Hinfahrt.«

»Das nicht, aber …«

»Ja?«, fragte Pia, ohne von ihrer Tasche aufzublicken.

»Ich glaube, es ist besser, wenn ich die Fotos mache und du mitschreibst. Ich habe doch von all dem Mittelalter-Kram gar keine Ahnung. Wahrscheinlich schreibe ich bloß Dinge auf, die du schon weißt, und vernachlässige die Fakten, die für dich wichtig sind.«

Jetzt schaute Pia auf. An Sveas Schmunzeln erkannte sie, dass der genannte Grund nicht der einzige war. Svea hatte eindeutig keine Lust mehr zu schreiben.

»Du kannst mir zwischendurch ja mit einem wichtigtuerischen Kopfnicken ein Zeichen geben, wenn ich einen besonders interessanten Stein vergessen habe zu knipsen«, schlug sie vor.

»Hmm.« Pia war noch nicht überzeugt.

Jetzt begann Svea zu betteln. »Bitte, bitte, schreib du. Ich gebe mir auch ganz viel Mühe und jammere ab jetzt nicht mehr!«

»Na gut, das wäre es mir tatsächlich wert.«

»Fein«, sagte Svea und nahm Pia gleich die Kamera aus der Hand aus Angst, dass sie es sich noch einmal anders überlegte.

»Kennst du dich denn damit aus?«

»Na klar«, versicherte Svea und winkte ab. »Ein Kinderspiel.«

»Sicher?«

»Vertrau mir einfach.«

»Ich versuch's.«

»Also: Was ist meine erste Aufgabe als dein persönlicher Assistent?«

»Schieß ein paar Testbilder. Wenn deine Fotos hinterher nämlich nichts werden, muss ich dich leider erwürgen.«

»Oh, super, unter Druck arbeite ich am besten«, scherzte Svea, die in Wahrheit einfach nur erleichtert darüber war, um ihren Schreibjob herumgekommen zu sein. Selbst wenn sie keinen Schimmer vom Fotografieren gehabt hätte, wäre es ihr immer noch lieber gewesen, Zeichnungen anzufertigen, als sich noch mehr von diesem öden Geschichtszeug anzuhören. Mit der Kamera in der Hand konnte sie sich getrost von der Rednerin entfernen.

Die Konventualin kam jetzt zurück und machte deutlich, dass man ihr folgen solle. In einem Tempo, das dem Durchschnittsalter der Teilnehmer angepasst war, ging es durch die dunkle Holztür in einen kleineren Raum, dann in eine Art Treppenhaus und schließlich direkt in den Kreuzgang.

Svea sah verstohlen zu Pia, die vor Aufregung ganz rot im Gesicht wurde. Ihre Augen glichen denen eines Kindes vor dem Weihnachtsbaum. »Sieh nur: Überall diese alten Truhen … und die Fensterbilder!« Sie sprach mehr zu sich selbst als zu Svea und drehte sich dabei immer wieder um die eigene Achse. Schon hatte ihr Blick etwas Neues fixiert. »Was für wunderbare Steinarbeiten. Schau mal nach oben. Jeder Schlussstein ist anders gestaltet. Und die Konsolensteine auch.« Andächtig strich sie über die Gesichter und Figuren an den Säulenenden.

»Hier befinden wir uns im Kreuzgang, dessen Gänge, wie Sie sehen können, sich deutlich unterscheiden. Die Unterschiede im Gewölbe und den Fenstern sind den verschiedenen Bauphasen geschuldet. Aber dazu später mehr. Ich würde die Führung nämlich gern in der Klosterkirche beginnen. Folgen Sie mir bitte.« Die Gruppe bog nach rechts ab und folgte dem Kreuzgang dann nach links. Schließlich gelangten sie durch eine Tür in die Kirche.

Pia gab Svea ein Zeichen, das ihr bedeutete, sie solle jetzt mit dem Fotografieren beginnen. Svea kam dem nur zu gerne nach. Sie hörte gerade noch, dass im Jahre 1385 mit dem Bau der Kirche begonnen worden war, dann wandte sie sich ab, legte sich den Riemen der Kamera um den Nacken und widmete sich ganz ihrer Aufgabe. Das lange Objektiv in beiden Händen, suchte ihr Blick nach einem geeigneten Gegenstand. Sie fand ihn bei der farbenfrohen Kanzel, die fast im Kirchenraum zu schweben schien. Reich verziert mit Figuren und Mustern war sie das perfekte Motiv – so vermutete Svea jedenfalls. Immer wieder stellte sie sich neu in Position, schaute mit dem Auge, das noch eine Kontaktlinse hatte, durch den Sucher, und drückte den Auslöser. Doch kaum hatte sie die ersten Fotos geschossen, da hörte sie es hinter sich flüstern.

»Hey! Svea. Die nicht.« Pia wedelte mit dem Zeigefinger.

»Warum nicht?«, fragte Svea verwundert. »Die ist doch hübsch.«

»Hübsch vielleicht, aber nicht mittelalterlich.«

»Nicht?« Sie betrachtete ihr Motiv und legte den Kopf schräg. Auf sie wirkte es sehr alt. »Woher weißt du das?«, flüsterte sie deshalb zurück.

»Predigerkanzeln gibt es erst seit Martin Luther …«, antwortete Pia ungeduldig.

»Was soll ich dann fotografieren? Das da?« Svea zeigte auf den Altar.«

»Nein, der ist Barock.«

Svea zuckte ratlos mit den Schultern.

In diesem Augenblick war Pia deutlich anzusehen, warum sie gezögert hatte, ihr das Fotografieren zu überlassen. Obwohl es sie sichtlich Überwindung kostete, sich von der Gruppe zu lösen, lief sie zu Svea und zog ihre Freundin ein Stück mit sich, um ihr ein paar Anweisungen zuzuflüstern.

»Such einfach nach den *nicht* hübschen oder perfekten Dingen: Altes, Zerschlissenes, Ungerades, Verborgenes. Für meine Studienarbeit brauche ich nur Mittelalterliches, verstehst du? Schau auch in die Nischen und Ecken, manches ist nicht gleich zu erkennen. Ich muss jetzt weiter zuhören, sonst verpasse ich zu viel.« Pia ließ Svea stehen und lief der Gruppe hinterher, die mittlerweile ein Stück weitergegangen war und sich nun etwas über die Orgel an der Nordwand der Kirche erzählen ließ.

Für einen kurzen Augenblick fühlte sich Svea alleingelassen und ein wenig überfordert. Scheinbar war das Fotografieren ähnlich kompliziert wie das Mitschreiben. Dann aber atmete sie tief durch und sagte sich: Sei's drum. Da muss ich jetzt durch!

Aufs Neue sah sie sich in der Kirche um. Es dauerte einen Moment, aber dann erfassten ihre Augen Dinge, die sie vorher nicht gesehen hatten: eingebrannte Fußabdrücke von Hunden auf den Bodenfliesen, seltsame Kapitellverzierungen an den Säulenenden im hinteren Teil der Kirche und ein in den Stein gehauenes Kreuz in der Mauer, das sie fast übersehen hätte, da es weiß überstrichen worden war und sich somit kaum von der Wand abhob. *Das* hatte Pia also gemeint. Svea verstand mit einem Mal, worauf es ihrer Freundin ankam. Im Hintergrund hörte sie die Worte der Konventualin, die gerade dabei war, den nächsten Programmpunkt zu erläutern.

»Wir haben jetzt die Möglichkeit, uns die Nonnenempore anzusehen. Aber erfahrungsgemäß möchten nicht alle dort hinauf, da man ein paar Stufen gehen muss. Jeder, der es vorzieht, hier auf dem bequemen Kirchengestühl zu warten, darf das gerne tun. Wir kommen wieder an diesen Punkt zurück und holen Sie ab, bevor wir dann ins Refektorium gehen.«

Tatsächlich entschlossen sich die meisten, nicht mitzukommen. Bloß eine kleine Gruppe von sechs Personen folgte der Klosterdame hinaus in den Kreuzgang und durch eine Tür, die nach oben in einen Flurbereich mit allerhand alten Truhen führte. Von hier aus gelangte man zum Eingang der höher gelegenen Nonnenempore.

Pia ließ ununterbrochen den Stift über ihr Papier fliegen, während die Konventualin alle um eine hölzerne Marienfigur versammelte. Ihre Freundin schien viel zu beschäftigt, um ihr weitere Anweisungen zu geben, also zog Svea zunächst auf eigene Faust los. Eifrig knipste sie den rautenförmigen

Bodenbelag und die bunten Glasfenster aus jedem Winkel, als Pia ihr etwas zuflüsterte.

»Das Antependium.«

Svea drehte sich mit ratloser Miene um. »Das *was*?«

»Sorry, das Tuch auf dem Altar mit dem Kreuz aus Perlen.« Ein paar Bilder später kam Svea zurück und erhielt die nächste Anweisung.

»Jetzt der dreiarmige Leuchter dort drüben.«

Stumm nickte Svea und eilte darauf zu. Es handelte sich um einen ungefähr zwei Meter hohen messingfarbenen Kerzenständer mit drei Armen. Auf Svea wirkte er perfekt; sie konnte kaum glauben, dass er wirklich mittelalterlich war. Pia aber war so klar in ihren Worten und Gesten, dass jeder Zweifel daran geradezu lächerlich gewesen wäre.

Verstohlen blickte Svea zu ihr hinüber, sah, wie eifrig sie schrieb und jedes Wort der Konventualin aufzusaugen schien. Plötzlich überkam sie Bewunderung für ihre Freundin, die so viel über Dinge wusste, von denen sie selbst keinen blassen Schimmer hatte. In diesem Moment schaute Pia in Sveas Richtung und winkte sie zu sich. Schnell knipste sie den Leuchter von allen Seiten und eilte dann zu ihrer Freundin.

»Einmal diese Marienfigur, bitte.«

Dreimal klickte es.

»Genug?«

»Ja. Du machst das toll, Svea.«

»Danke. Es ist auch viel weniger schlimm, als ich dachte.«

Sie grinsten sich an.

Svea sagte die Wahrheit – ihre Aufgabe begann ihr sogar Spaß zu machen. Irgendwie hatten diese alten Gemäuer etwas an sich. Ein Hauch von Abenteuer – und dennoch etwas Wohliges. Es war schwer zu beschreiben. Aber das Gefühl war plötzlich da. Wenn doch nur ihre Augen nicht so trocken wären. Wieder und wieder rieb sich Svea über die Lider.

»Da wir nur so wenige Personen sind, zeige ich Ihnen auch noch unsere Schatzkammer«, sagte die Dame des Klosters und schloss eine schwere Holztür auf. »Hier befinden sich ein paar ganz besondere Ausstellungsstücke. Sie werden sehen.« Die kleine Gruppe betrat einen fensterlosen Raum mit einigen wenigen Schaukästen.

Während Pia sich alles ganz genau anschaute, blieb Svea bei der Tür stehen und wartete auf ein Zeichen ihrer Freundin. Als diese mit dem Ende ihres Stifts auf zwei Figuren über dem Eingang zeigte, drückte Svea ab.

Die Konventualin bat nun alle wieder hinaus. Sie war die Letzte im Raum und wollte die Tür gerade wieder abschließen, da fiel Pia noch etwas ein.

»Verzeihung. Ein Foto noch. Svea, der Korporalienkasten. Er ist …«

Zielsicher, und noch bevor Pia erklären konnte, was genau sie meinte, ging Svea auf die richtige Glasvitrine zu.

»… hinten … rechts«, beendete Pia verwundert ihren Satz.

»Bitte folgen Sie mir nun zu der konkaven Fensterwand am Ende des Nonnenchors.« Mit einem der großen alten Schlüssel an ihrem Bund verschloss die Konventualin die schwere Holztür. »Von hier aus können Sie in den Kirchenraum sehen, in die sogenannte Laienkirche. Auf diese Weise bekommen Sie einen Eindruck davon, welche Aussicht die Nonnen früher hatten, die hier oben ihren Gottesdienst hielten, und natürlich wir Konventualinnen, die wir heute hier sitzen. Ursprünglich reichte diese Nonnenempore bis an den Kirchenchor, müssen Sie sich vorstellen, und …«

Svea folgte der Gruppe zunächst und ließ den Blick schweifen, zuerst nach oben zum Kreuzrippengewölbe – dieses Wort hatte sie eben aufgeschnappt –, dann langsam an der Wand rechts von ihr hinab. Während die anderen an ihr vorbeizogen, blieb sie stehen. Sie hatte etwas entdeckt, das definitiv ein Foto wert war! Eine dunkle hölzerne Sitzreihe mit einer Art Zaun davor, die sich an die Längsseite des Raums drängte. Svea ging darauf zu. Dabei erkannte sie, dass es eigentlich keine Bänke waren; vielmehr waren es Stühle mit überhohen Rückwänden und Armlehnen, aber fest miteinander verbunden, wie aus einem Stück.

Der Anblick fesselte sie und nahm augenblicklich ihre gesamte Wahrnehmung ein. Obwohl sie es eigentlich nicht wissen konnte, war sie sich dennoch sicher, etwas sehr Altes zu sehen. Und obwohl hier einiges alt war, übte gerade dieses Gestühl eine unerklärliche Faszination auf sie aus. Wie von einem magischen Band fühlte sie sich davon angezogen. Jeder Schritt trieb sie näher heran – und gleichzeitig in ein Gefühl der Unentrinnbarkeit. Es war, als flüsterten Stimmen in ihrem Kopf. Sie drängten sie geradezu weiterzugehen, und sie wurden lauter, je näher sie der Sitzreihe kam. Als sie diese erreicht hatte, verharrte Svea einen Atemzug lang regungslos. Hier, in direkter Nähe, wurde ihr Körper von einer Gänsehaut erfasst, die ihr den Nacken hochkroch.

Nur noch gedämpft nahm sie die Stimme der Klosterdame wahr, die etwas zu den anderen Teilnehmern sagte. Was um sie herum geschah, war einfach nicht mehr wichtig.

Svea machte einen Schritt und erklomm die eine Stufe. Ihre Füße verließen nun die Rautenfliesen und betraten das alte Holz. In dieser Sekunde erfassten ihre Augen jede Einzelheit der eigenartigen Sitze, von denen bloß der erste und der letzte noch im ursprünglichen Zustand waren. Diese Erkenntnis schoss ihr einfach so in den Kopf. Woher sie kam, wusste sie nicht. Sacht berührte Svea das Holz einer der Armlehnen. Es war durch Abertausende Berührungen in Hunderten von Jahren ganz rund und weich. Ihre Hände begannen zu zittern. Sie blinzelte. Ihre Augen fühlten sich noch immer furchtbar trocken an, und sowieso sah sie ja nur noch mit einer Seite. Obwohl … In diesem Augenblick kam es Svea vor, als hätte sie nie schärfer sehen können als jetzt.

Wie aus weiter Ferne vernahm sie die Stimme der Klosterdame: »… folgen Sie mir nun bitte noch einmal zum Chorgestühl, das eines der kostbarsten Schätze des Klosters darstellt. Es stammt aus dem dreizehnten Jahrhundert, genau wie die faszinierende Weltkarte, die wir später noch …«

Mit Widerwillen hörte Svea die hallenden Schritte der anderen. Ganz plötzlich hatte sie das Bedürfnis, alle um sich herum zu verscheuchen, nur um noch einen Moment lang allein das eigentlich sehr schlichte Gestühl betrachten zu können. Ihr blieb nicht mehr viel Zeit – darum handelte sie. Einer Eingebung folgend, drehte sich Svea um und setzte sich auf den ersten Platz. Ihre Finger umschlossen die Kugeln an den Armlehnen. Dann schloss sie die Augen. Ein unbeschreibliches Gefühl schoss durch ihren Körper, das das Zittern ihrer Finger verschwinden ließ. Ein Schwindel kam über sie, der sie ihren Hinterkopf an das Holz schmiegen ließ. Darauf folgte ein Kribbeln, ähnlich dem, das sie tags zuvor in der Umkleidekabine des Brautmodenladens verspürt hatte. Schon wieder roch es nach kalter Asche und nach Holz. Und es fröstelte sie.

»Oh, nein, nicht doch!«, drang es schrill an ihr Ohr. »Aufstehen, aufstehen. Sie dürfen darauf nicht sitzen.«

Svea öffnete die Augen und wusste nicht, wie ihr geschah. Dann aber sah sie das aufgeregte Gesicht der Konventualin vor sich, die eine auffordernde Bewegung machte. Zögernd erhob sie sich und schaute noch einmal an der Sitzreihe entlang. »Warum hat man jede zweite Armlehne entfernt?«, verlangte sie zu wissen.

»Wie bitte?«, fragte die Frau perplex.

»Svea!«, zischelte Pia entrüstet. »Was zum Teufel tust du da? Hast du eine Ahnung, wie alt das ist? Komm da sofort weg.«

Die Konventualin war sichtlich überfordert. Sie wollte nicht unhöflich sein, aber Sveas Verhalten machte es ihr fast unmöglich. »Ich muss Sie jetzt wirklich bitten, von dem hölzernen Boden zu kommen. Sie könnten ihn beschädigen.«

Ein Ruck ging durch Svea. Es kam ihr so vor, als wäre sie gerade erwacht. »Tut mir leid. Das wollte ich nicht …« Schnell trat sie auf die steinernen Fliesen.

Sichtlich um Freundlichkeit bemüht, sagte die Klosterdame: »Ich bitte Sie nachdrücklich, nichts mehr anzufassen, wenn ich es nicht vorher erlaubt habe, in Ordnung?«

»Natürlich.«

Jetzt wandte sie sich an die anderen Teilnehmer der Führung. »Wie es scheint, gibt es eine Person unter Ihnen, die über ein gutes Auge für Holzarbeiten verfügt. Tatsächlich wurden hier manche Armlehnen entfernt, um größere Sitzbereiche zu schaffen. Somit konnten in einer Aussparung drei statt nur zwei Personen Platz nehmen. Sehen kann man diese bauliche Veränderung nur noch ganz schwach, an zum Beispiel dieser Stelle …«

Pia hatte Svea am Arm gefasst und zerrte sie ein Stück mit sich. »Sag mal, bist du von Sinnen? Ich will hinterher noch ein Interview mit dieser Frau führen und nicht wegen Vandalismus rausgeschmissen werden.«

»Ja, ja. Schon gut. Es tut mir ja leid. Hast du was zu trinken in deiner Handtasche? Mir ist irgendwie komisch.«

»Ja, warte.« Pia holte mit finsterer Miene eine Flasche Mineralwasser hervor. Dann fragte sie: »Woher wusstest du das mit den Armlehnen?«

»Wusste ich nicht…«, antwortete Svea, während sie den Verschluss aufschraubte. »Ich…« In diesem Moment unterbrach sie ein Zischen und ein Sprudeln. Aus der gerade geöffneten und offenbar geschüttelten Flasche drang eine Fontäne – Svea bekam das Wasser direkt ins Gesicht. Hektisch hielt sie sich eine Hand unter das Auge. »Nein, nein, nein… bitte nicht«, flehte sie verzweifelt.

»Ist doch nur Wasser.«

»Meine Kontaktlinse!«

»Nicht dein Ernst, oder?«

»Doch, sie ist raus. Jetzt bin ich blind wie ein Maulwurf.«

Die nächsten Minuten verbrachte Svea in Pias unmittelbarer Nähe. Obwohl sie mit ihrer Kurzsichtigkeit von minus vier Dioptrien nur Sachen erkennen konnte, die sich circa eine Handbreit vor ihr befanden, meinte sie, den versteinerten Gesichtsausdruck ihrer Freundin zu sehen. Natürlich sagte Pia kein Wort in diese Richtung, sie sagte sowieso kaum mehr etwas, und das brauchte sie auch nicht. Svea wusste sehr wohl, dass sie für Pia nun bloß noch ein nutzloser Klotz am Bein war.

Svea tat das alles plötzlich sehr leid. Warum nur hatte sie sich anfänglich so desinteressiert gegeben, und warum musste sie sich nur auf dieses verflixte Chorgestühl setzen? Sie hätte sich mehr zusammenreißen sollen, denn jetzt war etwas geschehen, das sie so nicht gewollt hatte. Pias anfängliche Freude war deutlich getrübt.

»Hey, ich kann immer noch Fotos schießen«, sagte sie in dem Versuch, die Stimmung wieder zu heben.

»Quatsch. Wie soll das denn gehen?«

»Na, auf deiner Kamera gibt es doch bestimmt eine Auto-Fokus-Einstellung.«

»Ja, die gibt es. Aber das hilft dir auch nicht weiter. Oder willst du das Kloster mit deinen Fingern abtasten, um interessante Motive aufzufinden?«

»So blind bin ich auch wieder nicht«, gab Svea zurück. »Du sagst mir einfach weiterhin, was ich fotografieren soll. Komm schon, wir versuchen es. Die Führung ist sowieso bald vorbei. Das Wichtigste haben wir doch schon gesehen. Und ein Interview zu filmen bekomme ich auch ohne Kontaktlinsen hin.«

»Na schön«, gab Pia sich widerwillig geschlagen. »Gib die Kamera mal her. Ich stelle den Auto-Fokus ein.«

Svea atmete erleichtert auf. Sie nahm sich vor, sich nun besondere Mühe zu geben, interessiert zu wirken und Pia ab jetzt eine echte Hilfe zu sein.

Mittlerweile waren die übrigen Mitglieder des Vereins aus der Kirche abgeholt worden. Alle befanden sich jetzt im Kreuzgang, wo die Sonne die bunten Bilder der Fensterscheiben auf den uralten Boden warf.

»Hier, mach ein paar Nahaufnahmen von den Glasmalereien«, wies Pia Svea knapp an und schrieb weiter auf, was die Konventualin gerade erzählte. »Sie sehen vor sich den sogenannten Heilsspiegel. Eine Reihe von bebilderten Fenstern, von denen …«

Es klickte leise im Hintergrund. Svea konnte nur verschwommen sehen und hätte niemals sagen können, was genau auf den Fenstern zu erkennen war, doch das machte nichts. Die Sonne ließ alles in hellem Licht erstrahlen und machte es Svea leicht. Als sie sich sicher war, jedes Fenster ausreichend mit der Kamera dokumentiert zu haben, holte Svea die Gruppe wieder ein und tauchte neben Pia auf. »Und jetzt?«, flüsterte sie leise.

Pia sah sich kurz in dem Gang vor ihnen um. Ihr Blick erfasste die wenigen Gegenstände, und mal wieder erkannte sie sofort, welche davon alt genug waren, um von Interesse zu sein. Ebenso leise antwortete sie: »Die Kastentruhe. Von der brauche ich detaillierte Bilder – besonders von den Schmiedearbeiten. Bekommst du das hin?«

In ihrem Eifer sagte Svea: »Ja, klar. Kein Problem.« Dann lief sie los. Erst jetzt fiel ihr auf, dass in diesem Gang gleich mehrere Truhen standen und dass sie keine Ahnung hatte, was eine Kastentruhe war. Gerade wollte Svea sich umdrehen, um Pia zu fragen, welche Truhe sie meinte, da war es ihr plötzlich klar. Ohne jeden Zweifel, zielsicher und mit festen Schritten steuerte sie auf eine bestimmte Truhe zu. Je näher sie kam, desto stärker wurde es – das gleiche Gefühl, welches sie auch schon auf dem Chorgestühl durchströmt hatte. Noch viel intensiver fuhr es ihr jetzt durch den Körper. Sveas Atem ging schwer. Wieder zitterten ihre Hände. Es schwindelte sie erneut, jedoch ohne, dass sie fürchten musste umzukippen. Das Gefühl war eher stärkend als schwächend.

Svea kniete sich hin. Obwohl die Welt um sie herum unscharf war, konnte sie die Truhe auf eigenartige Weise genau erkennen. Beinahe zwanghaft erfasste sie die Maserung des Holzes mit den Augen, fuhr die Linien der eisernen Bänder nach und suchte dann das Schloss. Noch bevor sie es sah, wusste sie, dass es da war. Gerade noch schaffte sie es, den inneren Drang zu bekämpfen, beide Hände flach auf das Holz zu legen. Zum Glück, denn jetzt schloss die Gruppe auf.

»Ah! Ich sehe, die Fotografin unter uns waltet bereits wieder mit vollem Körpereinsatz ihres Amtes«, sagte die Konventualin freundlich und nutzte das als Übergang. »Genau hierher wollte ich Sie als Nächstes führen.«

Svea erhob sich.

»Diese Truhe ist tatsächlich etwas ganz Besonderes. Es

ist das älteste Stück hier im Kloster und überhaupt eine der ältesten Truhen in ganz Norddeutschland. Dendrochronologische Untersuchungen haben sie auf das Jahr 1177 datiert. Und an den Beschlägen, die an den Enden aufgespalten und typisch zurückgebogen sind, können wir auch erkennen, dass es sich hier um eine romanische Truhe handelt. Doch wer von Ihnen kann mir sagen, was die *wirkliche* Besonderheit an diesem Stück ist? Ein winziges Detail, vermutlich noch älter als der Rest der Truhe selbst?«

»Es ist der Tierkopf«, schoss es geradezu aus Svea heraus.

Pia sah Svea erstaunt von der Seite an, während diese den Blick weiterhin starr auf die Truhe gerichtet hielt. Dann wandte auch sie sich der Truhe zu.

»Das ist richtig«, bestätigte die Konventualin nicht minder erstaunt. »Niemand konnte das bisher beantworten. Sie haben gute Augen und dazu noch eine blühende Fantasie, wie es scheint.«

Svea sagte nichts darauf, auch wenn der Teil mit den Augen natürlich völliger Quatsch war.

»Dieser winzige Tierkopf am Kupferblech des Schlosses ist kaum mehr als ein solcher zu erkennen. Wir haben nur eine weitere Truhe hier, mit einem ähnlichen Schloss, ebenso mit einem Tierkopf.«

»Entschuldigung«, sagte Pia schließlich und schob sich durch die Leute. »Erlauben Sie, dass ich mir diesen Tierkopf genauer ansehe?«

»Aber ja doch. Sie sind schließlich zu Studienzwecken hier«, sagte sie liebenswürdig. »Nehmen Sie das Blech ruhig in die Hand. Aber vorsichtig, bitte.«

Pia legte es sich auf die flachen Finger und ging nah mit dem Gesicht heran. Das Ende war geschwungen wie bei einem Schwanenhals und diente somit als kleiner Griff. Über die Jahrhunderte war das Blech an dieser Stelle so glatt geschliffen, dass sie nur mit Glück darauf gekommen wäre, einen Tierkopf darin zu erkennen. Pia schaute zu ihrer Freundin, die noch immer mit unheimlich entrücktem Blick auf die Truhe starrte.

»Faszinierend, nicht wahr?«, bemerkte die Konventualin und nahm das Blech aus der Hand von Pia. »Man vermutet heute, dass es quasi *recycelt* wurde und ursprünglich an einem anderen Möbel befestigt war. Vielleicht schon in der Wikingerzeit. Aber kommen wir jetzt zu einem weiteren Höhepunkt. Folgen Sie mir bitte.« Brav lief die Gruppe hinter der Klosterfrau her.

Svea wollte sich ihr gerade anschließen, als Pia sie aufhielt. Sie stellte sich ihr in den Weg, wagte aber nicht, sie zu berühren. »Wie um alles in der Welt hast du das ohne Sehhilfe erkennen können, Svea?« In ihrer Stimme schwang Furcht mit, aber auch ein Quäntchen Neugier. »Svea …!«, begann sie und wusste prompt nicht weiter. Die Führung, das Interview, ihre Studienarbeit und alle Mitschriften schienen ihr plötzlich vollkommen egal zu sein.

Die Freundinnen sahen sich eine Weile an, so als könnten sie die Gedanken der anderen lesen.

Bekennend ließ Svea die Arme und die Schultern sinken.

»Sag mir sofort, was hier los ist!«

Svea sah sich um. In ihr herrschte noch immer ein Gefühl der Verwirrung. Es kam ihr so vor, als flustere ihr konstant jemand ins Ohr: *Sieh hin, was geschieht. Es gibt keine Zufälle!* Svea fühlte deutlich, dass es richtig wäre zu reden. Und ebenso war Pia die Richtige. Doch Ort und Zeit waren schlecht gewählt. »Ich werd's dir erzählen, Pia. Nur nicht hier und nicht jetzt. Wenn wir allein sind, okay?«

7

»Was du da erzählst ist einfach unglaublich!« Pia konnte nicht still sitzen. Aufgewühlt ging sie vor ihrer Freundin auf und ab.

Svea saß derweil mit Pias Lesebrille, die ihr wenigstens ein bisschen Sehschärfe zurückgab, auf deren Sofa und schaute abwechselnd auf den mittlerweile platt getretenen Langflorteppich und in Pias Gesicht. Die Augen ihrer Freundin waren weit aufgerissen, ihre Stimme klang rau und atemlos. Immer wieder musste sie einen Schluck aus ihrer Wasserflasche nehmen. Svea war kurz davor, sich ernsthaft Sorgen zu machen.

Auf der Rückfahrt vom Kloster hatten sie bloß drei Sätze gewechselt, einzig um sich darauf zu verständigen, dass Svea anschließend mit zu Pia kommen würde, um ihr dort alles haargenau zu erzählen. Beiden war schnell klar gewesen, dass es mehr Ruhe bedurfte, als ihnen in dem voll besetzten Reisebus gewährt wurde. So hatten sie zwei Stunden wortlos nebeneinander ausgeharrt. Eine quälende Zeit, die Svea allerdings genutzt hatte, sich zu überlegen, wie sie beginnen sollte. Die Wahl war auf jenen Moment auf dem Freimarkt gefallen, bei dem Pia auch dabei gewesen war und sie den Hauptgewinn gezogen hatte.

Zunächst kamen die Sätze holprig. Es war etwas anderes, diese unglaublichen Dinge nur zu denken oder sie auszusprechen. Manches klang dermaßen verrückt, dass Svea sich dämlich vorkam. Es war Pia, die ihr jene Befangenheit nahm.

Svea hatte mit verschiedensten Reaktionen gerechnet und am ehesten vollkommene Ungläubigkeit erwartet. Doch ihre Freundin hatte ihr vom ersten Moment an jedes Wort abgenommen, was es ihr leichter machte und ihr Selbstvertrauen schenkte, sodass die Sätze schließlich ineinanderflossen. Hintereinanderweg erzählte Svea von ihrer heimlichen Rückführung, von Alheid von Clawen und den seltsamen anderen Ereignissen in der jüngsten Vergangenheit, in denen sie – möglicherweise – Kontakt zu ihrem früheren Leben hatte, auch wenn sie sich nicht sicher war, ob es sich hierbei um die Wahrheit handelte. Sveas chronologischer Bericht endete schließlich in Ebstorf. »... und bitte, Pia, frag mich nicht, wie all das möglich ist. Ich selbst habe keine Erklärung dafür.«

»Aber ... das ist unmöglich. Wie ... wie soll ich ...« Pia brachte in diesem Augenblick keinen klaren Satz zustande.

»Ich sag doch: Ich habe keine Ahnung! Weder weiß ich, wie ich den Tierkopf an der Truhe ohne Brille habe erkennen können, noch weiß ich, welche Schlüsse ich daraus ziehen soll. Vielleicht werde ich einfach nur verrückt.«

Pia war endlich stehen geblieben. Schweiß stand ihr auf der Stirn. Schon wieder öffnete sie die Flasche und leerte sie jetzt in einem Zug. Dann warf sie sie achtlos zu Boden – eine Geste, die so gar nicht zu ihr passte. »Warum passiert das ausgerechnet *dir*?«

»Ich weiß es auch nicht.«

»Das macht doch gar keinen Sinn.« Erneut nahm Pia ihre Wanderung auf.

Svea folgte ihrer nervösen Freundin mit dem Blick und kam sich vor wie beim Tennis. »Was meinst du damit?«

»Na, es ist doch eine verdammte Verschwendung an jemanden, den die Vergangenheit einen feuchten Furz interessiert.«

»Pia!«, stieß Svea aus, die sich nur noch wundern konnte. Das war eine Seite an ihrer Freundin, die sie nicht kannte.

»Ist doch wahr. Das ist einfach ungerecht. Ich meine …«, sie rang die Hände und lachte beinahe hysterisch, »… was würde ich dafür geben, zu erleben, was du gerade durchmachst?«

»Glaub mir, ich würde dir das alles sofort überlassen, wenn ich nur könnte.«

»Ach, wenn das doch nur ginge!« Pia fasste sich ans Herz.

»Ich glaube, du siehst das etwas zu romantisch. So langsam gerät das Ganze nämlich außer Kontrolle. Was ist, wenn mir solche Aussetzer noch häufiger passieren? Im Brautladen war es nur ein kleiner Schnitt in den Fuß, das nächste Mal sitze ich währenddessen vielleicht im Auto.«

Pia trat zu Svea und setzte sich neben sie auf die Couch. »Du hast recht. Tut mir leid, wenn ich unsensibel war. Aber du musst verstehen: Das, was du gesehen hast, wäre für mich die Erfüllung eines Traums.«

»Das verstehe ich ja auch.«

»Es kommt mir fast vor, als wärst du eine Zeitreisende«, sagte sie scherzhaft.

Beide lachten über diesen Gedanken, der noch nicht einmal gänzlich falsch war.

Jetzt nahm sie Sveas Hände in die ihren und blickte ernster als zuvor. »Danke, dass du mir das alles erzählt hast. Ich bin überwältigt!«

Svea sah zu Boden. »Das ist schön. Aber was mache ich jetzt?«

»Das fragst du noch? Ich würde sagen, wir gehen jetzt ans Werk.« Als sie Sveas fragenden Blick auffing, rief sie erstaunt: »Sag nicht, dir ist der Gedanke noch nicht gekommen, Nachforschungen anzustellen?« Pia griff in ihre Tasche, die neben ihr auf dem Boden stand. Mit einer schnellen Bewegung hatte sie das Handout hervorgeholt und die Seite aufgeschlagen, die das Wappen mit der Bärentatze zeigte. »Hast du das schon vergessen?«

Sveas Herz begann schneller zu klopfen. Sie biss auf ihrer Unterlippe herum, als ihr klar wurde, dass Pia gewillt war, ihr die Antwort zu geben, die Medina ihr verwehrt hatte. Der Gedanke, dass an der Geschichte ihrer Rückführung tatsächlich etwas Wahres dran sein könnte, ließ sie spüren, wie das Adrenalin durch den Körper schoss. Augenblicklich wurden ihre Hände feucht. Ungläubig und hoffnungsvoll zugleich fragte sie: »Meinst du etwa, du könntest herausfinden, was es mit all dem auf sich hat? Mit diesen verwirrenden Bildern und vor allem mit diesen Gefühlen in mir? Wenn ich nämlich ehrlich bin, Pia, macht mich diese ganze Sache bald verrückt. Das alles ist doch nicht normal!«

»Okay, ganz ruhig, hör zu: Um zu entscheiden, ob das, was du gesehen hast, wirklich so passiert ist und um welche Personen es sich da eventuell gehandelt hat, muss ich einige Recherchen anstellen. Das dauert bestimmt ein paar Tage. Aber eine Sache ist schon mal bemerkenswert. Es gibt tatsächlich eine Verbindung zu dem Wappen und einer Person, die du kennst.«

»Was?«, fragte Svea ungläubig und machte ein Gesicht, als hätte sie einen Geist gesehen. »Erzähl schon!«

»Durch meinen Heraldik-Kurs im letzten Semester weiß ich, dass die Bärenklaue Teil der Wappen einiger mittelalterlicher Familien war. Zum Beispiel die der Edelherren von Stumpenhusen und ihrer Nachfolger, der Grafen von Hoya. Aber – und jetzt kommt's – die Bärenklaue war auch Zeichen einer Sippe, die sich aufteilte in die Schucke, Schleppegrell und Clüver. Letztere sind ein uraltes niedersächsisches Geschlecht, das im Frühmittelalter seinen Hauptsitz in Cluvenhagen hatte. Sie stammten ab von …«

»Cluvenhagen?«, stieß Svea plötzlich hervor.

»Kennst du diesen Ort?«

»Ich bin letztens durchgefahren«, erklärte sie mit einem beinahe hysterischen Lachen. »Ob du es glaubst oder nicht, ich kenne diesen Ort. Das gibt's doch gar nicht.«

Pia schüttelte verwundert den Kopf. »Diese Geschichte wird ja immer verrückter.«

Svea machte eine fahrige Geste. »Rede bitte weiter. Ich hab dich unterbrochen. Welche Person steht denn nun mit all dem im Zusammenhang?«

»Wenn du ein bisschen länger darüber nachdenken würdest, könntest du sicher selbst drauf kommen. Kommt dir der Name Clüver denn nicht bekannt vor?«

Svea dachte einen Moment lang nach. »Clüver, Clüver, Clüver.« Immer wieder murmelte sie dieses Wort leise vor sich hin.

Pia löste das Geheimnis auf. »Die Schuckes, Schleppegrells und Clüvers stammen alle von einem Geschlecht ab, das sich *de Clawen* nannte – abgeleitet von dem mittelhochdeutschen Wort klawe, für Klaue!«

Jetzt war es Svea, die nicht mehr still sitzen konnte. Ruckartig sprang sie von dem Sofa auf und rief mit sich überschlagender Stimme: »Alheid von Clawen!«

»Richtig. Wie es scheint, hat die alte Dame einen beachtlichen Stammbaum vorzuweisen. Zu schade, dass du sie nicht mehr dazu befragen kannst.«

Svea hatte sich die Hand vor den Mund geschlagen und begann nun, die von Pia platt getretene Straße auf dem Teppich entlangzulaufen. »Aber … warum sehe ich das Wappen ihrer Familie in meiner Rückführung?«

»Tja, das gilt es jetzt herauszufinden. Mein Anhaltspunkt wird der Name Minna sein. Ich werde mir in der Uni die Stammbäume der Familien besorgen und sie danach absuchen. Aber bitte versprich dir nicht zu viel davon. Es kann auch für alles eine ganz einfache Erklärung geben. Zum Beispiel könntest du das Wappen bei der alten Dame zu Hause gesehen haben, ohne es wirklich wahrzunehmen.«

Svea nickte, den Blick noch immer zu Boden gerichtet. »Das wäre natürlich denkbar.« Nach einer Weile des Grübelns fuhr ihr Kopf herum, und sie suchte Pias Blick. »Ich muss dich noch um eins bitten. Marc darf von der Rückführung und auch von den anderen Dingen nichts erfahren. Du weißt ja, warum!«

»Du meinst, wegen seiner Mutter? Schon verstanden. Von mir erfährt er nichts.«

»Gut, danke.«

Pia stand von der Couch auf. »Komm, ich fahre dich jetzt nach Hause. In ein paar Tagen wissen wir mehr.«

»Warte… Was kann ich in der Zwischenzeit tun? Mein neuer Job beginnt erst in ein paar Tagen. Ich werde verrückt, wenn ich einfach nur abwarte.«

»Du kannst noch mal zu Medina fahren. Erzähl ihr, was alles seit deiner Rückführung passiert ist. Vielleicht kann sie dir mehr über diese Phänomene erzählen.«

8

»Ich hatte vollkommen vergessen, wie furchtbar hässlich sie ist«, sagte Svea mit Blick in den Spiegel zu Marc, der sich gerade die Zähne putzte.

Sein zahnpastageladenes Prusten kam plötzlich. So hatte er sie noch nie gesehen.

Svea hätte beleidigt sein können wegen seiner Reaktion, doch stellte sie bloß die ungeschönte Wahrheit dar. Was gestern mit trockenen Augen angefangen hatte, war über Nacht zu einer ausgewachsenen Bindehautentzündung geworden. Svea war gezwungen, auf ihre praktischen Kontaktlinsen zu verzichten. Eine halbe Ewigkeit hatte sie ihre sonst so vernachlässigte Brille gesucht. Zum Glück war sie irgendwann fündig geworden – in einer alten Kunstleder-Handtasche, die sie eigentlich schon lange hatte wegwerfen wollen. Glück im Unglück!

Svea hatte die Wimperntusche zur Hand genommen, legte sie jetzt aber wieder weg. »Das Schminken kann ich mir sparen.«

»Ach was, nur weil es eines dieser kostenlosen Kassengestelle für uncoole Teenager ist und dein halbes Gesicht davon bedeckt wird?«

Svea musste schmunzeln. »Gewöhn dich besser schon mal an den Anblick. Die werde ich jetzt sicher eine Woche tragen müssen.«

Er schloss sie in die Arme und sagte: »Niemand trägt sie mit so viel Würde wie du.« Dann hauchte er die Gläser an und drückte ihr jeweils einen Zahnpasta-Kuss auf jede Seite.

»Marc! Was soll denn das? Jetzt muss ich sie wieder putzen.«

Abermals lachte er laut auf und ging aus dem Bad.

Während Svea noch immer ihre Gläser mit einem Handtuch säuberte, zog er sich Lederjacke und Schuhe an. Dann kam er zurück.

»Ich muss jetzt los, Lady. Aber ich habe noch eine Überraschung für dich.« Er zeigte sein makelloses Lächeln. Eine seiner Hände hielt er hinter dem Rücken verborgen.

»Eine Überraschung?« Die Brille war in diesem Moment vergessen.

»Willst du sie sehen?«

»Na klar will ich! Was ist es?«

»Zuerst sagst du mir, wo wir uns heute in der Mittagspause treffen.«

»Nein, sag ich nicht. Es soll doch eine Überraschung sein.«

»Dann bekommst du meine jetzt auch nicht.«

Svea verzog das Gesicht und grinste. Sie merkte gleich, dass er es nicht ernst meinte. »Komm schon, ich schicke dir später eine Nachricht mit der Adresse. So lange wirst du es doch wohl noch aushalten.«

»Na gut …« Marc holte seine Hand hinter dem Rücken hervor und hielt den Schlüssel ihres Wagens in die Luft. »Dein Auto und ich hatten ein Date, als du im Brautladen warst. Die Batterie scheint alt zu sein. Ich habe sie überbrückt und bin den Wagen etwas gefahren. Jetzt geht er wieder, aber wir sollten die Batterie besser austauschen.«

Svea fiel ihm um den Hals. »Danke, mein Schatz. Das ist großartig. Ich habe schon gedacht, dass ich ab jetzt mit Bus und Bahn fahren muss.« Ein langer Kuss machte deutlich, wie sehr sie sich freute. Marc konnte ja nicht wissen, dass sie vorhatte, sich gleich auf den Weg nach Etelsen zu machen.

Er löste sich aus ihrer Umarmung und wies sie an: »Am besten vereinbarst du für nächste Woche einen Werkstatttermin.«

»Mach ich.«

»Gut, ich verschwinde jetzt. Love you.« Er küsste sie zum Abschied auf die Stirn.

Svea brachte ihn noch zur Tür und warf ihm eine Kusshand zu. »Bis später!«

Bevor er gänzlich aus ihrem Sichtfeld verschwand, blickte er noch einmal zu ihr hoch und zwinkerte ihr zu. »Und brich dir in der Zwischenzeit nicht die Nase mit diesem Monster.«

»Haha, sehr witzig!«, antwortete sie mit einem ironischen Unterton in der Stimme. Sie wusste, dass er sie nun jeden Tag mit dieser Brille aufziehen würde.

Zurück in der Wohnung, warf sie beschwingt ihren Schlüssel in die Luft und fing ihn wieder auf. Ihre Erleichterung und Freude darüber, dass ihr Auto wieder fuhr und sie somit ein Problem weniger hatte, sollten noch den Rest des Tages anhalten.

Auf der Fahrt zum Zirkus genoss Svea es, in aller Ruhe ihre Gedanken zu sortieren. Regen prasselte auf die Windschutzscheibe. Sie ließ sich in ihrem Autositz zurücksinken, lehnte den Hinterkopf an den abgewetzten Stoff ihrer Nackenstütze und hielt sich rechts auf der Autobahn – gerade noch so schnell, um kein Verkehrshindernis darzustellen.

Die Bilder und Gefühle, die sie in den letzten Tagen heimgesucht hatten, waren für sie die ganze Zeit über abrufbar – auch jetzt auf dieser Fahrt. Svea wollte jedoch an etwas Bestimmtes denken: an jenen Mann aus der Rückführung nämlich, den sie beim Sex mit Marc gesehen hatte. Allein der Gedanke an sein Gesicht war überwältigend. Noch immer spürte Svea die Struktur seiner Haare zwischen ihren Fingern und die Härte seiner Muskeln unter ihren Händen. Aber wie konnte das sein? Er war nicht echt, nur eine Art Traum. »Wer bist du, und was machst du mit mir?«, flüsterte Svea und fixierte einen unbestimmten Punkt vor sich.

Die Fahrt verging wie im Flug. Schon bald konnte sie den Zirkus sehen. Hier stieg sie aus, zog sich die Kapuze über und hielt auf das Tickethäuschen zu, in dem wieder die dicke Frau saß.

»Hallo«, sagte Svea freundlich.

»Was kann ich für Sie tun?« Der Blick der Frau war verschlossen.

Svea fragte sich, ob die Frau sich nicht mehr an sie erinnerte. Vielleicht lag es an ihrer Brille. »Wissen Sie noch, wer ich bin? Ich war schon mal hier. Bei Medina.«

»Ja, ich weiß, wer Sie sind.«

»Okay, ich muss noch einmal zu ihr. Ist sie da?«

»Medina ist nicht zu sprechen. Tut mir leid.«

Svea stutzte. Unsicher fragte sie: »Kann ich später wiederkommen?«

»Nein, auch später wird sie nicht zu sprechen sein.«

Jetzt war Svea völlig verdutzt. Warum war diese Frau so unfreundlich zu ihr?

»Sie sollten gehen.«

»Hören Sie, es ist wirklich wichtig. Ich möchte nur ganz kurz …«

»Medina hat mir die Geschichte mit dem Los erzählt. Ich habe zwar keine Erklärung dafür, aber ich weiß, dass sie ihre Dienste noch nie verschenkt hat. Für mich steht fest: Hier stimmt etwas nicht!« Die Frau hob nun die Handflächen und schüttelte den Kopf. »Ich sage nicht, dass Sie eine Betrügerin sind, aber noch mal bekommen Sie hier nichts geschenkt. Sie hatten Ihren Spaß, und jetzt gehen Sie bitte.«

»Moment … ich möchte nichts geschenkt. Alles, was ich will, ist mit ihr reden.«

»Medina will aber nicht mit Ihnen reden, verstehen Sie? Verlassen Sie jetzt das Gelände, und kommen Sie auch nicht wieder. Ich habe zu tun. Die Vorstellung beginnt gleich.« Die Frau wies hinter Svea, wo sich mittlerweile eine Schlange aus Eltern und Kindern gebildet hatte, die ungeduldig warteten und ihre Hälse reckten.

»Das ist ein Missverständnis«, versuchte Svea es noch ein letztes Mal. »Meinetwegen bezahle ich Medina auch dafür, um mit ihr zu reden. Bitte lassen Sie mich …«

»Es reicht«, sagte die Frau energisch. »Verschwinden Sie endlich! Wenn Sie nicht freiwillig gehen, kann ich auch jemanden rufen, der Ihnen dabei behilflich ist.«

Die Frau meinte es ernst. Svea blieb nichts anderes übrig, als wirklich zu gehen – jedenfalls so weit, bis die Dicke sie nicht mehr sehen konnte. Hinter einem Gebäude, das ganz in der Nähe stand, legte sie sich auf die Lauer. Von hier aus beobachtete sie zunächst, wie immer mehr Eltern und Kinder zu dem Häuschen kamen und daraufhin im Zelt verschwanden. Es passierte so, wie Svea es sich gedacht hatte: Irgendwann wurde es immer leerer auf dem Vorplatz, bis die Frau nichts mehr zu tun hatte. Die Vorstellung begann, und sie verließ ihr Häuschen.

Svea zögerte nicht, sondern lief gleich los. Auf dem Zirkusgelände sah sie zu, dass sie so schnell wie möglich zu den Ställen kam. Sie passierte die Lamas und ging den Weg entlang zu Medinas Hütte. Sie war leer. »Verdammt«, flüsterte

Svea vor sich hin und setzte ihren Weg schnell fort zu den Wohnwagen. Hier gingen bloß eine Handvoll Mitglieder der Schaustellerfamilien umher. Sie alle schienen beschäftigt und achteten unter ihren Mützen und Kapuzen kaum auf das, was um sie herum geschah. Svea versuchte, sich unauffällig zu verhalten, und es gelang ihr. Nur wenig später stand sie vor Medinas Wohnwagen.

Gerade wollte sie die drei Stufen des hölzernen Tritts erklimmen, als ein Geräusch sie innehalten ließ. Sie konnte es nur kurz hören, dann wurde es übertönt. Ausgelassenes Kinderlachen aus vielen Mündern drang vom Zirkuszelt herüber, Musik ertönte und immer wieder eine lustige Fanfare. Svea sah regelrecht vor sich, wie ein paar Äffchen Kunststücke aufführten und die Kinder in ihren Bann schlugen. Dann wurde es ruhiger. Hin und wieder drangen Laute voller Bewunderung aus dem Zelt. Möglicherweise weil ein Clown gerade Riesenseifenblasen machte.

Svea vernahm das Geräusch aus dem Wohnwagen jetzt wieder. Sie hatte sich also nicht geirrt. Es klang wie ein schweres Atmen. Je ruhiger die Kinder im Zelt waren, desto deutlicher hörte sie, wie jemand ohne Pause dazwischen Luft holte und sie wieder ausstieß. Rhythmisch und laut. Wieder und wieder. Plötzlich kam eine Stimme hinzu. Es war Medinas.

»Konzentriere dich. Gleichmäßig wie ein Mühlrad soll dein Atem fließen. Ein und wieder aus. Ein und wieder aus. Versuch, ein wenig tiefer zu atmen und an nichts zu denken.«

Musik erklang. Erst leise, dann wurde sie langsam aufgedreht, bis das Atmen nicht mehr zu hören war. Svea kannte diese Melodie. Sie hatte sich in ihren Kopf gebrannt – ebenso wie die Bilder dazu, die jetzt unweigerlich in ihr aufstiegen.

Svea schloss die Augen. Mit Absicht beraubte sie sich so eines ihrer Sinne, um dem Hören noch mehr Kraft zu verleihen. Eben noch hatte sie gefroren, hatte sich von dem Gestank der Lamas und der Feuchtigkeit des Bodens belästigt gefühlt; jetzt war das alles nicht mehr wichtig. Sie musste gut zehn Minuten, vielleicht sogar länger, so im Regen dagestanden haben, da wurde die Musik allmählich leiser und der Lärm im Zelt lauter. Die Stimme war nun wieder zu hören. Was sie sagte, war für Svea aber nur zu erahnen.

Als sie die Augen wieder öffnete, standen ganz dicht vor ihr zwei Kinder und starrten sie verwundert an. Ihr war schlagartig klar, dass sie ein ziemlich merkwürdiges Bild abgegeben haben musste. »Na, ihr zwei.«

»Was machst du da?«, fragte das Mädchen.

»Ich lausche der Musik.«

»Meine Mutter sagt, man darf nicht lauschen.«

»Echt?«

»Nee, darf man nicht.«

»Sie meint sicher, man darf nicht an Türen lauschen, aber Musik schon.«

»Man darf gar nicht lauschen.«

»Oh, wenn das so ist … Das wusste ich noch gar nicht«, sagte Svea gespielt ernst und legte sich einen Zeigefinger an die Lippe.

»Nein? Das wusstest du nicht, obwohl du alt bist?«, fragte nun der Junge, der sich offenbar darüber freute, dass sie einer Erwachsenen noch etwas hatten beibringen können.

»Ich schwör's«, versprach sie und hob zwei Finger. »Ihr zwei seid wirklich schlau.«

Die Kinder grinsten übers ganze Gesicht. Dann wurden sie alle drei abgelenkt, denn die Tür des Wohnwagens ging mit einem Quietschen auf. Medina kam heraus.

»Was ist denn hier los?«, fragte sie verwundert.

»Die da hat gelauscht«, sagte das Mädchen unverblümt und zeigte mit ihrem Finger auf Svea.

Medinas Kopf ruckte zu ihr. Das eben noch erstaunte Gesicht wurde schlagartig ernst.

Svea fühlte sich kurz erinnert an die unangenehme Situation vor Herrn Arndts Fenster. Warum geriet sie immer wieder in eine solche Lage? Schnell ergriff sie das Wort. Nun kam es darauf an, das Richtige zu sagen. »Hallo, Medina. Bitte hör mir kurz zu. Ich …«

»Das kann doch nicht wahr sein. Wie bist du hierhergekommen?«

»Ich will nur mit dir reden, dann gehe ich gleich wieder. Versprochen!«

»Nein.« Medina machte eine Geste mit der Hand, die man nicht falsch verstehen konnte. Dabei schritt sie energisch auf Svea zu, die nun ein Stück zurückwich. Es war eindeutig, dass Medina den ungebetenen Gast des Geländes verweisen wollte.

Schnell zückte Svea einen Fünfzig-Euro-Schein und hielt ihn Medina vor die Nase.

Es war sehr wahrscheinlich mehr die Verwunderung denn das Geld, das die Wahrsagerin innehalten ließ.

»Ich will nichts geschenkt. Bitte. Nur kurz!«

Medina presste die Lippen aufeinander. Ein paar Sekunden lang herrschte eisiges Schweigen. Das Nächste, was sie sagte, galt den Kindern. »Haben die Ziegen schon Wasser bekommen?«

Die beiden blickten sich an und zuckten mit den Schultern.

»Hopp, hopp, seht lieber mal nach, und steht hier nicht rum, ihr zwei.«

Jetzt stoben sie davon.

Medina nahm den Geldschein ohne zu zögern an sich. Ihr abweisender Blick änderte sich dadurch nicht.

Dennoch deutete Svea das als Zustimmung und begann sofort zu erzählen. »Ich habe ihn wieder gesehen. Er ist …«

»Nicht hier. Komm mit rein.«

Svea wunderte sich, war sie doch der Überzeugung, Medina habe Besuch. Doch als sie in den Wohnwagen trat, war dieser leer. Bloß der Laptop lief, er spielte eine Aufzeichnung ab. Medina schien es vergessen zu haben. Erst als sie ihre eigene Stimme hörte, wurde sie daran erinnert.

Geh über deine Wiese, und sprich aus, was du siehst. Ist das Gras hoch?

Jetzt sprang sie regelrecht zu ihrem Laptop und knallte den Deckel runter – zu spät, um zu verhindern, dass Svea noch mehr hörte.

Nein, sagte eine zweite Person leise.

Die beiden Frauen sahen sich an.

»Das war doch meine Stimme«, bemerkte Svea.

»Blödsinn. Das war eine andere Klientin.«

»Und warum hechtest du dann wie verrückt zum Laptop?«

»Weil ich eine Schweigepflicht habe. Ich bin schließlich Rückführungstherapeutin.« Den letzten Teil des Wortes betonte sie besonders.

Svea ging auf diese Erklärung nicht weiter ein. Sie glaubte ihr nicht. »Das war meine Stimme. Warum hörst du dir meine Aufnahme noch mal an? Sag mir die Wahrheit.«

»Hör sofort auf, neugierige Fragen zu stellen, sonst kannst du auf der Stelle wieder gehen.«

Svea musste sich beherrschen. Sie war überzeugt davon, sich eben selbst gehört zu haben, und diese Tatsache regte ihre Fantasie an. Doch ihr war ebenso bewusst, dass sie nicht unbedingt in der Position war, Forderungen zu stellen. »Okay, tut mir leid.«

Jetzt nahm Medina die Worte auf, die Svea zuvor gesagt hatte. »Wen hast du wieder gesehen?«

»Den Mann aus meiner Rückführung. Vorgestern Nacht. Er ist mir quasi *erschienen.*«

»In der Nacht? Das heißt, du hast geträumt?«

»Nein, es war kein Traum. Ich war wach. Und ich konnte ihn nicht nur sehen. Auch riechen und fühlen und hören … Es war so echt. Als wäre ich tatsächlich in … diesem früheren Leben, in das du mich geführt hast.«

Emanuela bekam eine Gänsehaut. Diese Svea war ihr auf eine Weise unheimlich, wie sie es noch nie erlebt hatte. Ihr Instinkt witterte eine Mischung aus Unbehagen und Vorsicht, die sie warnte. Irgendwas ging von dieser Frau aus, das eine gewisse Gefahr barg, doch genau wie bei ihrer letzten Begegnung schon wollte Emanuela auch diesmal nicht einfallen, was es war. Um es herauszufinden, hatte sie sich eben die Aufzeichnung noch einmal angehört – leider ohne Erfolg. Doch allein die Tatsache, dass Svea aus dem Nichts wieder hier aufgetaucht war und ihr Fragen stellte, diente Emanuela als Bestätigung dafür, dass sie mit ihrem Gefühl richtiglag. Etwas war seltsam an ihr, an dieser ganzen Sache!

Als Svea weitersprach, war ihr Blick verzweifelt. »Du bist die einzige Person, die mir eine Antwort geben kann. Warum fühle ich so? Sag mir, ob das normal ist nach einer Rückführung. Hört das wieder auf, oder wird es noch schlimmer?« Svea klemmte sich ihre Haare hinter die Ohren. Es war eine nervöse Übersprungshandlung, die sie auffällig oft wiederholte, wie Emanuela fand. Ein Zeichen dafür, wie durcheinander sie war. »Ich selbst finde ja, dass meine Worte verrückt klingen, aber neben dieser Begegnung haben sich auch noch weitere seltsame Dinge zugetragen. Das Wappen, das ich sah, gibt es wirklich, wie sich gestern herausstellte. Es ist fast so, als ob sich das, was ich während der Rückführung gesehen habe, und die Gegenwart miteinander vermischen.«

»Jetzt mal langsam«, bremste Emanuela die junge Frau. Noch nie hatte sie erlebt, dass jemand nach nur einer Rückführung derartig von seinen Eindrücken verfolgt wurde. »Ich glaube, du solltest dich erst einmal beruhigen. Natürlich ist so eine Rückführung kein Kinderspiel. Es ist auch normal, dass man noch einige Zeit danach mit den Eindrücken zu tun hat, aber du darfst dich darin nicht verlieren.«

»Nein, das ist es nicht. Du verstehst mich falsch«, wehrte Svea ab. »Vielleicht muss ich meine Fragen treffender formulieren. Was ich sagen will, ist: dieser Mann aus meiner Rückführung. Er … es … das alles war so echt. So intensiv. Nicht wie in einem Traum …«

»Rückführungen sind ja auch keine Träume. Aber sie sind auch nicht das Hier und Jetzt. Das ist nicht die Realität.«

»Aber diesmal hat er sogar zu mir gesprochen. Nicht zu der Frau aus der Rückführung – zu *mir*!«

»Was sagte er?«

»Er nannte einen Namen. Minna!«

»Und? Kennst du eine Minna, oder hast du eine Verbindung zu diesem Namen?«

»Nein.« Svea schüttelte den Kopf.

Emanuela atmete aus und stemmte die Hände in die Seiten. »Hör mal«, begann sie beschwichtigend. »Ich weiß nicht, was du von mir erwartest. Deine Bilder scheinen sehr tief und nachdrücklich gewesen zu sein, aber trotzdem solltest du nicht zu viel hineininterpretieren.«

»Nachdrücklich«, wiederholte Svea mehr für sich. »Ja, das

waren sie. Die Bilder, aber vor allem die Gefühle! Mir ist fast so, als würde ich diesen Mann wirklich kennen. Es quält mich regelrecht, dass ich nicht weiß, wie es mit ihm ausgegangen ist.«

»Vielleicht hilft es dir, wenn du dich nicht so sehr auf das Schicksal der einzelnen Personen konzentrierst, die du gesehen hast, sondern dich eher fragst, was dir deine Seele durch diese Bilder mitteilen will. Eventuell geht es um Verlustängste?«

Emanuelas Worte blieben ungehört. »Medina, kannst du mich nicht noch mal dahin zurückbringen?«, fragte Svea sie jetzt mit einem fast flehenden Blick.

»Zurück? Wie meinst du das?«

»In dieses Leben oder wie auch immer man es nennen soll. Ich muss diesen Gefühlen irgendwie auf den Grund gehen.«

»Moment! Du stellst dir das viel zu einfach vor. Hier handelt es sich nicht um einen Videofilm, den man anhalten und weiterlaufen lassen kann. So funktioniert das nicht. Und darum geht es bei den Rückführungen auch nicht – das scheinst du noch immer nicht verstanden zu haben.«

»Worum geht es dann? Erklär es mir.«

»Die Leute kommen zu mir, um etwas über sich zu erfahren. Sie haben Probleme und suchen eine Lösung. Die Bilder helfen ihnen dabei, doch es ist nicht unbedingt wichtig, ob das, was sie sehen, wirklich frühere Leben sind oder nicht. Wichtiger ist die Erkenntnis, die man aus dem Gesehenen zieht. Du versteifst dich auf Einzelheiten, wie mir scheint. Dabei ist das, was du hier in diesem Wohnwagen erlebt hast, nur ein kleiner Teil von dem, was meine sonstigen Klienten bei mir buchen. Ich weiß gar nicht, wo ich anfangen soll mit meiner Erklärung. Ich müsste dir eigentlich etwas über Horoskope erzählen, über die Polarität der Welt und über den Verbundenen Atem, damit du es verstehst, aber das würde hier zu weit führen. Ich kann dir nur versichern, dass Rückführungen normalerweise sehr viel komplexer sind, als du annimmst. Mit einer Sitzung ist das bei Weitem nicht getan. Wenn man es richtig macht, ist es sehr zeitintensiv, emotional aufwühlend und außerdem ziemlich teuer!«

Svea schien langsam zu verstehen, dass ihre Vorstellung wenig mit der Wirklichkeit zu tun hatte. Jedenfalls sagte das ihr Gesichtsausdruck. Emanuela konnte nachfühlen, wie schwer es war, sich selbst einzugestehen, dass man sich in etwas verrannt hatte. Einen Augenblick lang sah sie auf Sveas hängenden Kopf. Dieser kümmerliche Anblick weckte in ihr leise den Wunsch, ihr helfen zu wollen. Wenn da nur nicht immer noch diese Befangenheit wäre! »Du bist ganz schön durcheinander, was?«

Svea sah langsam auf.

Noch immer kämpfte Emanuela gegen die Stimme in ihr an, die sie zur Vorsicht mahnte. Dennoch machte sie einen Schritt auf Svea zu und überwand sich. »Nun gut, möglicherweise begehe ich jetzt einen Fehler, aber ich sage dir mal, was mein Eindruck ist. Ich erinnere mich noch an unsere erste Begegnung auf dem Freimarkt. Beim Handlesen. Du erzähltest, dass du heiraten wirst, richtig?«

»Ja, das stimmt.«

»Vielleicht liege ich ja vollkommen falsch, aber … du wärest bestimmt nicht die erste Braut, der alles etwas über den Kopf wächst.«

»Wie bitte? Was willst du damit sagen?«

»Nun, es deutet einfach einiges darauf hin, dass du dir nicht ganz sicher bist. Die Linien deiner Hand haben einiges erzählt.«

»Ach!« Svea zog eine Augenbraue hoch. »Hast du mir damals nicht gesagt, dass wir glücklich werden und Kinder bekommen und so weiter?«

»Ja, aber das war mehr oder weniger Blödsinn.«

»Warum überrascht mich das jetzt nicht wirklich?«, erwiderte Svea schneidend.

Emanuela zuckte mit den Schultern. »Ich muss auch mein Geld verdienen. Darum erzähle ich halt das, was die Leute hören wollen. Wer will normalerweise schon die Wahrheit wissen?«

»*Ich* hätte jetzt gern die Wahrheit«, sagte Svea mit Nachdruck. »Was hast du wirklich in meiner Hand gelesen?«

Plötzlich stieg sie wieder auf, jene innere Unruhe, die sie vor Svea warnte und die langsam übermächtig wurde. Eben noch war Emanuela bereit gewesen, ausführlicher zu erzählen, jetzt aber zog sie sich instinktiv wieder zurück und sagte nur: »Es ist schwierig, bei dem bisschen Licht alle Handlinien zu erkennen, und genau erinnere ich mich sowieso nicht an jeden Kunden. Dazu habe ich zu viele. Was ich aber sagen kann, ist, dass dein Liebesleben ein Thema ist. Das hat auch die Rückführung bestätigt.« Bewusst lenkte Emanuela nun das Gespräch darauf. »Erinnerst du dich an die Wiese?«

»Ja.«

»Diese Wiese dient der Bestandsaufnahme. Grob gesagt kann man behaupten, je wohliger, friedlicher und schöner die Wiese ist, desto besser ist dein Befinden. Deine Wiese war verdorrt, das Gras war hart, der Himmel wolkenverhangen. Wie klingt das für dich?«

»Nicht gut.«

Emanuela nickte. »Außerdem gab es noch das Haus.«

»Mein Bauernhaus? Wofür steht das?«

»Für deine Persönlichkeit. Aber wichtiger als das Haus an

sich ist, ob es zugänglich ist. Kann man es leicht betreten, oder gibt es Barrieren? Auch die Räume in dem Haus haben eine Aussagekraft. Manch ein Raum steht für den Alltag, ein anderer wiederum für die Beziehung. Ich gehe jetzt nicht ins Detail, aber hier gab es gewisse Hinweise auf eine tiefe Unzufriedenheit deinerseits – besonders in Bezug auf deine Beziehung.«

Svea ließ die Worte einen Moment lang wirken. Die Entwicklung dieses Gesprächs kam für sie unerwartet. Konnte es stimmen, was Medina sagte? War es jene Erkenntnis, die sie aus der Rückführung ziehen sollte? Lag ihre Beziehung wirklich im Argen? Dann schüttelte sie langsam den Kopf. Warum, zum Teufel, sollte sie alles glauben, was diese Frau ihr sagte? Schließlich hatte sie sie schon einmal belogen. Ein zweites Mal wäre sie nicht so leichtgläubig. »Du musst dich irren. Meine Beziehung ist solide. Marc ist ein toller Mann, wir lieben uns.«

»Ach ja?«, fragte Emanuela und ließ keinen Zweifel daran, wie skeptisch sie war.

»Du kennst ihn nicht. Er ist wunderbar. Groß, gut aussehend.« Als Svea merkte, dass sie sich zu rechtfertigen begann, hielt sie inne.

»So, wie der Mann, den du in der Rückführung gesehen hast?«

Mit dieser Frage hatte sie nicht gerechnet. Svea war sich nicht sicher, was Medina damit bezwecken wollte. Dann kam es über sie wie eine starke, kalte Windbö. Es war wie ein Geistesblitz. »Ist das denn möglich?«

»Was jetzt?«

»Kann der Mann aus der Rückführung … also symbolisch … könnte das Marc sein?«

Medina brauchte ein wenig, um Svea folgen zu können. Dann hob sie geschwind beide Hände. »Moment mal. Jetzt ganz langsam. So habe ich das nicht gemeint.«

»Aber sinnbildlich gesehen ist es möglich, dass der Mann, für den ich so stark gefühlt habe, mein Verlobter ist, oder?« Sie wartete nicht auf die Antwort. »Dann wäre es nicht so, wie du sagtest, sondern genau andersherum. Marc wäre der Richtige, und ...«

»Stopp! Genug der Spekulationen«, wehrte Medina ab. »Ich möchte unser Gespräch an dieser Stelle abbrechen. Die Zeit deiner Rückführung war zu kurz, und das, was ich gesehen und gehört habe, nicht aussagekräftig genug, um solche finalen Schlussfolgerungen zu ziehen, wie du sie gerade andeutest. Dazu müsste man viel mehr in die Tiefe gehen. Voreilige Deutungen sind nicht nur wenig hilfreich, sie können sogar gefährlich sein!« Sie hatte einen Schritt zurück gemacht, was ein deutliches Symbol war. Geräuschvoll atmete Medina durch.

Die zwei Frauen sahen sich an. Sie schwiegen. Vieles war unausgesprochen, und trotzdem gab es nichts mehr zu sagen. Dies war ein Abschied und kein Anfang!

Auch wenn Svea sich mehr erhofft hatte, war sie Medina dennoch dankbar, dass sie mit ihr gesprochen hatte. »Ich werde jetzt gehen.«

»Alles klar. Ich wünsche dir alles Gute.«

»Ich danke dir.« Svea verließ das Zirkusgelände und stieg nachdenklich in ihren Wagen. Der Besuch hatte eine unerwartete Wendung genommen. Vor wenigen Minuten noch wollte sie Medina anflehen, ihre Bilder zu deuten, jetzt hatte Svea auf eine seltsame Art und Weise das Gefühl, sich selbst eine Antwort geben zu können. Nicht auf alle Fragen, aber auf eine entscheidende zumindest: Der Mann aus ihrer Rückführung symbolisierte ihre Liebe zu Marc! Es musste einfach so sein – alles andere ergab keinen Sinn. Warum nur hatte sie das nicht gleich erkannt?

Mit dem befriedigenden Gefühl, dem Geheimnis ihrer Bilder ein gutes Stück näher gekommen zu sein, fuhr sie los. Ihr Weg war nicht weit. Am Ziel angekommen, tippte sie einen kurzen Text auf dem Handy. Dann hieß es warten. Warten und sich währenddessen von einem Teil der Last befreien, die ihr die Rückführung ungefragt aufgebürdet hatte. Es war leichter, als sie es sich vorgestellt hatte. Vor Sveas geistigem Auge erschien Marcs Gesicht. Sie lächelte. Gleich würde sie ihm begegnen. Schon jetzt wusste sie, dass es sich anders anfühlen würde als sonst. Viel schöner, inniger. Leider konnte sie ihm nichts von ihren Gefühlen erklären, doch spüren sollte er sie.

Als Nächstes galt es nur noch herauszufinden, was das alles mit den Clüvers beziehungsweise mit Alheid von Clawen und mit Minna auf sich hatte. Pia würde ihr dabei helfen. Und wenn auch diese Fragen beantwortet waren, würde Svea mit diesem unglaublichen Erlebnis der Rückführung ihren Frieden machen können.

Gedankenversunken sah Svea durch ihre Windschutzscheibe. Genau vor ihr befand sich ein Altglas-Container. Der Einfall überkam sie ganz plötzlich. Ein Griff ins Handschuhfach folgte, dann stieg sie aus und ging ein paar Schritte, bis sie direkt vor der Öffnung stand, in die man eigentlich nur Glas werfen sollte. Ein letztes Mal öffnete Svea die CD, sah die Handschrift von Medina auf der glänzenden Oberfläche. *Sveas Rückführung* stand darauf geschrieben. Zwei Herzschläge lang zögerte sie noch, dann machte sie sich klar, wie überflüssig die Aufnahme war. Das Rätsel um den Mann in ihrer Rückführung war gelöst, und um herauszufinden, was die Clüvers und sie gemeinsam hatten, brauchte es diese CD nicht. Außerdem war das, was hier aufgezeichnet wurde, viel zu beschämend, um es jemals einem anderen vorzuspielen. Nicht mal allein wollte Svea sich die Aufnahme mehr anhören; und auch niemand sonst sollte Zeuge davon werden, wie hemmungslos sie vor einer fremden Frau geweint und geschrien hatte – ganz davon abgesehen, dass sie sogar zum Orgasmus gekommen war. Nicht auszudenken, was passiert wäre, hätte Marc die CD beim Überbrücken ihres Wagens gefunden. Mit Sicherheit hätte es in einem großen Streit geendet, der jede Hochzeitsidylle vorerst begraben hätte. Svea schauderte es bei diesem Gedanken. Sie konnte froh sein, dass es nicht so weit gekommen war, und sie sollte dafür sorgen, dass es auch niemals so weit kommen würde.

Svea klappte die Hülle zu und warf sie schwungvoll in den Altglascontainer. Dann stieg sie ins Auto und wartete.

9

»Wo führst du mich denn hin?«, fragte Marc in sein Telefon und schaute während der Fahrt suchend über sein Lenkrad.

»Das sage ich dir erst, wenn du angekommen bist – sonst ist es ja keine Überraschung mehr.«

»Was hast du gesagt? Die Verbindung war eben kurz unterbrochen.«

»Ich habe gesagt, dass du gefälligst nicht so neugierig sein sollst«, erwiderte Svea lachend. »Fahr einfach weiter, und sag mir, was du siehst.«

»Dorf, Dorf und Dorf, das ist alles, was ich sehe.«

»Geht's ein bisschen konkreter? Bist du schon an der Tankstelle auf der linken Seite vorbeigefahren?«

»Nein, noch nicht. Aber warte, doch, da vorn sehe ich sie.«

»Super, dann bist du gleich da. Fahr weiter geradeaus. Die Straße führt nun etwas bergauf. Ich stehe rechts in einer Haltebucht und winke. Bieg einfach hier ein.«

»O.k., dann leg ich jetzt auf.«

Nicht mal eine Minute später erkannte Svea sein Auto. Das Fernlicht flammte zweimal auf, als Zeichen, dass er sie gesehen hatte.

Ihrer Anweisung folgend, fuhr Marc in die Haltebucht. Das rumpelnde Geräusch der Reifen verstummte, als er hinter Sveas Auto zum Stehen kam. Er stieg aus und blickte sich um. »Wo um alles in der Welt sind wir hier?«

»In Etelsen – jedenfalls fast!«

Sie gaben sich einen Begrüßungskuss und hielten sich noch einen Augenblick lang umschlungen. Dabei pochte Sveas Herz schnell. Ihre Vorfreude auf Marc war mit jeder Minute, die sie auf ihn gewartet hatte, gewachsen und ließ sie nun über das ganze Gesicht strahlen. Beinahe kam sie sich vor wie frisch verliebt.

»Etelsen?«, fragte er lächelnd und zuckte mit den Schultern. »Und was soll ich hier in meiner Mittagspause?«

»Du brauchst nur noch ein bisschen Geduld. Komm«, antwortete Svea grinsend und ergriff seine Hand. Sie zog Marc auf einen Trampelpfad, der von der Haltebucht hinab in den Wald führte. Ein paar Meter weiter kamen sie auf einen Weg, der sich von dem vorherigen unterschied. Er wirkte sorgfältig angelegt und nicht einfach nur ausgetreten; mit Feldsteinen am Rand und quer eingezogenen Holzplanken, die den Weg in lang gezogene Stufen unterteilten. Steil ging es nun wieder hinauf – zwischen Bäumen hindurch, deren Laub in allen Herbstfarben leuchtete und in deren Stämme verliebte Pärchen Initialen und Herzen geritzt hatten.

Die Sonne hatte sich mittlerweile gegen den Regen durchgesetzt und hinterließ helle Flecken auf dem Boden. Immer wieder rieselten gelbe und rote Blätter auf sie und den Weg hinab, und jeder noch so kleine Windstoß trieb einen wunderbar frischen Duft vor sich her, den es nur zu dieser Jahreszeit gab.

All das kam Svea sehr gelegen. Worte waren hier überflüssig – dieses Fleckchen Erde warb gerade für sich allein.

Sie passierten eine Parkbank, die, eingelassen in den Hügel und umgeben von einer knorrigen Baumwurzel, regelrecht verwunschen aussah. Doch sosehr dieser Platz auch lockte, Marc und Svea setzten sich nicht. Nur kurz schauten sie in die Richtung, die die Bank ihnen wies, und genossen die Aussicht. Der Wald vor ihnen fiel steil ab, bis er schließlich auf einer weiten Ebene endete. Zwischen den Bäumen hindurch konnten sie über die Felder und Wege sehen. Die Herbstsonne tauchte alles in ein goldenes Licht und spiegelte sich glitzernd in einem Fluss.

Svea lächelte in sich hinein und drückte dabei unbewusst Marcs Hand. Sie freute sich wie ein Kind auf seine Reaktion, wenn sie ihm gleich eröffnen würde, was sie sich jüngst erdacht hatte. In ihrer Ungeduld zog sie ihn hastig weiter. Der steile Weg machte noch eine Kurve, dann endete er auf einem Plateau, wo es die erste Überraschung für ihn gab.

Von einer Backsteinmauer umrahmt, stand hier, inmitten des Waldes, ein steinerner Bau. Düster und irgendwie geheimnisvoll wirkte er mit dem eindrucksvollen Portal in der Mitte und den flankierenden Türmen, auf denen spitze Dächer weit nach oben ragten. Fast wie eine Miniaturburg sah er aus.

»Was ist das denn?«, fragte Marc erstaunt und lief zu dem schmiedeeisernen Tor, durch das man auf den laubbedeckten Innenhof blicken konnte.

»Ein Mausoleum, hab ich mir sagen lassen.«

Marc umschloss zwei der eisernen Stäbe mit den Händen und schaute eine Weile still auf das Wappen über der Flügeltür. Er ließ den Blick nach oben schweifen, wo die Mauer in einen Treppengiebel mündete, und ging einmal ganz herum, ohne ein Wort zu sagen. Erst nachdem sicher zwanzig Minuten verstrichen waren, meinte er ruhig und leise, wie zu sich selbst: »Es ist wirklich beeindruckend.«

»Ich wusste, es gefällt dir.«

Er schaute Svea an und zog die Augenbrauen hoch: »Aber du hast mich sicher nicht den ganzen Weg fahren lassen, um mir ein Grabmal zu zeigen, oder? Ich kenne dich, und ich weiß, *du* hast kein Interesse an so etwas.«

»Nein, jedenfalls nicht sonderlich«, bejahte sie schmunzelnd. Wie gut er sie doch kannte! »Gleich erfährst du den wahren Grund, warum ich dich hergelockt habe. Noch etwas Geduld, bitte.«

»Sagtest du das nicht eben schon? Das nutzt sich ab.«

»Es lohnt sich, vertrau mir.« Svea zog Marc lachend an dem Mausoleum vorbei.

Sie folgten dem Weg noch ein paar Meter durch die rauschenden Laubbäume bis hin zu einer Gabelung. Hier ließen sie den Wald hinter sich, und der Blick war endlich frei.

Zu ihren Füßen erstreckte sich eine ordentlich gemähte Rasenfläche, die Teil eines wunderschönen Parks mit Bänken, Kieswegen und kunstvollen Figuren war. Nach einer Länge von ungefähr zwei Fußballfeldern liefen sämtliche Wege zusammen. An genau jener Stelle thronte das rot-weiße Renaissanceschloss, das Svea mit Absicht von hier aus angesteuert hatte. Auch wenn dies bloß die Rückseite des Schlosses war, wirkte es durch den Wald, das Mausoleum und durch den weiten Park von dieser Seite aus noch beeindruckender. Fast schien es göttliche Fügung zu sein, dass in diesem Moment auch noch die Sonne hinter einer der wenigen Wolken am Himmel hervorkam und den Prachtbau anstrahlte, als würde er von sich aus leuchten.

»Das ist es, was ich dir eigentlich zeigen wollte.« Svea machte eine darbietende Geste. »Ich sagte doch, es lohnt sich.«

»Und du hast recht behalten. Damit habe ich wirklich nicht gerechnet.«

Svea wollte in diesem Moment so vieles sagen, doch sie beschloss, den Mund zu halten und die Szene wirken zu lassen. Verstohlen blickte sie zu Marc, der sich der Kulisse ganz offensichtlich nicht entziehen konnte und von der Schönheit des Schlosses gefesselt wirkte. Nun schaute auch sie geradeaus. Ihre Augen erfassten mehrere Details: die weitläufige Terrasse, große Fenster, manche eckig, manche oben abgerundet, und eine Art Kuppeldach, das in der Mitte des Schlosses auszumachen war.

Plötzlich bemerkte sie eine Bewegung im Augenwinkel. Marc hatte ihr den Blick zugewandt. Jetzt war der richtige Zeitpunkt gekommen. Svea verlieh ihrem Gesicht jenen ganz bestimmten Ausdruck, der verhieß, dass sie etwas wollte. Den Kopf zur Seite geneigt, die Augenbrauen hochgezogen.

Marc verstand sofort. »Na, hast du mir was zu sagen?«, fragte er mit wissendem Blick.

»Nun ja, ich kann es dir jetzt gleich sagen, oder aber ich betöre dich noch ein wenig, damit ich leichteres Spiel habe. Wie willst du es?«

»Spuck es schon aus.«

»In meinem Ohr klingen noch die Worte: *Wenn es dich glücklich macht, dann feiern wir mit allem, was dazugehört, und dort, wo du es willst.*«

»Hier?«

Svea hob grinsend die Schultern. »Ich find's perfekt.«

Wieder schaute Marc zum Schloss.

Svea stellte sich dicht vor ihn, legte die Hände auf seine Brust und schnurrte geradezu wie ein Kätzchen. »Du musst dich ja nicht jetzt gleich entscheiden.«

»Nein? Wann dann?«

»Morgen? Übermorgen?«

»Ach, erst?«, fragte er höhnisch lachend und wich einen Schritt zurück. »So wie ich dich kenne, hast du doch bereits einen Termin gemacht und warst mit Tilli hier, um die Deko zu besprechen.«

Svea stutzte. Eine Winzigkeit in Marcs Worten hatte sie aufhorchen lassen, doch das Gefühl verging so schnell, wie es gekommen war. »So ein Quatsch. Nichts davon habe ich getan«, protestierte Svea nicht ernsthaft entrüstet. »So eine Frechheit.«

Jetzt kam er wieder einen Schritt auf sie zu, legte die Arme um sie und blickte ihr tief in die Augen. »Ich mach doch nur Spaß. Du bist meine Lady, und wenn du es dir wünschst, bekommst du auch ein Schloss.«

Sveas Herz machte einen Sprung. Überglücklich drückte sie sich an ihn. Es war weniger das, was er sagte, sondern mehr, wie er es sagte. Medina hatte sich geirrt. Es gab keinen Grund, an ihrer Beziehung zu zweifeln. Alles war in bester Ordnung. Marc liebte sie, und sie liebte Marc!

»Und?«, fragte Svea sofort, als Pia ihre Wohnungstür öffnete.

»Komm erst mal rein. Willst du was trinken?«

»Nein. Und du auch nicht!«, bestimmte sie und schob ihre Freundin, die eigentlich gerade in die Küche wollte, stattdessen ins Wohnzimmer. »Erzähl endlich. Ich platze vor Neugier. Was hast du herausgefunden?«

»Na schön. Hör zu. Gestern habe ich einige Stunden am Rechner und im Archiv verbracht. Du machst dir keine Vorstellung davon, wie viele Dokumente ich durchgegangen bin. Leider ohne den einen Hinweis zu finden, auf den wir gehofft haben. Nirgendwo konnte ich eine Minna entdecken.«

Svea ließ sich schwer auf Pias Sofa fallen. »Echt jetzt? Wie schade!«

»Ja, das finde ich auch. Aber etwas habe ich natürlich

schon rausgefunden. Sieh mal.« Pia zeigte auf den Tisch, wo ein Stapel Papier lag.

»Was hast du da?«, fragte Svea nun neugierig.

»Das sind die Ergebnisse meiner Recherchen.« Pia begann, einige der Blätter nebeneinanderzulegen. »Ich habe mich zunächst an der Jahreszahl orientiert, die du in der Rückführung gesehen hast – 1221. Und dann habe ich mir den Stammbaum der Familie Clüver angesehen. Hier ist er – jedenfalls der Teil vom Ende des zwölften Jahrhunderts bis zum siebzehnten Jahrhundert.«

Svea schob ihre Brille mit dem Zeigefinger die Nase hoch und konzentrierte sich auf den ersten Namen der Ahnentafel. Alles war sehr klein geschrieben. Sie konnte es kaum erkennen. »Hildemarus de Orthentorpe«, las sie langsam vor. »Der heißt ja gar nicht Clüver.«

»Stimmt. Aber sein Enkel. Sieh mal hier.«

»Hermannus Cluvingius«, sagte Svea und nickte jetzt.

»So lautet jedenfalls die lateinische Form. Hermann Clüver war ein Ritter, sagen die Quellen, und er gilt als Stammvater der Sippe. Er könnte tatsächlich der bösartige Bruder sein, den du in der Rückführung gesehen hast.«

»Wirklich? Wieso glaubst du das?«

»Nun, er passt jedenfalls haargenau in deine Zeit. Und auch etwas anderes stimmt mit ihm überein.«

»Was?«

»Du erzähltest etwas von einer Hochzeit, bei der dein Bruder der Bräutigam gewesen ist. Sieh noch mal hierher.« Pia wies erneut auf den Stammbaum. »Hermann Clüver hat eine Adelheid geheiratet. Leider steht hier nichts weiter als ihr Vorname. Ich habe mir aber ein Buch in der Bibliothek bestellt, in dem vielleicht mehr steht. Noch ist es leider ausgeliehen.«

»Hmm …« Svea kam ins Grübeln. »Aber wenn dieser Hermann tatsächlich Minnas Bruder war, dann müsste es doch in dem Stammbaum auch eine Minna geben, oder?«

»Genau das ist das Problem. Wie man hier sehen kann, hatte Hermann drei Brüder: Hildemarus, Alvericus und Gerhard. Von einer Schwester steht hier leider nichts.«

»Tja, wäre vielleicht auch zu einfach gewesen«, sagte Svea etwas enttäuscht.

»Um ganz sicherzugehen, bin ich den restlichen Stammbaum auch noch durchgegangen. Ich dachte, vielleicht hast du dich in der Zeit geirrt, aber auch später gab es keine Minna Clüver. Außerdem habe ich nach ähnlichen Namen gesucht. Schließlich gab es damals noch keine einheitliche Schrift. Namen wurden auf dem Papier oft verändert. Gefunden habe ich aber lediglich eine Margarethe, Ende des dreizehnten Jahrhunderts, und eine Mette, noch mal fünfzig Jahre später.«

»Nein, nein«, wiegelte Svea ab. »Ich bin mir in dieser Sache total sicher. Er hat *Minna* gesagt!«

»Ich glaube dir ja. Aber dann befinden wir uns nun in einer Sackgasse.«

Svea begann, an ihren Fingernägeln zu knabbern. Gedankenversunken zog sie die Beine an und stellte die Füße auf die Couch. Noch einmal dachte sie die Fakten ihrer Rückführung durch. Sie konnte und wollte sich nicht damit zufriedengeben, dass die Suche nach der Wahrheit über Minna und die Clüvers hier endete. Dafür gab es doch zu viele Übereinstimmungen mit der Realität.

»Na gut, dann sind wir, was Minna betrifft, vorerst in einer Sackgasse«, sagte sie. »Aber was ist mit dem Wappen? Ich habe es gesehen, Pia. Auf dem Mantel des Ritters. Diesen Fakt können wir nicht ignorieren. Wie erklärst du dir das?«

»Glaube mir, ich habe nicht vor, leichtfertig aufzugeben. Aber wie ich schon sagte, es besteht immer noch die Möglichkeit, dass du das Wappen woanders gesehen hast und die Bilder der Rückführung jetzt mit der Realität vermischst.«

Svea hörte auf, an den Nägeln zu kauen, und hielt inne. Einen ganz ähnlichen Satz hatte sie gestern selber gesagt. »Du meinst, bei Alheid von Clawen, richtig?«

»Dort oder möglicherweise auch an anderer Stelle. Ich zeig dir mal was.« Pia durchsuchte den Stapel Papier. Flugs fand sie das richtige Blatt und hielt es hoch. »Das ist das Wappen von Achim – dem Ort zwischen Bremen und Cluvenhagen.«

Svea starrte auf das Bild und schwieg. Das Wappen war in der Mitte geteilt. Auf einer Seite sah man den Schlüssel des Bremer Wappens, auf der anderen die Bärenklaue der Clüvers.

»Ich habe herausgefunden, dass die Clüvers sich viele Jahre lang in Achim so verdient gemacht haben, dass man ihnen zu Ehren die Bärenklaue ins Wappen aufgenommen hat. Und es gibt sogar noch mehr Wappen mit einer Bärenklaue. Das von Sulingen zum Beispiel hat auch eine und das von Hoya sogar zwei.«

Svea verengte nachdenklich die Augen, sagte aber nichts.

»Es ist ja nur ein Erklärungsansatz. Aber kann es vielleicht sein, dass du dieses Wappen vor deiner Rückführung gesehen hast? Vielleicht bist du mal durch Achim gefahren?«

Kopfschüttelnd zuckte Svea mit den Schultern. »Ich weiß es nicht … jedenfalls nicht hundertprozentig.«

Pia legte das Blatt mit dem Wappen zur Seite. »Mein Fazit ist: Entweder stimmt etwas mit dem Namen Minna nicht, oder etwas stimmt mit dem Wappen nicht. Beides zusammen kann irgendwie nicht sein. Es gibt einfach keine Verbindung.«

»Scheint so …« Svea war enttäuschter, als sie es gedacht hätte.

»Was ist mit dieser Medina? Warst du noch mal da, wie ich es dir geraten habe?«

»Ja, war ich. Auch wenn es schwer war, an sie ranzukommen. Wir haben geredet. Ich habe ihr von den Zwischenfällen seit der Rückführung erzählt, doch ihre Reaktion war ernüchternd. Sie sagte, dass ich das alles besser nicht überbewerten soll. Außerdem riet sie mir, meine Beziehung zu Marc zu hinterfragen.«

»Was? Wie kommt sie denn darauf?«

»Ach, sie war sehr vage in ihren Aussagen. Ich habe ihr natürlich gesagt, dass das Quatsch ist und mit uns alles in bester Ordnung ist. Vielleicht wollte sie mich einfach loswerden.«

»Hmm. Also wenn du mich fragst, passt das mit dem ersten Eindruck, den ich beim Handlesen von ihr hatte, zusammen. Entweder will sie dir nichts sagen, oder sie kann nicht.«

»Ja, eins von beiden. Aber zumindest habe ich es versucht.«

»Vielleicht sollten wir noch mal zusammenfassen, was wir wissen.«

»Gute Idee«, stimmte Svea zu.

Pia nahm einen Stift zur Hand. »Das Wappen, die Namen, das Jahr 1221 ...«, begann sie vor sich hin zu murmeln, während sie schrieb. »Fällt dir noch was ein?«

»Die rote Kirche und die neu errichtete Burg, auf der die Hochzeit stattfand.«

Pia notierte auch das. Einen Moment lang schaute sie auf die wenigen Worte vor sich. Dann wiederholte sie: »Eine rote Kirche. Also eine aus Backstein. Davon gab es zu dieser Zeit nicht so viele. Die meisten Kirchen waren damals aus Holz.«

»Hilft uns das etwa weiter?«

»Leider nicht wirklich. Die Kirche – sollte sie heute noch bestehen, was sehr unwahrscheinlich ist – wird keinesfalls mehr in ihrem Urzustand sein. Du würdest sie wahrscheinlich nicht mal erkennen, wenn du vor ihr stündest.« Sie legte den Stift und den Zettel weg und schaute Svea an. »Am besten denkst du noch mal in Ruhe nach, ob dir noch was einfällt, was uns weiterhelfen könnte.«

Svea nickte. Ihre Freundin konnte nicht wissen, welche Gedanken sie hegte. Zu gern hätte sie Pia jetzt einfach die CD mit der Aufnahme der Rückführung in die Hand gedrückt, doch die gab es nicht mehr. Svea hätte es nicht für möglich gehalten, aber sie bereute ihre gestrige Tat. In der Gewissheit, dass Pia sie auf der Stelle erwürgen würde, wenn sie von der Existenz der CD wüsste, die nun in einem Altglas-Container in Etelsen lag, schwieg sie wohlweislich.

»Eine letzte Möglichkeit müssen wir natürlich auch noch in Betracht ziehen«, sagte Pia vorsichtig. »Dass gar nichts wahr ist von dem, was du gesehen hast, und alle Übereinstimmungen reine Zufälle sind.«

Svea schüttelte überzeugt den Kopf. Die Worte kamen wie von selbst: »Es gibt keine Zufälle, Pia!«

TEIL III

Bremen und Daverden

Purpurbuchenzauber

1

Jedes Mal, wenn sie den zerklüfteten Weg der Allee hinauffuhr, überkam Svea ein Gefühl der Freude. Das wunderschöne Anwesen wirkte auf sie so entrückt von der Realität – fast, als bestünde an diesem besonderen Ort eine eigene Vorstellung von Raum und Zeit. Eile gab es hier nicht. Auch nicht beim Anlernen neuer Angestellter, wie sich zeigte.

Svea hatte ihre neue Anstellung gerade mal knapp eine Woche inne, und trotzdem war ihr schon jetzt bewusst, dass es das Beste war, was ihr beruflich hätte passieren können. An den ersten beiden Tagen hatten sich ihre Aufgaben darauf beschränkt, den Tagesablauf von Frau Haghene kennenzulernen und mit ihr Tee zu trinken. Es war deutlich zu spüren, dass die alte Dame sich mit dem Gedanken schwertat, als Pflegefall zu gelten. Doch Svea übte keinen Druck aus. Sie wusste, ihre Gelegenheit würde kommen. Und wie der Zufall es wollte, war es ausgerechnet der geliebte Tee, der Schuld daran trug, dass die alte Dame sich überwinden musste.

Es war bloß eine kleine unachtsame Geste, die zu einem fleckigen Kleid und bedauerlicherweise auch zu einer Verbrühung am Arm führte. Svea versorgte die gerötete Haut und half Frau Haghene beim Umkleiden. Sie tat es so sanft und einfühlsam, wie sie es auch bei Alheid von Clawen gemacht hatte. Von da an war jede Befangenheit zwischen ihnen verschwunden. Svea konnte seither ungehindert ihre Arbeit tun, auch wenn sie das Gefühl nicht loswurde, dass Richenza Haghene am meisten Wert auf ihre Gesellschaft legte.

Während sie tags darauf die Verpackung einer frischen Mullbinde aufriss, stand Svea an einem der weit geöffneten Sprossenfenster und blickte hinaus. Es war ein wunderbar sonniger Tag. Ein frischer Duft zog ins Wohnzimmer und mit ihm die Geräusche handwerklicher Arbeit. Svea hatte Bero in den letzten Tagen kaum gesehen, und wenn, war er lediglich mit einem freundlichen, aber wortlosen Nicken an ihr vorbeigelaufen, jedes Mal dicht gefolgt von Ria. Heute Morgen jedoch war er plötzlich im Garten erschienen. Seitdem schaute Svea immer wieder hinaus. Sie wollte herausfinden, was er dort tat.

Zunächst hatte er einige unterschiedlich lange Bretter herangeschleppt, dann eine Handsäge, mit der er die Bretter in gleich lange Teile schnitt. Daraufhin hatte er angefangen, das Holz mit Schleifpapier zu bearbeiten. Offensichtlich eine schweißtreibende Arbeit. Sein Hemd war bereits nass und klebte an seinem Körper.

Noch immer wusste Svea keine Einzelheiten über ihn und konnte ihn auch nur schwer einschätzen. Mehrmals hatte sie darüber nachgedacht, bei der nächsten Gelegenheit ein Gespräch mit ihm anzufangen, doch es erschien ihr irgendwie unmöglich. Sie fand einfach keinen Anlass, zumal er jede Unterhaltung mit ihr zu meiden schien. Sie war die Pflegekraft seiner Mutter. Was hatten er und sie schon Gehaltvolles zu bereden? Eine Bemerkung über das Wetter wollte Svea sich sparen, das kam ihr plump vor, und so wollte sie keinesfalls vor ihm wirken. Diese Erkenntnis wiederum erschreckte sie. Warum war ihr das überhaupt wichtig? Das Beste wäre wohl, den Gedanken an ein Gespräch mit ihm einfach zu vergessen.

Svea nahm eine Schere zur Hand und trennte von der

Mullbinde ein ausreichend langes Stück ab, dann wandte sie sich ihrer Patientin zu. »Darf ich anfangen?«

»Ja, bitte. Ich würde zwar gern darauf verzichten, aber ich glaube, Sie lassen mich nicht.«

»Das stimmt.« Svea lächelte. Vorsichtig knöpfte sie den Ärmel des geblümten Kleides auf und krempelte ihn hoch. Bevor sie begann, die alte Binde aufzuschneiden, riskierte sie noch einen schnellen Blick nach draußen. Die Schleifarbeiten waren zu einem Ende gekommen. Bero fing an, das Holz zusammenzusetzen. Und endlich erkannte Svea, was er vorhatte. »Er baut ein Regal«, sagte sie unbedacht laut.

»Ja«, bestätigte Frau Haghene lächelnd, die sich darüber amüsierte, dass Svea ihren Sohn derart anstarrte. »Ich habe ihn gebeten, eines im Gewächshaus aufzustellen. Meine Pflanzen haben so viele Triebe, dass ich schon gar nicht mehr weiß, wohin damit. Wenn Sie mögen, dann zeige ich sie Ihnen später.«

»Gern doch.« Svea klang abwesend. Regungslos stand sie da, ließ den Blick weiter auf Bero ruhen und vergaß dabei vollkommen, was sie eigentlich gerade hatte tun wollen. Seine Erscheinung hatte sie von Anfang an fasziniert. Wie bei ihrer ersten Begegnung trug er auch heute wieder ein grobes Hemd mit Hosenträgern darüber. Seine Schiebermütze hatte er mittlerweile abgesetzt, sodass Svea das erste Mal die dunklen Locken sehen konnte, die ihm verschwitzt im Gesicht klebten. Regelmäßig strich er sie sich mit dem Unterarm zurück. Eine Geste, die ihr irgendwie gefiel.

Svea wollte sich gerade wieder ihrer Patientin zuwenden, da drehte er sich plötzlich um und fing ihren Blick auf. Es war nicht länger als zwei oder drei Herzschläge – vielleicht nur ein Zufall. Und obwohl es keinen Grund dafür gab, fühlte Svea, wie ihr das Blut in den Kopf schoss. Schnell wandte sie den Blick ab, doch jetzt schaute sie in die Augen von Frau Haghene, was ihr nicht minder peinlich war, denn schließlich hatte sie ihre Patientin kurzzeitig vergessen.

Um der Situation zu entkommen, beugte sich Svea blitzschnell über deren Arm. Sie nahm sich vor, sich endlich zu konzentrieren. »Ich versuche, ganz vorsichtig zu sein. Das Abnehmen der Binde ist immer etwas unangenehm. Aber wir haben ja Zeit.« Svea hielt ihr Versprechen und ging äußerst behutsam vor. Sie selbst genoss es über alle Maßen, nicht mehr dem früheren Druck ausgesetzt zu sein, als sie noch bis zu fünfzehn Patienten täglich hatte behandeln müssen.

Der Arm der alten Dame war tatsächlich noch sehr rot und sah leider nicht so gut aus, wie Svea es erwartet hatte. »Hmm, ich hatte gehofft, wir könnten den Verband morgen weglassen, aber ich glaube, das wäre zu früh. Ich werde noch einmal Salbe holen gehen. Legen Sie Ihren Arm so lange hierauf.« Sie griff ein Kissen und legte es Frau Haghene auf den Schoß.

»Danke, Frau Michel.«

Svea verließ das Wohnzimmer, um in die Küche zu gehen und die Salbe zu holen. Und wie immer, wenn sie das Haus durchschritt, übermannte sie Erstaunen. Alles um sie herum war so besonders – selbst die Luft, die in jedem Raum anders zu sein schien. Mal erfrischend kühl, mal eigenartig duftend. Staunend erfasste ihr Blick Möbel, die mit schimmernden Stoffen bezogen und mit hölzernen Schnitzereien verziert waren. Spitzengardinen, wohin sie nur schaute, und Abbildungen von Rosen auf Wänden und Teppichen und Bildern. Dieses Haus war eine Puppenstube. Svea hatte dergleichen noch nie zuvor gesehen. Sie war sich sicher, es war einzigartig.

Sie erreichte die Küche, die ebenso speziell war wie der Rest des Hauses. Schwere Bauernmöbel mit hölzernen Kassettentüren, versehen mit einem blassen Grün. Messingfarbene Töpfe hingen von der Decke, und bunt bemalte Teller und Becher waren in einem Wandregal aufgestellt, als wären sie nur Zierrat. Svea musste sich regelrecht überwinden, hier etwas anzufassen. Trotzdem hatte sie sich mittlerweile ein Fach in der Küche einverleibt, um nicht jeden Tag ihre schwere Tasche mitschleppen zu müssen. Hier bewahrte sie alles auf, was sie im Rahmen ihrer Pflegetätigkeit brauchen konnte – auch die Brandsalbe.

Svea stellte sich auf die Zehenspitzen und griff gezielt ins Innere des Hängeschranks, der für sie eigentlich ein Stück zu hoch hing. Der Versuch, die Salbe zu ertasten, blieb jedoch erfolglos, Also holte sie nach und nach alles heraus – allerdings ohne die Brandsalbe zu finden. »Verdammt, wo ist sie denn nur«, schimpfte sie leise vor sich hin. Gestern erst hatte sie sie doch hier hineingelegt. Nach einem weiteren erfolglosen Versuch, die Salbe zu ertasten, sah Svea ein, dass ihr nichts anderes übrig blieb, als auf einen Stuhl zu klettern. Sie wandte sich um – und erstarrte sogleich in ihrer Bewegung.

Bero stand am anderen Ende der Küche – wahrscheinlich schon die ganze Zeit. Er hielt ein Glas Wasser in der Hand und sah ihr zu.

»Verzeihung, ich habe Sie nicht bemerkt«, sagte Svea, die sich im selben Moment über ihre Worte ärgerte. *Er* war derjenige, der um Verzeihung bitten sollte. Es gehörte sich nicht, anderen heimlich zuzugucken.

Wortlos wie immer kam er auf sie zu, bis er so dicht vor ihr stand, dass sie die Wärme fühlen konnte, die von seinem schwitzenden Körper ausging. Und auch sein Duft war unverkennbar. Er schaute auf Svea hinunter, währenddessen fuhr sein Arm nach oben. »Suchen Sie die hier?« Den Blick auf die Tube gerichtet, las er vor: »Brandsalbe?«

»Ja, die suche ich.«

»Vielleicht wählen Sie lieber einen Schrank, der zu Ihrer Körpergröße passt.«

»Es war sonst keiner frei. Ich wollte nicht unverschämt sein und Ihre Küche umräumen.«

»Morgen wird einer der unteren Schränke frei sein.«

»Danke schön. Das ist nett.«

Er nickte und sah sie an, als ob er noch etwas sagen wollte. Doch dann trank er sein Glas in einem Zug leer und ging ohne ein Wort davon.

Svea blieb zurück. So viel Geschick sie auch im Umgang mit Frau Haghene hatte, so wenig hatte sie mit ihrem Sohn. Sein Verhalten war ihr ein Rätsel – ihr eigenes aber nicht minder.

Nachdem sie den verletzten Arm ihrer Patientin gesalbt und verbunden hatte, schlug diese vor: »Wollen wir ein wenig hinausgehen? Ich könnte Ihnen jetzt meine Pflanzen zeigen.«

»Das wäre schön! Obwohl ich gestehen muss, dass mein botanisches Wissen sich darauf beschränkt, Sonnenblumen und Kakteen auseinanderzuhalten.«

Frau Haghene grinste. »Das ist eine gute Ausgangslage.«

Svea lächelte, denn sie ging davon aus, dass die Dame ihr nur Mut zusprechen wollte.

»Ich werde Ihnen schon ein bisschen was beibringen.« Während sie redete, versuchte sie, sich allein zu erheben, ließ sich dann jedoch zurück in den Sessel sinken. »Geben Sie mir bitte Ihren Arm. Ich fühle mich heute ein wenig schwach auf den Beinen.«

»Aber natürlich. Dafür bin ich ja da.«

Ineinander verschränkt verließen sie das Haus. Vogelgezwitscher begrüßte sie, und wunderbar warme Luft schlug ihnen entgegen.

In den wenigen Tagen, die Svea hier arbeitete, war das Wetter konstant freundlicher und wärmer geworden. Heute mutete es beinahe sommerlich an – und das im Oktober. Sie atmete tief ein. Wie viel schöner war es, die Sonne auf dem Land zu genießen, als in der Stadt! Wenn sie hier war, vermisste sie Bremen keine Sekunde lang.

Die beiden Frauen überquerten den Rasen. Gemächlichen Schrittes erreichten sie das größere der beiden Gewächshäuser. Moos und Blätter lagen auf dem Glasdach, als wären sie mit Absicht dort platziert worden, nur um romantisch auszusehen. Das Gewächshaus hatte eine ganz besondere Form: rund an den Seiten, spitz zulaufend am oberen Ende. Hier und da waren aufwendige Verzierungen zu erkennen, und obwohl die weiß lackierten schmiedeeisernen Verstrebungen bereits an vielen Stellen rosteten, sah es perfekt aus. Svea vermutete, dass dieses Gewächshaus ebenso alt war wie das Wohnhaus.

Vielleicht war es Sveas erstaunte Miene, die Frau Haghene sagen ließ: »Es ist viktorianisch. Ich habe diesen Baustil schon immer geliebt.«

Als Svea durch die Tür trat, stieg ihr der angenehme Geruch von Erde in die Nase. Ihr Blick tastete die vielen bunten Töpfe und Kübel ab, und in jenem Moment erlangte sie Klarheit darüber, was die Dame vorhin wirklich gemeint hatte. »Sie züchten Kakteen!«, stellte sie lachend fest.

»Jedenfalls in diesem Gewächshaus«, gestand Frau Haghene ebenso belustigt und löste sich von Sveas Arm, um sich auf eine gepolsterte Bank zu setzen. »Schauen Sie sich ruhig ein wenig um. Einige von ihnen blühen gerade. Ich bin mir sicher, Sie haben keine Vorstellung davon, wie schön manch ein Kaktus in seiner Blüte ist.«

Svea nahm das Angebot gern an und schlenderte auf den

schmalen Wegen zwischen vollgestellten Pflanztischen und Regalen umher. Als sie ganz hinten angekommen war, hörte sie die Stimme der alten Dame, wie sie ihr Anweisungen gab:

»An der großen roten Blüte sollten Sie mal riechen.«

Svea tat es. »Riecht wunderbar!«

»Ein paar Schritte weiter in der Ecke steht ein weißer Topf. Wissen Sie, wie man die Pflanze darin nennt? Sie ist entfernt verwandt mit dem Kaktus.«

Svea suchte kurz. Dann stand sie vor einem Gewächs, das nur aus rosettenförmig angelegten, spitzen dicken Blättern zu bestehen schien. Es hatte etwas Tierisches an sich, und erinnerte Svea an die Beine eines Oktopus. »Ich habe keine Ahnung.«

»Und dabei gehe ich jede Wette ein, dass Sie diese Pflanze bei sich zu Hause haben, und zwar in Form einer Creme. Es ist eine Aloe Vera.«

»Wirklich? So sehen die also aus!«

»Jetzt schauen Sie mal nach links. Dort ist ein … Oh, Bero. Du bist schon fertig mit dem Regal?«, fragte sie ihren Sohn, der sein Werk gerade ins Gewächshaus trug. Ria folgte ihm mal wieder auf dem Fuß.

»Ja. Wo möchtest du es haben?«

»Hier. Genau neben meinem Tisch, bitte.« Die Dame wies auf den einzig freien Platz im Gewächshaus. »Es ist wunderschön geworden. Ich danke dir.« Liebevoll strich sie ihm über den Arm.

Svea schaute zwischen den Pflanzen hindurch nach vorn. Sie sah, wie Bero mit dem sperrigen Möbel hantierte, als wöge es nichts.

»So ist es gut, mein Sohn. Lass es genau so stehen.«

Beide begutachteten das Ergebnis. Bero sah nicht minder zufrieden aus als seine Mutter.

»Ich fahre jetzt noch mal raus.«

»In Ordnung. Wann wirst du zurück sein?«

»Erst zum Abend. Aber du kannst mich jederzeit erreichen.«

»Ach was, mach dir keine Gedanken. Ich habe ja jetzt Frau Michel.«

Er schaute kurz zu Svea, redete aber dann weiter mit seiner Mutter. »Ich muss noch etwas mit dir besprechen. Am Wochenende werde ich mich in der Nacht auf die Lauer legen müssen. Die Wildschweine haben einen eingezäunten Bereich im Wald verwüstet. Es ist nötig, ein paar von ihnen zu schießen. Somit kann ich dich nicht wie geplant zur Kirche begleiten.«

»Oh, das ist schade. Ich hätte zu gern am Abendmahl teilgenommen, das diesen Sonntag stattfindet.«

»Ich weiß.«

Svea trat auf die beiden zu und warf ein: »Wenn Sie möchten, begleite ich Sie zur Kirche.«

»Das würden Sie tun, Frau Michel?«, fragte die alte Dame.

»Aber ja. Wir sprachen doch bereits darüber, dass ich durchaus auch mal einen Tag unter der Woche freinehmen und dafür am Wochenende hier sein könnte. Warum nicht gleich in der ersten Woche?«

»Und es ist auch wirklich kein Problem für Sie, an einem Sonntag zu arbeiten?«

»Seien Sie sicher, hier bei Ihnen zu sein fühlt sich kaum an wie Arbeit.«

Frau Haghene strahlte übers ganze Gesicht. »Ist sie nicht lieb, Bero?«

Er blieb die Antwort schuldig, tippte sich wie immer bloß an die Mütze, nickte und ging.

Svea fragte sich abermals, warum es so unmöglich schien,

ein Gespräch mit ihm zu führen. Es wäre doch ein Leichtes gewesen, in diesem Moment etwas Nettes zu sagen. Vielleicht mochte er sie einfach nicht. Vielleicht war seine Art aber auch durch die vielen einsamen Stunden im Wald geprägt – deutete doch alles darauf hin, dass er ein Förster war.

Die alte Dame bemerkte nichts von Sveas Gedanken. »Kommen Sie, jetzt zeige ich Ihnen, wie man Triebe abtrennt und sie eintopft.«

Regine hatte die Hände im Schoß gefaltet und knetete sie nervös. Diesmal hatte Tjalda ihren Besuch mit einem Anruf angekündigt, was ihr wenigstens die Zeit gegeben hatte, sich etwas Hübsches anzuziehen und sich zu schminken. Möglicherweise hatte sie es mit Letzterem etwas übertrieben. Die Vorfreude war schuld.

»Du hast lange gebraucht, um wieder herzukommen. Ich habe jeden Tag auf deinen Besuch gewartet.« Regine spürte, dass ihre Worte zickig klangen. Dabei wünschte sie sich nichts mehr, als dass Tjalda sich in ihrer Gesellschaft wohlfühlte. Sie musste sich zusammenreißen, schließlich wollte sie sie ja auch noch um einen Gefallen bitten – wenn man es überhaupt einen Gefallen nennen konnte.

Tilli schob den Rollstuhl in gemächlichem Tempo über den Sandweg des Parks. Sie hatte geahnt, dass diese Sätze kommen würden. Tatsächlich waren seit ihrem ersten Besuch im Krankenhaus mehr als zwei Wochen vergangen. Aber sie hatte auch ihre Gründe. »Die Arbeit frisst mich regelrecht auf.« Mit Absicht ging sie nicht weiter auf den Vorwurf ein, doch Regine ließ nicht locker.

»Wirklich nur die Arbeit?«

Tilli war in diesem Moment froh, hinter dem Rollstuhl zu

gehen. So konnte Regine nicht sehen, dass sie die Lippen fest aufeinanderpresste. Was sollte diese komische Frage? »Wenn ich mehr freie Zeit gehabt hätte, wäre ich auf jeden Fall vorbeigekommen. Aber ich saß von früh bis spät im Büro.«

»So, so.«

Ein paar Meter lang war nur das Knirschen kleiner Steinchen unter den Rädern des Rollstuhls zu vernehmen.

Ganz plötzlich hatte Tilli keine Lust mehr, sich noch weiter vom Krankenhausgebäude zu entfernen. Je größer die Entfernung nämlich wurde, desto länger wäre auch der Rückweg. Und somit auch die gemeinsame Zeit mit Regine, die sie nun wirklich nicht genoss. »Wollen wir dort vorn bei der Bank anhalten?«, schlug Tilli deshalb vor.

»Ja, sehr gern. Eine gute Idee.«

Sie platzierte den Rollstuhl genau vor der Bank und setzte sich Regine gegenüber. Jetzt fiel ihr auf, dass sie verändert aussah. Noch nie zuvor hatte sie ihre ehemalige Vorgesetzte derartig stark geschminkt gesehen – zu stark, für ihren Geschmack. Doch sie wollte etwas Nettes sagen und griff es auf. »Du siehst heute sehr gut aus.«

»Wirklich? Findest du das?« Überrascht von den unerwarteten Worten, fasste Regine sich ins Haar und grinste dabei verlegen.

»Aber ja, so frisch im Gesicht. Es scheint dir viel besser zu gehen.«

»Das ist auch so. Und nun mit dir hier draußen im Sonnenschein sitzen zu dürfen verkürzt meinen Aufenthalt sicher glatt um eine Woche.« Sie lachte laut auf und legte dabei ihre Hand auf Tillis Bein.

Tillis Blick fuhr zu ihrem Oberschenkel. Sie wollte gar nicht so komisch gucken, tat es aber wohl doch, sodass Regine die Hand schnell wegzog. Es lag etwas Unerklärliches in der Luft. Tilli war verwirrt. Bei *Hand in Hand* hatten sie sich niemals berührt – warum auch? Es hatte neben dem Beruflichen nur ein paar nette Gespräche gegeben, das war alles. Doch seit Regine im Krankenhaus lag, hatte sich diesbezüglich etwas verändert. Vielleicht war es die Einsamkeit, unter der sie hier offenbar litt. Noch immer zierte keine einzige Karte ihr Zimmer, wie Tilli eben hatte sehen können. Nur ihr vertrockneter Strauß stand noch immer dort. »Wann darfst du das Krankenhaus verlassen?«

»Schwer zu sagen. Das wird noch dauern. Meinem Arm geht es schon wieder ganz gut, aber meine Beine machen noch Probleme.«

»Was wird mit dir nach dem Krankenhaus? Kommst du zurück?«

»Vielleicht. Aber das wird dauern. Zunächst brauche ich eine Menge Krankengymnastik. Und Geduld.«

»Du könntest ja vielleicht eine Kur machen?«

»Nein, ich habe andere Pläne. Und darüber würde ich gern mit dir sprechen.«

»Mit mir?« Da war er wieder: dieser allzu vertraute Ton, der vermuten ließ, sie wären verwandt oder beste Freundinnen. Tilli wollte weder das eine noch das andere Amt.

»Ja. Ich habe eine große Bitte an dich. Schlag sie mir nicht ab.«

»Zuerst müsste ich wissen, worum es geht.«

»Ich sage es dir. Hör genau zu.«

Tilli sah, wie Regines Gesicht beinahe einen kindlichen Ausdruck annahm. Sie gluckste, bevor sie zu sprechen begann.

»Ich möchte deshalb nicht zu einer Kur gehen, weil ich mir überlegt habe, du könntest mich pflegen. Bei mir zu Hause.«

Tilli traute ihren Ohren kaum. Das konnte nicht ihr Ernst

sein. Gerade wollte sie etwas erwidern, da hob Regine die Handflächen und gebot ihr Einhalt.

»Warte, warte! Ich weiß, als Einsatzleitung hat man eigentlich keine Patienten. Aber eine kleine Ausnahme kannst du doch machen, oder? Stell dir mal vor, wie nett es wäre, wenn wir uns so oft sehen könnten.« Jetzt kicherte sie und zog die Schultern hoch. »Ich werde dir auch keine schwierige Patientin sein – versprochen. Sag schon Ja!«

Das Lächeln fiel Tilli schwer. Steif lehnte sie sich mit dem Rücken an die Bank, um etwas symbolischen Abstand zwischen sich und Regine zu bringen. Sie hatte plötzlich das Gefühl, keine Luft mehr zum Atmen zu haben. Am liebsten hätte sie lauthals *Nein* geschrien und wäre geflüchtet, doch sie gab eine diplomatischere Antwort. »Ich bin mir gar nicht sicher, ob ich das darf. Weißt du, so ganz genau kenne ich mich noch nicht mit allem aus, was meine Stellung betrifft. Versprechen kann ich deshalb nichts – so leid es mir tut. Aber Zoe kann dich ganz bestimmt aufnehmen. Sie ist ja auch die Beste im Team und …«

»Nein«, sagte Regine ruhig, aber bestimmt. Ihr Lächeln war verschwunden. »Ich habe nicht nach Zoe gefragt. Ich habe nach dir gefragt.«

Tillis Lächeln erstarb nun ebenso. Sie wusste nicht, wie sie es noch sagen sollte, dass sie Regine keinesfalls pflegen wollte. Es blieb ihr wohl nichts anderes übrig, als etwas direkter zu werden. »Ich habe keine Zeit, Patienten aufzunehmen. So leid es mir tut.«

Regine verengte die Augen. »Hör mir zu, Tjalda. Ich weiß natürlich, wie eng dein Zeitplan ist, aber ich habe einen Vorschlag für dich: Triff dich einfach ein paar Stunden weniger mit dem Mann, den du letztens hier im Park umarmt hast.« Ihr Gesichtsausdruck war jetzt eiskalt.

Tilli hatte das Gefühl, ins Bodenlose zu fallen. Niemals hatte sie mit einer solchen Antwort gerechnet.

Regine hatte sie in der Hand! Fassungslos beobachtete sie, wie ihre frühere Chefin die Augen schloss und das Gesicht zur Sonne hin streckte. So, als wäre nichts weiter geschehen, begann sie ein belangloses Gespräch. »Hmm … ist das Wetter nicht herrlich? Ich könnte noch stundenlang hier mit dir sitzen.«

2

Als Svea an diesem Freitag in die Küche kam, war das Erste, was sie bemerkte, die offene Tür unter dem Spülbecken. Alles, was sich gestern noch in den Tiefen des Hängeschranks befunden hatte, stand nun fein säuberlich aufgereiht und leicht für sie zu erreichen an seinem neuen Platz. Sie lächelte. Auf das Wort des zumeist Wortlosen war scheinbar Verlass. Abermals nahm sie sich vor, ihm eine Chance zu geben. Sobald sich eine Gelegenheit bot, würde sie das Gespräch mit ihm suchen – und wenn es verdammt noch mal über das Wetter war. Vielleicht konnte das Eis zwischen ihnen ja doch noch brechen.

Das plötzliche Zuknallen des gekippten Fensters jagte Svea einen gehörigen Schrecken ein, und es brachte sie dazu, nach draußen zu sehen. Starker Wind war in der Nacht aufgekommen, und er hatte schlimm im Garten gewütet. Vor einer Stunde noch hatte Svea angenommen, das Schlimmste wäre vorbei, doch sie lag offenbar falsch. Während sie das Fenster schloss, blickte sie zu den Baumspitzen hinauf, die wild in den Böen tanzten. Das Wetter wurde zusehends schlechter. Kontinuierlich stieg die Windgeschwindigkeit, und mittlerweile war auch noch Regen hinzugekommen.

Svea griff nach der Teekanne, die sie soeben mit heißem Wasser gefüllt hatte, und machte sich auf den Weg zurück ins Wohnzimmer, wo Frau Haghene wartete. Im Flur angelangt, öffnete sich plötzlich die Haustür. Ein Windzug fegte über den Boden. Bero kam herein. Er trug einen langen Wachsmantel, dessen Oberfläche glänzte. Das Regenwasser lief nur so an ihm herab.

»Oh, hallo. Sie sind schon zurück?«, fragte Svea erstaunt. Sie hatte nicht erwartet, ihn vor Mittag hier anzutreffen.

Bero schaute auf und strich sich die Kapuze vom Kopf. »Ja, bei diesem Wetter ist es zu gefährlich im Wald.«

Svea fand, dies war eine gute Gelegenheit, um ihren Vorsatz gleich in die Tat umzusetzen. »Möchten Sie vielleicht auch einen Tee? Ich habe gerade welchen für Ihre Mutter aufgebrüht.« Einladend hob sie die Kanne an.

Bero warf nur einen flüchtigen Blick darauf, während er sich den Mantel auszog. »Nein, vielen Dank.« Dann fuhr er sich durchs Haar, dessen vordere Strähnen nass geworden waren, und schaute wieder zu Svea. Noch immer stand sie an der gleichen Stelle. Er schien sich zu fragen, was sie von ihm erwartete. »Wissen Sie, die Wahrheit ist, ich mache mir nichts aus Tee.«

Svea bemerkte, dass sie ihn angestarrt hatte – wieder einmal. Verlegen schaute sie auf die Kanne. »Oh, in Ordnung. Dann weiß ich für die Zukunft Bescheid.« Spätestens jetzt wäre es angemessen gewesen zu gehen, doch Svea hatte noch ein Anliegen: »Vielen Dank, dass Sie mir einen der unteren Schränke freigeräumt haben. Es ist wirklich viel einfacher so.«

Bero nickte. »Gern geschehen.«

»Sie hätten sich aber nicht die Mühe machen müssen, auch noch alles für mich einzuräumen.«

»Das war keine Arbeit.«

Svea lächelte ihn an – und zwar so warmherzig sie nur konnte. Alles, was sie wollte, war, ihm endlich eine Reaktion zu entlocken, die ihr das Gefühl gab, in seinem Haus nicht bloß geduldet, sondern willkommen zu sein. Doch es wurde mal wieder nichts daraus.

»Kann ich sonst noch was für Sie tun? Die Schreibarbeit wartet nämlich.«

»Nein, danke.« Ihr Lächeln erstarb. »Ich gehe jetzt mal wieder zu Ihrer Mutter.« Svea wandte sich um und kam sich wie immer hölzern vor. Na ja, wenigstens habe ich es versucht, sagte sie sich selbst. Noch mal würde sie ihm nicht entgegenkommen.

»Frau Michel!«

Jetzt drehte sie sich noch einmal um. »Ja?«

»Sie sollten heute hierbleiben oder besser jetzt gleich gehen.«

Svea gab sich betont gleichgültig. Mittlerweile war ihr nämlich jede Lust auf ein Gespräch mit ihm vergangen. »Warum sollte ich hierbleiben?«, erwiderte sie und zog eine Braue hoch.

»Der Sturm wird stärker werden. Da ist es nicht ratsam, ins Auto zu steigen. Bleiben Sie besser über Nacht.«

»Ich weiß Ihr Angebot zu schätzen, aber es wird schon gehen«, sagte sie etwas patzig. »Der Tag ist noch lang. Bis dahin wird sich das Wetter schon beruhigt haben.« Sein Verhalten ärgerte sie. Erst war er so abweisend, und jetzt bevormundete er sie auch noch wie ein Kind.

»Ich versichere Ihnen, der Sturm wird stärker werden.«

»Mir wird schon nichts passieren. Ich kann ganz gut auf mich selbst aufpassen.«

»Wie Sie meinen. Falls Sie Ihre Meinung doch noch ändern, wir verfügen ja über genügend Zimmer.«

»Danke.« Svea stapfte regelrecht ins Wohnzimmer. Wortlos goss sie den Tee in die Tassen. Sie wollte sich vor der alten Dame nicht anmerken lassen, dass sie sich über deren Sohn geärgert hatte. Zum Glück gelang ihr das.

»Frau Michel, darf ich Sie um etwas bitten?«

»Natürlich! Was ist es denn, Frau Haghene?«

»Wären Sie so lieb, mir die Haare zu waschen? Mit dem verbundenen Arm gestaltet sich das schwierig.«

»Das mache ich doch gerne. Lassen Sie uns eine Tasse Tee genießen, dann gehen wir ans Werk.«

Nur wenig später saß die alte Dame auf einem Stuhl in der Küche – rücklings zum Waschbecken. Um ihre Schultern lag ein Handtuch.

»So wird es gehen«, versicherte Svea, die sich für das Küchenwaschbecken entschieden hatte, da der Wasserhahn hier ein bewegliches Ende hatte.

»Es fühlt sich fast an wie beim Friseur«, versicherte Frau Haghene lächelnd.

Svea legte ihren Verlobungsring auf den Küchentisch. Der erhabene Stein hätte sie beim Haarewaschen nur gestört. Dann prüfte sie die Temperatur des Wassers und begann, behutsam das graue Haar zu befeuchten. Sie hatte das schon oft bei Patienten getan, und man sagte ihr nach, sie hätte sanfte Finger.

Die alte Dame warf einen Blick zum Tisch. »Sagen Sie, was ist das für ein zauberhafter Ring, den Sie immer tragen?«

Svea lächelte. »Es ist mein Verlobungsring. Ein rosa Diamant in Herzform. Gefällt er Ihnen?«

»Oh, ja, ich würde sogar sagen, es ist der Traum einer jeden Frau. Und ein schönes Zeichen der Liebe ist ein Schmuckstück in Form eines Herzens allemal. Wie heißt Ihr Verlobter?«

»Marc heißt er. Marc Sievers.«

»Werden Sie nach der Hochzeit auch Sievers heißen?«

»Hmm, das ist eine gute Frage. Darüber habe ich mir noch gar keine Gedanken gemacht.«

»Svea Sievers klingt gut zusammen.«

»Da gebe ich Ihnen recht. Aber Marc Michels auch.«

Jetzt mussten beide Frauen lachen. Es war offensichtlich, dass Svea eine stolze Frau war, die sich ihres Namens nicht allzu leicht entledigen würde.

»Zu meiner Zeit war das keine Frage. Jede Braut nahm selbstverständlich den Namen des Mannes an. Heute sind die Frauen natürlich selbstbewusster.«

»Also haben Sie den Namen Haghene auch angenommen?«

»Ja, richtig.«

»Und wie lautete Ihr Mädchenname?«

Jetzt musste die alte Dame kurz schmunzeln. »Es war der langweiligste Name, den man sich denken kann: Meier.«

Svea lachte kurz auf. »Dann gehe ich recht in der Annahme, dass Ihnen das Ablegen Ihres Nachnamens leichter fiel, als es bei mir der Fall sein wird?«

»Oh, ja, ich war froh. Zum einen, weil Meier so furchtbar gewöhnlich klingt, und zum anderen, weil mein Mann eine so spannende Familiengeschichte hat, die mit dem Namen Haghene einhergeht. Nun ist es auch meine Geschichte.«

»Jetzt bin ich aber neugierig. Mögen Sie davon erzählen?«

»Wenn es Sie interessiert?«

»Sehr sogar!«

»Nun gut. Wo genau der Name herkommt, weiß ich nicht. Als ich vor vielen Jahren nachzuforschen begann, fand ich heraus, dass die erste Silbe *Hag* sich von einem germanischen Wort für Umzäunung oder Schutz ableitet. Ich glaube, es hieß haga oder hagaz. Doch der Ursprung ist ja auch nicht so wichtig, fest steht, dass Haghene eine veränderte Form eines sehr alten Familiennamens aus dieser Gegend ist. Lange Zeit dachte man, es gäbe keine Nachkommen mehr. Man vermutete, dass das Geschlecht um das Jahr fünfzehnhundert ausgestorben sei. Aber das stimmte nicht. Wir, also Bero und ich, sind Nachkommen jener alten Familie und, soweit ich weiß, auch die einzigen.«

Svea hing förmlich an Richenzas Lippen, während ihre Finger mechanisch das Shampoo in die Haare einmassierten. Natürlich, das große Haus und der offensichtliche Reichtum der Familie waren ihr sogleich aufgefallen, aber dass Bero und seine Mutter tatsächlich adeliger Herkunft waren, rückte alles noch mal in ein anderes Licht. Ohne dass Svea es forcierte, drängte sich ihr eine plötzliche Vermutung auf: War es das, was ihn ihr gegenüber so wortkarg machte? Weil Svea bloß eine gewöhnliche Altenpflegerin war und nicht wie er aus bestem Hause kam? Es musste so sein! Warum sonst benahm er sich ihr gegenüber immer so reserviert?

»Ist alles in Ordnung, Frau Michel?«

Ruckartig fuhr ihr eben noch starrer Blick zu der alten Dame zurück. »Aber natürlich. Alles ist bestens.«

Svea spürte, wie Abscheu in ihr aufstieg. Seit jeher reagierte sie empfindlich auf diesem Gebiet. Alle Arten von sozialem Gefälle und künstlichen Hierarchien brachten ihr Blut in kürzester Zeit in Wallung.

Sie wollte es eigentlich nicht zulassen, aber es ergriff einfach Besitz von ihr: die fast übermächtige Lust, Bero Haghene vor die Füße zu spucken! Anschreien wollte sie ihn, wenn er sich mal wieder wortlos von ihr abwandte. Ihr Atem wurde flach und der Groll in ihr immer größer. Dabei bemerkte Svea, wie ihre Finger sich verkrampften, und erst im letzten Moment, bevor sie ungewollt grob zu Richenza Haghenes Kopfhaut wurde, zwang sie sich zur Ruhe.

Schon oft hatte Svea sich gefragt, was wirklich hinter ihren Gefühlen steckte, ohne je eine Antwort darauf erhalten zu haben. Es blieb ihr nichts anderes übrig, als zu akzeptieren, dass ihr Stolz sich meldete, sobald jemand *nach oben buckelte und nach unten trat,* wie man so sagte. Und mit Sicherheit waren die hierarchisch gesehen bedenklichen Erlebnisse, welche sie mit Frau Zwickel erdulden musste, der Sache nicht dienlich gewesen.

»Sie sind so still auf einmal«, hakte die alte Dame nach.

»Bitte verzeihen Sie.« Schnell legte sich Svea eine Erklärung zurecht. »Es ist für mich einfach ein neuer und faszinierender Gedanke, mit jemandem zu sprechen, der einer so alten Familie angehört.«

»Ach«, sie winkte ab. »Es ist lieb, dass Sie das sagen, Frau Michel. Aber messen Sie dem Ganzen bitte nicht zu viel Gewicht bei. Irgendwie gehört doch schließlich jedermann einer alten Familie an. Wir alle haben Vorfahren, so oder so, nur kennen wir sie meistens nicht. Bloß weil ich so genau weiß, *wer* meine Vorfahren waren, bin ich nicht besser oder schlechter als andere.«

»Da haben Sie natürlich auch recht.« Sveas Massage-Bewegungen auf dem Kopf der alten Dame verlangsamten sich, weil sie so in Gedanken war. Sie glaubte Frau Haghene, dass sie sich nichts auf ihre Herkunft einbildete – anders als ihr Sohn. Mit einem Mal ging es Svea auf. Hatte er sie nicht bei ihrem ersten Zusammentreffen eigens darauf aufmerksam gemacht, dass der Garten des Hauses von seinen Vorfahren angelegt worden war und dessen Pflege ihm deshalb keine lästige Pflicht sei? Nun war klar, welche Art von Vorfahren er gemeint hatte – Adelige! Seine Behauptung, *Menschen wie sie* könnten das nicht verstehen, glänzte plötzlich in einem anderen Licht. Menschen wie ich also …!

Svea bemerkte, wie ihr Schweigen Frau Haghene zunehmend erstaunte, darum zwang sie sich, den Gedanken an

Bero fortzuschieben und sich ganz und gar ihrer Aufgabe zu widmen. Dieser Mann hatte ihre Gefühle und Gedanken überhaupt nicht verdient!

»Mögen Sie die Kopfmassage so? Ich mache gern noch ein wenig weiter.«

»Es ist herrlich, wie Sie es machen, Frau Michel. Was kann ich Ihnen denn noch erzählen, damit Sie bloß nicht aufhören?«

»Vielleicht etwas von diesem Haus. Wie alt ist es, und wer hat es gebaut? Ich möchte alles wissen …«

Vor wenigen Wochen noch hätte sie die Geschichte der Familie gelangweilt. Doch die seltsamen Ereignisse der letzten Tage hatten ein gewisses Interesse an der Vergangenheit in ihr geweckt. Vielleicht ging das Wort Interesse auch zu weit, sie war aber zumindest dafür sensibilisiert.

Es war bereits früher Abend, als Svea endlich ihre Jacke nahm und sich zum Gehen wandte. Immer wieder hatte sie in den letzten Stunden aus dem Fenster gesehen – voller Hoffnung, dass das Wetter sich tatsächlich besserte. Zu ihrem Verdruss allerdings behielt Bero recht. Wind und Regen wurden immer schlimmer.

Frau Haghene wirkte besorgt. »Wollen Sie nicht doch besser bleiben, Frau Michel? Bero meint, es ist keine gute Idee hinauszugehen. Mir wäre auch wohler, wenn Sie hier übernachten würden.«

»Nein, nein«, wiegelte Svea ab. »Das ist sehr freundlich, aber wirklich nicht nötig«, versicherte sie noch einmal. »Mir wird schon nichts passieren. Wir sehen uns am Sonntag wieder. Schlafen Sie später gut.« Nach diesen Worten griff sie nach ihrer Handtasche und verließ das Haus. Ihre Entschlossenheit reichte genau bis hinter die Eingangstür. Hier wurde

Svea mit aller Wucht deutlich, wie stark der Sturm wirklich war.

Der Regen kam in Wogen – vorangetrieben durch den heftigen Wind. Klatschend traf er auf ihre gummierte Jacke. Schnell zog sie die Bänder ihrer Kapuze fest. Die geschlossene Tür noch im Rücken, floss das Wasser bereits jetzt an ihr herab. Svea kamen Zweifel. Sollte sie wirklich fahren oder doch besser bleiben? Einen Moment lang verharrte sie unentschlossen, dann aber gab sie sich einen Ruck. Vom Rumstehen würde sich die Lage auch nicht ändern. Sie sollte zusehen, dass sie ins Auto kam. So schnell sie konnte, hastete sie durch die Dunkelheit über den Kiesplatz. Abgerissene Zweige lagen ihr dabei im Weg, und der Wind wehte ihr unzählige Blätter eines erst kürzlich aufgeschütteten Laubhaufens entgegen, der sich längst über die ganze Auffahrt verteilt hatte.

Svea zog die Autotür hinter sich zu und wischte sich die Tropfen aus dem Gesicht. Als Erstes schaltete sie den Scheibenwischer ein, der schwerfällig das nasse Laub wegschob. Trotz der stärksten Einstellung, die sie bisher nur selten gebraucht hatte, kamen die Wischblätter kaum mit der Arbeit hinterher. Svea startete den Wagen und verließ die kreisrunde Auffahrt Richtung Allee. Ihr Scheinwerferlicht zeigte nun deutlich, was die Dunkelheit bislang verborgen hatte.

Rechts und links sah Svea die Bäume, die ihr an ihrem ersten Tag so stark und massiv vorgekommen waren. Heute allerdings schwangen sie im Gleichtakt von einer Seite zur anderen, als wären sie aus Gummi. Durch die schlechte Straße war Svea wie immer gezwungen, langsam zu fahren. Sie versuchte, sich zu konzentrieren, und trotz der extrem schlechten Sicht den besten Weg durch die Schlaglöcher zu finden.

Obwohl es noch nicht Nacht war, ließ das Unwetter den Himmel schwarz anmuten. Geräusche von Eicheln und Kastanien, die fortwährend auf ihr Autodach prasselten, und knackenden Ästen bereiteten ihr eine Gänsehaut, doch sie fuhr weiter. Erst ein plötzliches Knallen, das so mächtig klang, dass Svea es nicht zuordnen konnte, ließ sie reflexartig auf die Bremse treten. Nur eine Sekunde später knickte genau vor ihr einer der Bäume um, als wäre er ein trockener Zweig. Blätter und scharfkantige Hölzer wurden durch die Luft gewirbelt und landeten auf ihrer Frontscheibe. Für einen Moment konnte Svea nichts mehr von der Straße sehen. Die nackte Angst schoss ihr durch Mark und Bein. Sie begann unkontrolliert zu schreien. Nicht mehr in der Lage, einen klaren Gedanken zu fassen, sah sie sich hektisch um. Sie wollte nur noch hier weg, doch vor ihr und hinter ihr war alles schwarz.

In diesem Moment wurde die Wagentür aufgerissen. Bero beugte sich über die panische Svea und löste den Sicherheitsgurt. Dann nahm er ihre Hand und zog sie aus dem Auto. »Los! Zurück ins Haus«, rief er ihr zu.

Svea klammerte sich an seinen Arm und versuchte, mit ihm Schritt zu halten. Sie hatte keine Ahnung, wie er ihr so schnell zu Hilfe hatte eilen können – es war aber auch nicht von Belang. Er war da! Kurz darauf konnte sie den beleuchteten Eingang des Hauses sehen. Sie hatten es fast geschafft, da forderten der unebene Weg und der aufgeweichte Boden ihren Tribut. Svea stolperte und kam zu Fall.

Bero sah sie auf dem Boden liegen und reagierte schnell. Statt ihr die Hand zu reichen, kniete er sich hin und griff kurz entschlossen unter ihren Körper. »Festhalten«, befahl er und hob sie hoch.

Svea wehrte sich nicht. Stattdessen schlang sie die Arme um seinen Hals. Sie zitterte vor Angst am ganzen Körper – das änderte sich auch nicht, als sie wenig später die Halle des

Hauses erreichten. Hier setzte Bero sie ab und brachte sie zu einer Bank.

Svea brauchte all ihre Beherrschung, um nicht loszuheulen wie ein Kleinkind. Kaum schaffte sie es, ihn anzusehen. »Danke. Ich weiß nicht, was ich ohne Sie getan hätte.«

»Das frage ich mich auch. Sagte ich Ihnen nicht, Sie sollten besser bleiben?«

»Doch …«

»Ratschläge annehmen ist offenbar keine Ihrer Stärken.«

»Offenbar …«

Bero kniete sich derweil neben sie und nahm ihr Bein in Augenschein. »Darf ich?«

Svea nickte willenlos. Sie hatte gar nicht bemerkt, dass sie blutete.

Seine Hände schoben behutsam ihr Hosenbein nach oben, bis die Wunde frei lag. Sie war großflächig, sah aber nicht besonders tief aus. Er umfasste ihren nackten Unterschenkel und zwang sie sanft, das Bein zu strecken und wieder anzuwinkeln. »Können Sie es bewegen?«

Svea bekam eine Gänsehaut – diesmal nicht vom Unwetter. »Ja, ich glaube, es ist nur eine harmlose Schürfwunde. Nicht weiter schlimm. Ich werde sie gleich desinfizieren.«

»Können Sie laufen?«

Bei dieser Frage wurde Svea bewusst, was für ein Bild sie abgab – zusammengekrümmt wie ein Häufchen Elend, zitternd, mit rot geweinten Augen. Sie schämte sich ein wenig. Schnell stand sie auf. Ihre Beine fühlten sich noch immer wackelig an. »Ja, ich kann laufen. Mir geht es schon besser.«

»Gut.« Bero nickte.

»Was ist denn hier los?«, ertönte plötzlich eine Stimme. Frau Haghene war in den Flur getreten.

»Ich …« Svea kam sich in diesem Moment furchtbar blöd

vor. Seltsamerweise war es ausgerechnet Bero, der ihr zu Hilfe kam.

»Frau Michel hat sich spontan entschieden, doch hier zu nächtigen, Mutter. Geh du nur zurück ins Wohnzimmer. Ich gebe Hanne Bescheid.«

»Das ist eine kluge Entscheidung, Frau Michel. Ich bin froh, dass Sie hierbleiben.« Sie lächelte. »Morgen früh wird sich der Sturm gelegt haben. Schlafen Sie wohl.«

»Danke. Ihnen auch eine gute Nacht.« Als Frau Haghene ins Wohnzimmer zurückkehrte, wandte Svea sich wieder Bero zu. Sie war ihm dankbar – in erster Linie für ihre Rettung, aber auch, weil er die Notwendigkeit einer langen Erklärung verhindert hatte. Und dennoch hielt etwas sie davon ab, ihm diese Dankbarkeit auch zu zeigen. Die Erinnerung an das Gespräch beim Haarewaschen war allzu gegenwärtig, und der Gedanke, dass er wegen des Standesunterschiedes auf sie herabsah, ließ sie wortkarg zurück. »Ich werde jetzt besser mal mein Knie versorgen.«

»Ja, das sollten Sie tun. Hanne wird derzeit das Zimmer für Sie herrichten und Ihnen etwas Trockenes zum Anziehen bringen. Und vielleicht nehmen Sie noch ein Bad zum Aufwärmen.«

»Vielleicht.«

»Auf diesen einen Ratschlag von mir könnten Sie zur Abwechslung ruhig mal hören.« Bero sah Svea einen Atemzug lang durchdringend an. Dann plötzlich lächelte er – nur ein wenig, aber sie sah es.

Noch vor wenigen Stunden hätte sie es mit großer Freude erwidert. Jetzt aber wandte sie sich ab. »Schlafen Sie gut, Herr Haghene.«

Das Badezimmer war bereits wohlig warm, als Svea den Raum betrat. Leise brummte der Heizlüfter. Auf dem Waschbecken standen zwei brennende Kerzen, die den Duft von Rosen verbreiteten.

Svea fiel die altertümliche Wanne mit den goldenen Löwenfüßen auf. Schon immer hatte sie in einer solchen Wanne baden wollen. Voller Vorfreude drehte sie das Wasser auf und wartete, bis Dampf aufstieg. Erst dann verschloss sie den Abfluss mit dem Stöpsel und gab drei Kapseln von der Badeessenz hinzu, die Hanne für sie bereitgestellt hatte. Schnell bildete sich eine kleine Schaumkrone auf dem Wasser, die allzu verlockend aussah. Svea ließ ihre Kleidung zu Boden fallen. Die Wanne war gerade einmal eine Handbreit mit Wasser gefüllt, trotzdem stieg sie schon hinein. Das Erste, was sie spürte, war ein unangenehmes Brennen am Bein, dort, wo sich die Schürfwunde befand. Doch dieses Gefühl ging bald vorüber und wich der wunderbaren Wärme.

Ein paar Momente lang schloss Svea die Augen und genoss das Kribbeln auf ihrem Körper, dann glitt ihr Blick über die watteweichen Schaumberge, die sich langsam und leise knisternd am Rand der Wanne türmten. Gedankenversunken strich sie darüber, bis sie glatt waren, drückte sie runter und begoss sie mit Wasser, auf dass sie schmolzen. Es dauerte nicht lange, da entspannten sich ihre Muskeln. Wären die Geräusche des Sturms hier nicht so deutlich zu hören gewesen, hätte sie den Schreck von eben wohl gänzlich vergessen.

Die Wanne war nun zur Hälfte gefüllt. Svea lag schon eine Weile lang unbewegt da. Vielleicht war es das immer gleichbleibende Plätschern des Wasserstrahls, vielleicht auch das Gefühl, auf diesen knapp zwei Quadratmetern keine Verpflichtungen zu haben und keine Erwartungen erfüllen zu müssen. Beim Baden hatte Svea schon immer am besten nachdenken können – so auch jetzt.

Sie hatte das Gefühl, einer inneren Stimme erstmalig Gehör zu schenken, die sie die letzten Tage unterdrückt hatte. Einer leisen Stimme. Und doch musste sie sich eingestehen, wie mächtig diese war. Bero hatte eine ganz besondere Wirkung auf sie. Das war nichts, was Svea bewusst entschied, sondern etwas, das einfach da war. Vom ersten Augenblick an, am Telefon, war sie von ihm fasziniert gewesen. Das hatte es die letzten fünf Jahre nicht gegeben. Svea war deswegen verwirrt – ja, sogar verärgert. Warum fühlte sie so? Ausgerechnet ihm gegenüber, der sie ganz offensichtlich geringschätzte. So etwas hatte sie doch gar nicht nötig. Warum ließ sie sich so blenden? Ihr wacher Verstand schrie ihr regelrecht zu, dass das nicht gut enden konnte. Und doch … Eben, als er sie auf seinen Armen getragen hatte, hatte sich Svea gefühlt wie nie zuvor. Beschützt. Als könnte er jegliches Unheil mit bloßen Händen von ihr fernhalten.

Einer plötzlichen Eingebung folgend, atmete Svea tief ein, schloss die Augen und rutschte mit dem Rücken nach unten, bis ihr Gesicht unter Wasser war. Laut dröhnte das beständige Sprudeln des Wasserstrahls in ihren Ohren. Am liebsten hätte sie so verharrt, zehn Minuten oder lieber zwanzig, sie kam aber nicht einmal auf eine Minute.

Als sie wieder auftauchte, ließ sie etwas von dem einfließenden Wasser in ihre hohlen Hände laufen und wusch sich damit das Gesicht. Wieder und wieder. Bis all ihre verwischte Schminke verschwunden war und sie sich regelrecht reingewaschen hatte von der Last ihrer Gedanken!

Eine Weile lang schluckten das Gluckern des Wassers und das Wüten des Windes jedes andere Geräusch. Dann aber drang das Zirpen von Grillen an ihr Ohr.

Marc! Ihn hatte sie vollkommen vergessen. Sofort erfasste sie ein furchtbar schlechtes Gewissen. Wahrscheinlich verging er fast vor Sorge wegen des Unwetters, und sie lag hier in einer löwenfüßigen Wanne, nahm ein duftendes Schaumbad und dachte an Bero. Schnell griff ihre tropfnasse Hand zum Telefon und hob ab. »Hi, mein Schatz.«

»Hi, Lady.«

»Gut, dass du anrufst«, begann Svea.

»Ja, ich weiß. Du hast dir sicher schon Sorgen gemacht. Aber ich kann dich beruhigen. Alles in bester Ordnung. Wegen des Sturms bleibe ich aber heute Nacht in der Firma. Auf den Straßen ist ja mittlerweile die Hölle los.«

»Okay …«, sagte Svea verwundert. Eigentlich hatte sie vorgehabt, etwas ganz Ähnliches zu sagen.

»Mach dir also bitte keine Sorgen um mich, ja? Ich schlafe auf der Couch im Aufenthaltsraum. Die ist zwar nicht groß, aber dafür gemütlich. Ich habe ja auch immer ein Hemd zum Wechseln und eine Zahnbürste hier.«

»Klar. Wenn du meinst, dass das die beste Lösung ist.«

»Ich würde natürlich viel lieber neben dir liegen, Lady!«

»Schon gut. Wir sehen uns ja morgen.«

»Ich wusste, dass du das verstehst.«

»Sicherheit geht vor«, sagte sie und hörte nur mit einem Ohr zu. Insgeheim war sie verwundert, dass der Sturm in der Bremer Innenstadt genauso stark wütete wie hier auf dem Land.

»Also dann! Ich werde mir jetzt noch einen Film auf meinem Laptop ansehen. Schlaf gut, Verlobte.«

»Äh … warte mal.«

»Ja?«

»Ich wollte dich schon lange eine bestimmte Sache fragen.« Svea war sich bewusst, wie abrupt dieser Übergang sich anhören musste, aber das war ihr gerade egal. »Hast du mich damals gefragt, ob ich deine Frau werden will, oder ob ich dich heiraten will?«

Ein Lachen war auf der anderen Seite zu hören. »Was ist das denn jetzt für eine seltsame Frage?«

»Weißt du es noch?«

»Ist das wichtig?«

»Nicht wirklich. Ich habe es bloß vergessen. Kannst du dich erinnern?«

»Okay, wenn du vorher nicht einschlafen kannst. Ich glaube, ich habe dich gefragt, ob du meine Frau werden willst. Zufrieden?« Noch einmal lachte er. »Typisch Frau! Selbst bei einem Antrag wird hinterher noch jedes Wort auf die Goldwaage gelegt.«

»Ja, du hast recht. Schlimm, nicht wahr?« Svea war bemüht um einen heiteren Ton. In Wahrheit aber fühlte sie ein unwohles Gefühl in sich aufsteigen. »Schlaf gut auf deiner Couch.«

»Danke, schlaf du auch gut. Kuss.«

Ohne die Ereignisse auf der Auffahrt zu erwähnen, geschweige denn Marc darüber aufzuklären, dass auch sie nicht zu Hause war, legte Svea auf. Bis zum Schluss hatte sie eigentlich noch vorgehabt, davon zu erzählen, doch seine Antwort hatte ihr den Hals zugeschnürt. Es war lächerlich, überhaupt über den Sinn jener Worte nachzudenken, doch Tilli hatte ihr diese Theorie über die Frage der Fragen damals auf dem Freimarkt regelrecht ins Ohr gepflanzt. *Ich sage dir, Männer, die das fragen, gehen irgendwann fremd*, hatte sie gesagt.

Die Wanne war jetzt voll. Svea drehte das Wasser ab und ließ sich noch ein letztes Mal zurückgleiten. Sie hasste diesen Moment, in dem es plötzlich still war. Augenblicklich verflogen ihre Gedanken. Sie konnte sich nicht mehr konzentrieren – ganz gleich, wie sehr sie es auch versuchte.

Als das Wasser kälter zu werden begann, raffte sie sich endlich auf und beendete das Bad. Fröstelnd stieg sie aus der Wanne und ging zu dem Stapel ordentlich gefalteter Kleider, den Hanne ihr hingelegt hatte. Ein karierter Pyjama, der duftete, als hätte man ihn im Sonnenschein zum Trocknen aufgehängt. Es musste einer von Bero sein.

Mit einem dieser watteweichen Handtücher, die sich zwar wunderbar anfühlten, aber nicht wirklich gut trockneten, rieb sie sich ab und band sich eine Art Turban um das nasse Haar. Dann zog Svea das übergroße Hemd und die viel zu lange Hose an. In dieser Sekunde klopfte es an der Tür.

»Frau Michel?« Es war Hanne.

Svea öffnete.

»Hat Ihnen das Bad gefallen?«, fragte sie lächelnd.

»Oh, ja, vielen Dank für alles. Es war ganz wunderbar. Aber bitte, nennen Sie mich doch Svea.«

»Gerne!« Sie streckte ihr die Hand entgegen. »Hanne, wie du weißt.«

»Ja …«

»Soll ich dir jetzt dein Zimmer zeigen?«

»Das wäre toll«, antwortete Svea erleichtert. »Ich hatte ehrlich gesagt schon Angst, dass ich alle Türen aufmachen muss und womöglich irgendwo lande, wo ich nichts verloren habe.«

»Ach was, hier gibt es keine Geheimnisse – nur viele Räume.« Die Haushälterin zwinkerte ihr zu. »Komm mit.«

Gemeinsam schlenderten sie über den Flur. Er war nur schwach erleuchtet. Svea sah sich unauffällig um. Mehrere Räume gingen von diesem Flur ab, alle Türen waren jedoch verschlossen. Svea hätte nur zu gerne gewusst, was sich dahinter befand, wollte aber nicht neugierig sein und fragen. Sie kamen an einer Wand voller Bilder vorbei. Unwillkürlich verlangsamte sie ihre Schritte und sah sich jedes einzelne an. Die ersten Fotografien waren vergilbt, es schienen die ältesten zu sein. Dann wurden die Farben etwas kräftiger, und auch der Stil der Kleidung wandelte sich.

Hanne bemerkte ihren Blick und sagte: »Ich weiß nicht von jedem Bild, wer darauf zu erkennen ist, aber die meisten sind wohl Familienmitglieder.« Trocken fügte sie hinzu: »Stinkreiche und mausetote Familienmitglieder.«

Svea presste die Lippen aufeinander, um nicht laut zu lachen. Es belustigte sie, dass Hanne derart flapsig über diese Adeligen sprach.

»Wenn man sie sich genauer ansieht, erkennt man, diese Leute sind alle von einem Schlag.«

Svea sah Hanne ins Gesicht.

Diese zuckte mit den Schultern und sagte: »Versteh mich nicht falsch, ich liebe Richenza aufrichtig, aber sie kommen schon aus einer anderen Welt.«

Noch einmal widmete Svea sich den Porträts, und sie erkannte sofort, dass Hanne recht hatte. Die Männer und Frauen hatten alle einen bestimmten Gesichtsausdruck. Einen, der irgendwie erhaben wirkte. Bei Gelegenheit – das nahm Svea sich vor – würde sie sich die Fotos noch einmal in Ruhe ansehen.

Sie gingen weiter bis zum Ende des Flurs. Vor der letzten Tür hielten sie an. »Wir sind da. Das ist dein Zimmer.«

»Danke schön. Ohne dich hätte ich ja lange suchen können«, sagte Svea.

»Ich habe dir Wasser auf den Nachttisch gestellt. Wenn du noch etwas brauchst, klopf einfach. Ich schlafe dort.« Hanne wies auf eine Tür.

»Ich brauche nichts als ein Bett. Noch mal vielen Dank, Hanne.«

»Gute Nacht.« Die Haushälterin verschwand in ihrem Zimmer.

Nur einen Augenblick später schloss auch Svea die Tür hinter sich. Sie schaltete das Licht ein und sah sich um. Wie alles in diesem Haus war auch dieser Raum durch und durch romantisch eingerichtet. Ein weicher Teppich befand sich unter ihren Füßen – in der gleichen zartrosa Farbe wie die der luftigen Gardinen. Als Svea ihn betrat, sank sie regelrecht ein. Jeder ihrer Schritte fühlte sich an, als ginge sie auf Watte. Dann stand sie vor einer riesigen geschwungenen Kommode, deren poliertes Holz glänzte. Mit Sicherheit lag in diesem Glanz auch der angenehme Duft aus Bienenwachs begründet, dachte sie für sich und lächelte.

Svea sah nach rechts an die Wand, wo das für sie im Moment begehrenswerteste Möbel stand: ein großes Bett mit langen gedrechselten Stangen an allen vier Enden, die einen Himmel aus gemusterten Stoffbahnen trugen. Dieser Anblick zog sie magisch an. Nur kurz streiften ihre Fingerkuppen eine der Stangen, dann drehte sie sich um und ließ sich rücklings fallen. Welch eine Wohltat. Svea gähnte. Ihre Augen wurden schwer. Gebettet auf zig weichen Kissen, wäre sie beinahe eingeschlafen.

Nur mit Mühe raffte sie sich noch einmal auf. Svea nahm das flauschige Handtuch von den noch immer nassen Haaren und begann energisch zu rubbeln, damit sie trocken wurden. Leider nur mit mäßigem Erfolg, dafür aber mit zahlreichen Strähnen, die nun ein paar ordentliche Knoten aufwiesen. »Na wunderbar«, sagte sie ironisch und legte das Handtuch weg. Sie probierte zunächst, ob sie das Problem mit den Fingern lösen könnte. Dabei sah sie sich suchend im Zimmer um. Hier irgendwo musste es doch eine Bürste geben. Es dauerte nicht lange, da wurde sie fündig. In einer der schweren Schubladen befanden sich tatsächlich ein goldener Handspiegel und ein passender Kamm.

Jetzt zog sie die Vorhänge zu und setzte sich im Schneidersitz auf das Bett. Dabei fiel ihr Blick auf eine Fernbedienung neben der Wasserflasche, die Hanne ihr hingestellt hatte. Ein wenig Zerstreuung nach dem heutigen Tag war genau das Richtige, und so entschied sich Svea für eines der wenigen Programme. Lokale Nachrichten. Warum auch nicht.

Strähne für Strähne entwirrte sie ihr nasses Haar, trennte immer einen Teil ab und bearbeitete diese mit dem Kamm. Währenddessen sah sie einer jungen blonden Moderatorin zu, die gerade durch eine urige Altstadt lief.

Wir sind heute hier in Niedersachsens Reiterstadt Verden unterwegs, wo sich letzte Woche eine kleine Sensation zugetragen hat. Im Rahmen umfangreicher Restaurierungsarbeiten der uralten St. Johanniskirche, die wir gleich im Hintergrund sehen werden, kamen zahlreiche Schätze aus dem Mittelalter zutage. Aber bevor wir diese genauer in Augenschein nehmen, treffen wir erst den Bürgermeister, der sich netterweise bereit erklärt hat, uns ein Interview zu geben.

Svea hörte nur abschnittsweise zu. Immer wieder brauchten ihre verknoteten Haare ihre gesamte Aufmerksamkeit. Wie hatte sie das nur geschafft? Nahezu jede Strähne war ein einziges Desaster.

Wir danken Ihnen, dass Sie sich so kurzfristig Zeit für uns genommen haben. Zuerst würde ich gern von Ihnen wissen: Wann haben Sie von dem Fund erfahren?

Nun, ich würde sagen, umgehend. Da ich auch der Gemeinde dieser Kirche angehöre, habe ich das Geschehen vom ersten Tag an verfolgt. Als …

Svea hatte jetzt ungefähr die Hälfte ihrer Haare entwirrt und begann diese Seite zu flechten. Zum Glück brauchte sie für die andere Seite nicht so lange. Als sie endlich fertig war, entfernte sie das Büschel Haare zwischen den Zinken des Kamms und warf es in den Papierkorb. Dann knipste sie das Licht aus und kuschelte sich unter die Decke. Eine Weile lang lauschte sie dem Interview. Der Bericht interessierte sie. Doch schon nach kurzer Zeit vermischten sich die Stimmen aus dem Fernseher mit den Geräuschen des Sturms. Sveas Lider fielen immer wieder zu. Die Worte der Moderatorin wurden mehr und mehr zu einem Hintergrundgeräusch. Svea kämpfte mit sich. Es wäre bloß eine kleine Handbewegung nötig gewesen, um die Fernbedienung zu greifen, doch die Entscheidung dazu zog sich hin.

Jetzt, meine Damen und Herren, will ich Sie nicht länger auf die Folter spannen. Hier auf diesem Tisch liegen die Fundstücke aufgereiht, die man im jahrhundertealten Sandboden unter dem Chorgestühl gefunden hat. Dazu gehören Scherben, Alltagsgegenstände und – was wohl als bedeutendster Fund zu bezeichnen ist – ein sogenannter Hohlpfennig, der auf die Zeit des zwölften Jahrhunderts geschätzt wird. Das wertvolle Stück wurde bereits von einem Fachmann gereinigt, da die Patina während der langen Zeit im Dreck teilweise schon zerstört wurde. Die größte Beschädigung allerdings, ein Spalt, den Sie hier wunderbar sehen können, liebe Zuschauer, soll es laut dem Experten schon viele Hundert Jahre lang geben. Möglicherweise wurde er mit Absicht hinzugefügt, denn das Teilen von Münzen stellte im Mittelalter eine gängige Methode beim Bezahlen kleinerer Beträge dar. Die Frage, warum der Vorgang nicht vollendet wurde, bleibt ebenso offen wie die Wahrheit um den Spalt. Jedenfalls gleicht es einem Wunder, dass die Münze, die in Fachkreisen Brakteat genannt wird, nicht bereits auseinandergebrochen ist. Die Prägung zeigt eine Torburg mit einem Kreuz. Man ist sich mittlerweile sicher, dass es sich um eine Münze handelt, die unter Iso von Wölpe an-

gefertigt worden ist, ein Bischof von Verden Anfang des zwölften Jahrhunderts. Eine genaue Datierung soll noch folgen.

Die Moderatorin verließ ihren Platz neben den mittelalterlichen Fundstücken und schritt langsam aus der Kirche. Ihr Blick galt dabei stets der Kamera, die sie quasi vor sich hertrieb. Ihre abschließenden Worte ließ sie mit Absicht geheimnisvoll klingen.

Tja, meine Damen und Herren, jetzt wissen Sie es: Hier in Verden liegt eine Münze, die bereits um die achthundert Jahre alt ist. Was sie schon erlebt hat, warum genau sie hier liegt und wer sie zuletzt in den Händen gehalten hat, werden wir wohl nie erfahren. Doch so ist es ja auch viel spannender, nicht wahr? Nun wünsche ich Ihnen noch einen schönen Freitagabend. Hoffentlich schalten Sie das nächste Mal auch wieder ein.

Svea hatte es gerade noch geschafft, das Ende dieses Berichts zu sehen. Jetzt allerdings verlor sie den Kampf gegen die Müdigkeit endgültig, und nur wenig später schlief sie bereits tief und fest.

3

Emanuela schreckte hoch. Sie war schweißgebadet. Draußen vor ihrem Wohnwagen tobte ein Sturm. Doch obwohl das Pfeifen des Windes und das Prasseln des Regens so laut waren, wusste sie, dass nicht die Geräusche sie geweckt hatten. Die Bilder in ihrem Kopf waren schuld.

Sie stolperte aus dem Bett und knipste das Licht an. Ohne groß zu überlegen, zog sie sich den Bademantel über, schlüpfte barfuß in ihre Gummistiefel und griff nach ihrem Schlüsselbund. Als sie die Tür öffnete, riss der Wind sie ihr brutal aus der Hand. Laut knallte sie gegen die Außenwand des Wohnwagens. All ihre Kraft war nötig, um sie wieder zu schließen.

Emanuela begann zu zittern. Der Kontrast zwischen der Wärme ihres Bettes und den nasskalten Begleiterscheinungen des Gewitters war groß. Die Kapuze des Bademantels tief in die Stirn gezogen, hastete sie die Stufen hinunter. Anders als in Etelsen, konnten ihre Wohnwagen hier, am neuen Standort von *Ottilio*, aus Platzgründen leider nicht nebeneinanderstehen. Die paar Meter mehr machten in diesem Augenblick einen großen Unterschied. Sturmböen zerrten an ihr, und der Regen peitschte ihr ins Gesicht, beinahe so, als wollten die Elemente sie von ihrem Vorhaben abhalten. Es war mitten in der Nacht und stockdunkel. Fast horizontal fegte das Unwetter über das Zirkusgelände hinweg. Doch Emanuela stemmte sich dagegen.

Nur mit Mühe schaffte sie es, die Tür des zweiten Wohnwagens zu öffnen und hinter sich wieder zuzuziehen. Tropfnass stand sie da. Ihr Herz klopfte stark. Sie schaltete das spärliche Licht ein, das immer während der Rückführungen brannte. Ein helleres gab es hier leider nicht, aber dennoch erfasste ihr Blick sofort den zugeklebten Pappkarton unter dem Bett. Eine Gänsehaut kroch ihr über den ganzen Körper, als sie darauf zuging und sich hinkniete. Ohne Zögern riss sie den Klebestreifen ab und klappte die Seiten auf. Vor ihr lagen zig CDs, sorgfältig in einzelne Hüllen verstaut und beschriftet, leider weniger sorgfältig gestapelt.

Nacheinander nahm sie die Hüllen in die Hand und las sich stumm durch, was ihre eigene Hand einst darauf geschrieben hatte. Sie war fast am Boden des Kartons angekommen, da hielt sie endlich in der Hand, wonach sie suchte. *Zweite Rückführung, Juni 2005*. Lang war es her. Kein Wunder, dass sie sich nicht sofort daran erinnert hatte.

Erst jetzt, da sie die CD bangen Herzens ins Laufwerk ihres Laptops legte, merkte sie, dass sie zitterte.

Es dauerte einen Augenblick, bis sie die richtige Stelle gefunden hatte, als es aber so weit war, setzte sich Emanuela auf das Bett, wo normalerweise ihre Klienten lagen. Sie griff nach der Wolldecke, rollte sich darin ein und schloss die Augen.

Musik. Wenige Klänge bloß waren nötig, um sich gedanklich zurück zu diesem Tag zu bringen. Jetzt wurden die Töne leiser. Es begann … Emanuela hörte die Stimme ihres Ausbilders seit langer Zeit zum ersten Mal, dennoch waren ihr seine Anweisungen Wort für Wort im Gedächtnis geblieben. Sie hätte mitsprechen können.

»Gehe jetzt zurück durch Raum und Zeit, noch einmal hin zu dem konkreten früheren Leben, in dem du gestern warst.

Sieh erneut jenen Moment in der Kirche vor dir, kurz bevor man dich mit dem Ritter vermählt hat. Bist du dort?«

»Ja, ich sehe es.«

»Dann schau dich unter den Gästen um. Betrachte jedes Gesicht, und lass jetzt die Figur der Frau vor deinem inneren Auge auftauchen, die du hast humpeln sehen.«

Emanuela wusste noch genau, wie erstaunt sie damals über seine Worte gewesen war. Wozu sollte sie sich diese scheinbar unwichtige Frau noch einmal ins Gedächtnis rufen? Heute kannte sie die Antwort, und selbst jetzt, nach so vielen Jahren als Rückführungstherapeutin, bewunderte sie immer noch die Fähigkeit ihres Lehrers, sofort zu erfassen, welches Detail der Bilder eigentlich entscheidend war. Sie selbst war in dieser Hinsicht längst noch nicht so versiert.

Je länger die Aufnahme lief, umso mehr hörte Emanuela ihrer eigenen Stimme an, wie schlimm diese Rückführung für sie gewesen war. Das zunächst nur leichte Zittern wurde stärker, die Tonlage höher. Nur mit Mühe konnte sie sich daran hindern, die Aufnahme anzuhalten. Kaum ertrug sie es, noch einmal diese Gefühle zu durchleben, und außerdem hatte sie bereits gehört, was sie hatte hören wollen: Hier war sie – die Verbindung zwischen einer ihrer eigenen Rückführungen und dem, was diese Svea gesehen hatte!

Die gerade gewonnene Erkenntnis machte Emanuela atemlos. Fahrig zerrte sie die Wolldecke von sich herunter, die ihr eben noch wohlige Wärme gespendet und ein beschützendes Gefühl gegeben hatte. Ihr war plötzlich furchtbar heiß. Sie öffnete die obersten Knöpfe ihres Nachthemds. Konnte das wirklich wahr sein? Gab es so etwas tatsächlich, eine jahrhundertealte Verbindung zu Menschen, die sich in der Gegenwart kaum kannten? Und wenn ja, was sollte sie nun mit ihrem Wissen anfangen?

Emanuela hielt die Aufnahme an. Ganz plötzlich war ihr ein Einfall gekommen. Abermals schlüpfte sie in ihre Gummistiefel und wagte sich in den Sturm.

Es verging nicht viel mehr als eine Minute, da betrat sie wieder den Wohnwagen – jetzt mit ihrem Arbeitshandy in der Hand. Ihre Knie waren noch immer butterweich. Sie musste sich setzen. Trotz ihrer inneren Angespanntheit zwang sie sich kurz zur Konzentration, um auf das richtige Datum zu kommen. Dann wählte sie die Liste der eingegangenen Anrufe aus und fand Sveas Nummer sofort. Kurz bevor sie auf *Rückruf* drückte, schaute sie auf die Uhr. Zwei Minuten nach Mitternacht. Eine noch schlechtere Zeit, um bei jemandem anzurufen, gab es fast nicht. Aber Emanuela war sich sicher, dass auch Svea froh sein würde, wenn sie sich erst einmal erklärt hatte.

Ein Tuten ertönte. Einmal, zweimal, dreimal. Emanuela entschied, beharrlich zu sein, schließlich musste sie damit rechnen, dass Svea schlief. Bevor diese allerdings abhob, meldete sich ein Anrufbeantworter zu Wort. *Guten Tag, Sie haben die Nummer von* Hand in Hand, *dem privaten häuslichen Senioren- und Pflegedienst, gewählt. Leider kann Ihr Anruf zurzeit nicht persönlich entgegengenommen werden. Deshalb bitten wir Sie, Ihren Namen und Ihre Telefonnummer zu hinterlassen. Wir rufen Sie umgehend zurück.*

Emanuela legte auf und ließ die Hände in den Schoß sinken. Einen Moment lang saß sie einfach nur da, nass geregnet bis auf die Haut und ernüchtert von ihrem Misserfolg. Wie es schien, hatte Svea sie von ihrem Firmentelefon aus angerufen, und das war ausgestellt.

Den Kopf in den Nacken gelegt, fragte sie sich, was sie nun tun sollte. Viel schneller als gedacht lag die Lösung auf der Hand. Emanuela wandte sich ihrem Laptop zu und tippte auf der Tastatur herum. Nach ein paar Klicks hatte sie die Adresse des Pflegedienstes *Hand in Hand* aus dem Internet herausgesucht. Überzeugt davon, das Richtige zu tun, griff sie in eine Schublade neben sich und holte einen Umschlag hervor. Den beschriftete sie mit der Adresse und dem Zusatz *zu Händen der Mitarbeiterin Svea.* Leider kannte Emanuela den Nachnamen nicht, doch der Vorname war so selten, dass es wohl kaum eine zweite Person des gleichen Namens in der Firma geben würde.

Jetzt hielt sie den fertigen Umschlag in beiden Händen und starrte eine Weile darauf. Es war Samstag. Die einzige Möglichkeit, dass der Brief noch heute sein Ziel erreichte, war ein Kurierdienst. Emanuela hatte natürlich keine Ahnung, ob Svea an einem Samstag überhaupt arbeitete, doch die bloße Vorstellung, dass diese Aufnahme auch nur einen einzigen Tag länger hier herumlag, machte sie unruhig. Eine weitere Frage, die Emanuela sich stellte, war, ob Svea überhaupt gewillt wäre, noch einmal mit ihr zu reden. Schließlich war sie das letzte Mal sehr abweisend zu Svea gewesen und hatte ihre intensiven Gefühle nicht ernst genommen. Wie sehr Emanuela das jetzt bedauerte! Doch alle Reuegedanken waren gerade sinnlos. Es blieb Emanuela nur eine Hoffnung: Minna – ihr gemeinsames Verbindungsstück aus dem Mittelalter – musste Svea davon überzeugen, sich zu melden.

Als Svea erwachte, war in ihrem Kopf ein wildes Durcheinander von Bildern. Sie brauchte einen Moment, bis sie verstand, wo sie war. Der Fernseher lief noch. Draußen war es hell. Sie rappelte sich auf und trat zum Fenster. Der Sturm war vorbei.

Das Badezimmer duftete noch immer so schön nach Rosen. Svea verwendete jedoch nicht viel Zeit darauf, sich fertig zu machen, denn sie wollte möglichst schnell los, um noch vor

Marc zu Hause zu sein. Sie hatte nicht vor, ihm jetzt noch etwas von ihrem Beinahe-Unfall zu erzählen. Schließlich war nichts passiert, und er würde sich nur unnötig Sorgen machen.

Sie ging in die Küche, wo Hanne Frau Haghene bereits eine Tasse Kaffee servierte.

»Guten Morgen, Frau Michel. Ich hoffe, Sie haben gut geschlafen.«

»O ja. Ganz hervorragend sogar, Frau Haghene. Vielen Dank, dass ich die Nacht hier verbringen durfte.«

»Nicht doch. Das war selbstverständlich. Trinken Sie noch einen Kaffee mit uns, bevor Sie gehen?«

»Das Angebot muss ich leider ausschlagen. Ich möchte nicht unhöflich sein, aber ich habe es ein bisschen eilig.«

»Natürlich. Gehen Sie nur, und genießen Sie Ihren freien Samstag. Wir sehen uns ja dann morgen.«

»Ich freue mich schon darauf. Ihnen auch einen schönen Tag.«

Svea wandte sich zum Gehen. Der Morgen begrüßte sie mit wunderschönstem Wetter. Kein Lüftchen wehte. Wären nicht überall Blätter und Zweige verteilt gewesen, hätte nichts auf den Sturm am Vortag hingewiesen. Nur eines störte die Idylle. Schon von Weitem hörte Svea das Motorengeräusch einer Kettensäge. Je weiter sie die Auffahrt entlangging, desto lauter wurde es. Sie sah ihr Auto und daneben das von Bero. Beide Wagen hatten offene Motorhauben und waren mit Kabeln verbunden.

Bero hatte bereits gut die Hälfte des umgestürzten Baums zersägt und zur Seite geräumt. Als er sie bemerkte, schaltete er die Kettensäge ab.

»Sie haben mein Auto überbrückt«, stellte Svea fest.

»Ja, das Licht war wohl die ganze Nacht an. Benzin habe ich auch nachgefüllt.«

»Ich danke Ihnen vielmals. Sie müssen ja schon eine kleine Ewigkeit mit all dem hier beschäftigt sein.«

Er sah noch einmal hinter sich und nickte dann. »Kann man so sagen.«

Svea schämte sich in diesem Augenblick etwas. Sie hatte ihm einen beachtlichen Haufen Arbeit aufgehalst. »Wie soll ich das nur wiedergutmachen?«

»Nun, es wäre wohl Ihnen und anderen ausreichend damit gedient, wenn Sie in Zukunft weniger stur wären.«

Das war alles, was er zu ihr sagte. Svea fühlte sich von seinen Worten beleidigt. An den Mann, der sie gestern so warmherzig angelächelt hatte, erinnerte nicht mehr viel.

»Ich mag stur sein, aber glauben Sie mir, ich bin sicher nicht die Einzige hier, die nicht perfekt ist. Wir haben doch alle unsere Fehler, oder etwa nicht?« Obwohl sie wusste, wie unangebracht ihre Worte waren, platzten sie einfach aus ihr heraus. Sie hatte endgültig genug von seiner latent hochmütigen Art.

Bero blickte sie an, ohne eine Miene zu verziehen. »Sie haben recht. Auch ich bin nicht perfekt. Wäre ich es, hätte ich wohl vermocht, Ihre Handtasche zu retten. Habe ich aber nicht. Sie war – ebenso wie der Fahrersitz – durch die offene Tür dem Dauerregen ausgesetzt.«

Svea riss die Augen auf und wandte sich ihrem Auto zu. Tatsächlich, hier lag ihre Handtasche. Das Leder und der gesamte Inhalt waren komplett durchnässt. »Nein, das gibt es doch nicht. So ein Mist.«

Bero ging derweil zu seinem Auto. Er zog einen Plastiküberzug von seinem Beifahrersitz und rief: »Hier!« Dann warf er.

Svea fing ihn mit einer wenig eleganten Bewegung auf.

»Nicht gemütlich, aber dafür trocken.« Nach diesen Worten machte Bero sich daran, die Kabel von den Autos zu entfernen. Mit einem lauten Knall, der Svea zusammenzucken ließ, schloss er die Motorhaube ihres Polos. Schweigend ging er wieder zu seiner Säge und warf den Motor an.

Svea schüttelte ärgerlich den Kopf. Sie war wütend auf ihn, obwohl ihre Dankbarkeit doch eigentlich überwiegen sollte. Aber seine überhebliche Art machte es ihr unmöglich. Sie erinnerte sich an Hannes Worte tags zuvor im Flur: *Sie kommen schon aus einer anderen Welt,* hatte sie gesagt. Wie wahr! In Windeseile zog sie den Bezug über ihren Sitz und fuhr los. Mit Absicht würdigte sie ihn keines Blickes mehr, als sie quälend langsam an ihm vorbeirumpelte, doch einen Blick in den Rückspiegel konnte sie sich nicht verkneifen.

Bero Haghene sah ihr nach und lachte kopfschüttelnd. Alles an seiner Haltung schien auszudrücken, wie wenig ernst er sie nahm.

Svea spürte Zorn in sich aufsteigen. Wie hatte sie überhaupt denken können, dass er doch ganz nett sei? Welch ein Irrtum! Er würde niemals etwas anderes in ihr sehen als eine Person niederer Herkunft. *Menschen wie Sie,* hallte es in ihrem Kopf. Svea nahm sich vor, ihm in Zukunft aus dem Weg zu gehen. Sie hatte es nicht nötig, sich so herablassend behandeln zu lassen.

Ihr Ärger hielt noch eine Weile an – ziemlich genau bis Etelsen. Als sie den Ort erreichte, genügte ein flüchtiger Blick, um zu erkennen, dass der Zirkus *Ottilio* nicht mehr da war. Keine Zelte und Tiere mehr, bloß eine leere Wiese. Svea vergaß kurzzeitig, auf das Gas zu treten. Sie war geschockt. Obwohl sie natürlich wusste, dass es das Schicksal eines Wanderzirkuses war weiterzuziehen, wurde ihr auf einmal bewusst, dass Medina selbstverständlich mitgezogen war. Sie war einfach weg – ebenso wie der Bremer Freimarkt, der seine Tore mittlerweile bis nächstes Jahr geschlossen hatte – und somit auch die Bretterhütte, in der Medina das Handlesen angeboten hatte. Plötzlich fiel Svea ein, dass sie auch das Firmentelefon, von dem aus sie Medina angerufen hatte, nicht mehr besaß, ebenso wenig das Los mit der Telefonnummer darauf, das sie Medina hatte aushändigen müssen. Alle noch so zarten Bande zwischen ihnen waren somit gekappt. Aber war das wirklich schlimm?

Kopfschüttelnd machte Svea sich klar, dass ihre Betrübtheit darüber lächerlich war. Es gab schließlich keinen einzigen Grund, Medina jemals wiederzusehen. Die Frau hatte schon letztens nicht mehr mit ihr sprechen wollen, und vielleicht war es auch gut so, dass jetzt nicht mehr die Gefahr bestand, Medina zufällig über den Weg zu laufen – womöglich noch in Marcs Gegenwart. Und dennoch spürte Svea tief in sich ein unerklärliches Gefühl des Verlusts.

Den Fuß wieder fest auf dem Gaspedal, nahm sie die Abfahrt zur Autobahn und erreichte wenig später Bremen. Sie war schon fast in der Friedrich-Wilhelm-Straße angekommen, da wurde sie plötzlich von einem Polizeiauto überholt. Der Beamte darin machte ein Handzeichen und gab Svea zu verstehen, sie solle Platz machen. Noch während sie auf eine Bushaltelinie rollte und sich fragte, was sie falsch gemacht hatte, fuhren auch schon zwei weitere Streifenwagen mit Blaulicht an ihr vorbei. Sie alle schienen es sehr eilig zu haben.

Der Verkehr normalisierte sich wieder, und auch Svea wollte gerade weiterfahren, da ertönte das Geräusch einer Textnachricht. Sie war von Marc.

Hi Lady, ich habe noch etwas gearbeitet. Komme aber jetzt nach Hause. Zieh dir was Hübsches an. Wir gehen gleich in die Stadt. Ich lade dich zum Frühstück ein.

Svea lächelte. Genau das brauchte sie jetzt. Marc schien ihre Gedanken zu lesen. Mit flinken Fingern tippte sie: *Toll! Ich sterbe vor Hunger.*

Ich habe außerdem noch eine Überraschung für dich, schrieb er zurück

Jetzt bin ich aber neugierig! Was für eine Überraschung? Bitte sag es mir!

Daraufhin kamen ein lachender Smiley und die Worte: *Du kommst bestimmt selbst drauf, wenn du lang genug nachdenkst.*

Ungeduldig antwortete Svea: *Komm ich nicht. Gib mir einen Tipp.*

Okay, zieh keine Handschuhe an, das wäre hinderlich. Das ist mein einziger Hinweis. Denk nach!

Svea grinste in sich hinein. Vorfreude stieg in ihr auf, denn jetzt war klar, was er meinte. Sie würden nach Trauringen Ausschau halten! *Ich denke, ich weiß es,* schrieb sie und schickte einen küssenden Smiley hinterher.

Marc antwortete mit einem Bild, auf dem der Stamm eines Baums zu sehen war. In die Rinde waren die Umrisse eines Herzens eingeritzt. *Hat zwar ein anderer gemacht, ist aber trotzdem für dich!,* schrieb er.

Das Herz musste schon viele Jahre alt sein, die Linie wies eine beachtliche Breite auf. Svea lächelte. Wo hatte er das nur wieder gesehen? Mittlerweile schien er wirklich einen Blick für Herzen zu haben. Ob er wusste, wie sehr er ihr jedes Mal eine Freude damit machte?

Wunderschön, das Herz. Ich freue mich auf dich. Bis gleich, Kuss.

Mit einem wohligen Gefühl im Bauch fuhr sie das kurze Stück bis nach Hause, wo sie sogleich ein Beauty-Schnellprogramm startete. Sie wollte gut für Marc aussehen. In ihren Gedanken konnte Svea das Erinnerungsfoto schon sehen, auf dem sie beide vor einem Juwelier posierten und mit freudigen Gesichtern auf zwei Ringe im Schaufenster zeigten.

Gerade war sie aus der Dusche gestiegen und hatte sich

den Bademantel angezogen, da hörte sie auch schon seine Schritte im Treppenhaus. Sie öffnete die Wohnungstür und blickte direkt in sein Gesicht – ein völlig erschöpftes Gesicht!

»Wie siehst du denn aus?«, fragte sie erstaunt.

Marc blieb im Türrahmen stehen und starrte Svea an. Sein Blick wirkte erschrocken. »So schlimm?«

»Na ja … ja. Guck mal in den Spiegel. Die Nacht auf dem Sofa scheint unbequemer gewesen zu sein als erwartet.«

Jetzt lächelte er zerstreut. »Da siehst du mal, was passiert, wenn du nicht neben mir liegst. Ich hatte Probleme beim Einschlafen. Blöder Sturm.«

»Vielleicht willst du dich lieber hinlegen, anstatt in die Stadt zu fahren.«

»Nein, nein«, wiegelte er ab, gab ihr einen flüchtigen Kuss und drückte sich in ihr vorbei. »Eine heiße Dusche und ein ordentliches Frühstück werden mir guttun.«

Svea sprang lachend ins Bad und verschloss vor seiner Nase die Tür. »Du kannst gleich duschen. Zuerst muss ich meine Haarkur auswaschen.«

»Ach, eben noch Mitleid heucheln, und jetzt sind dir deine Haare wichtiger als mein Wohlergehen«, beschwerte er sich scherzhaft.

»Nur funf Minuten …«

»Diese fünf Minuten kenne ich.«

Svea hörte, wie er die Kaffeemaschine anschaltete und die automatische Reinigung begann, dann vernahm sie nur noch das Brausen des Wasserstrahls auf ihrem Kopf. Die Geräusche so dicht an ihrem Ohr übertönten das Klingeln an der Haustür und auch Marcs Schritte, die darauf zuhielten.

Marc öffnete und blickte in das Gesicht von Frau Nandu.

»Guten Morgen, Herr Sievers. Ich war so frei, Ihre Post mit hochzunehmen.«

»Äh, danke. Aber das war doch gar nicht nötig«, sagte er verwundert.

Frau Nandu schaute wieder mal auf eine Weise, die ihrem Gegenüber wohl klarmachen sollte, wie unverzichtbar sie war. »Ich dachte, Sie sind vielleicht in den Urlaub gefahren, da gestern niemand da war. Aber es war anscheinend nur ein kurzer Ausflug, den Sie da gemacht haben.«

Ihre Worte klangen wie eine Frage, aber Marc dachte gar nicht daran zu antworten. Stattdessen nahm er die Post entgegen und stellte eine Gegenfrage. »Wie meinen Sie das? Meine Freundin war doch gestern hier.« Er vermied mit Absicht das Wort Verlobte. Frau Nandu hätte sich darauf gestürzt wie eine ausgehungerte Hyäne auf einen Kadaver.

»Aber nein, bei Ihnen war alles dunkel. Ich habe auch geklopft, aber keiner hat aufgemacht.« Jetzt legte sie freundschaftlich eine Hand auf seinen Unterarm. »Sie können mich doch jederzeit fragen, ob ich die Post hochhole und die Blumen gieße, wenn Sie mal weg sind. Das mache ich gern für Sie.«

»Wir wollen nicht weg …« Marc hatte keine Ahnung, wovon diese Frau sprach. Er konnte noch viel schlechter mit ihrer neugierigen Art umgehen als Svea und musste sich sehr zusammenreißen, um höflich zu bleiben.

Frau Nandu zwinkerte. »Ich verstehe. Man soll das ja auch nicht an die große Glocke hängen, wenn man die Wohnung für länger verlässt. Das lockt nur Diebe an. Aber *mir* können Sie doch vertrauen.« Sie nickte aufmunternd. »Wenn Sie also mal wieder auswärts sind, kümmere ich mich diskret um alles. Sie brauchen es nur zu sagen!«

»Danke, das machen wir dann. Auf Wiedersehen.« Marc

schloss die Tür und atmete durch. Die Begegnungen mit dieser Frau strengten ihn jedes Mal so an, dass er danach stets einen Augenblick benötigte, um überhaupt zu realisieren, was sie wirklich gewollt hatte.

Das Geräusch des fließenden Wassers aus dem Bad verstummte.

Marc stand noch immer unbewegt da. Sein Kopf schmerzte durch den Schlafmangel und machte ihm das Denken schwer. Kein Wunder – die vergangene Nacht war wohl die heftigste seines bisherigen Lebens gewesen! Jetzt aber sickerte die Bedeutung von Frau Nandus Worten langsam durch. Seine Augen weiteten sich, und er begann die Zähne aufeinanderzupressen. So stark, dass seine Kiefermuskeln sich sichtbar anspannten. Um ein Haar wäre er ins Badezimmer gestürmt, als just die Tür aufging. Marc sah Svea an und fragte: »Wo warst du gestern Nacht?«

»Na, hier natürlich«, erwiderte sie ohne Verzögerung, während sie sich die Haare mit einem Handtuch trocken rubbelte. Einen Wimpernschlag später veränderte sich ihr Gesichtsausdruck. Sie ließ das Handtuch sinken. Es war offensichtlich, dass sie ihre Worte bereute, denn an seinem bloßen Blick war zu erkennen, dass er die Wahrheit kannte. Svea hatte ein Problem.

»Du lügst mich noch mal an? Mitten ins Gesicht? Frau Nandu war gerade da.« Er hielt die Briefe hoch.

»Marc, warte mal …«, begann sie und machte einen Schritt auf ihn zu. Er aber wich zurück.

»Moment!« Die erhobene Handfläche auf Svea gerichtet, verlangte er: »Ich will jetzt sofort wissen, was hier los ist.«

»Ich erkläre es dir ja. Aber fahr erst mal ein bisschen runter. Ich bin bei den Haghenes geblieben. Es war doch nur wegen des Sturms. Verstehst du? Es war … nichts!«

»Nein, ich verstehe nicht. Tut mir leid.«

Svea atmete tief durch. Nach einer kleinen Pause gestand sie: »Wenn ich ehrlich bin, habe ich nicht die geringste Ahnung, warum ich dir gestern Abend nicht gleich davon erzählt habe. Es gibt keine Erklärung dafür.«

»Das macht es mir schwer, dir zu glauben. Es ist mir ein Rätsel, warum du mir das verheimlichst. So etwas Unwichtiges, wie du selber sagst. Es muss doch einen Grund geben.«

»Es gibt aber keinen. Ich … wollte wohl nicht, dass du dir Sorgen machst.«

»Ja, ja«, er winkte ab und lachte kalt auf. »Das lässt sich hinterher immer leicht sagen.«

»Was soll das denn jetzt bitte heißen?«

»Vielleicht warst du ja gar nicht bei diesen Haghenes, sondern ganz woanders.«

»Wie bitte? Wo soll ich sonst gewesen sein?«

Marc verschränkte die Arme und musterte sie. »Was weiß ich? Sag du es mir. Deine Erklärung klingt jedenfalls nicht plausibel.«

In den nächsten zehn Minuten versuchte Svea ihr Bestes, um die Sache herunterzuspielen. Marc jedoch ließ ihre Worte an sich abprallen. Er hasste kaum etwas mehr, als angelogen zu werden – ganz besonders von Svea. Es ging schon bald nicht mehr um den nächtlichen Sturm und dessen Folgen, der sie ja beide davon abgehalten hatte, nach Hause zu fahren. Vielmehr ging es um Vertrauen in einer Beziehung, die bald zu einer Ehe werden sollte.

Mit Absicht betonte Marc seine nächsten Worte ironisch: »Schön, dass wir über alles reden können! Eine tolle Grundlage.«

»Ach, das sagt ja genau der Richtige«, schimpfte Svea nun laut. Hatten ihre Worte eben noch einen reuevollen Ton gehabt, so verwandelte sich dieser jetzt in Wut. »Du bist es doch, der immer abblockt und komisch wird, wenn es zu *dem* Thema kommt.«

»Was? Willst du jetzt Äpfel mit Birnen vergleichen?«

»Ach komm, du weißt genau, dass ich recht habe. Kaum erwähnt man deine Mutter oder ein spirituelles Thema, drehst du durch. Du solltest dich demnach lieber nicht darüber beschweren, dass man mit mir nicht über alles reden kann. Denk mal drüber nach!«

Ungläubig schüttelte Marc den Kopf. »Wie kommst du dazu, dir ein Urteil über meine Mutter zu erlauben? Du hast überhaupt keine Ahnung davon, wie durchgeknallt sie wirklich ist!«

»Genau! Und zwar deshalb, weil du nicht mit mir darüber sprichst!«

»Warum sollte ich mit dir über eine Verrückte sprechen? Was hättest du davon? Sie hat nicht alle Tassen im Schrank, reicht das nicht als Erklärung?« Marc ballte die Hände zu Fäusten. Dieses Thema brachte ihn auch so schon in Rage, ohne dass Svea ihn belog.

»Pah, vielleicht sollte ich das besser mal hinterfragen.« Jetzt zeigte sie mit dem Finger auf ihn. »Ja, vielleicht bist du einfach nur überempfindlich oder intolerant. Und mit ihr ist alles okay?«

Marc sah sie einen Moment lang unbewegt an. Dann konnte er nicht länger an sich halten und stürmte ins Schlafzimmer, wo er die Schrankschiebetür aggressiv zur Seite schob und ein Kleidungsstück so ruckartig von einem Bügel riss, dass dieser zu Boden fiel.

Svea schien so überrascht, dass sie noch immer schweigend dastand, als er zurückkam.

Er hielt ihr etwas entgegen. Eine Karte, die vorne ein farbiges Bild aufwies und hinten mit Kugelschreiber beschriftet war. »Hier, bitte schön. Das hat mir meine Mutter am Tag unserer Verlobung gegeben. Sie wollte mich damit davon abbringen, um deine Hand anzuhalten. Du kannst dir das ja mal ansehen und dann entscheiden, ob du sie wirklich für so harmlos hältst. Ich habe bis heute zwar gedacht, sie ist eine Geisteskranke, die sich zwischen uns zu stellen versucht. Aber wenn du meinst, mit ihr sei alles okay, dann sollte ich eventuell in Betracht ziehen, dass sie recht mit ihren Worten hat.« Er griff nach seiner Jacke und seiner Sporttasche, die immer fertig gepackt im Flur stand.

Svea nahm die Karte an sich, ohne darauf zu schauen. »Wo willst du hin?«

»Zum Sport.«

»Du lässt mich jetzt einfach hier stehen?«

»Sorry, aber die Lust, Trauringe auszusuchen, ist mir wirklich vergangen.« Wütend knallte er die Tür hinter sich zu.

Svea blieb allein zurück, und obwohl sie das gar nicht wollte, galten ihre ersten Gedanken Frau Nandu. Mit Sicherheit hatte sie das laute Knallen vernommen und lehnte sich jetzt neugierig aus dem Fenster, um zu sehen, wer von ihnen beiden das Haus verließ. Svea schüttelte den Kopf. Die letzte Person, an die sie jetzt denken wollte, war Frau Nandu. Deren unsägliche Neugier trug schließlich Schuld an diesem Streit.

Svea ging in die Küche und trank den Kaffee, den Marc eigentlich für sich gemacht hatte. Während sie so dasaß und die letzten Minuten Revue passieren ließ, gestand sie sich schließlich ein, dass der Streit doch zu großen Teilen ihre Schuld war. Schon jetzt tat ihr das leid. Alle Wut auf Marc verblasste plötzlich, nur die Wut auf sich selbst blieb. Diese

Situation wäre so leicht zu vermeiden gewesen, hätte sie doch gestern einfach die Wahrheit erzählt. Ihr Blick glitt zur Haustür. Ob er noch mal wiederkommen würde?

Er kam nicht, weder nach fünf Minuten noch nach fünfzehn. Und sie kannte Marc gut genug, um zu wissen, dass es sinnlos war, weiter zu hoffen.

Sveas Stimmung wurde immer betrübter. Sie hatte sich so sehr auf einen schönen Tag mit Marc gefreut; jetzt saß sie hier ganz allein und war enttäuscht.

»Verdammt«, fluchte sie vor sich hin und stürzte den letzten Schluck Kaffee hinunter. Unterdessen fiel ihr Blick auf die seltsame Karte, die Marc ihr gegeben hatte. Sie lag vor ihr auf dem Tisch. Svea fand, dass sie aussah wie eine Tarotkarte, aber was wusste sie schon über Tarot? Sie nahm sie zur Hand und betrachtete sie genauer. Die Rückseite war eng beschrieben. Es war die unverwechselbar schlanke Schrift seiner Mutter, die sie von Weihnachts- und Geburtstagskarten kannte.

Mein lieber Sohn, diese Tageskarte habe ich heute für dich gezogen. Ich weiß, was du davon hältst, aber bitte höre mir zu. Nur dieses eine Mal! Gehe diese Ehe nicht ein. Befreie dich von dieser Verbindung mit Svea – sie tut dir nicht gut. Sie tut euch beiden nicht gut! Es würde zu weit führen zu erklären, was diese Karte im Detail bedeutet, darum sage ich dir nur, ihr werdet nicht glücklich werden. Eure Beziehung ist belastet, auf ihr liegt ein Bann. Wenn du auch nie wieder mit mir sprechen magst, so beherzige wenigstens ein letztes Mal, ein einziges Mal, meinen Rat: Entfliehe dieser »schwarzen Hochzeit«.

Deine Mutter

Svea bekam eine Gänsehaut am ganzen Körper. Sie ließ die Karte fallen, als könne sie sich daran verbrennen. Marc hatte recht: Seine Mutter musste irre sein! Wer von *schwarzer Hochzeit* redete, wenn der eigene Sohn sich verloben wollte, konnte doch nur einen gehörigen Knall haben. Wahrscheinlich hatte sie gehofft, Marc durch diesen Schwachsinn länger an sich binden zu können, doch da kannte sie ihn schlecht. Schließlich bewirkte diese Aktion das genaue Gegenteil.

Plötzlich kamen Svea Marcs letzte Worte in den Sinn. Hatte er sie nur in seiner Wut gesagt, oder meinte er sie am Ende sogar ernst? In ihr zog sich alles zusammen. Warum nur hatte sie seine Mutter eben verteidigt? Das war dumm gewesen.

Svea betrachtete erneut die Vorderseite der Karte. Hier sah sie ein Pärchen, das an den Handgelenken durch eine Kette aneinandergefesselt war. Hinter ihnen ragte ein Dämon hervor, der die Krallen nach ihnen ausstreckte. Ein schauderhaftes Bild. Svea wandte den Blick ab. Es hatte einen Grund, warum sie mit Tarotkarten nichts zu tun haben wollte. Sie waren gruselig und schürten Ängste.

Mit einem Mal unschlüssig, was sie mit diesem freien Tag anfangen sollte, ging Svea ins Wohnzimmer, um den Fernseher anzumachen. Obwohl sie die Karte in der Küche zurückließ, wollte das Bild ihr nicht aus dem Kopf gehen. Sie hatte keine Ahnung, was Marcs Adoptivmutter sich bei dieser Karte und der Erklärung gedacht hatte, doch wahrscheinlich war es zwecklos, weiter darüber zu sinnieren. Sicherlich ergab das alles nur dann einen Sinn, wenn man wie sie ein bisschen verrückt war.

Mit einem traurigen Gefühl in ihrem Innern starrte Svea auf den Fernseher. Es lief eine Kochsendung, die sie nur mäßig interessierte. Zwei Teams traten gegeneinander an. Bald schon präsentierten sie ihre ersten Ergebnisse. In der Nahaufnahme wurde ein tiefer Teller gezeigt, darin eine leicht schaumige Kürbiscremesuppe, garniert mit etwas Crème fraîche in der Mitte und Sonnenblumenkernen, die herzförmig hineingegeben worden waren. Svea dachte nicht lange nach. Sie nahm ihr Handy und schoss ein Foto, das sie sogleich an Marc verschickte.

Lass uns später bitte noch mal in Ruhe reden. Ich liebe dich! Svea.

Als wenig später ihr Handy piepte, war sie sich sicher, dass Marc ihr geantwortet hatte. Doch es war Pia. Zunächst enttäuscht, öffnete sie die Nachricht. Sie konnte ja nicht wissen, dass der Inhalt so vielversprechend sein würde:

Hi Svea, ich habe gerade eine E-Mail von der Bibliothek bekommen. Kommende Woche ist das Buch da, auf das ich warte. Sobald ich es habe, rufe ich an. Mal sehen, ob wir danach schlauer sind. Ach ja, ich bin gestern noch einmal den Stammbaum der Clüvers durchgegangen. Dabei ist mir tatsächlich noch etwas aufgefallen. Der Vater von Hermann Clüver, Alvericus de Orthentorpe, war Vogt des Klosters Ebstorf! Das ist doch verrückt, oder? Meinst du, du hast dich deshalb im Kloster so seltsam gefühlt? Ist da eine Verbindung? Vielleicht hast du recht, und es gibt keine Zufälle.

Es dauerte einige Minuten, bis sie wieder einigermaßen klar denken konnte. Dann fasste Svea den Entschluss, Pia anzurufen, und das, obwohl sie eigentlich gar nicht genau wusste, was sie von ihr wollte.

Svea ließ es extra lange klingeln. »Komm schon, jetzt geh endlich ran. Eben hast du mir noch eine Nachricht geschickt. So weit kannst du von deinem Telefon doch gar nicht entfernt sein.« Alles Schimpfen half nichts. Pia schien beschäftigt.

Ratlos saß Svea auf ihrer Couch. Starr, mit aufgerissenen Augen.

Wie konnte ein Tag zu so einer frühen Stunde schon derart viel Verwirrung mit sich bringen? Zuerst Beros Verhalten am Morgen, das Svea zunehmend verunsicherte. Dann der Streit mit Marc, diese schaurige Tarotkarte und nun auch noch die Information über das Kloster Ebstorf. Svea fasste sich an den Kopf. Ihre Gedanken rasten, und das Bedürfnis, mit jemandem zu sprechen, wurde immer übermächtiger. Doch wer kam infrage? Tilli musste heute arbeiten, wie Svea wusste. Ein Wochenende gab es für sie derzeit kaum. Pia ging nicht ans Telefon. Mit Marc hätte sie über all das sowieso nicht sprechen können. Und Medina? Tja, die hätte auch tot sein können, so unerreichbar war sie.

Svea war mit dem immer stärker werdenden Druck, den sie in sich spürte, völlig allein. Dieses Gefühl war kaum auszuhalten. Sie brauchte ein Ventil, um nicht durchzudrehen, und sie brauchte auf wenigstens ein paar der zig Fragen in ihrem Kopf Antworten. Warum offenbarte sich ausgerechnet ihr ein Teil der Vergangenheit, und warum geriet dadurch gerade alles, was kürzlich noch sicher schien, ins Wanken?

Verwirrt fasste sie sich mit den Händen an den Kopf. Es fühlte sich an, als würde er beinahe zerspringen. Sie musste handeln – sofort! Einfach hier sitzen zu bleiben und nichts zu tun war keine Option, wenn sie verhindern wollte, dass am Ende noch ihr ganzes Leben auseinanderbrach. Svea holte ihren Laptop, um zum einzigen, wenn auch fragwürdigen Mittel zu greifen, welches ihr noch blieb.

Mit flinken Bewegungen öffnete sie einen Browser und begann ihre Suche im Internet. Sie konnte selbst kaum glauben, dass sie das gerade tat, dennoch tippte sie die Worte *Rückführung Bremen* ein.

Wenn Medina nicht bereit war, ihr zu helfen, dann würde Svea eben jemanden suchen müssen, der es an ihrer Stelle tat. Sollte es tatsächlich stimmen, was sie behauptet hatte – dass Svea *einen guten Zugang zu ihren Bildern* besaß –, dann waren die Voraussetzungen dafür optimal. Warum sollte nicht auch ein anderer Rückführer schaffen, was Medina bei Svea geschafft hatte?

Einige Minuten lang überblickte sie ihre Suchergebnisse. Zugegebenermaßen wusste Svea nicht, worauf sie dabei achtgeben musste, darum rief sie einfach bei dem Erstbesten an. Es tutete nur kurz, dann war eine sehr bedächtige Stimme zu hören.

»Hallo Unbekannter oder Unbekannte. Du hast die richtige Nummer gewählt, nur zu einem falschen Zeitpunkt. Gerade begleite ich jemanden zurück in eine längst vergangene Zeit. Auch du wünschst dir das, und du wirst bekommen, wonach du suchst. Unsere Seelen sind schon jetzt miteinander verbunden. Ich brauch nur noch deine …«

Svea legte auf, allein diese Stimme war ein guter Grund dafür. Die Frau hatte geklungen, als würde sie die meiste Zeit bei einer Sexhotline arbeiten! Unvorstellbar, dass es jemandem, der so sprach, gelingen würde, sie erfolgreich rückzuführen. Ein Kriterium hatte Svea somit für sich herausgestellt: keine schwülstige Stimme! Svea klickte sich zur nächsten Website und wählte die angegebene Nummer. Es dauerte nicht lange, da hob jemand ab. Ein Mann.

»Rückführungen und Seelenwanderung Bremen. Mein Name ist Schneider. Was kann ich für Sie tun?«

Trotz ihrer inneren Unruhe musste Svea sich das Lachen verkneifen. Der standardisierten Ansage nach hätte sie ebenso gut bei einem Zahnarzt gelandet sein können – von schwulstig keine Spur.

»Guten Tag. Mein Name ist Sv… Svenja Richter«, log Svea im letzten Moment. »Ich interessiere mich für eine Rückführung.«

»Wunderbar. Da sind Sie bei uns genau richtig. Allerdings arbeiten wir nur auf Termin. Ich könnte Ihnen im nächsten Quartal einen …«

»Geht es nicht sofort? Also heute?«

Ein Lachen erklang. »Gute Frau, Sie wissen wohl nicht, mit wem Sie sprechen. Wir sind *die* Experten auf diesem Gebiet, und zwar weit und breit. Termine bei uns sind heiß begehrt und bereits Wochen im Voraus …«

»Schon gut. Danke und auf Wiederhören.« Svea legte einfach auf und ließ sich zurück in die Sofakissen fallen. Noch ein Kriterium also: Zeit! Somit war eines klar: Bei den Überfliegern der Branche brauchte sie nicht anzurufen. Dort würde sie kaum einen Termin noch für diesen Tag bekommen. Es musste aber unbedingt heute sein!

Wieder dem Laptop zugewandt, klickte sich Svea durch die ersten Ergebnisse ihrer Suche, bis sie in einen Bereich kam, wo die Webseiten weit weniger protzig aussahen. In der Hoffnung, dass hier die Kunden nicht Schlange stünden, wählte sie eine beliebige Nummer und wartete.

»Hallo?«

Svea war irritiert. Nur ein Hallo? Keine lange Begrüßungsformel? »Hallo. Svenja Richter hier. Bin ich bei Ihnen richtig, wenn ich eine Rückführung machen will?«

»Ja, schon …«

»Okay, was muss ich tun?«

»Zuerst mal vorbeikommen.«

»Und dann?«

»Dann geben Sie mir Geld, und ich bringe Sie in ein früheres Leben.«

»Klingt … einfach.«

Ein Lachen ertönte, das etwas Gelangweiltes an sich hatte. »Wir können auch ein bisschen Hokuspokus einbauen, wenn Ihnen das lieber ist. Aber ich verzichte gern darauf. Es ist unnötig und hat meiner Meinung nach nichts mit Rückführungen an sich zu tun.«

Svea wusste nicht recht, ob das, was der Mann sagte, gut oder schlecht war. Einerseits klang es sehr ernüchternd, andererseits hatte Medina außer ihrer Aufmachung auch kein Theater veranstaltet, und es war trotzdem eine echte Rückführung dabei herausgekommen.

»Nein, nein«, beeilte sie sich zu sagen. »Schon gut. Ich brauche keinen Schnickschnack. Kann ich sofort kommen?«

»Von mir aus. Die Adresse steht ja auf meiner Webseite.«

»In Ordnung. Dann mache ich mich gleich auf den Weg.«

Svea legte auf. Sie dachte nicht lange über das nach, was sie im Begriff war zu tun. Ansonsten wäre es ihr bestimmt komisch vorgekommen, dass dieser Mann überhaupt keine Fragen gestellt und als einzige Bedingung Vorkasse erwähnt hatte. Doch Sveas Wunsch, noch einmal rückgeführt zu werden, war so drängend, dass er ihre Skepsis überwog. Dieser sprichwörtliche Strohhalm war das Einzige, wonach sie in diesem Augenblick greifen konnte. Kurz entschlossen zog sie sich an und verließ mit noch feuchten Haaren die Wohnung.

Im Treppenhaus klingelte ihr Handy. Es war Pia.

»Hi Svea. Ich hab deinen Anruf verpasst. Wolltest du was Bestimmtes?«

»Hast du gerade was vor?«

»Ich lerne ein bisschen, aber so richtig bekomme ich heute nichts in meinen Kopf.«

»Ich hole dich gleich ab.«

»Okay … Wo fahren wir denn hin?«

»Ins Mittelalter. Und diesmal kommst du mit.«

Pia hatte mit offenem Mund mit angehört, was ihre Freundin zu tun beabsichtigte. Danach war sie so aufgeregt, dass sie kaum still sitzen konnte.

Svea hingegen schien die Ruhe selbst zu sein. Nichts, was jetzt kam, könnte sie noch schocken, hatte sie ihr versichert.

Pia wünschte, sie könnte das Gleiche von sich behaupten, doch Vorsicht und Skepsis gehörten nun mal zu ihrem Wesen. Es fiel ihr schwer, die Kontrolle einfach abzugeben – so gern sie es in diesem Fall auch tun würde. »Was weißt du denn über den Mann, zu dem wir jetzt fahren?«, wollte sie wissen.

»Nichts«, gestand Svea.

»Wie meinst du das? Woher kennst du ihn?«

»Ich kenne ihn gar nicht. Seine Nummer habe ich aus dem Internet.«

»Aha.« Pia schwieg einen Moment. Ihre Bedenken wurden von dieser Information nicht gerade gemindert. »Und was genau ist denn dein Plan?«

»Na ja, ich werde ihm mehr oder weniger die Wahrheit sagen. Jedenfalls so weit, wie es geht, ohne dass er mich für verrückt hält. Entweder habe ich Glück, und er schafft, was Medina auch geschafft hat, oder eben nicht. Es ist einen Versuch wert. Was habe ich zu verlieren?«

Pia zog die Augenbrauen hoch und sog scharf die Luft ein. »Ich wünschte, ich wüsste eine Antwort darauf, Svea.« Sie wollte ihre Freundin nicht verunsichern, aber ihr Bauchgefühl signalisierte ihr, dass es naiv war, sich vorschnell einem x-Beliebigen anzuvertrauen. Dennoch versuchte sie nicht, Svea von dem Vorhaben abzubringen. Dafür war sie selbst viel zu gespannt. Und vielleicht hatte Svea ja recht und konnte ihr Problem nur auf dieser Ebene angehen.

Dann hatten sie ihr Ziel erreicht. Svea parkte den Wagen vor einem kleinen Einfamilienhaus, das seinen letzten Anstrich wohl vor einigen Jahrzehnten gehabt hatte. Grün lief es vom Dach herunter und färbte den Putz, der wohl einstmals weiß gewesen war.

»Sieht ja nicht so einladend aus«, bemerkte Pia.

»Das schreckt mich nicht ab. Bei Medina lag ich in einem Wohnwagen – auch nicht viel besser.«

»Da hast du natürlich auch wieder recht.«

Die Freundinnen brauchten nur leise zu klopfen, da öffnete ihnen ein Mann die Tür.

»Frau Richter?«

»Ja, die bin ich«, antwortete Svea und erntete einen verwunderten Blick von Pia.

»Sie haben nicht gesagt, dass Sie jemanden mitbringen.«

»Ist das ein Problem?«

Pia spürte den Blick des Mannes auf sich ruhen und bemühte sich, so liebreizend zu lächeln, dass sie die Unschuld eines Rehkitzes ausstrahlte. Um keinen Preis der Welt wollte sie jetzt fortgeschickt werden.

»Nein, kommen Sie rein.«

Gemeinsam betraten sie den Flur, in dem die altmodischen Farben vergangener Jahrzehnte dominierten. Pia erinnerte sich daran, wie Svea ihr erzählt hatte, dass fast all ihre Kunden genauso wohnten: holzvertäfelte Wände, ausgetretene Läufer, eine Deckenlampe, die mehr praktisch als schön war. Sie hatte die Häuser mit Zeitkapseln verglichen, in denen selbst der Geruch von früher konserviert wurde. Jetzt verstand Pia das.

»Schuhe ausziehen?«, fragte Svea mit einer Selbstverständlichkeit, die vermuten ließ, dass sie es bei ihren Kunden auch immer so machte.

»Nein, nicht nötig. Hier entlang.« Der Mann ging schlurfend vorweg.

Pia beäugte ihn von hinten. Er trug eine Cordhose mit Hosenträgern und ein kariertes Hemd. Seine Frisur erinnerte sie an eine Mönchstonsur, in Wahrheit handelte es sich einfach um altersbedingten Haarausfall. Stumm führte er sie einen Flur entlang, bis in ein Zimmer, das wegen der zugezogenen Vorhänge ziemlich dunkel war.

Pia hatte das nicht erwartet. Es machte sie nervös. Sie versuchte, Sveas Blick aufzufangen, um herauszufinden, ob es ihr ähnlich erging. Doch ihre Freundin wirkte entspannt und überhaupt nicht überrascht.

»Warum ist es so dunkel hier?«, fragte Pia.

»Das ist eben so«, gab der Mann schlicht zur Antwort. »Sie können sich hier hinsetzen. Dann wandte er sich Svea zu. »Dies ist Ihr Platz.« Er wies auf eine Liege. Sie sah benutzt aus. Das Laken darauf war knittrig.

Svea hatte bislang ohne mit der Wimper zu zucken über alles hinwegsehen können – das leicht verkommene Haus, die einsilbige Art des Mannes. Aber auf einer benutzten Unterlage wollte sie nicht liegen. »Ich möchte ein frisches Laken.«

Der Mann sah sie an und schien zu überlegen, ob ihm diese Forderung zu frech war. Dann aber sagte er: »Sollen Sie haben, aber zuerst bekomme ich achtzig Euro.«

Svea gab ihm das Geld, ohne sich anmerken zu lassen, dass der Betrag ein beachtliches Loch in ihre Kasse riss. Dann verschwand der Mann aus dem Zimmer. Jetzt sah sie zu Pia, die kerzengerade auf dem ihr zugewiesenen Platz saß und ihre Handtasche umklammerte. »Alles okay mit dir?«

»Willst du das wirklich machen? Der Typ ist komisch!«

»Ach was«, winkte sie ab. »Vielleicht ist er komisch, aber das war Medina auch. Glaub mir, wärst du damals dabei gewesen, hättest du mich an den Haaren wieder aus ihrem Wohnwagen gezerrt.« Svea schmunzelte. Auch wenn sie einfach nur vorhatte, Pia zu beruhigen, entsprachen ihre Worte trotzdem der Wahrheit.

»Mag ja sein, aber kann dir dabei auch wirklich nichts zustoßen?«

»Du bist doch hier. Was soll mir schon passieren?«

»Ich weiß es nicht.«

Noch immer sah ihre Freundin so besorgt aus, dass Svea es ein letztes Mal mit Nachdruck probierte. »Hör mal, diese Esoteriker sind doch alle etwas schräg. Denk jetzt nicht darüber nach. Denk lieber daran, was wir vielleicht alles rausbekommen werden, wenn die Rückführung gelingt. Und vergiss nicht: Medina wird uns nicht helfen. Es gibt also keine andere Möglichkeit als diese.«

Der Mann kam mit einem Laken in der Hand zurück. Wortlos bezog er die Liege neu. Dann sagte er: »Bitte. Ich wäre so weit.«

Svea sah noch einmal zu Pia, die ihr jetzt zaghaft zunickte. Dieses Zeichen der Zustimmung ließ sie fortfahren, allerdings nicht mehr so entschlossen wie zuvor. Trotz ihrer überzeugenden Worte hatte Pia mit ihrem Verhalten leichte Zweifel in ihr geweckt, weshalb Svea sich erst einmal nur setzte, anstatt sich gleich hinzulegen. »Gibt es denn kein Vorgespräch?«

Der Mann schaute erstaunt. »Wozu? Sie sagten mir doch schon am Telefon, dass Sie eine Rückführung machen wollen. Genau das tun wir jetzt auch.«

»Aber ist so was nicht üblich?«

»Wenn Sie unbedingt drauf bestehen.« Er zuckte mit den

Schultern. »Wo würden Sie denn gerne hin? Wollen Sie zu einem Leben in der Renaissance? Oder vielleicht doch eher Mittelalter?«

Sveas Zweifel verstärkten sich. Medina war zwar sonderbar gewesen, aber dabei niemals flapsig. Ihre Worte – so knapp bemessen sie auch waren – hatten irgendwie professioneller geklungen. In diesem Moment schoss Svea ein bestimmter Moment mit Medina durch den Kopf. Damals hatte sie ihr gesagt, dass Rückführungen keine Videofilme waren, die man beliebig anhalten oder weiterlaufen lassen konnte. Dieser Mann widersprach gerade jener These. Wer von den beiden hatte nun recht?

»Können Sie sich nicht entscheiden?«

»Doch.« Svea schob all ihre Bedenken mit einem tiefen Atemzug zur Seite. Ihr Zögern war schließlich nicht zielführend. Mit kraftvoller Stimme sagte sie: »Ich möchte ins Mittelalter.«

»So, so. Sie haben also konkretere Vorstellungen.«

»Ja, die habe ich. Ganz genau gesagt möchte ich ins Jahr 1221, denn ich habe die Vermutung, dass ich eine Verbindung zu dieser Zeit habe. Kriegen Sie das hin?«

»Sicher, alles ist möglich«, bestätigte er unbeeindruckt. »Sie müssen mir nur vertrauen und tun, was ich sage. Legen Sie sich jetzt hin. Machen Sie es sich bequem.«

Svea gehorchte. Sobald sie sich in Rückenlage befand, schloss sie die Augen und machte sich gedanklich bereit für die ersten tiefen Atemzüge. Nur, wo blieb die Musik?

»Wenn Sie so weit sind, beginne ich jetzt mit der Hypnose.«

Sie riss die Augen wieder auf. »Hypnose?«

Der Mann ließ die Schultern hängen und schaute genervt. »Ja, was glauben Sie denn, wie ich das mache?«

»Arbeiten Sie nicht mit dem Verbundenen Atem?«

»Nein, was soll das sein? Ich hypnotisiere. Eine Methode ist so gut wie die andere. Es geht nur um das Erreichen des Trancezustandes.«

Svea war von einer Sekunde auf die andere angespannt. Bis eben hatte sie noch geglaubt zu wissen, was auf sie zukam, und jetzt sollte sie sich hypnotisieren lassen. Das war neu. In Zeitraffergeschwindigkeit überlegte sie, ob sie das überhaupt wollte oder das Ganze doch lieber abbrechen sollte. Es war bloß ein Zünglein an der Waage, das sie dazu veranlasste zu bleiben – trotz ihres wachsenden Zwiespalts.

»Sind Sie so weit?«

»Ja«, antwortete Svea mit dünner Stimme. »Machen Sie weiter.«

Der Mann stellte sich jetzt neben Svea an die Liege. Er sah ihr ins Gesicht und hob seine Hand, bis sie ungefähr einen Meter über Sveas Kopf schwebte. Dann verlangte er: »Sehen Sie jetzt bitte auf meine Hand. Suchen Sie sich auf ihr einen Punkt, den Sie fixieren. Es ist Ihr Ruhepunkt. Haben Sie ihn gefunden?«

»Ja«, sagte Svea, obwohl das nicht stimmte. In ihrer Aufregung war es ihr unmöglich, sich für einen Punkt zu entscheiden. Sollte sie die Spitze des krummen Mittelfingers nehmen oder besser den von Nikotin verfärbten Zeigefinger? Bevor sie sich entschied, sprach er schon weiter.

Diesmal war seine Stimme verändert. Sie war sehr langsam und besaß fast keine Intonation mehr. »Ich möchte jetzt, dass Sie sich von allen Alltagssorgen befreien. In den nächsten Minuten haben Sie nichts anderes zu tun, als sich auf dieser Liege zu entspannen. Fühlen Sie Ihren Atem, wie er ein- und wieder ausströmt. Spüren Sie jedes Ihrer Glieder, wie es schwer wird. Zuerst die Beine, dann Ihr Becken, jetzt Ihr Rücken und Ihre Arme … und schließlich Ihre Augen, die jetzt zufallen.«

Svea war noch so sehr mit der Suche nach einem fixen Punkt auf der Hand über sich beschäftigt gewesen, dass sie ihm nur mit einem Ohr zugehört hatte. Was hatte er eben über ihre Beine und ihr Becken gesagt?

»Ihre Augenlider fühlen sich jetzt schwer an und fallen zu«, wiederholte er ruhig.

Ach so, dachte Svea und schloss geschwind die Augen. Sie presste sie geradezu zusammen. Es war so gar nicht das, was der Mann gemeint hatte.

Dennoch sprach er weiter. Er hatte die Hoffnung scheinbar noch nicht aufgegeben, dass sie es doch noch schaffte, sich zu entspannen. »Sie sind jetzt an einem wunderschönen Bach im Wald. Können Sie ihn sehen? Das Wasser fließt langsam und plätschernd vor sich hin. Die Sonne scheint warm auf Sie herunter. Sie fühlen sich hier geborgen und glücklich. Nach und nach entspannen Sie sich.«

Svea musste sich sehr konzentrieren, um die Augen geschlossen zu halten und Bilder von einem Bach auftauchen zu lassen. Kurzzeitig hatte sie ein Bild im Kopf gehabt, es dann aber wieder verworfen. Das war kein Bach, entschied sie für sich. Bäche waren klein. Was sie gesehen hatte, war eher ein reißender Strom mit weiß schäumenden Spitzen gewesen. Denk an einen Bach, einen kleinen Bach, versuchte sie sich zu zwingen.

»Während ich spreche, wird das Gefühl der Entspannung in Ihnen immer stärker. Es überkommt Sie regelrecht und bringt Sie in einen friedlichen und sehr tiefen Zustand. Jede Silbe, die ich sage, trägt Sie tiefer in die Hypnose hinein.«

Jetzt erschrak Svea. Sie sollte also schon in der Hypnose sein? Aber sie war doch hellwach! Was hatte sie falsch gemacht? Hatte sie nicht versucht, all seine Anweisungen zu befolgen? Sie öffnete die Augen und sah ihn an.

Der Mann hatte den Mund bereits zum Sprechen geöffnet, hielt dann aber inne.

»Es klappt nicht«, sagte Svea unverblümt.

»Warum machen Sie die Augen auf?«

»Weil ich offensichtlich nicht hypnotisiert bin?«, gab sie etwas zickig zur Antwort.

»Ich sagte doch, Sie sollen tun, was ich …«

»Habe ich doch. Aber Ihre Tricks mit der Hand und dem Bach haben nun mal nicht geklappt.« Svea setzte sich auf.

»Sie müssen sich auch hypnotisieren lassen wollen. Mit jemandem, der sich sperrt, kann ich nicht arbeiten.«

»Glauben Sie, ich bin hierhergekommen, um mich zu sperren? Ich will ja rückgeführt werden, aber Ihre Methode passt ganz offensichtlich nicht zu mir.«

»Es steht Ihnen frei zu gehen.«

»Das werde ich auch. Aber ich will mein Geld zurück.«

»Ich gebe Ihnen genau die Hälfte, schließlich hätte ich in dieser Zeit einen anderen Klienten betreuen können.«

Svea verzog das Gesicht. Sie bezweifelte, dass dieser Mann so viele Klienten hatte, aber das behielt sie für sich. Wortlos nahm sie die beiden Zwanzig-Euro-Scheine entgegen und verließ mit Pia das Haus.

»Gott sei Dank hast du abgebrochen, Svea. Mir war nicht wohl bei der Sache.«

»Ja, mir auch nicht. Hypnose ist wohl nicht mein Fall. Jetzt wissen wir das …!«

Sie stiegen in den Wagen, blieben aber zunächst einfach sitzen, ohne loszufahren.

»Wie war das denn bei dieser Medina?«, fragte Pia. »Du sagtest vorhin etwas vom *Verbundenen Atem*. Was genau ist das?«

»Ich kann es dir auch nur ganz laienhaft erklären. Schließlich habe ich nicht viel Erfahrung darin. Aber die Erfahrung, die ich gemacht habe, war unglaublich intensiv. Eigentlich musst du nicht viel mehr machen, als die ganze Zeit kräftig und ohne Pause dazwischen ein- und wieder auszuatmen. Das machst du ungefähr fünfzehn bis zwanzig Minuten lang.«

»Und was passiert dann?«

»Das ist beinahe unbeschreiblich, Pia. Du kommst in die Segelphase und fühlst dich … schwerelos. Ruhig. Fokussiert. Es ist einfach wunderbar.«

»Das klingt so leicht.«

»Ist es auch, aber nur, wenn dir jemand hilft. Du bekommst Krämpfe, verlierst anfangs den Rhythmus. Ich habe es alleine versucht, bin aber währenddessen eingeschlafen. So einfach ist es also leider doch nicht.«

»Wie schade«, schloss Pia. »Wenn diese Medina doch nur nicht so stur wäre.«

»Stur oder nicht, das ist gar nicht mal der Punkt. Der Zirkus ist weitergezogen, wie mir heute Morgen zufällig aufgefallen ist. Ich habe keine Nummer von ihr und sie kein Interesse mehr an mir. Der Zug ist abgefahren.«

Svea startete den Motor und lenkte den Wagen auf die Straße. Auf der gesamten Fahrt bis zu Pias Wohnung hingen sie beide ihren eigenen Gedanken nach.

4

Svea hatte spontan beschlossen, Tilli diesen Nachmittag einen Besuch abzustatten. Doch als sie auf dem Parkplatz drei Streifenwagen entdeckte, zögerte sie. Was war hier los?

Svea verließ dennoch ihr Auto und balancierte den Pappbecher-Boden mit den beiden Latte Macchiatos darin auf einer Hand, während sie mit der anderen die Tür der Zentrale aufdrückte. Auf dem Flur stand sie dann eine Weile lang etwas ratlos herum. Gedämpfte Stimmen waren zu hören. Dann ging Tillis Bürotür auf. Heraus kamen vier Polizisten, den ersten davon meinte Svea sogar zu erkennen. War es nicht jener Mann, der sie heute Morgen noch an den Straßenrand befohlen hatte?

»Guten Tag«, grüßte Svea und nickte freundlich.

Ihr Gruß wurde viermal erwidert. Daraufhin verschwanden die Männer auch schon.

Svea blickte zu Tilli hinüber. Die Tür zu ihrem Büro stand offen. Sie saß am Schreibtisch und hatte das Gesicht in den Handflächen vergraben. Jetzt sah sie auf und erblickte ihre Freundin.

»Hi«, sagte Svea schüchtern, als sie die Tür hinter sich schloss. »Alles in Ordnung mit dir? Ich komme wohl sehr ungelegen, was?« Sie reichte Tilli einen Kaffee.

»Genau was ich jetzt brauche«, sagte diese dankbar und nahm den Becher entgegen.

»Soll ich besser wieder gehen?«

»Nein, setz dich nur.«

»Was ist denn hier los?«

Tilli rieb sich die ungeschminkten Augen. Sie war blass, die Haare strähnig. Svea konnte sich nicht erinnern, ihre stets makellose Freundin jemals so in der Öffentlichkeit gesehen zu haben.

»Es ist etwas passiert, Svea. Regine Zwickel ist verschwunden. Sie … man hat sie morgens nicht in ihrem Krankenzimmer aufgefunden. Die Polizei geht sogar von einem Verbrechen aus.«

»Was? Das ist ja fürchterlich!« Svea war ernsthaft schockiert. Die Tatsache, dass sie Frau Zwickel nicht leiden konnte, spielte keine Rolle. Einem Verbrechen zum Opfer fallen sollte sie natürlich nicht. »Aber was wollte die Polizei denn hier bei dir?«

Tilli sah gequält auf, sodass Svea ganz flau im Magen wurde.

»Sie wollten sich doch sicher nur ihren alten Arbeitsplatz anschauen, oder?«

»Ja, auch. Aber leider nicht nur das.«

»Was meinst du damit?«

»Sie hatten Fragen. Sehr viele Fragen. Von den Krankenschwestern, die Regine betreut haben, wussten sie nämlich, dass sie nur von einer einzigen Person Besuch bekommen hatte – von mir. Die Polizisten haben es nicht direkt gesagt, aber ich glaube, ich stehe unter Verdacht.«

Umgehend erhob sich Svea von ihrem Stuhl und umrundete den Schreibtisch. Dann umarmte sie Tilli ganz fest. »Bitte mach dir nicht zu viele Sorgen. Sie werden ganz schnell merken, dass du damit nichts zu tun hast. Das ist ja lächerlich!«

»Meinst du?« Die üblicherweise so selbstbewusste Tilli klang unsicher.

»Natürlich! Sind wir doch mal ehrlich: Frau Zwickel war alles andere als beliebt. Dich aber hat sie verehrt.«

»Ach Svea«, jetzt löste sich Tilli aus der Umarmung. »Genau das ist ja das Problem. Sie haben Briefe in ihrem Schrank gefunden. Liebesbriefe. An mich!«

Svea musste sich am Tisch abstützen, um nicht das Gleichgewicht zu verlieren. »Das kann ich nicht glauben. Sie … ist lesbisch?«

»So scheint es jedenfalls. Und die Polizisten haben mich gefragt, ob ich auch eine Neigung zu Frauen habe.« Abermals schlug sie die Hände vors Gesicht. Sie lehnte sich in dem Ledersessel zurück und ließ sich damit nach hinten kippen. Dann stellte sie ihre Füße auf die Schreibtischkante. Den Blick jetzt an die Decke gerichtet, erklärte sie Svea: »Die Briefe waren wohl so verfasst, dass man annehmen könnte, ich würde ihre Gefühle erwidern. Beinahe als hätten wir eine Beziehung.«

»Hat man dir die Briefe gezeigt?«

»Nein. Sie haben es nur erzählt.«

»Aber dann ist es vielleicht nur ein Trick, um dich zu irgendwelchen unbedachten Aussagen zu bewegen. Möglicherweise stimmt das alles gar nicht.«

Tilli schüttelte den Kopf. »Ich wünschte, es wäre so. Ich habe es dir noch nicht erzählt, aber Regine hat sich sehr seltsam mir gegenüber verhalten, als ich sie besuchte. Irgendwie total verändert. Das hat mich echt verwirrt. Eine Zeit lang dachte ich, sie wäre bloß einsam, aber jetzt kenne ich die Wahrheit.«

Darauf wusste Svea erst einmal nichts mehr zu sagen. Schweigend tranken die Freundinnen ihren Kaffee.

Irgendwann stieß Svea aus: »Ach Mann, heute ist einfach ein verdammter Scheißtag.«

»Das kannst du laut sagen.«

Svea schaute in ihren leeren Kaffeebecher, knickte den Rand, drückte die Bechermitte zusammen und wieder auseinander, bis die Pappe schon ganz labbrig war.

Tilli sah ihr mit skeptischem Blick dabei zu. »Hast du auch Ärger?«

»Hmm.«

»Erzähl schon!«

»Mein Problem ist mit deinem Problem natürlich nicht zu vergleichen, aber Marc und ich haben uns gestritten.«

»Worum ging's?«

»Es war eine echt blöde Sache. Ich habe ihm nicht die Wahrheit gesagt.«

»Du hast ihn angelogen?«

»Nein, ich habe ihm lediglich nicht die ganze Wahrheit erzählt. Das ist ein Unterschied.«

»Ja? Klingt für mich aber ziemlich gleich.«

»Toll, jetzt machst du mir auch noch ein schlechtes Gewissen.«

»Wieso *auch noch*?«

»Weil ich mich deshalb schon schlecht genug fühle. Ich weiß, dass es falsch war. Und jetzt reden wir nicht mehr miteinander. Scheiße! Eigentlich wollten wir heute nach Trauringen gucken. Das ist natürlich ins Wasser gefallen. Er ist einfach wütend aus der Wohnung gestürmt. Kein Zettel, keine Nachricht auf dem Handy. Tja, das heißt, wir haben noch immer Streit.«

»Dann ruf du ihn doch an.«

»Ich habe ihm schon geschrieben. Keine Antwort. Jetzt ist er gefälligst dran.«

Tilli lächelte. »Du klingst sehr erwachsen!«

Jetzt musste auch Svea lächeln.

»Ihr werdet euch schon noch vertragen. Bestimmt meldet er sich gleich bei dir, und dann ist alles verg…« Tilli hatte ihren Satz nicht mal beendet, da piepte Sveas Telefon. Eine Textnachricht.

Sie sah Tilli mit großen Augen an.

»Ha! Was habe ich gesagt?«, meinte diese nur.

Svea sprang zu ihrer Tasche. »Tatsächlich, eine Antwort von Marc! Du kannst wohl hellsehen!«

»Schön wär's. Das könnte ich jetzt gut gebrauchen.«

Svea las vor: »Hi Lady, wir reden später noch mal. Will mich nicht streiten. Bin in drei Stunden zu Hause. Love you too. Marc.«

»Siehst du. Was habe ich gesagt? Jetzt kochst du ihm noch sein Lieblingsessen, und alles ist wieder in Ordnung.«

»Vielleicht keine schlechte Idee. Ich habe echt was gutzumachen.«

»Dann geh schon«, meinte Tilli zwinkernd. »Auf mich wartet noch ein Berg Arbeit. Die Polizisten haben mich eine halbe Ewigkeit aufgehalten.«

Svea griff nach ihrer Tasche und schickte ihrer Freundin einen Handkuss. Gerade war sie durch die Tür, da hielt Tilli sie mit einem Ruf zurück.

»Warte noch!«

Svea kam zurück und sah, dass Tilli ihr einen Umschlag entgegenhielt.

»Der kam heute Morgen für dich per Kurier. Ohne Absender.«

Verwundert nahm Svea ihn entgegen. Er war dick gepolstert und enthielt offenbar einen harten, flachen Gegenstand. Auf dem Umschlag stand geschrieben: *Zu Händen der Mitar-*

beiterin Svea. »Danke«, sagte sie abwesend, wandte sich winkend um und riss den Umschlag auf.

Tilli sah Svea nach, wie sie die Zentrale verließ und sich an dem Umschlag zu schaffen machte. Von ihrem Schreibtisch aus konnte sie den schnurgeraden Flur entlangblicken bis zur gläsernen Außentür.

Mit Sveas Verschwinden fiel auch ein Teil der Anspannung von ihr ab. Tilli hatte unterschätzt, wie belastend es war, sich der besten Freundin gegenüber nicht gänzlich öffnen zu können. Schon jetzt nahm sie sich vor, Svea bei ihrem nächsten Zusammentreffen zu bitten, das Thema Regine Zwickel zu meiden. Svea würde es nicht hinterfragen und es einfach darauf schieben, dass Tilli dem Druck kurzzeitig entkommen wolle – auch wenn das nicht die Wahrheit war.

In diesem Moment sah Tilli, wie Svea den Inhalt des Umschlags auf dem Parkplatz hektisch zu durchsuchen begann. Ihre Freundin zog einen Zettel heraus, überflog ihn und rannte dann wie verrückt zu ihrem Auto. Nur ein paar Sekunden später verließ Sveas Wagen mit quietschenden Reifen den Parkplatz.

Tilli wunderte sich darüber, verschwendete aber keinen weiteren Gedanken daran. Sie musste dringend mit jemand Bestimmtem telefonieren – jetzt, wo Svea endlich weg war.

Im Schneidersitz saß Svea auf ihrem Bett. Die Rollos waren runtergezogen. Vor ihr stand ihr billiger Laptop, der mit blechernem Hall die Audio-CD aus dem Umschlag wiedergab. Schnell wurde Svea klar, dass die Frau, die hier Emanuela genannt wurde, in Wahrheit Medina war. Doch warum Medina ihr diese CD mit der Aufschrift *Zweite Rückführung, Juni 2005* geschickt hatte, verstand sie nicht. Noch nicht!

Zuallererst hörte Svea ein Gespräch. Medina und ein Mann redeten über etwas, das wohl am Vortag geschehen war. Eine *erste Rückführung*. Dann ging es um ein Horoskop. Sehr ausführlich erklärte der Mann verschiedene Dinge über den Sonnenstand und Aszendenten, die Svea nur zur Hälfte begriff. Ungefähr zwanzig Minuten später fingen sie mit der eigentlichen Rückführung an. Nun hörte Svea, wie Medina den Verbundenen Atem vollführte und schließlich zur Segelphase kam. Die Musik wurde leiser, und die männliche Stimme erklang.

»Geh jetzt zurück durch Raum und Zeit, noch mal hin zu dem konkreten früheren Leben, in dem du gestern warst. Sieh erneut jenen Moment in der Kirche vor dir, kurz bevor man dich mit dem Ritter vermählt hat. Bist du dort?«

»Ja, ich sehe es.«

»Dann schau dich unter den Gästen um. Betrachte jedes Gesicht, und lass jetzt die Figur der Frau vor deinem inneren Auge auftauchen, die du hast humpeln sehen.«

An dieser Stelle folgte eine kurze Pause. Wahrscheinlich wollte der Mann seiner Klientin die Möglichkeit geben, sich zu erinnern. Und nicht nur Medina erinnerte sich …

Svea schlug die Hände vor den Mund. Sofort sah sie die humpelnde Frau vor sich, die sie ja selbst in ihrer Rückführung gewesen war!

»Siehst du sie jetzt vor dir?«, fragte der Mann Medina.

»Ja.«

»Gut, jetzt wechsle die Position. Verlass den Körper der Braut, und begib dich in die humpelnde Frau. Sieh, was sie sieht, fühle, was sie fühlt. Füll die Person ganz mit deinem Bewusstsein aus.«

Svea stellte den Ton noch lauter. Ihr Herz schlug so kräftig, dass sie es bis in die Ohren pochen hörte. All ihre Beherrschung war nötig, um der Aufnahme weiter konzentriert zu folgen – so sehr tobte die Aufregung in ihr.

»Löse dich jetzt aus dieser Zeit, in der du dich befindest. Der Tag jener Hochzeit liegt noch vor dir. Geh ein Stück zurück in der Zeit, und lass deutlich werden, wer genau du bist und was mit dir geschehen ist. Warum humpelst du? Gehe in die konkrete Situation, und beschreibe, was passiert.«

»Ich bin ein Mädchen. Keine zehn Jahre alt.«

»Wo befindest du dich?«

»In einem Kloster.«

»Lebst du dort?«

»Nein. Ich bin nur selten dort. Aber wenn, dann sitze ich mit einem Mann in seiner Schreibstube. Heute lässt er mich für kurze Zeit allein. Ich soll hier eigentlich auf ihn warten, aber nach einer Weile wird mir furchtbar langweilig, also verlasse ich die Kammer und laufe ein wenig herum.«

»Entdeckst du dabei etwas Interessantes?«

»Ja. Ich sehe einen Pferdewagen im Klosterhof stehen. Niemand sonst ist hier. Das Pferd steht ganz ruhig, also gehe ich darauf zu. Es richtet die Ohren auf mich und schaut mich an.«

»Streichelst du das Pferd?«

»Ja, es hat eine weiche Nase und eine schöne lange Mähne. Ich mag Pferde.«

»Was ist auf dem Wagen?«

»Da sind mehrere schwere Truhen drauf. Sehr edle Truhen, mit eisernen Beschlägen. Eine davon hat ein besonderes Schloss. Es sieht aus, als wäre am Ende des Verschlusses ein Tierkopf zu sehen.«

Svea begann lautlos zu weinen. Nicht aus Trauer, sondern deshalb, weil sie nicht wusste, wohin mit ihren Gefühlen. Diese Truhe, dieser Verschluss mit dem Tierkopf… Medina konnte nichts von Sveas Erlebnis in Ebstorf wissen, aber dennoch hatte sie dieselbe einzigartige Truhe gesehen.

Indessen trieb der Mann die Rückführung weiter voran. »Gehst du hin und siehst dir die Truhe genauer an?«

»Nein.« Es klang traurig.

Svea lief ein Schauer über den Rücken, allein vom Klang dieses einen Wortes. Wie ein Kind wickelte sie sich jetzt ihre Bettdecke um die Schultern.

»Was passiert dann?«

»Ein Mann tritt aus dem Kloster. Er sieht mich bei dem Wagen stehen und schreit los. Er sagt, ich habe dort nichts verloren und solle verschwinden. Ich erschrecke mich und das Pferd auch. Es steigt, dann sausen seine Vorderhufe nieder, direkt auf mein Bein. Es bricht.«

Svea hörte Medinas Stimme an, wie schlimm dieser Moment der Rückführung für sie damals gewesen sein musste. Und auch sie litt Qualen. Das kleine Mädchen, das von diesem Moment an ihr Leben lang humpeln würde, tat ihr unendlich leid. Mindestens ebenso sehr wie die Frau, die das Mädchen später sein würde. Minna!

Die Stimme des Mannes erklang wieder. Er hatte offensichtlich genug gehört und verfolgte nun ein anderes Ziel. »Jetzt verlass diesen Ort, dieses Kloster und auch das Gefühl, das dir gerade innewohnt. Jeder Schmerz dieses Augenblicks ist nun verschwunden. Geh zu dem nächsten wichtigen Ereignis, das für deine Situation wichtig ist. Wie viel Zeit ist vergangen?«

»Ich bin achtundzwanzig Jahre alt.«

»Wo befindest du dich?«

»Auf einer Burg. Vor mir sitzt eine Frau mit langem Haar. Ich kämme und frisiere sie.«

»Wer ist diese Frau, und wer bist du?«

»Es ist jene Frau, deren Leben ich gestern gesehen habe. Die Zukünftige meines Bruders. Ich bin schon einige Jahre ihre Dienerin, aber auch ihre Freundin.«

»Und du? Bist du verheiratet?«

»Nein, mich wollte niemand – obwohl ich sehr schön bin. Mein Humpeln stößt die meisten ab.«

»Geh jetzt ein Stück weiter in der Situation. Was geschieht?«

»Ich habe die Haare meiner Herrin aufwendig geflochten und mit Bändern verziert. Sie ist zufrieden und strahlt. Heute ist ein wichtiger Tag für sie. Die Verlobung zwischen ihr und meinem Bruder soll gleich durch einen Handschlag mit ihrem Vater besiegelt werden. Es klopft an der Tür. Ihre Mutter holt uns ab. Sie blickt streng und ermahnt ihre Tochter, den Blick gesenkt zu halten und nicht zu sprechen, ohne gefragt zu werden.«

»Gehorcht sie ihr?«

»Ja. Sie würde nie wagen zu widersprechen. Außerdem gibt es dafür kaum Gelegenheit. Wir sind nur wenige Augenblicke in der großen Halle, wo der Umtrunk stattfindet. Unsere Gegenwart scheint nicht wirklich von Belang zu sein. Bald schon schickt man uns wieder hinaus.«

»Warte«, forderte der Mann Medina jetzt auf. »Schau dich noch einmal um, bevor du die Halle verlässt.«

»Aber auch ich soll den Blick doch stets zu Boden richten …«, protestierte Medina.

»Tu es trotzdem«, verlangte der Mann mit gelassener Selbstverständlichkeit. »Wen siehst du als Erstes an?«

»Jemanden, der seitlich von mir steht. Ich schaue auf sein Profil. Er bemerkt meine Regung und guckt hoch. Unsere Blicke bleiben kurz aneinander hängen. Dann schießt mir das Blut in den Kopf, und ich wende mich ab. Aus dem

Augenwinkel kann ich sehen, dass er mich weiter beobachtet. Ich spüre es.«

»Wer ist dieser Mann? Kennst du ihn?«

»Ja. Es ist mein Bruder.«

So deutlich wie eine Fotografie sah Svea das Gesicht dieses Mannes vor ihr, der sie in der Kirche von ihrem Geliebten getrennt hatte.

»Warum reagierst du so heftig auf seinen Blick? Auf welche Weise schaut er dich an?«

»Lüstern und gierig.«

»Dein eigener Bruder?«

»Er ist nicht mein richtiger Bruder.«

»Was dann? Dein Halbbruder vielleicht?«

Es folgte ein Schweigen. Svea hätte sich sehr über eine Antwort gefreut. Da Pia und sie Minna nicht auf dem Stammbaum der Clüvers hatten finden können, wäre es so vielleicht zu einer Lösung gekommen, aber nein. Es war schwer zu sagen, ob Medina nicht antworten wollte oder nicht konnte. Der Rückführungstherapeut war aber feinfühlig genug, um nicht weiter Druck auszuüben. Stattdessen bat er: »Beschreibe mir, was du fühlst, wenn du ihn ansiehst. Auch Lüsternheit und Begierde? Oder etwas anderes?«

»Nein, ich begehre ihn nicht. Im Gegenteil! Seit langer Zeit schon habe ich Angst, dass er übergriffig wird. Ich tue alles, um ihm nie allein zu begegnen, denn ich weiß, dass er ein tiefes Verlangen nach mir hat. Meine Hoffnung ist, dass das aufhört, sobald er mit meiner Herrin verheiratet ist.«

»Ja, dann sieh nach, ob deine Hoffnung sich erfüllt. Geh weiter vor in deinem Leben. Dorthin, wo die Antwort liegt. Wie viel Zeit ist vergangen?«

»Etwas über ein Jahr.«

»Schau dich um. Wo bist du?«

»Ich stehe mit meiner Herrin auf einer Brücke und blicke flussabwärts, dorthin, wo aus der Mitte des Flussbetts Pfähle herausragen. Es sind Anlegestellen für Schiffe. Sie warten darauf, dass die Brücke sich öffnet, nachdem sie ihren Zoll entrichtet haben. Das Wasser unter uns fließt schnell. Meine Herrin ist gern an diesem Ort.«

»Und du?«

»Es kommt darauf an, wem wir begegnen.«

»Was tut ihr dort?«

»Trotz ihres Zustands bestand meine Herrin des Morgens darauf, ihrem Gemahl einen Korb mit Wein, Brot und Käse zu bringen. Sie will ihm eine gute Ehefrau sein. Ich rate ihr zwar davon ab, aufs Pferd zu steigen, aber sie hört nicht auf mich.«

»Sie ist also schwanger?«

»Ja, ihr Bauch ist schon kugelrund.«

»Freust du dich darüber?«

»Ich freue mich sehr für sie. Aber ich bin auch ein wenig neidisch, weil ich davon ausgehe, dass mir dieses Glück für immer verwehrt bleiben wird. Doch ich erzähle ihr nichts von meinen Gefühlen.«

»Und? Wie geht die Situation weiter?«

»Wir überqueren die Brücke und kommen an einem Zollhaus an. Hier möchte sie sich auf eine Bank setzen. Sie ist blass und erschöpft, und sie gibt zu, dass sie heute besser auf mich gehört hätte. Es kommt, wie ich es befürchtet habe. Sie bittet mich, allein die Stiegen hochzusteigen und den Korb an ihren Gemahl zu übergeben. Sie würde sich in der Zwischenzeit etwas ausruhen. Ich lasse mir nicht anmerken, wie unwohl ich mich bei dem Gedanken fühle, mit meinem Bruder allein zu sein. Während ich zu ihm gehe, bete ich stumm, dass jemand bei ihm ist. Aber Gott erhört mein Flehen nicht. Ich trete in sein Kontor. Wir sind nur zu zweit. Ich soll die

Tür schließen. Er kommt auf mich zu und sieht mich wieder auf jene Weise an, die mir so zuwider ist.«

»Bleibt es bei seinen Blicken, oder geht er weiter?«

»Er bleibt vor mir stehen und flüstert mir ins Ohr, dass er auf so eine Gelegenheit schon lange gewartet hat. Mir läuft es kalt den Rücken hinunter. Ich bitte ihn, mich gehen zu lassen, aber er hört mir gar nicht zu. Ich lasse den Korb fallen und will fliehen, da packt er mich am Arm, zieht mich an sich ran und greift nach meiner Brust. Er warnt mich. Ich solle ja nicht schreien, sonst würde er mich auf der Stelle erwürgen. Ich habe Angst.«

»Was passiert? Sprich es aus«, flüsterte der Mann.

»Er drängt mich zurück, bis ich mit dem Rücken an der Wand stehe. Seine Hände sind überall. Sie fassen mich an und berühren Stellen, die ich ihm niemals freiwillig überlassen hätte. Jetzt zieht er mich zu Boden. Hier nimmt er sich, was er begehrt. Als er fertig ist, fällt er schwer auf mich. Ich kann fast nicht atmen und weine leise, doch das beeindruckt ihn nicht. Irgendwann steht er endlich auf und wischt sich den Schweiß von der Stirn. Ich solle aufhören zu heulen, sagt er. Seine Gemahlin würde sonst etwas bemerken.«

»Schaffst du es?«

»Ich versuche, mich zusammenzureißen. Auch ich will nicht, dass meine Herrin etwas merkt, und außerdem gönne ich ihm die Genugtuung nicht, mich gebrochen zu sehen.«

»Lässt er dich gehen?«

»Noch nicht. Er ordnet in Ruhe seine Kleidung, als wäre nichts geschehen. Währenddessen muss ich mir weitere Demütigungen gefallen lassen, wenn auch keine körperlichen mehr. Er sagt, dass er mich schon immer begehrt hat und eigentlich vorgehabt hatte, mich trotz meiner Verkrüppelung zu heiraten. Schließlich bestünde zwischen ihm und mir keine hinderliche Blutsverwandtschaft – auch wenn man uns Bruder und Schwester nennt.«

Wieder nur eine Andeutung, dachte Svea enttäuscht. Wie konnten zwei Menschen als Bruder und Schwester gelten, ohne blutsverwandt zu sein?

»Warum hat er dich nicht geheiratet?«

»Er sagt, ihm sei klar geworden, dass durch eine Ehe mit mir keine Vorteile entstanden wären. Eine solche Verbindung sei für ihn nutzlos, anders als jene zu meiner Herrin. Er lacht und sagt, er habe gut daran getan, so zu handeln. Gerade hätte sich ja schließlich herausgestellt, dass er beides haben könne: eine lohnende Verbindung zu einer angesehenen Familie und mich – die Schöne!« Medina atmete schwer. Es war wohl der Zorn. »Im Flüsterton fragt er mich noch etwas, auf das ich mir keinen Reim machen kann.«

»Was fragt er?«

»Ob ich es denn nicht auch spüren könne. Des Morgens sei er erwacht mit der Gewissheit, dass wir zwei zueinander gehören. Er sah mein Gesicht, wohin er auch ging, und er hörte meine Stimme, wie ich ihn zu mir rief. Da wusste er, ich wolle es auch.«

Svea schauderte es bei diesen Worten. Auch wenn sie nur hörte, wie Medina sie sprach, kam es ihr dennoch so vor, als hörte sie *ihn* sprechen. Seine Stimme war in ihrem Kopf.

»Beschreibe weiter«, forderte der Mann eisern.

»Endlich öffnet er die Tür und gibt den Ausgang frei. Ich will nur noch weg hier. Als ich aber an ihm vorbeigehe, packt er mich ein letztes Mal am Arm. Ich sehe ihn nicht an, als er sagt, dass ich fürs erste Mal ganz gut gewesen sei und er hoffe, wir hätten beim nächsten Mal mehr Zeit. Ich solle ihm außerdem nicht gram, sondern dankbar sein, schließlich hätte ich durch ihn die Freuden des Beischlafs kennengelernt, die mir sonst ein Leben lang verwehrt geblieben wären. Jetzt reiße ich meinen Arm aus seiner Umklammerung und sehe ihn boshaft an. Auch wenn ich mich nicht dagegen wehren konnte, dass er mir eben Gewalt angetan hat, so bleibt mir doch eine kleine Rache. Ich lächle überlegen und sage, er sei bei Weitem kein so guter Liebhaber, wie er von sich denke. Ansonsten hätte er bemerkt, dass bei mir kein Blut geflossen sei. Sein Gesicht verändert sich schlagartig. Es verliert sein siegreiches Grinsen und ist plötzlich wie erstarrt.«

»Was ist das für ein Gefühl, ihm zu sagen, dass er nicht der Erste war?«

»Es ist eine Genugtuung, durch die ich mich mit meinem Schicksal etwas versöhnt fühle.«

»Und wie geht es mit euch weiter?«

»Er fasst mich nie wieder auf diese Weise an, aber er wird Schlimmeres tun. Schon bald bereue ich meine kühnen Worte. Er nimmt Rache auf zweierlei Weise.«

»Auf welche?«

»Da er jetzt weiß, dass es da jemanden gibt, ruht er erst, als er seinen Namen kennt.«

»Dann geh hin zu diesem Tag, und sieh, was geschieht.«

»Wir sind in einer Kirche«, begann Medina langsam. Es schien, als müsse sie sich erst orientieren.

In diesem Moment hielt Svea die Aufnahme an. Ihr Atem ging stoßweise. Die letzten fünf Worte von Medina hatten ausgereicht; sie wusste, was jetzt kam. Svea musste zunächst in sich reinhorchen, ob sie es wirklich ertrug, das alles noch einmal zu durchleben. Irgendwann aber siegte ihre Willenskraft. Sie wischte sich die Tränen vom Gesicht und ließ die CD nun bis zum Ende laufen.

»Ich … ich höre Münzen klingen. Sie rollen über den Boden. Dann verliere ich das Gleichgewicht und stürze.«

»Versuch dich zu konzentrieren. Was passiert genau? Sieh dich um, und sag mir zuerst, was du siehst.«

»Ich sehe meinen Bruder. Er steht mit Wachen im Eingang der Kirche und versperrt ihn. Die Männer haben ihre Schwerter gezogen, obwohl wir uns in einem Haus Gottes befinden. Mein Bruder fordert meine Herausgabe. Doch *er* lässt es nicht zu.«

Medina sprach schnell und hektisch. Genau wie sie selbst damals an jener Stelle der Rückführung.

»Wer ist *er*? Der Mann, der dein Erster war?«

»Ja, der Vater meines ungeborenen Kindes. Er will mich beschützen. Aber seine Mühen sind vergebens.«

»Was tust du? Ergibst du dich?«

»Ich versuche, mich in eine Ecke zu flüchten. Auf allen vieren krieche ich durch die unzähligen herumliegenden Münzen. Es ist zwecklos …«

»Beschreibe sie. Ganz in Ruhe.«

Svea wunderte sich. Warum sollte Medina die Münzen beschreiben? Ihre einzige Vermutung war, dass der Mann sie ein wenig ablenken und dadurch beruhigen wollte. Und es klappte. Als sie weitersprach, klang ihre Stimme ruhiger.

»Sie sind von einer Seite hohl. Ich erkenne eine Burg darauf, mit einem Tor in der Mitte und einem Kreuz. Auf eine von ihnen fällt mein Blick. Sie hat oben eine tiefe Kerbe bis zur Mitte.«

Unvermittelt schloss Svea die Augen, biss sich auf die Lippe und schüttelte den Kopf. Sie konnte selbst kaum glauben, was sie da hörte. Aber die wundersamen Ereignisse häuften sich so sehr, dass Svea sich schon beinahe daran gewöhnte. Pia hingegen würde ausflippen – das wusste sie jetzt schon!

»Gut so. Atme ruhig weiter, und erzähle, was nun geschieht.«

»Mein Blick fällt auf die beschädigte Münze, da wird es plötzlich dunkel um mich herum. Man hat mir einen dicken Stoff über den Kopf geworfen. Ich kann kaum atmen.«

»Wo bringt man dich hin? Geh vor in der Zeit bis zu dem Ereignis, das deine Situation aufzeigt.«

»Ich bin auf einer Burg. Ich weiß nicht, wessen Burg es ist, aber ich werde hierbleiben, bis zu meinem Tod.«

»Was für ein Leben führst du da?«

»Ein sehr einsames. Ich habe keinen Kontakt zu anderen Menschen. Mein Bruder ist der Einzige, den ich noch zu Gesicht bekomme. Irgendwie bin ich mir sicher, dass niemand weiß, wo ich bin. Tagein, tagaus befinde ich mich in einer Kammer ohne Fenster. Sie ist warm, ich bekomme genug zu essen, aber ich darf nie mehr gehen.«

»Warum?«

»Weil er mich für sich allein will. Sein Verhalten wird immer extremer. Er sagt, dass wir für alle Zeit füreinander bestimmt sind, und er verlangt von mir, dass ich ihm immer wieder dieselben Worte sage: Es gibt keinen anderen Mann. Du bist der Einzige, dessen Berührung ich will. Dabei schaut er mich an, als wäre ich ein schönes Gemälde. Er kauft mir Kleider und Geschmeide. Ich soll hübsch sein für ihn, aber für niemanden sonst.«

»Geh nun zum Tag deines Todes. Beschreibe ihn. Hab keine Angst. Wie viel Zeit ist seit dem Tag in der Kirche vergangen?«

»Ungefähr ein halbes Jahr. Vielleicht etwas mehr. Ich liege auf dem Bett und habe Schmerzen. Mein Kind kommt. Doch egal, wie sehr ich meinen Bruder anflehe, er lässt niemand zu mir. Keiner soll wissen, wo ich bin. Die Geburt ist kompliziert. Ich schaffe es nicht allein. Dann, nach Stunden der Qual, sterbe ich.«

»Was passiert danach?«

»Es ist so, wie es oft beschrieben wird. Ich fühle mich leicht. Ich habe keine Schmerzen mehr. Nur ein weiches, weißes Licht ist da. Ich schwebe hinauf und sehe mich von oben.«

»Dann bleib da, wo du jetzt bist und wo du dich gut fühlst. Sieh auf dein Leben herab, und sag mir, was die höhere Erkenntnis für deine Seele ist.«

»Es ist eine traurige Erkenntnis. Nämlich die, dass ich ihm nicht entkommen konnte. Seine Verbindung zu mir war einfach zu stark. Und sie hallt nach, bis in die Zeit meines Todes.«

»Bis jetzt? Das heißt, du fühlst dich nicht völlig frei?«

»Nein, ich bin nicht frei.«

Jetzt war es der Mann, der schwieg.

Svea ließ sich zurück in die Kissen fallen. Sie hörte noch, wie die Aufnahme endete und das CD-Laufwerk von selbst aufschnellte. Noch war sie sich nicht sicher, ob das Anhören dieser Aufnahme ihr nun Antworten gegeben hatte oder noch mehr Fragen nach sich ziehen würde. Eines aber war klar: Zwischen ihr und Medina gab es eine tiefer gehende Verbindung. Sie hatten zwei Leben gesehen, die miteinander verknüpft waren. Svea hob die Hand, die die ganze Zeit ein abgerissenes Stück Pappe umklammert gehalten hatte. Es sah aus, als stamme es von einem Umzugskarton. Darauf stand unleserlich eine Nummer geschrieben. Darunter die Worte: *Ruf mich an. Bitte!*

Svea wählte die Nummer.

»Medina hier, was kann ich für dich tun?«

»Hallo, hier ist Svea.«

Es folgte ein erschrockener Laut, dann sagte die Stimme am anderen Ende erleichtert: »Danke. Vielen Dank, dass du dich meldest.«

»Wie soll ich dich nennen? Medina? Emanuela? Oder doch vielleicht Adelheid?«

»So heißt sie also.«

»Wenn man den Quellen glauben will, ja.«

»Den Quellen …«, wiederholte sie. Es klang ungläubig.

Was für eine verkehrte Welt, dachte Svea insgeheim. Plötzlich war es Medina, die in die Rolle der Fassungslosen geschlüpft war.

»Können wir uns sehen? Ich glaube, wir müssen reden.«

»Da hast du wohl recht, Svea. Es gibt einiges zu besprechen. Doch so gern ich das jetzt gleich machen würde, ein bisschen Geduld brauchen wir noch. Der Zirkus hat den Standort gewechselt, und die nächsten vier Tage haben wir von früh bis spät Vorstellungen. Aber Donnerstag ist Ruhetag.«

Im ersten Augenblick wollte Svea protestieren. Wie sollte sie die nächsten vier Tage aushalten? Dann aber kam ihr in den Sinn, dass es lächerlich war, wegen dieser kurzen Zeitspanne ungeduldig zu werden. In gewisser Weise warteten sie ja nun schon ein paar Hundert Jahre lang darauf, einander wiederzufinden. Da machten vier Tage wirklich keinen Unterschied. »Donnerstag ist gut.«

5

Das erste Mal seit langer Zeit fühlte sich Svea innerlich ruhig. Emanuelas Rückführung hatte bewiesen: Sie war definitiv nicht dabei, verrückt zu werden!

All die seltsamen Dinge, die ihr widerfahren waren, schienen einen Ursprung in der Vergangenheit zu haben. Noch war das Gesamtbild verschleiert, doch Svea war sich sicher, dass sich das Rätsel bald offenbaren würde. Für sie fühlte es sich an wie ein Puzzle mit tausend Teilen, bei dem man es endlich geschafft hatte, den Rand zusammenzusetzen. Bislang machten die Farben und Muster, die sich andeuteten, keinen Sinn. Es war nur zu erahnen, welches Motiv hinterher zu sehen sein würde, doch gab es immerhin eine Hilfestellung, an der man sich orientieren konnte: den Rand!

Am Abend zuvor noch hatte Svea die CD zusammen mit einem Brief in Pias Briefkasten geworfen. Jetzt musste sie nur noch abwarten. Pia wüsste etwas damit anzufangen – besser als jeder andere, den sie kannte. All diese neuen Hinweise würden sie dem Ziel näher bringen, ebenso das anstehende Gespräch mit Emanuela.

Auch mit Marc hatte Svea sich am Abend noch versöhnt. Er hatte ihr Blumen mitgebracht und eine Karte, beschrieben mit einem Liebesbekenntnis in den schönsten Worten. Dazu hatte er ihr vorgeschlagen, einfach nicht mehr über den Vorfall am Morgen des Vortages zu sprechen. Das fühlte sich gut an, schließlich hatte Svea den Streit schon Minuten später bereut. In jener wundervollen Versöhnungsstimmung hatten sie beide dann ihre Kalender hervorgeholt und nach einem Hochzeitsdatum geschaut. Die Wahl fiel auf Mai. Sie beide konnten es kaum abwarten.

Nachdem Svea versprochen hatte, in der kommenden Woche auf Schloss Etelsen nach freien Terminen im Mai zu fragen, verließen sie gemeinsam die Wohnung. Neckend und knutschend verabschiedeten sie sich voneinander und stiegen beide in ihre Autos.

Als Svea das Anwesen von Richenza und Bero erreichte, stand die alte Dame bereits auf der Auffahrt. Sie trug ein leichtes pastellfarbenes Kleid unter ihrem Herbstmantel und ihre geliebten Häkelhandschuhe. Über ihrer Schulter hing eine weiße Handtasche.

»Guten Morgen. Sie sehen sehr schick aus.«

»Guten Morgen, Frau Michel. Ich danke Ihnen.« Richenza Haghene lächelte und strich über ihr Kleid. »In meinem Alter werden Komplimente rar.«

»Hätte ich mir vielleicht auch etwas Besseres anziehen sollen? Ich gebe zu, dass ich nicht besonders häufig in die Kirche gehe.«

»Aber nein, Gott liebt uns alle so, wie wir sind. Ich nutze die Sonntage nur gern, um meine feinen Kleider zu tragen. So viel Gelegenheit habe ich ja nicht mehr dazu.« Jetzt streckte sie die Hand aus. »Wären Sie so lieb, mir über den Kies zu helfen? Diese Schuhe!«

Svea eilte an ihre Seite. »Selbstverständlich.«

»Vielleicht war ich heute etwas zu eitel.«

Jetzt musste Svea grinsen. »Ach was. Manchmal muss es eben ein Schuh mit Absatz sein. Ich als Frau verstehe das.«

Kichernd zog Richenza Haghene Svea an sich heran. In

diesem Moment standen die beiden Frauen sich in jeder Hinsicht nahe. Ihr Verhältnis wurde von Tag zu Tag enger.

Schließlich fuhren sie die holprige Auffahrt entlang bis zur Weserstraße. Svea fuhr extra langsam, denn sie wusste nicht, ob Frau Haghene eine ängstliche Beifahrerin war. Doch die Dame schien sich wohlzufühlen. Mit zufriedener Miene blickte sie aus dem Fenster. Beide schwiegen sie. Nur das Motorengeräusch von Sveas Polo war zu hören. Als in ungefähr einem Kilometer Entfernung Daverden am Horizont erschien, betrachteten sie stumm das schöne Dorfpanorama mit der Kirchturmspitze. Gerade eben war die Sonne zwischen den morgendlichen Schleierwolken hervorgekommen und schenkte der Welt ein warmes Licht. Nur Augenblicke später sah Svea ein Straßenschild mit der Aufschrift *Kirchweg.* Sie bog ein und erreichte nach wenigen Metern eine Kehre. Unter großen alten Bäumen kamen sie zum Stehen. »Da wären wir wohl.«

Frau Haghene blickte durch die Windschutzscheibe und nickte. »Das Ziel stimmt, aber …«

Noch bevor die alte Dame es aussprach, fiel es auch Svea auf. Es war niemand zu sehen.

»Wie spät ist es, Frau Michel?«

»Es ist genau zwanzig nach neun. Sie sagten mir, dass der Gottesdienst um halb zehn beginnt.«

»O wirklich? Sagte ich das? Wie bin ich nur darauf gekommen? Ich fürchte, mein alter Kopf hat mir einen Streich gespielt. Der Gottesdienst beginnt um zehn, schon immer. Es tut mir leid, Frau Michel.«

Svea lächelte und legte Frau Haghene eine Hand auf den Arm. »Das macht doch nichts.«

»Wie konnte mir das passieren? Ich gehe doch nun schon seit Jahren zum Gottesdienst.«

»Möchten Sie noch mal zurück nach Hause?«

»Nein, nein.« Sie schüttelte zaghaft den Kopf.

»Wie wäre es dann mit einem kleinen Spaziergang?«

Jetzt legte Richenza Haghene ihre linke Hand auf Sveas, die noch immer auf ihrem Arm ruhte. »Wissen Sie was? Gehen Sie nur. Ich mache die Autotür auf und genieße die frische Luft von hier aus. Der Schattenplatz unter den Bäumen ist mir ganz recht.«

»Wie Sie möchten.«

»Sehen Sie sich doch schon mal die schöne Kirche an. Vielleicht gefällt sie Ihnen ja.« Die alte Dame zwinkerte vielsagend.

Svea war sich nicht sicher, ob dieser Blick eine Anspielung auf ihre anstehende Hochzeit sein sollte. Es wäre Richenza Haghene zuzutrauen. »Eine gute Idee. Das mache ich«, versprach sie und verließ den Wagen.

Von jener Sekunde an, da sie ihre Augen Richtung Kirche wandte, war Svea dem Anblick verfallen. Andächtig trat sie durch die Öffnung in der niedrigen Mauer auf den gepflasterten Weg. Sie fühlte sich auf seltsame Weise zuhause. Unweigerlich fragte sie sich, ob sie schon mal hier gewesen war. Nicht dass sie wüsste.

Der Pfad schlängelte sich zwischen uralten Grabsteinen hindurch. Laub wehte darüber hinweg und drehte sich in einem kleinen Wirbel, bevor es wieder zu Boden fiel. Svea hatte die Hälfte des Weges hinter sich gebracht, da blieb sie stehen und atmete geräuschvoll ein und wieder aus. Der Aufruhr der Gefühle in ihrem Innern zwang sie dazu. Beinahe zaghaft drehte sie sich um sich selbst und schaute sich die Umgebung an. Svea sah ein baufälliges Fachwerkgebäude zu ihrer Rechten und gegenüber ein verlassen wirkendes einstöckiges Haus mit blauen Fenstern und blauer Tür. Möglicherweise war es das ehemalige Küsterhaus.

Sie wandte sich wieder der Kirche zu und ließ den Blick eine Weile auf ihr ruhen. Der Bau bestand aus einem Turm, einem Langhaus und einem Querschiff, welches das Langhaus in seiner Mitte durchschnitt. Es war deutlich zu sehen, dass die Kirche über die Jahrhunderte starken baulichen Veränderungen ausgesetzt worden war, und dennoch wirkte sie auf Svea stimmig. Unvermittelt kamen ihr die Worte ihres früheren Religionslehrers in den Sinn. Aus irgendeinem Grund hatte sie jene Unterrichtsstunde nie vergessen, in der sie gelernt hatte, dass Kirchen oft eine Kreuzform hatten – genau wie diese. So bewusst wie jetzt war es ihr allerdings nie zuvor aufgefallen.

Langsam ging sie weiter. Der Weg führte sie direkt zu einer oben spitz zulaufenden Holztür im Nordschiff. Es schien der reguläre Eingang zu sein, und Svea beschloss nachzusehen, ob die Kirche schon offen war. Ihre Neugier nach dem Inneren war so sehr gewachsen, dass sie mittlerweile regelrecht Furcht davor hatte, enttäuscht zu werden. Die Klinke in ihrer Hand fühlte sich schwer und kalt an. Gerade wollte sie diese hinunterdrücken, da erfasste sie ein Schaudern, das aber nicht von der Kälte des Eisens herrührte. Svea fragte sich unwillkürlich, wann sie das letzte Mal einen Gottesdienst besucht hatte. Es musste zur Zeit ihrer Konfirmation gewesen sein. Obwohl sie wusste, dass es lächerlich war, überkam sie trotzdem ein schlechtes Gewissen. Durfte man wirklich in eine Kirche gehen, wenn man bloß neugierig war, wie es im Inneren aussah? Durfte man überhaupt in einer Kirche heiraten, wenn man nie den Gottesdienst besuchte? Svea wusste keine Antworten darauf, doch sie schob die Zweifel von sich und drückte die Klinke. Die Tür war verschlossen. Ein Blick auf die Uhr ließ sie wissen, dass es inzwischen halb zehn war. Ein wenig würde sie sich noch gedulden müssen.

Gemächlich schlenderte sie den Weg zurück. Die Sonne hatte sich mittlerweile gegen die Wölkchen vom Morgen durchgesetzt, und der Himmel war ungetrübt blau. Sie verließ den Weg und trat aufs Gras, um sich die alten Grabsteine anzusehen, die aussahen, als hätte ein Riese sie wahllos auf dem Rasen platziert. Keine Grabumrandungen oder Blumen waren zu sehen – nur die Steine. Svea fragte sich, ob dies überhaupt ein richtiger Friedhof war und hier wirklich die Toten lagen. Es gab keinen Hinweis darauf, darum besah sie in aller Ruhe Stein für Stein und las die Inschriften, die noch zu entziffern waren.

Ohne es zu bemerken, näherte sie sich so einem Baum. Er war seltsam gewachsen und hatte einen sehr breiten Stamm, der sich auf rund zwei Metern Höhe drittelte. Zwei der drei Arme waren kräftig und mit weiteren Ästen versehen. Der dritte jedoch verlief fast waagerecht und wurde vom Boden aus mithilfe einer Stange gestützt. Erst als Svea direkt vor dem Ast stand, der ihr regelrecht den Weg versperrte, bemerkte sie den bizarren Baum. Eine Linde, stellte sie fest, so weit reichte ihr botanisches Wissen. Gedankenverloren hob sie die Hand, um sie auf die raue Rinde zu legen, doch da erklang eine vertraute Stimme und ließ sie innehalten.

»Sie haben einen guten Blick fürs Wesentliche, Frau Michel.«

Svea schaute den Weg entlang, auf dem Frau Haghene sich näherte. Diese schaute jedoch nicht Svea an, sondern die Linde.

»Ich habe diesem Baum viele Jahre lang keine Beachtung geschenkt. Zu Unrecht, wie ich heute weiß«, sagte die alte Dame, den Blick unverwandt auf den geteilten Stamm gerichtet.

»Was genau meinen Sie damit?«.

»Der Baum sieht heute zwar nicht mehr so stattlich aus

wie einst, dennoch ist er etwas ganz Besonderes. Schon bevor man den Kirchturm im zwölften Jahrhundert errichtet hatte, soll er hier gewesen sein. Damals war an dieser Stelle eine heidnische Gerichtsstätte, müssen Sie wissen. Und zu so einem Ort gehörte auch immer eine Linde.«

»Das heißt, dieser Baum ist tatsächlich über neunhundert Jahre alt?«

»Man sagt sogar, er sei tausend Jahre alt«, berichtete sie und fügte flüsternd hinzu: »Aber vielleicht hört sich das einfach nur besser an?« Die alte Dame legte die Hand auf den abgestützten Ast.

»Faszinierend. Ich hatte ja keine Ahnung!« Im Stillen rechnete Svea nach. Das für sie so interessante Jahr 1221 fiel demnach in die Lebenszeit dieses Baumes.

Frau Haghene lächelte und legte den Kopf schief. »Wollen wir? Die Tür ist jetzt auf.«

Svea blickte zur Kirche, deren Eingangstür nun offen stand. Soeben gingen die ersten Besucher hinein. »Macht es Ihnen etwas aus, schon einmal vorzugehen? Ich komme gleich nach.«

»Habe ich etwa die Liebe zu Pflanzen und Bäumen in Ihnen geweckt, indem ich Sie in mein Gewächshaus gelockt habe?« Die alte Dame schien sich über ihre Vermutung zu freuen.

Svea zuckte lächelnd mit den Schultern. »Irgendwas ist jedenfalls mit mir geschehen«, wich sie der Frage aus.

»Fein. Mir kommt das sehr gelegen, und ich werde die Letzte sein, die Sie von der Botanik abhält. Wir sehen uns dann gleich in der Kirche.«

»Ich brauche nur fünf Minuten.« Kurz blickte Svea ihr hinterher. Dann galt all ihre Aufmerksamkeit dem Baum. Aus einem unerfindlichen Grund heraus spürte Svea den

Drang, eine Hand auf den Ast zu legen. Plötzlich ging alles ganz schnell.

Ihre Lider schlossen sich. Der mittlerweile gewohnte Geruch von Asche stieg ihr in die Nase. Obwohl sie eben noch die Wärme der Sonne auf ihrer Haut gespürt hatte, meinte sie, mit einem Mal im Schatten zu stehen. Ohne Furcht ließ Svea es geschehen, ließ sich entführen von den Bildern einer anderen Zeit. Vor ihrem inneren Auge erschienen helle Punkte; gleich denen, die man sah, nachdem man direkt in die Sonnte geblickt hatte. Svea blieb geduldig. Die Punkte verschwanden. Sie wichen Bildern eines Baumes, der aber unmöglich jene Linde sein konnte, auf der ihre Hand gerade ruhte. Kein geteilter Stamm mehr, keine niedrig verlaufenden Äste. Stattdessen zeigte er sich sicher viermal so hoch. Die herzförmigen Blätter im stattlichen Geäst waren gelb verfärbt und rauschten im Wind. Svea lauschte und gab sich den fremden Eindrücken hin. Immer wieder sah sie Fragmente, doch kurz bevor sich ein konkretes Bild daraus formen konnte, verflüchtigte sich alles wieder. Jetzt wandte Svea den Kopf nach links, wo eben noch die Kirche aufgeragt hatte. Sie war noch da, doch bestand sie nur mehr aus einem schlichten Langhausbau ohne Querschiff und einem steinernen Turm, der ein gutes Stück versetzt stand, als ob beides gar nicht zusammengehörte. Svea versuchte, das Bild festzuhalten, um es genauer zu betrachten, doch die Farben und Formen in ihrem Kopf verschwammen. Alles war so flüchtig. Flüchtig wie der Wind.

»Hallo? Hallo, Sie!«, rief eine Stimme.

Svea merkte erst jetzt, dass man sie ansprach. Ruckartig zog sie ihre Hand zurück. Sofort waren die Bilder verschwunden ebenso wie der Schatten des mächtigen alten Baumes. Die Linde war wieder so krüppelig wie zuvor.

Svea blickte in die gleißende Sonne und schirmte im nächsten Moment die Augen mit der Hand ab. Dann schaute sie zur Kirche hinüber, die ebenso aussah wie zuvor. Ein Mann mit freundlichem Gesicht hielt die Tür auf und machte eine winkende Geste.

»Nur herein. Der Baum läuft Ihnen sicher nicht davon. Hat er Hunderte von Jahren nicht gemacht.« Er lachte über seinen eigenen Witz.

»Ja, ich komme. Verzeihung. Ich muss wohl die Zeit vergessen haben.«

»Das passiert vielen an diesem Ort.«

TEIL IV

Bremen und Daverden

Die Schatten der Purpurbuchen

1

Polternd fuhr Svea über das dicke Kopfsteinpflaster der Auffahrt des Schlosses. Wenig später stieg sie aus dem Auto und hielt auf das steinerne Portal zu. Dabei stellte sie sich unwillkürlich vor, wie es sich wohl anfühlen würde, als Braut hier entlangzugehen. In dem Kleid von Alheid, das sie bereits zur Änderungsschneiderei gebracht hatte, hübsch frisiert und umringt von Freunden und Verwandten, die sie bewundernd anstarrten. Automatisch wurde ihr Gang aufrechter und ihr Lächeln breiter. In diesem Moment konnte Svea es kaum erwarten zu heiraten.

Kurz bevor sie den Eingang des Schlosses erreichte, fiel ihr Blick auf einen Springbrunnen, der sich gegenüber dem Portal in der Mitte eines kreisförmig angelegten Gartens befand. Welch eine idyllische Kulisse, dachte sie und änderte kurzerhand die Richtung. Ihr blieb genug Zeit, um sich in Ruhe umzusehen. Sie war rechtzeitig aus Bremen losgefahren und unerwartet gut durch den Verkehr gekommen. Frau Haghene würde sie frühestens in einer Stunde erwarten.

Langsam schritt sie den Parkweg bis zum Brunnen entlang, vorbei an hölzernen Bänken und verschnörkelten Laternen, die bei Nacht sicher bezaubernd aussahen. Aus einer Laune heraus setzte sie sich auf den Rand des Springbrunnens und spielte mit den Fingerspitzen im Wasser, sodass ihr Spiegelbild von kleinen Wellen verzerrt wurde. Dieser Platz war für die klassischen Hochzeitsbilder einfach perfekt. Beim bloßen Gedanken daran lächelte Svea in sich hinein. Sie konnte selbst kaum glauben, wie viel Raum das Thema Hochzeit in ihrem Alltag jetzt schon einnahm. Noch vor wenigen Wochen hatte sie sich das nicht vorstellen können, doch inzwischen war das anders. Die Freude in ihr wuchs von Tag zu Tag. Vielleicht auch deshalb, weil alles so einfach schien und ihr regelrecht zufiel. Gestern erst hatte sie die perfekte Kirche gefunden, die genau die richtige Entfernung zum Schloss hatte, um nach der Trauung hierherzufahren – vielleicht sogar mit einer Kutsche!

Ihr Blick schweifte in Richtung des Parks, der sich an den Garten anschloss. Von dieser Seite aus hatte sie ihn noch nie betrachtet, was wohl auch der Grund dafür war, dass ihr jener Baum nicht aufgefallen war: eine stattliche Purpurbuche, deren Blätter so intensiv leuchteten, dass sie unmöglich zu ignorieren war.

Svea schüttelte den Kopf. Leise fragte sie die verstorbene Alheid von Clawen: »Verfolgen Sie mich etwa, oder bilde ich mir das nur ein?« Natürlich erhielt sie keine Antwort darauf. Eigentlich wäre es nur logisch anzunehmen, dass sie früher ebenso vielen Purpurbuchen begegnet war, nur nie darauf geachtet hatte. Dennoch gefiel ihr der Gedanke, dass Alheid von Clawen ihre Finger im Spiel hatte und ihr den Weg wies. Und wenn sie es sich recht überlegte: Warum sollte sie auch keinen Spaziergang im Park machen? Das Wetter war herrlich, und ein wenig frische Luft würde ihr nicht schaden. Kurz entschlossen folgte Svea dem Schotterweg, der um das Schloss herumführte, kam an einer Terrasse mit steinerner Brüstung vorbei und gelangte schließlich zu einer Weggabelung. Sie wählte den abschüssigen Pfad. Er brachte sie zu einer Allee, wie sie romantischer nicht hätte sein können.

Zaghaft warfen die großen Bäume um sie herum ihre Blätter ab. Der Boden war weich, und es roch nach Herbst. Svea atmete tief durch. Eine ganze Weile lang hatte sie nur Augen für die Schönheit der Natur. Den Mann vor sich entdeckte sie erst später. Er hatte den Blick gesenkt und lief in einiger Entfernung bedächtig zwischen den Bäumen umher. Ein Bellen ließ Svea aufschauen. Sie erkannte den Hund sofort und blieb stehen. Ria! Noch während sie überlegte, ob sie nicht besser umkehren sollte, hob auch der Mann den Kopf. Es war zu spät, um sich ungesehen auf und davon zu machen.

Bero Haghene hatte Svea ebenfalls erkannt, wie sein kurzes Winken ihr zeigte. Er schien nicht darüber nachzudenken, ob er umkehren sollte, sondern hielt festen Schrittes auf sie zu.

»Guten Morgen«, sagte er auf seine spezielle Art und tippte sich an die Schiebermütze.

Schon jetzt bereute Svea, nicht sofort hinter den nächsten Busch gesprungen zu sein. Nun würde sie sich mit ihm unterhalten müssen, was unweigerlich zur Folge hätte, dass sie sich mal wieder bescheuert vorkommen würde. Betont lässig hakte sie die Daumen in die Hosentaschen, nur um sie mit dem nächsten Atemzug wieder herauszunehmen, da sie merkte, wie dumm das aussah.

O Gott, dachte Svea. Es fängt schon an, bevor ich überhaupt den Mund aufmache!

»Guten Morgen, Herr Haghene«, begrüßte sie ihn kühl.

»Ich habe nicht erwartet, jemanden zu solch einer frühen Stunde hier anzutreffen – schon gar nicht Sie.«

»Was genau überrascht Sie daran? Dass *Menschen wie ich* gerne spazieren gehen?« Es sollte eine Spitze sein, die ihm gleich klarmachte, dass sie sich nicht wieder von ihm würde degradieren lassen. Doch er schaute bloß ein wenig irritiert.

»Nein … ich hatte Sie nur nicht für einen Frühaufsteher gehalten.«

»Ach so.« Svea schämte sich ein wenig, so in die Offensive gegangen zu sein. »Ehrlich gesagt bin ich das auch nicht. Ich muss mich jeden Tag dazu zwingen. Mein Wecker ist mein schlimmster Feind.«

»Wie es scheint, haben wir eine Gemeinsamkeit.« Er lächelte sie an.

Svea spürte, wie ihre Knie weich wurden. Sie konnte es sich nicht erklären, doch es passierte. Beschämt senkte sie den Blick. Dabei rief sie sich ins Gedächtnis, dass jedes noch so schmeichelhafte Wort von ihm bloß geheuchelt war. Sie durfte das nicht vergessen! Er hatte ihre Freundlichkeit nicht verdient.

»So wie Sie gucken, scheint es fast, als würde Sie das beleidigen.«

Jetzt sah Svea ihm direkt ins Gesicht. Am liebsten hätte sie ihm geradeheraus gesagt, was sie von Leuten hielt, die sich aufgrund ihrer Herkunft für etwas Besseres hielten, doch sie wollte ihre Stelle nicht gefährden und entschied sich abermals für eine Anspielung. »Ich glaube nicht, dass Sie wissen, was mich wirklich beleidigt.«

»Da mögen Sie recht haben. Wir kennen uns nicht gut genug.« Auch seine Worte ließen offen, was er wirklich dachte.

»Richtig.« Obwohl auf diese Antwort ein Schweigen folgte, das länger war, als Svea es normalerweise ertrug, schaffte sie es diesmal. Und sie sah ihm dabei sogar in die Augen.

Auch er sah sie an. Und plötzlich machte er einen Schritt auf sie zu, kam so nahe, dass Svea beinahe zurückgewichen wäre. Doch sie blieb stehen. Bero Haghene hob die Hand und berührte sie.

»Ein Blatt hat sich in Ihren Haaren verfangen. Moment.« Mit behutsamen Bewegungen zog er es an seinem Stiel heraus. »Fagus sylvatica purpurea.« Jetzt hielt er es zwischen den Fingern und drehte es. »Die lateinische Bezeichnung der …«

»… Purpurbuche«, beendete Svea.

»Ich bin beeindruckt.« Seine Stimme klang weich und angenehm.

Svea vermochte es nicht länger, seinem Blick standzuhalten. »Sie sind leicht zu beeindrucken, wie mir scheint.« Ihr Lachen klang nervös. Verlegen klemmte sie sich die Haare hinter die Ohren. »Es ist bloß eine der wenigen Sachen, die ich mir aus dem Biologieunterricht gemerkt habe. Nichts weiter.«

»Für Sie ist es vielleicht *nichts weiter*, doch auch auf die Gefahr hin, dass es lächerlich klingen mag: Mir begegnet dieser Baum immer wieder. Es ist mein liebster unter allen Bäumen.«

Svea blickte ihn an, als hätte sie einen Geist gesehen. »Was meinen Sie damit?«

»Kennen Sie das nicht? Manchmal schaut man tagelang hintereinander zur exakt gleichen Uhrzeit auf den Wecker. Oder ein Auto gleichen Typs und gleicher Farbe begegnet einem ständig auf der Straße. Ebenso geht es mir mit der Purpurbuche. Immerzu kreuzt sie meinen Weg. Ein verrückter Zufall eben.«

»Glauben Sie denn an Zufälle?«

»Was sollte es denn sonst sein? Haben Sie eine bessere Theorie?«

»Nein, habe ich nicht«, antwortete sie schnell. Svea wollte sich nicht anmerken lassen, dass es ihr mit der Purpurbuche ebenso erging, sie aber keinesfalls an Zufälle glaubte. Das hieß, nicht mehr!

»Haben Sie noch etwas Zeit?«

Svea legte den Kopf schief. Sein Gesicht hatte mit einem Mal etwas Spitzbübisches. Und plötzlich streckte er seine Hand nach ihr aus. Sveas Herz klopfte bis zum Hals. Wie albern! Es war doch nur eine Hand.

»Ich zeige Ihnen etwas. Aber Sie müssen versprechen, ganz leise zu sein.«

Unfähig, auch nur ein Wort zu sagen, nickte sie. Dann legte sie ihre Hand in seine.

Bero schloss seine Finger darum. Er befahl Ria, sich hinzusetzen, die gut genug erzogen war, um seinem Wort sofort Folge zu leisten. Daraufhin führte er den Zeigefinger zu seinen Lippen, um Svea zu bedeuten, auch ja kein Wort zu sprechen. Hintereinander verließen sie die Allee und liefen ins Dickicht des Parks.

Svea spürte die Wärme seiner Hand. Er hielt sie mit solch einer Selbstverständlichkeit, als täten sie das immerzu. Sein entschlossener Schritt ließ keinen Zweifel daran, dass er genau wusste, wohin er ging. Svea folgte ihm, während ihr Blick an seiner Rückseite haftete. Wieder einmal trug er eins dieser wollweißen Hemden. Der Stoff war so fließend, dass sie seine Muskeln darunter erkennen konnte. Plötzlich drehte er sich um. Svea hatte Angst, er könnte ihre Gedanken erraten, doch bot er ihr nur die zweite Hand, um ihr bei einer leichten Steigung behilflich zu sein. Wenig später waren sie da.

»Hier ist es«, flüsterte er. »Sie müssen sich jetzt ganz unauffällig verhalten.« Er machte eine Geste, die Svea klarmachte, dass sie sich zu ihm auf den Boden knien sollte. Halb hinter einem Busch versteckt, starrte er auf einen bestimmten Punkt. »Sehen Sie das Erdloch da vorne?«

Svea blickte sich suchend um, doch dann entdeckte sie es. Ebenso flüsternd bestätigte sie: »Ich sehe es.«

»Schauen Sie genau hin. Es könnte einen Moment dauern.«

Sie tat, was er sagte. Stumm sahen sie beide in dieselbe Richtung. Und obwohl sie den Blick keine Sekunde von dem Erdloch abwandte, schaute Svea nicht wirklich hin. Stattdessen waren ihre Sinne auf etwas anderes gerichtet. Sein männlicher Geruch stieg ihr in die Nase. Schon ein paarmal hatte sie ihn wahrgenommen, jedes Mal eher zufällig. Dabei hatte sie bemerkt, wie sehr er ihr gefiel. Doch in diesem Moment brachte dieser Duft sie fast aus der Fassung. Was war nur mit ihr los? Hatte sie denn nicht beschlossen, Bero Haghene zu verachten?

Plötzlich regte sich etwas. Ein leises Rascheln war zu vernehmen.

Bero rückte seine Schiebermütze zurecht, um besser sehen zu können.

Svea wagte einen Blick zur Seite. Ihre Augen erfassten sein unrasiertes Kinn und die dunklen Haare, die sich im Nacken leicht lockten.

Jetzt sah auch er sie an. Seine braunen Augen blinzelten ein paar Sonnenstrahlen entgegen, die ausgerechnet an dieser Stelle durch die Blätter fielen.

Erst eine Bewegung ließ sie beide wieder zum Erdloch gucken. Zwei lange Ohren schauten heraus. Dann ein Kopf. Dann das ganze flauschige grau-braune Kaninchen.

Svea hielt sich erstaunt die Hand vor den Mund. Sie sah kurz zu Bero, den ihre Reaktion eindeutig belustigte.

Leicht berührte er ihren Arm und ruckte mit dem Kinn in Richtung Erdloch.

Svea fühlte seine Berührung auch noch, als er die Finger schon längst wieder weggezogen hatte. Erst als nacheinander sieben kleine Kaninchenkinder aus dem Bau hoppelten, vergaß sie alles um sich herum. Selten hatte sie etwas so Entzückendes gesehen. Ihr Gesicht strahlte. Es war ein Lächeln, das in seiner Gegenwart noch nie ausgelassener gewesen war.

Bero hatte ganz offensichtlich damit gerechnet, dass es ihr gefallen würde, das zeigte jedenfalls seine Miene. Schon längst schenkte er dem Erdloch keine Beachtung mehr. Stattdessen beobachtete er lieber Svea von der Seite, die verzückt durch die Äste spähte.

Immer weiter schob sie die Zweige auseinander, um besser sehen zu können. So weit, bis einer brach. Das knackende Geräusch ließ die Kaninchen geschwind in den Bau zurückkehren. So schnell würden sie sich wohl nicht mehr blicken lassen.

»O nein, so was Dummes aber auch. Jetzt habe ich sie verscheucht.« Svea ärgerte sich, doch Bero grinste nur.

Er stand auf und reichte ihr wieder seine Hand.

Svea nahm sie nur zu gern. So kehrten sie auf den Weg zurück, wo Ria sie freudig begrüßte. Langsamen Schrittes machten sie sich wieder auf in Richtung Schloss.

»Das war einfach wundervoll. Danke, dass Sie mir die Kaninchen gezeigt haben. Woher wussten Sie nur, dass sie dort leben?«

»Nun, ich bin Förster.«

»Stimmt.«

»Der Kaninchenbau ist mir aber zufällig aufgefallen. Ich wollte bloß ein bisschen spazieren gehen, doch so ganz kann ich meine Arbeit wohl nie ablegen.«

»Zum Glück! Ich hatte ja keine Ahnung, wie süß die Kleinen sind. Am liebsten hätte ich sie alle mitgenommen.«

Regelrecht belustigt sagte er: »Es freut mich, dass es Ihnen gefallen hat.«

Svea bemerkte seinen heiteren Ton, war aber nicht beleidigt. »Sie machen sich über mich lustig, ich merke das genau«, sagte sie gespielt streng.

»Na ja, Sie haben geguckt, als hätten Sie noch nie ein Kaninchen gesehen.« Jetzt lachte er wirklich.

»Lachen Sie nur«, sagte Svea und winkte ab. »Ob Sie es

nun glauben oder nicht: So junge Kaninchen habe ich tatsächlich noch nie gesehen.«

»Sie machen Scherze, oder?«

»Nein, keineswegs. Für jemanden vom Land mag der Anblick ja gewöhnlich sein, nicht so für mich. Schließlich lebe ich schon immer in der Stadt.«

»Hatten Sie denn als Kind kein Haustier?«

»Das haben meine Eltern nie erlaubt.«

»Nicht einmal einen Goldhamster?«

Svea schüttelte den Kopf und guckte extra mitleiderregend.

»Wie grausam.«

»Ja, das fand ich als Kind auch. Damals habe ich meine Eltern jeden Geburtstag und jedes Weihnachtsfest angefleht, sie mögen mir doch wenigstens einen Goldfi…«

»Bero! Bero, hier drüben!«, ertönte es plötzlich hinter ihnen.

Gleichzeitig drehten sie sich um und sahen zwei Frauen die Allee entlang auf sie zukommen. Beide waren sie auffällig gut gekleidet und frisiert. Svea fand, dass sie aussahen, als würden sie direkt zu einem Pferderennen gehen.

»Guten Tag, die Damen«, sagte Bero freundlich, nickte und tippte sich wie immer an die Mütze.

Beide Frauen lachten schrill auf.

Svea konnte sich einen erstaunten Blick nicht verkneifen. Das Benehmen der zwei kam ihr ziemlich aufgesetzt und übertrieben vor.

Jetzt stieß die mit dem schräg aufgesetzten Hut, der perfekt zu ihrem Mantel passte, die andere an. »Bero mal wieder. Gentlemen der alten Schule durch und durch.«

»Du hast recht. Ein Haghene eben«, bestätigte die Blonde und legte Bero eine Hand auf die Brust. »Und dabei kennen wir uns doch schon viel zu lange für eine derart förmliche Begrüßung. Ist es nicht so?«

»Ja, wir kennen uns schon lange, Christin. Ich hörte, du warst im Ausland?«

»Hör mir bloß auf. Ich war drei Monate in Afrika. Aber dieses wilde Land mit all seinen Krabbeltieren ist nichts für mich …«

Svea wurde von den Frauen ignoriert. Zunächst fiel ihr das gar nicht auf. Sie war viel zu beschäftigt damit, diese groteske Situation zu verarbeiten. Wie gackernde Hühner warfen diese beiden Weiber sich an Bero heran. Er selbst hatte eine steifere Haltung angenommen. Sein Gesicht ebenso wie sein Tonfall waren höflich, aber verschlossen. Nichts erinnerte mehr an die ausgelassene Stimmung von eben.

»Aber genug von mir. Was tust du hier im Schlosspark?«, fragte die Blonde nun.

»Ich bin privat hier.«

»So, so. Du vertreibst dir also nur die Zeit? Lass uns dich begleiten, dann können wir uns weiterunterhalten.«

Nun schaute die Brünette mit dem Hut das erste Mal zu Svea. Trotzdem sprach sie Bero an. Der Klang ihrer Stimme war flach und tonlos, sodass die Worte nicht despektierlicher hätten klingen können. »Es sei denn, du bist beschäftigt.«

»Verzeiht, ich habe euch noch nicht vorgestellt. Das ist die Altenpflegerin meiner Mutter.«

Svea schaute fassungslos zu ihm auf. Auch wenn er nichts gesagt hatte, was nicht der Wahrheit entsprach, erschien ihr diese Art der Vorstellung dennoch respektlos. Nicht einmal ihren Namen hatte er über die Lippen gebracht. Da war er wieder, jener Mann, der sich ganz offenbar für etwas Besseres hielt. Svea hatte sich blenden lassen. Seine freundliche Art hielt scheinbar nur so lange vor, bis er wieder unter seinesgleichen weilte. Fast schien es, als schämte er sich ihrer. Svea hatte nicht vor, sich auch nur eine Minute länger dieser Situation zu stellen. »Ich werde dann mal besser gehen. Auf Wiedersehen.« Ohne eine Antwort abzuwarten, drehte Svea sich um und stapfte in Richtung Schloss. Sie war gekränkt und wütend – auf sich, aber vor allem auf ihn. Wie konnte er es nur wagen, sie wie einen seiner persönlichen Dienstboten zu behandeln!

»Warten Sie …«, rief er ihr hinterher.

Svea drehte sich um und sah Bero, wie er ihr entgegenlief.

»Müssen Sie wirklich schon los? Wollen Sie nicht noch ein Stück mitkommen?«

Sveas Gesicht war unbewegt. Ihre Stimme aber hatte etwas Schneidendes. »Vielen Dank für das Angebot, aber ich muss wohl ablehnen.«

»Das ist schade.«

»Ja, in der Tat. Aber Sie haben mich ja eben selbst daran erinnert, dass ich Ihre Mutter besser nicht zu lange warten lassen sollte.«

»Das war nicht meine Absicht.«

»Wie dem auch sei, eine Altenpflegerin sollte besser nicht in einem Park rumbummeln. Es gibt Wichtigeres für mich zu tun. Darum entschuldigen Sie mich bitte.«

»Also ich bin der Meinung, auch Altenpflegerinnen dürfen spazieren gehen«, sagte Bero wohl in dem Versuch, an das heitere Gespräch von eben anzuknüpfen. »Und auch Kaninchen angucken! Erst recht, wenn Ihnen das sonst niemand zeigt.« Er schenkte ihr ein gewinnendes Lächeln, doch Svea dachte nicht daran, darauf hereinzufallen.

»Sie irren sich, wenn Sie glauben, ich habe niemanden, der mir solche Dinge zeigt. Das habe ich sehr wohl. Gerade wollte ich ins Schloss gehen, um den Termin meiner Hochzeit festzulegen.«

»Sie … heiraten?«

»Ja, ich heirate.«

»Wann?«

»Bald schon. Das heißt, Sie brauchen gar nicht zu versuchen, sich meinen Nachnamen zu merken, der Ihnen scheinbar sowieso von Zeit zu Zeit entfällt.«

Bero erwiderte nichts darauf.

»Ihnen und Ihren Freundinnen einen schönen Tag.« Svea ließ ihn stehen, und diesmal lief er ihr nicht hinterher. Sein eingefrorener Gesichtsausdruck hatte sich in ihren Kopf gebrannt. Svea wünschte, dieses Bild würde ihr Genugtuung verschaffen, doch dem war leider nicht so.

Entgegen ihrer Behauptung ging sie nicht mehr ins Schloss, sondern gleich zu ihrem Auto. Es war Marc gegenüber zwar nicht gerecht, doch ihr war jede feierliche Stimmung vergangen. Den Termin konnte sie auch morgen noch machen.

2

Als Svea die Tür öffnete, klingelten eine ganze Handvoll kleiner Glöckchen. Ihr Eintreten hätte niemals unbemerkt bleiben können, und so wurde sie umgehend begrüßt.

»Guten Tag, Madam«, sagte der Mann hinter dem Tresen zu ihr. Schon letztes Mal, als sie das Hochzeitskleid vorbeigebracht hatte, war er sehr zuvorkommend und höflich gewesen und hatte sie mit jener untypischen Anrede begrüßt.

»Guten Tag. Ich habe einen Anruf bekommen. Mein Kleid soll fertig sein.«

»So ist es, Madam. Und ich versichere Ihnen, Sie werden es lieben.«

»Kann ich es anprobieren?«

»Selbstverständlich. Ich bestehe darauf«, sagte der Schneider lächelnd. »Bitte setzen Sie sich. Ich hole das Prachtstück von hinten.«

Svea nahm Platz in einem der bequemen Rattanstühle und entspannte sich augenblicklich. Heute war ihr freier Tag – zum Ausgleich des vergangenen Sonntags, an dem sie bei Richenza Haghene gewesen war –, und sie hatte nicht vor, sich auch nur eine einzige Minute lang zu beeilen oder sich stressen zu lassen. Der Schneider mit seiner hofierenden Art bot genau den richtigen Start für die nächsten Stunden, die ganz im Zeichen ihrer Hochzeit stehen würden. Später war sie nämlich noch mit Tilli und Pia zur Pediküre verabredet. Der Plan der Freundinnen war, jeden Beauty-Salon der Stadt nacheinander auszuprobieren, bis der richtige für Sveas und Marcs großen Tag gefunden war. Automatisch blickte Svea auf ihre Füße. Obwohl sie geschlossene Schuhe trug, wusste sie, wie gut sie den Pediküre-Termin heute gebrauchen konnte. Vielleicht sollte sie mal etwas wagen und grünen oder blauen Nagellack ausprobieren.

Während sie über die verschiedensten Farben sinnierte, bemerkte Svea neben sich einen Krug Wasser, in dem ein paar Zitronenscheiben schwammen. Ein einladender Anblick. Sie goss sich ein Glas ein und trank in kleinen Schlucken. Irgendwann war ihr Glas leer. Es war schon eine ganze Weile vergangen, und Svea begann, sich ein wenig zu wundern, warum der Schneider nicht zurückkam. Gleich im nächsten Moment jedoch schob sie den Gedanken wieder von sich. Ich wollte mich doch nicht stressen lassen. Er kommt schon gleich. Wahrscheinlich ist ihm bloß eine Schachtel mit tausend kleinen Knöpfen runtergefallen, die er jetzt einzeln auflesen muss.

Sie lehnte sich zurück und schloss die Augen. Es war die richtige Entscheidung gewesen, allein herzukommen. Zum einen hatte sie gerade überhaupt keine Lust, sich zu unterhalten, und zum anderen war es ihr Plan, alle Hochzeitsgäste mit dem Kleid von Alheid von Clawen zu überraschen. Sie war sich sicher, dass niemand mit einem solchen Modell rechnen würde, und das gefiel ihr.

Svea hing ihren Gedanken nach, als plötzlich die Glöckchen der Eingangstür erklangen. Eine Frau trat ein. Sie trug ein Bündel Stoff unter ihrem Arm.

Svea hatte nur flüchtig hingeschaut und aus Höflichkeit in ihre Richtung genickt, dann aber gleich wieder die Augen geschlossen. Auch wenn die Aussicht darauf gering gewesen war, hatte sie sich eigentlich gewünscht, für die Anprobe allein im Laden zu sein. Sie wollte keine Zuschauer. Nun blieb ihr nur zu hoffen, dass diese Frau schnell wieder ging und niemand anderes mehr kam.

»Hallo, Svea.«

Die Frau mit dem Bündel Stoff war vor den Rattanstuhl getreten. Es war Marcs Adoptivmutter!

»Was tust du denn hier?«, fragte Svea erschrocken und setzte sich aufrecht hin. Ihr Verhalten zeigte deutlich, dass sie auf ein Treffen mit dieser Frau nicht vorbereitet war.

»Nun, ich würde sagen, das, was wohl alle bei einem Schneider tun.« Sie hob ihr Bündel Stoff an.

Svea starrte einen Augenblick darauf, so als könne sie nicht glauben, dass diese Verrückte etwas so Normales tat wie zum Schneider gehen. Vor ein paar Wochen noch hätte Svea unbefangen mit ihr geplaudert und wäre vielleicht sogar froh gewesen, sie allein anzutreffen, ohne Marc, der sich ihr gegenüber stets so unfreundlich zeigte. Jetzt aber war alles anders.

»Wir haben uns eine Weile nicht mehr gesehen«, bemerkte die Frau im Plauderton.

»Ja, stimmt«, gab Svea tonlos von sich. »Seit dem Abend der Verlobung nicht mehr.«

»Wie ist es euch denn seitdem ergangen?«

Svea senkte kurz den Blick, um ihre Wut zu zügeln. Doch sie schaffte es nicht, sich zu beherrschen. »Das wüsstest du wohl gern, was?« Kampfeslustig schaute sie ihr ins Gesicht. »Ich muss dich leider enttäuschen. Wir sind noch immer zusammen und planen nach wie vor unsere Hochzeit. Ein Tag, an dem *du* nicht willkommen sein wirst.«

Jetzt war die Frau es, die kurz zu Boden schaute. Sie wirkte verlegen, und ihre Stimme klang leiser, als sie feststellte: »Marc hat dir die Karte gezeigt.«

»Ja. Und ich war schockiert. Du bist tatsächlich verrückt,

so, wie er immer behauptet hat. Und ich war zu blind, es zu erkennen.«

»Svea, bitte …«

»Nein! Dein Bitten kannst du dir sparen«, sagte sie energisch. »Ich will gar nicht hören, was du zu sagen hast. Viel zu lange habe ich geglaubt, Marc tut dir unrecht. Ich habe Partei für dich ergriffen, wenn er nicht aufhören konnte, sich über dich zu beschweren. Aber dann hat er mir die Karte gezeigt, die du ihm am Tag unserer Verlobung gegeben hast. Du wolltest uns auseinanderbringen.«

»Ich kann dir das erklären.«

Svea lachte bitter auf. »Na, da bin ich ja mal gespannt.«

»Es ist etwas kompliziert, aber …«

»Keine langen Vorreden. Was hat es mit dem schrecklichen Bild auf der Karte auf sich? Und was soll dieser Quatsch mit der schwarzen Hochzeit?«

Die Frau atmete schwer. Es war deutlich zu spüren, dass sie versuchte, die richtigen Worte zu finden. Eine weitere Chance als diese würde sie nicht bekommen.

»Die Karte, die du gesehen hast, deutet darauf hin, dass eure Beziehung auf einer magischen Verbindung begründet ist«, sagte sie schließlich.

Svea rollte schon jetzt die Augen.

»Bitte, lass es mich näher erklären.«

»Schon gut, schon gut. Rede weiter«, sagte sie ohne wirkliches Interesse.

»Eure Beziehung zueinander scheint vergiftet zu sein. Es lastet eine Art Fluch darauf, sodass ihr nicht voneinander loskommt. In diesem Leben ebenso wenig wie in denen davor.«

Svea hob ruckartig den Kopf. »Vorherige Leben?«

»Ja, wir alle leben zigmal. Es klingt abstrakt, aber ich habe es selbst gesehen.«

Sie hatte es selbst gesehen? Wo? Im Fernsehen? Auch wenn ihre letzten Worte Svea durchaus hellhörig gemacht hatten, wollte sie ihr gesteigertes Interesse auf keinen Fall verraten. Das hätte es dieser Frau zu einfach gemacht. Darum bemühte Svea sich um einen gleichgültigen Ton, während ihr Blut immer schneller durch ihre Adern schoss. »Was du nicht sagst. Und was soll das Ziel von so vielen Leben sein?«

»Die Seele soll stetig hinzulernen, durch Erfahrungen und Verbindungen. Doch manchmal sind diese Verbindungen böser Natur. Eure Seelen haben scheinbar noch etwas miteinander auszumachen, Svea. Der Grund dafür kann schon lange Zeit zurückliegen, doch du musst versuchen, es herauszufinden.«

»Ich glaube nicht an so was. Und außerdem: du irrst dich gewaltig, was Marc und mich betrifft.«

»Bitte vertrau mir. Solange diese Sache noch offen ist, werdet ihr nicht voneinander loskommen und in einer Beziehung gefangen sein, die nicht einer Verbindung des Herzens entspringt.«

»Was weißt denn du schon von unserer Beziehung?«

»Mehr als du denkst. Du vergisst, dass ich Marc schon sein Leben lang kenne. Seine Geschichte, seinen Charakter. Alles hat stets darauf hingedeutet, dass er auf der Suche ist. Und jetzt, wo er dich gefunden hat – ich meine, *wiedergefunden* hat –, will er dich nicht mehr gehen lassen.«

Svea lachte auf und klatschte die Hände zusammen. Dieses Gespräch nahm wirklich seltsame Wendungen. Es war das eine Wort, welches sie mit Absicht so stark betont hatte, das ihr plötzlich etwas in Erinnerung rief. Wie es schien, waren sie und Marcs Adoptivmutter gar nicht in jedem Punkt verschiedener Meinung. Svea nickte und sagte: »Ja, wie recht du hast!«

»Wie bitte…?«

»Mit diesen Worten hast du nicht gerechnet, was? Aber Marc hat mich tatsächlich *wiedergefunden*. Das weiß ich schon längst. Nur wenn du glaubst, dass mir irgendetwas daran nicht recht ist, muss ich dir wohl widersprechen. Ganz im Gegenteil! Es fühlt sich wunderbar an.«

Marcs Adoptivmutter war wie vom Donner gerührt. »Du weißt es?«

Svea erhob sich und machte einen Schritt auf die Frau zu. Ganz nah standen sie beisammen. »Oh, ja, ich weiß es. Es geht dich zwar nichts an, aber ich erzähle es dir trotzdem.« Obwohl die beiden kaum mehr eine Handbreit trennte, kam Svea noch näher. Sie flüsterte jetzt. »Ich habe ebenfalls mein früheres Leben gesehen. Und darin auch Marc. Er war mein Geliebter. Unsere Gefühle füreinander haben die Zeit überdauert, und in diesem Leben können wir endlich beieinander sein. Du wirst uns das nicht kaputt machen. Hast du gehört? Die einzige schwarze Verbindung ist nämlich die zwischen dir und Marc.« Svea trat einen Schritt zurück. Sie lächelte überlegen. Das Gefühl, eindeutig als Sieger dieses Disputs hervorgegangen zu sein, legte sich wohltuend über sie.

»Madam, ich bin untröstlich, dass ich Sie habe warten lassen. Eine Naht Ihres Brautkleides war aufgegangen. Ein Fauxpas, der nicht hätte passie…« Der Schneider hielt inne. »Oh, noch eine Dame. Guten Tag! Ich kümmere mich gleich um Sie, wenn es recht ist.«

Beide Frauen starrten den Schneider an, der Sveas Kleid soeben an einen Haken hängte.

»Es wird Ihnen passen, als hätte man es Ihnen auf den Leib geschneidert. Das verspreche ich. Wollen Sie gleich in die Kabine?«

»Ja, ich kann es kaum erwarten.« Svea straffte den Rücken

und hielt auf ihr Kleid zu, das nichts von seinem Zauber eingebüßt hatte.

»Svea!«

Ein letztes Mal drehte sie sich um. Sie sah, wie blass Marcs Adoptivmutter plötzlich war.

Der Schneider schaute verwirrt. »Die Damen gehören zusammen?« Er erhielt keine Antwort.

»Bitte denk über meine Worte nach. Du liegst falsch. Die Zeichen sind eindeutig.« Jetzt richtete sie den Blick auf das Kleid. »Es gibt keine Zufälle, hat mir mal jemand gesagt. Alles hat etwas zu bedeuten. Du brauchst nur hinzusehen, was geschieht.«

Svea verlor ihren selbstsicheren Ausdruck. »Wer hat dir das gesagt?«

Jetzt streckte Marcs Adoptivmutter den Finger aus und wies auf das Brautkleid von Alheid von Clawen. »Das weißt du doch längst.« Im nächsten Moment rauschte sie aus dem Laden, ihr Stoffbündel noch immer unter dem Arm.

Kurz bevor Svea den Salon betrat, spähte sie durch das große Fenster zur Straße hin. Auf einem der erhöhten Plätze, die den Pediküre-Kunden vorbehalten waren, saß Tilli. Sie hatte ihr Handy in der Hand und tippte eine Nachricht. Ihr Blick wirkte einerseits angespannt, doch war darin auch jene bestimmte Mimik zu erkennen, die Svea nur allzu vertraut war. Ein Mann war im Spiel, so viel stand fest. Svea nahm sich vor, sie heute endlich darauf anzusprechen.

Sie trat ein und setzte sich neben Tilli, die ihre Freundin erst im letzten Moment bemerkte.

»Na? Wem schreibst du da? Ich hoffe, er ist groß, gut aussehend, zuvorkommend und reich.«

Tilli riss ihre Hand mit dem Handy nach unten und

blickte ertappt in Sveas Gesicht. »Meine Güte, musst du dich so anschleichen?«

»Sorry, seit wann bist du so schreckhaft?«

»Bin ich ja gar nicht. Ich war bloß … entspannt.«

»Ach so nennt man das. Verstehe …« Svea zwinkerte und dachte im Stillen, dass Tilli alles andere als entspannt ausgesehen hatte. Doch sie behielt es für sich.

Tilli machte nach wie vor keine Anstalten, Svea von selbst über ihre Bekanntschaft aufzuklären. Stattdessen lenkte sie regelrecht ab und fragte: »Hast du dir schon eine Farbe ausgesucht? Ich hatte letztes Mal Pink. Das war ein echter Hingucker. Aber heute will ich lieber was Dezentes. Vielleicht einen Nude-Ton. Was meinst du?«

Svea lächelte etwas schmallippig, während Tilli demonstrativ den Blick abwandte und sich den verschiedenen Nagellacken widmete. Deutlicher konnte man eine nonverbale Nachricht wohl nicht senden: Sie wollte Zerstreuung, keine komplizierten Gespräche! Und eigentlich war das für Svea auch keine Überraschung. Sie erinnerte sich nur zu gut daran, wie sie Tilli am Sonntag nach der Kirche angerufen hatte, um sich mit ihr hier zu verabreden. »Pediküre?«, hatte Tilli gesagt. »Das ist genau das, was ich brauche, nach diesem ganzen Stress mit Frau Zwickel und der Polizei. Hoffentlich gibt es bald Neuigkeiten, die mich entlasten. Versprich mir, dass wir im Beauty-Salon nicht über diese Sache reden, nur über seichte Themen.«

Svea hatte sich fest vorgenommen, Tilli zuliebe mitzuspielen. Frau Zwickel konnte tatsächlich warten. Doch das galt nicht für den unbekannten Mann! Sobald sich eine Möglichkeit ergab, würde sie ihre Freundin erneut auf ihn ansprechen. Ihr Verhalten war auffällig, denn über ihre zahllosen Flirts hatte sie sich nie so ausgeschwiegen.

»Schau mal, was hältst du von dem ganz oben links?«, fragte Tilli jetzt und wies auf einen ganz bestimmten Nagellack.

»Hmm, Nude wäre mir zu langweilig. Ich liebäugle diesmal nämlich mit etwas Gewagterem. Vielleicht sogar Grün oder Blau.« Sie schaute zu dem mannshohen Regal, das voll mit Nagellack in den verschiedensten Farben war. Doch sie kam zunächst nicht dazu, sich die Auswahl genauer anzusehen, denn plötzlich stand Pia in ihrem Blickfeld und winkte.

Kaum hatten sie ihre Plätze eingenommen, da ging es auch schon los. Die drei Freundinnen wurden jeweils von einer Thailänderin begrüßt. Dann folgten ein kurzes Gespräch und die Auswahl des Nagellacks. Als das getan war, tauchten sie ihre nackten Füße in ein lauwarmes Bad mit Schaum.

»Herrlich! Allein für diesen Teil der Fußbehandlung lohnt sich ein Besuch im Beauty-Salon«, schwärmte Pia. »Von mir aus bleibe ich einfach so sitzen und behalte meine Hornhaut.«

»O Gott«, antwortete Tilli. »Wir müssen Pia dringend verkuppeln. Solche Sätze sagt nur jemand, der schon zu lange Single ist.«

Jetzt musste Svea lachen, und sogar die sonst so beherrschten Thailänderinnen ließen ein kurzes Grinsen aufblitzen. Pia hingegen wehrte sich.

»Was? Frechheit! Du bist doch selber Single!«

Bevor Tilli etwas erwidern konnte, ging Svea dazwischen. Das Schicksal spielte ihr in die Hand, und diese Chance konnte sie nicht ungenutzt verstreichen lassen. »Vielleicht ist sie das ja nicht mehr lange!«

Ruckartig drehte Pia ihren Kopf zu Svea. »Was meinst du damit?«

»Das würde ich allerdings auch gern wissen«, gab Tilli zurück.

»Ach komm schon«, sagte Svea lang gezogen.

»Was?« Sie zuckte die Achseln und schüttelte den Kopf. »Ich habe keinen blassen Schimmer, wovon du redest.«

»Ich kenne dich, Tilli.« Svea stieß ihr grinsend in die Seite. »Da ist ein Kerl! Ich habe dich letztens durch das Fenster deines Büros gesehen, beim Telefonieren. Und eben auch wieder. Dieser Blick ...«

Pia hatte ihren Ärger vergessen. Sie riss die Augen auf und schaute dann sanften Blickes zu Tilli. »Echt jetzt? Du hast jemanden kennengelernt?«

»Nein!«

»Los, erzähl!«, forderte Svea jetzt.

»Nein!«

»Warum nicht? Du bist doch sonst nicht so zugeknöpft.«

»Da gibt es nichts zu erzählen. Ich habe niemanden kennengelernt. Du liegst falsch, Svea. Das Telefonat habe ich sicher mit einem Kunden geführt. Und ja, vielleicht war das ein Mann, aber gewiss nicht *so einer* ...«

In dieser ausgelassenen Stimmung jedoch war es nicht leicht, Svea zu überzeugen. Und selbst wenn sie sich geirrt hatte: Es war schlicht zu lustig, Tilli zu ärgern, als dass sie so schnell damit aufhören wollte. Darum hob sie den Zeigefinger und schüttelte ihn wissend. »Ahh, jetzt verstehe ich. Ihr habt eine erste Krise. Ist es etwa schon wieder vorbei?«

»Ich sagte doch, nein! Außerdem übertreibst du total. Nicht jeder Streit ist gleich eine Krise.«

Jetzt kreischten Pia und Svea auf. Tillis Worte waren ein ungewolltes Teilgeständnis. Sie versuchte rasch, das Gesagte in Relation zu setzen, indem sie versicherte, ihre Aussage sei bloß allgemein gedacht, jedoch vergeblich. Keine der beiden Freundinnen ließ sie zu Wort kommen.

»Das wird ja immer spannender«, ließ Svea verlauten.

»Jetzt will ich erst recht alle Details wissen«, sagte Pia lachend. An Svea gerichtet, meinte sie: »Vielleicht müssen wir die Frage umformulieren, um zum Ziel zu kommen. Wie wäre es mit folgend…«

»Schluss jetzt mit diesem Kindergarten«, rief Tilli plötzlich so energisch, dass selbst die Thailänderinnen, die gerade die gebadeten Füße der Freundinnen abtrockneten, erschrocken hochschauten. »Könnt ihr kein Nein akzeptieren? Was soll dieses dumme Gequatsche?«

Die Freundinnen schauten irritiert.

»Was regst du dich denn so auf? Es war doch nur ein Spaß«, sagte Pia.

Svea sah erstaunt zu ihrer besten Freundin, die sie so gar nicht kannte. »Du hast Pia vorhin doch auch geneckt. Wer austeilt, muss auch einstecken können.«

Es brauchte nur Sekunden, da verflog Tillis Wut, und sie blickte betreten. Ihre übermäßige Reaktion tat ihr offensichtlich leid. »Du hast ja recht«, lenkte sie ein. »War nicht so gemeint. Ich… ich habe zurzeit echt Stress. Wie soll ich da jemanden kennenlernen? Da ist niemand. Ich bin Single, nach wie vor. Wer was anderes behauptet, der irrt sich.«

Svea schüttelte den Kopf. Dass Tilli schon immer ihre Freiheit geliebt hatte, wusste sie ja. Aber dass sie sich so sehr aufregen würde, wenn man ihr eine Beziehung anzudichten versuchte, hätte sie nie geahnt. Was wäre so schlimm daran?

Die ausgelassene Stimmung hatte einen Riss bekommen und das fröhliche Geplapper hatte abrupt beendet. Ein paar Mal tief durchatmen würde ihnen allen guttun. Zum Glück war auf der gegenüberliegenden Wand ein Flachbildschirm befestigt. Es lief gerade eine Doku-Soap, die keine von ihnen wirklich kannte. Dennoch starrten sie zum Fernseher, um nicht reden zu müssen.

Die Thailänderinnen waren inzwischen zum nächsten Schritt übergegangen, für den sie sich extra einen Mundschutz übergezogen hatten. Eben noch hatten sie die Nägel gekürzt, jetzt bearbeiteten sie sie mit allerlei Feilen und Raspeln.

Svea hasste diesen Teil der Behandlung. Sie hatte sehr empfindliche Füße, und oft war das Feilen ihr unangenehm, darum versuchte sie, sich weiterhin auf die Doku-Soap zu konzentrieren. Als sie gerade meinte, verstanden zu haben, worum es ging, endete die Folge. Das darauffolgende Programm fesselte sie noch weniger – Nachrichten.

Guten Tag, meine Damen und Herren. Willkommen zu den Bremen-Nachrichten. Mein Name ist…

Verstohlen blickte sie zu den anderen beiden, die so taten, als blickten sie interessiert zum Fernseher. Wie es schien, brauchten sie alle noch etwas Zeit.

Ganz toll, dachte Svea ärgerlich. Jetzt hatten sie es seit dem Freimarkt-Besuch endlich mal wieder geschafft, etwas zu dritt zu unternehmen, und nun das: Sie saßen schweigend nebeneinander und schauten fern! Und das nur, weil Tilli aus irgendeinem Grund nicht zugeben wollte, dass es einen Mann in ihrem Leben gab. Svea war nach wie vor davon überzeugt, doch ansprechen würde sie dieses Thema vorerst wohl besser nicht mehr.

Aus der Not heraus konzentrierte sie sich auf das eintönige Fernsehbild. Blauer Hintergrund, eine Weltkarte, davor eine Sprecherin. Sie trug ein helles Jackett mit einer rosafarbenen Bluse darunter. Ihre blonden Haare glänzten unnatürlich. Ob es das Scheinwerferlicht war?, fragte sich Svea. Oder doch eine Perücke? Sie versuchte, sich darauf zu fokussieren, was die Sprecherin sagte, doch immer wieder schweiften ihre Gedanken ab zu den Haaren. Unwillkürlich griff sie sich eine ihrer eigenen Strähnen und betrachtete die Spitzen. Sie waren trocken – ganz gleich, wie häufig sie eine Haarkur verwendete. Wenn sie doch nur wüsste, wie die Frau es geschafft hatte, dass ihre Haare so glänzten. Dieser Hinweis wäre Svea für den Tag der Hochzeit Gold wert.

Das Hintergrundbild wechselte, und an seiner Stelle war nun ein Bremer Krankenhaus zu sehen, das sie alle gut kannten. Ein kurzer O-Ton folgte, mit einem Arzt, der leider nicht zu verstehen war. Sveas Interesse fiel auf den Nullpunkt. Sie sah sich um auf der Suche nach einer Zeitschrift, um sich anderweitig abzulenken, da fiel ihr Blick auf die nächste Einblendung. Ein Foto. Zu sehen war eine fröhlich lachende Frau, die den mächtigen Hals eines Schimmels umarmte. Frau Zwickel!

Tilli versteifte sich, wie Svea aus dem Augenwinkel heraus bemerkte. Automatisch ergriff sie ihre Hand, um sie zu beruhigen.

»Bitte, können Sie das lauter stellen?«, rief Svea einer Frau zu, die direkt unter dem Fernseher stand.

Trotz einiger Hinweise, die in den letzten Tagen bei der Polizei eingegangen sind, tappen die Beamten im Fall Regine Zwickel noch immer im Dunkeln. Eine Flucht auf eigene Faust wird aufgrund eines fehlenden Motivs mittlerweile ausgeschlossen. Immer wahrscheinlicher wird dafür ein Gewaltverbrechen. Wir hören dazu den zuständigen Polizeidirektor …

»Ist das nicht eure frühere Chefin, die verschwunden ist?«, fragte Pia.

»Ja, das ist sie«, bestätigte Tilli tonlos.

»Seid mal still, ich will das hören«, forderte Svea.

Zu einer laufenden Ermittlung kann ich natürlich nicht zu viel sagen. Doch was ich sagen kann, ist, dass die Gesuchte ein Doppelleben geführt hat. Sie ist lesbisch, was – soweit unsere Er-

mittlungen ergeben haben – bislang niemand in ihrem näheren Umfeld wusste. Briefe, die bei ihrem letzten Aufenthaltsort gefunden wurden, bestätigen das, und außerdem noch eine heimliche Liebe zu einer Frau. Diese Frau war bis vor Kurzem die Hauptverdächtige, doch der Verdacht wurde jüngst wieder fallen gelassen. Wie sich herausgestellt hat, war diese Liebe einseitig. Die ehemals Verdächtigte konnte außerdem eine Beziehung zu einem Mann nachweisen.

Die Nachrichtensprecherin war erneut im Bild.

Vielen Dank für dieses Statement zum Fall Regine Zwickel. Sobald es neue Erkenntnisse gibt, erfahren Sie das natürlich hier bei uns. Kommen wir nun zu unserem nächsten Thema – die Handarbeitsmesse in der Bremer Stadthalle …

Sveas Kopf bewegte sich langsam in Tillis Richtung. Ihre Finger lösten sich, sie zog die Hand zurück. »Kannst du mir das erklären?«

Pia blickte verwirrt. Sie schien nicht zu verstehen, worum es hier ging, doch Sveas Worte sprachen für sich.

»Kannst du mich wenigstens ansehen?«

Tilli tat es nur widerwillig.

»Von welcher Beziehung sprechen die? Du hast also doch jemanden kennengelernt.«

»Moment mal«, unterbrach Pia. »*Du* bist die Hauptverdächtige?«

»Ich war es … Das habt ihr doch eben gehört. Die Vermutungen sind vom Tisch.«

»Ja, weil du eine Beziehung hast«, warf Pia nun vorsichtig ein. »Ist es so?«

»Nein, das habe ich mir bloß ausgedacht, um sie endlich loszuwerden.«

»Und warum hast du mir nichts davon erzählt, dass die Ermittlungen gegen dich eingestellt wurden? Meinst du nicht, das hätte mich interessiert, nachdem es dir letztens so schlecht gegangen war?«

»Ich wusste es bis eben selbst nicht«, lautete Tillis halbherzige Antwort.

»Warum lügst du? Schon wieder!« Svea glaubte ihr kein Wort.

Tilli schwieg und schaute nacheinander in die Gesichter ihrer Freundinnen. Dann nahm sie ihre bloß zur Hälfte pedikürten Füße von der Unterlage und stand auf. »Wisst ihr was? Ich wurde in letzter Zeit genug verhört. Das brauche ich nicht auch noch in meiner Freizeit. Und Stress habe ich sowieso in Hülle und Fülle. Es war wohl ein Trugschluss zu glauben, dass ich mich hier zusammen mit euch mal entspannen könnte.« Mit diesen Worten schlüpfte sie in ihre Schuhe, legte wortlos einen Geldschein auf ihr Sitzkissen und verließ den Laden, ohne noch einmal zurückzuschauen.

3

Ausgerechnet heute musste Bero Arbeiten am Haus verrichten. Svea hatte sich nach ihrem letzten Treffen im Schlosspark so sehr gewünscht, er würde irgendwo im Wald auf einem seiner Hochsitze festwachsen, sodass sie ihn nicht mehr sehen musste. Doch das Schicksal hatte anders entschieden, und so liefen sie sich schon den ganzen Vormittag über den Weg.

Svea hätte nie von sich behauptet, nachtragend zu sein; sogar als sie Bero von Weitem zu Gesicht bekam, war sie sich noch sicher, dass sie ihn zwar reserviert, aber dennoch höflich begrüßen würde. Tatsächlich aber entfloh ihr bloß ein steifes Hallo ohne jeden Blickkontakt. Damit war klar: Sie war sogar ziemlich nachtragend!

Zu Sveas Glück verbrachte er die ersten Stunden des Tages draußen, während sie mit Richenza drinnen im Wohnzimmer blieb. Die alte Dame klagte über steife Finger und Arme, sodass Svea mit ihr ein paar Gymnastikübungen machte. Die Zeit verging wie im Flug, und schließlich verabschiedete sich Richenza zu einem Mittagsschläfchen. Svea solle sich auch eine Pause gönnen, schlug die Dame vor, und so stand sie nun Kaffee trinkend an einem der bodentiefen Sprossenfenster im Wohnzimmer und blickte in den Garten. Im Haus war es ruhig, und Svea genoss den Moment des Alleinseins. Mit einer Hand schob sie die Gardine zur Seite und spähte hinaus.

Gerade war Bero dabei, die Dächer der Gewächshäuser

zu reinigen. Die hartnäckigen Pollen einiger Bäume hatten sich seit dem Frühjahr darauf festgesetzt und bildeten einen blassen Film, der das Glas überzog. Eigentlich wirkte es, als müsse man nur kräftig pusten, damit der gelbe Staub verschwand, doch Beros Bewegungen bewiesen den Irrtum. Immer wieder tauchte er das Ende seines Schrubbers in das schäumende Wasser des Eimers, der an der Seite seiner Leiter hing, um dem Dreck zuleibe zu rücken. Die Arbeit schien anstrengend zu sein. Seine Ärmel waren trotz der herbstlichen Temperaturen weit nach oben gekrempelt. Es war sein Glück, dass heute ein angenehmer Wind wehte.

Svea leerte ihre Tasse langsam. Sie hatte Bero schon eine Weile lang beobachtet und die Bewegungen seiner kräftigen Arme verfolgt, bis sie sich kopfschüttelnd abwandte.

»Was verschwende ich hier meine Zeit und starre Löcher in die Luft? Ich bin wohl müder, als ich dachte.« Ihre eigenen Worte kamen ihr vor wie eine Rechtfertigung. Svea entschied, auf die Terrasse zu gehen und das Wetter zu genießen, solange es sich hielt. Ein bisschen frische Luft würde ihr guttun und die Müdigkeit vertreiben.

Als sie sich auf dem Weg nach draußen befand, klingelte es an der Tür. Für gewöhnlich hörte sie daraufhin immer Hanne, wie sie herbeigeeilt kam. Nicht so in diesem Augenblick. Svea horchte, doch alles blieb still. Dann klingelte es ein zweites Mal. Kurz entschlossen ging sie zur Tür, um an Hannes Stelle zu öffnen, bevor Richenza noch aufwachte. Was für ein Fehler!

Svea blickte geradewegs in die Gesichter der beiden Frauen, die ihr im Schlosspark begegnet waren. Ihre Laune sank. Auf die Anwesenheit dieser beiden konnte sie ebenso gut verzichten wie auf Beros. Entsprechend knapp fiel ihre Begrüßung aus.

»Guten Tag.« Ihre Worte wurden nicht mal erwidert.

»Nanu? Öffnen Altenpflegerinnen nun auch schon die Haustür?«, fragte die Blonde ihre Freundin und zog eine Augenbraue hoch.

Achselzuckend erwiderte die andere: »Heutzutage muss man das Personal wohl vielseitiger einsetzen, damit es sich lohnt.« Jetzt richtete sie das Wort an Svea. »Gehen Sie, und sagen Sie dem Hausherrn Bescheid.«

Svea starrte von einer Frau zur anderen. Einen Moment lang war sie zu sprachlos, um zu reagieren.

»Na los, wir sind nicht gekommen, um hier vor der Tür rumzustehen.«

Die zweite Frau rollte bereits die Augen und fügte herablassend hinzu: »... leider ist aber nicht jede Angestellte vielseitig einsetzbar.«

Svea hatte ihre Sprache wiedergefunden, und sie setzte sie ein mit aller Heftigkeit! »Dem *Hausherrn* können Sie gefälligst selbst Bescheid sagen, dass er passende Gesellschaft bekommt. Er ist im Garten. Das ist da, wo die Stöckelschuhe immer stecken bleiben.«

»Wie bitte?«, entrüstete sich eine der Frauen. »Was erlauben Sie sich?«

»Nein, was erlauben *Sie* sich? Wie Sie offenbar noch wissen, bin ich Altenpflegerin. Kein Dienstmädchen, kein Bote und ganz bestimmt nicht Ihr Fußabtreter!« Svea schlug die Tür zu, drehte sich herum und schimpfte dabei vollkommen unbeherrscht vor sich hin: »Diese arroganten Hühner! Das nächste Mal werde ich ...« Plötzlich stand Bero vor ihr, den Eimer in der einen Hand, den Schrubber in der anderen.

»Das nächste Mal werden Sie ... was? Gibt es etwa noch eine Steigerung zu dem, was ich eben gesehen habe?«

»Oh, ja, die gibt es«, giftete sie ihn an. »Und die werden

Sie zu sehen bekommen, falls Sie mich gerade dazu auffordern wollten, mich zu entschuldigen. Ich bin keine Leibeigene! Und ich werde mich auch nicht so behandeln lassen. Von niemandem!« Svea hatte ihren Finger erhoben. Doch jetzt, wo ihre Worte gesagt waren, wirkte die Geste irgendwie lächerlich. Schnell nahm sie die Hand wieder runter. Sie wollte gar keine Antwort von ihm, deshalb stapfte sie los.

Ihr Vorhaben, sich einfach an ihm vorbeizudrücken, misslang jedoch. Bero ließ alles fallen. Polternd kam der leere Eimer auf dem Boden auf. Mit einer Hand packte er sie am Oberarm und zwang sie zum Stehenbleiben.

Svea versuchte, sich mit einem Ruck zu befreien, doch sie hatte im ganzen Körper scheinbar nicht mehr Kraft als er in einem einzigen Arm. Kein Zerren oder Schütteln führte zum Erfolg. Wütend unterbrach sie den Kampf und sah ihm ins Gesicht. Sie wollte ihn anschreien, als er ihr zuvorkam und das Wort ergriff.

»Sie liegen falsch«, sagte er eindringlich.

»Lassen Sie mich gefälligst los.«

Anstatt ihrem Wunsch zu entsprechen, packte Bero nun auch noch ihren anderen Arm mit seiner freien Hand. Er stellte sich ihr genau gegenüber und fragte: »Hören Sie eigentlich immer nur das, was Sie hören wollen? Warum sind Sie so wütend?«

»Dass Sie das auch noch fragen, passt zu Ihnen. Es wäre sinnlos, Sie über meine Gefühle aufzuklären. Was kümmert es Sie schon, wie Menschen denken, die nicht sind wie Sie?« Wieder wehrte sich Svea gegen seinen Griff. Sie wollte ihn weder ansehen noch mit ihm sprechen. Doch vor allem wollte sie nicht diese weichen Knie fühlen und ihr wild schlagendes Herz. Das Beste wäre, der Situation endlich zu entkommen, doch er ließ sie nicht gehen.

Mit einem Ruck zog Bero sie noch näher an sich ran, schlang einen Arm um ihre Taille und legte die andere in ihren Nacken. Ohne jede Vorwarnung küsste er sie.

Svea durchfuhr es wie ein Blitz. Kurzzeitig glaubte sie, die Besinnung zu verlieren. Sein Duft hüllte sie ein und machte sie schwindelig. Süß schmeckte sein Kuss. Weich und zugleich rau waren seine Lippen. Sie fühlte seine Bartstoppeln an ihrer Wange und verlor sich fast gänzlich in dem Kuss. Ihre eben noch wutstarren Arme begannen langsam zu sinken.

Der Moment ihrer Verwirrtheit war so schnell vorüber, wie er gekommen war. Es brauchte nur ein Wort, das sich in ihre Gedanken stahl: Marc! Entschlossen stieß sie Bero von sich. Was tat sie hier bloß? Einen Herzschlag lang blickte Svea ihm in die braunen Augen. Sie versuchte, etwas darin zu lesen, was seine niederen Beweggründe enttarnte, doch sie sah nur dieses warme Braun. Dann verpasste sie ihm eine schallende Ohrfeige. »Für so eine halten Sie mich also?«

Beros Atem ging schwer. Er zeigte jedoch keine Reaktion, die eine Antwort auf ihre Frage erahnen ließ.

»Sie glauben vielleicht, Ihnen kann keine widerstehen. Aber ich sage Ihnen mal was.« Jetzt zeigte sie auf die Tür. »Nur weil diese Weibsbilder Ihnen nachstellen, heißt das noch lange nicht, dass ich eine von denen bin.«

»Ich habe Sie nicht mit ihnen verglichen ...«, versuchte er zu beschwichtigen, was zwecklos war.

Svea funkelte ihn böse an. »Bleiben Sie mir in Zukunft gefälligst fern.« Daraufhin lief sie an ihm vorbei, direkt in den Garten, wo ein Windstoß ihre Haare auffliegen ließ. Blätter wirbelten durch die Luft und kamen erst zur Ruhe, wenn sie sich irgendwo verfingen. Svea achtete nicht darauf. Zum ersten Mal lief sie bis in den hintersten Teil des Grundstücks, wo eine Mauer aus Feldsteinen stand. Sie war bloß hüfthoch und mit Kletterpflanzen überwuchert. Svea setzte sich darauf und schaute über die Felder, die sich dahinter erstreckten. Unregelmäßige Böen fegten darüber hinweg und ließen das lange Gras sich in Wellen wiegen.

Kaum bemerkte sie, wie ihre rechte Hand zu ihrem Mund fuhr. Die Kuppe ihres Zeigefingers tastete über ihre Lippen. Er hatte sie geküsst!

Es war eigenartig. Die Ohrfeige war von selbst gekommen. Weder ihre Worte noch diese Tat waren geschauspielert gewesen. Svea hatte echte Empörung darüber empfunden, dass er sich ihrer einfach so bemächtigt hatte. Und doch … Tief in sich zweifelte sie plötzlich daran, dass der Kuss den wahren Grund ihrer Entrüstung darstellte. Viel eher hatte ihr Wutausbruch dazu gedient, ihre Anständigkeit als vergebene Frau zu verteidigen. Aber wenn es das war und gar nicht der Kuss, dann hieße es ja, dass der Kuss ihr nichts ausgemacht hatte – und das durfte nicht sein!

Svea hob ihre linke Hand und betrachtete ihren Verlobungsring. Augenblicklich überfiel sie ein schlechtes Gewissen. Bald schon würden Marc und sie heiraten. Wenn er gesehen hätte, was gerade geschehen war … Svea traute sich nicht, den Gedanken zu Ende zu denken. Stattdessen legte sie sich mit dem Rücken auf die Mauer und starrte in den Himmel, wo weiße und blaugraue Wolken schnell vorüberzogen. Dabei kam ihr in den Sinn, dass sie noch immer keinen Termin im Schloss gemacht hatte, was ihr schlechtes Gewissen Marc gegenüber noch verstärkte. Gleich nach der Arbeit, das nahm sie sich fest vor, würde sie dieses Versäumnis nachholen. Das war sie ihm heute mehr als schuldig!

Svea sah Bero in den nächsten Stunden nicht mehr. Er schien vom Erdboden verschluckt, und das war auch gut so. Sie hätte es nicht ertragen, ihn anzusehen. Und ebenso wie sie Bero mied, wich sie Richenzas Fragen aus. Die feinfühlige alte Dame bemerkte sofort, dass ihre sonst so fröhliche Altenpflegerin nach der Mittagspause verändert wirkte. Umso glücklicher war Svea, als sie endlich Feierabend machen konnte.

Schnell hastete sie zu ihrem Wagen. In Gedanken war sie schon beim Schloss – doch leider nur in Gedanken. Denn als sie den Zündschlüssel umdrehte, tat sich gar nichts.

»Nein! Bitte nicht heute. Nicht jetzt!« Svea schloss die Augen und atmete tief durch, um nicht die Beherrschung zu verlieren. Die Erkenntnis, selbst an ihrer Situation schuld zu sein, machte es nur noch schlimmer. Marc erschien vor ihrem inneren Auge und sagte seine Worte ein zweites Mal: »Die Batterie scheint alt zu sein. Ich habe sie überbrückt und bin den Wagen etwas gefahren. Jetzt geht er wieder, aber wir sollten die Batterie besser austauschen.« Svea ließ ihren Hinterkopf gegen die Kopfstütze fallen. Warum hatte sie das nicht längst machen lassen? Jetzt bekam sie die Quittung doppelt dick.

Ein dreimaliges Klopfen am Fenster ließ sie aufschauen. Es war Bero. Ohne zu fragen, öffnete er die Tür. »Ihre Batterie ist leer.«

»Sie sind ein Hellseher«, bemerkte Svea sarkastisch.

»Soll ich den Wagen überbrücken?«

»Nein, danke.«

»Wollen Sie etwa darin übernachten?«

»Ich nehme ein Taxi.«

»Viel Glück dabei, das kann dauern. Im Nachbarort ist ein Fest …«

Bero musste nicht weitersprechen. Mittlerweile war Svea das Landleben so weit geläufig, dass sie auch ohne Erklärung verstand. Die Entfernungen hier waren weiter als in der Stadt und die Verbindungen schlechter. Ein Event reichte aus, um den Taxivorrat sämtlicher Orte in der Umgebung zu erschöpfen. »Dann … dann fahre ich eben mit dem Zug«, sagte sie, griff ihre Handtasche und lief los in Richtung Auffahrt. Beros belustigten Gesichtsausdruck bemerkte sie dennoch. Svea ärgerte sich maßlos. Schon wieder kam sie sich vor wie ein Idiot.

»Ich könnte Sie wenigstens zum Bahnhof fahren«, rief er ihr hinterher und begann ihr nachzujoggen.

»Nicht nötig. Ich mag Spaziergänge.«

»Aber ist es dafür nicht ein bisschen spät?«

»Ich bin ein großes Mädchen und darf auch schon im Dunkeln draußen sein.«

»Wissen Sie denn, wo der nächste Bahnhof ist?«

»Das bekomme ich schon raus, und außerdem muss ich vorher sowieso noch etwas erledigen.«

»Und was?«

Jetzt blieb Svea stehen. Sie würde diese Gelegenheit nutzen, um Bero in seine Schranken zu verweisen. »Auch wenn es Sie nicht das Geringste angeht: Ich muss noch zum Schloss und einen Termin für meine Hochzeit buchen.« Nach diesen Worten ruckte sie das Kinn nach vorn und lief weiter die Allee entlang. Das hatte bestimmt gesessen. Sie war zufrieden mit sich.

»Wollten Sie das nicht letztes Mal schon tun?«

In diesem Moment fiel ihr siedend heiß ein, dass sie diese Karte schon einmal ausgespielt hatte. Ihr erhoffter Triumph erwies sich als peinliche Panne.

»Ja … da … da ging es nicht. Und wie gesagt, es geht Sie gar nichts an.«

»Das stimmt. Aber eine Sache noch!«

Svea blieb noch einmal stehen. Sie überlegte, ob sie sich umdrehen sollte, entschied sich aber dagegen. »Was?«

»Der nächste Bahnhof ist Langwedel. Ich schätze, Sie laufen ungefähr eine halbe Stunde bis dorthin. Das Schloss Etelsen hingegen liegt in der entgegengesetzten Richtung, und bis dahin dauert es mindestens eine Stunde.«

Am liebsten wäre Svea einfach trotzig weitergegangen, doch sie musste sich eingestehen, dass sie nicht die geringste Lust hatte, eine halbe, geschweige denn eine ganze Stunde zu laufen. Langsam drehte sie sich um.

Bero zuckte mit den Schultern. »Ich kann Sie zu dem einen Ziel bringen oder zu dem anderen. Und es dauert unter zehn Minuten. Seien Sie nicht so stur.« Darauf ging er zu seinem Auto zurück, öffnete die Beifahrertür und ließ sie offen stehen, während er sich selbst hinter das Steuer setzte und wartete.

Widerwillig ging Svea zurück und stieg in seinen Pick-up. Auch Ria sprang auf die Ladefläche und machte es sich auf einer Plane gemütlich.

»Und? Wohin jetzt? Zum Schloss oder nach Langwedel?«

Svea gestand sich ein, dass sie abermals nicht die geringste Lust hatte, den Termin im Schloss zu machen. Doch ihr Gewissen ließ es nicht zu, dass sie damit auch nur einen Tag länger wartete. »Zum Schloss.«

Wortlos startete Bero den Wagen.

Sveas Hoffnung, die Fahrt schweigend hinter sich zu bringen, wurde zum Glück zunächst erfüllt. Ein Gespräch hätte sich auch schwierig gestaltet, dazu war es nämlich viel zu laut. Rücksichtslos lenkte Bero den Pick-up über den Schotter. Die holprige Auffahrt und die harten Sitze des Wagens stellten sich als schlechte Mischung heraus. Svea langte nach einem Griff oberhalb des Fensters, um wenigstens ein bisschen Halt zu haben. Sie selbst schlich diesen Weg stets im Schneckentempo entlang, um ihr Auto zu schonen, doch Bero musste mit seinem Geländewagen keine Rücksicht darauf nehmen. Am liebsten hätte sie ihn barsch aufgefordert, gefälligst langsamer zu fahren, doch sie war definitiv nicht in der Position, weitere Forderungen zu stellen. Als sie endlich die Straße erreichten, schaffte Svea es erstmals, sich einigermaßen bequem hinzusetzen.

Sie hatten ihr Ziel fast erreicht, da brach Bero das Schweigen.

»Sagen Sie es mir. Jetzt ist ein guter Zeitpunkt.«

»Ihnen was sagen?«

»Warum sind Sie so abweisend? Was habe ich falsch gemacht?«

»Sie scheinen unter schlimmem Gedächtnisverlust zu leiden!«

»Ach kommen Sie«, fuhr Bero sie an. »Ich rede nicht von vorhin. Von mir aus entschuldige ich mich dafür, Sie geküsst zu haben. Vergessen Sie es einfach.«

»Wovon reden Sie dann?«

»Das wissen Sie genau. Hören wir auf mit den Spielchen und sind einfach ehrlich zueinander.«

Svea drehte den Kopf Richtung Fenster. Ihre angesäuerte Stimmung war eigentlich genau richtig, um ihm die Wahrheit an den Kopf zu knallen, doch etwas hielt sie zurück: Sie wollte ihren Job bei Richenza nicht gefährden.

Er schien ihre Gedanken zu lesen. »Na los, trauen Sie sich. Alles, was gesagt wird, bleibt hier im Auto. Sie haben keine Konsequenzen zu fürchten. Ich will es nur verstehen.«

»Bitte, wenn Sie so drauf drängen, dann sage ich Ihnen, was mich so aufbringt. Es ist Ihre Art, mit Leuten wie mir umzugehen.«

»Würde es Ihnen etwas ausmachen, etwas konkreter zu werden?«

Jetzt lachte Svea laut auf. »Ha! Tun Sie doch nicht so. Es ist ja wohl sonnenklar, was ich damit meine. Ich rede von den Menschen, die nicht wie Sie reich geboren sind. Sie merken scheinbar gar nicht mehr, wie arrogant und hochnäsig Sie andere behandeln. Aber eine alte Familiengeschichte mit Stammbaum und Wappen gibt Ihnen noch lange nicht das Recht, sich für etwas Besonderes zu halten. Für mich sind Sie weder besser noch schlechter als jeder Landwirt, der hier seine Felder bestellt.«

»Sind Sie jetzt fertig?«

»Ja. Und das zum Glück genau zur richtigen Zeit. Dort drüben ist schon das Schloss. Ich laufe danach zum Bahnhof. Sie brauchen nicht auf mich zu wart…« Svea stieß einen spitzen Schrei aus, als Bero mit quietschenden Reifen links abbog, anstatt bei der Kreuzung geradeaus zum Schloss zu fahren. »Was haben Sie vor? Das Schloss ist dort drüben!«

Bero reagierte nicht auf Svea und schaute starr nach vorne. Nach der Kurve beschleunigte er den Wagen mehr und mehr. Die Straße führte S-förmig zwischen ein paar alten Häusern hindurch, und plötzlich war der Ort zu Ende. Felder erstreckten sich rechts und links, so weit das Auge reichte.

Svea klammerte sich am Griff über dem Fenster fest. Sie war so erschrocken über seinen Richtungswechsel und sein steigendes Tempo, dass ihr die Worte fehlten. Im Seitenspiegel konnte sie das Schloss hinter ihnen erkennen, das immer kleiner wurde. Was hatte er nur vor?

Noch einmal trat Bero aufs Gaspedal. Viel zu schnell überquerten sie eine Kanalbrücke und rasten auf einen kleinen Ort mit schönen, großen Bauernhäusern zu, die von Pferdeweiden umgeben waren.

Für gewöhnlich hasste Svea es, wenn jemand zu schnell fuhr, und sie hatte keine Skrupel, das auch deutlich zu sagen.

Aber unerwarteterweise war ihr Mund wie versiegelt. Ihre Hand glitt von dem Haltegriff, sie sank in den Sitz. Ihr Atem ging mit einem Mal ruhig, und ein warmes Gefühl breitete sich in ihr aus. Die Geschwindigkeit nahm sie kaum noch wahr, und ihr Bedürfnis, nach dem Weg zu fragen, wurde kleiner und kleiner. Svea wusste nicht, was diesen Stimmungsumschwung verursacht hatte, und in diesem Moment war es ihr auch nicht weiter wichtig. Sie gab sich einfach hin.

Bero ließ den Ort hinter sich und hielt schließlich an einem Feldweg. Hier stieg er wortlos aus, öffnete die Beifahrertür und griff nach Sveas Hand. Er zog sie aus dem Wagen, den sie mit offenen Türen hinter sich ließen.

Jeder Widerstand Sveas war verflogen. Ebenso jede Wut. Ganz und gar willenlos ließ sie sich von Bero mitziehen und stolperte über den unebenen Weg. Svea spürte ihren Körper kaum noch. Nur das Kribbeln nahm sie wahr. Seit dem Besuch der Daverdener Kirche hatte sie es nicht mehr gespürt, hier war es präsent wie nie. Svea wusste, sie war nicht zum ersten Mal an diesem Ort!

Wenig später erreichten sie das Ende des Feldweges, kurz vor einem Deich.

Bero blieb stehen und zwang auch Svea dazu. Seine Worte drangen nur gedämpft zu ihr durch. »Das ist alles, was von meiner uralten Familiengeschichte übrig ist.« Er packte sie an den Schultern und drehte sie mit dem Gesicht voran in den Wind. »Sehen Sie hin, und sagen Sie mir, ob daran irgendwas Besonderes ist.«

Svea blickte auf zwei grasbewachsene, halbmondförmige Hügel, auf denen Bäume und Sträucher wuchsen.

»Einst war hier die Burg meiner Vorfahren. Doch heute steht hier nichts mehr. Hügel, wie sie unspektakulärer nicht sein könnten. Niemand, der sich hier nicht auskennt, würde sie auch nur bemerken. Und darauf soll ich mir jetzt etwas einbilden?« Bero ließ sie los. Seine Stimme wurde ruhiger. »Das ist nur die Vergangenheit. Und wenn es auch meine Vergangenheit ist, so hat sie auf mich dennoch keinen Einfluss. Nur ein Dummkopf würde sich deswegen für jemand Besseres halten. Ich sage es Ihnen noch einmal: Sie liegen falsch.«

Noch immer starrte Svea auf die Hügel. Ihr Mund stand offen. Ihre Gefühle drohten sie zu übermannen. Sie wollte nicht, dass Bero dabei war, wenn sie womöglich die Kontrolle verlor. Er hatte ja keine Ahnung, wie viel mehr diese bloßen Hügel für sie waren!

»Ich hoffe, Sie verstehen mich jetzt.«

»Gehen Sie!«

»Was?«

Svea wandte sich ihm zu. »Bitte gehen Sie.«

»Ich lasse Sie doch hier nicht allein zurück, inmitten von Feldern. Bald wird es dunkel.«

Sie drehte sich wieder um und ging langsam auf die Hügel zu. »Ich komme schon klar«, rief sie. »Lassen Sie mich einfach hier. Ich weiß, was ich tue.«

Bero stand noch eine Weile am Ende des Feldwegs. Er starrte Svea nach und konnte sich ganz offensichtlich nicht dazu durchringen, sie hier zurückzulassen.

Svea hatte den zweiten Hügel bereits erklommen, da drehte sie sich noch einmal zu ihm um. »Gehen Sie endlich. Worauf warten Sie noch? Ich werde nicht wieder in Ihren Wagen steigen!«

Nur widerwillig setzte Bero sich in Bewegung, aber er ging tatsächlich.

Svea stand auf den Resten der Burg, beherrscht von dem körperlosen Gefühl, das von ihr Besitz ergriffen hatte. Der Wind riss an ihrer Kleidung und pfiff laut in ihren Ohren.

Sie versuchte, sich die Bilder ihrer Rückführung ins Gedächtnis zu rufen. Vielleicht gab es eine Verbindung hierher. Svea spürte, dass diesem Ort etwas Besonderes anhaftete und auch, dass sie vor langer, langer Zeit schon einmal ihre Füße auf dieses Stück Land gesetzt hatte. Dennoch wollten sich ihre Erinnerungen und ihr Gefühl nicht zusammenfügen. Irgendein Puzzleteil fehlte noch oder lag nicht an der richtigen Stelle.

In ihrer Ratlosigkeit tat sie das Einzige, was ihr möglich war, um eine Verbindung zwischen jetzt und damals zu schaffen: Sie legte sich hin und schloss die Augen. Dann begann sie zu atmen, wie Medina es sie gelehrt hatte. Sie brauchte keine Musik – der Wind in ihren Ohren war ihr Hilfe genug. Schnell erreichte sie einen Zustand, in dem ihr Körper von selbst verbunden atmete. Es war weit intensiver als in ihrer Erinnerung. Svea spürte, dass sie der Segelphase diesmal nahe war, als plötzlich ihr Telefon klingelte.

Das Geräusch war so unpassend, so störend, dass es Svea beinahe schon unter Schmerzen zurückholte. Das Gesicht gequält verzogen, richtete sie ihren Oberkörper auf und nahm das Telefon zur Hand.

Es war Pia. »Svea! Wo bist du gerade? Zu Hause?«, fragte sie ohne jede Begrüßung. Sie klang sehr aufgeregt.

»Nein. Ich bin …«

»Egal, ich hätte es dir zwar lieber persönlich gesagt, aber dann muss es so gehen. Ich habe den Brief von dir erst heute Morgen im Briefkasten gefunden. Wann hast du ihn eingesteckt? Warum hast du mir keine Nachricht dazu geschickt? Oder mir bei der Pediküre gesagt, ich solle meinen Briefkasten leeren?«

Svea hatte Mühe, Pia zu folgen. »Ich glaube, das war Samstag …«

»Samstag schon?« Pia prustete ungläubig ins Telefon. »Na ja, sei es drum. Jetzt habe ich den Brief gelesen und mir die CD mit der Rückführung von dieser Medina oder Emanuela ungefähr zehnmal angehört.«

»Ja?«, fragte Svea heiser.

»Das alles ist so verrückt! Ich weiß gar nicht, wo ich anfangen soll. Das Kloster Ebstorf, die Truhe!« Pia stieß ihren Atem hörbar aus. »Ich habe etwas über Minna herausgefunden. Sie und Hermann sind tatsächlich nicht verwandt, und trotzdem sind sie Bruder und Schwester.«

»Das verstehe ich nicht.«

»Ich erkläre es dir. Der entscheidende Hinweis war die Münze, die in Verden gefunden wurde. Du hast es in deinem Brief erwähnt, und ich habe es im Internet nachgelesen. Meine Recherchen zu Hermann Cluving, in Verbindung mit Verden, haben Folgendes ergeben: Hermanns Stiefmutter, eine Verdener Ministerialin, war vor der Ehe mit dessen Vater schon mal verheiratet. Und aus dieser Ehe stammte Minna! Verstehst du?«

»Ja, ich glaube schon.«

»So lässt sich auch erklären, warum Minna nicht im Stammbaum der Clüver auftaucht, und … sag mal, wo bist du denn? Es ist so windig im Hintergrund.«

Svea lachte auf. »Nicht nur du hast Neuigkeiten, Pia. Ich befinde mich gerade mitten im Nirgendwo, auf den Resten einer Burg, und ich weiß, ich war schon einmal hier!«

Als die Freundinnen am nächsten Tag das Zirkusgelände betraten, wurden sie von der dicken Frau im Tickethäuschen mit einem Blick begrüßt, der die Hölle hätte zufrieren lassen können.

Svea hatte so etwas schon erwartet. Die Frau konnte sich anscheinend noch gut an sie erinnern.

»Sie schon wieder! Verlassen Sie sofort das Gelände, oder ich rufe die Polizei!« Schon war sie aufgesprungen, bereit, den vermeintlichen Eindringlingen an den Kragen zu gehen.

Svea hatte Pia extra nichts von der Dicken erzählt, um sie nicht einzuschüchtern. Eine weise Entscheidung, wie sich zeigte, denn ihre Freundin machte schon Anstalten, in ihr Auto zu flüchten. Die Augen schreckgeweitet, hatte sie die Schlüssel des Wagens bereits gezückt, mit dem sie Svea gestern vom Burghügel abgeholt und heute hierhergefahren hatte.

»Pia, warte! Da kommt sie schon«, rief Svea und wies mit dem Finger an dem Tickethäuschen vorbei. Zu ihrem Glück bog nämlich in diesem Moment Emanuela um die Ecke und eilte ihnen zu Hilfe.

»Ist schon gut, Doris. Ich habe sie erwartet«, hielt sie die Frau auf, der deutlich anzusehen war, wie bedauerlich sie es fand, nicht zur Tat schreiten zu dürfen. »Kommt mit in meinen Wohnwagen.«

Die Freundinnen folgten ihr schweigend. Erst als die Tür hinter ihnen verschlossen war, nahmen die Frauen das Gespräch auf.

Emanuela machte den Anfang. »Danke, dass du gekommen bist, Svea.«

»Bedank dich lieber bei ihr. Ohne Pia wäre dieses Treffen heute sicher nie entstanden«, sagte sie und stellte auf diese Weise ihre Freundin vor.

Emanuela nickte Pia zu. »Dann will ich dir schon jetzt von ganzem Herzen danken.«

Am Telefon hatte Svea ihr erzählt, dass sie jemand Wichtigen mitbringen würde. Noch konnte Emanuela nicht wissen, welche Rolle Pia spielte, aber schon bald würde sie es erfahren.

»Bitte, setzt euch doch.« Sie wies auf das Bett, auf das sich normalerweise ihre Kunden legten.

Svea sah zu Emanuela, und Emanuela zu ihr. Es war offensichtlich, dass sie beide von der Situation überwältigt waren, und so ergriff Pia vorsichtig das Wort. »Die Rückführung, die du Svea zugeschickt hast …«

Emanuela lächelte. Sie schloss kurz die Augen. Ihr Gesicht wirkte, als hätte man sie an etwas Wunderschönes erinnert. »Das war noch während meiner Ausbildung. Ich war so unerfahren, dass ich nicht verstehen konnte, wie außergewöhnlich diese Bilder waren. Damals gab es für mich ja noch keinen Vergleich zu anderen Rückführungen. Jahre später entwickelte sich tief in mir so eine Ahnung, dass jenes Erlebnis etwas ganz Besonderes gewesen sein musste. Denn nie wieder war eine meiner Rückführungen derart intensiv. Aber ich habe es mir selbst dann so erklärt, dass die ersten Male sicherlich immer die eindrücklichsten sind.«

»Ist dem Mann, der dich rückgeführt hat, nichts aufgefallen?«, fragte Pia.

Emanuela lachte kurz. »Nein. Er war bloß sehr überrascht davon, wie tief ich gleich eingestiegen bin. Er meinte immer, ich hätte *einen guten Zugang zu den Bildern.*«

»Genau das hast du zu mir auch gesagt«, erinnerte sich Svea.

»Ich weiß. Wahrscheinlich deshalb, weil deine Rückführung mich unterbewusst an meine ersten Male erinnert hat. Ich brauchte zwar eine Weile, um auf die Verbindung zu kommen, aber dann – in der Nacht des Sturms – hat es mich komplett umgehauen!«

»Also hatte ich damals doch recht«, stellte Svea fest. »Als ich das zweite Mal bei dir war, hast du dir meine Aufnahme angehört, richtig?«

»Ja. Das stimmt. Tut mir leid, dass ich dich angelogen habe. Aber wie hätte ich dir das erklären sollen? Ich konnte mir ja selbst nicht erklären, warum ich mir die Aufzeichnung deiner Rückführung wieder und wieder angehört habe. Erst als ich gar nicht mehr damit rechnete, wurde es mir plötzlich klar.«

»Was war der Auslöser?«

Emanuela lachte kurz auf. »Die humpelnde Frau.«

»Minna?«, fragte Svea und lachte nun auch.

Emanuela nickte und bejahte leise: »Genau. Jedenfalls hast du sie bei diesem Namen genannt.«

»Es ist der Name, den *er* mir gesagt hat.«

»Ich erinnere mich. Du erzähltest es, als du zum zweiten Mal bei mir warst.«

»Ich bin mir mittlerweile sicher, dass die Frau, die ich früher gewesen bin, so hieß. So, wie du früher Adelheid warst.« Svea ahnte zwar bereits, wie die Antwort ausfallen würde, dennoch fragte sie Emanuela: »Bitte sag mir, dass du weißt, was in so einem Fall zu tun ist.«

»Du meinst, wenn zwei Menschen dasselbe Leben und dieselben Personen sehen? Ich enttäusche dich nur ungern, aber diesen Fall gibt es eigentlich nicht.«

»Was soll das heißen?«, entgegnete Pia. »Ihr zwei beweist doch gerade das Gegenteil.«

Emanuela hob abwehrend die Hände. »Moment, Pia. Svea habe ich es schon erklärt: Für gewöhnlich ist es nicht entscheidend, ob man ein echtes früheres Leben sieht, oder ob die Seele einem nur irgendwelche Bilder zeigt, die einem ein Problem aufzeigen sollen. Dass Sveas und meine Bilder sich so gleichen und wir sogar zwei Namen nennen können, ist wirklich unfassbar, aber bewiesen ist deshalb leider noch gar nichts. Ich … ich würde es auch gerne glauben, aber ich tue mich schwer damit, nach all den Jahren meine Überzeugung zu ändern.«

Svea schaute Pia mit einem eindringlichen Blick an, der eine Art Startschuss war. Auf der Fahrt zum Zirkus hatte sie ihr bereits gesagt, dass diese Antwort kommen würde, und es war Emanuela ja auch nicht zu verdenken. Schließlich konnte sie nicht ahnen, was Pia alles herausgefunden hatte. Es wurde Zeit, sie auf den gleichen Stand zu bringen.

»Ich kann es beweisen. Es *sind* frühere Leben«, sagte Pia mit Nachdruck und holte einen Ordner aus ihrer Umhängetasche. All ihre Recherchen zu den Clüvers waren darin enthalten. Blatt für Blatt ging sie die Aufzeichnungen mit Emanuela durch, die irgendwann nur noch fassungslos den Kopf schüttelte und die Hand vor den Mund schlug.

»Das kann doch alles nicht wahr sein«, klang es gedämpft aus ihrer Richtung. Dann sah sie Svea an. »Ich hatte ja keine Ahnung! Vor nicht allzu langer Zeit hätte ich jeden ausgelacht, der so weit gegangen wäre zu behaupten, so etwas wäre möglich. Aber das hier …« Noch einmal nahm sie den Ordner zur Hand und ging ein paar Zeilen des Clüver-Stammbaums durch. Ihre Finger strichen darüber und hielten bei dem Namen Adelheid an. »Das ist sie? Die Braut aus meiner Rückführung?«

»Alles deutet darauf hin«, bestätigte Svea. »So ganz verstehe ich es auch noch nicht, aber ich hatte gehofft, du hilfst mir dabei, unseren Vorfahren noch einmal zu begegnen.«

Emanuela blickte auf. Sie schien skeptisch.

»Es sind noch ein paar Fragen offen«, sagte nun Pia. »Vielleicht bekommen wir so die Antworten.«

»Ich kann es versuchen. Aber wo Svea wirklich landet, entscheidet ihre Seele. Rückführungen sind keine …«

»… Videofilme. Ich weiß!«, beendete Svea ihren Satz.

»Aber möglicherweise haben wir Erfolg. Es wäre nicht das erste Mal, dass in meinem Fall alles anders ist als üblich.«

»Wir werden sehen«, meinte Emanuela. »Dann lass uns anfangen.«

Pia setzte sich in die hinterste Ecke des Wohnwagens. Sie war so aufgeregt, dass sie darüber fast das Atmen vergaß. Am liebsten hätte sie Svea von dem Bett gezerrt und sich selbst darauf gelegt. Aber das war heute nicht ihre Rolle. Sie war hier, um zu beobachten und Einzelheiten, die ihr wichtig vorkamen, zu notieren, damit sie dem Rätsel endlich auf die Spur kamen. Und das war mindestens genauso aufregend.

Mit bebendem Herzen beobachtete Pia, wie Emanuela Svea die Decke und eine Schlafmaske reichte. Erklärungen waren nicht nötig. Alle im Wohnwagen wussten über das Vorgehen Bescheid. Emanuela war die Anspannung anzusehen, doch sie bemühte sich ganz offensichtlich, nicht hektisch zu werden. Zweifellos hätte das Svea nicht geholfen.

Pia konnte kaum glauben, dass es jetzt endlich so weit war. Sie hoffte, dass die Atem- und die Segelphase schnell vorübergingen und Svea dann zügig in die Bilder kam, wie sie es selbst einmal ausgedrückt hatte. Tatsächlich erfüllte sich ihre Hoffnung.

Svea atmete tief und verbunden. Nicht ein einziges Mal musste Emanuela sie anleiten. Als sie die Segelphase erreichte und das geräuschvolle, tiefe Atmen unterließ, hallten Sveas Worte in Pias Kopf. Das Gefühl sei eine Mischung des Schwebens und der Sorglosigkeit, hatte sie gemeint. Und wenn sie es sich jetzt schon schön vorstellte, dann wäre die Wirklichkeit noch zigmal intensiver.

Diese Beschreibung klang einfach wunderbar, wie Pia fand, und es war umso unglaublicher, wenn man sich Svea in diesem Moment ansah. Vollkommen regungslos lag sie da, so als ob sie schliefe. Nichts deutete auf das hin, was sie gerade erlebte.

Als der richtige Moment gekommen war, stellte Emanuela die Musik unerbittlich leiser, bis sie schließlich ganz verstummte. »Geh jetzt zurück, durch Raum und Zeit, hin zu einem konkreten früheren Leben, in dem dir deine Seele den für dich nächsten wichtigen Entwicklungsschritt aufzeigen kann. Schau, wo du nun bist, und sprich aus, was geschieht.« Ihre Worte klangen ruhig, doch ihre Stimme zitterte vor Aufregung.

»Ich bin in einem Wald«, sagte Svea leise. »Hohe Bäume umgeben mich. Ich höre die Vögel darin zwitschern.«

»Sieh an dir herab. Bist du eine Frau oder ein Mann?«

»Eine Frau. Ich sehe einen weiten Rock aus grünem Stoff. Er raschelt beim Gehen. Ich weiß, meine Kleidung ist die einer wohlhabenden Dame.«

»Bist du ganz allein?«

»Ja. Obwohl mir jedermann sagt, ich solle nicht alleine in den Wald gehen, tue ich es trotzdem. Ich will keine Gesellschaft. Nicht heute!«

»Was ist heute denn so besonders?«

»Ich habe ein Ziel. Es ist ein trauriger Ort.«

»Dann lass jetzt die Zeit voranschreiten. So weit, bis du dein Ziel erreichst. Wo bist du?«

»In einer staubigen Hütte. Laut ist es hier. Ich höre das Klopfen von Hämmern.«

»Wie sieht das Innere dieser Hütte genau aus? Welche Gegenstände siehst du?«

»Steine. Besser gesagt, Steinplatten. Sie sind überall. Es ist die Hütte eines Steinmetzen.«

»Bist du auf der Suche nach ihm?«

»Ja, aber er findet mich zuerst. Als er mich durch den

Staub hindurch erkennt, wirft er sich mir vor die Füße und schickt alle Männer hinaus. Ich sage ihm, er solle aufstehen. Jetzt weist er zu einer Stelle in der Hütte, die durch ein Fenster erhellt wird. In dem Lichtkegel liegt eine Steinplatte.«

»Was tust du?«

»Ich nähere mich nur langsam.«

Sveas Stimme war leise und klang gequält, wie Pia fand.

»Tränen fließen mir das Gesicht herunter. Als ich endlich davorstehe, muss ich mich zusammenreißen, um keinen Schwächeanfall zu bekommen. Der Steinmetz bemerkt es und greift nach meinem Arm.«

»Aber irgendwann bist du stark genug, die Steinplatte anzusehen. Geh hin zu diesem Moment.«

Svea hielt ein paar Sekunden inne.

Pia hatte bislang kein einziges Wort notiert. Stattdessen umklammerte sie ihren Stift mit beiden Händen. Noch vor wenigen Minuten hätte sie sich nicht vorstellen können, Svea in einer solchen Verfassung zu erleben – und das nach diesen paar tiefen Atemzügen. Ihre Faszination ließ sie alles um sich herum vergessen. Und als sie schon glaubte, Svea könne nicht noch tiefer in die Geschichte einsteigen, begann ihre Freundin zu schluchzen. Im schwachen Licht war zu erkennen, dass Svea weinte.

»Meine Finger berühren die Einkerbungen der Steinplatte. Sie ist genau so geworden, wie ich sie in Auftrag gegeben habe. Mein Mann wäre zufrieden, könnte er sie noch sehen.«

»Kann er das nicht?«

»Nein, es ist seine Grabplatte.«

Trotz der traurigen Erkenntnis blieb Emanuela ruhig und ihre Stimme gefasst. »Wie sieht sie aus?«

»An ihren Außenkanten sind Schriften, und in jeder Ecke befindet sich ein Wappen.«

»Welche Wappen sind es?«

»Oben rechts ist eines mit einem Nagelkreuz, unten rechts eines mit einem Mühlrad. Unten links befindet sich ein Wappen, das drei Türme mit spitzen Dächern zeigt, und oben links ist unser Familienwappen, mit einer Bärenklaue.«

Pia stieß einen kurzen Schrei aus. Zwar schlug sie sich sogleich die Hand vor den Mund, erntete aber trotzdem einen bösen Blick von Emanuela. Sie hätte sich ohrfeigen können für ihr dummes Verhalten, doch die Erwähnung des Clüver-Wappens hatte sie regelrecht überrumpelt.

Svea war kurz zusammengezuckt, doch zum Glück hatte sie die Bilder nicht verloren. »Ich lobe den Steinmetz für seine gute Arbeit. Er ist erleichtert, und ich bin es auch. Endlich ist die Grabplatte fertig. Jetzt weiß ich, dass ich meine Trauer bald hinter mir lassen kann. Ein letztes Mal streichen meine Finger über den Stein. Ich will mich zusammenreißen, aber meine Trauer übermannt mich erneut. Tränen laufen mir die Wangen herunter und tropfen auf die Grabplatte. Genau auf die Acht in der Jahreszahl.«

Emanuela hatte den Mund schon geöffnet, um die nächste Frage zu stellen, da schoss ihr ein Gedanke durch den Kopf. Bisher war sie davon ausgegangen, dass Svea in derselben Zeit wie das letzte Mal gelandet sei – im Jahre 1221. Aber da war keine Acht! »Sieh noch mal herab auf die Jahreszahl, und lies sie vor.«

»Es ist das Jahr 1558.«

In diesem Moment wurde es laut vor dem Wohnwagen. Blasinstrumente und Trommeln ertönten, dazu Stimmen von Kindern, die jubelten, lachten und in die Hände klatschten.

Emanuela schaute auf die Uhr. Nein! Sie hatte nicht wie sonst immer darauf geachtet, dass das Ende der Zirkusvorstellung nicht ausgerechnet in eine ihrer Rückführungen fiel und die benötigte Ruhe in ihrem Wohnwagen störte. Von der Uhr blickte sie zu Svea, die eben zum zweiten Mal zusammengezuckt war. Ihr Atem verriet es schon, bevor sie sich bewegte.

»Ich bin wieder da«, sagte sie mit rauer Stimme.

»Okay, bitte lass die Augen trotzdem noch zu, und atme ruhig weiter.«

Svea nickte.

Damit die störenden Geräusche aus dem Zelt wenigstens ein bisschen abgemildert wurden, stellte Emanuela die CD wieder an. Es verging sicher eine Viertelstunde, bis Svea sich die Schlafmaske von den Augen nahm und sich aufsetzte.

Ihre erste Frage galt der Jahreszahl. »1558?«

»Es hat offensichtlich nicht geklappt, in dasselbe Leben zurückzugehen. Ich habe ja vorher gesagt, dass deine Seele entscheidet, welches Leben dich in deiner Entwicklung weiterbringt.«

»Ich weiß.«

Pia kam hinzu und setzte sich neben Svea. »Vielleicht war es nicht dieselbe Zeit, aber es war dieselbe Familie. Du hast das Wappen der Clüvers gesehen. Auch wenn das jetzt noch keinen Sinn ergibt, irgendwas soll dir das sicher sagen.«

»Wie könnte es? Zwischen diesem und dem ersten Leben, das ich gesehen habe, liegen über dreihundert Jahre.« Jetzt richtete sie das Wort an Emanuela. »Lass es uns noch einmal probieren. Ich bin bereit. Es darf nur nicht noch mal so laut draußen sein. Das bringt mich raus. Aber wenn …«

»Warte mal, Svea. Es tut mir leid, dass ich das jetzt sagen muss, aber deine Sicherheit geht vor. Eine Rückführung am Tag ist genug – auch wenn sie so kurz war wie diese. Lass die Bilder erst einmal auf dich wirken.«

»Nein, mir geht es gut. Wirklich!«

Pia nahm Sveas Hand. »Vielleicht hat sie recht, Svea. Du warst ganz schön emotional eben.«

»Und wenn schon. Wir können doch jetzt nicht einfach aufhören.«

Emanuela war kurzzeitig gewillt, auf Sveas Wunsch einzugehen. Schließlich war sie selbst begierig darauf, mehr über ihre gemeinsame Vergangenheit zu erfahren. Doch ihre Professionalität siegte. Sie musste Svea bremsen. »Nur weil man sich nicht in einer Rückführung befindet, heißt das nicht, dass man keinen Entwicklungsschritt macht. Ich kann dir nicht sagen, was genau passieren wird, aber für gewöhnlich passiert *etwas*. Das ist eigentlich immer so nach einer Rückführung. Sieh also hin, sei aufmerksam. Geh mit offenen Augen durch den Tag, und morgen sehen wir uns wieder.«

Es war Svea deutlich anzumerken, dass sie damit nicht glücklich war, doch sie gab nach. »In Ordnung. Dann eben morgen noch mal.«

»Ja, morgen«, versprach Emanuela.

Die drei Frauen verließen gemeinsam den Wohnwagen. Anders als eben noch liefen auf dem Zirkusgelände nun unzählige Kinder mit ihren Eltern umher. Ihre Gesichter strahlten, wie eigentlich immer nach einer Vorstellung. Wild mit den Händen gestikulierend, durchlebten sie die einzelnen Attraktionen noch einmal.

»Kommt morgen etwas später. Dann ist die Vorstellung schon vorbei, und wir werden nicht gestört.«

»Das machen wir«, sagte Pia und winkte zum Abschied.

Emanuela wartete noch, bis die beiden außer Sichtweite waren. Dann ging sie wieder hinein in ihren Wohnwagen. Dort, wo eben noch Svea gelegen hatte, machte sie es sich bequem. Den Laptop vor sich, begann sie sofort mit der Recherche. Eine seltsame Situation! Noch nie hatte sie das nach einer Rückführung getan. Doch in diesem speziellen Fall war eben alles anders.

Sie hatte den Beweis, dass es die Clüvers wirklich gegeben hatte. Und irgendwie – wenn auch nur entfernt – waren die Clüvers ebenso ihre Familie. Die Bilder, die Svea gesehen hatte, betrafen sie demnach auch, und Emanuela wollte wissen, ob an der Geschichte mit der Grabplatte etwas Wahres dran war.

Nur wenige Suchbegriffe waren nötig, um einen Online-Artikel zu finden, in dem es tatsächlich um jene Grabplatte ging. »Das ist ja nicht zu fassen«, entfloh es ihr unkontrolliert. Dann las sie sich den Namen des Verstorbenen, für den der Stein einst gemacht worden war, laut vor: »Asmes Clüver! Es gab ihn also wirklich.«

Mehrmals musste sie die Zeilen des restlichen Artikels überfliegen, um den Inhalt auch nur annähernd zu begreifen. Was dort stand, war schlichtweg überwältigend.

Emanuela wollte sich selbst vom Wahrheitsgehalt der Worte überzeugen, es mit eigenen Augen sehen! In Windeseile zog sie sich eine Jacke über. Sie griff nach den Autoschlüsseln und ihrem Handy. Sekunden später saß sie in ihrem Wagen. Ein Navigationsgerät brauchte sie nicht. Der Weg zum Ziel war ihr nur allzu vertraut.

4

Als Svea aufwachte, galt ihr erster Gedanke Emanuelas Worten. *Etwas* wird passieren! Was das wohl sein mochte? Die Vergangenheit hatte gezeigt, es war besser, solche Aussagen ernst zu nehmen. Darum ging Svea in Gedanken den Tag durch.

Zuerst würde sie ganz normal zur Arbeit fahren – stets in der Hoffnung, Bero wäre nicht da! Richenza hatte gestern den Wunsch nach einer Maniküre geäußert, da das Feilen der Nägel ihr besonders an der rechten Hand schwerfiel. Danach wollten sie die Zwetschgen aus dem Garten verarbeiten. Svea freute sich darauf, denn sie hatte keine Ahnung, wie man einen Zwetschgenkuchen backte. Nach Feierabend würde sie endlich zum Schloss fahren, um einen Termin zu machen. Nichts sollte sie mehr davon abhalten. Es war das reine Glück, dass Marc noch nicht nachgefragt hatte. Er wäre sicher enttäuscht, wüsste er, dass sie sich noch immer nicht darum gekümmert hatte. Nach dem Besuch im Schloss würde der Teil des Tages folgen, dem sie am meisten entgegenfieberte – die Rückführung!

Svea hörte, wie der Haustürschlüssel von außen ins Schloss gesteckt wurde. Sie drehte sich zur anderen Seite des Bettes und sah erst jetzt, dass Marc nicht hier lag. Stattdessen kam er gerade ins Schlafzimmer. Er trug einen Jogginganzug, und seine Hände waren schmutzig.

»Guten Morgen«, sagte er lächelnd und drohte Svea mit seinen dreckigen Händen.

»Nein, geh weg!« Lachend versteckte sie sich unter ihrer Decke.

Marc hatte Erbarmen und ließ von ihr ab, um sich in der Küche die Hände zu waschen. Allerdings drohte er: »Ich komme wieder, wenn du nicht bald aufstehst.«

Svea schwang sich geschwind aus dem Bett und ging zu ihm in die Küche. Sie umarmte ihn von hinten und fragte: »Wo bist du gewesen?«

»Ich war draußen, unter der Motorhaube deines Wagens.«

Bei der Erwähnung ihres Autos wollte sie sich am liebsten reflexartig und augenrollend abwenden. Derzeit hatte sie schließlich nur Probleme damit. Wenigstens war der Mann vom ADAC gestern schnell zu den Haghenes gekommen, um zu überbrücken, sodass sie nach Bremen hatte fahren können.

»Willst du gar nicht wissen, warum ich mit deinem Auto zugange war?«

Erst jetzt verstand Svea. Aufgeregt fragte sie: »Hast du etwa …?«

»Ja, ich habe deine Batterie ausgetauscht. Jetzt sollte das Problem tatsächlich behoben sein.«

Überglücklich fiel sie ihm um den Hals. »Du bist der Tollste!« Sie schaute ihn extra schmachtend an und flüsterte: »Wenn du wüsstest, wie sexy ich dich gerade finde.«

Marc hielt sie an der Hüfte und genoss den leidenschaftlichen Kuss. Als sie sich voneinander lösten, sagte er: »Du kannst dich gebührend bedanken, indem du mir einen großen, heißen Kaffee machst.«

»Den sollst du kriegen, du Traummann. Mit ganz viel Liebe darin!«

Wohlig seufzend ließ er sich auf einen der Sessel fallen und verschränkte die Arme hinter dem Kopf. Wie immer hängte er dabei eines seiner Beine lässig über die Armlehne. »Mir ist aufgefallen, dass du viel weniger über deine Arbeit sprichst, seitdem du nicht mehr bei *Hand in Hand* bist. Wie läuft es denn, Lady? Bist du zufrieden?«

»Hmm, ja, du hast recht. Mir ist das auch schon aufgefallen. War aber keine Absicht.« Svea holte zwei Tassen aus dem Schrank. Sie wusste, Marc mochte die große blaue am liebsten, doch die war schmutzig. »Geht die hier auch?«, fragte sie und hob eine weiße Tasse hoch.

Marc zog ein langes Gesicht.

»Ich verstehe, das war ein Nein.« Schmunzelnd holte sie die blaue Tasse aus dem Geschirrspüler und wusch sie per Hand ab. So viel Einsatz hatte er sich wahrlich verdient.

»War das eben deine ganze Antwort?«

»Ach, ich bin nicht ganz sicher, was ich dir groß erzählen soll. Auf der einen Seite ist der Job fantastisch. Die alte Dame ist so lieb zu mir, und meine Aufgaben sind vergleichsweise einfach. Auch auf dem Land gefällt es mir gut.«

»Klingt doch super. Was stört dich?«

Svea dachte kurz nach. Sie ärgerte sich, dass sie sich auf das Thema eingelassen hatte. Was sollte sie jetzt sagen? Egal wie sie es drehte und wendete, alles führte immer wieder zu den Rückführungen – und von denen sollte sie besser gar nicht erst anfangen! Sosehr es ihr auch missfiel, es blieb ihr nichts anderes übrig, als zu lügen. »Ach, der Arbeitsweg ist schon recht weit, und … die Haushälterin … Sie kann eine ganz schöne Hexe sein.« In Gedanken entschuldigte sich Svea bei Hanne, die tatsächlich das komplette Gegenteil einer Hexe war.

»Gut, das mit dem Arbeitsweg ist das Eine, aber die Haushälterin? Ignorier sie doch einfach. Frau Zwickel war bestimmt schlimmer!«

»O ja, das war sie.« Vor Sveas innerem Auge erschien das Gesicht ihrer früheren Chefin. »Wo die wohl sein mag?« Sie reichte Marc seinen Kaffee.

»Ach, die wird schon wieder auftauchen. Ich bin sicher, der geht's gut.«

»Wirklich? Ich habe da meine Zweifel. Das alles ist schon dubios.«

Noch bevor sie den ersten Schluck hatten trinken können, klingelte es an der Tür. Beide schauten sich verwundert an, dann klingelte es wieder. In diesem Moment war klar: Es konnte nur Frau Nandu sein!

Svea stellte ihren Kaffee ab und flitzte zum Bad. »Du machst auf. Ich muss mich fertig machen.«

Ein genervtes Stöhnen war die Antwort, doch Marc erhob sich tatsächlich.

Sie hörte noch, wie er die Tür öffnete und die Nachbarin knapp begrüßte. »Guten Morgen. Was gibt's?«

»Hallo, Herr Sievers. Ich muss mich für die frühe Störung entschuldigen, aber gerade lief bei mir der Fernseher. In den Nachrichten zeigen sie unentwegt diese eine Sache. Es tut mir leid, wenn ich neugierig rüberkomme, aber das Ganze kommt mir äußerst suspekt vor…«

Der Rest war für Svea nicht von Interesse, darum stellte sie die Dusche an und genoss die wenigen Minuten unter dem heißen Wasserstrahl. Ihre morgendliche Dusche war niemals lange, dafür blieb keine Zeit. Auch heute stellte sie diszipliniert nach wenigen Minuten das Wasser wieder ab – gerade noch rechtzeitig, um zu hören, wie Marc mit lauter Stimme Frau Nandu verscheuchte.

»Ich sage es jetzt zum letzten Mal. Das alles geht Sie nichts an. Lassen Sie uns in Zukunft damit in Ruhe. Vor allem Svea – für sie ist die Situation schon belastend genug.«

»Aber Herr Sievers. Sie müssen doch zugeben, dass …«

»Gar nichts gebe ich zu. Ich verbiete Ihnen, in der nächsten Zeit hier noch einmal zu klingeln! Haben Sie das jetzt verstanden?« Daraufhin knallte er die Wohnungstür zu.

Svea stürmte, nur das Handtuch um ihren Körper geschlungen, aus der Dusche. »Was war das denn? Warum warst du so unfreundlich?«

»Das fragst du noch? Du kennst sie doch«, schimpfte Marc aufgebracht.

»Ja, aber was hat sie denn gesagt, dass du dich so aufregst?«

Marc sah Svea an. Sein zorniger Blick wurde ein wenig milder, seine Stimme ruhiger. »Ach, nichts Bestimmtes. Sie ist so … so ein Klatschweib. Immerzu muss sie rumtratschen. Ich kann sie nicht ausstehen. Sie soll uns endlich in Ruhe lassen.«

Svea war verdutzt. »Das wünsche ich mir ja auch, trotzdem waren deine Worte nicht besonders förderlich. Wir wohnen schließlich im selben Haus. Wie sollen wir ihr denn jetzt begegnen?«

»Das ist das Stichwort. Ich will ihr gar nicht mehr begegnen. Wir sollten einfach umziehen. Vielleicht sogar aufs Land? Hast du nicht eben noch gesagt, dass es dir auf dem Land gefällt?«

»Ja, habe ich. Aber ich meinte damit, dass ich gern dort arbeite. Da draußen wohnen ist was ganz anderes. Und überhaupt, du willst wegen Frau Nandu umziehen? Ist das nicht etwas übertrieben?«

»Mag sein. Keine Ahnung. Ich muss mich jetzt auch fertig machen. Die Arbeit wartet.« Marc ging ins Bad und zog sich in Sekundenschnelle an. Dann stürzte er seinen Kaffee hinunter. »Ich geh jetzt. Hab einen schönen Tag, Lady.« Einen Kuss später schloss er auch schon hinter sich die Tür.

Svea zog die Augenbrauen hoch. Frau Nandu musste ihn wirklich sehr aufgeregt haben. Was hatte sie denn nur gesagt? Wenn diese Nervensäge es schaffte, ihnen einen bislang entspannten Morgen derart zu versauen, wäre es vielleicht wirklich das Beste umzuziehen. Svea mochte ihre Wohnung, aber etwas Besonderes war sie nicht. Im Gegensatz zum Heiraten war ein Umzug doch ein kleiner Schritt. Sie nahm sich vor, am Abend noch einmal mit Marc in Ruhe darüber zu sprechen.

»Hallo? Wer ist da?«

»Ich bin es.«

»Wer? Ich sitze im Auto. Können Sie etwas lauter sprechen?«

Die Antwort war schon wieder nur ein Flüstern. »Hier ist Pia!«

»Wer?« Svea stellte den Lautsprecher ihres Handys auf volle Lautstärke und presste es an ihr Ohr. Endlich verstand sie die Anruferin besser.

»Pia!«

»Großer Gott, was soll das Geflüster?«

»Ich stehe gerade in der Bibliothek – in der man übrigens nicht telefonieren darf – und halte endlich das Buch in den Händen, auf das wir die ganze Zeit gewartet haben.«

Sveas Herz begann zu pochen. Sie brachte nicht mehr heraus als ein »Und?«.

»Pass gut auf! Ich habe tatsächlich mehr über Hermann Cluvings Braut Adelheid herausgefunden. Sie war eine Rittertochter, die von einer Burg ganz in der Nähe von Daverden stammte, wo du gerade arbeitest. Laut den Quellen nannte sich die Feste Wunnehagen.« Pia machte eine kurze, bedeutungsschwere Pause.

»Wunnehagen … Kommt mir bekannt vor.«

»Das dachte ich mir. Und gleich weißt du auch warum. Hermann Cluving ließ eine Burg errichten, die er nach der Heimatburg seiner Braut und nach sich selbst benannte: Cluvenhagen.«

»Der Stammsitz der Clüvers!«, stieß Svea aus.

»Richtig. Svea, weißt du auch, was das alles zu bedeuten hat? Die Burg, auf der du letztens warst, die muss demnach Wunnehagen sein – die Heimat von Hermann Cluvings Braut.«

In Sveas Kopf schwirrten die Erinnerungen. Vor sich sah sie wieder die grasbewachsenen Hügel, die Bero ihr mit den Worten *Einst war hier die Burg meiner Vorfahren* gezeigt hatte. Konnte das wirklich stimmen? Eine Vorahnung ließ ihr einen Schauer über den Rücken laufen. »Pia, wie hieß Adelheid mit vollem Namen?«

»Sie gehörte einem Rittergeschlecht an, das sich *von der Hagen* nannte.«

»Was …?«, entfloh es Svea atemlos. Plötzlich fügte sich alles rasend schnell zusammen. Die Lösung schien so logisch – wie hatte sie das übersehen können? Die ganze Zeit war sie so nah dran gewesen und doch so weit weg. Svea fuhr ohne Schulterblick von der linken Fahrspur direkt auf den Standstreifen. Das Hupen hinter ihr nahm sie nicht wahr. Sie hielt ihr Auto an, aktivierte den Warnblinker und ließ den Kopf gegen die Nackenstütze fallen.

»Bist du noch da? Svea? Svea? Ist alles in Ordnung? Ich habe es hupen gehört.«

»Ja, ich bin noch hier«, sagte sie heiser.

»Warum bist du so still? Hast du gehört, was ich gesagt habe?«

»Pia, wenn das stimmt, was du sagst, dann sprechen wir gerade von den Vorfahren meiner Kundin. Sie und ihr Sohn heißen Haghene. Sie sind die Nachfahren der Ritter von der Hagen.«

Pia lachte schrill. Es klang, als würde sie jeden Moment den Verstand verlieren. Im Hintergrund hörte Svea, wie jemand aus der Bibliothek sich über den Lärm beschwerte.

»Pia! Reiß dich zusammen. Hörst du mich?«

»Ja … ich … entschuldige.« Es schien, als ob sie sich noch immer nicht ganz gefangen hatte.

»Pia, komm zu dir«, forderte Svea sanft und fragte sich gleichzeitig, ob sie sich Sorgen machen sollte.

»Puh, das alles ist zu viel für mich.«

Svea hörte, wie zischend eine Flasche geöffnet wurde. Es folgte ein Gluckern. Daraufhin sprach ihre Freundin weiter.

»Okay, ich habe mich wieder unter Kontrolle. Jedenfalls so halb. Sag mir, hast du eine Erklärung dafür? Ich meine, du lernst diese Alheid von Clawen kennen und dann die Familie Haghene, und jetzt kommt raus, dass du bei deiner Rückführung die Clüvers und die von der Hagens gesehen hast – deren Vorfahren! Warum diese Familien? Was haben sie miteinander zu tun und vor allem, was hast du mit ihnen zu tun?«

»Wenn ich das nur wüsste. Zurzeit weiß ich nur eins: Ich bin offenbar nicht umsonst an diesem Ort gelandet, bei diesen Menschen. Emanuela hatte also mal wieder recht. *Etwas* wird passieren!«

5

»Hallo? Hanne? Frau Haghene?« Svea bekam keine Antwort. Sie schaute in die Küche, in den Garten, ins Wohnzimmer. Nichts. Erst im Herrensalon, den sie bisher noch nie betreten hatte, vernahm sie Geräusche.

Dunkel erinnerte sich Svea daran, dass der Raum an ihrem ersten Arbeitstag, als Hanne sie herumgeführt hatte, verschlossen gewesen war. Der richtige Schlüssel war auf die Schnelle nicht zur Hand gewesen, und so hatten sie ihren Rundgang mit dem Versprechen fortgesetzt, sich den Salon ein anderes Mal anzusehen. Es war irgendwie nie dazu gekommen, und Svea hatte es schließlich selbst vergessen.

Jetzt ging sie hinein, ohne anzuklopfen. Mittlerweile konnte sie sich so viel Freiheit erlauben. Die Tür knarrte, und das Erste, was sie sah, waren drei lange Fenster, an deren Seiten schwere Vorhänge mit Kordeln hingen. Dominante Ledersessel standen davor sowie ein massiver Schreibtisch. Die Einrichtung wollte so gar nicht zum Rest des Hauses passen.

Svea vernahm die Geräusche eines Fernsehers. Er war so laut gestellt, dass ihr Eintreten noch immer unbemerkt geblieben war. Im hintersten Winkel des länglichen Raums saßen Frau Haghene, Bero und Hanne auf dem Sofa und schauten Nachrichten. Svea wollte sich gerade zu ihnen gesellen, da bemerkte sie ein großes Bild an der Wand: ein Stammbaum, über dem *Geschlecht von der Hagen* stand.

Svea konnte nicht anders. Ein fassungsloses Lachen brach aus ihr heraus. Es lag eine kaum erträgliche Ironie darin, dass Pia und sie eine halbe Ewigkeit auf ein Buch gewartet hatten, dessen alles verändernder Inhalt in großen Lettern hier an dieser Wand geschrieben stand.

»Svea!«, sagte Hanne unvermittelt. »Setz dich schnell zu uns. Du wirst nicht glauben, was gerade in den Nachrichten kommt.«

»So? Was denn?« Sie trat näher heran und setzte sich auf den einzigen noch freien Platz neben Bero. Doch sie wagte es nicht, ihn anzusehen. Einzig seine Körperwärme und seinen Geruch nahm sie wahr. Für höchstens zwei oder drei Atemzüge versank sie darin, dann zwang sie sich, zum Fernseher zu schauen. Die Sprecherin stand in einem Wald. Das Licht, die Kameraführung, selbst die Kleidung der Sprecherin wirkten irgendwie behelfsmäßig.

Frau Haghene legte ihre Hand auf Sveas Arm. »Es geht um Ihre frühere Vorgesetzte, Frau Zwickel. Man hat sie gefunden. Sie lebt.«

Sveas Mund klappte auf. Zu mehr war sie nicht fähig.

Meine Damen und Herren. Wir berichten heute live aus Etelsen, wo sich gestern Nacht Dramatisches zugetragen hat. Die seit Tagen vermisste Regine Zwickel wurde durch einen Zufall von einer Spaziergängerin entdeckt. Was diese Frau durchgemacht hat, könnte der Stoff eines Krimis sein, leider ist es aber die Realität. Ihre Entführerin oder die Entführer – noch ist unklar, ob die bereits geständige Täterin Hilfe hatte – hat ihr Opfer gefesselt und geknebelt in das Mausoleum des Etelser Schlosses gesperrt. Die genauen Umstände werden noch ermittelt. Kommen wir nun aber zur Retterin des Opfers, die bereit war, uns ein Interview zu geben: Emanuela Benson.

Svea traute ihren Ohren nicht. Ihren Augen aber musste sie

trauen! Reflexartig sprang sie von der Couch auf und schlug die Hände vor den Mund. Ohne drüber nachzudenken, was sie tat, stieß sie aus: »Ich kenne diese Frau!«

Alle waren so gefesselt von dem, was sie sahen, dass Sveas Ausruf sie kaum mehr erschüttern konnte.

»Frau Benson, wie genau hat sich die Rettung von Frau Zwickel abgespielt?«

»Na ja, ich wollte spazieren gehen. Da hörte ich seltsame Geräusche im Mausoleum. Zunächst dachte ich an ein eingesperrtes Tier. Ich hatte Mitleid, wollte etwas tun. Deshalb lief ich um das Mausoleum herum. Nun bin ich kein Tierexperte, aber die Geräusche im Inneren wurden heftiger, und sie klangen so untypisch. Nicht wie ein verängstigtes Tier. Also rief ich die Polizei.«

»Und das haben Sie genau richtig gemacht. Sie sind ein Vorbild in Sachen Zivilcourage. Vielen Dank für das Interview, Frau Benson.«

»Bitte, gerne.«

Die Sprecherin wandte sich wieder der Kamera zu. »Und nun, liebe Zuschauer, kommen wir zu der Person, die all diesen Schrecken verursacht hat – die Entführerin. Schockierenderweise handelt es sich hierbei ausgerechnet um die ehemalige Hauptverdächtige, die aufgrund von Lügen – wie man inzwischen weiß – eigentlich schon wieder von den Vorwürfen entlastet worden war. Es handelt sich um eine ehemalige Angestellte der Regine Zwickel: Tjalda Faas. Hier exklusive Bilder der Festnahme.«

»Nein!« Sveas Ausruf klang mehr nach einem Wimmern. Immerzu musste sie den Kopf schütteln. »Tilli!«

Die Aufzeichnung zeigte zwei Polizeiwagen mit Blaulicht. Obwohl alle Schilder unkenntlich gemacht worden waren, erkannte Svea gleich, dass es die Zentrale von *Hand in Hand* war. Die Tür ging auf, der Kameramann zoomte näher heran. In Handschellen gefesselt und von zwei Polizisten flankiert, wurde Tilli abgeführt. Sie setzten sie hinten in eines der Fahrzeuge, wobei einer der Männer ihr die Hand auf den Kopf legte, wie man es eigentlich nur aus dem Fernsehen kannte.

Svea hatte genug gesehen. Sie wandte den Blick ab. Erst jetzt bemerkte sie, dass die anderen drei schon längst nicht mehr auf den Bildschirm, sondern zu ihr schauten.

»Sie sind ganz blass«, bemerkte Richenza Haghene besorgt. »Ist alles in Ordnung, meine Liebe?«

»Das … das ist meine … Freundin«, stammelte Svea.

Bero stand auf und griff nach ihrem Arm. »Sie sollten sich setzen. Bitte.«

Svea folgte seiner Aufforderung, jedoch nur den halben Weg. Sie hatte das Polster noch nicht einmal berührt, da schnellte sie wieder hoch. »Ich muss sofort dorthin.«

»Was? Wohin? Sie stehen offensichtlich unter Schock und sollten besser nirgendwohin fahren«, riet ihr Bero.

Svea sah ihm ins Gesicht. Sie wusste, er hatte recht. Doch sie konnte nicht anders. »Ich muss es mit eigenen Augen sehen. Jetzt sofort.« Im nächsten Moment stürmte sie hinaus. Beim Laufen noch suchte sie ihre Autoschlüssel aus der Tasche, sodass sie sie, auf dem Kies der Auffahrt angekommen, bereits fest in der Hand hielt.

»Warten Sie«, ertönte es energisch hinter ihr. Es war Bero. Er rannte ihr nach.

Svea hatte die Autotür bereits geöffnet, doch er schlug sie einfach wieder zu.

»Ich bitte Sie noch mal, fahren Sie nicht. Nicht in Ihrer Verfassung.«

»Sie verstehen das nicht. Ich *muss* fahren! Die Frau, die

Entführerin … Das ist nicht irgendwer. Sie ist meine beste Freundin.«

»Dann lassen Sie mich fahren.«

»Nein«, sie schüttelte den Kopf und wollte ins Auto steigen. Doch dann hielt sie inne. Sie schaute Bero an und sah, dass seine Sorge ernst gemeint war. Kurz legte Svea ihm die Hand auf den Arm. »Danke. Aber mir geht's gut. Ich muss das alleine tun.«

Nur zögernd trat er einen Schritt zurück und gab den Weg frei.

Svea stieg ein und fuhr los.

Natürlich hätte sie das Auto auch vorn beim Schloss auf dem Parkplatz abstellen können, doch Svea fuhr an der Einfahrt vorbei. Sie verließ Etelsen und bog kurz nach dem Ortsschild links in die Haltebucht ein, wo sie neulich noch Marc angewiesen hatte zu parken. Von hier aus betrat sie den Wald des Schlossparks und machte sich auf in Richtung Mausoleum.

Während sie automatisch einen Fuß vor den anderen setzte, richtete Svea ihren Blick starr geradeaus. Sie ahnte zwar, welches Bild sie gleich erwartete, doch sie fürchtete sich vor dem Gefühl, das es in ihr auslösen würde. Die Steigung des Weges nahm sie kaum wahr, dafür aber die Stimmen. Als sie um die letzte Ecke bog, presste der Anblick des Tatorts ihr die Luft aus den Lungen.

Das schmiedeeiserne Tor des Mausoleums sowie die Eingangstür des Gebäudes standen offen, sodass man hineinschauen konnte. Doch es blieb beim bloßen Schauen – denn der komplette Ziegelbau war mit Absperrband eingefasst. Im Inneren des Gebäudes und auch auf dessen Vorhof wuselten Polizisten und andere Männer in Zivil herum, von denen Svea nur vermuten konnte, dass sie Spuren sicherten. Vor der

Absperrung versuchte ein Reporter mit Kameramann vergeblich, ein Interview mit der Polizei zu bekommen.

Svea blieb stehen. Sie starrte auf die Szenerie vor sich und konnte es einfach nicht glauben. Hier also war Regine Zwickel tagelang eingesperrt gewesen. Welche Ängste diese Frau hatte durchstehen müssen – und das alles wegen Tilli! Svea war nach Weinen zumute, doch sie schluckte das Gefühl hinunter. Vielleicht war ja doch alles ein Missverständnis? Sie hatte so viele Fragen, und keiner war hier, der ihr eine Antwort geben konnte. Warum hatte ausgerechnet Tilli Frau Zwickel entführt? Die ehemalige Einsatzleiterin hatte sie geliebt! Wie hatte sie das angestellt, und wieso hatte sie ihre Geisel hierhergebracht? Wie war Tilli auf diesen Ort gekommen? Soweit Svea wusste, hatte sie ihren Freundinnen nie von dem Mausoleum erzählt. Oder doch? Sie fasste sich an den Kopf, rieb sich die Augen, versuchte, sich zu erinnern. Hatte sie es vielleicht erwähnt, als sie vom Schloss als möglichem Ort für ihre Hochzeit gesprochen hatte?

»Hallo, nicht erschrecken. Wir sind vom Fernsehen. Geben Sie uns ein kurzes Interview? Sind Sie zufällig hier, oder haben Sie von dem schrecklichen Ereignis durch die Medien erfahren?«

»Was?« Verwirrt blickte Svea auf und sah direkt in eine große Kamera, die ein Mann auf seinen Schultern trug. Jetzt hielt der Zweite ihr ein Mikrofon unter das Kinn.

»Kommen Sie aus der Umgebung? Es wäre schön, wenn Sie den Zuschauern sagen könnten, wie Sie sich fühlen.«

Svea hob reflexartig eine Hand vors Gesicht. Mit der anderen Hand schob sie die Kamera beiseite. »Lassen Sie mich in Ruhe. Ich will nicht mit Ihnen sprechen. Und schon gar nicht möchte ich gefilmt werden. Haben Sie verstanden?« Svea wartete die Reaktion nicht ab, sondern flüchtete zurück auf den Weg, über den sie gekommen war. Ein Blick nach hinten ließ sie wissen, dass ihre scharfen Worte scheinbar Wirkung gezeigt hatten. Der Reporter und der Kameramann gingen wieder zurück zum Mausoleum.

Sveas Knie waren mit einem Mal weich wie Pudding. Wo bislang das Adrenalin seine Wirkung gezeigt hatte, verließ sie nun jede Kraft. Eine Parkbank am Wegesrand erschien ihr als Rettung. Svea ließ sich regelrecht darauf fallen und versuchte, zu Atem zu kommen. Geräuschvoll sog sie die Luft ein und stieß sie wieder aus. Kleine blitzende Punkte tanzten vor ihren Augen. Für ein paar Sekunden hyperventilierte sie, doch sie schaffte es, sich selbst zu beruhigen. Als ihr Herz wieder gemächlicher schlug, lehnte sie sich zurück. Svea blickte in den Wald vor sich, der direkt hinter dem Weg steil abfiel. An seinem Ende begannen Felder und Wiesen, zwischen denen sich Trampelpfade und Treckerstraßen wanden. Svea erinnerte sich daran, dass sie genau hier mit Marc nach unten geschaut hatte. Damals war ihre Welt noch in Ordnung gewesen.

Langsam wurde Svea klar, was die furchtbaren Neuigkeiten für sie und ihr Leben bedeuteten. Sie hatte Tilli verloren. Ihre beste Freundin, ihre Trauzeugin und Vertraute. Ganz gleich, aus welchen Motiven sie gehandelt hatte, mit jemandem, der zu so etwas fähig war, konnte sie keinen gemeinsamen Weg mehr gehen. Schon jetzt wusste Svea, dass der Verlust sie noch lange schmerzen würde. Möglicherweise konnte sie gar nicht ganz darüber hinwegkommen. Doch Marc würde ihr dabei helfen!

Svea nahm ihr Telefon zur Hand. Sie musste in diesem Moment einfach seine Stimme hören. Vielleicht wusste er noch nichts von all dem. Sicher war er genauso geschockt. Sie würden sich einfach gegenseitig Trost zusprechen.

Da es bereits frühe Mittagszeit war, wählte Svea die Nummer seiner Arbeit. Mit Sicherheit saß er gerade am Schreibtisch. Nach zweimaligem Klingeln nahm jemand ab. Doch es war nicht Marc, sondern ein Kollege, den Svea von der letzten Weihnachtsfeier kannte.

»Simon? Bist du es? Hier ist Svea.«

»Hallo, Svea. Lange nicht gesehen. Was kann ich für dich tun?«

»Ich würde gern mit Marc sprechen.«

»Ich ehrlich gesagt auch«, sagte Simon mit Nachdruck. »Marc ist heute nicht zur Arbeit erschienen. Sein Handy ist aus. Bei euch zu Hause nimmt keiner ab. Hätte ich deine Nummer gehabt, hätte ich dich schon längst angerufen.«

»Marc ist nicht im Büro?«

»Nein. Sag nicht, du weißt nichts davon?«

»Ich habe keine Ahnung, wo er ist.«

Ihr Tonfall war offenbar nicht glaubwürdig genug. »Svea, wenn Marc zu Hause ist und das rauskommt, dann …«

»Du irrst dich, Simon! Ich decke ihn nicht. Wieso sollte ich dann bei ihm anrufen? Das macht doch keinen Sinn.«

»Tja, wenn du ihn findest, sag ihm, der Chef will mit ihm reden. Sofort!«

Gedankenversunken murmelte sie: »Das mach ich.« Dann drückte sie das Gespräch weg. Svea sah einen Moment lang auf ihr Handy. Sorge stieg in ihr auf, Marc könnte etwas zugestoßen sein. Das Display wurde schwarz, noch immer saß sie regungslos da. Was sollte sie nur tun? Nach Hause fahren und auf ihn warten? Die Straßen zwischen ihrer Wohnung und seinem Büro abfahren oder doch besser gleich in allen Krankenhäusern anrufen? Sie entschied, ihn zuerst auf seinem Handy anzurufen – ganz egal, was Simon behauptete. Marcs Handy war normalerweise niemals ausgestellt. Vielleicht hatte er bloß keinen Empfang.

Svea hielt ihr Telefon ans Ohr. Wortlos flehte sie, er möge

rangehen. Eine Weile lange hörte sie nichts – so, als hätte das Telefon tatsächlich keinen Empfang. Mit weit aufgerissenen Augen starrte sie nach vorn in den Wald, als ihr Blick an etwas haften blieb. Zeitgleich kam die Ansage seiner Mailbox. Doch Svea nahm sie kaum wahr. Das, was ihre Augen erfasst hatten, nahm sie gänzlich ein. Ein Schauder durchfuhr sie. Nein! Das konnte nicht sein. Es durfte einfach nicht sein. Sie musste sich irren!

Ihr Kopf sagte: Sieh doch einfach nach. Doch Svea konnte sich nicht bewegen. Zu groß war die Furcht vor der Wahrheit. Fassungslos blickte sie auf das geschnitzte Herz in dem Baum vor sich. Und noch immer redete sie sich ein, dass es bloß ein ähnliches und nicht *dieses* Herz war. Als sie sich nach einer gefühlten Ewigkeit endlich wieder rühren konnte, öffnete sie den Ordner mit den Fotos auf ihrem Handy. Ihre Finger zitterten. Da war es. Svea hielt ihr Telefon nach oben – genau auf Höhe des Baumstamms. Es war tatsächlich dasselbe Herz wie das, welches Marc ihr am Tag nach dem schlimmen Sturm gesendet hatte.

»Schon in dem Moment, als ich es dir geschickt habe, wusste ich, dass es ein Fehler war.« Marc stand unvermittelt auf dem Waldweg.

Svea ließ ihr Handy sinken. Sie hatte ihn nicht kommen hören. »Du warst in der Nacht des Sturms gar nicht in deinem Büro!«

»Nein, war ich nicht.«

»Du warst hier.«

Er nickte langsam.

Erneut sah sie sein Gesicht an jenem Morgen vor sich. Müde hatte er ausgesehen und erschöpft. Jetzt wusste sie, dass nicht die Nacht auf dem Sofa in seinem Büro Schuld daran trug. »Ihr zwei habt es zusammen getan, Frau Zwickel entführt und gefangen genommen.« Plötzlich lag alles ganz klar vor ihr. Wie in einem Film spielten sich Szenen der vergangenen Wochen vor ihren Augen ab. Was war sie doch blind gewesen! Svea dachte daran, wie Tilli sie nach dem Besuch im Brautmodenladen nach Hause gefahren und Marc sich ihr gegenüber so seltsam benommen hatte. Auch der Moment mit Marc beim Schloss hätte ihr als Hinweis dienen können, wenn Svea es nur hätte wissen wollen: Nie zuvor hatte Marc *Tilli* gesagt, immer nur Tjalda, bis zu diesem Tag. Svea ließ das Handy fallen, ohne es zu merken. Ihr war nun klar, dass sie die ganze Zeit über recht gehabt hatte: Es gab einen Mann im Leben ihrer besten Freundin – Marc!

»Es war nicht meine Idee, Svea.«

Sie verengte die Augen, schüttelte langsam den Kopf. »Spielt das wirklich eine Rolle?«

»Ich wollte selbst nicht, dass es so weit kommt. Irgendwann gab es kein Zurück mehr. Das alles hat sich verselbstständigt.«

»An welchem Punkt genau? Als ihr eure Affäre begonnen habt? Danach? Oder schon davor?«

»Svea.« Marc legte einen um Entschuldigung heischenden Gesichtsausdruck auf und ging behutsam in ihre Richtung. Es sollte sie wohl beschwichtigen, doch das tat es nicht.

»Bleib gefälligst stehen, wo du bist.«

Er gehorchte. »Ich habe einen Fehler gemacht. Das weiß ich schon längst. Aber es kann noch alles gut werden, Svea. Niemand muss erfahren, dass ich darin verwickelt bin. Diese Frau hat mich nicht gesehen. Sie war schon ohnmächtig, als ich dazukam, verstehst du?«

Svea erhob sich, blieb aber stehen. »Was redest du da nur? Bist du jetzt vollkommen verrückt? Erwartest du ernsthaft, dass ich so was tue – dich auch noch decke?«

Marc setzte sich nun wieder in Bewegung. Er wollte sie berühren, doch Svea wich vor ihm zurück. Deshalb versuchte er es weiter mit Worten. »Ich weiß, das ist gerade alles etwas viel. Aber überlege doch: Niemand ist wirklich zu Schaden gekommen. Das, was zwischen mir und Tilli war, ist vorbei, und ich bereue es! Ich habe sie nie geliebt, nur dich. Mehr, als ich es je zugegeben habe.« Während er redete, veränderte sich sein Gesichtsausdruck. Eben noch war er flehend gewesen, jetzt mahnte seine Miene Svea zur Vorsicht. »Begreifst du denn nicht? Die Liebe zu dir hat mir manchmal fast die Luft zum Atmen genommen. Der bloße Gedanke daran, dich irgendwann zu verlieren, macht mir klar, dass ich lieber sterben würde, als das zuzulassen.«

»Hör sofort auf damit, ich will solche Worte nicht hören. Das sind alles Lügen.«

»Nein! Ich habe viel zu lange damit gewartet, dir zu sagen, wie stark meine Liebe zu dir ist. Jetzt sollst du es endlich wissen. Wir gehören zusammen, Svea. Es ist völlig unerheblich, wie die Umstände sind. Wir brauchen einander!«

Svea hatte ihn noch nie so gesehen. Und obwohl ihre Angst sie zu überwältigen drohte, kam ihr unvermittelt in den Sinn, an wen Marcs verzerrtes Gesicht sie erinnerte: Hermann Cluving! Genau so hatte er sie angesehen in der roten Kirche!

»Du und ich, wir sind eins für alle Zeit. Niemand kann das ändern. Wehr dich nicht dagegen.« Marc hatte sie mit ein paar schnellen Schritten erreicht. Er war nun so entschlossen, dass jeder Widerstand zwecklos gewesen wäre. Mit seinem ganzen Körpergewicht drückte er sie immer weiter zurück, bis sie rücklings gegen den Baumstamm lehnte, in dessen Rinde das Herz geritzt worden war. Seine rechte Hand hielt sie fest umschlossen, seine linke presste sich auf ihren Mund.

Erst jetzt begriff Svea, in welcher Gefahr sie sich befand.

Sie hätte schreien sollen, als sie noch die Gelegenheit dazu gehabt hatte. Nun war es dafür zu spät.

Marc flüsterte: »Mir selbst ist es erst klar geworden, als ich länger über die Karte meiner Mutter nachgedacht habe. Sie hatte die ganze Zeit recht. Es *ist* die richtige Karte, doch sie hat sie falsch gedeutet! Die Kette an unseren Händen symbolisiert unsere tiefe Verbindung zueinander. Der Dämon wacht über uns, auf dass sich niemals jemand zwischen uns stellt. Er ist in mir, der Teufel! Verstehst du, Svea? Die Verbindung zwischen uns ist tatsächlich magisch.«

Ihre Augen waren weit aufgerissen. Seine Worte weckten in Svea nackte Angst – bis sie mit einem Mal eine vertraute Stimme hörte.

»Lass sie sofort gehen!«

Marc drehte den Kopf zur Seite. Sein Blick war boshaft.

Svea sah ihm an, dass er zum Äußersten bereit war.

Bero konnte weder wissen, wer Marc war, noch, was er von Svea wollte. Doch er schien sehr wohl die Gefahr zu erkennen, in der sie schwebte. Für Erklärungen war keine Zeit, so nahm er einen hölzernen Knüppel vom Wegesrand auf. Dabei ließ er Marc keine Sekunde aus den Augen. Drohend schlug er das Ende des Knüppels in seine hohle Hand. »Wenn du nicht freiwillig tust, was ich sage, werde ich sie mir holen. Das verspreche ich.«

Marc packte Svea und riss sie mit einer brutalen Bewegung in seinen Arm. Er hatte sie nun im Schwitzkasten. Speichel speiend schrie er: »Verschwinde! Wer auch immer du bist. Das hier geht dich nichts an!« Währenddessen lief er langsam rückwärts und zischte Svea ins Ohr: »Niemand holt sich, was mir allein gehört!« Seine Füße verließen den Weg und tasteten sich die steile Böschung hinab.

Bero sah Svea in die ängstlichen Augen. Sie flehte geradezu

um Hilfe. Ihr Gesicht war rot, schon jetzt war der Griff um ihren Hals so eng, dass sie kaum noch Luft bekam.

Marc begann zu lachen, als er sah, dass Bero zögerte und schließlich seinen Knüppel wegwarf.

Mit letzter Kraft versuchte Svea, sich zu befreien. Sie strampelte und schlug um sich. Und sie konnte nicht glauben, was sie sah. Bero schien sie tatsächlich aufzugeben. Trotz der wenigen Luft, die ihr blieb, versuchte sie, nach ihm zu schreien, doch die Hand auf ihrem Mund erstickte das meiste davon.

Bero wandte sich ab. Dann ertönte ein lautes, langes Pfeifen durch den Wald. Nur Sekunden später sprang Ria die Böschung hinab. Sie knurrte und fletschte die Zähne, als Bero sie aufforderte: »Fass ihn, Ria!«

Marc sah den Hund auf sich zukommen und geriet ins Straucheln. In jenem Augenblick ließ er Svea los. Ria sprang mit einem gewaltigen Satz auf ihn und rammte die Zähne in sein Fleisch, als wäre er ein abgeschossenes Rebhuhn.

Marcs gellender Schrei hallte durch den Wald. In einiger Entfernung hoben die Polizisten und Journalisten am Mausoleum die Köpfe.

Svea wurde beiseitegeschleudert und rollte unkontrolliert den abschüssigen Hang hinab. Sie wollte sich irgendwo festhalten, doch bevor sie es schaffte, schlug ihr Kopf hart gegen einen Baum.

6

Ihr waren gerade die Augen zugefallen, da weckte sie ein kräftiges Rumpeln wieder auf. Verwirrt schaute sie sich um. Woher kam das Geräusch? Ihr Blick blieb an etwas haften. Das bunt gefärbte Laub der Bäume war bislang wie eine Tarnung gewesen, hinter der sie sich vor der Außenwelt hatte verbergen können. Jetzt aber bahnte sich etwas den Weg durch ihren imaginären Schutzwall. Zunächst waren nur Farben zwischen den Blättern zu erkennen, dann Formen und schließlich ganze Wagen, die im Schritttempo die Auffahrt entlangkamen. Sie befuhren den Kies vor dem Haus und suchten sich nacheinander einen Platz zum Halten. Als sie alle zum Stehen gekommen waren, drangen verschiedenste Tiergeräusche bis in den Garten, und plötzlich auch Schritte, die entschlossen näher kamen.

Svea begann zu lächeln. Dann bestätigte sich ihre Vermutung. »Emanuela!«, rief sie freudig aus.

Einen Blumenstrauß in der Hand, sagte diese: »Ich kann leider nicht lange bleiben.«

»Du bist da, das ist alles, was zählt«, versicherte Svea und machte eine fragende Geste in Richtung der Zirkuswagen.

Emanuela zuckte mit den Schultern. »Wir ziehen heute hundert Kilometer weiter und kommen erst in ein paar Monaten zurück in diese Region. Ich konnte doch nicht gehen, ohne mich von dir zu verabschieden.«

»Setz dich einen Moment.« Svea wies auf einen Stuhl.

Emanuela tat es, ihr Lächeln aber wirkte gezwungen. »Wie schön es hier ist«, sagte sie dann.

»Ja, das stimmt. Ich wünschte nur, die Umstände wären es auch.«

Emanuela senkte den Blick. Es war schwer, die richtigen Worte für jemanden zu finden, der das durchgemacht hatte, was Svea widerfahren war. Vielleicht wäre etwas Tröstliches das Richtige, doch was war unter diesen Umständen schon tröstlich? Die Gefahr, das Falsche zu sagen, erschien ihr groß, darum versuchte Emanuela es anders. »Wie geht's deinem Kopf?«

»Schon deutlich besser. Der Arzt sagt, es ist nur eine Gehirnerschütterung. Na ja, und die Platzwunde.« Svea fasste sich an den Verband, der rund um ihren Kopf herumführte.

»Vielleicht ist es Zeit für einen Pony?«

Svea lachte über diesen Scherz, als wäre sie Emanuela dankbar für den Versuch, sie zu erheitern. »Ja, vielleicht. Es heißt ja, Frauen ändern ihre Frisur, wenn sie in ihrem Leben neue Wege einschlagen. Aber man sagte mir, die Wunde wurde sauber genäht. Es wird wohl nur eine kleine Narbe bleiben.«

»Das klingt doch gut.« Kurz betrachtete Emanuela die junge Frau, wie sie unter ihrer Wolldecke auf der breiten Holzliege hier im rötlichen Sonnenschein lag. Dicke, geblümte Kissen in ihrem Rücken, ein dampfender Tee auf einem Beistelltisch. Wie es aussah, kümmerte man sich rührend um sie – und das, obwohl sie ja eigentlich die Pflegerin in diesem Hause war. Emanuela bemerkte, dass Svea ihrem Blick versuchte auszuweichen, und schaute in Richtung Garten. In einem Beet am Rande des Rasens blühten die letzten Dahlien und Sonnenblumen des Jahres. Was für wunderbare Farben es doch waren.

Im nächsten Augenblick spürte Emanuela, wie Svea ihre Hand nahm. Sie sah sie an. Es war kompliziert, das richtige Maß an Aufmunterung und Mitgefühl zu finden. Doch Svea wollte es Emanuela offensichtlich leicht machen und bemühte sich um einen heiteren Ton.

»Es ist wirklich nicht der schlechteste Ort, um sich davon zu erholen, dass man seinen Verlobten und seine beste Freundin verloren hat, nicht wahr? Hier kann ich vergessen. Ich habe Glück!«

Emanuela erkannte, wie tapfer Svea sich um ein Lächeln bemühte. Es musste ihr unendlich schwerfallen.

»Du hast vielleicht eine Freundin verloren, aber eine andere dafür hinzugewonnen«, sagte sie leise.

Diese Worte verfehlten ihre Wirkung nicht. Unvermittelt traten der lächelnden Svea Tränen in die Augen. »Es tut so unendlich gut, was du sagst. Danke!«

Die Frauen umarmten sich lange, dann war der Weg endlich frei für ein unbefangeneres Gespräch.

»Eine Sache musst du mir noch erklären, Emanuela. Wie kam es wirklich dazu, dass du Frau Zwickel gefunden hast?«

»Ob du es glaubst oder nicht: Eigentlich hast *du* sie gefunden, Svea.«

»Wie meinst du das?«

»Es war deine letzte Rückführung. Die Grabplatte, die du gesehen hast. Es gibt sie wirklich!«

»Du machst Scherze!«

»Nein, keinesfalls. Nachdem Pia und du gegangen wart, habe ich mich gleich an die Recherche gemacht. Eigentlich wollte ich *meiner* Geschichte auf den Grund gehen; schließlich sind deine Bilder durch die Verbindung von Minna und Adelheid auf eine Weise auch meine.«

Svea wirkte plötzlich ganz aufgeregt. Trotz ihres schmerzenden Kopfes richtete sie sich auf. »Und? Was hast du bei deiner Recherche herausgefunden?«

»Es war so unglaublich einfach. Ich musste nur ein paar Suchbegriffe eingeben, und schon wusste ich, dass der Tote Asmes Clüver hieß. Seine Grabplatte war viele Jahrzehnte lang verschollen. Erst bei Umbaumaßnahmen am Sportplatz im Schlosspark hat man sie entdeckt. Irgendwer hatte sie in vier Stücke zerteilt und umgedreht als Treppenstufen missbraucht. Doch jetzt wurde die Platte restauriert und im Vorhof des Mausoleums aufgestellt. Ich wollte sie mir ansehen, doch von dem geschlossenen Tor aus war das nur schlecht möglich, also bin ich über die Mauer geklettert.«

»Du bist dort eingebrochen?«

»Wenn du so willst, ja. Aber nur auf den Vorhof.«

Svea musste schmunzeln. »So viel Einsatz hab ich dir gar nicht zugetraut. Aber wie es scheint, hat es sich gelohnt.«

»Und ob! Die Platte sieht genau so aus, wie du sie in der Rückführung gesehen hast. Die Schrift, die Wappen, die Jahreszahl … Es war ein magischer Moment für mich.«

»Der Polizei hast du aber etwas anderes erzählt, oder?«

»Na klar. Für die war ich bloß ein argloser Spaziergänger. Wenn ich denen von Rückführungen und Vorfahren aus dem Mittelalter erzählt hätte – die hätten mich ja für verrückt erklärt. Niemand wird das je erfahren, aber *wir* wissen es. Wir kennen die Wahrheit, Svea! Als ich dich aufforderte, zu einem konkreten früheren Leben zu gehen, mit dem dir deine Seele den für dich nächsten wichtigen Entwicklungsschritt aufzeigen kann, da haben die Bilder mit deinen Vorfahren dich zum Mausoleum geführt. Frau Zwickel wurde dadurch gefunden, deine Freundin als Verbrecherin entlarvt und …«, sie stockte kurz, sprach es dann aber trotzdem aus, »… und Marc als untreu überführt.«

Svea nickte. »Wenn doch alles nur so eindeutig wäre wie das, was du mir gerade erklärt hast. So vieles verstehe ich leider noch immer nicht.«

»Lass die Zeit für dich arbeiten. Hab Geduld. Die Polizei wird noch einiges aufklären. Wichtig ist doch vor allem, dass du wieder gesund wirst.«

»Ja, da hast du recht. Ich muss gesund werden. Aber was ist dann?«

Das traurige Gesicht ihrer neu gewonnenen Freundin rührte Emanuela. Sie konnte verstehen, dass es hart für Svea war, diese Ungewissheit in Bezug auf ihre Zukunft zu spüren, nachdem sich ihre Hochzeitspläne zerschlagen hatten – gerade hier und jetzt, wo sie so unendlich viel Zeit zum Nachdenken hatte. Eigentlich hatte Emanuela es für sich behalten wollen, um Svea zu schützen, aber sie brachte es nicht übers Herz zu schweigen.

»Heute Morgen war ich das letzte Mal bei der Polizei. Sie hatten noch Fragen. Der Beamte war sehr nett und verständnisvoll. Als wir für kurze Zeit allein waren, nutzte ich die Chance und fragte ihn nach Marc und auch nach Tjalda.«

Sveas Gesicht bekam einen seltsamen Ausdruck – als wäre sie unsicher, ob Emanuela weitersprechen sollte oder nicht. »Was hat der Polizist dir erzählt?«, fragte sie schließlich.

»Eigentlich durfte er kein Wort über diesen Fall verlieren, aber ich bettelte so lange, bis er nachgab. Er meinte, dass die Polizisten am Mausoleum auf den Lärm aufmerksam geworden waren, als es zum Kampf mit dem Hund gekommen war. Daraufhin nahmen sie zunächst beide anwesenden Männer fest – schließlich lagst du ohnmächtig im Wald. Während der Haftzeit nannte Frau Zwickel aber wohl Marcs Namen, und dann ging alles ganz schnell. In den Verhören verstrickte er sich in Widersprüche, dann gestand er schließlich, mit Tjalda gemeinsame Sache gemacht zu haben.«

»Aber warum hat er das denn nur getan?«

»So wie es aussieht, war Frau Zwickel wirklich schwer in Tjalda verliebt. Als sie hinter die Affäre der beiden kam, versuchte sie, Tjalda zu erpressen. Das war wohl der Punkt, an dem auch Marc involviert wurde. Er musste handeln, wenn er nicht wollte, dass seine Affäre rauskam – das vermutete jedenfalls der Polizist, mit dem ich sprach. Er sagte, die nächsten Tage würden wohl Gewissheit bringen.«

Svea atmete tief durch und schaute für einen Moment in die Ferne. »Und diesen Mann hätte ich fast geheiratet.«

»Aber nur fast. Jetzt ist sein wahres Ich ans Licht gekommen. Und das, was noch unklar ist, wirst du auch bald verstehen.«

Svea dachte bitter, dass es leider einiges gab, was auch die Polizei nicht würde erklären können. In Gedanken war sie bei der Tarotkarte, die Marcs Adoptivmutter ihm gegeben hatte. Von Anfang an hatte sie recht mit ihrer Behauptung gehabt: Die Verbindung zwischen ihr und Marc war einem üblen Bann entsprungen. Seit jenem Augenblick im Schlosspark wusste Svea auch, wo der Bann seinen Anfang genommen hatte – bei Hermann Cluving! Heute war es ihr ein Rätsel, wie sie jemals hatte annehmen können, Marc wäre ihr gutherziger Geliebter aus der Vergangenheit.

Svea wünschte, sie wäre schon früher auf das Bild mit dem Stammbaum im Herrensalon gestoßen. Mit Sicherheit hätte sie sich dadurch einigen Kummer erspart. Alles war plötzlich so klar gewesen, nachdem sie einen intensiven Blick drauf geworfen hatte.

Adelheid von der Hagen lebte vor ihrer Hochzeit im Jahre 1219 auf Wunnehagen – gemeinsam mit ihrer Mutter Sophie von der Hagen und ihrem Vater Brüning von der Hagen.

Noch während Svea den Namen Brüning gelesen hatte, klang er vertraut und regelrecht schön in ihrem Ohr. Und natürlich: Minnas Geliebter war ein älterer Ritter gewesen, Ehemann einer wunderschönen adeligen Frau. Obwohl es keinen Beweis dafür gab, wusste Svea sofort: Brüning war ihr Geliebter aus der Vergangenheit – ein von der Hagen –, und dieser Hinweis war entscheidend für ihr heutiges Leben!

»Hallo«, erklang es plötzlich. Es war Bero, der aus dem Haus kam, um Emanuela zu begrüßen. Mit ausgestreckter Hand ging er auf sie zu.

Emanuela stand auf und reichte ihm die Hand. »Ich bin Emanuela. Und Sie sind?«

»Ich bin …«

»… Brüning«, beendete Svea lächelnd seinen Satz.

Bero schaute zu ihr hinunter. Auch er lächelte jetzt. In den letzten zwei Tagen, die sie hier verbracht hatte, waren sie sich nähergekommen. Svea hatte versucht, ihm zu erklären, was es mit dem Namen Brüning auf sich hatte, den er bislang nur von der Ahnentafel im Herrensalon kannte. Doch es war wohl ein wenig zu verrückt, um es ganz und gar zu verstehen. Bero schien es auch nicht wichtig zu sein. Er hatte ihr unverblümt gesagt, was für ihn zählte, und Svea war gleich einverstanden gewesen, als er ihr anbot, eine Weile hier zu wohnen. Zurück in ihre und Marcs Wohnung in der Bremer Neustadt wollte Svea auf keinen Fall; sie brauchte einen Ort der Erholung. Eine Tarnung.

Als Emanuela etwas ratlos schaute, sagte Svea: »Er ist es. Er war es die ganze Zeit.«

Emanuela schüttelte Bero die Hand, dabei konnte sie die Augen nicht von ihm abwenden.

Svea wusste, was sie dachte: dass sie noch nie einen solchen Mann gesehen hatte, dass seine Ausstrahlung besonders war und er so gar nicht ins Hier und Jetzt passte, dafür jedoch sehr wohl zu Svea. Ja, es war nicht zu leugnen, das war Brüning!

Sanft legte Bero Svea nun die Hand auf die Schulter. »Brauchst du noch etwas?«

»Nein, danke!« Ihre Finger fuhren kurz über seine. Es war bloß eine kleine Geste, doch in ihr steckte so viel mehr.

Der Blick, den die beiden sich zuwarfen, hatte etwas Elektrisierendes. Er dauerte vielleicht nur eine Sekunde, doch für Svea schien die Zeit in diesem Moment langsamer zu laufen.

Bero nahm Emanuela den Blumenstrauß ab und sagte: »Ich werde mal Hanne suchen gehen. Weiß der Himmel, wo im Haus sie die Vasen versteckt.«

Als er gegangen war, lächelte Emanuela breit, dann sagte sie: »Ich habe noch etwas für dich.«

»Ja? Was ist es?«

Sie kramte in ihrer Tasche und holte einen veralteten Walkman heraus. »Sicher kannst du dir vorstellen, dass diese ganze Geschichte auch etwas mit mir gemacht hat. Ich sehe das, was ich tue, jetzt in einem anderen Licht, denn ich habe das erste Mal einen Beweis dafür, dass die Bilder echt sind und nicht bloß Einbildung. Die letzten Tage und Nächte habe ich damit verbracht, mir alle möglichen Aufzeichnungen aus der Vergangenheit noch einmal anzuhören. Es war, als hörte ich sie zum ersten Mal. Und gestern stieß ich auf eine Aufnahme, die schon viele, viele Jahre alt ist. Ich hatte sie gänzlich vergessen, wie einige von ihnen. Leider weiß ich den Namen der Frau nicht mehr, weshalb mir nicht klar ist, in welcher Verbindung sie zu dir steht. Aber ich weiß, es gibt eine Verbindung.«

Svea nahm den Walkman entgegen. »Wie kannst du dir da sicher sein?«

»Die humpelnde Frau!«

»Minna!«

Emanuela nickte. »Sie hat sie auch gesehen. Damals war diese Information für mich natürlich nicht sonderlich auffällig, aber heute umso mehr. Zwar nannte sie in ihrer Rückführung keinen einzigen Namen, aber ich bin mir trotzdem sicher, dass es sich um die Personen handelt, die auch wir gesehen haben. Du wirst es selbst hören.« Emanuela stand auf. »Ich werde jetzt gehen. Wir haben noch einen langen Weg vor uns.«

Die Frauen umarmten sich, sprachen jedoch kein einziges Wort mehr. Als Emanuela zusammen mit dem Tross aus all den bunten Wagen die Auffahrt entlangfuhr, warf Svea ihr einen letzten Blick zu.

Es war schon lange kein Auto mehr zu sehen, da nahm sie den Walkman zur Hand. Sie setzte die Kopfhörer auf und ließ die Aufnahme einfach laufen.

Musik erklang. Jedoch vorerst keine Stimmen. Svea wusste, was nun kam. Die Musik wurde leiser gedreht, die Segelphase somit beendet. Emanuela war zu hören, dann eine weibliche Stimme. Sie wirkte verzerrt. Trotzdem kam sie Svea gleich bekannt vor.

»Vor deinem inneren Auge entsteht das Bild einer Mauer. Wie sieht die Mauer aus?«

»Roter Backstein. Alt ist sie und hoch.«

»Kannst du rüberschauen?«

»Nein, unmöglich.«

»Wie wirkt diese Mauer auf dich?«

»Sie wirkt unbezwingbar.«

»Geh jetzt an dieser Mauer entlang, bis du zu einem Tor kommst, auf dem *Mein Problem* steht. Du wirst jetzt durch dieses Tor gehen, hin zu einer konkreten Situation in ein früheres Leben, in der dein Problem deutlich wird. Geht das Tor leicht oder schwer auf?«

»Schwer.«

»Aber trotzdem geht es auf. Geh nun hindurch, und sieh an dir herunter. Wer bist du? Beschreibe dich.«

»Ich bin eine Frau.«

»Bist du arm oder reich? Schön oder hässlich?«

»Ich trage feine Kleider. Mein Haar ist blond und seidig. Ich weiß, ich bin schön.«

»Wo befindest du dich?«

»Auf einer Burg. Genau genommen in einem Turm.«

»Was tust du dort?«

»Ich warte auf meinen Gemahl. Laufe immer wieder durch das dunkle Zimmer. Regelmäßig schaue ich aus dem Fenster. Es ist nur eine schmale Luke, aber ich kann die Brücke sehen, die über den Burggraben führt.«

»Was fühlst du?«

»Starke Eifersucht. Sie frisst mich geradezu auf.«

»Weißt du denn, ob dieses Gefühl berechtigt ist? Wo ist dein Gemahl gerade?«

»Wie immer will er mich glauben lassen, er würde mit einem seiner Ritter über sein Land reiten. Doch die Wahrheit ist, er trifft sich mit *ihr*! Dieser Missgeburt. Es kränkt mich weniger, dass er anderen Frauen nachstellt. Viel schlimmer ist es, dass er mich eintauscht gegen *so* eine.«

»Dein Mann hat also eine Geliebte?«

»Ja.«

»Und sie ist entstellt?«

»Sie humpelt. Ihr Gesicht ist zugegeben sehr schön, dennoch ist sie von Kindesbeinen an ein Krüppel.«

»Seit wann treffen sie sich?«

»Ich weiß genau, wann es angefangen hat. Es war die Hochzeit unserer Tochter. Zu dieser Zeit hat er nämlich aufgehört, mit mir zu schlafen.«

»Wie lange ist das jetzt her?«

»Schon ein langes Jahr.«

»Was wirst du tun? Ihn zur Rede stellen?«

»Nein. Das wäre zu einfach. Ich will Rache. Sie soll bestraft werden, diese Frau, die es wagt, sich meinen Mann zu nehmen.«

»Wie stellst du das an?«

»Es gibt da eine Frau im nächstgelegenen Ort. Sie ist als Unholdin verschrien. Alle meiden sie, weil sie Angst vor ihr haben. Man sagt ihr nach, sie verstehe etwas von Zauberei.«

»Hast du denn keine Angst vor ihr?«

»Nein. Nach außen hin gebe ich mich gottesfürchtig, doch in Wahrheit habe ich die dunklen Künste schon immer bewundert.«

»Dann beschreibe die Begegnung mit dieser Frau.«

»In einer mondlosen Nacht gehe ich zu ihr und erzähle ihr von meinem untreuen Ehemann. Sie sagt, dass sie mir helfen kann. Alles, was ich tun muss, ist, den Namen eines anderen Mannes zu nennen, den sie für ihren Zauber benutzen kann. Ich zögere nicht und spreche den Namen meines Schwiegersohns aus.«

»Was passiert daraufhin?«

»Sie belegt die verkrüppelte Geliebte meines Mannes und meinen Schwiegersohn noch vor meinen Augen mit einem Fluch.«

»Was besagt er?«

»Dass die beiden für jetzt und alle Zeit in einer schwarzen Verbindung zueinanderstehen werden, die sie zwar immer wieder aneinanderbindet, sie jedoch niemals glücklich werden lässt. Diese Verbindung soll ein Leben lang halten und noch weit über ihren Tod hinaus – das versichert sie mir, bevor ich ihre Hütte verlasse.«

»Und? Behält sie recht? Geh vor in der Zeit, und sieh nach.«

»Ja, die Unholdin hält Wort. Der Zauber funktioniert. Nach nur wenigen Wochen beginnt mein Schwiegersohn, der Geliebten meines Mannes aufzulauern. Er wird immer verrückter nach ihr. Und eines Tages, da stellt er sich sogar gegen meinen Mann, um diese Frau zu bekommen.«

»Ist er damit erfolgreich?«

»Durchaus. Er verschleppt sie in eine Burg, und er lässt sie nie wieder gehen. Sie stirbt dort unter der Geburt des Bastards meines Mannes. Aber das ist mein Geheimnis.«

Svea stoppte die Aufnahme. Ihre Gedanken waren nun bei einer bestimmten Stelle von Emanuelas zweiter Rückführung während ihrer Ausbildung. Sie sah sich wieder vor ihrem Laptop auf dem Bett sitzen und erlebte erneut den Moment, da Emanuela beschrieben hatte, wie Minna von Hermann vergewaltigt wurde. Anschließend hatte sie von einer seltsamen Bemerkung berichtet. Hermann Cluving hatte Minna gefragt, ob sie es nicht auch spüren konnte – die plötzliche Gewissheit, dass sie zueinandergehörten. Er sagte, er sähe ihr Gesicht und höre ihre Stimme, wohin er auch ging.

Svea begriff nun, dass zu jenem Zeitpunkt der Bann begonnen hatte. Und jetzt war ihr auch klar, wem sie die unheilvolle Verbindung zu Marc zu verdanken hatte: Sophie von der Hagen! Ein zweites Mal an diesem Tag musste Svea an die Tarotkarte denken, und sie nahm sich vor, dass es das letzte Mal sein würde. Schließlich hatte sie es geschafft: Sie war dem Bann entkommen! Hier, an dieser Stelle, sollte es endlich aufhören.

Ihr Blick wanderte zu dem Walkman, der in ihrem Schoß ruhte. Sie fixierte die Play-Taste. Sollte sie sich den Rest auch noch anhören? Vielleicht wusste sie bereits alles, was sie durch diese Kassette erfahren konnte. Svea war kurz davor, die Dinge endlich auf sich beruhen zu lassen. Die Erkenntnisse der letzten Tage hatten ihren Hunger nach weiteren Erklärungen abklingen lassen. In ihr wuchs die Sehnsucht nach Ruhe. Es war sicher nur ein Zünglein an der Waage, das sie entscheiden ließ, sich den Rest der Aufnahme doch anzuhören.

Svea drückte die Taste und schloss die Augen. Sie hörte, wie die rückgeführte Frau ihre Geschichte zu einem Ende brachte, indem sie ihren eigenen Tod sah. Genau wie Svea damals schien sie ihn nicht als etwas Schlimmes zu empfinden, obwohl sie pausenlos weinte. Svea konnte sich gut in diesen Moment hineinversetzen. Er war überwältigend und riss einen mit sich, ob man wollte oder nicht. Die Tränen flossen einfach so.

Emanuela ließ ihrer Kundin Zeit, bis sie wieder bei sich war. Dann führten beide ein Nachgespräch.

»Was sagen dir die Bilder? Siehst du eine Verbindung zu deinem jetzigen Leben?«

»Ja, die sehe ich.«

»Ist das Ergebnis für dich eine Überraschung?«

»Nein, im Gegenteil. Einerseits habe ich gehofft, es würde so kommen, und andererseits habe ich es befürchtet.«

»Willst du darüber sprechen?«

»Ich bin nicht sicher. Es fällt mir nicht leicht.«

»Du könntest es versuchen. Was hält dich ab?«

»Dass ich jemandem vor langer Zeit versprochen habe, ein Geheimnis zu wahren.«

»Welcher Natur ist das Geheimnis?«

»Es ist eines, von dem man sich hinterher wünscht, nichts erfahren zu haben. Aber ich hatte keine Wahl. Früher oder später hätte ich sowieso erfahren, dass etwas nicht stimmt mit diesem Kind. Er war schon immer rastlos. Ein Suchender, mit einem Zug in seinem Charakter, der mir manchmal Angst macht. Und eben in der Rückführung, da habe ich ihn erkannt, in der Figur des Schwiegersohns.«

»Sprichst du von deinem Kind?«

»Ja.«

»Und wer war die Person, die dir das Geheimnis anvertraut hat?«

»Ich will ihren Namen nicht sagen. Nennen wir sie die Purpurbuchen-Frau.«

Svea drückte auf Stopp und riss sich die Kopfhörer herunter. Ihr Herz schlug plötzlich so kräftig, dass sie das Blut in ihren Ohren rauschen hörte. Warum nur hatte sie die Aufnahme weiter angehört? Alheid! Anstatt sich zu freuen, jetzt womöglich das letzte Teil des Puzzles gefunden zu haben, empfand sie eine unbestimmte Angst. Wollte sie wirklich hinter das Geheimnis der alten Dame kommen? Wohin hatte all das Rätselraten geführt? Mit verbundenem Kopf lag sie hier, so vielem beraubt, das ihr wichtig gewesen war. Svea war an einem Punkt in ihrem Leben, wo sie keinen Bedarf mehr nach Heimlichkeiten hatte. Am liebsten hätte sie den Walkman samt Kassette zwischen den Dahlien vergraben, doch schließlich siegte mal wieder ihre Neugier. Bangen Herzens ließ sie die Aufnahme weiterlaufen.

»Erzähl mir doch mehr von der Purpurbuchen-Frau.«

»Ich habe sie nur einmal getroffen. Und obwohl das Treffen so kurz war, lässt mich diese Frau nicht mehr los. Sie war so einzigartig, genau wie ihre Geschichte. Leider in einem traurigen Sinne. Ihre Ehe war unglücklich, und ihre Tochter starb vor ihr. Hinterlassen hatte sie ihr ein Kind, mein Kind. Der Junge war alles, was sie hatte, und dennoch gab sie ihn zur Adoption frei. Es brach ihr das Herz, doch sie wollte den Jungen schützen.«

»Wovor?«

»Vor dem, was sie glaubte, in seinem Wesen zu erkennen. Schon ihre eigene Ehe war geprägt von etwas, das sie einen Bann nannte. Ihr Mann und sie waren untrennbar verbunden, obwohl sie kein Glück miteinander fanden. Es war so vorbestimmt, sagte sie, und die einzige Möglichkeit, ihren Enkel vor solch einer Verbindung zu schützen, war, ihn fortzuschicken. So hoffte sie jedenfalls.«

»Wie sollte es den Jungen denn schützen, fortgeschickt zu werden?«

»Sie sagte, ihr Name sei ein Fluch, und sie hatte recht.«

»Fühlst du dich besser, jetzt, wo du es ausgesprochen hast?«

»Vielleicht, teilweise. Es erleichtert mich, und doch empfinde ich Schwermut.«

»Warum?«

»Weil die Purpurbuchen-Frau es umsonst getan hat. Ich spüre es, wenn ich meinen Adoptivsohn ansehe. Er trägt es in sich. Ich werde ihn genauso wenig beschützen können wie seine Großmutter.«

Nach diesen Worten kam nur noch ein Rauschen. Die Aufnahme war zu Ende. Svea legte den Walkman beiseite. Sie sah zur Auffahrt, dorthin, wo Emanuelas Wagen eben noch gestanden hatte. Natürlich hatte sie nicht gewusst, wer die Personen waren, um die es hier ging – schließlich kannte sie weder Alheid von Clawen noch Marcs Adoptivmutter. Es war auch gut so. Auf diese Weise würde das Geheimnis von Alheid gewahrt bleiben.

Zum ersten Mal verspürte Svea keine Trauer, weil die alte Dame tot war. Zu hören, was aus ihrem geliebten Enkel geworden war, hätte ihr sicher das Herz gebrochen. Das Einzige, was Svea bedauerte, war, dass sie nicht mehr erfahren würde, ob der Bann der Clüvers endlich zu einem Ende gekommen war. Vielleicht, dachte Svea, werde ich es eines Tages Marcs Adoptivmutter erzählen. Sie wäre die letzte Person, die etwas mit dieser Information würde anfangen können. Aber nur vielleicht.

Svea nahm die Kassette aus dem Walkman und begann, das Band herauszuziehen, bis sie nur noch ein knisterndes Knäuel in der Hand hielt.

»Na, war die Musik nicht nach deinem Geschmack?« Bero stand plötzlich neben ihr. Er hielt eine Vase mit Emanuelas Blumen in der Hand.

Svea lächelte ihn an. »Es gibt Dinge, die muss man sich kein zweites Mal anhören.«

Er setzte sich auf einen Stuhl neben ihrer Liege und schaute sie an.

Wie konnten seine braunen Augen ihr je unergründlich vorgekommen sein? Svea meinte inzwischen, Bero schon ihr Leben lang zu kennen, was auf eine Weise ja auch stimmte. Sie fühlte etwas Warmes auf ihrer Hand. Es waren seine Finger, die sanft nach ihr griffen.

»Es ist schön, dass du hier bist, Svea.«

»Ich bin es, die …«

Er unterbrach sie mit einem Wort: »Nein.«

Svea versank in seinem Blick. Sie hatte endlich gelernt, in seiner Gegenwart zu schweigen.

»Ich will, dass du bleibst. Hier bei mir, bei uns. Und zwar für immer.« Seine große Hand legte sich auf ihre Wange und hielt sie fest, während seine Lippen die ihren küssten.

Keiner von beiden bemerkte Richenza, die hinter einer Spitzengardine im Wohnzimmer stand und lächelnd nach draußen sah.

EPILOG

»Komm, ich begleite dich nach draußen«, sagte Bero zu Svea und reichte ihr den Arm. »Ich will dir etwas zeigen, bevor unsere Gäste kommen.«

Schwerfällig erhob sie sich aus ihrem Schaukelstuhl, in dem sie mittlerweile die meiste Zeit des Tages saß. Sein Arm war ihr eine große Hilfe, denn ihr Bauch war inzwischen kugelrund. »Kaum zu glauben, dass es noch fünf Wochen bis zur Geburt sind. Ich habe jetzt schon das Gefühl zu platzen.«

»Das sagst du bestimmt schon seit einem Monat«, gab Bero lachend zurück und führte sie durch die weit geöffnete Tür des Wohnzimmers hinaus in den Garten.

Es war wiederum Herbst geworden. Die Blätter lagen auf den gläsernen Dächern der Gewächshäuser.

Svea störte es nicht. Sie mochte den Anblick und den Geruch des Laubes. Nur Bero schimpfte über die nicht enden wollende Flut der Gartenarbeit.

»Wo führst du mich hin?«

»Wir sind gleich da. Ich habe eine Überraschung für dich.«

Sie umrundeten den weißen Pavillon mit dem blauen Runddach, in dem Hanne gerade die Kaffeetafel deckte. Sie hatten die Mauer des Grundstücks fast erreicht, da konnte Svea es sehen. Sie blieb stehen, umfasste seinen Arm vor Entzückung noch fester und sah zu ihm auf.

»Ich dachte, du solltest eine eigene Purpurbuche haben.«

Svea ließ seinen Arm los und ging die letzten Meter allein. Noch war der Baum klein, kaum höher als sie selbst. Doch schon jetzt zeigten seine Blätter diese wunderschöne Färbung. Behutsam nahm sie eines in die Hand und strich mit den Fingern über die Maserung. In diesem Moment fiel ein Tropfen darauf. Svea war glücklich über den Baum, und doch waren ihr die Tränen gekommen. Sie galten Alheid von Clawen, deren Worte ihr nun in den Ohren klangen.

Mit der Liebe ist es wie mit der Purpurbuche. Die kräftige rote Farbe ist vergänglich. Sie verblasst im Herbst und wird erst orange und dann hässlich braun.

Traurig dachte Svea, dass die alte Dame der Purpurbuche unrecht getan hatte. Zwar stimmte es, dass die einst leuchtenden Blätter hässlich braun wurden und abfielen. Doch war das ja nicht das Ende. Sie kamen wieder, Jahr für Jahr, und wurden erneut kräftig rot!

»Ich habe gedacht, dass ich eine runde Bank bauen könnte, die den Stamm umschließt. Würde dir das gefallen?« Bero war von hinten an Svea herangetreten. Er umfasste ihren geschwollenen Bauch mit den Händen und küsste ihren Hals.

»Welch eine wundervolle Überraschung. Ich freue mich sehr, Bero.« Sie drehte sich um und schlang die Arme um ihn. Auch wenn es mittlerweile schwierig war, schmiegte sie sich dicht an ihn.

Wenig später schlenderten sie Hand in Hand zum Pavillon, wo Richenza bereits mit Pia und Emanuela zusammensaß.

»Da seid ihr ja endlich, ihr Turteltauben«, neckte Pia die zwei.

Svea und Bero sahen sich verliebt an. Tatsächlich hatten sie niemanden kommen hören.

»Tut mir leid«, entschuldigte sich Svea und umarmte ihre Freundinnen. »Sitzt ihr schon lange hier?«

»Ach was«, winkte Emanuela ab. »Wir haben uns wunderbar unterhalten.

»Worüber denn?«, fragte Bero interessiert.

»Über das Handlesen. Gebt mir mal eure beiden linken Hände.«

Sie taten es, und Emanuela warf einen Blick darauf. Es war, wie sie es vermutet und den anderen beiden Frauen eben prophezeit hatte. »Seht ihr? Hier, genau an der Handkante zwischen dem Beginn der Herzlinie und dem des kleinen Fingers, da sind sie.« Sie wies auf eine tiefe Linie, die sich bei Svea genau in der Mitte und bei Bero im unteren Drittel befand. »Diese Linien zeigen eure Liebe. Sveas habe ich damals auf dem Freimarkt schon gesehen. Ich wusste gleich, dass sie jemanden anderen als Marc kennenlernen würde, und so ist es ja auch gekommen.«

Noch eine ganze Weile lang beantwortete Emanuela Fragen zum Thema Chirologie und Chiromantie. Sie las Pia und Richenza aus den Händen, deutete der einen eine baldige Liebe und der anderen ein langes Leben. Nur Svea und Bero brauchten keinen Blick in die Zukunft mehr – sie lag klar vor ihnen.

Als es nichts mehr über das Handlesen zu sagen gab, strich Pia Svea sanft über den kugelrunden Bauch. »Ich kann es kaum erwarten, euer Baby zu sehen. Wisst ihr schon, was es wird?«

Svea nickte. »Ein Mädchen.«

»Und habt ihr auch schon einen Namen?«

Die beiden werdenden Eltern blickten sich an. Dann nickte Bero ihr zu. Es war nur ein kleines Zeichen, aber Svea verstand. Sie wollten es nicht länger für sich behalten.

»Minna!«

NACHWORT

Aus vielen Gründen ist dieses Buch ein sehr persönliches geworden; gerne möchte ich die Gründe mit Ihnen teilen.

Der im Buch genannte Ort Etelsen ist meine Heimat. Zwar lebte ich dort bloß in der Zeit zwischen fünfzehn und zweiundzwanzig Jahren, doch habe ich mich in meiner Jugend nirgendwo mehr zuhause gefühlt. Dieses Dorf, sein Schloss und die Geschichte seiner Umgebung eines Tages in einem meiner Romane einzubauen war schon immer mein Wunsch. Ich habe versucht, Etelsen so zu beschreiben, wie es wirklich aussieht – mit Ausnahme des ehemaligen Dorflands, eines Platzes, der zu meiner Zeit noch unbebaut war und auf dem tatsächlich regelmäßig ein Zirkus gastierte. Heute steht auf dieser Fläche eine Seniorenresidenz.

Auch Daverden, das nur knapp fünf Kilometer von Etelsen entfernt liegt, gibt es wirklich. Eine Zeit lang stand meine Stute Ravenna dort in einem Stall, von dessen Weiden aus ich die Spitze der St.-Sigismund-Kirche sehen konnte. Es war ungefähr die gleiche Aussicht wie jene, die ich Svea gegönnt habe, als sie das erste Mal zu den Haghenes fuhr. Von jeher hat diese Kirche – mit ihrer heute zugemauerten Brauttür, dem uralten Turm aus dem 12. Jahrhundert und der noch viel älteren Linde – mich fasziniert. Allerdings möchte ich an dieser Stelle gestehen, dass es sehr wahrscheinlich ist, dass die Brauttür im Jahre der Hochzeit von Adelheid und Hermann noch nicht existierte. Die Daverdener Dorfchronik besagt, dass die Kirche »in der alten Zeit« ein einfacher Langhausbau war, der kurz vor jener Tür endete. Erst im Jahre 1425 soll das Kirchenschiff – vermutlich nach einem Brand – mit dem Turm verbunden worden sein. Ich habe die Brauttür trotzdem verwendet und mich bei der Beschreibung der Hochzeit an das Lexikon des Mittelalters gehalten.

Die Wohnung von Svea und Marc in der Friedrich-Wilhelm-Straße war jahrelang das Zuhause meiner ältesten Schwester Sandra. Einige Male ließ sie meine Zwillingsschwester und mich bei ihr übernachten und nahm uns heimlich mit in einen Bremer Club. Ausgestattet mit ihren coolen Klamotten, brachte sie uns mit gerade mal fünfzehn Jahren an den Türstehern vorbei. Zu dieser Zeit haben wir uns insgeheim immer gewünscht, diese hübsche Wohnung eines Tages als WG übernehmen zu können. Es kam nie dazu, aber die schönen Erinnerungen daran sind nie verblasst.

Eine weitere wichtige Sache, auf die ich eingehen möchte, sind die Rückführungen in diesem Buch. Schon bei der Planung des Romans war mir klar, dass ich mich mit einem Experten zusammensetzen würde, um möglichst genau beschreiben zu können, wie eine Rückführung vonstattengeht. Dass hinterher alles anders kommen würde als ursprünglich geplant, konnte ich zu dieser Zeit noch nicht ahnen.

Marc Sieber, ein Reinkarnationstherapeut aus Hamburg, erklärte sich sofort bereit, mir Rede und Antwort zu stehen (die Namensähnlichkeit zu Marc Sievers ist übrigens reiner Zufall – das heißt, wenn man nach diesem Roman noch an Zufälle glaubt). Ich fuhr also eines Tages in seine Praxis für Rückführungen und Reinkarnation, fest überzeugt von dem Gedanken, noch am selben Abend alles nötige Wissen angesammelt zu haben, das ich zum Schreiben meiner Geschichte brauchte. Doch schon nach unserem ersten Zwei-Stunden-Gespräch stellte sich heraus, dass meine Vorstellung von einer Rückführung und die Realität sehr weit auseinanderlagen. Marc schenkte mir deshalb ein Buch über dieses Thema. Ich sollte es durchlesen und dann noch mal wiederkommen. Ich tat es, und nach unserem nächsten Gespräch war mir klar, dass Fragen und Antworten allein mir nicht mehr genügten. Meine Neugier war so weit geweckt, dass ich mich entschied, selbst eine Rückführungswoche zu machen – eine ganz wunderbare Erfahrung.

Zu viel möchte ich nicht verraten, aber einiges, was meine Protagonisten in den Rückführungsszenen erleben, entspricht meinen eigenen Erfahrungen. Den Verbundenen Atem und die Segelphase beispielsweise habe ich tatsächlich so empfunden wie im Buch beschrieben. Auch einige von Sveas Bildern habe ich einer meiner eigenen Rückführungen entnommen – welche Bilder genau das sind, wird mein Geheimnis bleiben. Dennoch will ich betonen, dass die Rückführungen in diesem Roman keine komplett realistischen Darstellungen sind. Vor allem der Umstand, dass drei verschiedene Personen (Svea, Emanuela und die Adoptivmutter Marcs) aus ein und derselben mittelalterlichen Familie stammen und auch noch fast identische Bilder sehen, ist mehr als unwahrscheinlich. Es war bloß meiner Geschichte dienlich, und so ließ ich der Fantasie freien Lauf.

Es gibt noch ein paar weitere Kleinigkeiten, die mit meinem Leben verknüpft sind. So kenne ich tatsächlich ein verliebtes Pärchen, das sich ständig Bilder von Gegenständen in Herzform schickt. Und auch die am Anfang von Tilli erwähnte Drei-Farben-Regel ist in meinem Freundeskreis seit vielen Jahren ein geflügeltes Wort. Das Brautkleid von

Alheid entspricht dem meiner geliebten Oma Gertrud, die am 13. Oktober 1947 meinen ebenso geliebten Opa Herbert Pahnke geheiratet hat. Außerdem ist Pias flammende Liebe zur Geschichte eine weitere Brücke zu mir. Genau wie sie bin auch ich in einem Geschichtsverein, der Ausflüge zu historischen Zielen veranstaltet; genau wie sie liebe ich es.

Eine meiner vielen Reisen zu historischen Zielen führte mich ins schöne Kloster Ebstorf. Nachdem ich entschieden hatte, ihm eine Rolle in meinem Roman zu geben, fuhr ich erneut hin. Dort traf ich zufällig auf die Konventualin Gunda Suhr, der ich von meinem Vorhaben berichtete und die mir spontan eine private Führung gab. Heute noch erinnere ich mich gern an diese Begegnung, die es mir ermöglichte, die kleinen Details des entsprechenden Kapitels genau zu beschreiben. Alles, was Svea und Pia im Kloster entdecken, habe ich also mit eigenen Augen bestaunt.

Der von mir erwähnte Hohlpfennig, den Brüning seiner geliebten Minna zusammen mit den vielen anderen Münzen in der Kirche übergibt, hat auch eine kleine Geschichte. Wie ein Zeitungsartikel der Mediengruppe *Kreiszeitung* vom 20. Oktober 2010 beweist, wurde im Rahmen von Restaurierungsarbeiten der St.-Johannis-Kirche in Verden eine einseitig geprägte Bronzemünze hinter dem Chorgestühl gefunden. Um ihr einen Wiedererkennungswert zu geben, habe ich ihr allerdings noch eine Kerbe verpasst. Ebenso die Prägung mit der Torburg und dem Kreuz habe ich hinzugedichtet, obwohl es genau diese Münzen unter Iso von Wölpe gegeben hat, der 1205 zum Bischof von Verden gewählt wurde.

Die Geschichte des Grabsteins von Asmus Clüver sowie dessen Aussehen soll genau so gewesen sein, wie im Roman beschrieben. Das sagt jedenfalls ein Artikel gleicher Zeitung vom 8. Dezember 2009. Noch heute steht der Stein im Vorhof des Mausoleums, das ich jedes Mal besuche, wenn ich in Etelsen bei meiner Familie bin.

Doch hier und da kam ich nicht drum herum, die Wahrheit auszuschmücken. Zwar haben alle historischen Personen der von der Hagens tatsächlich zu jener von mir erwähnten Zeit gelebt, doch die gegenwärtigen Nachfahren der Familie, Bero und Richenza, sind fiktiv. Laut meinen Recherchen soll das Geschlecht um 1500 ausgestorben sein. Wie wichtig es einst war, erkennt man zum Beispiel daran, dass sie im Jahre 1180 als Zeugen in einer Urkunde des Kaisers »Barbarossa« Friedrich I. genannt wurden – nur einer von vielen noch erhaltenen Nachweisen ihres Wirkens als Vögte, Hofmarschälle, Domherren und Ritter.

Die Burg Wunnehagen hat wirklich dort gestanden, wo ich es im Buch beschrieben habe; ein Platz im heutigen Hagen Grinden, knappe drei Kilometer von Etelsen entfernt. Der Sitz der Familie von der Hagen ist von den Treckerstraßen aus nur schwer auszumachen. Steht man jedoch direkt davor, erkennt man noch die Hälfte zweier Ringwallanlagen. Es wird vermutet, dass das nahe Allerwasser und landwirtschaftliche Arbeiten die fehlende Seite abgetragen haben. Beim Aussehen der Burg – ebenso wie bei der Beschreibung der Zollbrücke und der Schiffsanlegestellen – habe ich mich an eine liebevolle Ausarbeitung gehalten. Sie basiert zum einen auf archäologischen Funden aus den Dreißigerjahren und zum anderen auf Recherchen und Quellensammlungen von Privatpersonen aus Hagen Grinden und Mitgliedern des Langwedeler Kulturvereins e.V.

Das Geschlecht der Clüvers hingegen soll seit über tausend Jahren Bestand haben und noch heute über lebende Nachfahren verfügen. Alheid von Clawen gehört nicht dazu, und ebenso wenig hat es die von mir erwähnte Minna je unter ihnen gegeben. Doch die Existenz von Hermann Cluving, seinem Vater und seinen Brüdern habe ich den Quellen entnommen. Es stimmt, dass Hermann, der als Stammvater der Clüvers gilt, Adelheid von der Hagen heiratete und somit eine Verbindung zwischen ihren Familien schuf, die der Grundstein war für den Clüver'schen Sitz. Die von mir erwähnte Herkunft des Namens Cluvenhagen entspricht also der Wahrheit. Doch bis auf diesen Hinweis und einen über den ungefähren Standort der Burg habe ich keine weiteren Quellen zu der Feste gefunden. Ihr genaues Aussehen bleibt somit im Dunkeln.

Ebenso frei von mir erdacht ist die Tatendorfstraße, in der das Haus von Bero und Richenza steht. Jeder, der die Gegend kennt, weiß, dass einzig und allein die wunderbare Aussicht auf Daverden der Wahrheit entspricht. Ansonsten findet man dort, wo ich das Haus platziert habe, nur Weiden. Der Name Tatendorf allerdings ist eine Form des Nachnamens des Alvericus van Orthentorpe, Vogt des Klosters Ebstorf von 1181 bis 1197 und Vater von Hermann Cluving.

DANK

Ich danke, wie immer, an erster Stelle meinem Mann Andrew, der tapfer wie eh und je alle Widrigkeiten meines Berufs mit mir trägt, mich bestärkt und unterstützt wie kein Zweiter. Außerdem danke ich meiner Mutter Iris Pahnke, der dieses Buch gewidmet ist. Nun, da ich selbst zwei Kinder habe, ist mir ihre Leistung erst ein Begriff. Sieben Kinder großzuziehen ist ein wahres Kunststück, das ich wohl nie vollbracht hätte. Das Zitat am Anfang des Buchs beschreibt die Liebe zu uns allen perfekt. Ein weiterer Dank geht natürlich an Marc Sieber, ohne den dieses Buch kaum wäre, was es ist. Nebst einer sehr interessanten Rückführungswoche und langen Gesprächen bot er mir wiederholt seine uneigennützige Hilfe an. Ich hoffe darum sehr, dass ihm das Ergebnis gefällt. Auch Frau Gunda Suhr will ich nicht vergessen. Ihre Spontaneität und Bereitschaft hat mir zu einem ganzen Kapitel verholfen. Vielen Dank auch an meine Freundin Beate Laesch, die den Kontakt zu Ellen Wettstädt hergestellt hat, durch deren Hilfe ich einige Informationen über die Häusliche Pflege bekam. Und natürlich an meine Agentur Thomas Schlück, insbesondere an meinen Agenten Joachim Jessen, sowie an meinen Verlag Blanvalet, im Speziellen Anna-Lisa Hollerbach, mit der die Zusammenarbeit stets eine reine Freude ist. Mein letzter Dank gilt der Lektorin dieses Buchs, Angela Kuepper, die über ein besonderes Fingerspitzengefühl gang mit Autoren und ihren Texten verfügt. Wegen …er fortgeschrittenen Schwangerschaft hat sie ihre ganz …nderbare Arbeit in Rekordzeit vollbracht, was ich ihr nie vergessen werde.